MW00480062

Dans Le Livre de Poche

« Lettres gothiques »

La Chanson de la croisade albigeoise.
Tristan et Iseut (Les poèmes français — La saga norroise).
Journal d'un bourgeois de Paris.
Lais de Marie de France.
La Chanson de Roland.
Le Livre de l'échelle de Mahomet.
Lancelot du Lac (tomes 1 et 2).
La Fausse Guenièvre (tome 3).
L'Enlèvement de Guenièvre (tome 5).
Fabliaux érotiques.
La Chanson de Girart de Roussillon.
Première continuation de Perceval.
Le Mesnagier de Paris.
Le Roman de Thèbes.
Chansons des Trouvères.
Le Cycle de Guillaume d'Orange.
Raoul de Cambrai.
Nouvelles courtoises.
Le Roman d' Enéas.
Poésie lyrique latine du Moyen Âge.

Chrétien de Troyes :
Le Conte du Graal.
Le Chevalier de la Charrette.
Erec et Enide.
Le Chevalier au Lion.
Cligès.

François Villon : Poésies complètes.

Charles d'Orléans : Rondeaux et Ballades.

Guillaume de Lorris et *Jean de Meun :*
Le Roman de la Rose.

Alexandre de Paris : Le Roman d'Alexandre.

Adam de la Halle : Œuvres complètes.

Antoine de La Sale : Jehan de Saintré.

Louis XI : Lettres choisies.

Benoît de Sainte Maure : Le Roman de Troie.

Guillaume de Machaut : Le Voir Dit.

Marco Polo : La Description du monde.

Christine de Pizan : Le Chemin de Longue Etude.

Dans la collection « La Pochothèque »
Chrétien de Troyes : Romans.
Dictionnaire des Lettres françaises : Le Moyen Âge.

LETTRES GOTHIQUES

Collection dirigée par Michel Zink

RUTEBEUF

ŒUVRES COMPLÈTES

Texte établi, traduit, annoté
et présenté par Michel Zink

LE LIVRE DE POCHE
CLASSIQUES GARNIER

Michel Zink, membre de l'Institut, professeur au Collège de France, est la fondateur et le directeur de la collection « Lettres gothiques ».

INTRODUCTION

Pourquoi lire Rutebeuf ? Parce que, répondraient certains, il a le premier, deux siècles avant Villon, donné une image du poète dans laquelle les poètes devaient, beaucoup plus tard, se reconnaître : « Villon et Verlaine », dira Valéry. Rutebeuf et Verlaine tout autant, l'allitération en moins. « J'aime Rutebeuf parce que j'aime Verlaine », conclut d'ailleurs Jean-Claude Brialy, préfaçant une anthologie de ses poèmes. Gustave Cohen voyait lui aussi en Rutebeuf « l'ancêtre des poètes maudits ». Rapprochements illusoires ? Probablement. Lecture anachronique ? Évidemment. Comment nier, pourtant, que Rutebeuf – puisque tel est le nom dont se désigne l'auteur impliqué dans les poèmes de cet inconnu – se donne par instants pour un marginal et prétend s'épancher sans retenue ? Deux traits qui appartiendront un jour, et pour un temps, à l'image convenue de tout poète.

Rutebeuf serait ainsi le premier « poète personnel » de notre littérature. Curieux poète personnel. Il ne nous laisse ignorer, il est vrai, aucune de ses misères, aucun de ses vices. Il parle de son cheval, de sa femme, de la nourrice de son enfant, de ses dettes et de ses amis. Il écrit des poèmes partisans si étroitement liés aux polémiques et à la vie politique de son temps qu'on peut parfois les dater au mois près. Avec tout cela, nous ne savons rien de lui. Sa production est en grande partie de commande. Ses opinions peuvent donc l'être aussi, et quant à ses confidences, il serait imprudent de les prendre au mot. Il n'existe au demeurant pas la moindre trace de son existence en dehors des poèmes qui lui sont attribués et qu'il s'attribue. Aucun document d'archives ne le mentionne, aucun auteur de son temps ne le cite ni ne le nomme. Et puis, que penser de ce « poète personnel » qui n'a pas laissé un seul poème d'amour ? Le cas pourrait bien être unique dans toutes les lettres françaises.

Certes, ces étonnements sont en partie feints et ces paradoxes largement rhétoriques. La connaissance de l'histoire littéraire, des conceptions poétiques du temps et de leur évolution en cette seconde moitié du XIIIe siècle permet de les réduire, mais pas tout à fait cependant. Leur valeur herméneutique est en tout cas suffisante pour déterminer l'enchaînement des trois chapitres qui forment cette introduction. Le premier donne un aperçu des événements historiques dont les poèmes de Rutebeuf se font l'écho, en même temps qu'il suit à travers eux la trace en creux de ce qu'ont pu être la vie et la carrière du poète. Mais cet effort peut aboutir à des résultats différents, et il peut même être jugé totalement vain, selon l'interprétation que l'on donne de la relation qu'entretient le poème avec son contenu référentiel. C'est pourquoi il se fonde sur une analyse de la poétique de Rutebeuf, qui occupe le second chapitre et qui, dans l'ordre de l'exposé, le justifie donc *a posteriori*. Enfin, les conclusions auxquelles aboutissent ces deux chapitres déterminent pour une part les choix de la présente édition, touchant en particulier l'ordre dans lequel sont édités les poèmes et l'esprit de la traduction.

RUTEBEUF ET SON TEMPS

Rutebeuf n'est rien d'autre pour nous qu'un nom. De ce nom il nous faut bien partir, puisqu'il donne à l'œuvre qui s'en réclame son unité supposée. Cette œuvre elle-même nous entraîne vers les événements contemporains dont elle se fait l'écho passionné et qui l'ont largement suscitée. Pour compléter ce mouvement de va-et-vient, la confrontation des événements et des poèmes nous renvoie à son tour une image du poète sur laquelle peut se fonder une tentative de reconstitution de son évolution et de sa carrière littéraires.

« Rutebeuf qui rudement œuvre »

Les manuscrits attribuent à Rutebeuf 56 pièces. Lui-même se nomme – sous la forme Rutebeuf ou Rustebeuf, selon les manuscrits – dans 15 d'entre elles. À six reprises il commente son propre nom, soit par une plaisanterie étymologique – « Rutebeuf qui est dit de “rude” et de “bœuf” » (*Hypocrisie* 45, *Sainte Marie l'Égyptienne* 1301) –, soit par la formule « Rutebeuf qui rudement œuvre » – entendre : « Rutebeuf, dont le travail est grossier », et non « Rutebeuf, qui travaille beaucoup » – (*Mariage* 45, *Voie d'Humilité* 18), soit en combinant les deux (*Sacristain* 750-60, *Sainte Elysabel* 1994-2006). On verra dans le chapitre suivant que le caractère dépréciatif de ces commentaires prend son sens au regard de conventions poétiques particulières. Il en est de même des passages dans lesquels le poète se déclare dénué de toute autre capacité que celle de rimer, incapable de travailler de ses mains comme d'être soldat (*Sainte Église* 1-4, *Mensonge* 9-11, *Mariage* 98, *Constantinople* 5 et 29-30, *Sainte Elysabel* 1-14). De ces derniers, toutefois, on peut au moins conclure qu'il vivait de sa plume. D'autres indices le confirment : le nombre de poèmes de commande ou de circonstance qu'il a composés – et les remords que les plus virulents et les plus partisans lui ont laissés (*Repentance* 38-9) ; sa façon de demander en vers de l'argent à ses protecteurs, qui sent le parasite littéraire (*Complainte Rutebeuf* 158-65) ; son indignation intéressée lorsqu'il reproche au roi de manger à portes fermées et de réduire le train de son hôtel (*Renart le Bestourné* 113-6 et 143-7) ou lorsqu'un grand ne le paie que de promesses *(Brichemer)* ; les félicitations qu'il se décerne à lui-même par la bouche de Courtois (le pape Urbain IV) pour ses poèmes polémiques (*Hypocrisie et Humilité* 50-80).

Il était sans doute champenois. Cette conjecture ne doit rien au fait que le charlatan de l'*Herberie* se dit originaire de cette région, car on ne peut l'identifier au poète sans priver du même coup la pièce de tout son sel ; au demeurant, la vente des simples était de façon notoire une spécialité champenoise. Elle doit peu aux traits champenois qui coexistent dans la langue de Rutebeuf avec les usages de l'Île-de-France, car il est souvent difficile en cette matière de savoir si les traits dialectaux doivent être rapportés au poète ou aux copistes ; que deux des trois principaux manuscrits de Rutebeuf, dont le manuscrit *C*, le plus complet et celui qui sert de base à la présente édition, soient l'un champenois, l'autre originaire des confins de la Champagne et de la Lorraine pourrait toutefois être interprété comme un indice de l'intérêt suscité par l'œuvre du poète dans sa région d'origine. Mais d'autres éléments suggèrent que celle-ci est bien la Champagne. Plusieurs des poèmes de circonstance composés par Rutebeuf sont à la gloire de Champenois ou commandés par des Champenois ; les éloges funèbres du roi Thibaud V de Navarre, comte de Champagne, et de son neveu le comte Eudes de Nevers ; l'appel à secourir Geoffroy de Sergines, dont le château était situé entre Sens et Provins ; la *Vie de sainte Elysabel*, écrite pour la femme de Thibaud V à la demande du Champenois Erart de Lezinnes ; la *Chanson* et le *Dit de Pouille*, dans la commande desquels le même personnage, neveu de l'évêque d'Auxerre Gui de Mello, a pu intervenir.

D'autre part, et d'une façon qui semble plus décisive encore, le plus ancien poème datable de Rutebeuf, le *Dit des Cordeliers*, le montre très précisément informé des querelles de clocher – l'expression est à prendre ici au sens littéral – qui agitaient la ville de Troyes en 1249. Il y séjournait certainement à cette date, si toutefois le *Dit des Cordeliers* est bien de lui : on dira dans l'introduction à ce poème pourquoi un léger doute subsiste sur ce point. Il aurait un peu plus tard gagné Paris, qu'il ne semble plus guère avoir quitté : il y est très probablement quand il compose, sans doute fin 1252, la déploration sur Ancel de l'Isle, et il y est à coup sûr quand il écrit en février 1255 la *Discorde des Jacobins et de l'Université*, qui le montre engagé dans la querelle universitaire dont les rebondissements scandent dès lors sa production jusqu'à la fin de la décennie et dont l'issue malheureuse pour le camp qu'il avait choisi détermine probablement sa « conversion » et l'orientation ultérieure de sa manière et de sa carrière.

Le dernier poème qui puisse lui être attribué avec certitude, la *Nouvelle complainte d'Outremer*, est du début de

1277. La *Complainte de sainte Église* (ou *Vie du monde*) de 1285 n'est peut-être pas de lui.

Quelle formation avait-il reçue ? Celle d'un clerc. Il sait bien le latin. Il a utilisé des sources latines pour la *Vie de sainte Marie l'Égyptienne* et pour le *Miracle de Théophile*. Le commanditaire de la *Vie de sainte Elysabel*, Erart de Lezinnes, la lui a fait « tote trere / Du latin en rime françoise » (2011-12). Les enseignements d'Aristote à Alexandre, dans le *Dit d'Aristote*, s'inspirent de l'*Alexandréide* de Gautier de Châtillon, qu'il comprend et qu'il adapte avec intelligence. Dans la *Voie d'Humilité* (ou *de Paradis*), non content de traduire un passage des *Métamorphoses* d'Ovide, il commente un vers du poète latin pour en éclairer le sens (289-360, partic., 303-10). Ses poèmes relatifs à la querelle universitaire utilisent les arguments développés en 1255 par Guillaume de Saint-Amour dans son *De periculis*. Ses poèmes sur la croisade le montrent familier des thèmes, des images, de la rhétorique en usage dans les sermons sur ce sujet. Sa connaissance de l'Écriture sainte et de la liturgie apparaît en plusieurs endroits de son œuvre.

Dans quelles conditions a-t-il acquis cette formation ? Nous l'ignorons, mais il n'est pas exclu qu'il ait été étudiant à Paris. Les plus farouches adversaires des Ordres mendiants se trouvaient à la Faculté des Arts (notons que le *Dit de sainte Église* flétrit au v. 36 les seuls professeurs de théologie et de droit), et il serait au demeurant assez naturel que Guillaume de Saint-Amour et ses amis aient recruté un pamphlétaire dans le monde même des écoles. Dans les *Plaies du monde*, Rutebeuf excepte les *écoliers* du reproche d'avarice qu'il adresse à tout le reste du clergé (37) et consacre plus loin un passage bien senti à la misère et aux mérites des étudiants qui vivent loin de leur famille et n'en reçoivent qu'une aide insuffisante (89-104) : « Ceux pri, cex aim et je si doi ».

Voilà tout ce que l'on peut savoir ou conjecturer à propos de Rutebeuf. Dans le *Mariage Rutebeuf*, il déclare avoir épousé une femme vieille, laide et pauvre et, dans la *Complainte Rutebeuf*, avoir perdu un œil et eu un enfant. Reste à prouver que ces pièces doivent être lues comme des confidences autobiographiques.

Contre les Frères, contre les infidèles

L'œuvre de Rutebeuf est, pour une large part, si étroitement liée à certains événements de son temps que seule leur connaissance la rend intelligible. Ces événements sont d'une part – et surtout – la querelle qui opposa au sein de l'Université de Paris les professeurs séculiers aux Ordres mendiants, d'autre part les circonstances relatives à la croisade et aux possessions latines d'Orient.

La querelle universitaire des années 1250

Les écoles parisiennes, célèbres dès le début du XIIe siècle, s'organisent en Université dans les premières années du XIIIe. Cette Université, placée sous l'autorité d'un chancelier, regroupe les quatre Facultés, celle des Arts, où les étudiants débutants suivent le cursus du *trivium* et du *quadrivium*, et celles de Décret, c'est-à-dire de Droit, de Médecine, qui ne se développe à Paris qu'un peu plus tard, et de Théologie. Forte des privilèges et des libertés que lui accorde un pouvoir civil qui voit en elle une source de prestige et de richesse tout en ménageant son esprit frondeur, elle constitue très vite à la fois une puissance et un enjeu politiques. Institution ecclésiastique dont les membres jouissent tous du statut clérical, elle n'en échappe pas moins largement à l'autorité de l'évêque. Elle a les moyens d'influer sur l'opinion : ainsi, les maîtres en théologie ont le privilège de prêcher quand ils le veulent dans toutes les paroisses de la ville. Or cette autonomie et cette prospérité sont menacées, aux yeux des maîtres séculiers, par le succès dans les milieux universitaires des jeunes Ordres mendiants et par l'accès de leurs membres à des chaires de théologie qui leur sont réservées.

On sait l'originalité de ces Ordres, dont les deux plus anciens, seuls en cause ici, celui des Prêcheurs ou Dominicains et celui des Frères mineurs ou Franciscains, sont fondés vers 1215 respectivement par Dominique de Guzman et par François d'Assise. Au regard des Ordres monastiques traditionnels, relevant de la règle de saint Benoît, cette originalité est double. D'une part, si les

Frères sont soumis à une règle, inspirée de celle de saint Augustin, ils ne sont pas cloîtrés et ne fondent pas leurs couvents dans les solitudes. Leur vocation essentiellement pastorale et missionnaire les conduit au contraire à se mêler au monde et à s'établir au cœur des villes. D'autre part, non seulement chaque Frère fait individuellement vœu de pauvreté, comme le font aussi les moines, mais encore l'Ordre lui-même s'interdit de rien posséder, ou du moins d'avoir des revenus, et s'impose de vivre uniquement de dons et d'aumônes, radicalisant ainsi l'idéal de pauvreté évangélique qui animait beaucoup plus timidement les différentes réformes internes à la règle bénédictine depuis le XIe siècle. D'où le nom d'Ordres mendiants.

Vigoureusement soutenus par la papauté, Dominicains et Franciscains connaissent un développement très rapide. Dès 1217 chacun des deux Ordres fonde un couvent à Paris. Celui des Franciscains, d'abord installé hors les murs, se transporte au Quartier latin en 1230. Les Dominicains s'établissent tout de suite près de la porte Saint-Jacques, entre les actuelles rues Cujas et Soufflot, d'où le surnom de Jacobins dont on les désigne couramment. Saint Dominique avait dès les origines donné aux Prêcheurs une orientation nettement intellectuelle en les soustrayant à l'obligation du travail manuel, présente dans la règle de saint Benoît, et en leur imposant une solide formation de théologiens, fondée sur des études préalables d'arts – c'est-à-dire de lettres et de sciences – et de philosophie. Malgré l'hostilité de saint François aux études, les Mineurs, dans leur majorité, reconnurent très vite l'utilité de la philosophie et de la théologie pour la formation des confesseurs et des prédicateurs qu'ils étaient. C'est ainsi que chacun des deux couvents parisiens eut son école de théologie. Celle des Prêcheurs, en particulier, fut vite florissante. Par la forme nouvelle de dévotion qu'il représentait, l'Ordre exerçait une vive séduction sur les milieux universitaires et il y recrutait beaucoup. Aux séculiers qu'il invitait au début à enseigner dans son école purent bientôt succéder des Dominicains.

Les maîtres séculiers ne tardèrent pas à s'inquiéter. Les

écoles des Frères, intégrées à l'Université et à ce titre habilitées à délivrer les grades universitaires, leur faisaient une concurrence d'autant plus rude que l'enseignement y était gratuit, à la différence du leur, et excellent. Non seulement les Mendiants échappaient largement à l'autorité de l'Université, mais encore, relevant avant tout de leur Ordre et à travers lui de la papauté, ils semblaient menacer son indépendance. De 1229 à 1231, à l'occasion d'un grave conflit entre l'Université et le pouvoir royal, les Mendiants refusèrent de s'associer au mot d'ordre de dispersion de la communauté universitaire et jouèrent les briseurs de grève. Cette attitude laissa des traces et entraîna des rancunes.

Mais la crise la plus grave, celle à laquelle fut mêlé Rutebeuf, devait éclater vingt ans plus tard. En février 1252, les maîtres séculiers de la Faculté de Théologie décrétent que chaque école de Religieux ne pourra avoir qu'une seule chaire de théologie. Les Mineurs, qui n'ont qu'une chaire, occupée par le futur saint Bonaventure, ne protestent pas. Il n'en va pas de même des Prêcheurs, qui en ont deux. En septembre, ils nomment le jeune Thomas d'Aquin dans la chaire contestée, celle réservée à un maître étranger.

Le conflit s'envenime en mars 1253. À la suite de brutalités exercées par des gardes urbains sur des clercs et ayant entraîné la mort de l'un d'entre eux, l'Université se met en grève pour un mois et exige de ses maîtres le serment de poursuivre la réparation du tort subi. Ce but sera d'ailleurs atteint : le pouvoir royal châtiera les *vigiles* coupables, dont deux seront pendus. Mais le Mineur et les deux Prêcheurs ont refusé de prêter le serment exigé. En avril, les séculiers décident qu'aucun maître ne sera admis dans leur société s'il ne prête serment d'observer les statuts de l'Université, au nombre desquels ils placent la limitation des chaires dévolues aux Mendiants. Ceux-ci se plaignent auprès du comte de Poitiers, qui exerce la régence pendant que son frère, le roi Louis IX, est en Terre Sainte, et auprès du pape. Dans leurs écoles, les bedeaux chargés de proclamer la décision de l'Université sont bousculés. Dans l'été, le pape Innocent IV ordonne aux séculiers de retirer l'interdiction faite aux étudiants de suivre les cours des maîtres Mendiants et convoque les deux parties à Rome pour le 15 août de l'année suivante.

Durant l'année 1254, les maîtres séculiers entraînés par l'un des leurs, Guillaume de Saint-Amour, donnent à leur critique des Mendiants un tour plus systématique, dépassant les limites de la question universitaire. Le droit de confesser à la place des curés de paroisses, la légitimité de la mendicité volontaire, en un mot la place même des Mendiants dans l'Église, sont mis en cause. La position des séculiers est renforcée par l'imprudence du franciscain Gérard de Borgo San Donnino, qui publie à Paris une nouvelle édition des œuvres de Joachim de Fiore précédée d'une introduction très suspecte d'hétérodoxie – désignée communément sous le titre d'*Évangile Éternel* –, que l'Université s'empresse de dénoncer. Si la délégation de six maîtres séculiers que Guillaume de Saint-Amour conduit à Rome dans l'été n'obtient pas réellement satisfaction du pape dans le domaine strictement universitaire, puisque la question des chaires n'est pas tranchée, la bulle *Etsi animarum* du 21 novembre favorise le clergé séculier au détriment des Frères. Vers février 1255, Rutebeuf entre en lice dans le camp des séculiers : il se fait l'écho partisan de la querelle dans la *Discorde des Jacobins et de l'Université de Paris*. Il y reproche aux Jacobins leur ingratitude, leur hypocrisie, leur goût du pouvoir et il justifie implicitement pour finir la prétention de Guillaume de Saint-Amour de faire contribuer les Mendiants, comme les autres membres de l'Université, aux frais du voyage à Rome, c'est-à-dire aux frais du procès qu'il leur a intenté.

Mais entre temps, Innocent IV est mort. Son successeur, Alexandre IV, est le cardinal protecteur des Franciscains, Renaud de Segni. Après avoir révoqué *Etsi animarum*, il édicte le 14 avril la bulle *Quasi lignum vitae*, qui fait triompher sur tous les points la position des Frères dans la querelle universitaire. Les évêques d'Orléans et d'Auxerre, chargés de son application, prononcent l'excommunication de certains maîtres séculiers. Guillaume de Saint-Amour publie alors son *Tractatus de periculis novissimorum temporum ex Scripturis sumptis*, où il veut montrer que les Ordres nouveaux sont un des périls qui doivent marquer l'approche des Temps derniers et la venue de l'Antéchrist. Un envoyé du pape à Paris tente en vain de le faire condamner. Maîtres et écoliers contre-attaquent le 2 octobre par une lettre au pape où ils déclarent que, ne pouvant chasser les Religieux de la communauté universitaire, ils s'en retirent eux-mêmes, et ne sont donc plus concernés par les injonctions pontificales touchant l'Université. Sans répondre à cette lettre, où se reconnaît l'esprit procédurier de Guillaume de Saint-Amour, le pape prend le 10 décembre de nouvelles mesures visant à faire appliquer *Quasi lignum* et à faire condamner Guillaume.

Le 1er mars 1256, une assemblée de prélats réunie à Paris propose aux deux parties une composition amiable assez nettement favorable aux séculiers. Guillaume de Saint-Amour exploite ce succès pendant le printemps et l'été dans une série de sermons particulièrement violents. En mars de l'année suivante, dans son dit *D'Hypocrisie* ou *Du Pharisien*, Rutebeuf se souviendra du dernier d'entre eux, prêché sur ce thème à Paris le 20 août. Mais dès le mois de juin, le pape demande au roi Louis IX de protéger les Frères et écrit à l'évêque de Paris pour condamner la composition du 1er mars et pour lui enjoindre de priver de leurs bénéfices Guillaume de Saint-Amour et trois autres maîtres. Tous quatre sont cités devant la cour de Rome par les Prêcheurs. Quand ils y parviennent, le *De Periculis* a déjà été condamné le 5 octobre. Deux des compagnons de Guillaume, Odon de Douai et Chrétien de Beauvais, se rétractent et font leur soumission. Lui-même présente une défense devant une commission de cardinaux qui, tout en le reconnaissant coupable de plusieurs fautes, n'exige de lui que le serment d'obéir au pape. Ce dernier lui interdit de rentrer dans le royaume de France ainsi que de prêcher et d'enseigner où que ce soit. Guillaume ne quitte Rome qu'en août 1257. Il se retire chez lui, à Saint-Amour (Jura), où il mourra en 1272 sans avoir pu rentrer en France.

Ainsi frappée, l'Université se tait pendant plus d'un an. Mais Rutebeuf fait entendre sa voix. À la demande, sans doute, de Gérard d'Abbeville, nouveau *leader* du parti des séculiers, il compose le *Dit de maître Guillaume de*

Saint-Amour en septembre ou octobre 1257, quand la nouvelle de la condamnation parvient à Paris, et la *Complainte de maître Guillaume de Saint-Amour* au printemps 1258. L'agitation repart au début de 1259 et est particulièrement vive à la Faculté des Arts, avant de céder devant l'énergie manifestée une fois de plus par le pape et la faveur dont les Frères jouissent auprès de saint Louis. Rutebeuf écrit vers cette période – du printemps 1259 à l'automne 1260 – une série de pièces virulentes : *Des Règles, De sainte Église, Du mensonge (Bataille des Vices contre les Vertus), Des Jacobins, Des Ordres de Paris*, sans doute *Des Béguines*. Mais les maîtres séculiers sont définitivement vaincus. Rutebeuf ne retrouvera qu'un bref instant d'enthousiasme à la mort, le 25 mai 1261, de leur vieil ennemi, le pape Alexandre IV. À l'automne, il célèbre l'élection, survenue le 29 août, de son successeur Urbain IV dans le dit *D'Hypocrisie et d'Humilité*. Mais il lui faut maintenant rentrer en lui-même et chercher d'autres protecteurs.

Terre Sainte, Constantinople, Sicile : le front des croisades

Au printemps de 1254, saint Louis revient de la croisade d'Égypte. À Jaffa, ville exclue des trêves qu'il a conclues, il laisse Geoffroy de Sergines, qui, à la tête de cent chevaliers, mène une guerre de harcèlement, puis conclut à la fin de 1256 une trêve de dix ans. Avant que celle-ci soit connue, Rutebeuf, sans doute dans le courant de l'année 1256, célèbre ses exploits dans la *Complainte de Monseigneur Geoffroy de Sergines*. Mais à partir de 1260, ce sont les Tattares qui menacent les possessions latines d'Orient. Le sultan Baïbars rompt les trêves en 1263, et Acre est en danger. Césarée tombe en 1265, Antioche et Jaffa en 1268. Rutebeuf compose la *Complainte d'Outremer* probablement à l'automne 1265, au moment même où Geoffroy de Sergines reçoit en renfort une cinquantaine de chevaliers conduits par Eudes de Nevers, dont la mort à Acre le 7 août 1266 est déplorée par Rutebeuf dans la *Complainte du comte Eudes de Nevers*.

Auparavant, la chrétienté latine a subi un autre revers. Constantinople, qui était aux mains des Latins depuis la quatrième croisade (1204), est reprise sur l'empereur Baudouin II par Michel Paléologue le 25 juillet 1261. En octobre 1262, Rutebeuf se fait l'écho de l'événement dans la *Complainte de Constantinople*, qui mentionne également le péril tartare et aussi, incidemment, les dangers qui guettent la Sicile.

Car au même moment, le pape Urbain IV se lance dans une autre entreprise, que seuls les sophismes de la politique permettent de rattacher à celle des croisades. Il voudrait chasser Manfred, fils naturel de l'empereur Frédéric II, du trône de Sicile pour y placer Charles d'Anjou, frère de saint Louis. Malgré les réticences de ce dernier, il poursuit activement ce dessein jusqu'à sa mort, le 2 octobre 1264. Son successeur, Clément IV, le reprend à son compte. En 1264 Charles a obtenu que l'on prêche la croisade contre Manfred et que le pape lui abandonne pendant trois ans la dîme des revenus ecclésiastiques dans le royaume de France, mesure dont la mauvaise volonté du clergé rendra la mise en œuvre difficile. Il arrive à Rome au printemps 1265, entreprend la conquête de son royaume au début de 1266. Le 26 février, Manfred est vaincu et tué à la bataille de Bénévent. Rutebeuf a participé à la propagande en faveur de cette « croisade » avec la *Chanson de Pouille* de mai 1264 et le *Dit de Pouille* de juillet 1265.

Rassuré sur le cours des événements de Sicile, le pape relance au début de 1266 la prédication de la croisade d'Orient, que l'aggravation de la situation rend nécessaire. Le 25 mars 1267, saint Louis prend une seconde fois la croix, imité bientôt par son frère, le comte Alphonse de Poitiers, et par son gendre, le roi Thibaud de Navarre. Dans l'été, Rutebeuf compose la *Voie de Tunis* et l'année suivante la *Disputaison du croisé et du décroisé*. Le roi, qui s'est mis en route en mars 1270 meurt, on le sait, à Tunis le 25 août. Sur le chemin du retour, Thibaud de Navarre meurt à Trapani le 4 décembre et Alphonse de Poitiers à Savone le 21 août

1271. Rutebeuf déplore successivement la disparition de ces deux personnages dans la *Complainte du roi de Navarre* et la *Complainte du comte de Poitiers.*

En 1274, lors du concile de Lyon, le pape Grégoire X croit que les efforts en faveur de la croisade vont enfin aboutir. Ils sont soutenus par le roi de France Philippe III le Hardi. Mais celui-ci est bientôt tout entier accaparé par les développements de sa politique en Espagne. Rutebeuf écrit la *Nouvelle complainte d'Outremer* – son dernier poème d'attribution certaine – au début de 1277, à un moment où le pape Jean XXI s'emploie avec un regain d'énergie à réchauffer le zèle du roi. Mais ses efforts, comme ceux de son successeur Nicolas III, resteront vains.

La vie et l'œuvre ?

Ce qui frappe d'abord, si l'on considère globalement les poèmes que Rutebeuf consacre aux événements de son temps, c'est leur chronologie. D'une part, poèmes universitaires et poèmes de la croisade se succèdent et ne se mêlent pas. Constatation triviale, dira-t-on. Il se trouve que la querelle universitaire s'apaise au moment où la question de la croisade connaît un regain d'actualité : Rutebeuf n'y est pour rien. Constatation inexacte, au demeurant : la *Complainte de Geoffroy de Sergines* est antérieure à tous les poèmes universitaires à l'exception de la *Discorde des Jacobins* et lorsque le conflit entre séculiers et Mendiants se réveille en 1268, Rutebeuf y reprend du service en écrivant le *Dit de l'Université de Paris*. Entre-temps il ne s'est pas fait faute d'égratigner les Frères dans la *Chanson des Ordres*, dans *Frère Denise* et même dans la *Complainte de Constantinople*. Il est bien vrai cependant qu'il aurait pu avoir quelques raisons de s'intéresser à la croisade dès le début de sa carrière : celle d'Égypte était en cours, le roi était en Terre Sainte, le roi était prisonnier. Il n'en a pas soufflé mot. Globalement, il n'est pas faux de dire que la croisade est devenue assez tard une de ses préoccupations essentielles, que son attitude et ses griefs à l'égard des Mendiants avaient alors changé – on verra bientôt dans quel sens –, et qu'enfin, devenue une de ses préoccupations essentielles, elle l'est restée longtemps.

Car le second point frappant dans la chronologie de ces poèmes est le mélange de rapidité et de retard dans la réaction aux événements. Chaque poème est écrit très peu de temps après l'événement particulier qui l'inspire : Rutebeuf travaille vite. Mais chaque ensemble de poèmes est en décalage par rapport à l'ensemble des événements : Rutebeuf entre tard en campagne et y reste longtemps. Le premier poème consacré à la querelle universitaire est de 1255, alors que le conflit est dans sa phase aiguë depuis 1252. Tous les autres sont postérieurs à la condamnation de Guillaume de Saint-Amour, c'est-à-dire qu'ils datent d'une période où tout est virtuellement terminé. Les poèmes de la croisade se multiplient à partir de 1265, alors que la situation en Terre Sainte est inquiétante depuis 1260 et dramatique depuis 1263, et ils se prolongent jusqu'en 1277, date où plus personne ne croit sérieusement à une nouvelle croisade. Il serait bien imprudent d'en conclure que Rutebeuf était un caractère *secondaire*, lent à s'éprendre et à se déprendre. Le trait peut être purement contingent. Rien ne dit que Rutebeuf était à Paris avant 1255. Gérard d'Abbeville a pu le recruter comme pamphlétaire après la condamnation de Guillaume. De même, ses poèmes de croisade sont des poèmes de commande. Il les a écrits au moment où on a fait appel à lui, et pas avant.

Mais que ce moment soit venu tard prête à réflexion, surtout si l'on associe cette observation à la remarque faite plus haut que les deux séries de poèmes inspirés par l'actualité se succèdent et ne se mêlent guère. On voit alors se dessiner dans la vie et dans la carrière de Rutebeuf un mouvement que Michel-Marie Dufeil a le mérite d'avoir décelé et interprété de façon globalement très convaincante.

Le poète s'est engagé sans réserve dans la querelle universitaire aux côtés des séculiers. On peut supposer sans témérité cet engagement à la fois stipendié et convaincu. Certaines pièces sont très certainement de commande, en particulier celles qui défendent et exaltent Guillaume de

Saint-Amour ; aussi bien, dans le *Dit* et dans la *Complainte* que Rutebeuf lui consacre, il tire par moments presque aussi péniblement à la ligne pour allonger la sauce hagiographique que dans l'œuvre alimentaire de jeunesse qu'est la *Complainte de Monseigneur Ancel de l'Isle*. Mais il est bien probable que les commanditaires se sont adressés à un convaincu. Et convaincu, Rutebeuf l'est à l'évidence quand il multiplie en 1259-60, alors que tout est perdu, des poèmes plus virulents que jamais et dont certains semblent bien être de sa seule initiative *(Jacobins, Ordres de Paris, Béguines)*.

Tout est perdu alors, et Rutebeuf est compromis autant qu'on peut l'être dans le camp des vaincus. Il ne peut plus compter sur les commandes des milieux de cour, comme celles qui lui avaient permis, quelques années plus tôt, d'écrire les *Complaintes* d'Ancel de l'Isle et de Geoffroy de Sergines. À la cour règnent les Frères, qui ont toute la confiance de saint Louis. Ce dernier achèvera de se rendre odieux au poète, qui s'en indigne dans *Renart le Bestourné*, en décidant le 4 avril 1261 de fermer désormais sa porte aux poètes et aux amuseurs, par souci d'austérité et pour économiser de l'argent en vue de la croisade. C'est sans doute à cette époque qu'il faut placer la plupart des poèmes de la misère. Le *Mariage Rutebeuf* se date lui-même du 1er janvier 1261. La *Complainte Rutebeuf*, où le poète se dit père d'un enfant nouveau-né, serait de l'hiver suivant. Non qu'il faille être dupe de ses prétendues confidences. Mais on peut supposer qu'il prête une certaine cohérence et une certaine continuité à la biographie, même fictive, du pauvre hère dont il est en train de bâtir l'image et dont il entend vivre, essayant désormais de vendre sa propre *complainte* à défaut de se voir commander celle des autres. Les *Griesches* doivent être un peu plus anciennes. Plutôt que de placer, comme le suggère Michel-Marie Dufeil, celle d'hiver en 1256 et celle d'été en 1258, on peut – mais c'est pure hypothèse – les supposer composées à intervalle plus rapproché, peut-être au début de 1260 et dans l'été suivant, c'est-à-dire contemporaines du grand écroulement et proches des autres poèmes qui relèvent de la même manière et de la même facture.

C'est alors – sans doute dans l'hiver 1261-62, après la *Complainte Rutebeuf* – que se produit le tournant décisif. Rutebeuf semble avoir trouvé refuge auprès des Victorins, auxquels il rend, aux vers 727-36 de la *Voie d'Humilité* ou *de Paradis*, un hommage appuyé : ce sont les seuls, par les temps présents, à être animés par l'esprit de charité et de miséricorde. En même temps, il se « convertit », comme on dit à l'époque, c'est-à-dire qu'il se tourne tout entier vers Dieu dans un élan de ferveur et de repentir : c'est la *Repentance Rutebeuf*, dans laquelle il pleure ses anciens péchés, frôle le désespoir, implore l'intercession de la Vierge. De façon significative, la seule faute précise dont il s'accuse – en dehors de celle, toute générale, d'avoir oublié Dieu dans les plaisirs profanes – est d'avoir composé des poèmes polémiques, d'avoir chansonné les uns pour plaire aux autres, se plaçant ainsi au pouvoir du diable (v. 37-42). Il situe à la mi-mars, c'est-à-dire à la fois en Carême, au moment où se font sentir les premiers signes du renouveau printanier et à l'époque des semailles, le rêve allégorique de la *Voie d'Humilité* ou *de Paradis*, qui le conduit à la confession et à la pénitence. La même convention littéraire dont il avait usé l'année précédente dans le *Dit d'Hypocrisie et d'Humilité* pour célébrer l'élection d'Urbain IV est exploitée cette fois-ci sans la moindre allusion à l'actualité et hors de toute polémique.

Celle-ci n'est pas absente, il est vrai, des pièces composées sans doute entre l'automne 1262 et le printemps 1263. Mais son orientation a changé, et elle n'aborde plus la question universitaire. En octobre, dans la *Complainte de Constantinople*, il s'en prend une fois de plus à l'*Évangile Éternel*, reproche aux Jacobins et aux Mineurs de s'enrichir des testaments qu'ils captent au lieu de donner pour la croisade, invite le roi à se croiser plutôt que de protéger les béguines. Mais, en jouant les bougons et les opposants, il ne fait en réalité rien d'autre que défendre la politique officielle. *Frère Denise*, que la mention de l'interdiction par les Mendiants des danses et des jeux de ménestrels permet peut-être de dater de la même période, puisque la *Complainte de Constantinople* ironise sur le fait que c'est leur seule contribution à l'effort de la croisade, est un fabliau scabreux où un Franciscain joue un rôle abject. Les traits lancés contre l'Ordre n'y manquent pas, mais un hommage senti est rendu à saint François, qui est invité à juger ses mauvais fils. La *Chanson des Ordres*, enfin, reprend l'énumération du dit *Des Ordres de Paris*. Cependant, l'allusion au droit nouveau qu'ont les Trinitaires d'aller à cheval (mais non celle au chanvre des Sachets) oblige, en principe, à la placer après mai 1263. Les critiques adressées aux nouveaux Ordres y sont nombreuses et virulentes, mais elles ne visent plus leur doctrine, et la crise universitaire n'est pas mentionnée.

Ainsi, il semble bien que durant cette période Rutebeuf rentre doublement en lui-même. D'une part, ses positions sont en train de changer. Sans se déjuger vraiment, sans renoncer à ses vieilles rancœurs, il gauchit ses attaques, reste sur le terrain de la morale, où il est en sûreté, et, à propos de la croisade, appuie les desseins du roi en affectant de le critiquer. D'autre part, il se convertit et donne à sa poésie une coloration spirituelle de plus en plus nette, non seulement dans les sujets qu'elle aborde, mais aussi dans l'esprit qui l'anime.

Il compose alors, probablement, ses quatre grandes œuvres religieuses. La *Vie de sainte Marie l'Égyptienne* a pu lui être commandée par la corporation des drapiers dont la sainte était la patronne. Le conte pieux *Du sacristain et de la femme du chevalier*, qui lui est sans doute de peu postérieur, a été commandé par un certain Benoît ; Dufeil suppose qu'il pourrait s'agir, non d'un personnage particulier, mais de l'Ordre de saint Benoît ou d'une abbaye bénédictine. Les deux autres ouvrages répondent à des commandes tout à fait révélatrices de l'infléchissement que connaît la carrière de Rutebeuf. La *Vie de sainte Elysabel* a été écrite à la demande d'Erard de Lezinnes pour Isabelle, fille de saint Louis et épouse du roi Thibaud de Champagne. Arrière-petit-fils du chroniqueur Geoffroy de Villehardouin, Erard de Lezinnes, champenois et donc compatriote du poète, était chanoine d'Auxerre. Il était le neveu et le protégé de l'évêque de cette ville, Guy de Mello, auquel il succédera sur le siège épiscopal en 1271. Or Guy était l'un des deux évêques qu'Alexandre IV avait chargés de l'application de la bulle *Quasi lignum*.

Cette commande est donc le signe du retour en grâce de Rutebeuf auprès de la famille royale et auprès de l'Église. Retour en grâce auprès de l'Église que marque encore plus nettement la commande par l'évêque de Paris du *Miracle de Théophile*, représenté en la Nativité de la Vierge, le 8 septembre 1263, ou peut-être 1264. Il faut reconnaître que, si cette datation est presque certaine, il n'en va pas de même pour les trois œuvres précédentes, dont seule la chronologie relative est assurée. Le seul *terminus ante quem* est fourni par la mort d'Isabelle de Navarre en 1271. Toutefois, en raison non seulement de leur esprit commun, mais aussi d'emprunts textuels, qui constituent un indice matériel, il est vraisemblable qu'elles ont été écrites toutes trois vers la même période que la *Voie d'Humilité (Paradis)*, poème certainement contemporain de la crise même de la conversion.

Après 1264, les poèmes de la croisade et les déplorations funèbres évoqués plus haut, et dont la datation est assurée, sont eux aussi des œuvres de commande qui montrent que Rutebeuf est bien en cour. Quelques autres pièces peuvent être datées de cette époque sur de légers indices : les allusions au monde oriental et italo-angevin *(Dit de l'Herberie)* ; l'âge des enfants royaux ou la disparition des interdictions de 1261 touchant les fêtes et les jeux des ménestrels *(Charlot et le Barbier* et *Charlot le Juif qui chia dans la peau du lièvre*, antérieur à 1271, date de la mort du comte de Poitiers). Que Rutebeuf, vers la fin de sa carrière, se plaigne de ses mécènes montre au moins que ces mécènes existent (*Brichemer*, difficilement datable, mais aussi la *Paix de Rutebeuf* et la *Pauvreté Rutebeuf*, adressée à Philippe III comme, sans doute, le *Dit d'Aristote*).

Restent quelques poèmes, que seules des considérations de style, de manière ou d'idéologie permettent de placer avec Dufeil soit au début de la carrière du poète *(Pet au vilain, Testament de l'âne, Plaies du monde, État du monde)*, soit à la fin *(Dame qui fit trois tours autour du moutier, Ave Maria Rutebeuf, De Notre Dame)*. Ces suppositions sont raisonnables, mais ne sont que des suppositions.

Quelles que soient les incertitudes de détail, la chronologie proposée par Michel-Marie Dufeil emporte l'adhésion. L'idée que la vie et la carrière de Rutebeuf ont été marquées par une crise matérielle et morale liée à la défaite des séculiers dont il avait embrassé la cause, éclaire de façon saisissante son œuvre dans sa cohérence et dans ses ruptures. Mais dans la mesure assez large où cette reconstitution se fonde sur la critique interne des poèmes, elle pose la question de leur valeur référentielle. Dufeil paraît admettre sans discussion le caractère autobiographique des poèmes dits personnels et de certains poèmes religieux. Il l'admet au point de prendre pour argent comptant, comme l'avaient fait Edmond Faral et Julia Bastin, les confidences du *Mariage* et de la *Complainte Rutebeuf*. Cette interprétation, c'est le moins qu'on puisse dire, ne va pas de soi. On ne peut savoir comment lire Rutebeuf et comment le croire tant que l'on n'est pas au clair touchant sa poétique.

LA POÉTIQUE DE RUTEBEUF

Rutebeuf écrit pour vivre, et le plus souvent sur commande. Mais ses poèmes créent l'illusion de l'épanchement au point que les critiques les plus avertis y cherchent un reflet de sa vie et de son itinéraire moral. Sa poésie n'est pas destinée à être chantée – bien que le doute puisse exister, on le verra, touchant un petit nombre de pièces. Mais elle partage ce trait avec ce que l'époque moderne appelle la poésie lyrique, prêtant ainsi davantage encore au malentendu. Depuis l'édition Faral-Bastin, les poèmes de Rutebeuf sont arbitrairement répartis en cinq groupes d'après une définition sommaire de leurs sujets, et l'un de ces groupes a été baptisé celui des *poèmes de l'infortune*. Dénomination fâcheuse par ce qu'elle a d'anachronique et, du coup, de banal. Elle place en effet Rutebeuf – comme, on l'a vu, il est, non pas absurde, mais trop tentant de le faire – sous l'éclairage rétrospectif et familier de la poésie ultérieure, les gueux de Théophile, la bohème romantique, les *Soliloques du pauvre*. Elle impose ainsi subrepticement le postulat de la modernité de Rutebeuf, sans paraître voir combien ce postulat est à la fois important par ses enjeux, incertain et provocant. Classement fâcheux, lui aussi, qui introduit une séparation artificielle entre les poèmes, regroupe et isole les plus célèbres, les plus proches en apparence de la sensibilité moderne, ceux qui fournissent aux anthologies et aux manuels leurs extraits obligés, et détruit ainsi la continuité de l'œuvre. Il cache à quel point elle est une et cohérente dès lors qu'on ne la considère plus au regard de l'évolution ultérieure de la littérature, mais qu'on la replace dans le développement de la poésie de son temps.

Brève histoire d'une forme poétique

Cette cohérence tient en effet à la circonstance suivante. L'œuvre de Rutebeuf appartient à une tradition de poésie religieuse, morale et satirique, dans laquelle l'auteur tend à s'afficher toujours davantage, jusqu'au point où sa propre image inscrite dans le poème en devient parfois le sujet même. Évolution d'autant plus naturelle que cette poésie comporte un fort aspect de théâtralisation et a pour vocation d'être actualisée dans une performance au cours de laquelle l'interprète ou le récitant, qui prend conventionnellement le texte à son compte, s'affiche et s'impose. Dans cette perspective, les poèmes de Rutebeuf relèvent tous du même genre, entendu dans un sens très large, et de la même veine, quelles que soient leurs différences de sujet et de ton. Ils possèdent une unité thématique, qui est religieuse, une unité de manière, autour des modalités d'implication de l'auteur, une unité d'écriture.

La poésie latine du Moyen Âge savait depuis longtemps combiner la méditation religieuse à l'effusion personnelle. Que l'on songe à des pièces aussi justement célèbres que le *O cur jubes canere ?* de Gottschalk de Fulda, dans le premier quart du IXe siècle, ou le *Versa est in luctum / Cythara Waltheri* de Gautier de Châtillon dans le troisième quart du XIIe siècle. À cette époque, la poésie des goliards mêle les considérations morales, les traits satiriques et les prétendues confidences de la misère et du désir, tandis que la vérité dont est porteuse la fiction allégorique prétend se révéler par le truchement de l'expérience intime du poète, favorisé d'une vision ou d'un songe, comme c'est le cas chez Alain de Lille ou Jean de Hanville. On sait le succès que connaît bientôt ce procédé dans la poésie française, avec Raoul de Houdenc, Huon de Méry, Rutebeuf lui-même et bien d'autres, avec surtout sa transposition profane dans le *Roman de la Rose* et les œuvres innombrables qui s'en inspirent jusqu'à la fin du Moyen Âge.

D'autre part, la poésie française à caractère à la fois moral, religieux et satirique qui se développe à partir du milieu du XIIe siècle sous la forme de « sermons » en vers, de revues des états du monde, etc., tend, vers le tournant du siècle, à s'enraciner dans l'expérience et le point de vue particuliers du poète. Ils orchestrent, vers 1190, l'ouverture et la chute des *Vers de la Mort* d'Hélinand de Froidmont, dont le succès et l'influence sont considérables. Ils nourrissent et ils structurent de façon infiniment plus radicale et plus dramatique en 1202 les *Congés* du poète lépreux Jean Bodel d'Arras et, soixante-dix ans plus tard, à l'époque même de Rutebeuf, ceux d'un autre arrageois devenu lépreux à son tour, Baude Fastoul. Frappé par le terrible mal dans lequel il veut voir une grâce et non un châtiment, méditant sur les voies de Dieu, sur la souffrance et sur la mort, le poète, exclu vivant du monde des vivants, prend congé de tous ses amis l'un après l'autre, tout en se peignant avec un humour noir sous les traits terribles et grotesques qui sont désormais les siens, se regardant avec le regard des autres, riant de lui-même avant qu'on rie de lui. Quelques années plus tard, Adam de la Halle, arrageois lui aussi, pousse jusqu'au bout la logique de cette dramatisation du moi en écrivant, à côté de *Congés* – provoqués, non par la maladie, mais par le dégoût de sa ville natale et de ses habitants – une pièce de théâtre sur le même thème, où il se met lui-même en scène entouré de ses concitoyens : c'est le *Jeu de la Feuillée*. Encore l'expression moderne « pièce de théâtre » est-elle inadéquate en ce qu'elle suppose un genre nettement différencié qui a le monopole de la représentation scénique, alors qu'il y a au Moyen Âge, de l'interprétation du poème comme soliloque au jeu à plusieurs personnages, continuité dans la performance.

La poésie de Rutebeuf relève de ce courant qui associe l'exhibition du moi à la satire du monde. Elle est, dirait Jean Starobinski, placée sous le signe de la mélancolie, cette humeur sombre qui excite une verve tantôt dirigée contre autrui, tantôt retournée contre soi-même, et qui est réputée depuis l'Antiquité être à la source de l'inspiration satirique. Surtout, cette poésie récitée, qui se désigne le plus souvent elle-même sous le terme générique et vague de *dit*, ne dérive pas de la forme qui, à nos yeux, se donne le plus naturellement pour celle de l'expression personnelle, la poésie lyrique. La poésie lyrique, celle des troubadours et des trouvères, qui est apparue dans la première moitié du XIIe siècle et jette au temps de Rutebeuf ses derniers feux, tend à l'abstraction et à la généralité. Elle y tend, paradoxalement, dans la mesure même où elle se prétend l'expression sincère d'un amour réel. Dans le « grand chant courtois », en effet, l'expression poétique prétend refléter exactement la perfection de l'amour éprouvé, en vertu d'une sorte d'équivalence, bien mise en lumière par Paul Zumthor, entre les propositions « j'aime » et « je chante ». Elle ne saurait donc faire de place à l'anecdotique et au particulier, puisque l'amour lui-même ne saurait dépendre de l'aléatoire, de l'accidentel, du contingent. À travers son formalisme obligé, elle cherche à manifester la coïncidence entre un idéal de l'amour et un idéal du moi. Le chant accentue ce caractère de généralité en autorisant chaque interprète à s'approprier la charge affective présente dans le poème. À l'inverse, la poésie de Rutebeuf est une poésie du particulier, mais ne prétend nullement à la sincérité, ou au moins n'y prétend pas essentiellement. Elle est exhibition d'un moi qui entend se définir de façon à la fois anecdotique et individualisée à travers les accidents et les circonstances de la vie, dont les hasards lui imposent les tribulations qu'il subit et les passions qui l'animent.

C'est du côté de cette parade du moi que se trouve l'avenir de l'idée même de poésie. Adam de la Halle, on l'a dit, prétend tracer son propre portrait et raconter sa vie dans les *Congés* et le *Jeu de la Feuillée*. Mais il compose d'autre part des chansons courtoises qui obéissent à la règle de l'abstraction et de la généralité imposée par le genre, montrant ainsi que les deux formes poétiques répondent dans son esprit à des conventions et à une tradition bien différentes. Les *Dits* du Clerc de Vaudoy, associés dans l'un des manuscrits à ceux de Rutebeuf, présentent avec ces derniers une telle parenté que l'on devine une influence, sans pouvoir déterminer dans quel sens elle s'est exercée. Baudouin et Jean de Condé, Watriquet de Couvins, au début du XIVe siècle, empruntent, de façon plus compassée, la même voie. Les vraies fausses confidences de Guillaume de Machaut, la poésie du quotidien et des choses de la vie chez Jean Froissart et chez Eustache Deschamps, les *Testaments* poétiques du XVe siècle, tel celui de Villon, la ritournelle intimiste et mélancolique de Charles d'Orléans, en un mot toute la poésie de la fin du Moyen Âge dérive de cette dramatisation du moi, dont l'exhibition comporte presque toujours une part de dérision.

Dieu et moi : la parade

Le courant poétique auquel se rattache l'œuvre de Rutebeuf relève, on l'a dit, d'une inspiration religieuse, morale et satirique. Rutebeuf est totalement fidèle à cette inspiration. Il est impossible de distinguer dans sa production des poèmes religieux d'autres qui ne le seraient pas. Tous ses poèmes sont marqués par les préoccupations religieuses, sauf quatre (*Ribauds de Grève, Herberie, Brichemer, Charlot le Juif qui chia dans la peau du lièvre* – encore Charlot est-il juif), où, sous des formes diverses, la satire est seule présente. Même un fabliau ordurier comme le *Pet au vilain* traite sur le mode plaisant du salut éternel. Même un débat grotesque comme la *Dispute de Charlot et du Barbier* exploite des arguments religieux. Dira-t-on que les poèmes universitaires et ceux de la croisade n'abordent les questions religieuses que sous l'angle de la pure propagande politique et parce que leur thème l'impose ? Ce serait se fier bien imprudemment à nos impressions et préjuger bien hardiment des sentiments réels du poète, qui, cela va de soi, nous échappent. Le fait est que ce sont des poèmes religieux, où le souci de découvrir la volonté de Dieu et les voies du salut est partout affiché. Ces préoccupations sont aussi présentes dans la *Repentance Rutebeuf* que dans la *Repentance Théophile* – cet extrait du *Miracle de Théophile* que le manuscrit *C* copie sous ce titre. Pourquoi placer le premier de ces poèmes parmi les « poèmes de l'infortune », la *Voie d'Humilité* (ou *de Paradis*) parmi les « poèmes de l'Université de Paris », *Frère Denise* parmi les « pièces à rire » ? Tous sont tout autant des « poèmes religieux ».

Cette inspiration religieuse offre une première clé pour comprendre les termes dans lesquels Rutebeuf se présente et se déprécie lui-même en jouant de son nom. « Rutebeuf qui est dit de "rude" et de "bœuf" », « Rutebeuf, qui rudement œuvre », Rutebeuf, incapable de travailler et qui ne sait que rimer : on a relevé au début du chapitre précédent les nombreuses occurrences de ces formules dépréciatives et de ces protestations d'incompétence. On devine à présent leur origine et leur raison d'être. Derrière le topos d'humilité se dessine une inquiétude spirituelle que l'on trouve formulée par d'autres poètes. Ainsi, le *Besant de Dieu* de Guillaume le Clerc de Normandie (1226) se présente comme une réponse au cas de conscience que le poète expose dans le prologue : couché dans son lit un samedi soir, le poète a réfléchi qu'il se damnait en composant des œuvres frivoles et mondaines, des fabliaux et des contes, et il a éprouvé la nécessité de se tourner vers Dieu et de travailler à son salut. Mais comment ? Il a une famille à nourrir et il ne sait rien faire d'autre que « versifier en roman ». La solution est, bien entendu, de composer une œuvre édifiante et de faire ainsi fructifier le talent – le *besant* – que Dieu lui a donné. Mais cette solution n'est pas un idéal ; c'est un compromis avec les circonstances. Il vaudrait mieux, sans doute, se consacrer entièrement à Dieu, quitter le monde, entrer au couvent. Mais il faut écrire pour gagner l'argent du ménage. Écrivons donc de façon à plaire tout de même à Dieu.

L'activité poétique n'est pas du côté de l'idéal. Elle est du côté des nécessités matérielles de la vie quotidienne. On est poète parce qu'il faut bien vivre, faute de savoir faire autre chose, et Dieu n'y trouve pas toujours son compte. Cette double et même condamnation à la misère et à l'écriture est présentée comme allant de soi, comme la définition du poète nécessairement reflétée par l'image que donne de lui le poème.

Rutebeuf ne dit pas autre chose : je rime au lieu de travailler, parce que je ne sais faire aucun autre travail (*Mensonge* 9-11) ; je vous dis ce que j'ai sur le cœur, parce que je ne sais rien faire d'autre (*Constantinople* 4-5) ; j'appelle la protection de Dieu sur Jaffa, Acre et Césarée, ne pouvant leur être d'aucun autre secours, car je ne suis pas homme de guerre (*Constantinople* 29-30). Et ailleurs, précisant les implications religieuses : Notre-Seigneur dit que celui qui ne travaille pas n'a pas le droit de manger, et moi je prie la Vierge de guider « ma parole et mon dit », car je ne suis capable d'aucun autre travail (*Sainte Elysabel* 1-14) ; j'ai rimé aux dépens des uns pour plaire aux autres, me livrant ainsi au pouvoir du diable (*Repentance* 38-42). Ou enfin, soulignant que la poésie, c'est la misère : je ne sais pas travailler de mes mains (*Mariage* 98).

Ainsi, attirer l'attention sur la nature particulière de son travail, c'est, de la part du poète, faire acte d'humilité, voire acte de contrition : ce travail n'en est pas un. Il conduit à la misère et, si Dieu n'y veille, au péché. Il faut l'emportement de la polémique pour que Rutebeuf fasse par la bouche de Courtois l'éloge de ses dits et de ses rimes, qui déplaisent aux couards et aux hypocrites (*Hypocrisie et Humilité* 50-80). Encore est-ce en rêve. Encore est-ce hors de toute référence à l'idée de travail. Or cette idée ne pouvait qu'être importante aux yeux de Rutebeuf, car elle était au centre de la polémique à laquelle il a été mêlé. Le reproche le plus radical fait aux Ordres mendiants portait sur la légitimité de la mendicité volontaire. Il conduisait leurs adversaires à célébrer le travail, à lui conférer en lui-même une valeur morale qu'il n'avait pas jusqu'alors – on n'y voyait traditionnellement rien d'autre qu'une souffrance, comme le dit l'étymologie, et une punition, celle du péché originel, qui a obligé l'homme à gagner son pain à la sueur de son front. Cette valeur rejoignait celle qu'il prenait à la même époque aux yeux de l'active bourgeoisie marchande. C'est le moment où l'*accidie* laisse la place à la paresse dans la liste des péchés capitaux : Rutebeuf fournit lui-même sur cette évolution un témoignage intéressant (*Voie d'Humilité* ou *de Paradis* 359-402 et note). Le poète peut se dire, comme l'intendant infidèle : « Que puis-je faire ? Travailler ? Je n'en ai pas la force. Mendier ? J'aurais honte » (Lc. 16, 3). En présentant la composition poétique comme un succédané de travail, tout juste bon pour celui qui n'a aucune autre compétence et qui n'est au fond qu'un parasite et un paresseux, Rutebeuf joue à la fois d'un topos d'humilité traditionnel en littérature et de l'actualité nouvelle que lui donne l'évolution des sensibilités.

On comprend dès lors le lien qui unit ce motif aux calembours sur le nom de Rutebeuf. Ils le renforcent. Non seulement le travail de Rutebeuf n'en est pas un, mais encore il le fait mal. S'il y a à reprendre dans le poème, si la rime en est rude, il faut prendre garde au nom de celui qui l'a composé : il est rude, il travaille rudement (de façon grossière), il est rude comme est rude le bœuf, qui ne sait tracer qu'un sillon grossier, et il ne faut s'étonner que dans sa rudesse il commette des erreurs (*Sacristain* 750-60, *Sainte Elysabel* 1994-2006). Cette « rudesse » est ailleurs associée à la paresse, de manière à laisser entendre que, si Rutebeuf travaille de façon grossière, c'est qu'il ne travaille pas assez :

> Au point du jor, c'on entre en oeuvre,
> Rutebués, qui rudement huevre,
> Car rudes est, se est la soume,
> Fu ausi com dou premier soume.
> Or sachiez que gaires ne pense
> Ou sera prise sa despance. (*Voie d'Humilité* 17-22)

> [Au point du jour, qu'on se met à l'ouvrage, Rutebeuf, dont l'ouvrage est rude, car il est rude, tout est là, était pour ainsi dire dans son premier sommeil. Il ne se demande guère, sachez-le, où il pourra trouver sa vie.]

Le point du jour, c'est l'heure où l'homme de bien se lève pour labourer et semer – et bienheureux celui qui sèmerait de façon que son âme moissonnât la semence divine ! (v. 9-16). Mais Rutebeuf dort. Il ne travaille pas avec conscience : il est grossier et son œuvre grossière.

Il ne pense pas à assurer sa subsistance par son travail : son insouciance et sa paresse sont la cause de sa misère. Pourtant, endormi, il pourra rêver, et son rêve sera celui de sa conversion. Avouant sa paresse, le poète souligne donc d'un même mouvement ses conséquences matérielles – la misère –, ses conséquences morales – car les « fruits de la terre et du travail des hommes » sont l'image du fruit que peut porter l'âme –, ses conséquences dans l'ordre du « travail » qui est malgré tout le sien, et qui est grossier. Mais, par un retournement profondément chrétien, il trouve dans sa faiblesse même le chemin du salut, que lui montre son rêve, la « voie d'humilité », la « voie de paradis ».

Ce passage réunit les éléments qui déterminent la poétique de Rutebeuf : sur un fond de préoccupations religieuses, une exhibition de la faiblesse du poète qui englobe la misère, le vice (que l'on songe à l'imbrication des deux motifs dans les *Griesches*) et la performance poétique elle-même, sévèrement jugée dans son principe même et dont les défauts, le laisser-aller supposés définissent la figure du poète comme le fait son propre nom. À travers cette exhibition qui le condamne, il cherche en même temps à se défendre et à se sauver. Il s'exhibe devant tous ceux qui peuvent l'y aider, de ses protecteurs et ses commanditaires à la Vierge et à Dieu. Sa parade en est une dans les deux sens du terme.

Il n'est donc pas étonnant que les ressorts d'une telle poésie soient la théâtralisation, la dérision et, dans le langage même, une affectation de facilité, parfois de négligence et de lassitude blasée. La théâtralisation, car la poésie de Rutebeuf, comme sans doute une grande partie de la littérature médiévale, demande à être, non seulement récitée, mais encore à demi jouée. Non pas jouée comme l'est une pièce de théâtre, dans laquelle l'acteur cherche à disparaître derrière le personnage, mais jouée comme peut l'être un soliloque de cabaret, dont l'interprète veut faire comprendre qu'il incarne quelqu'un d'autre sans laisser oublier qu'il est lui, tire ses effets et son succès soit du contraste soit de la similitude, qu'il souligne ou laisse entrevoir, entre lui et l'autre, et, plus radicalement, de sa virtuosité à inventer une voix. Le *Dit de l'herberie* n'est pas le boniment d'un marchand de simples. Il est l'imitation de ce boniment par un autre bateleur, le poète, qui le singe sans vouloir complètement s'effacer derrière lui : la première partie, en vers, impose sa présence, avant que la prose ne se confonde presque parfaitement avec l'original qu'elle imite. Le *Miracle de Théophile* est, en un sens, une « vraie » pièce de théâtre. Mais la conversion de Rutebeuf est si présente derrière celle de Théophile que le manuscrit *C* isole et copie seuls les deux morceaux de bravoure que sont le monologue du clerc repentant et sa prière à la Vierge. Il intitule le premier la *Repentance Théophile*, marquant ainsi sa similitude avec la *Repentance Rutebeuf*. Mais de façon beaucoup plus générale, hors de ces cas particuliers et quelle que soient la forme et le sujet du poème, celui-ci suppose toujours une voix qui le dit, qui l'actualise, qui le soutient, une voix indignée, enflammée, pitoyable ou geignarde, une voix qui s'affiche comme celle du poète, non pas sa voix naturelle, mais sa voix de scène, sa voix travaillée par les effets de l'art. Cette voix s'entend chez Rutebeuf, comme elle s'entend dans les *Congés* d'Arras, comme elle s'entendra chez Villon. L'effet de confidence produit par cette poésie est d'abord un effet de voix.

S'il est un théâtre où chacun fait entendre sa voix, se produit et s'écoute, joue son propre rôle, parle bien haut avec une autorité feinte ou s'épanche avec un abandon suspect, et où pendant ce temps son vrai drame se joue en silence, c'est la taverne. Elle est systématiquement présente, et parfois imposée de façon incongrue, dans le plus ancien théâtre français, du *Jeu de saint Nicolas* de Jean Bodel au *Jeu de la Feuillée* d'Adam de la Halle, en passant par *Courtois d'Arras*. Elle joue dans la définition du personnage poétique de Rutebeuf un rôle essentiel *(Griesches)*. Elle offre au faible, incapable de résister à la passion du jeu et du vin, sa chaleur bruyante et sa sécurité illusoire. Mais l'espoir de gagner aux dés est toujours déçu, l'excitation collective retombe, les chansons se taisent (*Griesche d'été* 77-90), et elle le chasse misérable, nu – il a laissé ses vêtements en gage – et seul. Elle est donc à la fois le lieu où s'exhibe le moi, l'image de ses illusions, l'occasion de sa chute, la porte de la misère, celle du *Mariage* et de la *Complainte*. Ce que nous appelons voix de théâtre est dans cette poésie une voix de taverne : elle trouve le ton juste sans pour cela dire le vrai, elle sait parler fort, mais prétend parler seule, sans rencontrer d'écho.

Cette voix crée d'autant plus l'impression d'appartenir à un individu particulier, d'être unique, qu'elle parle et ne chante pas. Certains soutiennent cependant que les poèmes en tercets coués (a^8 a^8 b^4 b^8 b^8 c^4, etc) peuvent avoir été chantés. Mais les manuscrits n'offrent aucun indice à l'appui de cette hypothèse. En revanche, et bien qu'aucune mélodie n'ait été conservée, la *Chanson des Ordres* était certainement destinée à être chantée, comme le montrent les strophes et le mètre brefs, le refrain, et le titre même de « chanson » que le manuscrit *C* lui donne, à une époque où le mot ne peut guère avoir été employé de façon métaphorique, comme dans *Chansons des rues et des bois* ou *Chanson du mal-aimé*.

Une voix à la fois assumée et distanciée ; la taverne comme lieu privilégié de l'exhibition du moi ; une satire dirigée à la fois contre soi-même et contre les autres, une poétique fondée sur une image dépréciée de la poésie et de soi-même : partout la dérision est proche. On a vu qu'elle est présente, et sous quelle forme, dans les *Congés*. Chez Rutebeuf, elle se manifeste aussi de façon moins explicite mais tout aussi percutante dans les jeux mêmes du langage, de la métrique, du rythme, dans cette négligence trompeuse, dans cette rudesse plus trompeuse encore qu'affecte le poète.

Un ton et des mots

La poésie de Rutebeuf porte. Elle porte par sa vigueur persuasive et polémique. Mais elle porte aussi le lecteur par une sorte de recherche de la fascination par la facilité qui en fait une poésie du flot et du flux : le rythme à la fois satisfaisant et dégingandé du tercet coué, avec la surprise attendue du vers bref qui le termine mais ne le clôt pas, puisqu'il reste sur le suspens d'une rime isolée dans l'attente des octosyllabes du tercet suivant, qui eux-mêmes ont besoin de la chute désinvolte, chantante et lasse du vers de quatre pieds, qui à son tour..., les tercets se poussant et s'épaulant ainsi l'un l'autre comme des vagues, sans pouvoir s'arrêter sinon au prix d'une menue violence métrique. L'enchaînement des calembours, des homophonies, des paronomases qui soutiennent parfois à eux seuls la progression du poème pendant de longues suites de vers. Le ton entendu ou désabusé, le bon sens faussement innocent, l'affectation de simplicité des proverbes familiers inlassablement repris et retaillés à la mesure du mètre, l'exploitation avec une paresse un peu ostentatoire d'un stock de formules, d'images, de vers, de couplets entiers parfois répétés d'un poème à l'autre au hasard des contextes. L'impression qu'une suite de brèves sentences s'enchaîne en un long bavardage. Tout Rutebeuf est dans cette concision nerveuse et nonchalante avec laquelle il joue sur les mots.

Le texte paraît ainsi mêler continuellement la sophistication et l'à-peu-près. Les jeux verbaux sont souvent tirés par les cheveux, mais doivent être compris sans effort, au fil du poème. Les rimes sont souvent riches – les rimes masculines, en particulier, le sont presque systématiquement – et volontiers équivoques ou surabondantes. Mais en même temps certains manuscrits ne se soucient guère d'harmoniser les graphies, et il leur est indifférent d'offrir, au moins à l'œil, des rimes imparfaites. Un vers surnuméraire se glisse de loin en loin dans un tercet coué, le transformant en quatrain. Dans le schéma des strophes, de menues irrégularités surgissent, qui ne sont pas nécessairement des erreurs. Le poète affecte ainsi jusque dans ses subtilités la *rudesse* et la paresse dont il s'accuse. Mais c'est aussi la tendance naturelle, reflétée par les manuscrits, d'une poésie appelée à s'épanouir dans la performance orale, et soumise à la voix qui masque ses irrégularités ou accentue ses effets autant qu'aux règles de sa versification.

Une mise en scène du moi, qui impose sa présence en faisant entendre sa voix et fonde sur elle sa puissance de conviction : telle se présente la poésie de Rutebeuf. Cette parade du moi n'implique ni sincérité de l'engagement ni vérité de la confidence. En ce sens, il peut paraître imprudent de déduire de l'œuvre du poète l'itinéraire de sa vie. Mais il est légitime de prendre en considération les personnages qu'il a joués et les voix qu'il a fait entendre. L'hypothèse de M.-M. Dufeil n'a pas d'autre fondement, même si, dans le détail de ses formulations, elle paraît faire trop de crédit aux confidences biographiques de Rutebeuf. Que sa femme ait réellement ressemblé ou non au portrait qu'il en fait, qu'il ait réellement eu un enfant et perdu un œil, tout cela est de peu d'importance. Mais la confrontation des images qu'il donne de lui – le polémiste, le croyant, le parasite, le traîne-misère – parle d'elle-même et donne, sans qu'il soit besoin de supputer de leur réalité, des indications sûres. La « chronographie d'une vie rythmée » que propose Dufeil est convaincante comme chronographie d'une vie jouée. Au demeurant, la poétique de Rutebeuf suppose bien, pour être efficace, une relation étroite au réel, même si cette relation n'a certainement pas la limpidité d'un reflet. Et la lecture qui a été faite de son œuvre a été très tôt une lecture biographique. Ainsi, l'auteur du manuscrit *G*, écrit peu après 1328 (voir ci-dessous p. 43), après avoir montré la miséricorde de la Vierge en racontant le miracle de la femme délivrée, observe que, si la femme subit les douleurs de l'enfantement, l'homme a aussi sa part de souffrances, celles que lui apportent le mariage et les disputes avec sa femme, souffrances subies par Rutebeuf, dont il copie alors le *Mariage*.

Au-delà de la question biographique, l'âpreté satirique de Rutebeuf, la violence de ses partis pris, l'ostentation de ses faiblesses, de sa misère et de sa vie déréglée, ses rythmes et ses jeux sonores à la fois faciles et syncopés, comme égrenés d'une voix lasse, tout cela a facilité, on le conçoit, son assimilation à l'image moderne du poète bohème et mauvais garçon. Mais un examen de sa poétique et du courant littéraire auquel elle se rattache montre combien cet anachronisme est réducteur en faisant apparaître deux différences fondamentales. D'une part ce courant est celui d'une poésie religieuse, qui monnaye ses préoccupations spirituelles sous les espèces de l'exhortation morale ou de la peinture satirique du monde et du moi. C'est en payant de sa personne sur le théâtre de cette sorte de prédication rimée que le poète impose sa présence et finit par donner à son œuvre une première coloration personnelle. Rutebeuf est un clerc des écoles, et sa poésie est d'abord une poésie de clerc dans ses préoccupations et dans sa manière. Ce n'est pas un hasard si on peut la rapprocher de celle du Clerc de Vaudoy, de Guillaume le Clerc de Normandie, d'Adam de la Halle, obsédé par la question de la cléricature. On a feint de s'étonner au début de cette introduction qu'il n'ait pas laissé de poème d'amour. Il n'y a là rien d'étonnant. La poésie amoureuse appartient à un registre, une idéologie, une sensibilité tout différents des siens. Lorsque son contemporain Jean de Meun, clerc lui aussi, et fort savant, qui lui succède peut-être comme pamphlétaire du parti séculier à l'Université, lorsque Jean de Meun poursuit le *Roman de la Rose* de Guillaume de Lorris, il le subvertit au point de remplacer l'exaltation de la passion amoureuse par la peinture satirique des comportements amoureux et au point de vider de son sens l'idée d'amour qui fonde le poème de son prédécesseur pour la remplacer par les notions d'instinct sexuel et d'amour divin, audacieusement unies.

D'autre part Rutebeuf ne confère aucune valeur en soi à la fonction du poète et à la création poétique. La poésie n'est pas une revanche sur la misère et sur le vice, qui seraient le prix, lourd mais non excessif, qu'il faut payer pour être poète. N'avoir d'autre talent que celui de *rimer* est une faiblesse, qui met sur la voie de la misère et du vice, loin d'en consoler. Rutebeuf déplore de ne rien savoir faire d'autre que rimer et il ajoute que même cela, il le fait paresseusement et mal. Ce n'est pas seulement une humilité feinte et une *captatio benevolentiae*. C'est d'une part l'affirmation d'une tension essentielle entre l'inspiration religieuse, qui veut tout mesurer à l'aune des œuvres de salut, et la réalité de la poésie, qui, sans la miséricorde de Dieu, est plus œuvre de damnation que de salut. Et c'est aussi l'affirmation d'une cohérence essentielle entre l'influence néfaste de la poésie sur le poète et le tour négligé que le poète donne à sa poésie ; entre sa poésie et ce qu'elle prétend révéler de lui-même ; entre la voix qu'il prend et le personnage qu'il joue.

LA PRÉSENTE ÉDITION

Était-il nécessaire de donner une nouvelle édition des œuvres complètes de Rutebeuf ? Il en existe une, monumentale, érudite, excellente : celle d'Edmond Faral et de Julia Bastin (désignée dorénavant par l'abréviation F.-B.). On ne prétend pas la remplacer. La présente édition se fonde sur elle et y renvoie au contraire sur plusieurs points. Ainsi pour la description des manuscrits, très minutieuse dans F.-B. et que l'on ne trouvera ici qu'abrégée. Ainsi pour l'étude grammaticale et pour celle de la versification, que l'on peut tenir pour définitives. De même, on n'a pas cru devoir donner une nouvelle fois un apparat critique complet, que le lecteur intéressé trouvera dans F.-B., avec certes de ci de là d'infimes erreurs, mais trop rares et trop légères pour nécessiter une refonte. En dehors des cas, toujours signalés, où l'on s'est écarté du manuscrit de base, on s'est contenté ici de relever les variantes qui modifient le sens du texte, à l'exclusion des variantes graphiques ou purement morphologiques et de certaines modifications menues (ordre des mots, chevilles, etc.). Ce parti impliquait, il est vrai, des choix subjectifs, et on ne prétend pas avoir toujours opéré avec une cohérence parfaite.

D'autre part, les annotations et les éclaircissements historiques et philologiques donnés par F.-B. sont presque toujours irréprochables. J'y ai puisé si souvent que je n'ai pu signaler mon emprunt à chaque fois, mais seulement lorsqu'il s'agit d'une hypothèse réellement originale ou lorsque je reprends en l'abrégeant une explication. En revanche, chaque fois que je me suis trouvé en désaccord avec F.-B. pour l'interprétation du texte ou que j'ai préféré, touchant les circonstances historiques, l'opinion d'auteurs plus récents, je l'ai explicitement signalé. Le lecteur risque donc de minimiser ma dette à l'égard de mes prédécesseurs et de me faire crédit d'une indépendance exagérée.

Cependant, la présente édition ne se contente pas de démarquer en la simplifiant celle de F.-B. Elle offre trois innovations, d'importance inégale, qui peuvent justifier son existence. Elle n'adopte pas le même manuscrit de base que F.-B. Elle présente les poèmes dans un ordre qui se veut chronologique, et qui se fonde pour l'essentiel sur les travaux de Michel-Marie Dufeil, au lieu de les classer par thèmes d'inspiration comme dans l'édition F.-B. Elle est accompagnée d'une traduction.

Deux manuscrits peuvent servir de base à une édition de Rutebeuf, le manuscrit *A* (Paris, Bibl. Nat. fr. 837) et le manuscrit *C* (Paris, Bibl. Nat. fr. 1635). F.-B. choisit le manuscrit *A*, mais non sans hésitations ni scrupules, exprimés en ces termes :

> « Le recueil *C* se recommandait par deux mérites : il est la collection de pièces la plus nombreuse et il offre généralement un bon texte. Mais il est l'œuvre d'un scribe de la région de l'Est, dont les graphies rendent la lecture des textes plus difficile, créent parfois des équivoques, et n'étaient certainement pas celles dont se servait l'auteur. Aussi avons-nous pris pour base le recueil *A* pour toutes les pièces où il apportait son témoignage. Ce recueil célèbre, d'origine francienne, d'un travail très soigné, donne de très bonnes leçons : son défaut est seulement de n'avoir été copié que vers la fin du XIIIe siècle, à un moment où l'usure des formes a entraîné, sous la main du scribe, certaines graphies qui ne traduisent plus exactement le système morphologique de l'auteur ». (I, p. 221)

On le voit, les reproches adressés à *C* se réduisent à peu de chose. Qu'il ait une graphie plus difficile et plus hérissée pour un lecteur moderne, est un argument de faible valeur. Qu'il ait été copié par un scribe originaire de l'Est – il présente « des traits mettant en cause à la fois la Champagne de l'Est, la Bourgogne et la Lorraine » (F.-B. I, p. 19), n'est pas en soi un inconvénient. Rutebeuf, on le sait, était champenois et il n'est pas sans intérêt que la collection la plus complète de ses œuvres porte la marque de sa région d'origine.

La collection la plus complète : voilà le principal argument en faveur de *C*. Il contient en effet cinquante pièces de Rutebeuf sur un total de cinquante-six, et presque cinquante-et-une, puisqu'il donne deux extraits du *Miracle de Théophile*, qui n'est intégralement conservé que dans *A*. Ce dernier manuscrit, pour sa part, ne contient que trente-trois poèmes, *B* (Paris, Bibl. Nat. fr. 1593) – dont le texte est souvent fort corrompu – vingt-six, les autres manuscrits entre un et cinq.

Quant au mérite essentiel que F.-B. reconnaît au manuscrit *A*, celui de donner « de très bonnes leçons », il ne constitue pas nécessairement un avantage. Ses leçons, en effet, sont bonnes en ce qu'elles sont limpides et logiques. Il paraît être l'œuvre d'un scribe attentif, qui, lorsque son modèle est corrompu ou lui paraît obscur, n'hésite apparemment pas à intervenir, intelligemment certes, mais à intervenir tout de même. *Mutatis mutandis*, il a un peu les mêmes qualités et les mêmes défauts que Guiot pour les romans de Chrétien de Troyes. Au demeurant, les cas ne sont cependant pas rares où il faut corriger son texte grâce à celui de C. Assez souvent, la leçon de *C* offre un sens plus plein que la sienne (cf. Zink 1986 et 1987).

Pour cette raison, mais surtout parce qu'il constitue le recueil le plus complet sans que ses inconvénients compensent cet avantage, on a choisi *C* comme manuscrit de base de cette édition. Elle offre donc un texte nouveau et ne répète pas celle de F.-B., qui laissait poindre, d'ailleurs, comme l'ombre d'un regret d'avoir renoncé à *C* :

> L'inconvénient de notre choix est clair. Comme le recueil *A* ne donne pas toutes les pièces que nous publions, il a bien fallu, là où il était défaillant, prendre le recueil *C* [...]. Quelques-uns, néanmoins, auraient peut-être préféré trouver ici une image d'ensemble du recueil *C*, considéré comme un document de prix. (I, p. 221-2)

Aussi bien, les mêmes éditeurs avaient suivi *C* pour publier en 1946 *Onze poèmes de Rutebeuf concernant la croisade*.

La seconde innovation de notre édition est de présenter les pièces dans un ordre qui se veut l'ordre chronologique de leur composition à partir de l'hypothèse formulée par M.-M. Dufeil et présentée dans le premier chapitre de cette introduction. En effet, comme on l'a vu dans le second chapitre, le parti retenu par F.-B., qui consiste à répartir les poèmes de Rutebeuf en cinq catégories – poèmes concernant « l'Église, les Ordres mendiants et l'Université », poèmes de la croisade, poèmes de l'infortune, poèmes religieux, pièces à rire –, n'est pas sans inconvénient au regard de leur interprétation et de la compréhension de la poétique qui les fonde. Une autre solution aurait été de suivre l'ordre du manuscrit *C*. Mais cet ordre est totalement déconcertant et on n'a pu lui trouver aucune justification de quelque nature que ce soit, si ce n'est que dans le détail il arrive parfois que deux poèmes portant sur le même thème ou présentant des analogies se fassent suite. L'ordre chronologique, qui a été retenu, présente lui aussi un inconvénient de taille, celui de n'être pas sûr. Seuls certains poèmes qui se rattachent à l'actualité de leur temps sont datables de façon certaine. L'hypothèse de Dufeil reste une hypothèse. Même si elle est globalement fondée, comme je le crois, elle laisse dans le détail la place à bien des incertitudes. On peut estimer, cependant, que l'intérêt et le relief que l'œuvre prend sous cet éclairage valent bien que l'éditeur coure le risque – assuré – de se voir chercher querelle sur la datation de tel ou tel poème. Il aurait tort de s'en plaindre, ayant lui-même, de loin en loin, usé du même procédé à l'égard de Dufeil.

Enfin, la présente édition est accompagnée d'une traduction. Beaucoup de poèmes de Rutebeuf ont déjà été traduits par le passé, et certains plusieurs fois. D'autres ne l'avaient jamais été. Il est regrettable, et un peu absurde, de devoir traduire du français en français, de l'ancien français en français moderne. On abîme plus les textes que si on les traduisait dans une langue étrangère, puisque le traducteur se prive par définition – c'est l'objet même de son entreprise – d'exploiter le passé de la langue qui lui serait justement dans cette circonstance d'un secours précieux : façon de dire que le poème ne pourrait être rendu que par lui-même. Et on a l'impression de saccager ou d'affadir inutilement ce que lecteur pourrait, avec un effort, goûter et comprendre seul. Mais comment l'éviter ? Ce qu'on a dit de la poésie de Rutebeuf dans le chapitre précédent montre assez, de surcroît, qu'elle est dans sa nature même à peu près intraduisible. Cette brièveté nonchalante, ce jeu appuyé sur les rythmes et les rimes, ces perpétuelles facéties verbales, ces calembours, cette progression par l'entraînement des sonorités et du signifiant, comment les rendre ? Et tout cela disparu, que reste-t-il du poème ? Quelques lieux communs, l'évocation de querelles et d'angoisses oubliées. Car, bien entendu, les allusions constantes à une actualité vieille d'un peu plus de sept siècles ne facilitent pas les choses.

La traduction que l'on propose ici recherche avant tout la brièveté. Car on tue la poésie de Rutebeuf immédiatement si on la délaye, si on en fait disparaître le rythme nerveux, si, comme il est très difficile de l'éviter, on l'allonge en l'explicitant. Cette brièveté recherchée n'a été atteinte qu'imparfaitement et à grand-peine. Les notes qui expliquent une tournure obscure, allusive ou haplologique et celles qui attirent parfois l'attention sur un jeu verbal que la traduction n'a pu rendre (il aurait fallu, à vrai dire, placer une note de ce genre presque à chaque vers) marquent autant de défaites. On a essayé dans la mesure du possible de conserver, non pas le rythme de Rutebeuf, mais un certain rythme, bien que là encore les échecs soient nombreux et cuisants. Enfin, on a présenté la traduction vers par vers en regard du texte original, sans la moindre prétention, certes, de traduire « en vers », mais pour que cette présentation juxtalinéaire permette au lecteur de ne jamais perdre de vue le poème original et, si possible, de le lire seul en ne se reportant rapidement à la traduction que lorsqu'il lui est obscur.

Les titres sont traduits au plus près de l'original. Mais c'est leur forme en ancien français – sous une graphie unifiée suivant l'exemple de F.-B. – qui désigne les poèmes dans la table des matières et partout ailleurs. Ainsi le lecteur déjà familier de l'œuvre de Rutebeuf ne sera pas déconcerté.

Les manuscrits de Rutebeuf

• ***A = Paris, Bibl. Nat. fr.*** *837* ***(ancien 7218)*** Fin du XIIIe siècle, francien teinté de picardismes. Important manuscrit entièrement écrit de la même main et assez homogène dans son contenu (contes, dits, fabliaux). Contient 33 poèmes de Rutebeuf, dont 31 en série continue (f. 283 v° — 332 v°).

• ***B = Paris, Bibl. Nat. fr. 1593 (ancien 7615)***. Ce manuscrit contient des pièces analogues à celles de *A*, mais il est hétérogène et a été constitué au XVe siècle à partir de cahiers d'origine diverse. On y trouve 26 poèmes de Rutebeuf, répartis en trois groupes de 21, 3 et 2 pièces, tous trois copiés au XIIIe siècle, le troisième par une main différente, et occupant les ff. 59 r°-74 v°, 102 r°-104 v°, 134 r°-136 r°. Sur l'organisation très particulière de ce ms. et sur l'attribution des dits *De Notre Dame* et *De Sainte Église*, qu'il est seul à donner, respectivement à la fin de la première série et au milieu de la seconde, voir F.-B. I, p. 12-17. Le texte, pour les poèmes des deux premiers groupes, est souvent fautif.

• ***C = Paris, Bibl. Nat. fr. 1635 (ancien 7633)***. Ce manuscrit est également formé de la réunion de deux recueils indépendants, mais le premier, qui contient les poèmes de Rutebeuf, est homogène. La page de garde est un feuillet isolé dont le recto porte, en italien, des « prophéties de Merlin » pour les années 1340-1350. Viennent ensuite la collection des poèmes de Rutebeuf (f. 1r°-84 v°) et enfin la copie incomplète d'un *Roman d'Alexandre* (f. 85 r°-181 v°). La collection des pièces de Rutebeuf – 50 sur les 56 que l'on peut attribuer au poète – n'a pas été amputée. Elle a été copiée à la fin du XIIIe siècle par deux scribes, mais le premier n'a écrit que la première page et le second tout le reste. Tous deux sont originaires de l'Est. Les habitudes graphiques du second font apparaître, on l'a dit, des caractères qui concernent à la fois l'Est de la Champagne, la Bourgogne et la Lorraine (F.-B. I, p. 19-20).

• ***D = Paris, Bibl. Nat. fr. 24 432 (ancien Notre-Dame 198)***. Recueil homogène de 82 dits ou fabliaux. XIVe siècle : le *Dit de l'arbre d'amour* (f. 266), dédié à Bonne de Luxembourg, femme du roi de France Jean II le Bon, morte le 11 septembre 1349, se date lui-même du 23 avril 1345. Il contient 5 pièces de Rutebeuf.

• ***E = Paris, Bibl. Nat. fr. 25 545***. Recueil hétérogène de 37 pièces copiées par des mains différentes. Il contient un seul poème de Rutebeuf, la *Vie du monde*, dont l'attribution est au demeurant douteuse. Le même scribe (bien que les deux poèmes se trouvent séparés dans l'état actuel du ms.) a copié le *Dit des quatre rois* de Watriquet de Couvins et a daté la copie de ce dernier poème de 1316, l'année, dit-il, où a été couronné le roi de France Philippe. Il s'agit de Philippe V le Long, couronné le 9 janvier 1317 (nouveau style). La copie a donc été faite entre cette date et la fin de l'année 1316 (ancien style), le jour de Pâques (3 avril) 1317.

• ***F = Paris, Bibl. Nat. fr. 1553 (ancien 7595)***. Ne contient également que la *Vie du monde*. C'est un gros recueil d'œuvres diverses, copié par plusieurs mains mais selon un dessein cohérent. L'écriture est de la fin du XIIIe siècle. Plusieurs pièces traitent d'événements historiques : préparation de la croisade de 1270, mort de Pierre de la Broce (pendu en 1278) et de l'évêque de Cambrai Enguerrand (mort en 1285). Une copie du *Roman de la Violette* est datée de la même année. Picard.

• ***G = Paris, Bibl. Nat. fr. 12 483 (ancien Supplément fr. 1133)***. Recueil, aujourd'hui mutilé, de pièces en l'honneur de la Vierge, que son auteur a organisé en deux livres de 50 chapitres chacun. Chaque chapitre comprend l'énoncé des propriétés d'un animal ou d'une chose, l'interprétation allégorique de ces propriétés et leur application à la Vierge, un conte pieux, et enfin, après quelques vers de transition, un poème (dit, lai ou chanson). L'auteur intègre ainsi à son ouvrage les *Neuf joies de Notre Dame* et l'*Ave Maria de Rutebeuf*, qui s'accordent exactement à son propos, mais aussi le *Mariage Rutebeuf*, par une transition qu'on a rappelée plus haut (cf. p. 35). Il écrivait peu après 1328, date du *Dit du Roi* de Watriquet de Couvins, qui est contenu dans son recueil.

• ***H = Paris, Bibl. Nat. fr. 12 786 (ancien Supplément fr. 319)***. Fin du XIIIe ou début du XIVe siècle. Ce recueil de pièces diverses, sans doute copié en Île-de-France, ne contient de Rutebeuf que le *Dit d'Aristote*.

• ***I = Chantilly, Musée Condé, 1578***. Ce recueil contient entre autres 21 des *Miracles de Notre Dame* de Gautier de Coincy, des contes de la Vie des Pères et des fabliaux. Une série de pièces, formant aujourd'hui la première et la troisième partie du manuscrit, a été copiée à la fin du XIIIe, une autre, intercalée entre elles, au XIVe siècle. Il contient deux fabliaux de Rutebeuf, *De la dame qui fit trois tours autour du moutier* et le *Pet au vilain*, qui se trouvent aux ff. 212 et 214, c'est-à-dire dans la troisième partie, copiée au XIIIe siècle. « Il n'est pas inutile de remarquer qu'à un moment donné le manuscrit a appartenu à un jongleur » (F.-B. I, p. 26).

• ***P = Paris, Bibl. Nat. fr. 1634 (ancien 7632)***. Ce manuscrit a été copié comme un tout, bien qu'on y trouve plusieurs écritures. Il est du XVe siècle, mais ne contient que des pièces du XIIIe siècle et est donc probablement la copie d'un manuscrit plus ancien. Son auteur est du Nord, sans doute wallon. Il contient une chronique abrégée des évêques de Liège jusqu'en 1293, ce qui paraît dater son modèle. On y trouve la *Voie d'Humilité* (ou *de Paradis*) de Rutebeuf, intercalée dans une série de dix poèmes de Baudouin de Condé (auteur lui-même d'une *Voie de Paradis* qui semble inspirée de celle de Rutebeuf).

• ***R = Bibliothèque royale de Belgique, 9411-26***. Recueil cohérent de pièces morales et religieuses, composé, d'après Julia Bastin, dans « la Flandre romane, le nord-est de l'Artois ou le comté de Hainaut » et orné de miniatures qui sont l'œuvre d'artistes flamands. Sur les 43 pièces qu'il contient, 21 sont dues à des auteurs du Nord ou du Nord-Est (Hélinand, le Renclus de Mollien, Jean Bodel, Adam de Suel), dont 16 pour le seul Baudouin de Condé. Les paléographes tendent à dater l'écriture du XIVe siècle, les historiens de l'art les miniatures de la seconde moitié du XIIIe siècle. Le manuscrit est en tout cas postérieur à 1277, date de la *Nouvelle complainte d'Outremer* (qu'il nomme *Complainte d'Accre*), qu'on y lit ainsi que quatre autres poèmes de Rutebeuf, copiés entre les ff. 24 r° et 36 v°. Deux des miniatures illustrent des poèmes de Rutebeuf, la *Repentance Rutebeuf* (le poète en prière aux pieds de la Vierge) et la *Nouvelle complainte d'Outremer* (le siège d'Acre, ce qui peut suggérer que le manuscrit est antérieur à la chute de la ville en 1291). Le manuscrit suit les usages du picard, mais a été récrit ; d'où des changements affectant des rimes ou des vers entiers, parfois même des passages supprimés ou déplacés.

• ***S* = *Reims, Bibl. Munic., 1275*.** Recueil composite de pièces latines (en particulier les *Responsiones* de Guillaume de Saint-Amour) et françaises. Dans l'une de ces dernières, une allusion à la chute de Pierre de la Broce (mort en 1278) fournit un *terminus a quo*. Il a peut-être été copié en Lorraine. Il ne contient de Rutebeuf que la *Voie de Paradis (Humilité)*, à la suite du *Songe d'Enfer* (qu'il appelle *Voie d'Enfer*) de Raoul de Houdenc.

• ***T* = *Turin, Bibliothèque de l'Université, L. V. 32.*** Ce manuscrit, détruit par un incendie en 1904, n'existe plus. Il datait de la fin du XIIIe siècle et contenait la *Voie d'Humilité* ou de *Paradis* et la *Disputaison du croisé et du décroisé*.

• ***U* = *Manchester, Johne Rylands Library, French 3 (Crawford 5)*.** XVe siècle. Collection de prières françaises, en vers et en prose, orné d'illustrations en grisaille. Contient les *Neuf joies Notre Dame*, poème dont l'attribution à Rutebeuf est douteuse. Manuscrit ignoré de F.-B. Voir Sinclair 1972.

On trouvera dans l'édition F.-B. (I, p. 224-5) un tableau de l'ordre des pièces de Rutebeuf dans les différents manuscrits, prenant pour base l'ordre de *C*.

ŒUVRES COMPLÈTES DE RUTEBEUF

LE DIT DES CORDELIERS

Ce poème a pour objet le conflit qui, en 1249, opposait les Frères mineurs aux curés des paroisses de la ville de Troyes et à leurs protecteurs. Lorsqu'ils voulurent s'établir au centre de la ville, les Mineurs, qui étaient installés depuis une douzaine d'années hors les murs, se heurtèrent à l'hostilité, d'abord du chapitre de la cathédrale Saint-Pierre et du curé de Saint-Remi en 1248, puis l'année suivante à celle de l'abbaye de Notre-Dame-aux-Nonnains et à celle du curé de Saint-Jean-au-Marché, paroisse placée sous le patronage de l'abbaye. À la demande du pape Innocent IV, favorable aux projets des Frères, l'évêque de Troyes, en l'espace de quelques jours, convoqua à trois reprises, entre le 3 et le 12 juin 1249, l'abbesse de Notre-Dame, le curé de Saint-Jean et le représentant des Mineurs. Mais ces trois réunions ne purent aboutir à aucun accord. Le poème, qui évoque ces interventions du pape et de l'évêque, a certainement été écrit à chaud, dans l'été ou à l'automne 1249. Rutebeuf y prend avec virulence le parti des Frères, dans des circonstances, il est vrai, fort différentes de celles de la future crise universitaire. Au demeurant, il n'est pas surprenant qu'en changeant de ville et de vie, il ait changé de commanditaires et de parti. Ce retournement complet ne suffit donc pas à faire douter de l'attribution du poème, conservé certes par le seul manuscrit B, *mais dans une série de pièces certainement authentiques*.

Manuscrit : B, f. 63 v°. *(Les corrections sont toutes dues àF.-B. Toutefois, on n'a pas reproduit ici, bien que la conjecture soit chaque fois ingénieuse et plausible, le texte restitué pour le second hémistiche du v. 23 et pour le v. 79.)*

LI DIZ DES CORDELIERS

I

[S]eignor, or escoutez, que Diex vos soit amis,
S'orroiz des Cordeliers, commant chacuns a mis
Son cors a grant martire contre les anemis
4 Qui sont, plus de cent foiz le jor, a nos tramis.

II

[O]r escotez avant don[t] ces gens sont venu :
Fil a roi et a conte sont Menor devenu,
C'au siegle estoient gros, or sont isi menu
8 Qu'il sont saint de la corde et s'ont tuit lor pié nu.

III

[I]l pert bien que lor Ordre Nostre Sires ama.
Quant saint François transsi, Jehucrist reclama :
En cinq leuz, ce m'est vis, le sien cors entama.
12 A ce doit on savoir que Jhesucriz s'ame a.

IV

[A]u jor dou Jugement, devant la grant assise,
Que Jhesucriz penra de pecheors joustise,
Sainz François avra ceuz qui seront a sa guise.
16 Por ce sont Cordelier la gent que je miex prise.

---

* v. 5. don ces — v. 7. isi venu

---

1. La graphie du manuscrit suggère un jeu de mots : « ceints de

LE DIT DES CORDELIERS

I

Seigneurs, écoutez-moi, que Dieu vous prenne en gré,
vous entendrez combien chaque Cordelier accepte
d'endurer de souffrances en combattant les diables
4 qui nous sont envoyés plus de cent fois par jour.

II

Écoutez donc d'abord d'où ces gens sont venus :
des fils de roi, de comte, se sont faits Frères mineurs.
Dans le monde ils étaient grands, à présent si menus
8 qu'ils sont ceints[1] de la corde et vont tous les pieds nus.

III

Il est clair que Notre-Seigneur aima leur Ordre.
Quand saint François mourut, il invoqua Jésus :
en cinq endroits, je crois, Jésus marqua son corps,
12 ce qui nous montre que son âme est avec Lui[2].

IV

Au jour du Jugement, devant le tribunal
où Jésus-Christ fera justice des pécheurs,
saint François recevra ceux qui lui ressemblent.
16 C'est pourquoi j'estime les Cordeliers plus que tout.

---

la corde » et « saints grâce à la corde ». **2.** Allusion aux stigmates, que saint François reçut non pas au moment de sa mort, mais deux ans plus tôt, le 17 septembre 1224.

V

[E]n la corde s'encordent cordee a trois cordons ; *f. 64 r°*
A l'acorde s'acordent dont nos descordé sons ;
La descordance acordent des max que recordons ;
20 En lor lit se detordent por ce que nos tortons.

VI

[C]hacuns de nos se tort de bien faire sanz faille,
Chacuns d'aux s'an detort et est en grant bataille.
Nos nos faisons grant tort .... ;
24 Quant chacuns de nos dort, chacuns d'aus se travaille.

VII

[L]a corde senefie, la ou li neu sont fet,
Que li Mauffé desfient, et lui et tot son fet.
Cil qui en aux se fie, si mal et si mesfet
28 Seront, n'en doutez mie, depecié et desfet.

VIII

[M]enor sont apelé li frere de la corde.
M vient au premier, chacuns d'aux s'i acorde,
Que s'ame viaut sauver ainz que la mors l'amorde
32 Et l'ame de chacun qu'a lor acort s'acorde.

---

* v. 17. s'entordent — v. 18. dont nos descorderons — v. 20. decordent — v. 23. *Le second hémistiche manque* — v. 30. Menor vient — v. 31. Que lame

V

Ils s'encordent de la corde tressée de trois cordons ;
à eux l'accord, à nous la discorde du cœur ;
ils nous accordent d'être en discorde avec les péchés que
20 [nous avouons ;
dans leur lit ils se tordent à cause de nos torts.

VI

Chacun de nous, c'est sûr, se détourne du bien,
chacun d'eux y retourne et soutient grand combat.
Nous nous faisons grand tort .... :
24 quand chacun de nous dort, chacun d'eux souffre et prie.

VII

La corde signifie, là où les nœuds sont faits,
qu'ils défient le Malin, et lui et tous ses faits.
À qui en eux se fie, ses péchés, ses méfaits,
28 seront, n'en doutez pas, effacés et défaits.

VIII

Les Frères de la corde sont appelés Mineurs :
M vient en premier[1], ils en sont tous d'accord :
ils veulent sauver leur âme avant que Mort la morde,
32 et l'âme de ceux qui avec eux sont d'accord.

---

1. Jeu sur l'homophonie entre la lettre M – prononcée *amme*, et non *emme* – et le mot « âme ». La glose de chacune des lettres d'un mot, à laquelle Rutebeuf se livre ici pour le mot *Menor*, « Mineur », est un procédé fréquent dans la poésie depuis l'époque carolingienne.

IX

[E] senefie plaint : par « E ! » se doit on plaindre ;
Par E fu ame en plaint, Eve fit ame plaindre.
Quant vint Filz d'M a point, ne sofri point le poindre :
36 M a ame desjoint dont Eve la fit joindre.

X

[A]në en esté va et en yver par glace
Nus piez, por sa viande qu'elle quiert et porchace :
Isi font li Menor. Diex guart que nus ne glace,
40 Qu'il ne chiee en pechié, qu'i ne faille a sa grace !

XI

[O] est roons ; en O a enmi une espasse.
Et roons est li cors, dedenz a une place :
Tresor i a, c'est l'ame, que li Maufez menace.
44 Diex guart le cors et l'ame, Maufez mal ne li face !

XII

[D]evant l'Espicerie vendent de lor espices :
Ce sont saintes paroles en coi il n'a nul vices.
To[r]te lor a fet tort, et teles an pelices
48 Les ont ci peliciez qu'entrer n'osent es lices.

---

* v. 35. filz dame a — v. 47. Tote

---

1. Cette strophe combine l'interprétation des lettres par homophonie (M = âme, E = Hé !) et par recours à d'autres mots dont la lettre est l'initiale : E = Ève, M = Marie. **2.** Homophonie entre

IX

E signifie plainte : en disant « Hé ! » on se plaint ;
par E l'âme fut à plaindre, Ève l'a fait se plaindre.
Quand le Fils d'M vint à point, elle ne souffrit point le
36 [poinçon de la douleur,
M a disjoint l'âme du mal auquel Ève l'avait jointe[1].

X

La cAne[2] va, l'été comme l'hiver, sur la glace,
pieds nus, à la recherche de sa nourriture.
Ainsi font les Mineurs. Dieu garde que nul glisse,
40 qu'il ne tombe en péché, qu'il ne perde Sa grâce !

XI

O est rond, O renferme en son centre un espace.
Le corps est rond aussi : il contient une place
où est un trésor, l'âme, que le Malin menace.
44 Dieu garde le corps et l'âme, que le Malin ne leur
[fasse mal !

XII[3]

Rue de l'Épicerie ils vendent leurs épices[4] :
ce sont de saintes paroles pures de tout vice.
La torte[5] leur a fait tort, et telles sous leurs pelisses
48 leur ont tant tanné le poil qu'ils n'osent se montrer.

---

la lettre N – prononcée *anne* – et le mot *ane*, « cane ». **3.** Il manque certainement une strophe, puisque la lettre R n'est pas glosée. **4.** La rue de l'Épicerie longeait l'église Saint-Jean-au-Marché. **5.** Il faut supposer que l'abbesse de Notre-Dame-aux-Nonnains, Alix de Villy, fille du chroniqueur Villehardouin, était infirme.

XIII

[L]'abeasse qui cloche la cloiche dou clochier
Fist devant li venir, qu'i la veïst clochier.
Ainz qu'elle venit la, la couvint mout lochier :
52 La porte en fist porter celle qui n'ot Dieu chier.

XIV

[L]'abeasse qu'est torte lor a fet molt grant tort :
Encore est correciee se fromages estort.
A l'apostole alerent li droit contre le tort :
56 Li droiz n'ot point de droit, ne la torte n'ot tort.

XV

[L]'apostoles lor vost sor ce doner sentence,
Car il set bien que fame de po volentiers tance ; *f. 64 v°*
Ainz manda, s'il pooit estre sans mesestance,
60 L'evesque lor feïst la avoir demorance.

XVI

[L]'evesques ot consoil par trois jors ou par quatre ;
Mais fames sont noiseuses, ne pot lor noise abatre
Et vit que chacun jor les convenoit combatre,
64 Si juga que alassent en autre leu esbatre.

---

1. « Allusion probable au fait que l'abbesse, comme régissant l'église de Saint-Jean-au-Marché, revendiquait le droit exclusif d'avoir des cloches (cause ancienne de conflits entre paroisses et

XIII

L'abbesse qui cloche la cloche du clocher[1],
le pape l'a convoquée pour la voir clocher.
Avant d'être rendue, elle a dû sautiller :
52 elle emporta la porte, elle qui n'aimait pas Dieu[2].

XIV

L'abbesse, qui est torte, leur a fait très grand tort :
là voilà hors d'elle si un fromage lui échappe.
Devant le pape, ceux qui avaient le droit plaidèrent
56 [contre le tort :
Le droit n'obtint pas son droit, la torte n'eut pas tort.

XV

Le pape a voulu leur rendre sa sentence,
car il sait bien qu'une femme s'aigrit pour peu de chose.
Il manda à l'évêque de leur permettre de rester,
60 si c'était possible sans créer de difficultés.

XVI

L'évêque tint conseil pendant trois jours ou quatre.
Mais les femmes sont querelleuses, il ne put les apaiser,
il vit qu'il fallait jour après jour les combattre :
64 son jugement fut que les Frères iraient s'ébattre
[ailleurs.

Ordres mendiants) » (F.-B. I, 234). **2.** Allusion à un épisode inconnu, mais vraisemblable : les religieuses de cette même abbaye utilisèrent ce procédé en 1266.

XVII

[D]ortor et refretor avoient, belle yglise,
Vergiers, praiaux et troilles, trop biau leu a devise :
Or dit la laie gent que c'est par couvoitise
68 Qu'il ont se leu lessié et autre place prise.

XVIII

[S]e cil leuz fust plus biaus de celi qu'il avoient,
Si le poïst on dire ; mais la fole gent voient
Que lor leus laissent cil qui desvoiez avoient
72 Por oster le pechié que en tel leu savoient.

XIX

[E]n ce leu faisoit on pechié et grant ordure :
A l'oster ont eü mainte parole dure ;
Mais Jehucriz li rois qui toz jors regne et dure
76 Si conduise celui qui les i fit conduire !

XX

[L]a coe dou cheval desfant la beste tote,
Et c'est li plus vilz membres, et la mouche la doute.
....
80 Nos avons euz es testes, et si n'en veons gote.

XXI

[S]e partout avoit eve, tiex buvroit qui a soi.
Vos veez, li navrez viaut le mire lez soi,

---

* v. 68. ont seleu — v. 72. qui ; leus avoient — v. 79. *manque*

XVII

Ils avaient un dortoir, un réfectoire, une belle église,
vergers, prés, treilles : un endroit magnifique.
Les ignorants disent que c'est par cupidité
68 qu'ils l'ont quitté pour aller s'installer ailleurs.

XVIII

Si leur nouveau séjour était plus beau que l'ancien,
on pourrait le dire ; mais ces gens sans cervelle voient
qu'ils s'en vont, eux qui remettent les dévoyés sur la
72 [bonne voie,
pour extirper le péché qu'ils savaient lié à cet endroit.

XIX

En cet endroit se commettaient d'affreux péchés :
en les extirpant ils en ont entendu de dures.
Mais que Jésus, dont le règne toujours perdure,
76 conduise celui qui les y a fait conduire !

XX

La queue du cheval protège toute la bête,
c'est son membre le plus vil, mais la mouche en a peur.
....
80 Nous avons bien des yeux, mais nous n'y voyons goutte.

XXI

Si l'eau était partout, qui a soif en boirait.
On voit le blessé désirer le médecin.

Et nos, qui sons navré chacun jor endroit soi,
84 N'avons cure dou mire, ainz nos morons de soi.

XXII

[L]a deüst estre mires la ou sont li plaié ;
Car par les mires sont li navré apaié.
Menor sont mire, et nos sons par eus apaié :
88 Por ce sont li Menor en la vile avoié.

XXIII

[O]u miex de la cité doivent tel gent venir ;
Car ce qui est oscur font il cler devenir,
Et si font les navrez en senté revenir.
92 Or les veut l'abeesse de la vile banir.

XXIV

[E]t mes sires Ytiers, qui refu nez de Rains,
Ainz dit qu'i mangeroit ainçois fuielles et rains
Qu'i fussent en s'esglise confessor premeriens,
96 Et que d'aler a paie avroit lasses les rains.

XXV

[B]ien le deüt sosfrir mes [sire] Ytiers li prestres :
Paranz a et parentes mariez a grant festes ;
Des biens de Sainte Yglise lor a achetez bestes :
100 Li biens esperitiex est devenuz terrestres. *f. 65 r°*

Explicit des Cordeliers.

---

* v. 92. Or la v. — v. 95. en sesglises — v. 96. lasse — v. 97. sire *mq.* — v. 98. parentez

Et nous, qui chaque jour sommes chacun blessés,
84 n'avons cure du médecin et mourons de soif.

XXII

Le médecin devrait être là où sont les malades,
car les médecins apaisent les souffrances des blessés.
Les Mineurs sont des médecins qui nous donnent la paix :
88 c'est pourquoi ils ont pris le chemin de la ville.

XXIII

Leur place est au meilleur endroit de la cité,
car ils donnent la clarté à ce qui est obscur
et aux blessés ils rendent la santé.
92 À présent l'abbesse veut les bannir de la ville !

XXIV

Quant au seigneur Itier[1], qui est natif de Reims,
il dit qu'il mangerait des feuilles et des branches
avant qu'en son église ils confessent les premiers,
96 et que d'aller négocier lui fatiguerait les reins.

XXV

Monsieur le curé Itier devrait bien l'accepter.
Il a marié fastueusement parents et parentes ;
avec les biens d'Église il leur a acheté du bétail :
100 les biens spirituels sont devenus terrestres.

---

1. Sans doute le curé de Saint-Jean-au-Marché.

LE DIT DU PET AU VILAIN

Il est impossible de dater cet apologue scatologique. L'absence de toute doctrine, de toute polémique en dehors du traditionnel mépris des vilains, de tout engagement de l'auteur, laisse supposer qu'il s'agit d'une œuvre de jeunesse, au demeurant rondement menée et écrite avec une ferme vivacité.

Manuscrits : A, f. 315 r° ; *B,* f. 71 v° ; *C,* f. 63 r° ; *I,* f. 214 v°. *Texte de C.*

* Titre : *A* Le pet au v. ; *B* Dou pest au v. ; *I* Le fablel dou pet au v. qui fu portés en enfer

CI ENCOUMENCE LI DIS DOU PET AU VILAIN

En paradiz l'esperitable
Ont grant part la gent cheritable.
Mais cil qu'en eulz n'ont charitei
4 Ne bien ne foi ne loiauté
Si ont failli a cele joie,
Ne ne cuit que ja nuns en joie
C'il n'a en lui pitié humainne.
8 Ce di ge por la gent vilainne
C'onques n'amerent clerc ne prestre,
Si ne cuit pas que Dieux lor preste
En paradix ne leu ne place.
12 Onques a Jhesucrit ne place *f. 63 v° 1*
Que vilainz ait habergerie
Avec le fil sainte Marie,
Car il n'est raisons ne droiture :
16 Ce trovons nos en Escriture.
Paradix ne pueent avoir
Por deniers ne por autre avoir,
Et a enfer ront il failli,
20 Dont li mauffei sunt maubailli :
Si orroiz par queil mesprison
Il perdirent cele prison.
Jadiz fu .I. vilainz enfers.
24 Emperelliez estoit enfers
Por l'arme au vilain resouvoir,
Ice vos di ge bien por voir.
Uns deables i est venuz
28 Par cui li droiz iert maintenuz.
Un sac de cuir au cul li pent
Maintenant que laianz descent,
Car li mauffeiz cuide sans faille
32 Que l'arme par le cul s'en aille.
Mais li vilains por garison
Avoit ce soir prise poizon.
Tant ot mangié bon buef aux aux

---

* v. 3. *B* verité — v. 4. *A* Ne sens ne bien ne verité, *B* Ne bien ne pais ne charité — v. 29-30. *A intervertis*

LE PET DU VILAIN

Au ciel, le paradis
est grand ouvert aux gens charitables.
Mais ceux qui n'ont en eux ni charité
4 ni qualité aucune ni bonne foi ni loyauté,
cette joie leur échappe,
et je ne crois pas que nul puisse en jouir
s'il n'a de pitié pour les autres hommes.
8 Je dis cela pour la race des vilains
que depuis toujours détestent clercs et prêtres,
et je ne crois pas que Dieu leur offre
une place en paradis.
12 Que Jésus-Christ ne permette jamais
qu'un vilain puisse être logé
avec le fils de la Vierge,
car ce n'est ni raisonnable ni juste :
16 c'est ce que nous trouvons dans l'Écriture.
Le paradis, ils ne peuvent l'avoir
ni contre de l'argent ni contre d'autres biens,
et l'enfer leur échappe aussi,
20 ce qui est un malheur pour les diables :
vous allez entendre par quelle méprise
ils ont perdu l'accès à cette prison.
Un vilain, jadis, était malade.
24 L'enfer était tout prêt
à recevoir son âme,
je vous l'affirme et c'est vérité pure.
Un diable est venu
28 pour préserver les droits de l'enfer.
À peine arrivé chez le vilain,
il lui suspend au cul un sac de cuir,
car le diable est persuadé
32 que l'âme va s'en aller par le cul.
Mais le vilain, pour se soigner,
avait ce soir pris une potion.
Il avait tant mangé de bon bœuf à l'ail

36 Et dou graz humei qui fu chauz
que sa pance n'estoit pas mole,
Ainz li tent con corde a citole.
N'a mais doute qu'il soit periz :
40 S'or puet porre, il iert garis.
A cest effort forment s'efforce,
A cest effort mest il sa force :
Tant s'esforce, tant s'esvertue,
44 Tant se torne, tant se remue
C'uns pes en saut qui se desroie.
Li saz emplit, et cil le loie,
Car li maufeiz por penitance *f. 63 v° 2*
48 Li ot au piez foullei la pance,
Et hon dit bien en reprovier
Que trop estraindre fait chier.
Tant ala cil qu'il vint a porte
52 Atot le pet qu'en sac aporte.
En enfer gete sac et tout,
Et li pez en sailli a bout.
Estes vos chacun des maufeiz
56 Mautalentiz et eschauffeiz,
Et maudient arme a vilain.
Chap[i]tre tindrent l'andemain
Et s'acordent a cet acort
60 Que jameis nuns arme n'aport
Qui de vilain sera issue :
Ne puet estre qu'ele ne pue.
A ce s'acorderent jadiz
64 Qu'en enfer ne en paradix
Ne puet vilains entrer sans doute.
Oïe aveiz la raison toute.
Rutebuez ne seit entremetre
68 Ou hom puisse arme a vilain metre,
Qu'elle a failli a ces .II. regnes.

---

* v. 43. *ABI* s'esvertue, *C* s'esternue

---

1. On n'a pas cru pouvoir conserver la leçon de *C, esternue*, pour des raisons de sens, et aussi parce que l'emploi réfléchi

36 et de bouillon gras bien chaud
que sa panse n'était pas molle,
mais tendue comme une corde de guitare.
Il ne craint plus désormais d'être perdu :
40 s'il peut péter, il sera guéri.
Dans cet effort il s'efforce fortement,
à cet effort il met toute sa force :
il s'efforce tant, il s'évertue[1] tant,
44 se retourne et se remue tant
qu'un pet jaillit et sort du rang[2].
Il emplit le sac, le diable l'attache,
car, pour sa pénitence,
48 il lui avait piétiné la panse,
et le proverbe dit bien
que trop comprimer fait chier.
Le diable fait tout le chemin jusqu'à la porte
52 avec le pet que dans le sac il apporte.
En enfer il jette le sac et le tout,
et le pet jaillit d'un coup.
Voilà tous les diables
56 bouillants de colère,
qui maudissent l'âme du vilain.
Ils tiennent conseil le lendemain
et tombent d'accord pour décider
60 que désormais nul n'apportera d'âme
sortie d'un vilain :
elle pue toujours, il n'y a rien à faire.
Ils prirent jadis cette décision,
64 si bien que ni en enfer ni en paradis
ne peut, c'est certain, entrer de vilain.
Vous en avez entendu la raison.
Rutebeuf ne sait décider
68 de l'endroit où mettre l'âme des vilains,
car elle s'est fermé ces deux royaumes.

---

d'« éternuer » n'est nulle part attesté. Mais la métonymie n'est pas sans charme ! **2.** Jeu de mots probable sur *se desreer*, « sortir du rang » (et au figuré « être rempli d'orgueil, de démesure ») et *se desroiier*, « sortir de la raie » (cf. T.-L. II, 1734).

Or voit chanteir avec les reinnes,
Que c'est li mieudres qu'il i voie ;
72 Ou el teigne droite la voie,
Por sa penitance aligier,
En la terre au peire Audigier :
C'est en la terre de Cocuce
76 Ou Audigiers chie en s'aumuce.

Explicit.

---

* v. 70. *ABI* voist — *A* Explicit le pet au vilain, *B* E. dou pest au v.

Qu'elle aille chanter avec les grenouilles,
c'est ce qu'elle peut faire de mieux, à son avis ;
72 ou alors qu'elle aille tout droit,
pour alléger sa pénitence,
au pays du père d'Audigier,
c'est-à-dire au pays de Cocuce
76 où Audigier chie dans son chapeau[1].

---

1. Le poème d'*Audigier*, auquel il est fait allusion ici, est une composition burlesque à caractère scatologique, qui revêt la forme d'une brève chanson de geste. Il semble avoir été très apprécié.

LES PLAIES DU MONDE

Les trois « plaies » dénoncées par le poème se ramènent à l'avarice, et surtout à l'avarice des clercs, sur laquelle le poète s'étend le plus. Le caractère très général et très rebattu de la critique et le fait que les Mendiants ne soient pas mentionnés (la « gent d'Ordre » des v. 69-73 peut désigner aussi bien les moines traditionnels) placent le poème avant l'entrée en lice de Rutebeuf dans la querelle universitaire. On peut en revanche supposer qu'il était déjà étudiant à Paris quand il l'a composé : le vibrant éloge des étudiants, seuls exceptés de l'avarice générale du clergé, et l'apitoiement sur leur misère (v. 36 et 89-104) le suggèrent nettement. La pièce pourrait ainsi dater des alentours de 1252 .

Manuscrits : A, f. 323 v° ; *B*, f. 73 r° ; *C*, f. 6 v°. *Texte de C.*
* Titre : *AB* Les plaies du monde

DES PLAIES DOU MONDE

Rimeir me covient de cest monde
Qui de touz biens ce wide et monde.
Por ce que de tot bien se wide,
4 Diex soloit tistre et or deswide.
Par tans li iert faillie traimme.
Saveiz por quoi nuns ne s'entraimme ?
Gens ne se wellent entrameir,
8 Qu'einz cuers de genz tant entre ameir,
Cruautei, rancune et envie,
Qu'il n'est nuns hom qui soit en vie
Qui ait talant d'autrui preu faire
12 S'en faisant n'i fait son afaire. *f. 6 v° 2*
N'i vaut riens parenz ne parente :
Povre parent nuns n'aparente,
Mout est parens et pou amis.
16 Nuns n'at parens c'il n'i a mis :
Qui riches est, s'at parentei,
Mais povres hom n'at parent teil,
C'il le tient plus d'une jornee,
20 Qu'il ne pleigne la sejornee.
Qui auques at, si est ameiz,
Et qui n'at riens c'est fox clameiz.
Fox est clameiz cil qui n'at riens :
24 N'at pas tot perdu son marrien,
Ainz en a .I. fou retenu.
N'est mais nuns qui reveste nu,
Ansois est partout la coustume
28 Qu'au dezouz est, chacuns le plume

---

* v. 10. *B* Que n'est — v. 15-16. *B mq.* — v. 16. *A* Nus n'i prent mes — v. 17. *B* Que r. est son p. — v. 24. *AB* pas vendu tout son m.

---

1. L'image du fil et de la trame est familière à Rutebeuf (*Griesche d'hiver* 89 ; *Griesche d'été* 59, *Mariage* 9). Ici, l'idée est que le monde approche de sa fin et est en décadence : Dieu ne

Il me faut rimer sur ce monde
qui de tout bien se vide et s'émonde.
De tout bien il se vide :
4 Dieu tissait, le voilà qui dévide[1].
Bientôt la trame lui manquera.
Savez-vous pourquoi nul ne s'entr'aime ?
Les gens ne veulent plus s'entr'aimer,
8 car dans leur cœur il y a tant d'amertume,
de cruauté, de rancune et d'envie
qu'il n'est personne au monde
qui soit disposé à faire du bien aux autres
12 s'il n'y trouve pas son profit.
Rien ne sert de lui être parent ou parente :
un parent pauvre n'a pas de parenté[2] ;
parent, il l'est bien, ami, il ne l'est guère.
16 Nul n'a de parents s'il n'y a mis le prix :
qui est riche a de la parentèle,
mais le pauvre n'a de parent tel
qu'il ne plaigne les frais
20 s'il reste chez lui plus d'un jour[3].
Qui a de quoi, il est aimé[4],
qui n'a rien, on le traite de fou.
On le traite de fou, celui qui n'a rien :
24 il n'a pas perdu tout son bois,
il lui reste au moins du hêtre — du fou[5].
Désormais, nul ne revêt plus ceux qui sont nus,
au contraire, c'est partout la coutume :
28 qui est faible, chacun le plume

---

crée plus (ne file plus), il se contente de dévider (de mettre les écheveaux de fil sur le dévidoir) : ainsi, il n'aura bientôt plus de quoi tisser (le fil lui manquera pour la trame). **2.** Cf. Prov. 19, 7 et 14, 20. Morawski 1586 : « Parent, parent, dolant celui qui n'a noiant. » Voir F.-B. I, 378. **3.** Cf. Morawski 1562 : « Ostes et pluie a tierz jor ennuie » et 2479 : « Vien tu, parent ? Non si sovent. » **4.** Cf. *Humilité* 654. **5.** Jeu sur l'ambiguïté du mot *fou*, « hêtre ». Cf. *Mariage* 69.

Et le gietë en la longaigne.
Por ce est fox qui ne gaaigne
Et qui ne garde son gahaing,
32 Qu'en povretei a grant mahaing.
Or avez la premiere plaie
De cest siecle seur la gent laie.
La seconde n'est pas petite
36 Qui sus la gent clergie est dite.
Fors escolier, autre clergié
Sont tuit d'avarisce vergié.
Plus est bons clers qui plus est riches,
40 Et qui plus at, s'est li plus chiches,
Car il at fait a son avoir
Homage, se vos fais savoir.
Et puis qu'il n'est sires de lui,
44 Comment puet il aidier nelui ?
Ce ne puet estre, ce me semble.
Com plus amasse et plus assemble,
Et plus li plait a regardeir.
48 Si ce lairoit avant lardeir *f. 7 r° 1*
Que on en peüst bonté traire
S'on ne li fait a force faire,
Ainz lait bien aleir et venir
52 Les povres Dieu sens souvenir.
Touz jors acquiert jusqu'a la mort.
Mais quant la mors a lui s'amort,
Que la mort vient qui le wet mordre,
56 Qui de riens n'en fait a remordre,
Si ne le lait pas delivreir :
A autrui li covient livreir
Ce qu'il at gardei longuement,
60 Et il muert si soudainement
C'om ne wet croire qu'il soit mors.
Mors est il com viz et com ors
Et com cers a autrui chateil.
64 Or at ce qu'il at achetei.

---

* v. 29. *A* Et le gete on en, *B* Et si le g. en — v. 30. *AB* Por c'est cil f. — v. 39. *B* c. et plus — v. 46. *A* Que — v. 49. *B* en oïst b.

et le plonge dans l'ordure.
Fou, donc, qui ne gagne rien
et qui ne garde pas son gain,
32 car la pauvreté est une maladie grave.
Voilà la première plaie
de ce monde : elle frappe les laïcs.
La seconde n'est pas peu de chose :
36 c'est aux clercs qu'elle s'attaque.
Étudiants exceptés, les autres clercs
sont tous agrémentés d'avarice.
Le meilleur clerc, c'est le plus riche,
40 et qui a le plus, c'est le plus chiche,
car à son avoir, je vous préviens,
il a fait hommage.
Et dès lors qu'il n'est plus ainsi son propre maître,
44 comment peut-il aider autrui ?
C'est impossible, il me semble.
Plus il amasse, plus il assemble,
et plus il prend plaisir à contempler ses biens.
48 Il se laisserait écorcher
avant qu'on pût en tirer un beau geste,
si ce n'est de force :
il laisse dans leur coin les pauvres de Dieu
52 sans en avoir mémoire.
Chaque jour il amasse jusqu'à sa mort.
Mais quand la mort le mord,
quand la mort vient, qui veut le mordre,
56 et qui ne veut pas en démordre,
elle ne le laisse rien sauver :
à autrui il lui faut livrer
ce qu'il a longuement gardé,
60 et il meurt si soudainement
qu'on ne veut pas croire qu'il soit mort.
Il est mort comme un malpropre,
comme l'esclave des biens d'autrui.
64 Il l'a maintenant, ce qu'il a acheté !

Son testament ont en lien
Ou archediacre ou doyen
Ou autre qui sont sui acointe,
68 Si n'en pert puis ne chief ne pointe.
Se gent d'Ordre l'ont entre mains
Et il en donent, c'est le mains :
S'en donent por ce qu'on le sache
72 .XX. paires de solers de vache
Qui ne lor coustent que .XX. souz.
Or est cil sauvez et assoux !
C'il at bien fait, lors si le trueve,
76 Que des lors est il en l'esprueve.
Laissiez le, ne vos en sovaigne :
C'il at bien fait, si l'en convaigne.
Avoir de lonc tans amassei
80 Ne veïstes si tost passei,
Car li mauffeiz sa part en oste
Por ce qu'il at celui a hoste.
Cil sunt parent qu'au partir peirent.
84 Les lasses aimes le comperent *f. 7 r° 2*
Qui en resoivent la justise,
Et li cors au jor dou Juïse.
Avoir a clers, toison a chien
88 Ne doivent pas venir a bien.
Tout plainnement droit escolier
Ont plus de poinne que colier.
Quant il sont en estrange terre
92 Por pris et por honeur conquerre
Et por honoreir cors et ame,
Si ne sovient home ne fame.
S'om lor envoie, c'est trop pou.

---

* v. 67. *B* Outre qui — v. 68. *B* ne cul ne p. — v. 87. *AB* toison, *C* teisson — v. 88. *A* Ne pueent

---

1. Le testament du défunt prévoit qu'une partie de sa fortune sera consacrée à des aumônes destinées à racheter ses péchés. Mais les héritiers se dérobent tant qu'ils peuvent à cette obligation, et

Son testament est sous le coude
d'un archidiacre ou d'un doyen,
ou d'autres de ses amis :
68 on n'en verra plus trace.
S'il est entre les mains des moines
et qu'ils en prélèvent des dons, c'est le moins possible :
comme dons, ils prélèvent, en le faisant savoir,
72 vingt paires de godillots
qui ne leur coûtent que vingt sous.
Avec cela, le voilà racheté et absous[1] !
S'il a fait le bien, c'est le moment de le montrer,
76 car le voilà sur la sellette.
Laissez-le où il est, oubliez-le :
s'il a fait le bien, tant mieux pour lui.
Vous n'avez jamais vu si tôt dépensé
80 de l'argent amassé depuis si longtemps.
C'est que le diable en prend sa part
comme loyer, puisqu'il l'héberge.
Ceux-là sont ses parents qui paraissent au partage.
84 Les pauvres âmes le paient,
elles en reçoivent le châtiment ;
les corps le recevront le jour du Jugement.
Fortune de clerc, fourrure de chien
88 ne doivent pas prospérer[2].
C'est clair, les bons étudiants[3]
s'en voient plus que des portefaix.
Quand ils sont à l'étranger
92 pour acquérir mérite, estime,
honneur pour le corps et pour l'âme,
personne, homme ou femme, ne pense plus à eux.
Si on leur envoie de l'argent, il est léger :

---

l'âme en peine ne peut compter sur leurs aumônes dérisoires pour lui ouvrir les portes du ciel. **2.** Proverbe : cf. Godefroy X, 773c. **3.** *A*, contrairement à *C*, place un alinéa au v. 89, faisant ainsi de la pauvreté des étudiants une « plaie » particulière. Mais le v. 106 spécifie bien que la décadence de la chevalerie est la troisième plaie, et non la quatrième. En réalité, la pauvreté des étudiants est une sorte d'envers de l'avarice des autres clercs (cf. v. 37) et elle forme avec elle une seule plaie.

96 Il lor sovient plus de saint Pou
Que d'aspostre de paradix,
Car il n'ont mie dix et dix
Les mars d'or ne les mars d'argent.
100 En dongier sunt d'estrange gent.
Ceux pris, cex aing, et je si doi,
Cex doit on bien monstreir au doi
Qu'il sunt el siecle cleir semei.
104 Si doivent estre miex amei.
Chevalerie est si granz choze
Que de la tierce plaie n'oze
Parleir qu'ainsi com par defors.
108 Car tout aussi comme li ors
Est li mieudres metaux c'om truisse,
Est ce li puis lai ou on puise
Tout sen, tout bien et toute honour.
112 Si est droiz que je les honour.
Mais tout aussi com draperie
Vaut miex que ne fait fraperie,
Valurent miex cil qui ja furent
116 De seux qu'or sont, et il si durent,
Car ciz siecles est si changiez
Que uns leux blans a toz mangiez
Les chevaliers loiaux et preux.
120 Por ce n'est mais ciz siecles preuz.

Explicit.

---

* v. 104. *B* Bien devez miex estre amez — *AB* Expliciunt (*B* Explicit) les plaies du monde.

---

1. Même jeu de mots sur *pou*, « peu », et *saint Pou*, « saint

96 ils font mémoire de saint Léger[1]
plus que de tous les saints du paradis,
car ils ne les comptent pas dix par dix,
les pièces d'or et les pièces d'argent.
100 Ils sont à la merci d'étrangers.
Ceux-là, je les estime et les aime, comme je dois,
ceux-là, on doit bien les montrer en exemple,
car, en ce monde, ils sont clairsemés.
104 Il faut d'autant plus les aimer.
La chevalerie est une si grande chose
que je n'ose parler de la troisième plaie
que superficiellement.
108 Car de même que l'or
est le meilleur métal que l'on puisse trouver,
de même elle est le puits où l'on puise
toute sagesse, tout bien et tout honneur.
112 Il est donc juste que j'honore les chevaliers.
Mais de même que les habits neufs
valent mieux que les fripes,
les chevaliers de jadis valaient mieux,
116 forcément, que ceux d'aujourd'hui,
car le monde a tant changé
qu'un loup blanc a mangé
tous les chevaliers loyaux et vaillants.
120 C'est pourquoi le monde a perdu sa valeur.

Paul » dans *Hypocrisie* 218. Ici, où l'identité du saint est de peu d'importance, on a tenté de conserver le jeu de mots dans la traduction en remplaçant saint Paul par saint Léger.

L'ÉTAT DU MONDE

Cette revue des états du monde conclut à la disparition de la charité. Les Mendiants y sont pris à partie, au milieu des autres catégories du clergé. Ce trait peut être interprété comme le signe que Rutebeuf commence à s'intéresser à eux, et sans bienveillance. C'est pourquoi Dufeil incline à dater le poème de 1252, vers la même période que les Plaies du monde*, mais un peu après. Comme dans ce dernier poème, c'est l'avarice qui est surtout fustigée.*

F.-B. (I, 382 ; n. 1) met en doute l'authenticité du poème, donné par le seul manuscrit A*, mais dans une série continue de pièces de Rutebeuf. Ce doute se fonde sur le fait que le poème s'éloigne de la manière et des positions habituelles de Rutebeuf et sur « certaines particularités de langue, attestées par la rime, [qui] ne vont pas bien avec ce qui semble avoir été l'usage de cet auteur ». Il faut toutefois observer que bien des détails du texte présentent de grandes analogies avec d'autres poèmes de Rutebeuf* (Griesche d'hiver, Plaies du monde, Mariage, Règles) *: voir les notes 1, 2, 3, p. 83 ; 1,2, p. 87 ; 2, p. 91. L'écart observé par F.-B. peut s'expliquer si le poème est antérieur aux grands engagements de son auteur.*

Manuscrit : A, f. 331 r°.

DE L'ESTAT DU MONDE

Por ce que li mondes se change
Plus sovent que denier a Change,
Rimer vueil du monde divers.
4 Toz fu estez, or est yvers ;
Bons fu, or est d'autre maniere,
Quar nule gent n'est més maniere
De l'autrui porfit porchacier,
8 Se son preu n'i cuide chacier.
Chascuns devient oisel de proie :
Nul ne vit més se il ne proie.
Por ce dirai l'estat du monde,
12 Qui de toz biens se vuide et monde.

Relegieus premierement
Deüssent vivre saintement,
Ce croi, selonc m'entencion.
16 Si a double relegion :
Li un sont moine blanc et noir
Qui maint biau lieu et maint manoir
Ont et mainte richece assise, *f. 331 v°*
20 Qui toz sont sers a Covoitise.
Toz jors vuelent sanz doner prendre,
Toz jors achatent sanz riens vendre.
Il tolent, l'en ne lor tolt rien.
24 Il sont fondé sus fort mesrien :
Bien pueent lor richece acroistre.
L'en ne preesche més en cloistre
De Jesucrist ne de sa Mere
28 Ne de saint Pol ne de saint Pere ;
Cil qui plus set de l'art du siecle,
C'est le meillor selonc lor riegle.

Aprés si sont li Mendiant
32 Qui par la vile vont criant :
« Donez, por Dieu, du pain aus Freres ! »

---

1. *Divers* signifie à la fois « changeant » et « mauvais ». Le poème joue de cette ambiguïté, comme de l'homophonie « divers »-« hiver ». Même jeu dans les premiers vers de la *Griesche d'hiver*. – Au vers précédent, le Change est le lieu où sont établis les

L'ÉTAT DU MONDE

Parce que le monde change
plus souvent qu'un denier au Change,
je veux rimer sur ce monde changeant[1].
4 L'été est passé, maintenant c'est l'hiver ;
le monde était bon, maintenant c'est différent,
car personne ne sait plus
travailler au bien d'autrui,
8 s'il ne pense pas y trouver son profit.
Chacun se fait oiseau de proie :
nul ne vit plus que de proies.
C'est pourquoi je vais dire l'état où est ce monde,
12 qui de tout bien se vide et s'émonde[2].
Tout d'abord, les religieux
devraient vivre saintement :
c'est mon avis.
16 Or, ils sont de deux sortes :
les uns sont des moines blancs ou noirs,
qui possèdent maintes belles résidences
et maintes richesses solides.
20 Ils sont tous esclaves de Cupidité.
Sans cesse ils veulent prendre sans jamais donner,
sans cesse ils achètent sans jamais rien vendre.
Ils prennent, et on ne leur prend rien.
24 Le plancher sous eux est solide :
ils peuvent accroître leurs richesses.
On ne prêche plus dans les cloîtres
sur Jésus-Christ ni sur sa mère,
28 ni sur saint Paul, ni sur saint Pierre.
Celui qui se débrouille le mieux dans le monde,
c'est lui le meilleur au regard de la règle[3].
Ensuite, il y a les Mendiants
32 qui par les villes vont criant :
« Pour l'amour de Dieu, donnez du pain aux Frères ! »

---

changeurs (à Paris, sur le grand pont). **2.** Les v. 6-7 et 11-12 sont à rapprocher respectivement des v. 10-12 et 1-2 des *Plaies du monde*. **3.** Cf. *Plaies du monde* 39-40, *Règles* 162.

Plus en i a de vint manieres.
Ci a dure fraternité
36 Quar, par la sainte Trinité,
Li uns covenz voudroit de l'autre
Qu'il fust en un chapiau de fautre
El plus pereilleus de la mer :
40 Ainsi s'entraiment li aver.
Convoitex sont, si com moi samble ;
Fors lerres est qu'a larron emble,
Et cil lobent les lobeors
44 Et desrobent les robeors
Et servent lobeors de lobes,
Ostent aus robeors lor robes.
Aprés ce que je vous devise
48 M'estuet parler de sainte Yglise,
Que je voi que plusor chanoine,
Qui vivent du Dieu patremoine,
Il n'en doivent, selonc le Livre,
52 Prendre que le soufissant vivre,
Et le remanant humblement
Deüssent il communement
A la povre gent departir ;
56 Més il verront le cuer partir
Au povre, de male aventure,
De grant fain et de grant froidure :
Quant chascuns a chape forree
60 Et de deniers la grant borsee,
Les plains coffres, la plaine huche,
Ne li chaut qui por Dieu le huche
Ne qui riens por Dieu li demande,
64 Quar Avarisce li commande,
Cui il est sers, a metre ensamble,
Et si fet il, si com moi samble.
Més ne me chaut, se Diex me voie !
68 En la fin vient a male voie
Tels avoirs et devient noianz ;
Et droiz est, quar, ses iex voianz,
Il est riches du Dieu avoir
72 Et Diex n'en puet aumosne avoir ;
Et se il vait la messe oïr,
Ce n'est pas por Dieu conjoïr,

Il y en a de vingt espèces.
Voilà une fraternité bien cruelle,
36 car, par la sainte Trinité,
chaque couvent voudrait que l'autre
voguât dans un chapeau de feutre
au plus périlleux de la mer :
40 c'est ainsi que s'entr'aiment les avares.
Ils sont cupides, me semble-t-il :
voleur habile que celui qui prend au voleur,
et eux trompent les trompeurs,
44 dérobent les dérobeurs,
servent des tromperies aux trompeurs
et ôtent leurs robes aux dérobeurs.
Après ces propos,
48 il me faut parler de la sainte Église,
car je vois de nombreux chanoines
vivre du patrimoine de Dieu :
ils ne doivent en prendre, selon l'Écriture,
52 que ce qui leur est nécessaire pour vivre,
et tout le reste, humblement,
ils devraient le répartir
et le distribuer aux pauvres.
56 Mais ils verront le pauvre
crever de misère,
de faim, de froid :
dès lors que chacun a une cape fourrée,
60 des deniers plein sa bourse,
ses coffres pleins, pleine sa huche,
peu lui chaut qui l'appelle pour l'amour de Dieu
ou pour l'amour de Dieu lui demande quelque chose,
64 car Avarice, dont il est esclave,
lui ordonne d'accumuler,
et c'est ce qu'il fait, à mon avis.
Mais — que Dieu me guide ! — peu m'importe :
68 à la fin cette richesse tourne mal
et se réduit à rien.
C'est justice, car, comme il peut le voir,
il est riche de l'avoir de Dieu
72 sans que Dieu puisse en tirer une aumône ;
et s'il va entendre la messe,
ce n'est pas pour plaire à Dieu,

Ainz est por des deniers avoir,
76 Quar, tant vous faz je a savoir,
S'il n'en cuidoit riens raporter,
Ja n'i querroit les piez porter.
Encor i a clers d'autre guise,
80 Que, quant il ont la loi aprise,
Si vuelent estre pledeeur
Et de lor langues vendeeur,
Et penssent baras et cauteles
84 Dont il bestornent les quereles
Et metent ce devant derriere.
Ce qui ert avant va arriere,
Quar, quant dant Deniers vient en place,
88 Droiture faut, droiture esface.
Briefment, tuit clerc, fors escoler,
Vuelent Avarisce acoler.
Or m'estuet parler des genz laies,
92 Qui resont plaié d'autres plaies.
Provost et bailli et maieur
Sont communement li pieur,
Si com Covoitise le vost ;
96 Quar je regart que li provost,
Qui acenssent les provostez,
Que il plument toz les costez
A cels qui sont en lor justise,
100 Et se deffendent en tel guise :
« Nous les acenssons chierement,
Si nous convient communement,
Font il, partout tolir et prendre
104 Sanz droit ne sanz reson atendre ;
Trop avrions mauvés marchié
Se perdons en nostre marchié. »
Encor i a une autre gent :
108 Cil qui ne donent nul argent,

* v. 103. Font u p.

1. Cf. *Plaies du monde* 37-8. **2.** Les prévôts, officiers subalterne de justice et de police, achetaient leur charge et étaient réputés

mais pour récolter de l'argent,
76 car, apprenez-le de moi,
s'il pensait n'en rien rapporter,
il n'y mettrait jamais les pieds.
Il y a aussi des clercs d'une autre sorte :
80 quand ils ont appris le droit,
ils veulent être plaideurs,
vendre leur langue,
ils ne rêvent que ruses et cautèle
84 pour emmêler les querelles
et mettre le devant derrière.
Voilà derrière ce qui était devant,
car, quand maître Denier entre en scène,
88 Justice s'efface et disparaît.
En un mot, tous les clercs, étudiants exceptés,
veulent embrasser Avarice[1].
Il me faut à présent parler des laïcs,
92 qui sont de leur côté affligés d'autres plaies.
Prévôts, baillis et maires[2]
sont généralement les pires :
Convoitise l'a voulu ainsi.
96 Car je vois que les prévôts
qui prennent à bail les prévôtés
plument de tous côtés
ceux qui sont placés sous leur juridiction,
100 et se défendent de cette façon :
« La prise à bail nous coûte très cher,
il nous faut donc, de toutes les façons,
disent-ils, prendre partout,
104 sans égard pour le droit et sans raison.
Nous aurions fait une bien mauvaise affaire
si nous ne nous y retrouvions pas. »
Il y en a aussi d'une autre sorte :
108 ceux qui n'ont rien à débourser,

---

particulièrement rapaces. Les maires, sortes d'intendants ou de régisseurs, achetaient aussi la leur jusque vers 1256. Après cette date, ils sont nommés par le roi. Cf. *Mariage* 53.

Comme li bailli qui sont garde ;
Sachiez que au jor d'ui lor tarde
Que la lor garde en lor baillie
112 Soit a lor tens bien esploitie
Que au tens a lor devancier.
N'i gardent voie ne sentier
Par ou onques passast droiture ;
116 De cele voie n'ont il cure,
Ainçois penssent a porchacier
L'esploit au seignor et traitier
Le lor profit de l'autre part : *f. 332 r°*
120 Ainsi droiture se depart.
Or i a gent d'autres manieres
Qui de vendre sont coustumieres
De choses plus de cinq cens paires
124 Qui sont au monde necessaires.
Je vous di bien veraiement,
Il font maint mauvais serement
Et si jurent que lor denrees
128 Sont et bones et esmerees
Tel foiz que c'est mençonge pure ;
Si vendent a terme, et usure
Vient tantost et termoierie
132 Qui sont de privee mesnie ;
Lors est li termes achatez
Et plus cher venduz li chatez.
Encor i sont ces genz menues
136 Qui besoingnent parmi ces rues
Et chascuns fet divers mestier,
Si comme est au monde mestier,
Qui d'autres plaies sont plaié.
140 Il vuelent estre bien paié
Et petit de besoingne fere ;

---

* v. 109. Comment li

comme les baillis, qui sont nommés dans leur charge.
Sachez-le, aujourd'hui ils sont pressés
de voir, dans leur baillage, leur charge
112 aussi rentable sous leur mandat
que du temps de leurs devanciers.
Ils ne suivent aucun chemin
par où pût jamais passer la justice.
116 Ils n'ont cure de tels chemins,
mais ils pensent à assurer
des revenus au seigneur
tout en faisant leur profit personnel.
120 C'est ainsi que la justice s'enfuit.
Voici maintenant des gens d'une espèce différente,
dont la coutume est de vendre
mille sortes de choses
124 nécessaires à la vie.
Je vous le dis en vérité,
ils font souvent de faux serments :
ils jurent que leurs marchandises
128 sont de bonne qualité et sans aucun mélange,
et c'est quelquefois pur mensonge.
Ils vendent à crédit, et l'usure
suit bien vite : elle et la vente à terme
132 sont de la même famille ;
on fait payer le délai,
et les biens en sont vendus plus cher[1].
Il y a aussi de petites gens
136 qui travaillent par les rues,
exerçant des métiers divers,
comme on en a besoin dans la vie :
ils sont affligés d'autre plaies.
140 Ils veulent être bien payés
et travailler peu.

---

1. La vente à terme était assimilée à l'usure et inlassablement dénoncée en même temps qu'elle par les moralistes et les prédicateurs.

Ainz lor torneroit a contrere
S'il passoient lor droit deus lingnes.
144 Neïs ces païsanz des vingnes
Vuelent avoir bon paiement
Por peu fere, se Diex m'ament.
Or m'en vieng par chevalerie
148 Qui au jor d'ui est esbahie :
Je n'i voi Rollant n'Olivier,
Tuit sont noié en un vivier ;
Et bien puet veoir et entandre
152 Qu'il n'i a més nul Alixandre.
Lor mestiers defaut et decline ;
Li plusor vivent de rapine.
Chevalerie a passé gales :
156 Je ne la voi es chans n'es sales.
Menesterez sont esperdu,
Chascuns a son Donet perdu.
Je n'i voi ne prince ne roi
160 Qui de prendre face desroi,
Ne nul prelat de sainte Yglise
Qui ne soit compains Covoitise
Ou au mains dame Symonie,
164 Qui les doneors ne het mie.
Noblement est venuz a cort
Cil qui done, au tens qui ja cort ;
Et cil qui ne peut riens doner
168 Si voist aus oisiaus sermoner,
Quar Charitez est pieça morte !
Je n'i voi més nul qui la porte,
Se n'est aucuns par aventure
172 Qui retret a bone nature ;

---

1. Il est difficile d'interpréter différemment ces deux vers. La remarque est cependant un peu surprenante. Le sens attendu serait plutôt : « Mais ils seraient furieux de devoir céder d'un pouce sur leurs droits ». Faut-il voir là une allusion aux obligations que le récent *Livre des métiers* d'Étienne Boileau avait fixées aux arti-

Mais cela irait mal pour eux
s'ils outrepassaient leurs droits d'un pouce[1].
144 Même les paysans qui travaillent dans les vignes
veulent avoir un bon salaire,
Dieu me garde, en en faisant peu.
J'en viens à la chevalerie,
148 qui est aujourd'hui désorientée :
je n'y vois ni Roland ni Olivier,
ils ont tous été noyés dans un vivier[2].
Et l'on peut bien constater
152 qu'il n'est plus aujourd'hui d'Alexandre.
Leur métier disparaît, il est sur le déclin.
La plupart vivent de rapines.
Fini de rire, pour la chevalerie :
156 je ne la vois plus nulle part, ni dehors ni dedans.
Les ménestrels sont dans le désarroi,
ils ont tous perdu leur Donat[3].
Je ne vois ni prince ni roi
160 qui ait scrupule à empocher,
ni aucun prélat de la sainte Église
qui ne soit l'ami de Convoitise
ou aux mains de Madame Simonie,
164 qui ne déteste pas ceux qui lui font des cadeaux.
Le voilà princièrement installé à la cour,
celui qui fait des cadeaux, par les temps qui courent.
Quant à celui qui ne peut pas en faire,
168 qu'il aille prêcher les oiseaux,
car voilà longtemps que Charité est morte !
Je ne vois plus personne la pratiquer,
sinon par hasard l'un ou l'autre
172 qui le doit à son bon naturel.

---

sans ? **2.** Plaisanterie du même ordre et sur le même sujet dans *Les plaies du monde* 118. **3.** Jeu de mots sur Donat et donner. Le Donat, c'est-à-dire l'ouvrage de ce grammairien du IVe siècle, était le manuel universellement répandu pour l'apprentissage de la grammaire.

Quar trop est li mondes changiez,
Qui de toz biens est estrangiez.
Vous poez bien apercevoir
176 Se je vous conte de ce voir.

Explicit l'estat du monde.

C'est que le monde a bien changé :
le bien lui est devenu étranger.
Vous pouvez juger par vous-même
176 si sur ce point je vous dis la vérité.

DE MONSEIGNEUR ANCEL DE L'ISLE

Si l'on réunit les indications fournies par le poème lui-même, par le titre que lui donnent les trois manuscrits et par l'explicit des manuscrits A *et* B, *il apparaît que le personnage dont la mort est déplorée était un certain Ancel, seigneur à la fois de l'Isle-Adam et de Valmondois. Comme le montre F.-B. (I, 512), et comme le pensait déjà Paulin Paris, il s'agit certainement d'Ancel III de l'Isle. Ce personnage a laissé un testament daté du 21 juillet 1252. Mais on ne possède pas de preuve de sa mort avant 1260, année où un acte donne à son fils Jean le titre de seigneur de l'Isle. Le poème de Rutebeuf a donc été composé entre ces deux dates, mais sans doute beaucoup plus près de la première, bien qu'il ne soit pas certain qu'Ancel III ait testé à l'article de la mort. À la fin de la décennie, en effet, Rutebeuf, plongé dans la querelle universitaire et le milieu parisien, répondait à des commandes d'un autre ordre, et avec un autre style. Cette pièce, où il tire à la ligne en alignant des poncifs et des effets de style laborieux, a bien des chances d'être d'un débutant.*

Manuscrits : A, f. 306 v° ; *B*, f. 66 r° ; *C*, f. 15 v°. *Texte de C.*

* Titre : *A* De monseigneur Anseau de lisle, *B* De monseigneur Encel de lille

CI ENCOUMANCE DE MONSEIGNEUR ANCEEL DE L'ISLE

I

Iriez, a maudire la mort
Me vodrai desormais amordre,
Qui adés a mordre s'amort,
4 Qui adés ne fine de mordre.
De jor en jor sa et la mort
Seux dont le siecle fait remordre.
Je di que si groz mors amort
8 Que Vaumondois a getei d'ordre.

II

Vaumondois est de valeur monde. *f. 16 r° 1*
Bien en est la valeurs mondee,
Car la mors, qui les boens esmonde,
12 Par cui Largesce est esmondee,
A or pris l'un des boens du monde.
Las ! com ci a male estondee !
Dẹ France a ostei une esponde :
16 De cele part est effondee.

III

Avec les sainz soit mize an cele
L'arme de mon seigneur Anciaul,
Car Diex, qui ces amis ancele,
20 L'a trovei et fin et feaul.
Mais la mors, qui les boens flaele,

---

* v. 6. *BC* qui le siegle font r. — v. 8. *C* geteir

---

1. Jeu prétendument étymologique sur les syllabes de *Valmon-*

SUR MONSEIGNEUR ANCEL DE L'ISLE

I

Chagrin, de maudire la mort
je ne veux désormais démordre,
elle qui jamais de mordre ne démord,
4 elle qui jamais ne cesse de mordre.
Chaque jour, çà et là elle mord
ceux pour qui le monde a la mort dans l'âme.
Je dis qu'elle a mordu à un si gros morceau
8 qu'elle a jeté à Valmondois le trouble.

II

Valmondois, c'est valeur non immonde[1].
La valeur en est bien émondée,
car la mort, qui émonde les bons,
12 par qui Largesse est émondée,
a pris l'un des meilleurs du monde.
Hélas ! quelle maudite tonte !
Elle a retiré un des étais de la France :
16 de ce côté la voici effondrée.

III

Que soit logée avec les saints
l'âme de monseigneur Ancel,
car Dieu, qui ouvre son logis à ses amis,
20 l'a trouvé parfaitement loyal.
Mais la mort, qui flagelle les bons,

---

dois ; *VAL*eur *MOND*e. L'adjectif *monde* (« propre, pur ») ayant disparu du français moderne, il faut passer par son contraire « immonde » pour sauver partiellement ce jeu de mots, extrêmement fréquent dans la littérature du temps, et particulièrement chez Rutebeuf.

A aportei felon fleaul.
A l'Isle fort lettres saele :
24 Ostei en a le fort seaul.

IV

Je di Fortune est non voians,
Je di Fortune ne voit goute,
Ou [en] son sanz est desvoians.
28 Les uns atrait, les autres boute.
Li povres hons, li mescheans,
Monte si haut, chacuns le doute,
Li vaillanz hons devient noians :
32 Ainsi va sa maniere toute.

V

Tost est .I. hons en som la roe.
Chacuns le sert, chacuns l'oneure,
Chacuns l'aime, chacuns l'aroe.
36 Mais ele torne en petit d'eure,
Que li serviaux chiet en la boe
Et li servant li corent seure :
Nus n'atant a leveir la poe.
40 En cort terme a non Chantepleure.

VI

Touz jors deüst .I. preudons vivre,
Se mors eüst sanz ne savoir.
S'il fust mors, si deüst revivre :

---

* v. 27. *C* en *mq.* — v. 31. *AB* Li vaillanz h., *C* Li mauvais h. — v. 33-40. *B mq.* — v. 35. *A* aroe, *C* aore — v. 39. *A* Nus ne tent au lever la p.

---

1. Le vers est obscur. Cf. F.-B. I, 515. On peut comprendre que

apporta un cruel fléau.
Elle scelle et porte à l'Isle une redoutable lettre,
24 privée de son sceau redouté[1].

IV

Je dis : Fortune est non-voyante,
je dis : Fortune n'y voit goutte,
ou alors elle perd la raison.
28 Les uns, elle les attire, les autres, elle les repousse.
Le pauvre, le misérable
monte si haut que chacun le redoute,
l'homme de valeur est réduit au néant :
32 elle n'en fait jamais d'autres.

V

Un homme a tôt fait d'être au sommet de la roue.
Chacun le sert, chacun l'honore,
chacun l'aime, chacun le loue[2].
36 Mais la roue tourne bien vite :
celui que l'on servait, le voilà dans la boue
et ses serviteurs lui tombent dessus :
c'est à qui sortira ses griffes le premier.
40 Bien vite il a pour nom Chante-et-maintenant-pleure[3].

VI

Un homme de bien devrait vivre toujours,
si la mort avait un peu de sagesse.
Mort, il devrait revivre :

---

la terrible lettre qui annonce la mort d'Anseau n'est plus – puisqu'il est mort – scellée de son sceau, ce qui est en soi le signe de la triste nouvelle qu'elle contient. **2.** Sur *aroer*, « honorer » (?), et l'hypothèse selon laquelle il faudrait lire *aloer / allaudare*, cf. T.-L. I, 541. **3.** Cf. *Complainte de Constantinople* 178.

44 Ice doit bien chacuns savoir. *f. 16 r° 2*
Mais Mors est plus fiere que wyvre
Et si plainne de nonsavoir
Que des boens le siecle delivre
48 Et au mauvais lait vie avoir.

VII

Qui remembre la bele chace
Que faire soliiez jadiz,
Les voz brachés entrer en trace,
52 Sa .V., sa .VI., sa .IX., sa dix,
N'est nuns qui li cuers mal n'en face.
Se por arme nul bien ja diz,
Dieu pri qu'il vos otroit sa grace
56 Et doint a l'arme paradix.

Explicit.

---

* v. 49. *A* remire — v. 52. *A* Ça cinq ça set, *B* Sa .VI. sa .VII. — *A* Amen. Explicit de monseigneur Anseau de l'isle, *B* Explicit de monseigneur Ancel de lille.

44 chacun le sait, bien sûr.
Mais la mort est plus cruelle qu'une vipère
et si insensée
qu'elle délivre le monde des bons
48 et laisse la vie au méchant.

VII

Quand on se souvient de vos belles chasses
de jadis,
quand vos chiens suivaient la trace,
52 cinq ici et six là, ici neuf et là dix,
il n'est nul dont le cœur ne saigne.
Si j'ai jamais plaidé pour l'âme de quelqu'un,
je prie Dieu qu'il vous accorde sa grâce
56 et donne à votre âme le paradis.

LE TESTAMENT DE L'ÂNE

Ce conte très répandu dans le folklore universel (conte type 1842 de la classification d'Aarne et Thompson) est repris en particulier à la fin du Moyen Âge dans les Cent nouvelles nouvelles *(n° 96). L'animal enterré en terre bénite est généralement un chien. Rutebeuf attaque ici le clergé séculier, contrairement à son habitude, et sans que la satire prête beaucoup à conséquence. On peut donc y voir une pièce antérieure à la querelle universitaire. D'autre part, la plaisanterie du v. 150 sur les deux sens du mot écu montre que la monnaie de ce nom existait déjà ; or elle apparaît vers 1253 (voir note 1 p. 113). Le poème peut donc avoir été composé cette année-là ou la suivante (mais plus difficilement en 1252 comme le suppose Dufeil).*

Manuscrit : C, f. 4 v°.

C'EST LI TESTAMENT DE L'ASNE

Qui vuet au siecle a honeur viure
Et la vie de seux ensuyre
Qui beent a avoir chevance
4 Mout trueve au siecle de nuisance,
Qu'il at mesdizans d'avantage
Qui de ligier li font damage, *f. 4 v° 2*
Et si est touz plains d'envieux,
8 Ja n'iert tant biaux ne gracieux.
Se dix en sunt chiez lui assis,
Des mesdizans i avra six
Et d'envieux i avra nuef.
12 Par derrier nel prisent un oef
Et par devant li font teil feste :
Chacuns l'encline de la teste.
Coument n'avront de lui envie
16 Cil qui n'amandent de sa vie,
Quant cil l'ont qui sont de sa table,
Qui ne li sont ferm ne metable ?
Ce ne puet estre, c'est la voire.
20 Je le vos di por un prouvoire
Qui avoit une bone esglise,
Si ot toute s'entente mise
A lui chevir et faire avoir :
24 A ce ot tornei son savoir.
Asseiz ot robes et deniers,
Et de bleif toz plains ces greniers,
Que li prestres savoit bien vendre
28 Et pour la venduë atendre
De Paques a la Saint Remi.

---

* v. 12. ne prisent un oes

---

1. L'ancien français fait grand usage de ce genre d'expression : ne pas estimer quelqu'un ou quelque chose la valeur « d'un œuf », ou « d'une pomme », ou « d'un bouton » – suivant les exigences de la rime. **2.** Les cours du blé montent, bien entendu, pendant l'hiver pour atteindre leur niveau le plus élevé à la veille de la moisson suivante. Ceux qui en avaient les moyens spéculaient sur cette hausse en différant le plus possible la vente de leur blé. Le prêtre estime que

Qui veut vivre en ce monde entouré de considération,
tout en imitant les mœurs de ceux
qui n'ont que l'argent en tête,
4 rencontre bien des désagréments :
quantité de médisants
lui nuisent sans scrupule,
et le monde est pour lui rempli d'envieux,
8 si beau et si charmant soit-il.
Sur dix personnes assises chez lui,
il y aura six médisants
et neuf envieux.
12 Par-derrière ils s'en soucient comme d'une guigne[1]
et par-devant ils lui font fête :
chacun le salue bien bas.
Comment ne lui porteront-ils pas envie
16 ceux qui ne profitent pas de son train de vie,
alors que ceux qui sont à sa table y sont en proie
et ne sont pas pour lui des amis sûrs ?
En vérité, c'est impossible.
20 Je vous dis cela à cause d'un prêtre,
bénéficiaire d'une bonne église,
dont l'unique préoccupation
était d'augmenter ses revenus :
24 toute son intelligence était tournée vers ce but.
Il avait en abondance vêtements et argent,
du blé plein ses greniers,
car le prêtre savait bien vendre,
28 et attendre pour cela
de Pâques à la Saint-Remi[2].

Pâques est encore trop tôt pour vendre. Il attend jusqu'à la Saint-Remi (1e octobre), date à laquelle, la moisson faite, les prix devraient avoir baissé – ce qui pourrait signifier que son excès de cupidité se retourne contre lui. Mais il faut plus vraisemblablement entendre que dans sa malignité il spécule sur une mauvaise récolte à la suite de laquelle les prix continueront de monter. La condamnation de ce genre de spéculation apparaît ailleurs. Ainsi, dans un *exemplum* de Jacques de Vitry, un spéculateur se pend après une succession de bonnes récoltes (Tubach 1250).

Et si n'eüst si boen ami
Qui en peüst riens nee traire,
32 S'om ne li fait a force faire.
Un asne avoit en sa maison,
Mais teil asne ne vit mais hom,
Qui vint ans entiers le servi.
36 Mais ne sai s'onques teil serf vi.
Li asnes morut de viellesce,
Qui mout aida a la richesce.
Tant tint li prestres son cors chier
40 C'onques nou laissat acorchier
Et l'enfoÿ ou semetiere :
Ici lairai ceste matiere. *f. 5 r° 1*
L'evesques ert d'autre maniere,
44 Que covoiteux ne eschars n'iere,
Mais cortois et bien afaitiez,
Que, c'il fust jai bien deshaitiez
Et veïst preudome venir,
48 Nuns nel peüst el list tenir :
Compeigne de boens crestiens
Estoit ces droiz fisiciens.
Touz jors estoit plainne sa sale.
52 Sa maignie n'estoit pas male,
Mais quanque li sires voloit,
Nuns de ces sers ne s'en doloit.
C'il ot mueble, ce fut de dete,
56 Car qui trop despent, il s'endete.
Un jour, grant compaignie avoit
Li preudons qui toz biens savoit.
Si parla l'en de ces clers riches
60 Et des prestres avers et chiches
Qui ne font bontei ne honour
A evesque ne a seignour.
Cil prestres i fut emputeiz
64 Qui tant fut riches et monteiz.
Ausi bien fut sa vie dite
Con c'il la veïssent escrite,
Et li dona l'en plus d'avoir
68 Que troi n'em peüssent avoir,
Car hom dit trop plus de la choze
Que hom n'i trueve a la parcloze.

Il n'avait ami si cher
qui pût rien en tirer
32 sinon de force.
Il avait chez lui un âne,
mais un âne comme on n'en vit jamais :
il l'avait servi vingt ans entiers.
36 Je ne sais si l'on a jamais vu un pareil serviteur.
L'âne mourut de vieillesse,
après avoir bien contribué à l'enrichir.
Le prêtre l'aimait tellement
40 qu'il ne permit pas qu'on l'écorchât
et qu'il le fit enterrer au cimetière.
En voilà assez sur ce sujet.
L'évêque était d'un caractère tout différent.
44 Il n'était ni cupide ni avare,
mais courtois et rompu aux bonnes manières.
Si, étant fort malade,
il avait vu venir un homme de bien,
48 personne n'aurait pu le faire rester au lit :
la compagnie des bons chrétiens,
voilà son médecin.
Sa grande salle était toujours remplie.
52 Rien à redire sur ceux de sa maison :
quoi que désirât leur maître,
aucun de ses gens ne s'en plaignait.
S'il avait des biens meubles, ils étaient faits de dettes,
56 car qui dépense beaucoup s'endette.
Un jour, il avait autour de lui une société nombreuse,
cet homme de bien, accompli en toutes choses.
Voilà que l'on parla des riches clercs
60 et des prêtres avares et chiches
qui n'ont jamais un geste aimable ou attentionné
à l'égard de leur évêque ou de leur seigneur.
On fit le procès de ce prêtre,
64 qui était si riche et si plein de lui-même.
On raconta sa vie aussi bien
que s'ils l'avaient eue écrite sous les yeux,
et on lui prêta plus de fortune
68 que trois comme lui n'auraient pu en avoir,
car on en dit toujours plus
que ce qui se découvre à la fin.

« Ancor at il teil choze faite
72 Dont granz monoie seroit traite,
S'estoit qui la meïst avant,
Fait cil qui wet servir devant,
Et c'en devroit grant guerredon.
76 — Et qu'a il fait ? dit li preudom.
— Il at pis fait c'un Beduÿn,
Qu'il at son asne Bauduÿn *f. 5 r° 2*
Mis en la terre beneoite.
80 — Sa vie soit la maleoite,
Fait l'esvesques, se ce est voirs !
Honiz soit il et ces avoirs !
Gautiers, faites le nos semondre,
84 Si orrons le prestre respondre
A ce que Robers li mest seure.
Et je di, se Dex me secoure,
Se c'est voirs, j'en avrai l'amende.
88 — Je vos otroi que l'an me pande
Se ce n'est voirs que j'ai contei.
Si ne vos fist onques bontei. »
Il fut semons. Li prestres vient.
92 Venuz est, respondre couvient
A son eveṣque de cest quas,
Dont li prestres doit estre quas.
« Faus desleaux, Deu anemis,
96 Ou aveiz vos vostre asne mis ?
Dist l'esvesques. Mout aveiz fait
A sainte Esglise grant meffait,
Onques mais nuns si grant n'oÿ,
100 Qui aveiz votre asne enfoÿ
La ou on met gent crestienne.
Par Marie l'Egyptienne,
C'il puet estre choze provee
104 Ne par la bone gent trovee,
Je vos ferai metre en prison,
C'onques n'oÿ teil mesprison. »
Dist li prestres : « Biax tres dolz sire,
108 Toute parole se lait dire.
Mais je demant jor de conseil,
Qu'il est droit que je me conseil

« Et il a aussi fait quelque chose
72 dont on pourrait tirer beaucoup d'argent,
s'il se trouvait quelqu'un pour le révéler,
dit l'un, qui veut faire sa cour,
et qui lui vaudrait une grosse amende.
76 — Et qu'a-t-il fait ? demande le bon évêque.
— Il a fait pire qu'un Bédouin :
son âne Baudouin,
il l'a mis en terre bénite.
80 — Maudit soit-il,
dit l'évêque, si c'est vrai !
Honnis soient-ils, lui et sa fortune !
Gautier, faites-le convoquer devant nous.
84 Nous entendrons ce que le prêtre
répondra à l'accusation de Robert.
Je vous le dis : avec l'aide de Dieu,
si c'est vrai, j'en aurai réparation.
88 — Je veux bien qu'on me pende
si ce que je vous ai raconté n'est pas vrai.
D'ailleurs, il n'a jamais eu une attention aimable [envers vous. »
Le prêtre fut convoqué. Il vint.
92 Le voilà venu, il lui faut répondre
devant son évêque sur cette affaire :
il y a là de quoi le faire destituer.
« Traître, ennemi de Dieu,
96 où avez-vous mis votre âne ?
demande l'évêque. Vous avez grandement
offensé la sainte Église
(je n'ai jamais rien entendu de pareil),
100 vous qui avez enterré votre âne
là où on met les chrétiens.
Par sainte Marie l'Égyptienne,
si la chose peut être prouvée
104 par les investigations de gens dignes de foi,
je vous ferai mettre en prison,
car jamais je n'ai entendu parler d'un crime pareil. »
Le prêtre répondit : « Mon très cher seigneur,
108 tous les propos peuvent circuler.
Mais je demande un jour de réflexion,
car il est juste que je réfléchisse

De ceste choze, c'il vos plait
112 (Non pas que je i bee en plait).
— Je wel bien le conseil aiez,
Mais ne me tieng pas apaiez *f. 5 v° 1*
De ceste choze, c'ele est voire.
116 — Sire, ce ne fait pas a croire. »
Lors se part li vesques dou prestre,
Qui ne tient pas le fait a feste.
Li prestres ne s'esmaie mie,
120 Qu'il seit bien qu'il at bone amie :
C'est sa borce, qui ne li faut
Por amende ne por defaut.
Que que foz dort, et termes vient.
124 Li termes vint, et cil revient.
Vint livres en une corroie,
Touz sés et de bone monoie,
Aporta li prestres o soi.
128 N'a garde qu'il ait fain ne soi.
Quant l'esvesque le voit venir,
De parleir ne se pot tenir :
« Prestres, consoil aveiz eü,
132 Qui aveiz votre senz beü.
— Sire, consoil oi ge cens faille,
Mais a consoil n'afiert bataille.
Ne vos en deveiz mervillier,
136 Qu'a consoil doit on concillier.
Dire vos vueul ma conscience,
Et, c'il i afiert penitance,
Ou soit d'avoir ou soit de cors,
140 Adons si me corrigiez lors. »
L'evesques si de li s'aprouche
Que parleir i pout bouche a bouche.
Et li prestres lieve la chiere,
144 Qui lors n'out pas monoie chiere.
Desoz sa chape tint l'argent :

---

1. L'expression n'est ni très naturelle ni très claire. Rutebeuf a probablement voulu faire allusion au sens juridique des termes *amende* et *defaute* (contumace), qui vient en surimpression de celui qui est le leur dans la phrase. Cf. les v. 138-9, où le prêtre utilise

à cette affaire, s'il vous plaît
112 (non pas que je sois friand de procédure).
— Je consens à ce que vous ayez ce délai de réflexion,
mais je ne vous tiens pas quitte
de la chose, si elle est vraie.
116 — Monseigneur, il ne faut pas y ajouter foi. »
L'évêque congédie alors le prêtre,
qui ne trouve pas l'affaire amusante.
Le prêtre ne s'affole pas,
120 car il sait bien qu'il a une amie fidèle :
c'est sa bourse, qui ne lui manque jamais
pour offrir une réparation ou dans le besoin[1].
Le fou peut bien dormir, le terme fixé vient.
124 Le terme vint, et lui revient.
Vingt livres cachées dans une ceinture,
comptant et en bonne monnaie :
voilà ce que le prêtre apporta avec lui.
128 Il ne craint ni la faim ni la soif !
En le voyant venir, l'évêque
ne put s'empêcher de lui dire :
« Vous avez eu votre délai de réflexion,
132 prêtre qui avez avalé votre cervelle.
— Monseigneur, il est bien vrai que j'ai pu réfléchir,
mais l'agressivité ne convient pas à la réflexion.
Vous ne devez pas vous en étonner :
136 une réflexion si particulière doit se faire en particulier[2].
Je veux vous dire ce que j'ai sur la conscience
et, si cela appelle une pénitence,
que ce soit une peine pécuniaire ou personnelle,
140 infligez-la moi à ce moment-là. »
L'évêque s'approche de lui
De façon qu'il puisse lui parler de bouche à oreille.
Et le prêtre lève la tête
144 (en cet instant, il ne tenait guère à ses sous).
Il avait l'argent sous sa cape :

---

une formule juridique (« pénitence d'avoir ou de corps »). **2.** La traduction ne peut rendre qu'imparfaitement le jeu sur le mot *conseil* (temps de réflexion, examen, délibération) et l'expression *a conseil* (secrètement, en particulier).

Ne l'ozat montreir pour la gent.
En concillant conta son conte :
148 « Sire, ci n'afiert plus lonc conte.
Mes asnes at lonc tans vescu,
Mout avoie en li boen escu.
Il m'at servi, et volentiers,
152 Moult loiaument vint ans entiers.
Se je soie de Dieu assoux,
Chacun an gaaingnoit vint soux,
Tant qu'il at espairgnié vint livres.
156 Pour ce qu'il soit d'enfers delivres
Les vos laisse en son testament. »
Et dist l'esvesques : « Diex l'ament,
Et si li pardoint ses meffais
160 Et toz les pechiez qu'il at fais ! »
Ensi con vos aveiz oÿ,
Dou riche prestre s'esjoÿ
L'evesques por ce qu'il mesprit :
164 A bontei faire li aprist.
Rutebués nos dist et enseigne,
Qui deniers porte a sa besoingne
Ne doit douteir mauvais lyens.

168 Li asnes remest crestiens,
A tant la rime vos en lais,
Qu'il paiat bien et bel son lais.

Explicit.

---

1. *Escu* (écu, bouclier) employé au sens figuré signifie normalement, comme il est naturel, « protection ». Mais l'âne était pour le prêtre une aide plutôt qu'une protection. Cet emploi approximatif du mot pourrait confirmer que Rutebeuf entend jouer du double sens

il n'osait pas le montrer à cause des gens qui étaient là.
En secret il a raconté son histoire :
148 « Monseigneur, un long récit serait inutile.
Mon âne a vécu longtemps,
j'avais en lui une aide en or[1].
Il m'a servi de bon cœur,
152 loyalement, vingt ans entiers.
Dieu me pardonne,
il gagnait chaque année vingt sous,
si bien qu'il a économisé vingt livres.
156 Pour échapper aux peines de l'enfer,
il vous les lègue dans son testament. »
L'évêque répond : « Que Dieu le protège,
qu'il lui pardonne ses fautes
160 et tous les péchés qu'il a commis ! »
Comme vous l'avez entendu,
l'évêque se réjouit que le riche prêtre
ait commis une faute :
164 cela lui apprit à avoir des attentions.
Rutebeuf nous dit et nous enseigne
que celui qui apporte des deniers pour avancer ses
[affaires
n'a pas à craindre de se trouver dans un mauvais pas.
168 L'âne resta chrétien –
sur ce je cesse de rimer –
car il s'était bel et bien acquitté de son legs.

---

d'écu, arme défensive et monnaie, une monnaie alors toute nouvelle – elle apparaît vers 1253 –, ce qui donnait plus de relief à la plaisanterie. Le prêtre peut dire qu'il avait en son âne « un bon écu » en ce que cet âne l'aidait et en ce qu'il lui rapportait de l'argent.

LA DISCORDE DES JACOBINS ET DE L'UNIVERSITÉ

Le poème, comme l'a montré Dufeil (1972, p. 149-50), date de l'hiver 1254-55. Il a pour objet la querelle autour de la deuxième chaire des Dominicains. Rutebeuf connaît le manifeste publié par les maîtres séculiers le 2 février 1254 : il s'en inspire par endroits directement (v. 17-18, v. 28-29, v. 39-40), lorsqu'il dénonce l'ingratitude des Prêcheurs à l'égard de l'Université qui les avait accueillis. Mais il en appelle, non au pape, mais au Jugement dernier (v. 52). C'est le signe qu'au moment où il écrit, le pape s'est déjà prononcé, et en faveur des Mendiants. Le poème est donc postérieur à l'accession au pontificat d'Alexandre IV, intronisé le 20 décembre 1254, et à la lettre Nec insolitum *du 22 décembre par laquelle le nouveau pape casse la bulle* Etsi animarum *de son prédécesseur Innocent IV. Cependant, Rutebeuf ne se plaint pas non plus explicitement, comme il le fera plus tard, d'une décision définitive du pape, ce qui nous place avant la bulle* Quasi lignum *du 14 avril 1255. Enfin, les deux derniers vers du poème, qui mettent en doute la probité des Jacobins, confirment que l'on est au tout début de l'année 1255, époque où Guillaume de Saint-Amour prétendait faire contribuer les Prêcheurs aux frais de son voyage à Rome de l'été précédent.*

Manuscrits : A, f. 307 v° ; *B*, f. 65 v° ; *C.* f. 17 r°. *Texte de C.*
* Titre : *A* De la descorde de l'Universitei et des Jacobins, *B* Des Jacobins

CI ENCOMMENCE LA DESCORDE DES JACOBINS ET DE L'UNIVERSITEI

I

Rimeir m'estuet d'une descorde
Qu'a Paris a semei Envie
Entre gent qui misericorde
4 Sermonent et honeste vie.
De foi, de pais et de concorde
Est lor langue moult repleignie,
Mais le meniere me recorde
8 Que dire et faire n'i soit mie.

II

Sor Jacobins est la parole
Que je vos wel conteir et dire,
Car chacuns de Dieu nos parole
12 Et si deffent corrouz et ire,
Que c'est la riens qui l'arme afole, *f. 17 v° 1*
Qui la destruit et qui l'empire.
Or guerroient por une escole
16 Ou il welent a force lire.

III

Quant Jacobin vindrent el monde,
S'entrerent chiez Humilitei.
Lors estoient et net et monde
20 Et s'amoient devinitei.
Mais Orguelz, qui toz biens esmonde,
I at tant mis iniquitei

---

* v. 3. *C* que — v. 12. *B* Et si vous voil conter et dire — v. 13. *A* Et c'est — v. 16. *B* eslire — v. 17-24. *B mq.*

LA DISCORDE DES JACOBINS ET DE L'UNIVERSITÉ

I

Je dois rimer sur l'esprit de discorde
qu'à Paris Envie a semé
parmi ceux qui prêchent la miséricorde
4 et une vie honnête.
Foi, paix, concorde,
voilà qui leur emplit la bouche,
mais leurs façons me rappellent
8 que des paroles aux actes il y a loin.

II

Les Jacobins : voilà le sujet
dont je veux vous entretenir,
car ils nous parlent tous de Dieu
12 et nous interdisent la colère :
c'est là ce qui blesse l'âme,
ce qui lui fait du mal, ce qui la tue.
Mais les voilà en guerre pour une école
16 où ils veulent enseigner de force.

III

Quand les Jacobins apparurent dans le monde,
ils entrèrent chez Humilité[1].
À l'époque ils étaient purs et nets,
20 et aimaient la théologie.
Mais Orgueil, qui élague tout bien,
a mis en eux tant d'iniquité

---

1. Cf. *Dit des Jacobins* 9-12.

Que par lor grant chape reonde
24 Ont versei l'Universitei.

IV

Chacuns d'eulz deüst estre amiz
L'Universitei voirement,
Car l'Universitei a mis
28 En eulz tout le boen fondement :
Livres, deniers, pains et demis.
Mais or lor rendent malement,
Car ceux destruit li anemis
32 Qui plus l'ont servi longuement.

V

Mieux lor venist, si com moi membre,
Qu'aleveiz nes eüssent pas.
Chacuns a son pooir desmembre
36 La mainie saint Nicholas.
L'Universitei ne s'i membre
Qu'il ont mise dou trot au pas,
Car teil haberge hon en la chambre
40 Qui le seigneur gete dou chaz.

VI

Jacobin sunt venu el monde
Vestu de robe blanche et noire.
Toute bonteiz en eulz habunde,
44 Ce porra quiconques wet croire.

---

* v. 33. *A* membre, *BC* semble — v. 44. *AB* Ce puet q. voudra c.

---

1. Un *demi* est la quantité de pain que l'on obtient pour un demi-

qu'avec leur grande cape ronde
24 ils ont renversé l'Université.

IV

Chacun d'eux devrait être
l'ami sincère de l'Université,
car elle leur a donné
28 tout ce qu'il leur fallait pour s'établir :
livres, argent, pains et baguettes[1].
Mais ils remercient mal les universitaires,
car l'ingrat s'en prend
32 à qui l'a le plus longtemps obligé.

V

Autant qu'il m'en souvienne, il aurait mieux valu
ne pas faciliter leur ascension.
Chacun d'eux démembre tant qu'il peut
36 la famille de saint Nicolas[2].
L'Université ne s'en trouve pas renforcée :
du trot, ils l'ont mise au pas.
Car tel se voit offrir le gîte
40 qui chasse le maître de sa maison[3].

VI

Les Jacobins ont fait leur entrée dans le monde
vêtus de robes blanches et noires.
Toutes les vertus en eux abondent :
44 qui le veut peut toujours le croire.

---

denier (soit la moitié d'une *denrée*). **2.** Saint Nicolas était le patron des étudiants, en souvenir du miracle des trois clercs (plus tard trois enfants) ressuscités après avoir été mis au saloir. **3.** Cf. Morawski 2311, et *Ecclésiastique* XI, 36, cité par le *De Periculis*.

Se par l'abit sunt net et monde,
Vos saveiz bien, ce est la voire,
S'uns leux avoit chape reonde,
48 Si resambleroit il prouvoire. *f. 17 v° 2*

VII

Se lor huevre ne se concorde
A l'abit qu'ameir Dieu devise,
Au recordeir aura descorde
52 Devant Dieu au jor dou Juÿse.
Car ce Renart seint une corde
Et vest une coutele grise,
N'en est pas sa vie mains orde :
56 La roze est sus l'apine asize.

VIII

Il pueent bien estre preudome,
Se wel ge bien que chacuns croie.
Mais ce qu'il plaidoient a Rome
60 L'Universitei m'en desvoie.
Des Jacobins vos di la soume :
Por riens que Jacobins acroie,
La peleüre d'une pome
64 De lor dete ne paieroie.

Explicit.

---

* v. 56. *AB* Rose est bien sor espine a. — *A* Explicit la descorde de l'Université et des Jacobins, *B* Explicit des Jacobins.

Par l'habit, ils sont nets et purs,
mais vous savez bien ce qu'il en est :
si un loup portait une cape ronde,
48 il ressemblerait à un prêtre.

VII

Si leurs œuvres ne se conforment pas
à l'habit qui annonce l'amour de Dieu,
à leur rappel, il y aura une discorde
52 devant Dieu au jour du Jugement.
Car si Renard ceint une corde
et revêt un froc gris,
sa vie n'en est pas moins abjecte :
56 la rose pousse sur l'épine[1].

VIII

Ce sont peut-être d'honnêtes gens,
je veux bien que chacun le croie.
Mais le fait qu'ils plaident à Rome
60 contre l'Université m'empêche de le croire.
Voici le fin mot, touchant les Jacobins :
quoi qu'un Jacobin emprunte,
je ne paierais même pas de sa dette
64 la valeur d'une pelure de pomme.

---

1. Cf. *Dit des Jacobins* 45-52.

LA COMPLAINTE DE MONSEIGNEUR GEOFFROY DE SERGINES

La valeur de Geoffroy de Sergines, à qui saint Louis avait confié la défense des possessions franques en Terre Sainte après son retour en France, est attestée par Guillaume de Nangis et, à plusieurs reprises, par Joinville. Il était champenois — Sergines se trouve entre Sens et Provins — et il n'est pas impossible que Rutebeuf l'ait connu personnellement, voire qu'il ait été son obligé (cf. v. 63 sq.). Le poète est en tout cas suffisamment renseigné pour savoir, et pour souligner, que Geoffroy est l'homme lige du roi de France (v. 93) : il l'était en effet depuis 1236, après avoir été vassal de Hugues de Châtillon, comte de Saint-Pol et de Blois.

Le poème a été composé après que saint Louis eut quitté la Terre Sainte, dont Geoffroy est présenté comme l'unique défenseur, et avant la mort de Geoffroy, c'est-à-dire après le 25 avril 1254 et avant le 11 avril 1269. Il ne fait pas allusion aux demandes de renforts que Geoffroy ne cesse d'envoyer entre 1264 et 1266 ; il est donc antérieur à cette période. Entre l'été 1256 et 1263, la trêve conclue entre Geoffroy et les Sarrasins a été respectée, et après 1263, Geoffroy se trouve à Acre. Or, le poème donne Jaffa comme sa base d'opérations, ce qui était le cas en 1255-1256, cette ville ayant été exclue des trêves de 1255. Le poème a donc été composé à la fin de 1255 ou en 1256, avant que soit connue la trêve signée par Geoffroy.

Manuscrits : A, f. 303 v° ; B, f. 59 r° ; *C*. f. 17 v°. *Texte de C.*
* Titre : *AB* De monseigneur Gefroy (*B* Geufroi) de Sargines

CI ENCOUMENCE LA COMPLAINTE DE MONSEIGNEUR JOFFROI DE SERGINES

Qui de loiaul cuer et de fin
Loiaument jusques en la fin
A Dieu servir defineroit,
4 Qui son tens i afineroit,
De legier devroit defineir
Et finement vers Dieu fineir.
Qui le sert de pensee fine,
8 Cortoisement en la fin fine.
Et por ce se sunt rendu maint
Qu'envers Celui qui lasus maint
Puissent fineir courtoizement,
12 S'en vont li cors honteuzement.
Se di ge por religieux,
Car chacuns d'eulz n'est pas prieux.
Et li autre ront getei fors
16 Le preu des armes por les cors, *f. 18 r° 1*
Qui riens plus ne welent conquerre
Fors le cors honoreir seur terre.
Ainsi est partie la riegle
20 De ceulz d'ordre et de ceulz dou siecle.
Mais qui porroit en lui avoir
Tant de proesse et de savoir
Que l'arme fust et nete et monde
24 Et li cors honoreiz au monde,
Ci auroit trop bel aventage,
Mais de teux n'en sai je c'un sage,
Et cil est plains des Dieu doctrines :
28 Messire Joffrois de Sergines
A non li preudons que je noume,
Et si le tiennent a preudoume
Empereour et roi et conte
32 Asseiz plus que je ne vos conte.

---

* v. 2. *AB* Finement — v. 5. *AB* Finement — v. 6. *A* Et de legier — v. 20. *B* de gent d'o. et de gent — v. 22. *B* et tant d'avoir

LA COMPLAINTE DE MONSEIGNEUR GEOFFROY DE SERGINES

Qui d'un cœur loyal, de l'espèce la plus fine,
loyalement, jusqu'à la fin
n'en finirait pas de servir Dieu
4 jusqu'à ce que son temps soit fini,
sans angoisse il devrait finir ses jours :
au regard de Dieu, le fin du fin d'une bonne fin.
Qui le sert avec l'attention la plus fine,
8 à la fin il fait une digne fin.
C'est pourquoi beaucoup sont entrés en religion :
pour qu'au regard de Celui qui règne là-haut
ils puissent parvenir à une digne fin,
12 cependant que leurs corps périssent misérables.
Je parle ici des moines,
car tous ne sont pas des prieurs[1].
Quant aux autres, ils ont sacrifié
16 le profit de l'âme à celui du corps :
toute leur ambition se borne
à honorer le corps sur terre.
Chacun a ainsi sa règle :
20 les religieux et ceux qui vivent dans le monde.
Mais qui pourrait avoir en lui
assez de vaillance, assez de savoir
pour que son âme fût propre et non pas immonde[2]
24 et que son corps fût honoré du monde,
quel état excellent serait le sien !
Mais je n'en sais qu'un qui ait cette sagesse,
et il est rempli de la science de Dieu :
28 Monseigneur Geoffroy de Sergines,
tel est le nom de l'homme de bien dont je parle.
Il est tenu pour homme de bien
par les empereurs, les rois, les comtes,
32 beaucoup plus encore que je vous le dis.

---

1. Rutebeuf accuse ainsi implicitement les prieurs, c'est-à-dire les supérieurs des monastères, de profiter de leur autorité pour en prendre à leur aise avec l'austérité de la règle. **2.** Cf. *Ancel de l'Isle* 9.

Touz autres ne pris .II. espesches
Envers li, car ces bones tesches
Font bien partout a reprochier.
36 De ces teches vos wel touchier
Un pou celonc ce que j'en sai.
Car, qui me metroit a l'essai
De changier arme por la moie
40 Et je a l'eslire venoie,
De touz ceulz qui orendroit vivent,
Qui por lor arme au siecle estrivent,
Tant quierent pain trestot deschauz
44 Par les grans froiz et par les chauz
Ou vestent haire ou ceignent corde
Ou plus fassent que ne recorde,
Je panroie l'arme de lui
48 Plus tost asseiz que la nelui.
D'endroit dou cors vos puis je dire
Que, qui me metroit a eslire
L'uns des boens chevaliers de France *f. 18 r° 2*
52 Ou dou roiaume a ma creance,
Ja autre de lui n'esliroie.
Je ne sai que plus vos diroie.
Tant est preudons, si com moi cemble,
56 Qui a ces .II. chozes encemble,
Valeurs de cors et bontei d'arme :
Garant li soit la douce Dame,
Quant l'arme dou cors partira,
60 Qu'ele sache queil part ira,
Et le cors ait en sa baillie
Et le maintiegne en bone vie.
Quant il estoit en cest païs
64 (Que ne soie por folz naÿz,

---

* v. 36. *B* noncier — v. 47. *A* Si penroie ainz l'a., *B* Si penroie l'a. — v. 48. *A* Plus tost je cuit que, *B* P. volentiers que — v. 59. *A* Quant ele du cors

---

1. Godefroy s'interroge sur le mot *espesches*, qu'il relève dans ce poème comme un hapax : « p.-ê. pêche » (III, 526-7). Le glos-

Tous les autres, je les estime moins que deux merles[1]
à côté de lui, car ses belles qualités
doivent être partout citées en exemple.
36 De ses qualités, je veux vous parler
un peu, selon ce que j'en sais.
Car si on me proposait
d'échanger mon âme contre une autre
40 et si je pouvais la choisir
parmi tous ceux qui de nos jours
luttent en ce monde pour le salut de la leur —
qu'ils mendient leur pain pieds nus
44 par le froid et par la chaleur,
qu'ils vêtent la haire ou ceignent la cordelière[2],
qu'ils en fassent plus que je ne le dis —,
c'est son âme que je prendrais
48 avant toute autre, et de loin.
Quant à son corps, je puis vous dire
que si on me faisait choisir
le meilleur chevalier de France
52 ou du royaume, à mon idée,
je ne choisirais aucun autre que lui :
que pourrais-je vous dire de plus ?
À mon avis, vraiment, il est homme de bien
56 celui qui réunit ensemble ces deux choses,
la valeur physique et les qualités de l'âme.
Que la douce Dame soit son garant,
pour qu'ainsi quand son âme quittera son corps,
60 elle sache qu'elle va du bon côté ;
et qu'elle ait son corps en sa garde
et dans le bien le fasse persévérer.
Quand il était dans ce pays
64 (qu'on ne me prenne pas pour un vrai fou

---

saire de F.-B. traduit par « cenelles, chose sans valeur » (II, 324). Pour T.-L., qui cite lui aussi le passage, il s'agit du mot *espec, espeche*, « pivert » (III, 1165-6). C'est la solution à laquelle on se rallie ici, en remplaçant dans la traduction les piverts par des merles, oiseaux dont le peu de valeur est proverbialement attesté (« Faute de grives... »). **2.** Ces vers désignent les religieux, et particulièrement les Mendiants.

De ce que je le lo, tenu),
N'i estoit jones ne chenuz
Qui tant peüst des armes faire.
68 Dolz et cortoiz et debonaires
Le trovoit hon en son osteil,
Mais aulz armes autre que teil
Le trouvast li siens anemis
72 Puis qu'il c'i fust mesleiz et mis.
Moult amoit Dieu et sainte Esglize,
Si ne vousist en nule guise
Envers nelui, feble ne fort,
76 A son pooir mespanrre a tort.
Ses povres voizins ama bien,
Volentiers lor dona dou bien,
Et si donoit en teil meniere
80 Que mieulz valoit la bele chiere
Qu'il faisoit au doneir le don
Que li dons. Icist boens preudon
Preudoume crut et honora,
84 Ainz entour lui ne demora
Fauz lozengiers puis qu'il le sot,
Car qui ce fait, jel teing a sot. *f. 18 v° 1*
Ne fu mesliz ne mesdizans
88 Ne vanterres ne despizans.
 Ainz que j'eüsse racontei
Sa grant valeur ne sa bontei,
Sa cortoisie ne son sens,
92 Torneroit a anui, se pens.
Son seigneur lige tint tant chier
Qu'il ala avec li vengier
La honte Dieu outre la meir :
96 Teil preudoume doit hon ameir.
Avec le roi demora la,
Avec le roi mut et ala,
Avec le roi prist bien et mal :
100 Hom n'at pas toz jors tenz igal.

---

* v. 65. *AB* De ce que je le lo tenuz, *C* De ce que j'ai le lolz t. — v. 82. *C* preudons — v. 84. *AB* N'ainz — v. 89. *B* que *mq.*

parce que je fais son éloge),
il n'y avait personne, jeune ou vieux,
qui fût si habile au maniement des armes.
68 Doux, courtois, bienveillant :
tel le trouvait-on chez lui ;
mais les armes à la main,
son ennemi l'aurait trouvé bien différent
72 dès l'instant où il l'aurait affronté.
Comme il aimait Dieu et la sainte Église !
Il n'aurait voulu en aucune façon,
ni envers personne, faible ou fort,
76 s'il pouvait l'éviter, mal se conduire à tort.
Il aimait ses voisins pauvres,
il leur donnait volontiers de ses biens,
et il donnait de telle façon
80 que l'air aimable dont il donnait
valait mieux que le don.
Cet homme de bien avait confiance
dans les hommes de bien et il les honorait,
84 mais jamais ne garda dans son entourage
de flatteur hypocrite, dès qu'il le savait tel :
qui fait le contraire, je le tiens pour sot.
Il n'était ni querelleur, ni médisant,
88 ni vantard, ni méprisant.
Avant que j'aie fini de raconter
sa grande vaillance et sa valeur,
sa courtoisie et sa sagesse,
92 l'ennui vous gagnerait, je crois.
Il aimait tant son seigneur lige
qu'il alla avec lui venger
la honte faite à Dieu outre-mer :
96 un homme de bien comme lui mérite d'être aimé.
Avec le roi il demeura là-bas,
avec le roi il partit, il alla,
avec le roi subit le bon, le mauvais sort :
100 tout le monde a des hauts et des bas.

Ainz pour poinne ne por paour
Ne corroussa son Sauveour.
Tout prist en grei quanqu'il soffri :
104 Le cors et l'arme a Dieu offri.
Ses consoulz fu boens et entiers
Tant com il fu poinz et mestiers,
Ne ne chanja por esmaier.
108 De legie[r] devra Dieu paier,
Car il le paie chacun jour.
A Jasphes, ou il fait sejour,
C'il at sejour de guerroier,
112 La wet il som tens emploier.
Felon voizin et envieuz
Et crueil et contralieuz
Le truevent la gent sarrazine,
116 Car de guerroier ne les fine.
Souvant lor fait grant envaïe,
Que sa demeure i est haïe.
Des or croi je bien sest latin :
120 « Maulz voizins done mau matin. »
Son cors lor presente souvent, *f. 18 v° 2*
Mais il at trop petit couvent.
Se petiz est, petit s'esmaie,
124 Car li paierres qui bien paie
Les puet bien cens doute paier,
Que nuns ne se doit esmaier
Qu'il n'ait coroune de martyr
128 Quant dou siecle devra partir.
Et une riens les reconforte,
Car, puis qu'il sunt fors de la porte
Et il ont monseigneur Joffroi,
132 Nuns d'oulz n'iert ja puis en effroi,
Ainz vaut li uns au besoing quatre.
Mais cens lui ne s'ozent combatre :

---

* v. 101. *A* ne por dolor — v. 104. *A* L'ame et le cors — v. 108. *C* legie — v. 111. *A* S'il est sejor de, *B* Se il est jor de — v. 114. *B* Et felon et mirabileus — v. 126. *B* se muet e. — v. 128. *B* vorra p.

Jamais les peines ni la peur
ne l'ont conduit à irriter son Sauveur.
Il a pris en gré tout ce qu'il a souffert,
104 en offrant à Dieu son corps et son âme.
Ses avis étaient bons et loyaux,
ils venaient toujours quand on en avait besoin,
et la peur ne l'en fit jamais changer.
108 Il s'acquittera facilement envers Dieu
car il le fait chaque jour.
À Jaffa, où il réside,
s'il y a un arrêt des combats,
112 il ne veut pas perdre son temps.
Voisin féroce et pénible,
cruel, agressif :
voilà comment les Sarrasins le trouvent,
116 car il ne cesse de leur faire la guerre.
Sans cesse il les attaque si fougueusement
que sa présence est détestée.
Voilà qui me fait croire au proverbe :
120 « Mauvais voisin, mauvais matin. »
Sans répit il s'expose à leurs coups,
mais de compagnie, il en a bien peu.
S'ils sont peu, ils s'effraient peu aussi,
124 car le payeur qui paye le juste salaire
peut, c'est certain, les payer largement :
aucun d'eux n'a à redouter
de devoir quitter ce monde
128 sans la couronne du martyr[1].
Et voici qui les réconforte :
une fois au-dehors des portes,
s'ils ont avec eux monseigneur Geoffroy,
132 ils oublient toute appréhension
et au besoin chacun d'eux vaut quatre hommes.
Mais sans lui ils n'osent combattre,

---

1. Paradoxe fréquemment exprimé par la littérature de croisade : les croisés n'ont rien à craindre, puisqu'ils sont sûrs d'être pour finir tous massacrés, et que la couronne du martyr et la gloire du paradis ne peuvent donc leur échapper. Cf. *Le Jeu de saint Nicolas* de Jean Bodel 412-35.

Par lui jostent, par lui guerroient,
136 Jamais cens lui ne ce verroient
En bataille ne en estour,
Qu'il font de li chastel et tour.
A li s'asennent et ralient,
140 Car c'est lor estandars, ce dient.
C'est cil qui dou champ ne se muet :
El champ le puet troveir qui wet,
Ne ja, por fais que il soutaigne,
144 Ne partira de la besoigne.
Car il seit bien de l'autre part,
Se de sa patrie se part,
Ne puet estre que sa partie
148 Ne soit tost sans li departie.
Sovent asaut et va en proie
Sor cele gent qui Dieu ne proie
Ne n'aime ne sert ne aeure,
152 Si com cil qui ne garde l'eure
Que Dieux en fasse son voloir.
Por Dieu fait moult son cors doloir.
Ainsi soffre sa penitance,
156 De mort chacun jor en balance. *f. 19 r° 1*
Or prions donques a Celui
Qui refuzeir ne seit nelui
Qui le wet priier et ameir,
160 Qui por nos ot le mort ameir
De la mort vilainne et ameire,
En cele garde qu'il sa meire
Conmanda a l'Ewangelistre,
164 Son droit maistre et son droit menistre,
Le cors a cel preudoume gart
Et l'arme resoive en sa part.

Explicit.

---

* *A* Explicit de monseignor Giefroi de Surgines, *B* Explicit de monseignor Jeufroi de Sargines.

---

1. « Lui parti » est un ajout de la traduction, dans un effort désespéré pour sauver l'*annominatio*. **2.** Sur l'expression *ne*

ce n'est que grâce à lui qu'ils joutent, qu'ils guerroient,
136 jamais sans lui on ne les verrait
dans une bataille, dans une mêlée :
il est leur rempart et leur tour.
Vers lui ils se tournent, à lui ils se rallient :
140 c'est leur étendard, disent-ils.
C'est l'homme à ne jamais bouger du champ de bataille :
sur le champ de bataille, peut le trouver qui veut,
et jamais, quel que soit le fardeau qu'il supporte,
144 il ne lâchera la besogne.
Car il sait bien de son côté
que s'il part et laisse son parti,
fatalement les siens, lui parti[1],
148 partiront vite en débandade.
Sans répit il attaque et pille
ce peuple qui ne prie pas Dieu,
qui ne le sert, ne l'aime ni ne l'adore,
152 en homme indifférent à l'heure[2]
où Dieu fera de lui sa volonté.
Pour Dieu il s'impose bien des souffrances.
Ainsi il endure sa pénitence,
156 chaque jour sur le fil de la mort.
Prions donc Celui
qui ne sait rien refuser à quiconque
veut bien le prier et l'aimer,
160 lui qui subit pour nous la morsure amère
de la mort ignoble et amère,
que, de la même façon qu'il confia sa mère
à la garde de l'Évangéliste[3],
164 vrai maître en son nom et son vrai serviteur[4],
il garde ainsi le corps de cet homme de bien
et reçoive son âme auprès de lui.

---

garder l'eure que, « s'attendre à tout instant à ce que », « être sur le point de », voir F.-B. II, 199. **3.** Jn. 19, 26-27. **4.** Même expression rapportée à saint Jean dans *Sainte Elysabel* 336 : saint Jean l'Évangéliste est un maître touchant la parole de Dieu, il a autorité pour la transmettre, parce qu'il est tout entier à son service. Voir aussi *Dit de Sainte Église* 41.

D'HYPOCRISIE

Le titre de ce poème est Du Pharisien *dans le manuscrit* A *et* D'Hypocrisie *dans les manuscrits* B *et* C. B *précise « l'autre dit d'Hypocrisie », pour le distinguer du poème qu'il nomme* Dit d'Hypocrisie *et* C Leçon d'Hypocrisie et d'Humilité. *Le titre de* B *et de* C *correspond davantage au contenu du poème, qui ne mentionne pas explicitement le pharisien de la parabole et décrit le règne d'Hypocrisie personnifiée. Mais celui de* A *se réfère peut-être aux circonstances dans lesquelles le poème a été composé. Il peut constituer une allusion au dernier des sermons très violents que Guillaume de Saint-Amour avait prêchés au printemps et dans l'été 1256, et qui, prononcé le 20 août, prenait pour thème l'Évangile du jour (10e dimanche après la Pentecôte), qui est précisément l'Évangile du pharisien et du publicain (Lc. 18, 9-14). De son côté, la mention de Jonas est peut-être une référence à une date liturgique précise, le mercredi des quatre-temps de Carême, où l'Évangile du jour est celui du signe de Jonas (Matth. 12, 38-50). Le poème, dont le « nonostentei »* (non obstante) *du v. 34 semble une allusion à la bulle du 13 janvier 1257 adressée par Alexandre IV au chancelier de l'Université et lui enjoignant d'exclure des examens les étudiants jureurs des statuts de 1252 et rebelles à* Quasi lignum, *aurait ainsi été composé — évidemment sur commande — pour le 7 mars 1257, date du mercredi après le premier dimanche de Carême (Dufeil 1972, p. 297).*

Manuscrits : A, f. 314 r° ; *B*, f. 70 v° ; *C, f.* 49 r°. *Texte de C.*
* Titre : *A* Du Pharisian, *B* L'autre dist d'ypocrisie

C'EST D'YPOCRISIE

Seigneur qui Dieu devez ameir
En cui amors n'a point d'ameir,
Qui Jonas garda en la meir
4 Par grant amour
Les .III. jors qu'il i fist demour,
A vos toz fas je ma clamour
7 D'Ypocrisie,
Couzine germainne Heresie,
Qui bien at la terre saisie.
10 Tant est grans dame
Qu'ele en enfer metra mainte arme ;
Maint home a pris et mainte fame
13 En sa prison.
Mout l'aime hom et moult la prise hom.
Ne puet avoir loux ne pris hom
16 S'il ne l'honeure ;
Honoreiz est qu'a li demeure,
Grant honeur at, ne garde l'eure ;
Sans honeur [est] qui li cort seure
20 En brief termine.
Gesir soloit en la vermine :
Or n'est mais hom qui ne l'encline
23 Ne bien creans,
Ainz est bougres et mescreans.
Ele a jai faiz touz recreans
26 Ces aversaires. *f. 49 r° 2*
Ces anemis ne prise gaires,

---

* v. 11. *B* mena — v. 12. *A* h. a mis — v. 19. *AB* S. h. est qui, *C* est *mq.* — v. 25. *A* Ele a ja f., *B* E. a ja toz feiz, *C* Ele est jai f.

---

1. F.-B. traduit en note les vers 22-3 de la façon suivante : « Maintenant qui ne s'incline pas devant elle n'est pas homme ni bon chrétien » (I, 251), la suite étant, bien entendu : « mais c'est un hérétique et un mécréant ». C'est en effet la seule traduction qui prête à ces vers une syntaxe cohérente. Mais d'une part « hérétique » et « mécréant » s'opposent à « bon chrétien », mais non pas à « homme » : nul n'a

SUR L'HYPOCRISIE

Seigneurs qui devez aimer Dieu
(en son amour rien n'est amer,
il veilla sur Jonas en mer,
4 dans son grand amour,
les trois jours qu'il y demeura),
à vous tous j'adresse ma plainte
7 contre Hypocrisie,
la cousine germaine d'Hérésie,
qui a pris possession du pays.
10 C'est une si grande dame
qu'elle conduira en enfer bien des âmes ;
elle retient maint homme et mainte femme
13 en sa prison.
On l'aime et on l'estime fort.
Nul ne peut être estimé ni loué
16 s'il ne l'honore :
qui est de son parti est honoré,
il obtient de grands honneurs sans tarder ;
celui qui l'attaque en est dépouillé
20 très vite.
Elle gisait dans la vermine :
personne à présent qui ne la salue bien bas,
23 nul bon chrétien,
sinon c'est un hérétique et un mécréant[1].
Déjà elle a contraint à quitter le combat
26 tous ses adversaires.
Elle n'estime guère ses ennemis,

---

jamais nié que les hérétiques fussent des hommes. D'autre part le v. 22, pris isolément, ne peut avoir qu'un seul sens, que le caractère très usuel de la construction impose à l'évidence au lecteur : « À présent il n'est désormais personne qui ne s'incline devant elle ». Il paraît donc plus vraisemblable de le comprendre ainsi et de supposer une rupture de construction au vers suivant : « ... et celui qui ne s'incline pas devant elle n'est pas non plus un bon chrétien, mais un hérétique et un mécréant », c'est-à-dire qu'il est présenté comme tel par les créatures d'Hypocrisie, qui imposent leur loi (cf. Zink 1989). – Sur cette idée, et sur le terme *bougre*, voir *Chanson des Ordres* 25-8, *Jacobins* 50 et n. 1, p. 241.

Qu'ele at bailliz, prevoz et maires
29 Et si at juges
Et de deniers plainnes ces huges,
Si n'est citeiz ou n'ait refuges
32 A grant plantei.
Partout fait mais sa volentei,
Ne la retient nonostentei
35 N'autre justise.
Le siecle governe et justisse.
Raisons est quanqu'ele devise,
38 Soit maus soit biens.
Ses sergens est Justiniens
Et touz canons et Graciens.
41 Je qu'en diroie ?
Bien puet lier et si desloie :
S'en .I. mauvais leu ensailloie,
44 N'en puet eil estre.
Or vos wel dire de son estre,
Qui sont sui seigneur et sui meistre
47 Parmi la vile.
Diex le devise en l'Ewangile,
Qui n'est de truffe ne de guile,
50 Ainz est certainne :
Grans robes ont de simple lainne
Et si sunt de simple covainne ;
Simplement chacuns se demainne,
Couleur ont simple et pale et vaine,
55 Simple viaire,
Et sunt cruel et deputaire
Vers seux a cui il ont afaire
58 Plus que lyon

---

* v. 36. *B mq.*— v. 38. *AB* Soit m. soit b., *C* soit b. soit m. — v. 39. *AB* Ses serjanz, *C* Ses serges — v. 48. *AB* les d. — v. 49. *AB* de barat ne

---

1. Cf. *État du monde* 91-120 et n. 2, p. 87, *Mariage* 53 et n. 1, p. 273. **2.** « La formule *non obstante* introduit dans les actes pontificaux l'énumération des textes qui ne peuvent leur être opposés »

car elle a pour elle baillis, prévôts, maires[1],
29 elle a les juges
et des deniers plein ses coffres ;
il n'est pas de cité où elle n'ait des refuges
32 en quantité.
Partout désormais elle agit à sa guise,
aucun « nonobstant »[2] ne l'arrête,
35 aucun autre droit.
Elle gouverne le monde, y impose son droit.
Tout ce qu'elle dit est juste,
38 que ce soit bien ou mal.
Justinien est à son service,
et le droit canon, et Gratien[3].
41 Que puis-je en dire ?
Elle a tout pouvoir pour lier et délier[4] :
si je me trouvais dans un mauvais pas,
44 il n'en irait pas autrement pour moi[5].
Je vais vous dire sa nature,
ceux qu'elle a faits seigneurs et maîtres
47 de par la ville.
Dieu en parle dans l'Évangile,
qui ne trompe ni ne ment,
50 mais est véridique :
ils ont de grandes robes de laine toutes simples,
et leur attitude est toute simple ;
chacun se comporte avec simplicité,
simple, effacée la pâleur de leur teint,
55 empreint de simplicité leur visage,
mais ils sont cruels et méchants
à l'égard de ceux à qui ils ont affaire
58 plus que des lions,

(F.-B. I, 251). Au vers suivant, l'*autre justise* désigne sans doute le droit civil. **3.** Le code de Justinien faisait autorité pour le droit romain, le décret de Gratien pour le droit canon. **4.** Le pouvoir des clés (Matth. 16, 19) usurpé par les Frères au détriment des prêtres des paroisses. **5.** Rutebeuf veut sans doute dire qu'il s'expose à la vindicte des Frères, qui, le cas échéant, ne le manqueraient pas et l'excommunieraient à coup sûr.

Ne lieupart ne escorpion.
N'i at point de religion,
61 C'est sens mesure.
Iteiz genz, ce dist l'Escriture, *f. 49 v° 1*
Nos metront a desconfiture,
64 Car Veritei,
Pitié et Foi et Charitei
Et Largesse et Humilitei
67 Ont ja souzmise ;
Et maint postiau de sainte Esglise,
Dont li uns quasse et l'autre brise,
70 Ce voit on bien,
Contre li ne valent mais rien.
Les plusors fist de son marrien,
73 Si l'obeïssent,
Nos engignent et Dieu traïssent.
C'il fust en terre, il l'oceïssent,
76 Car il ocient
La gent qu'enver eux s'umelient.
Asseiz font eil que il ne dient :
79 Preneiz i garde !
Ypocrisie la renarde,
Qui defors oint et dedens larde,
82 Vint el roiaume.
Tost out trovei Freire Guillaume,
Freire Robert et Frere Aliaume,
85 Frere Joffroi,
Frere Lambert, Freire Lanfroi.
N'estoit pas lors de teil effroi,
88 Mais or s'effroie.
Teil cuide on qu'au lange se froie
Qu'autre choze at soz la corroie,
91 Si com je cuit.
N'est pas tot ors quanque reluit.
Ypocrisie est en grant bruit :
94 Tant at ovrei,

* v. 69. *AB* Li uns plesse et

des léopards, des scorpions[1].
Pas de religion en eux,
61 pas une trace.
De telles gens, dit l'Écriture,
causeront notre perte,
64 car Vérité,
Pitié, Foi, Charité,
Largesse, Humilité,
67 ils les ont déjà soumises ;
et bien des piliers de l'Église,
dont l'un se casse, l'autre se brise,
70 on le voit bien,
contre elle ne valent plus rien[2].
La plupart, elle les a faits du même bois qu'elle,
73 ils lui obéissent,
nous trompent, trahissent Dieu.
S'il était sur terre, ils le tueraient,
76 car ils tuent
ceux qui s'humilient devant eux.
Leurs actions sont bien différentes de leurs paroles :
79 prenez-y garde !
Hypocrisie la renarde,
qui passe au-dehors la pommade et dessous frappe,
81 est entrée dans le royaume.
Elle eut tôt fait de trouver Frère Guillaume,
Frère Robert et Frère Aleaume,
85 Frère Geoffroy,
Frère Lambert, Frère Lanfroi.
Elle n'était pas alors si forte,
88 mais elle s'y met.
Tel dont on croit qu'il se frotte au cilice
a sous sa ceinture autre chose,
91 à mon avis.
Tout ce qui brille n'est pas d'or.
Hypocrisie est puissante :
94 elle a tant fait,

---

1. Souvenirs du *De Periculis*. Les emprunts à l'Évangile sont lointains (Matth. 23, 28 ; 7, 15 ; 6, 16). **2.** Allusion probable aux rétractations d'Odon de Douai et de Chrétien de Beauvais.

Tant se sont li sien aouvrei
Que par enging ont recouvrei
97 Grant part el monde.
N'est mais nuns teiz qui la responde *f. 49 v° 2*
Que maintenant ne le confunde
100 Sens jugement.
Et par ce veeiz plainnement
Que c'est contre l'avenement
103 A Antecrist :
Ne croient pas le droit escrit
De l'Ewangile Jhesucrit
106 Ne ces paroles ;
En leu de voir dient frivoles
Et mensonges vainnes et voles,
109 Pour desouvoir
La gent et por aparsouvoir
S'a piece vorront resouvoir
112 Celui qui vient,
Que par teil gent venir couvient ;
[Quar il vendra, bien m'en souvient],
115 Par ypocrites :
Les propheties en sunt escrites.
Or vos ai ge teil gent descrites.

Explicit.

---

* v. 114. *C mq.* — *A* Explicit du Pharisien, *B* Explicit l'autre dist d'ypocrisie.

les siens se sont tant démenés
que par ruse ils ont fait leur
97 un gros morceau du monde.
Nul désormais n'en appelle contre elle
sans qu'elle l'écrase aussitôt
100 sans jugement.
Vous voyez là le signe évident
du prochain avènement
103 de l'Antéchrist[1] :
ils ne croient pas ce qui est clairement écrit
dans l'Évangile de Jésus-Christ
106 ni ses paroles ;
au lieu du vrai ils disent des fariboles,
des mensonges vains et frivoles
109 pour tromper
les gens et pour voir
s'ils finiront par accueillir
112 celui qui vient[2],
car il doit venir grâce à ces gens-là ;
il viendra, je m'en souviens bien,
115 grâce aux hypocrites :
les prophéties sur ce point sont écrites.
Voilà : je vous ai décrit ces gens-là.

---

1. Idée empruntée au *De Periculis*. **2.** L'Antéchrist.

LE DIT DE MAÎTRE GUILLAUME DE SAINT-AMOUR
LA COMPLAINTE DE MAÎTRE GUILLAUME DE SAINT-AMOUR

Le premier de ces deux poèmes consécutifs à la condamnation et à l'« exil » de Guillaume a certainement été composé dès que l'événement a été connu à Paris, en septembre ou octobre 1257. Le ton de l'urgence et de l'argumentation exaspérée montre qu'il était destiné à être diffusé à chaud.

Le ton désespéré du second, qui se présente comme une prosopopée de l'Église, paraît le placer en 1258, alors que le temps a commencé à s'écouler, mais avant le réveil de l'agitation universitaire de 1259 et les démarches faites cette année-là pour obtenir le pardon du maître exilé, démarches que le poète mentionnerait s'il en avait connaissance. L'incipit emprunté à Jérémie, et qui appartient à la liturgie du temps pascal et de la semaine sainte, laisse supposer que le poème est du printemps 1258. L'assimilation implicite de Guillaume de Saint-Amour au Christ ne manque pas d'audace.

Manuscrits : A, f. 324 r° ; *B*, f. 67 v° ; *C*, f. 63 v°. *Texte de C.*

* Titre : *A* De maistre Guillaume de saint amour, *B* De metre Guill' de s. amor

CI ENCOUMANCE LI DIZ DE MAITRE GUILLAUME
DE SAINT AMOUR, COUMENT IL FU ESCILLIEZ

Oeiz, prelat et prince et roi, *f. 64 r° 1*
La desraison et le desroi
C'on a fait a maitre Guillaume :
4 Hon l'a banni de cest roiaume !
A teil tort n'i morut mais hom.
Qui escille home sanz raison,
Je di que Diex qui vit et reine
8 Le doit escillier de cest reine.
Qui droit refuse guerre quiert ;
Et maitre Guillaumes requiert
Droit et raison sanz guerre avoir.
12 Prelat, je vos fas a savoir
Que tuit en estes avillié.
Maitre Guillaume ont escillié
Ou li rois ou li apostoles.
16 Or vos di ge a briez paroles
Que ce l'apostoles de Rome
Puet escillier d'autrui terre home,
Li sires n'a riens en sa terre,
20 Qui la veritei wet enquerre.
Si li rois dit en teil maniere
Qu'ecillié l'ait par la priere
Qu'il ot de la pape Alixandre,
24 Ci poeiz novel droit aprandre,
Mais je ne sai coment a non,
Qu'il n'est en loi ne en canon :
Que rois ne se doit pas mesfaire,
28 Por prier c'om li sache faire.
Se li rois dit qu'ecillié l'ait,
Ci at tort et pechié et lait,

* v. 5. *A* tort ne morut, *B* mort n'i m. — v. 8. *AB* de son regne — v. 16. *A* v. dirai a b. — v. 28. *A* P. chose

DIT SUR L'EXIL DE MAÎTRE GUILLAUME DE SAINT-AMOUR

Écoutez, prélats, princes, rois,
l'injustice et le tort
qu'on a faits à maître Guillaume :
4 on l'a banni de ce royaume !
Nul condamné à mort n'eut un sort si injuste.
Qui exile un homme sans raison,
je dis que Dieu qui vit et règne
8 doit l'exiler de Son royaume.
Qui refuse le droit cherche la guerre ;
or maître Guillaume demande
qu'on lui fasse droit sans recours à la guerre.
12 Prélats, je vous le fais savoir,
vous en êtes tous dégradés[1].
Maître Guillaume a été exilé
ou par le roi ou par le pape.
16 Je vous le dis en un mot :
si le pape de Rome
peut exiler un homme de la terre d'autrui,
le seigneur n'a nul pouvoir sur sa terre,
20 pour dire toute la vérité.
Si le roi tourne l'affaire en disant
qu'il l'a exilé à la prière
du pape Alexandre,
24 voilà pour vous instruire : comme droit, c'est nouveau,
mais je ne sais comment cela s'appelle :
ce n'est ni du droit civil ni du droit canon ;
car un roi ne doit pas se mal conduire,
28 pour quelque prière qu'on lui adresse.
Si le roi dit que c'est lui qui l'a exilé,
c'est de sa part un tort, une faute, une honte,

1. Ceux qui avaient élaboré le compromis du 1er mars 1256, annulé par le pape le 17 juin, et ceux qui avaient recommandé le 31 juillet de faire entendre Guillaume par un concile général, sans être là non plus suivis par le pape.

Qu'il n'afiert a roi ne a conte,
32 C'il entent que droiture monte,
Qu'il escille home c'on ne voie
Que par droit escillier le doie ;
Et ce il autrement le fait,
36 Sachiez de voir qu'il se mesfait. *f. 64 r° 2*
Se cil devant Dieu li demande,
Je ne respont pas de l'amende :
Li sans Abel resquist justise
40 Quant la persone fu ocise.
Por ce que vos veeiz a plain
Que je n'ai pas tort, se [le] plaing,
Et que ce soit sanz jugement
44 Qu'il sueffre cest essillement,
Je le vos mostre a yex voiant ;
Ou droiz est tors et voirs noians.
Bien aveiz oï la descorde
48 (Ne couvient pas c'on la recorde)
Qui a durei tant longuement,
.VII. anz toz plainz entierement,
Entre la gent saint Dominique
52 Et cels qui lizent de logique.
Asseiz i ot pro et contra ;
L'un l'autre souvent encontra
Alant et venant a la court,
56 Li droit au clers furent la court,
Car cil i firent lor voloir,
Cui qu'en deüst li cuers doloir,
D'escommenier et d'assourre :
60 Cui bleiz ne faut souvent puet mourre.
Li prelat sorent cele guerre,
Si commencerent a requerre
L'Universitei et les Freres,
64 Qui sunt de plus de .IIII. meires,
Qu'il lor laissassent la pais faire ;

---

* v. 33. *A* Qui — v. 42. *AB* si le plain, *C* se plaing — v. 48. *AB* que la recorde — v. 56. *A* aus, *B* cler, *C* f. li c.

car il ne sied ni à un roi ni à un comte,
32 s'il sait ce qu'est la justice,
d'exiler un homme sans qu'on voie
de raison légale à ce qu'il l'exile ;
et s'il agit autrement,
36 sachez bien qu'il se conduit mal.
Si l'exilé lui en demande compte devant Dieu,
je ne réponds pas de la réparation :
le sang d'Abel cria justice
40 quand l'homme fut tué.
Pour que vous voyiez clairement
que je n'ai pas tort de le plaindre,
et que c'est sans jugement
44 qu'il subit cet exil,
je vous le montre, à vous qui voyez clair ;
ou alors droit est tort et vérité n'est rien.

Vous avez entendu parler de la querelle
48 (inutile de la raconter)
qui a duré si longtemps,
sept années entières,
entre les disciples de saint Dominique
52 et les professeurs de logique[1].
Il y eut beaucoup d'arguments dans les deux sens ;
les parties se rencontrèrent souvent
en allées et venues à la cour de Rome.
56 Les droits des clercs y furent rognés court :
les Frères y pouvaient à leur guise,
sans égard pour ceux qui s'en chagrinaient,
excommunier et absoudre.
60 Qui a du blé peut souvent moudre.

Les prélats eurent vent de cette guerre,
et ils se mirent à prier
l'Université et les Frères,
64 issus de plus de quatre mères[2],
de les laisser faire la paix entre eux ;

---

1. Bien que le conflit concernât au premier chef la Faculté de Théologie, ce sont les maîtres de la Faculté des Arts, désignés ici, qui furent les adversaires les plus virulentes des Frères. **2.** Image qui suggère la division, mais dont l'explication reste obscure.

Et guerre si doit moult desplaire
A gent qui pais et foi sermonent
68 Et qui les boens examples donent
Par parole et par fait encemble,
Si com a lor huevre me cemble.
Il s'acorderent a la pais, *f. 64 v° 1*
72 Cens coumencier guerre jamais :
Si fu fiancé a tenir
Et seëlé pour souvenir.
Maitres Guillaumes au roi vint,
76 La ou des genz ot plus de vint,
Si dist : « Sire, nos sons en mise
Par le dit et par la devise
Que li prelat deviseront :
80 Ne sai ce cil la brizeront. »
Li rois jura : « En non de mi,
Il m'auront tot a anemi
C'il la brizent, sachiez sanz faille :
84 Je n'ai cure de lor bataille. »
Li maitres parti dou palais
Ou asseiz ot et clers et laiz.
Sanz ce qu'ainz puis ne mesfeïst,
88 Ne la pais puis ne desfeïst,
Si l'escilla sans plus veoir.
Doit cist escillemens seoir ?
Nenil, qui a droit jugeroit,
92 Qui droiture et s'arme ameroit.
S'or faisoit li rois une choze
Que maitre Guillaumes propoze
A faire voir ce que il conte,
96 Que l'oïssent et roi et conte
Et prince et prelat tuit encemble,
C'il dit rien qui veritei cemble,
Si le face hon, ou autrement
100 Mainte arme ira a dampnement ;
C'il dit choze qui face a taire,
A emmureir ou a desfaire,

---

* v. 74. *AB* seele, *C* seelee

la guerre doit beaucoup déplaire
à des gens qui prêchent la paix et la foi
68 et qui donnent de bons exemples
en parole et en action,
comme il paraît, ce me semble, à leurs œuvres.
Ils firent la paix et s'engagèrent
72 à ne plus jamais reprendre la guerre.
L'engagement fut pris
et scellé pour en garder mémoire.
Maître Guillaume vint trouver le roi,
76 devant plus de vingt personnes,
et lui dit : « Sire, nous avons accepté
la procédure de conciliation
à arranger par les prélats :
80 je ne sais si les Frères vont la rompre. »
Le roi prêta serment : « Au nom de moi-même[1],
je serai leur ennemi déclaré
s'ils la rompent, sachez-le bien :
84 je n'ai cure de leur combat. »
Le maître quitta le palais,
où il y avait beaucoup de clercs et de laïcs.
Sans qu'ensuite il fît rien de mal
88 ni qu'il rompît la paix,
le roi l'exila sans y plus regarder.
Cet exil est-il convenable ?
Non, pour qui jugerait selon le droit
92 et aimerait la justice et le salut de son âme.
Si maintenant le roi faisait une chose
que maître Guillaume propose
pour montrer la vérité de sa thèse,
96 s'il acceptait que l'entendissent rois et comtes,
princes et prélats tous ensemble :
si ce qu'il dit paraît la vérité,
qu'on le fasse, ou sinon
100 bien des âmes seront damnées ;
et s'il dit ce qu'il ne faut pas,
maître Guillaume accepte

---

1. Saint Louis utilisait cette formule, à laquelle il renonça plus tard, pour éviter de jurer par Dieu ou par ses saints.

Maitre Guillaumes dou tot s'offre
104 Et otroie, c'il ne se sueffre.
Ne dites pas que ce requiere
Por venir en roiaume arriere ; *f. 64 v° 2*
Mais c'il dit riens qu'auz armes vaille,
108 Quant il aura dit, si s'en aille
Et vous aiez seur sa requeste
Conscience pure et honeste
Et vos tuit qui le dit oeiz,
112 Quant Diex se moterra cloeiz,
Que c'iert au grant jor dou Juïse,
Por li demandera jutize
A vos sor ce que je raconte,
116 Si en auroiz anui et honte.
Endroit de moi vos puis ce dire :
Je ne redout pas le martire
De la mort, d'ou qu'ele me vaigne,
120 C'ele me vient por teil besoigne.

Explicit.

* v. 103. *C* sueffre — v. 113. *AB* au j. du grant j. — v. 115. *A* Et v. — v. 116. *AB* a. paor et honte — v. 117. *AB* p. je d. — v. 119. *AB* d'ou qu'ele me viegne, *C* dont elle me v. — *A* Explicit de mestre Guillaume de saint amor.

d'être emprisonné ou mis à mort,
104 il le veut bien, s'il ne se soumet pas.
Ne dites pas qu'il demande cela
pour rentrer en France ;
si ce qu'il dit est profitable aux âmes,
108 quand il l'aura dit, qu'il s'en aille,
tandis que vous aurez, touchant sa requête,
une conscience pure et honnête.
Et vous tous qui entendez ce dit,
112 quand Dieu apparaîtra cloué en croix,
au grand jour du Jugement,
il vous demandera justice
pour lui sur ce dont je vous parle :
116 à vous alors les tourments et la honte.
Pour ce qui est de moi, je puis vous dire ceci :
je ne crains pas le martyre
de la mort, d'où qu'elle me vienne,
120 si elle me vient pour cette cause.

CI ENCOUMENCE LA COMPLAINTE MAITRE GUILLAUME DE SAINT AMOUR

« Vos qui aleiz parmi la voie,
Aresteiz vos et chacuns voie
C'il est deleurs teiz com la moie »,
4 Dist sainte Esglise.
« Je sui sus ferme pierre assise ;
La pierre esgrune et fent et brise,
7 Et je chancele.
Teil gent ce font de ma querele
Qui me metent en la berele :
10 Les miens ocient
Cens ce que pas ne me desfient,
Ainz sont a moi, si com il dient
13 Por miex confondre. *f. 50 r° 1*
Por ce font il ma gent reponrre
Que nuns a eux n'oze respondre
16 Ne mais que : "Sires".
Asseiz pueent chanteir et lire,
Mais mout at entre faire et dire ;
19 C'est la nature :
Li diz est douz et huevre est dure.
N'est pas tot ors quanqu'on voit lure.
22 Ahi ! Ahi !
Com sunt li mien mort et trahi
Et por la veritei haï
25 Cens jugement !
Ou Cil qui a droit juge ment,
Ou il en auront vengement,
28 Combien qu'il tart.

Manuscrits : A, f. 315 v° ; *B*, f. 71 v° ; *C*, f. 49 v°. *Texte de C.*
* Titre : *A* De maistre Guill' de saint amour, *B* La complainte de saint amor
v. 20. *AB* et l'uevre dure

---

1. Jérémie, Lamentations I, 12. Ce verset, rapporté à la Passion du Christ, est utilisé par la liturgie du temps pascal (répons du

LA COMPLAINTE
DE MAÎTRE GUILLAUME DE SAINT-AMOUR

« Vous qui passez sur le chemin,
arrêtez-vous, que chacun voie
s'il est douleur telle que la mienne[1] »,
4 dit la sainte Église.
« Je suis bâtie sur une pierre solide[2] ;
la pierre s'effrite, se fend, se brise,
7 et je chancelle.
Tels se disent de mon parti
qui me causent des tracas :
10 ils tuent les miens
sans s'être déclarés mes ennemis ;
ils sont de mon camp au contraire, à ce qu'ils disent
13 pour mieux me détruire.
À cause d'eux les miens se cachent,
car nul n'ose rien leur répondre
16 sinon : "Oui, seigneur[3]".
Ils peuvent chanter l'office, ils peuvent enseigner,
mais il y a loin entre faire et dire ;
19 c'est comme cela :
la parole est aisée, mais l'œuvre est difficile.
Tout ce qui brille n'est pas d'or.
22 Hélas ! Hélas !
Comme les miens sont tués et trahis,
et, pour avoir dit le vrai, haïs
25 sans jugement !
Ou bien Celui qui est le Vrai Juge ment,
ou bien ils obtiendront vengeance,
28 même si elle tarde.

---

graduel des messes votives et répons du trait à la messe du vendredi après le dimanche de la Passion). **2.** Matth. 16, 18 et 7, 24-25. **3.** Malgré les objections formulées par F.-B. (I, 259), Jean Dufournet adopte pour le v. 16 cette interprétation, que nous reprenons. Le cas sujet *sire* se justifie s'il représente au style direct le contenu de la réponse, la restriction *ne mais que* portant précisément sur ce contenu (« rien », sous-entendu au v. 15).

Com plus couve li fex, plus art.
Li mien sunt tenu por musart,
31 Et jel compeire.
Pris ont Cezar, pris ont saint Peire,
Et s'ont emprisonnei mon peire
34 Dedens sa terre.
Cil ne le vont gaires requerre
Por qu'il encommensa la guerre,
37 C'om nes parsoive.
N'est mais nuns qui le ramentoive :
C'il fist folie, si la boive !
40 Hé ! artien,
Decretistre, fisitien,
Et vos la gent Justinien
Et autre preudome ancien,
Coument soffreiz en teil lien
45 Maistre Guillaume,
Qui por moi fist de teste hiaume ?
Or est fors mis de cest roiaume
48 Li boens preudom,
Qui mist cors et vie a bandon. *f. 50 r° 2*
Fait l'aveiz de Chatel Landon
51 La moquerie :
Me vendeiz, par sainte Marie !
J'en doi ploreir, qui que s'en rie :
54 Je n'en puis mais,
Se vos estes bien et en pais,
Bien puet passeir avris et mais !
C'il encharja por moi teil fais,
58 Je li enorte
Que jus le mete ou il le porte,

---

* v. 31. *AB* jel compere, *C* je c. — v. 36. *A* Por qui il commença, *B mq.* — v. 42. *AB* justinien, *C* justicien — v. 57. *A* encarcha, *B* enseiga

---

1. Proverbe (Morawski 2083). Cf. *Humilité* 265, *Repentance* 78. **2.** Le sujet sous-entendu – « ils », « les autres » – désigne les Frères. César représente le roi de France et saint Pierre le

Plus le feu couve, plus il brûle[1].
Les miens sont tenus pour des sots,
31 et j'en fais les frais.
Les autres ont pris César, ils ont pris saint Pierre[2]
et ont emprisonné mon père[3]
34 sur ses terres.
Ils ne se soucient pas trop d'aller le chercher,
ceux pour qui il se lança dans cette guerre,
37 de crainte qu'on les remarque.
Plus personne qui en fasse mémoire :
s'il a été imprudent, qu'il le paie[4] !
40 Holà ! littéraires,
juristes, médecins,
vous, les hommes de Justinien[5],
et tous les autres vieux maîtres,
comment supportez-vous que soit ainsi captif
45 maître Guillaume,
qui de sa propre tête a fait pour moi un casque ?
Le voilà exilé de ce royaume,
48 cet homme de bien,
qui a risqué sa personne et sa vie.
Vous en avez fait la risée
51 de Landernau[6] :
vous me vendez, par sainte Marie !
Il me faut en pleurer, même si d'autres en rient :
54 je ne puis m'en empêcher.
Dès lors que vous êtes à l'aise et en paix,
les saisons peuvent bien passer !
Guillaume s'est chargé pour moi d'un tel fardeau ?
58 Je l'exhorte
à le poser à terre ou bien à le porter,

---

pape, qu'ils ont circonvenus l'un et l'autre. **3.** Guillaume de Saint-Amour. **4.** Proverbe (Morawski 1939). **5.** Les spécialistes du droit romain, dont l'ouvrage de base était le code de Justinien. L'Église, par la voix de Rutebeuf, lance un appel aux membres des trois Facultés des Arts, de Décret et de Médecine – mais non à ceux de la Faculté de Théologie. **6.** Château-Landon était traditionnellement le pays des rieurs : cf. les exemples rassemblés par F.-B. I, 260.

Que ja n'iert nuns qui l'en deporte,
61 Ainz i morra
Et li afaires demorra.
Fasse dou miex que il porra :
64 Je n'i voi plus.
Por voir dire l'at hon conclus ;
Or est en son païs renclus,
67 A Saint Amor,
Et nuns ne fait por li clamor.
Or i puet faire lonc demor
70 Que ja l'i lais,
Car Veriteiz a fait son lais ;
Ne l'oze dire clers ne lais.
73 Morte est Pitiez
Et Chariteiz et Amitiez ;
Fors dou païs les ont getiez
76 Ypocrisie
Et Vainne Gloire et Tricherie
Et Faus Semblans et dame Envie
79 Qui tout enflame.
Saveiz por quoi chacune est dame ?
C'om doute plus le cors que l'arme ;
82 Et d'autre part
Nuns clers a provende ne part
N'a dignetei que hon depart
85 C'il n'est des leur. *f. 50 v° 1*
Fauz Semblant et Morte Colour
Enporte tout : a ci doleur
88 Et grant contraire.
Li doulz, li franc, li debonaire,
Cui hom soloit toz les biens faire
91 Sont en espace ;
Mais cil qui ont fauve la face,
Qui sunt de la devine grace
94 Plain par defors,

---

* v. 60. *AB* l'en deporte, *C* t'en d.— v. 66. *A* reclus, *B mq.* — v. 70. *AB* Que je l'i l. — v. 75. *AB* Fors du regne — v. 85. *AB* des lor, *C* del leur — v. 90. *A* Cui l'en s., *B* Qui on s., *C* Que hom s. — v. 92. *A* Et cil

car jamais nul ne l'en soulagera :
61 il en mourra
et l'affaire en restera là.
Qu'il fasse du mieux qu'il pourra :
64 je ne vois rien d'autre à lui conseiller.
Pour avoir dit vrai on l'a réduit au silence ;
le voilà enfermé chez lui,
67 à Saint-Amour,
et nul n'élève la voix pour lui.
Maintenant il peut y rester longtemps :
70 je l'y laisse,
car Vérité est à l'article de la mort[1] ;
nul n'ose la dire, clerc ou laïc.
73 Pitié est morte,
Charité, Amitié aussi,
jetées hors du pays
76 par Hypocrisie,
Vaine Gloire, Tromperie,
Faux Semblant et dame Envie,
79 qui enflamme toute chose.
Savez-vous pourquoi chacune gouverne en reine ?
C'est qu'on craint plus pour le corps que pour l'âme ;
82 Et d'autre part
aucun clerc n'a sa part des bénéfices
et des dignités qui sont distribués
85 s'il n'est des leurs.
Faux Semblant et Teint Blafard[2]
raflent tout : quelle douleur
88 et quel malheur !
Les gens doux, nobles et bons,
que l'on favorisait jadis,
91 sont évincés ;
mais les rouquins hypocrites[3],
remplis de la grâce divine
94 au-dehors,

---

1. Mot à mot : « a fait son testament ». Cf. *Sainte Église* 52-3. **2.** Voir, dans le *Roman de la Rose* de Jean de Meun, le portrait de Faux Semblant et d'Abstinence Contrainte. **3.** Le fauve est la couleur de la tromperie (Renard, Fauvel).

Cil auront Deu et les trezors
Qui de toz maux gardent les cors.
97 Sachiez de voir,
Moult a sainte choze en avoir,
Quant teiz genz le wellent avoir
100 Qui sans doutance
Ne feroient pour toute France
Juqu'au remors de conscience.
103 Mais de celui
Me plaing qui ne trueve nelui,
Tant ait estei ameiz de lui,
106 Qui le requiere ;
Si me complaing en teil meniere :
"Ha ! Fortune, choze ligiere,
Qui oinz devant et poinz derriere,
110 Com iez marrastre !
Clergie, com iez ma fillastre !"
Obliei m'ont prelat et pastre,
113 Chacuns m'esloigne.
Moult pou lor est de ma bezoigne.
Sejorneir l'estuet en Bourgoigne,
116 Mat et confus.
D'illuec ne se mevra il plus,
Ainz i sera se seureplus
119 Qu'il at a vivre,
Que ja n'iert nuns qui l'en delivre.
Escorpion, serpent et wyvre *f. 50 v° 2*
122 L'ont assailli ;
Par lor assaut l'ont mal bailli,
Et tuit mi droit li sont failli
125 Qu'il trait avant.
Il auroit pais, de ce me vant,
C'il voloit jureir par couvant
128 Que voirs fust fable,
Et tors fust droiz et Diex deable,
Et fors dou sans fussent renable,
131 Et noirs fust blans.

---

* v. 111. *AB* Clergie com estes mi f. — v. 112. *B* pr. et pape — v. 115. *B* en Boloigne

ceux-là auront à la fois Dieu et les richesses
qui mettent le corps à l'abri de tout mal.
97 Sachez-le en vérité :
l'argent est une chose bien sainte,
puisque le désirent des gens
100 qui, c'est certain,
refuseraient, leur offrît-on la France,
d'aller jusqu'au remords de conscience.
103 Mais mes plaintes
sont sur celui qui ne trouve personne,
si cher lui ait-il été,
106 pour réclamer son retour ;
et je me plains en ces termes :
"Ah ! Fortune, être inconstant,
qui par-devant oint, par-derrière point,
110 quelle marâtre tu es,
et toi, clergé, pour moi, quel fils indigne !"
Prélats et prêtres m'ont oubliée,
113 chacun s'éloigne de moi.
Mes affaires leur importent peu.
Il lui faut rester en Bourgogne[1],
116 abattu, humilié.
Il n'en bougera plus,
il y sera tout le temps
119 qu'il a encore à vivre,
car nul ne l'en délivrera plus.
Scorpions, serpents, vipères
122 l'ont assailli ;
leurs assauts lui ont fait du mal
et il a été privé de tous mes droits
125 dont il est le défenseur.
On le laisserait en paix, j'en suis bien sûre,
s'il voulait jurer sous serment
128 que le vrai est faux,
que le tort est le droit, que Dieu est le diable,
que les fous sont dans leur bon sens,
131 que le noir est blanc.

---

1. Saint-Amour, dans le Jura, faisait partie du comté de Bourgogne.

Mais por tant puet useir son tans
En teil estat, si com je pans,
134 Que ce deïst
Ne que jusque la mesfeïst,
Comment que la choze preïst,
137 Car ce ceroit
Desleauteiz, n'il nou feroit,
Se sai ge bien ; miex ameroit
140 Estre enmureiz
Ou desfaiz ou defigureiz ;
N'il n'iert ja si desmesureiz,
143 Que Diex nou wet.
Or soit ainsi com estre puet !
Ancor est Diex lai ou il suet,
146 Se sai ge bien :
Je ne me desconfort de rien.
Paradix est de teil marrien
149 C'om ne l'at pas,
Por Deu flateir, eneslepas,
Ansois couvient maint fort trespas
152 Au cors sofferre :
Por chemineir parmi la terre,
Por les bones viandes querre
155 N'est hom pas sains.
C'il muert por moi, c'iert de moi plainz.
Voir dire a moult coustei a mains *f. 51 r° 1*
158 Et coustera ;
Mais Diex, qui est et qui sera,
C'il wet, en poi d'eure fera
161 Cest bruit remaindre :
Hon at veüt remanoir graindre.
Qui verra .II. cierges estaindre,
164 Lors si verra
Coument Jhesucriz overra,
Qui maint orgueilleux a terre a
167 Plessié et mis.

---

* v. 141. *B* Ou trestoz vis d. — v. 151. *AB* Ainz covient maint felon (*B* cruel) t. — v. 157. *A* Voir dires a cousté a m., *B* c. au m.

Mais il peut passer toute sa vie
dans l'état où il est, à mon avis,
134 avant de dire des choses pareilles
et d'en venir à de telles bassesses,
quoi qu'il puisse arriver,
137 car ce serait
malhonnête, et il ne le ferait pas,
je le sais bien : il aimerait mieux
140 être emprisonné,
mis à mort, défiguré ;
il n'aurait pas une telle audace,
143 car Dieu ne le veut pas.
Advienne que pourra !
Dieu n'a pas déserté son poste,
146 je le sais bien :
je ne désespère nullement.
Le bois dont est fait le paradis
149 empêche qu'on l'ait
sur-le-champ en flattant Dieu ;
au contraire, il faut que le corps
152 passe par mainte épreuve :
il ne suffit pas d'être toujours en voyage
ni d'être amateur de bonne cuisine
155 pour être un saint.
S'il meurt pour moi, sur lui je ferai, moi, ma plainte.
Beaucoup ont payé cher de dire la vérité,
158 beaucoup le payeront cher ;
mais Dieu, qui est et qui sera,
s'il veut, en peu de temps fera
161 cesser tout ce bruit :
on en a vu cesser de plus grands.
Le temps de brûler deux cierges,
164 on verra
Jésus-Christ à l'œuvre,
lui qui ploie et jette à terre
167 maint orgueilleux.

Ce il est por moi cens amis,
Deux s'iert en poi d'eure entremis
170 De lui secorre.
Or lairra donc Fortune corre,
Qu'encontre li ne puet il corre,
173 C'est or la soume,
Ou il a nul si vaillant home
Qui, pour l'apostole de Roume
176 Ne por le roi,
Ne vout desreer son aroi,
Ainz en at soffert le desroi
179 De perdre honeur ?
Hon l'apeloit maitre et seigneur,
Et de touz autres le greigneur
182 Seigneur et maitre.
Li enfant que vos verreiz naistre
Vos feront ancor herbe paistre
185 Se il deviennent
De seux qui encemble se tiennent
Et c'il vivent qui les soustiennent
188 Que j'ai descrit.
Or prions donques Jhesucrist
Que cestui mete en son escrit
191 Et en son regne,
Lai ou les siens conduit et mainne ;
Et si l'en prit la souvereinne *f. 51 r° 2*
194 Vierge Marie
Qu'avant que il perde la vie
Soit sa volentei acomplie. »

Amen. Explicit.

---

* v. 168. *AB* Se il est por m., *C* Ce il muert por m. — v. 171. *AB* lera, *C* lairait — v. 172. *B* ne puet acorre — v. 174. *B* Ou il n'a nul si prodome — v. 177. *AB* erroi

Si à cause de moi Guillaume n'a pas d'amis,
Dieu aura tôt fait, s'il s'en mêle,
170 de le secourir.
À présent il laissera Fortune suivre sa course,
il ne peut rivaliser avec elle,
173 tout est là.
Où est l'homme si courageux
que, ni pour le pape de Rome
176 ni pour le roi,
il n'a voulu changer sa façon d'être
et en a souffert le dommage
179 en perdant son honneur ?
On l'appelait maître et seigneur,
et sur tous les autres le plus grand
182 seigneur et maître.
Les enfants que vous verrez naître
vous feront un jour manger du foin
185 s'ils deviennent
de ceux qui se serrent les coudes
et si vivent encore ceux qui les soutiennent
188 et que j'ai décrits.
Prions donc Jésus-Christ
qu'il mette Guillaume sur son registre
191 et dans son royaume,
là où il mène et conduit les siens ;
et qu'elle le prie, la souveraine
194 Vierge Marie,
qu'avant que Guillaume perde la vie,
sa divine volonté s'accomplisse. »

— v. 181. *A* Et de toz mestres le g., *B mq.* — v. 193. *A* si l'en prit, *B* si empri la, *C* si l'en prist — *A* Amen, Explicit de mestre Guill' de saint amor, *B* Explicit la complainte de saint amor.

LE DIT DES RÈGLES

Les vers 1 et 4 (il faut désormais se taire, car il est devenu dangereux de dire la vérité) datent le poème du printemps 1259. Le 5 avril de cette année-là parvient à Paris une lettre d'Alexandre IV adressée à l'évêque, dans laquelle, devant la reprise de l'agitation universitaire, il réitère l'interdiction de toute discussion sur le cas de Guillaume de Saint-Amour. Dans l'été, il distribuera avec plus de précision blâmes et éloges, prendra des sanctions, ordonnera de brûler le De periculis *et les libelles hostiles aux Frères. Le poème reprend à la fois les griefs généraux contre les Frères et les protestations contre le traitement infligé à Guillaume.*

Manuscrits : A, f. 325 r° ; *C*, f. 7 v° ; *Texte de C.*
* Titre : *A* Des regles

C'EST LI DIZ DES REGLES

Puis qu'il covient veritei taire,
De parleir n'ai ge plus que faire.
Veritei ai dite en mainz leuz :
4 Or est li dires perilleuz
A ceux qui n'aiment veritei,
Qui ont mis en autoritei
Teuz chozes que metre n'i doivent.
8 Ausi nos prennent et desoivent
Com li werpyz fait les oiziaux.
Saveiz que fait li damoiziaus ?
En terre rouge se rooille,
12 Le mort fait et la sorde oreille,
Si viennent li oizel des nues,
Et il ainme mout lor venues,
Car il les ocist et afole.
16 Ausi vos di a briés parole :
Cil nos ont mort et afolei,
Qui paradix ont acolei.
A ceux le donent et delivrent
20 Qui les aboivrent et enyvrent
Et qui lor engraissent les pances
D'autrui chateil, d'autrui sustances,
Qui sunt, espoir, bougre parfait
24 Et par paroles et par fait,
Ou uzerier mal et divers
Dont on sautier nos dit li vers
Qu'il sont et dampnei et perdu.
28 Or ai le sens trop esperdu
S'autres paradix porroit estre
Que cil qui est le roi celestre,
Car a celui ont il failli,

---

* v. 11. *A* se toueille — v. 27. *A* sont ja d.

---

1. Voir *Repentance* 19-20, et aussi *Pauvreté* 7, *Nouvelle*

Puisqu'il faut taire la vérité,
je n'ai que faire de parler.
J'ai dit la vérité en maint lieu :
4 à présent elle est dangereuse à dire
à ceux qui ne l'aiment pas
et justifient par l'Écriture
ce qui n'a rien à voir avec elle.
8 Ils nous trompent et nous attrapent
comme le renard les oiseaux.
Savez-vous ce que fait ce jeune homme ?
Il se roule dans de la terre rouge,
12 fait le mort et la sourde oreille ;
alors les oiseaux viennent des nues,
et il aime bien qu'ils viennent,
car il les blesse et les tue.
16 De même, pour le dire en deux mots,
ils nous ont tués et blessés,
ceux qui tiennent embrassée la porte du ciel.
Ils l'ouvrent toute grande
20 à ceux qui les abreuvent, à ceux qui les enivrent,
à ceux qui engraissent leur panse
de l'argent et des biens d'autrui[1],
et qui peut-être sont de parfaits hérétiques
24 en paroles et en actions
ou des usuriers méchants, mauvais,
dont le verset du psaume nous dit
qu'ils sont damnés et perdus[2].
28 Me voilà bien déconcerté
s'il est un autre paradis
que celui du roi céleste,
car celui-là, ils l'ont perdu :

---

complainte d'Outremer 281. **2.** En réalité le psaume 14, 4 place parmi les élus « celui qui n'a pas prêté son argent à usure », sans parler du sort des usuriers.

32 Dont il sont mort et mal bailli.
Mais il croient ces ypocrites
Qui ont les enseignes escrites *f. 7 v° 2*
Einz vizages d'estre preudoume,
36 Et il sont teil com je les noume.
Ha ! las ! qui porroit Deu avoir
Aprés la mort por son avoir,
Boen feroit embleir et tollir.
40 Mais il les couvanrrat boulir
El puis d'enfer cens jai raeimbre.
Teil mort doit on douteir et creimbre.
Bien sont or mort et aweuglei,
44 Bien sont or fol et desjuglei,
S'ainsi ce cuident deslivreir.
Au moins cerat Diex au livreir
De paradix, qui que le vende.
48 Je ne cuit que sains Pierres rende
Oan les cleix de paradix,
Et il i metent .X. et dix
Cex qui vivent d'autrui chateil !
52 Ne l'ont or bien cist achatei ?
S'on at paradix por si pou,
Je tieng por baretei saint Pou,
Et si tieng por fol et por nice
56 Saint Luc, saint Jaque de Galice,
Qui s'en firent martyrier,
Et saint Pierre crucefier.
Bien pert qu'il ne furent pas sage
60 Se paradix est d'avantage,
Et cil si rementi forment
Qui dist que poinne ne torment
Ne sont pas digne de la grace
64 Que Diex par sa pitié nos face.
Or aveiz la premiere riegle
De ceux qui ont guerpi le siecle.

---

* v. 32. *A* Dont en la fin sont m. — v. 33-36. *A mq.* — v. 37. *A* Qui porroit paradis a.

---

1. Cf. *Sainte Église* 25-30. On trouve le raisonnement inverse

32 c'est leur mort et leur malédiction.
Mais ils croient ces hypocrites
qui portent écrit sur leur visage
qu'ils sont des gens de bien,
36 alors qu'ils sont ce que je dis.
Hélas ! si l'on pouvait avoir Dieu
après sa mort pour de l'argent,
il ferait bon voler et prendre.
40 Mais il leur faudra bouillir
dans le puits d'enfer sans rachat possible.
Voilà la mort que l'on doit craindre.
Ils sont dès à présent bien morts et aveuglés,
44 ils sont dès à présent bien fous et abusés,
s'ils croient ainsi être quittes.
Au moins, Dieu sera là pour donner le paradis,
quel que soit celui qui le vende.
48 Je ne crois pas que saint Pierre rende
de sitôt les clés du paradis :
et eux, les Frères, y envoient par dizaines
ceux qui vivent du bien d'autrui !
52 Eh quoi ! ne l'ont-ils pas acheté ?
Si on a le paradis pour si peu,
j'affirme que saint Paul s'est fait avoir,
et je tiens pour des fous, des naïfs,
56 saint Luc, saint Jacques de Galice,
qui pour lui subirent le martyre,
et saint Pierre qui se fit crucifier.
Il est clair qu'ils manquèrent de jugement
60 si le paradis est gratis[1],
et quel menteur aussi que celui qui a dit
que les peines et les tourments
ne suffisent même pas à nous mériter la grâce
64 que Dieu nous donne par l'effet de sa pitié !
Voilà la première règle
de ceux qui ont renoncé à ce monde.

---

appuyé sur les mêmes exemples dans un sermon français des alentours de 1280, dans lequel le prédicateur, sans doute un dominicain, offre des indulgences à ceux qui feront des dons en faveur de l'œuvre pour laquelle il prêche (Bibl. Nat. Picardie 138, f. 131-8).

La seconde vos dirai gié.
68 Nostre prelat sunt enragié,
Si sunt decretistre et devin.
Je di por voir, non pas devin : *f. 8 r° 1*
Qui por paour a mal s'aploie
72 Et a malfaitour se souploie
Et por amor verité laisse,
Qui a ces .II. chozes se plaisse,
Si maint bone vie en cest monde,
76 Qu'il at failli a la seconde.
Je vi jadiz, si com moi semble,
.XXIIII. prelaz encemble
Qui, par acort boen et leal
80 Et par consoil fin et feal,
Firent de l'Universitei,
Qui est en grant aversitei,
Et des Jacobins bone acorde.
84 Jacobin rompirent la corde.
Ne fut lors bien nostre creance
Et notre loi en grant balance,
Quant les prelaz de sainte Eglize
88 Desmentirent en iteil guize ?
N'orent il lors asseiz vescu
Quant on lor fist des bouches cul,
C'onques puis n'en firent clamour ?
92 Li preudoume de Sainte Amour,
Por ce qu'il sermonoit le voir
Et le disoit par estouvoir,
Firent tantost semondre a Roume.
96 Quant la cours le trova preudoume,
Sans mauvistié, sens vilain cas,
Sainte Esglise, qui teil clerc as,
Quant tu le leissas escillier,
100 Te peüz tu mieux avillier ?
Et fu banniz sens jugement.

---

* v. 71. *A* a mal se ploie — v. 88. *A* D. toz en tel g.

---

1. Allusion à la composition du 1er mars 1256. **2.** Sur l'ex-

Je vais vous dire la seconde.
68 Nos prélats sont des fous furieux,
les juristes et les théologiens aussi.
Je le dis en vérité, non par supposition :
que la peur le fasse plier devant le mal
72 et fléchir devant le méchant,
ou que ses préférences l'emportent sur la vérité,
celui qui obéit à ces deux mouvements,
qu'il mène en ce monde une vie agréable,
76 car il a perdu celle de l'Au-delà.
J'ai vu jadis, me semble-t-il,
vingt-quatre prélats réunis
qui, par un bon accord loyal,
80 une décision judicieuse et honnête,
réconcilièrent l'Université,
victime de l'adversité,
et les Jacobins[1].
84 Les Jacobins rompirent le lien.
Notre foi et notre loi
ne furent-elles pas en grand péril
quand ils infligèrent un tel désaveu
88 aux prélats de la sainte Église ?
Ceux-ci n'ont-ils pas vécu trop longtemps,
puisqu'ils ont vu le jour où on les a traités
de culs, sans même qu'ils s'en plaignent[2] ?
92 L'homme de bien de Saint-Amour,
parce qu'il prêchait la vérité
et la proclamait, comme c'était son devoir,
ils le firent aussitôt convoquer à Rome.
96 Dès lors que la cour le trouva homme de bien,
sans faute, sans délit aucun,
sainte Église, toi qui possèdes un tel clerc,
en le laissant exiler,
100 pouvais-tu t'avilir davantage ?
Il fut même banni sans jugement !

---

pression « faire des bouches cul », voir F.-B. I, 273. Il s'agit vraisemblablement d'un bruit inconvenant fait avec la bouche en signe de mépris pour l'adversaire.

Ou Cil qui a droit juge ment,
Ou ancor en prandra venjance.
104 Et si cuit bien que ja commance :
La fins dou siecle est mais prochienne.
Ancor est ceste gent si chienne, *f. 8 r° 2*
Quant .I. riche home vont entour,
108 Seigneur de chatel ou de tour,
Ou uzerier, ou clerc trop riche
(Qu'il ainment miex grant pain que miche),
Si sunt tuit seigneur de laiens.
112 Ja n'enterront clerc ne lai enz
Qu'il nes truissent en la maison.
A ci granz seignors cens raison !
Quant maladie ces gent prent
116 Et conscience les reprent,
Et Anemis les haste fort,
Qui ja les vorroit troveir mors,
Lors si metent lor testament
120 Sor cele gent que Diex ament.
Puis qu'il sunt saisi et vestu,
La montance d'un seul festu
N'en donrront ja puis pour lor armes.
124 Ainsi requeut qui ainsi sarme.
Senz avoir curë ont l'avoir,
Et li cureiz n'en puet avoir,
S'a poinne non, dou pain por vivre
128 Ne acheteir .I. petit livre
Ou il puisse dire complies.
Et cil en ont pances emplies,
Et Bibles et sautiers glozeis,
132 Que hon voit graz et repozeis.
Nuns ne puet savoir lor couvaine.
Je n'en sai c'une seule vainne :
Il welent faire lor voloir,
136 Cui qu'en doie li cuers doloir.
Il ne lor chaut, mais qu'il lor plaise,
Qui qu'en ait poinne ne mesaise.
Quant chiez povre provoire viennent

* v. 125. *A* a. cureur ont

Ou bien il ment, Celui qui juge dans sa justice,
ou bien il en prendra vengeance un jour.
104 Et je crois même qu'elle commence déjà :
la fin du monde est désormais proche.
De plus, ces gens sont de tels chiens
que quand ils fréquentent un puissant,
108 le seigneur d'un château ou d'une tour,
ou un usurier ou un clerc très riche
(car ils préfèrent les gros morceaux aux petits),
ils sont les maîtres de céans.
112 Clercs ou laïcs n'y entreront plus
sans les trouver dans la maison.
Les voilà, sans aucun droit, grands seigneurs.
Quand ces gens tombent malades,
116 que leur conscience les tourmente,
que le diable les presse fort
dans son désir de les voir déjà morts,
alors ils font leur testament
120 au profit de cette race (que Dieu la corrige !).
Une fois qu'ils ont pris possession de leurs biens,
ils n'en donneront plus la valeur d'un fétu
pour le repos de leur âme.
124 Voilà ce que récolte celui qui sème ainsi.
Sans avoir la cure des âmes, ils ont l'avoir,
et le curé n'en peut avoir,
sinon à grand-peine, du pain pour vivre
128 ou pour acheter un petit livre
où il puisse lire ses complies.
Eux, ils ont la panse remplie,
ils ont des Bibles et des psautiers glosés,
132 on les voit gras et reposés.
Nul ne peut percer leurs desseins.
Je ne leur en connais que d'une sorte :
ils veulent agir à leur guise,
136 et qu'importe ceux qui en souffrent.
Dès lors que c'est leur bon plaisir,
peu leur chaut que cela fasse le malheur d'autrui.
Quand ils vont chez un pauvre prêtre

140 (Ou pou sovent la voie tiennent
C'il n'i at riviere ou vignoble),
Lors sont si cointe et sunt si noble *f. 8 v° 1*
Qu'il semble que se soient roi.
144 Or couvient pour eux grant aroi,
Dont li povres hom est en trape.
C'il devoit engagier sa chape,
Si couvient il autre viande
148 Que l'Escriture ne commande.
C'il ne sunt peü cens defaut,
Ce li prestre de ce defaut,
Il iert tenuz a mauvais home,
152 C'il valoit saint Peire de Rome.
Puis lor couvient laveir les jambes.
Or i at unes simples fames
Qui ont envelopeiz les couz
156 Et sont barbees comme couz,
Qu'a ces saintes gens vont entour,
Qu'eles cuident au premier tour
Tolir saint Peire sa baillie ;
160 Et riche fame est mau baillie
Qui n'est de teil corroie seinte.
Qui plus bele est, si est plus sainte.
Je ne di pas que plus en fascent,
164 Mais il cemble que pas nes hacent,
Et sains Bernars dit, ce me cemble :
« Converseir home et fame encemble
Sens plus ovrer selonc nature,
168 C'est vertuz si neste et si pure,
Ce tesmoigne bien li escriz,
Com dou Ladre fist Jhesucriz. »

---

1. C'est-à-dire si le prêtre ne peut les fournir en poisson et en vin. Cette accusation, comme la plupart de celles que le poème formule contre les Frères et comme la plupart des citations invoquées à l'appui, a son correspondant dans le *De Periculis* et sera reprise dans les *Collectiones*. **2.** Lc. 10, 7-8. **3.** Il s'agit des Béguines et de leur guimpe froncée. **4.** Cf. *Humilité* 380. **5.** Le sujet pourrait aussi bien être les Béguines. Mais le v. 162 implique un jugement des Frères sur ces femmes qui les entourent. On peut donc comprendre qu'ils « ne font rien de plus » (v. 163) que juger la sainteté à l'aune

140 (c'est un chemin qu'ils prennent rarement
s'il n'y a pas rivière ou vigne)[1],
ils sont si élégants, si nobles
qu'ils semblent être des rois.
144 Il faut les recevoir sur un tel pied
que le pauvre homme en est dans l'embarras.
Dût-il engager sa cape,
il leur faut d'autres mets
148 que ceux qu'ordonne l'Écriture[2].
S'ils ne sont pleinement repus,
si le prêtre n'y parvient pas,
on le tiendra pour un méchant,
152 vaudrait-il autant que saint Pierre de Rome.
Ensuite, il faut leur laver les jambes.
Il est de nos jours de modestes femmes,
au cou enveloppé,
156 avec des crêtes de coq[3],
qui s'agitent autour de ces saintes gens :
elles croient qu'elles vont supplanter
du premier coup saint Pierre dans ses fonctions.
160 Une femme riche est bien à plaindre
si elle ne suit pas leur mode et leur façon[4].
La plus belle, c'est la plus sainte.
Je ne dis pas que les Frères aillent plus loin,
164 mais ils ne semblent pas les haïr[5].
Or, saint Bernard dit, il me semble :
« Vivre ensemble entre homme et femme
sans céder à la nature,
168 c'est la dominer aussi parfaitement,
l'Écriture en témoigne,
que Jésus-Christ l'a fait dans le cas de Lazare[6]. »

---

de la beauté. **6.** Saint Bernard, sermon 65 sur le Cantique des Cantiques, § 4 : *Cum femina semper esse et non cognoscere feminam, nonne plus est quam mortuum suscitare ?* : « Être sans cesse avec une femme et ne pas connaître la femme, n'est-ce pas plus difficile que de ressusciter un mort ? » (J. Leclercq et collab., *Sancti Bernardi Opera* II, Rome, 1958, p. 175). On retrouve cette citation, sans doute fournie à Rutebeuf par son commanditaire Gérard d'Abbeville, dans les *Collectiones*.

Or ne sai plus ci sus qu'entendre :
172 Je voi si l'un vers l'autre tendre
Qu'en .I. chaperon a .II. testes,
Et il ne sunt angre ne bestes.
Ami se font de sainte Eglyse
176 Por ce que en plus bele guise
Puissent sainte Eglise sozmetre.
Et por ce nos dit ci la letre : *f. 8 v° 2*
« Nule doleur n'est plus fervans
180 Qu'ele est de l'anemi servant. »
Ne sai que plus briement vos die :
Trop sons en perilleuze vie.

Explicit.

* v. 171. *A* Or ne sai je ci sus qu'e. — *A* Expliciunt les regles.

1. L'image est reprise, également à propos des relations entre les

Je ne sais plus que comprendre :
172 je les vois penchés l'un vers l'autre
au point qu'il y a deux têtes sous un seul capuchon[1] ;
pourtant ils ne sont ni anges ni bêtes.
Ils se posent en amis de la sainte Église
176 de façon à mieux
pouvoir la soumettre.
C'est pourquoi le texte dit :
« Pas de douleur plus cuisante que celle
180 qu'inflige un serviteur qui est votre ennemi[2]. »
Je ne sais comment vous le dire en moins de mots :
nous sommes en très grand danger.

Béguines et les Frères, par Jean de Meun, *Roman de la Rose* 12067-8 (éd. A. Strubel, « Lettres gothiques », 1992). Voir aussi, un peu plus tard (1311), Baudouin de Condé, *Combat de saint Pol contre les Carmois*, v. 94-100 (Scheler, 1866, p. 242). **2.** Boèce, *De Consolatione Philosophiae* 3, 5.

DE SAINTE ÉGLISE

Ce poème reprend de façon à la fois plus allusive et plus violente plusieurs idées et plusieurs développements contenus dans le dit Des règles, *auquel il doit être de peu postérieur. On peut le dater de l'automne 1259. Rutebeuf s'indigne qu'on ait peur d'écouter la vérité qu'il proclame (v. 15-21), allusion probable aux sanctions et aux interdits pontificaux de l'été. Le v. 1, contrairement à ce que pense Dufeil (1972, p. 319), n'implique pas nécessairement en lui-même que le poème soit de commande, bien que l'hypothèse soit plus que vraisemblable.*

Manuscrit : B, f. 104 r°. *(Les corrections apportées au ms. sont toutes adoptées ou proposées par F.-B.)*

DE SAINTE ESGLISE

(f. 104 r°)

I

Rimer m'estuet, c'or ai matire ;
A bien rimer pour ce m'atire,
Si [ri]merai de sainte Eglise.
N'en puis plus fere que le dire,
S'en ai le cuer taint et plain d'ire
6 Quant je la voi en tel point mise.
Ha ! Jhesucriz, car te ravise
Que la lumiere soit esprise
C'on a estaint pour toi despire !
La loi que tu nous as aprise
Est ci vencue et entreprise
12 Qu'elle se torne a desconfire.

II

Des yex dou cuer ne veons gote,
Ne que la taupe soz la mote.
Entendez me vous, ne vous, voir ?
Ou se vient chacun se dote.
Ahi ! Ahi ! fole gent tote
18 Qui n'osez connoistre le voir,
Comme je dout par estovoir
Ne face Diex sor vous plovoir
Tele pluie qui la degoute !
Se l'en puet paradis avoir
Pour brun abit ou blanc ou noir,
24 Qu'il a moult de fox en sa rote !

---

* v. 3. Simerai

SUR LA SAINTE ÉGLISE

I

Je dois faire un poème : j'ai un sujet tout prêt ;
je me prépare donc à faire un beau poème,
et je le ferai sur la sainte Église.
Je ne puis rien faire de plus qu'en parler[1],
pourtant je suis rempli d'une colère noire
6 quand je vois dans quel état elle est.
Ah ! Jésus-Christ, veille donc
à ce que se rallume la lumière
qu'on a éteinte par mépris pour toi !
La loi que tu nous enseignas
subit de tels échecs, en est à un tel point
12 qu'elle est en pleine déroute.

II

Des yeux du cœur nous n'y voyons pas plus
que la taupe sous la terre.
Vous, là, m'écoutez-vous ? Et vous aussi ? Bien vrai ?
Ou peut-être chacun a-t-il peur de m'entendre.
Hélas ! hélas ! fous que vous êtes tous,
18 qui n'osez pas reconnaître la vérité,
comme j'ai peur qu'inévitablement
Dieu fasse pleuvoir sur vous
une pluie comme ailleurs il en ruisselle !
Si l'on peut gagner le paradis
contre un froc brun ou blanc ou noir,
24 Dieu a beaucoup de fous en sa compagnie !

---

1. Cf. *Constantinople* 5 et 29-30, *Mariage* 98, *Mensonge* 7-11.

III

Je tien bien a fol et a nice
Saint Pol, saint Jaque de Galice,
Saint Bertelemieu, saint Vincent,
Qui furent sanz mal et sanz vice
Et pristrent, sanz autre delice,
30 Martirez pour Dieu plus de cent.
Li saint preudome qu'en musant
Aloient au bois pourchacent
Racines en leu de device,
Cil refurent fol voirement
S'on a Dieu si legierement
36 Pour large cote et pour pelice.

IV

Vous devin et vous discretistre,
Je vous jete fors de mon titre,
De mon titre devez fors estre,
Quant le cinqueime esvengelistre
Vost on fere mestre et menistre
42 De [nous] parler dou roi celestre.
Encore vous feront en champ [p]estre
[Si] com autre berbiz chanpestre,
Cil qui font la novelle espitre.
Vous estes mitres, non pas mestre :
Vous copez Dieu l'oroille destre ;
48 Diex vous giete de son regitre.

---

* v. 27. B. et s.— v. 42. De parler — v. 44. Com autre — v. 46. Vous estres m.

---

1. Cf. *Règles* 52-66 et n.1, p. 171. **2.** Les ermites du désert. **3.** Les professeurs des Facultés de Théologie et de Droit, accusés d'avoir montré moins de détermination que ceux de la

III

Je tiens vraiment pour des fous et des sots
saint Paul, saint Jacques de Galice,
saint Barthélemy, saint Vincent,
qui étaient purs de tout mal, de tout vice
et dont le seul plaisir fut de recevoir
30 pour Dieu les mille souffrances du martyre[1].
Les saints hommes qui, tout en méditant,
allaient par les bois en cherchant
des racines pour toute richesse[2],
eux aussi étaient fous vraiment
si on gagne Dieu si facilement
36 contre une tunique large et une pelisse.

IV

Vous, théologiens, et vous, juristes[3],
je vous efface de ma liste,
de ma liste vous devez être exclus,
puisqu'on veut confier au cinquième évangéliste[4]
l'autorité et le ministère[5]
42 de [nous] parler du Roi céleste.
Vous verrez : ils vous feront brouter dans les champs,
comme tous les moutons de la campagne,
ceux qui font les nouvelles épîtres.
Vous êtes des exécuteurs, non des professeurs :
vous coupez à Dieu l'oreille droite[6] ;
48 Dieu vous efface de son registre.

Faculté des Arts dans leur lutte contre les Mendiants après la condamnation de Guillaume de Saint-Amour. **4.** Manière de désigner les nouveautés doctrinales dont Rutebeuf reproche l'introduction aux Frères. **5.** Cf. *Geoffroy de Sergines* 163-4 et *Sainte Elysabel* 335-6. **6.** Ce supplice, infligé par le bourreau, excluait le condamné de l'Église.

V

De son registre, il n'en puet mais ;
Bien puet passer avril et mays
Et sainte Eglise puet bien brere,
Car veritez a fet son lais,
Ne l'ose dire clers ne lais,
54 Si s'en refuit en son repere.
Qui la verité veut retrere,
Vous dotez de vostre doere,
Si ne puet issir dou palais *f. 104 v°*
Car les denz muevent le [re]trere
Et li cuers ne s'ose avant trere ;
60 Se Diex vous het, il n'en puet mais.

VI

Ahi ! prelat esnervoié,
Com a l'en or bien emploié
Le patremoine a Crucefi !
Par les goles vous ont loié
Cil qui souvent ont renoié
66 Dieu, lessié pour son atefi.
Dou remenant vous di je : Fi !
N'en avrez plus, je vous afi :
Encor vous a Diex trop paié.
De par ma langue vous desfi :
Vous en yrez de fi en fi
72 Jusqu[es] en enfer l'e[n]toié.

---

* v. 50. passer et avril — v. 58. muevent le trere — v. 61. et nervoié — v. 65. ont rimoié — v. 72. Jusqu'en enfer letoie

---

1. Mot à mot : « a fait son testament ». Cf. *Complainte de Guil-*

V

De son registre, c'est inévitable ;
le temps peut bien passer, avril et mai,
la sainte Église peut gémir,
car la vérité est à son heure dernière[1]
(ni clerc ni laïc n'ose le dire)
54 et elle se réfugie dans son trou.
À dire la vérité,
vous avez peur pour vos rentes :
la vérité ne peut sortir de la bouche,
car les dents la marmonnent,
mais le cœur n'ose s'affirmer ;
60 Dieu vous hait ? C'est inévitable.

VI

Hélas ! prélats sans énergie,
comme on a bien employé
le patrimoine du Crucifix[2] !
Ils vous tiennent la bouche fermée,
ceux qui n'ont cessé de renier
66 Dieu, abandonné pour son remplaçant[3].
Pour le reste, l'Au-delà, je vous dis : Pouah !
vous n'aurez rien de plus, je vous l'affirme :
Dieu vous a déjà trop bien payés.
Ma langue vous défie :
vous irez de « pouah » en « pouah »
72 jusque dans la boue de l'enfer.

---

laume 71-72. **2.** Les biens d'Église. Cf. *État du monde* 50, *Hypocrisie* 166, *Outremer* 120-1, *Nouv. Outremer* 223. **3.** Sur la correction *rimoié / renoié* et sur le sens d'*atefi*, voir F.-B. I, 281-2. *Atefi*, « arbre nouvellement greffé », et peut-être par extension « jeune arbre pour le repeuplement » signifierait ici au sens figuré « remplaçant » et désignerait l'Antéchrist.

VII

Il est bien raison et droiture
Vous laissiez la sainte Escriture,
Don sainte Eglise est desconfite !
Vous tesiez la sainte Escriture,
Selonc Dieu menez vie obcure
78 Et c'est vostre vie petite.
Qui vous flate entor vous abite ;
La profecie est bien escrite :
Qui Dieu aime droit prent en cure ;
La char est en enfer afflite
Qui pour paor avra despite
84 Droiture et raison et mesure.

VIII

L'eve qui sanz corre tornoie
Assez plus tost un home noie
Que celle qui adés decort.
Pour ce vous di, se Diex me voie,
Tiex fet senblent qu'a Dieu s'aploie
90 Que c'est l'eve qui pas ne cort.
Helas ! tant en corent a cort
Qu'a povre gent font si le sort
Et au riches font feste et joie
Et prometent a un mot cort
Saint paradis a coi que tort :
96 Ja ne diront se Diex l'otroie !

---

* v. 73. b. et r. — v. 82. asflite

VII

Il est logique et il est juste
que vous délaissiez la sainte Écriture,
entraînant la débâcle de l'Église !
Vous ne proclamez pas la sainte Écriture,
au regard de Dieu vous vivez dans les ténèbres
78 d'une vie rabougrie[1].
Le flatteur est votre familier.
La prophétie est écrite noir sur blanc :
Qui aime Dieu cherche la justice ;
elle souffre en enfer, la chair
qui par peur aura délaissé
84 la justice, le droit et la pondération.

VIII

L'eau qui sans couler tourbillonne
a plus tôt fait de noyer un homme
que celle qui est toujours courante[2].
C'est pourquoi je vous dis — Dieu m'assiste ! —
que tel a l'air d'être soumis à Dieu
90 qui est une eau sans courant.
Hélas ! il en est tant qui courent à la cour,
devant les pauvres font la sourde oreille
et avec les riches se mettent en frais,
leur promettant d'emblée
le saint paradis... sans garantie pour la suite :
96 ils n'y seront pas pour dire si Dieu l'octroie !

---

1. On peut aussi comprendre : « et pourtant votre vie est courte », sous-entendu : « il vous faudrait donc mieux l'employer ». Voir F.-B. I, 282. **2.** Cf. *Jacobins* 19-20.

IX

Je ne blame pas gent menue :
Il sont ausi com be[ste mue] ;
L'en lor fet canc'on ve[ut acroire],
L'en lor fet croire de ven[ue]
Une si grant descovenue
102 Que brebiz blanche est tote noire.
« Gloria laus », c'est « gloire loire » ;
Il nous font une grant estoire
Nes dou manche de la charrue,
Pour coi il n'ont autre mimoire.
Dites lor « c'est de saint Gregoire »,
108 Quelque chose soit est creüe.

X

Se li rois feïst or enqueste
Sor ceus qui ce font si honeste,
Si com il fet sor ces bailliz !
C'ausin ne trueve clerc ne prestre
Qui ost enquere de lor geste,
114 Dont li ciegles est mal bailliz !
Sanz naturel lor est failliz
Quant cil qui jurent es palliz
Nous font orandroit grant moleste
S'il n'ont bons vins et les blanz liz.
Se Diex les a pour ce esliz,
120 Pour po perdi sainz Poz la teste.

Explicit de sainte Eglise.

---

* v. 98, 99, 100. *Une déchirure du ms. a fait disparaître la fin des vers* — v. 103. l. ceste g. — v. 107. lor ces de — v. 110. qui ce fut — v. 113. Qui est enquerre

---

1. Plaisanterie, dont la traduction cherche un équivalent, sur la

IX

Je ne blâme pas les petites gens :
ils sont comme des bêtes privées de raison ;
on leur fait croire ce qu'on veut,
on arrive à leur faire croire
des énormités, comme par exemple
102 qu'une brebis blanche est toute noire.
« Gloria laus », c'est « gloire à l'os[1] » ;
ils nous font toute une histoire
même du manche de leur charrue,
la seule chose à laquelle ils s'entendent.
Dites-leur : « C'est de saint Grégoire »,
108 quoi que ce soit, ils le croiront.

X

Si seulement le roi faisait une enquête
sur ces gens qui se disent si honnêtes,
comme il en fait sur les baillis !
Que ne trouve-t-il de même un clerc ou un prêtre
qui ose faire une enquête sur leurs faits et gestes,
114 dont le monde souffre tant !
Clercs et prêtres perdent la raison
quand ils voient que ces gens qui couchaient sur la paille
nous persécutent maintenant
s'ils n'ont bons vins et draps blancs.
Si c'est pour cela que Dieu les a choisis,
120 saint Paul s'est fait décapiter pour peu de chose.

---

façon dont le peuple déforme le latin et le comprend comme du français. *Loire* peut désigner, soit la loutre, soit la cuve du pressoir ou le vin sortant du pressoir (F.-B. I, 283). L'hymne *Gloria, laus et honor* (« Gloire, louange et honneur ») de Théodulphe se chantait à la procession des Rameaux.

LA GRIESCHE D'HIVER
LA GRIESCHE D'ÉTÉ

Les thèmes développés dans ces deux poèmes, dont la gloire n'est pas usurpée, ne sont pas seulement caractéristiques du courant poétique auquel se rattache Rutebeuf. Ils dessinent et imposent, comme on a tenté de le montrer dans l'introduction, une figure du poète dont le retentissement sera considérable. On en trouve des échos chez le Clerc de Vaudoy (Ruelle, 1969), chez Gautier le Leu (prologue du fabliau du Prêtre teint, *éd. L. Rossi et R. Straub,* Fabliaux érotiques, *« Lettres gothiques », 1992, p. 266), dans le dit macaronique mi-latin, mi-français des* Fames, des dez et de la taverne *(Méon,* Fabliaux..., *1808, t. IV, p. 485), et chez bien d'autres jusqu'à Villon. Dans tous ces exemples, le poète reprend à son compte les stéréotypes des nombreuses scènes de taverne qu'offre la littérature, du* Jeu de saint Nicolas *de Jean Bodel à la fin du Moyen Âge : il se présente comme un pilier de cabaret, esclave du vin et du jeu (association particulièrement explicite dans la* Griesche d'été*), réduit par ces deux vices à la misère, souffrant du froid parce qu'il a perdu ses vêtements au jeu ou qu'il a dû les laisser en gage à l'aubergiste (on note dans les deux* Griesches *l'importance de ce dernier motif et de la thématique de l'étoffe et du vêtement). Sur la vogue du jeu de dés dans toutes les classes de la société et les tentatives de saint Louis pour l'interdire, voir F.-B. I, 520. À la fin du siècle suivant, une ballade d'Eustache Deschamps (éd. de Queux de Saint-Hilaire et Raynaud, 1891, t. VII, p. 253) évoque une soirée au cours de laquelle les trois oncles de Charles VI — les ducs d'Anjou, de Berry et de Bourgogne — ainsi que d'autres grands personnages sont allés s'encanailler dans une taverne des bas quartiers de Paris, où ils ont passé la nuit à jouer aux dés et à boire.*

Il est probable que les deux Griesches *ont été composées à la suite l'une de l'autre : la manière et l'inspiration sont tout à fait similaires et la* Griesche d'été *affecte d'être une sorte de commentaire de la* Griesche d'hiver *et d'observer avec plus de distance les mêmes ravages. L'intervalle de deux ans supposé par Dufeil entre les deux poèmes (1256 et 1258) semble un peu long. On peut peut-être les retarder un peu et les placer tous deux vers 1260, plus près de la crise décisive et des poèmes de facture analogue à la leur qui datent de cette période. Le jeu même de la* griesche *a été introduit en Occident après 1254 : il constituait donc encore dans ces années-là une nouveauté qui pouvait ajouter au piquant des poèmes.*

Il paraît impossible de traduire le mot griesche. *Il désigne en effet à la fois un jeu de dés — d'origine grecque, d'où son nom — et la malchance au jeu. Aucun mot du français moderne n'a cette double acception. Dans les deux poèmes de la* Griesche d'hiver *et de la* Griesche d'été, *le mot est à prendre selon les occurrences dans l'un ou l'autre sens, et parfois dans les deux à la fois. Le traduire par « guignon », comme le fait Jean Dufournet, est élégant et ingénieux, mais cela risque d'induire le lecteur en erreur dans de nombreux passages : lorsque Rutebeuf souligne l'habileté à la griesche dont se flatte le joueur* (Griesche d'été *23-24*) *— on ne se flatte pas d'être habile au guignon — ; lorsqu'il se déclare ouvrier qualifié en* griesche (Griesche d'hiver *8-14*) *— il n'y a aucun sel à se prétendre ouvrier en guignon, tandis qu'il y en a à se montrer travaillant à jouer, s'en faisant une spécialité dérisoire, alors que cette prétendue compétence et ce « travail » de tout un hiver n'aboutissent qu'à la ruine ; lorsqu'il souligne la séduction irrésistible exercée par la* griesche *sur le joueur — c'est le jeu qui est séduisant, non le guignon — ou la malédiction qui pousse le joueur à jouer en espérant gagner tout en sachant que la seule promesse du jeu est la ruine* (Griesche d'hiver *68-72*) *; lorsqu'il montre la haine dont la* griesche *poursuit celui qui a de l'argent* (*Griesche d'été 38-45*) *— affirmation tautologique si la* griesche *est le guignon, mais saisissante si elle désigne à la fois le jeu et la ruine inévitable qu'il entraîne ; lorsqu'il reconnaît que la* griesche, *en le ruinant,es promesses (Griesche d'hiver 17-21) — là encore l'évidence, s'agissant du guignon, serait par trop plate. La force de tels passages repose tout entière sur l'ambiguïté du terme. Il faut ajouter que Rutebeuf joue, de façon secondaire, d'une seconde ambiguïté, le mot* griesche *étant d'une part le nom d'un jeu, d'autre part celui d'un oiseau, la pie-grièche. Cette ambiguïté est présente dans les deux titres, qui associent le mot à une saison, et plus encore lorsque la* griesche *s'abat sur le joueur pour le dépouiller (Griesche d'été 56) — la pie est voleuse — ou encore lorsqu'elle lui parle de façon laconique et croassante (Griesche d'été 17 et 25) — la pie est un animal auquel on peut apprendre à prononcer quelques mots.*

Manuscrits : A, f. 304 v° ; *B* f. 61 r° : *C*, f. 52 r°. *Texte de C.*
* Titre : *A* La griesche d'esté, *B* La griesche d'yver

CI ENCOUMEN[CE] LI DIZ DE LA GRIESCHE D'YVER

Contre le tenz qu'aubres deffuelle,
Qu'il ne remaint en branche fuelle
3 Qui n'aut a terre,
Por povretei qui moi aterre,
Qui de toute part me muet guerre,
6 Contre l'yver,
Dont mout me sont changié li ver, *f. 52 v° 1*
Mon dit commence trop diver
9 De povre estoire.
Povre sens et povre memoire
M'a Diex donei, li rois de gloire,
12 Et povre rente,
Et froit au cul quant byze vente :
Li vens me vient, li vens m'esvente
15 Et trop souvent
Plusors foïes sent le vent.
Bien le m'ot griesche en couvent
18 Quanque me livre :
Bien me paie, bien me delivre,
Contre le sout me rent la livre
21 De grand poverte.
Povreteiz est sus moi reverte :
Toz jors m'en est la porte overte,
24 Toz jors i sui
Ne nule fois ne m'en eschui.
Par pluie muel, par chaut essui :
27 Ci at riche home !
Je ne dor que le premier soume.
De mon avoir ne sai la soume,
30 Qu'il n'i at point.

---

* v. 1. *B* C. l'yver qu'a. despuielle — v. 2. *B* Qui ; *A* en branche f., *BC* en aubre f. — v. 3. *B* Ne voit — v. 29. *B* De mon cuer ne sai pas la s.

---

1. L'expression *mout me sont changié li ver* est usuelle et signifie simplement : « ma situation a bien changé » (cf. *Complainte* 81). L'abondance et la complexité des jeux de mots dans ces premiers

LE DIT DE LA GRIÈCHE D'HIVER

Au temps où l'arbre s'effeuille —
sur la branche il ne reste feuille
3 qui n'aille à terre —,
comme la pauvreté me terrasse
et de partout me fait la guerre,
6 au temps d'hiver
(voilà bien une autre chanson[1] !),
je commence mon dit lamentable[2] :
9 une pauvre histoire !
Pauvre cervelle, pauvre mémoire
m'a données Dieu, le roi de gloire,
12 et pauvre rente,
et froid au cul quand bise vente :
le vent me frappe, le vent m'évente
15 et bien souvent
à tout instant je sens le vent.
La grièche m'avait bien promis
18 tout ce qu'elle m'apporte :
elle me paie recta, elle s'acquitte de tout,
pour un sou elle me rend une livre
21 de pauvreté extrême.
La pauvreté m'est encore tombée dessus :
sa porte m'est toujours ouverte,
24 je suis toujours dedans,
jamais je ne m'en suis sorti.
Sous la pluie je me mouille, s'il fait chaud, je m'essuie[3] :
27 me voilà riche !
Je ne dors que mon premier sommeil.
Je ne peux compter ma fortune :
30 je n'ai rien.

---

vers, ainsi que la mention au vers suivant du poème qui commence et dont ce changement est l'origine, laissent soupçonner que, par un jeu sur *ver* et *vers*, l'expression, ici, signifie aussi : « j'ai changé ma façon de composer des vers ». D'où la traduction. **2.** *Divers* signifie à la fois « changeant » (le dit est le fruit du changement de saison) et « mauvais » ou « cruel ». De plus — le titre et la rime des v. 6-8 le soulignent — ce poème est un dit « d'hiver ». **3.** Cf. *Sainte Elysabel* 1182.

Diex me fait le tens si a point,
Noire mouche en estei me point,
33 En yver blanche.
Ausi sui con l'ozière franche
Ou com li oiziaux seur la branche :
36 En estei chante,
En yver pleure et me gaimente,
Et me despoille ausi com l'ante
39 Au premier giel.
En moi n'at ne venin ne fiel :
Il ne me remaint rien souz ciel,
42 Tout va sa voie.
Li enviauz que je savoie
M'ont avoié quanque j'avoie *f. 52 v° 2*
45 Et fors voiié,
Et fors de voie desvoiié.
Foux enviaus ai envoiié,
48 Or m'en souvient.
Or voi ge bien tot va, tot vient,
Tout venir, tout aleir convient,
51 Fors que bienfait.
Li dei que li decier ont fait
M'ont de ma robe tot desfait,
54 Li dei m'ocient,
Li dei m'agaitent et espient,
Li dei m'assaillent et desfient,
57 Ce poize moi.
Je n'en puis mais se je m'esmai :
Ne voi venir avril ne mai,
60 Veiz ci la glace.
Or sui entreiz en male trace.
Li traÿteur de pute estrace
63 M'ont mis sens robe.
Li siecles est si plains de lobe !

---

* v. 34. *B* o. blanche — v. 38. *A* desfuel — v. 43. *B* que j'envioie — v. 50. *B* Tot va tot vient tot avenir c.

Dieu fait tomber pour moi les saisons bien à point :
l'été, la mouche noire me pique,
33 l'hiver, la mouche blanche[1].
Je suis comme l'osier sauvage
ou comme l'oiseau sur la branche :
36 l'été, je chante,
l'hiver, je pleure, je me lamente,
je me dépouille comme l'arbre du verger
39 au premier gel.
Il n'y a en moi ni venin ni fiel :
il ne me reste rien sous le ciel,
42 tout va son cours.
Je savais faire monter la mise :
mes mises[2] ont englouti tout ce que j'avais,
45 elles m'ont fourvoyé
hors du chemin, elles m'ont dévoyé.
J'ai risqué des mises insensées,
48 je m'en souviens.
Je le vois maintenant : tout va, tout vient,
c'est forcé que tout aille et vienne,
51 sauf les bienfaits[3].
Les dés que l'artisan a faits
m'ont dépouillé de mes habits,
54 les dés me tuent,
les dés me guettent, les dés m'épient,
les dés m'attaquent et me défient,
57 j'en souffre.
C'est l'angoisse, je n'y peux rien :
je ne vois venir ni avril ni mai,
60 voici la glace.
Me voilà sur la mauvaise pente.
Les trompeurs, cette sale race,
63 m'ont laissé sans habits.
Il y a tant de malhonnêteté dans le monde !

---

1. Cf. *Ribauds de Grève* 11-12. La mouche blanche est bien entendu le flocon de neige. **2.** *Envial* désigne le défi qu'on lance au jeu et l'enjeu que l'on fixe. **3.** Cf. le proverbe : *Tout passera fors que biens faiz* (Morawski 2407).

Qui auques a si fait le gobe ;
66 Et ge que fais,
Qui de povretei sent le fais ?
Griesche ne me lait en pais,
69 Mout me desroie,
Mout m'assaut et mout me guerroie ;
Jamais de cest mal ne garroie
72 Par teil marchié.
Trop ai en mauvais leu marchié.
Li dei m'ont pris et empeschié :
75 Je les claim quite !
Foux est qu'a lor consoil abite :
De sa dete pas ne s'aquite,
78 Ansois s'encombre ;
De jor en jor acroit le nombre. *f. 53 r° 1*
En estei ne quiert il pas l'ombre
81 Ne froide chambre,
Que nu li sunt souvent li membre,
Dou duel son voisin ne li membre
84 Mais lou sien pleure.
Griesche li at corru seure,
Desnuei l'at en petit d'eure,
87 Et nuns ne l'ainme.
Cil qui devant cousin le claime
Li dist en riant : « Ci faut traime
90 Par lecherie.
Foi que tu doiz sainte Marie,
Car vai or en la draperie
93 Dou drap acroire.
Se li drapiers ne t'en wet croire,
Si t'en revai droit à la foire
96 Et vai au Change.
Se tu jures saint Michiel l'ange

---

* v. 65. *AB* le gobe, *C* la g. — v. 70. *B* me desroie — v. 74. *AB* emparchié — v. 90. *B* tricherie

Dès qu'on a quelque chose, on fait le malin ;
66 et moi, qu'est-ce que je fais,
moi qui sens le faix de la pauvreté ?
La grièche ne me laisse pas en paix,
69 elle me met hors de moi,
elle m'attaque, elle me fait la guerre ;
jamais je ne guérirai de ce mal
72 à ce compte-là.
Je me suis placé dans un bien mauvais pas.
Les dés se sont saisis de moi :
75 je renonce à eux !
Fou qui s'obstine à les écouter :
il ne s'acquitte pas de sa dette,
78 mais en alourdit la charge ;
elle s'accroît de jour en jour.
En été il ne cherche ni l'ombre
81 ni une chambre fraîche,
car ses membres sont souvent nus.
Il oublie la peine de son voisin,
84 mais il pleure sur la sienne.
La grièche lui est tombée dessus,
l'a dépouillé en un rien de temps,
87 et nul ne l'aime.
Celui qui l'appelait avant son cousin
dit en riant : « Tu es usé jusqu'à la corde[1]
90 par la débauche.
Par la foi que tu dois à la Vierge,
va donc chez le drapier
93 acheter du drap à crédit.
S'il ne veut pas te faire confiance,
va-t'en alors droit à la foire
96 chez les banquiers.
Si tu jures par l'ange saint Michel

---

1. Cf. *Plaies du monde* 3-5 et *Mariage* 9.

Qu'il n'at sor toi ne lin ne lange
99 Ou ait argent,
Hon te verrat moult biau sergent,
Bien t'aparsoveront la gent :
102 Creüz seras.
Quant d'ilecques te partiras,
Argent ou faille enporteras. »
105 Or ai ma paie.
Ensi chacuns vers moi s'espaie,
Si n'en puis mais.

Explicit.

---

* v. 100-101. *B intervertis* — v. 105. *AB* Or a sa paie — v. 106. *A* Ainsi vers moi chascuns s'apaie, *B* Ici c. v. m. s'apaie — v. 107. *A* Je n'en puis mes — *A* Explicit la griesche d'esté, *B* Explicit la griesche d'yver.

que dans aucun repli de tes vêtements[1]
99 il n'y a d'argent,
on te trouvera bonne mine,
tu ne passeras pas inaperçu :
102 on te fera confiance.
Quand tu partiras de là,
tu auras ramassé de l'argent ou une veste[2]. »
105 Me voilà bien payé !
C'est ainsi que chacun s'acquitte envers moi,
je n'en puis mais.

---

1. On portait son argent dans un pan noué de sa chemise ou de son manteau. 2. *Faille*, qui signifie « échec », est aussi le nom d'un vêtement.

CI ENCOUMENCE DE LA GRIESCHE D'ESTEI

En recordant ma grant folie
Qui n'est ne gente ne jolie,
3 Ainz est vilainne
Et vilains cil qui la demainne,
Me plaing .VII. jors en la semainne
6 Et par raison. *f. 53 r° 2*
Si esbahiz ne fut mais hom,
Qu'en yver toute la saison
9 Ai si ouvrei
Et en ouvrant moi aouvrei
Qu'en ouvrant n'ai riens recouvrei
12 Dont je me cuevre.
Ci at fol ovrier et fole euvre
Qui par ouvreir riens ne recuevre :
15 Tout torne a perte,
Et la griesche est si aperte
Qu'« eschac » dist « a la descouverte »
18 A son ouvrier,
Dont puis n'i at nul recouvrier.
Juignet li fait sembleir fevrier :
21 La dent dit : « Quac »,
Et la griesche dit : « Eschac ».
Qui plus en set s'afuble .I. sac
24 De la griesche.
De Griece vint si griez eesche.
Or est ja Borgoigne briesche,

Manuscrits : A, f. 305 r° ; *B*, f. 62 r° ; *C*, f. 53 r°. Texte de C.
* Titre : *A* La griesche d'iver, *B* La griesche d'esté
Vers ajouté par C entre 13 et 14 Et fol est cil qui c'en aeuvre — v. 15. *C* perde — v. 25. *A* vient

---

1. La traduction « folle passion » est empruntée à Jean Dufournet. Le mot *folie* désigne souvent la passion charnelle. C'est pourquoi le poète précise que sa *folie* n'a rien de commun avec l'allégresse amoureuse, qu'elle n'est pas *jolie*. **2.** Expression du jeu d'échecs, lorsqu'un joueur, en déplaçant une pièce, fait tomber son roi sous l'échec d'une pièce de l'adversaire. **3.** Le poète a consacré son hiver à un travail qui ne lui a rien apporté. Ce « travail », c'est la pratique du jeu de

LA GRIÈCHE D'ÉTÉ

En évoquant ma folle passion[1],
qui n'est ni charmante ni galante,
3 mais est ignoble,
et ignoble celui qui s'y adonne,
je me lamente sept jours sur sept,
6 et j'ai de quoi.
Nul n'a jamais été dans un tel désarroi :
pendant tout l'hiver
9 j'ai œuvré de telle façon,
je me suis occupé si bien de mon ouvrage,
que par cet ouvrage je n'ai pas recouvré
12 de quoi me couvrir.
Fol ouvrier, folle œuvre
que ceux dont l'ouvrage ne peut rien recouvrer :
15 tout tourne à perte,
et la grièche est si habile
qu'elle dit : « Echec à la découverte[2] »,
18 à qui en fait son travail[3] ;
après quoi, plus de recours.
Elle lui fait prendre juillet pour février :
21 la dent dit : « Clac »,
et la grièche dit : « Échec ».
De quoi s'habiller d'un sac : c'est le gain
24 du plus habile à la grièche.
De Grèce est venu ce terrible appât.
La Bourgogne en est déjà asséchée[4],

---

la griesche, qui récompense mal celui qui s'y adonne, l'« ouvrier en griesche ». **4.** Il ne fait guère de doute que *briesche* soit un féminin de *briois*, « de la brie » ; la morphologie l'autorise et le rapprochement avec la Bourgogne le rend probable. Mais pourquoi la Bourgogne devient-elle briarde ? Cela pourrait signifier qu'elle a été ruinée par la *griesche*, comme le pense Hœpffner, si elle avait été au Moyen Âge une région plus riche que la Brie. Mais ce n'était pas le cas. On peut penser, avec F.-B. (I, 527) qui n'avance cette hypothèse que pour la repousser à demi, à un jeu de mots sur *bri*, « piège », ou, comme Roger Dragonetti (1973, p. 97), à un jeu de mots autour de *brisier*. Ces interprétations sont peu vraisemblables, car comme le remarque F.-B., la dérivation suffixale en *-esche* est dans ce cas anormale. Le calembour aurait été aussi obscur au XIIIe siècle qu'aujourd'hui. Et

27 Tant at venu
De la gent qu'ele at retenu ;
Sont tuit cil de sa route nu
30 Et tuit deschauz,
Et par les froiz et par les chauz.
Nes ces plus maitres seneschaus
33 N'at robe entiere.
La griesche est de tel meniere
Qu'ele wet avoir gent legiere
36 En son servise :
Une hore en cote, autre en chemise.
Teil gent ainme com je devise,
39 Trop het riche home :
S'au poinz le tient, ele l'asoume.
En court terme seit bien la soume *f. 53 v° 1*
42 De son avoir :
Ploreir li fait son nonsavoir.
Souvent li fait gruel avoir,
45 Qui qu'ait avoinne.
Tremblei m'en a la maitre woinne.
Or vos dirai de lor couvainne :
48 G'en sai asseiz ;
Sovent an ai estei lasseiz.
Mei mars que li froiz est passeiz,
51 Notent et chantent.
Li un et li autre se vantent
Que, se dui dei ne les enchantent,

---

puis, pourquoi justement la Bourgogne, et non pas la Picardie ou l'Auvergne ? En réalité, la solution est sans doute fournie par le v. 13 de *Renart le Bestourné*, qui dit que Renard est seigneur *Et de la brie et du vignoble*. Dans ce vers, il est évident que la *brie* désigne la campagne, les cultures, par opposition au vignoble (F.-B. I, 538). Si l'on songe que les victimes de la *griesche* ne sont pas seulement des joueurs, mais aussi des buveurs – toute la fin de la *Griesche d'été* développe ce thème, on comprend que, s'abattant en si grand nombre sur le pays (v. 27), ils aient fait de la Bourgogne, région viticole par excellence, une *brie*, c'est-à-dire qu'ils en aient fait disparaître tout le vin (cf. Zink 1989).

---

* v. 37. *C* En hore — v. 43. *B mq.* — v. 46. *B mq.*

27 tant il est venu
de gens qu'elle garde à son service ;
tous ceux de sa troupe sont nus,
30 tous sans chaussures,
qu'il fasse froid, qu'il fasse chaud.
Même son premier ministre
33 n'a pas un vêtement sans trou.
La grièche est ainsi faite,
elle veut des gens légers
36 à son service :
une heure en tunique, la suivante en chemise.
Elle aime les gens comme cela,
39 elle déteste le riche :
si elle le tient, elle l'assomme à coups de « points ».
Elle a vite fait de savoir
42 le montant de sa fortune :
elle lui fait pleurer sa sottise.
Elle lui fait souvent manger du son[1],
45 même si d'autres ont de l'avoine.
J'en ai frémi jusqu'à la moëlle[2].
Que je vous dise comment les joueurs se comportent :
48 je m'y connais ;
j'ai souvent éprouvé leurs tourments.
À la mi-mars, quand le froid est passé,
51 ils font de la musique et chantent.
Les uns et les autres se vantent
que, si deux dés ne leur jouent un tour de magie,

---

1. Tous les manuscrits donnent *gruel*, « gruau ». Mais le gruau est loin d'être un aliment inférieur à l'avoine. On traduit donc comme si *gruel* avait le sens de *gruis*, « son ». Alfred Foulet, dans son compte rendu de l'édition F.-B., souligne que l'anglais *gruel* et *gruelling* attestent que l'ancien français *gruel* signifiait bien « une chose de basse qualité » (*Speculum* 22, p. 331). **2.** Il n'est pas exclu que le poète joue des deux sens du mot « veine ». Celui de « chance » n'est pas attesté, semble-t-il, au XIIIe siècle, mais il l'est au siècle suivant (*Brun de la Montagne* 952).

54 Il auront robe.
Esperance les sert de lobe,
Et la griesche les desrobe :
57 La bourse est wide,
Li gieux fait ce que hon ne cuide :
Qui que teisse, chascuns deswide.
60 Lor pencers chiet.
Nul bel eschac ne lor eschiet ;
N'en pueent mais qu'il lor meschiet,
63 Ainz lor en poize.
Qui qu'ait l'argent, Dieux at la noize.
Aillors couvient lor pencers voise,
66 Car .II. tournois,
Trois parisis, .V. viannois
Ne pueent pas faire .I. borjois
69 D'un nu despris.
Je ne di pas que jes despris,
Ainz di qu'autres conseus est pris
72 De cel argent.
Ne s'en vont pas longue chargent :
Por ce que li argens art gent,
75 N'en ont que faire,
Ainz entendent a autre afaire :
A[u] tavernier font dou vin traire. *f. 53 v° 2*
78 Lors entre boule ;
Ne boivent pas, chacuns le coule,
Tant en antonnent par la goule
81 Ne lor souvient
Se robe acheteir lor couvient.
Riche sont, mais ne sai dont vient
84 Lor granz richesce.
Chacuns n'a rien quant il se dresce,
Au paier sont plain de peresce.

---

* v. 70-71. *B intervertis* — v. 79. *B mq.*

---

1. Rutebeuf recourt fréquemment aux métaphores impliquant les notions de filer, dévider, tisser, et de trame : cf. *Plaies du monde* 3-5, *Mariage* 9. La traduction introduit ici par pure maladresse un jeu de

54 ils auront un vêtement.
L'espoir les berce d'illusions,
et la grièche les détrousse :
57 leur bourse est vide,
le résultat du jeu n'est pas ce qu'on croyait.
Certains font-ils leur pelote ? En tout cas chacun
60 Leurs projets retombent. [voit filer ses mailles[1].
La chance ne leur envoie aucun coup favorable ;
le malheur qui les frappe est inévitable,
63 il les accable.
D'autres ont peut-être l'argent, les jurons sont pour
Il leur faut faire d'autres projets, [Dieu.
66 car deux tournois,
trois parisis, cinq viennois
ne peuvent pas faire un bourgeois[2]
69 d'un misérable[3].
Je ne dis pas que je méprise ces pièces,
mais je dis que j'ai un autre usage
72 pour cet argent.
Ils n'en sont pas longtemps chargés :
comme l'argent brûle les doigts[4],
75 ils n'en ont que faire,
mais s'occupent d'autre chose :
ils font tirer du vin au tavernier.
78 Et voilà la débauche :
ils ne boivent pas, ils entonnent,
ils s'en mettent tous plein la lampe
81 tellement qu'ils oublient
s'ils ont besoin d'acheter des habits.
Ils sont riches, mais je ne sais d'où vient
84 leur grande richesse.
Quand ils se lèvent, ils n'ont plus rien,
au moment de payer ils sont pleins de paresse.

---

mots supplémentaire, puisqu'une maille est aussi une pièce de monnaie. **2.** Jeu de mots sur « bourgeois », qui désigne aussi – comme tournois, parisis et viennois – une sorte de monnaie. **3.** Calembour probable sur *nu despris*, « homme nu et méprisé », et *nu d'esprit*, « homme dénué d'intelligence ». **4.** Le jeu de mots original, *li argens art gent*, signifie bien entendu « l'argent brûle les gens ».

87 Lor faut la feste,
Lors remaignent chansons de geste,
Si s'en vont nu comme une beste
90 Quant il s'esmuevent.
A l'endemain povre se truevent ;
Li dui dei povrement se pruevent.
93 Or faut quaresmes,
Qui lor a estei durs et pesmes :
De poisson autant com de cresme
96 I ont eü.
Tout ont joei, tot ont beü.
Li uns at l'autre deceü,
99 Dit Rutebués
Por lor tabar qui n'est pas nués,
Qui tot est venduz en .II. wes.
102 C'il ont que metre,
Lors les verriez entremetre
De deiz panrre et de [deiz] jus metre.
105 Et avris entre,
Et il n'ont riens defors le ventre.
Lors sunt il vite et prunte et entre,
108 Eiz vos la joie !
N'i a si nu qui ne s'esjoie,
Plus sunt seigneur que raz en moie
111 Tout cel estei.
Trop ont en grant froidure estei ;
Or lor at Dieux un tenz prestei *f. 54 r° 1*
114 Ou il fait chaut,
Et d'autre choze ne lor chaut :
Tuit apris sunt d'aleir deschauz.

Explicit

---

* v. 102-104 *et* 105-107. *intervertis dans AB* — v. 104. *A* et de dez jus metre, *BC* et de jus m. — v. 116. *AB* Tuit (*B* Tout) ont apris aler d. — *A* Explicit la griesche d'yver.

87 La fête est finie,
fini de faire des romans,
ils s'en vont nus comme des bêtes
90 quand ils s'ébranlent.
Le lendemain, ils se retrouvent pauvres,
les deux dés ont pauvrement fait leurs preuves.
93 Voilà fini le carême,
qui a été bien dur pour eux :
autant de poisson que de crème[1],
96 c'est ce qu'ils ont eu.
Ils ont tout joué et tout bu.
Ils se sont trompés l'un l'autre,
99 Rutebeuf le dit
parce que leur manteau, loin d'être neuf,
ils l'ont vendu pour des prunes.
102 S'ils ont de quoi miser,
il faut les voir s'affairer,
prendre les dés et les jeter.
105 Avril commence,
seule la peau leur couvre le ventre.
Les voilà vifs, prompts et alertes,
108 c'est la joie !
Le plus nu d'entre eux se réjouit,
ils sont plus prospères qu'un rat dans un tas de blé
111 tout cet été.
Ils ont eu tellement froid ;
voici que Dieu leur offre une saison
114 où il fait chaud,
le reste leur est égal :
ils ont l'habitude de marcher pieds-nus.

---

1. Autrement dit, ils n'ont eu aucun de ces deux mets, autorisés en carême, mais coûteux. Cf. *Mariage* 82-85.

LE DIT DES RIBAUDS DE GRÈVE

On considère ordinairement que ce poème relève du même esprit que les Griesches *(voir note 1, p. 215) et doit avoir été composé vers la même époque.*

Manuscrits : C, f. 44 v°.

CI ENCOUMENCE LI DIZ DES RIBAUX DE GREIVE

(f. 44 v° 2)

Ribaut, or estes vos a point :
Li aubre despoillent lor branches
Et vos n'aveiz de robe point,
4 Si en aureiz froit a voz hanches.
Queil vos fussent or li porpoint
Et li seurquot forrei a manches !
Vos aleiz en etei si joint,
8 Et en yver aleiz si cranche !
Vostre soleir n'ont mestier d'oint :
Vos faites de vos talons planches.
Les noires mouches vos ont point,
12 Or vos repoinderont les blanches.

Explicit.

---

* v. 10. *C* planghes

---

1. La place de Grève, actuelle place de l'Hôtel de Ville, était le lieu de déchargement des marchandises transportées par eau. On venait y chercher de l'embauche. Les sans travail s'y réunissaient : ils « faisaient grève » (mais l'expression n'est attestée que depuis 1846). C'était aussi le lieu des réjouissances populaires (feu de la Saint-Jean) et celui des exécutions capitales. Dans le *Roman de la Rose*, Jean de Meun, à peu près à la même époque que Rutebeuf, évoque lui aussi les « ribauds » de la place de Grève, portant leurs sacs de charbon d'un cœur léger avant d'aller manger des tripes à Saint-Marcel, danser et dépenser à la taverne tout ce qu'ils ont gagné (v. 5044-5058, éd. A. Strubel, « Lettres gothiques »,1992). F.-B. fait toutefois observer que, dans le poème de Rutebeuf, la référence à la

LE DIT DES RIBAUDS DE GRÈVE[1]

Ribauds, vous voilà bien en point !
Les arbres dépouillent leurs branches
et d'habit vous n'en avez point,
4 aussi aurez-vous froid aux hanches.
Qu'il vous faudrait maintenant pourpoints,
surcots[2] fourrés avec des manches !
L'été vous gambadez si bien,
8 l'hiver vous traînez tant la jambe !
Cirer vos souliers ? Pas besoin :
vos talons vous servent de planches[3].
Les mouches noires vous ont piqués,
12 À présent c'est le tour des blanches[4].

Grève ne se trouve que dans le titre. Le poème ne fait allusion qu'à la misère de ces « ribauds », et non à la débauche qu'implique l'emploi moderne du mot – s'il est encore employé. En ce sens la traduction de « gueux », qui est celle de Jean Dufournet, est judicieuse. Mais misère et débauche sont le plus souvent associées dans les emplois du mot au Moyen Âge, elles le sont dans la poésie de Rutebeuf, particulièrement dans la peinture par la *Griesche d'été* des misérables joueurs et buveurs, elles le sont enfin dans la description que fait Jean de Meun des ribauds de Grève. On a donc cru pouvoir conserver le mot « ribaud » dans la traduction. **2.** Tunique de dessus, avec ou sans manches. **3.** Les planches désignent évidemment ici les semelles. Mais l'emploi du mot dans ce sens étant aussi inhabituel en ancien français qu'aujourd'hui, on n'a pas cru devoir, en le faisant disparaître de la traduction, supprimer l'effet de la métonymie. **4.** Cf. *Griesche d'hiver* v. 32-33.

LE DIT DU MENSONGE

Le poème est intitulé Bataille des vices contre les vertus *par le manuscrit* A *et* Dit de la mensonge *par le manuscrit* C. *Le premier titre le rattache à la tradition des psychomachies. C'est en effet ce pour quoi il se donne (v. 11-36). Mais il dévie bien vite de ce projet initial pour décrire ironiquement le triomphe d'Humilité, assuré par les Frères prêcheurs et mineurs. Ironiquement, car l'Humilité ne peut triompher sans se dénaturer : montrer qu'elle dispose désormais de la puissance et de l'argent, c'est dire, bien entendu, qu'elle s'est transformée en son contraire. Le poète retourne bien un instant à la psychomachie pour décrire la victoire de Largesse sur Avarice et pour annoncer le combat de Débonnaireté contre Ire (v. 159-177). Mais c'est pour évoquer le procès intenté en Cour de Rome par les Prêcheurs contre Guillaume de Saint-Amour et Chrétien de Beauvais : son récit occupe toute la fin du poème. Celui-ci n'est donc qu'en apparence une « Bataille des vices contre les vertus » et le titre de « Dit du mensonge » répond bien davantage à son contenu. Le* mensonge *y trouve en effet une triple expression : dans le prologue, qui annonce sur le mode épique une victoire des vertus sur les vices remportée grâce aux Frères prêcheurs et aux Frères mineurs, alors que c'est précisément le contraire qui s'est produit ; dans l'éloge par antiphrase des Mendiants ; dans leur nature foncièrement hypocrite, telle que le poème la met en lumière.*

Le poème n'est certainement pas postérieur à la mort d'Alexandre IV (25 mai 1261), contrairement à ce que pense F.-B. : le présent du v. 201 en est un indice suffisant, et nulle part n'apparaît le soulagement qui s'exprime dans la Leçon d'Hypocrisie et d'Humilité. *Mais on ne peut non plus le vieillir trop : Chrétien de Beauvais est déjà mort (v. 184) ; le ton est celui d'un bilan établi une fois que tout est fini et que la partie est perdue (v. 205-207) bien plus que celui de la lutte. Dufeil a donc sans doute raison de proposer la date de 1260 (1972, p. 320 ; 1981, p. 284).*

Manuscrits : A, f. 326 v° ; *C*, f. 11 v°. *Texte de C.*
* Titre : *A* La bataille des vices contre les vertus

CI ENCOUMENCE LI DIZ DE LA MENSONGE

Puis qu'autours et autoriteiz
S'acordent que c'est veriteiz
Qui est oiseus de legier pesche,
4 Et cil s'ame honist et tresche
Qui sans ouvreir sa vie fine,
Car teiz vie n'est mie fine,
Por ce me wel a oevre metre
8 Si com je m'en sai entremetre,
C'est a rimer une matire.
En leu d'ouvreir a ce m'atyre,
Car autre ouvrage ne sai faire.
12 Or entendeiz a mon afaire,
Si orreiz de .II. Ordres saintes
Que Dieux a eslues en maintes,
Qu'auz vices se sunt combatu
16 Si que vice sunt abatu
Et les vertuz sunt essaucies.
S'orroiz conment elx sunt haucies
Et coument vice sunt vaincu.
20 Humiliteiz par son escu
At Orgueil a la terre mis,
Qui tant estoit ces anemis.
Largesce i at mis Avarice,
24 Et Debonairetei .I. vice
C'om apele Ire la vilainne.
Et Envie, qui partout rainne,
Rest vaincue par Charitei.
28 (De ce dirai la veritei :
C'est or ce que pou de gent cuide.)
Proesce ra vaincue Accide, *f. 12 r° 1*

---

* v. 3. *C* est casseiz de — v. 4. *A* trahist et — v. 9. *C* a ouvreir

---

1. *Ecclésiastique* 33, 28 : *Multam enim malitiam docuit otiositas* (« Car l'oisiveté enseigne tous les vices »). L'autorité est constituée par l'Écriture sainte, les auteurs patristiques, et aussi, dans certains cas, ceux

LE DIT DU MENSONGE

Les auteurs et les autorités
sont d'accord : c'est la vérité,
l'oisif succombe aisément au péché[1],
4 et il avilit et fourvoie son âme
qui termine sa vie sans avoir travaillé,
car une telle vie est imparfaite.
C'est pourquoi je veux me mettre au travail
8 dans le domaine où je m'y connais :
en faisant des vers sur un sujet.
Au lieu de travailler, c'est à cela que je m'apprête,
car je ne sais faire aucun autre travail[2].
12 Écoutez donc mon propos,
vous entendrez parler de deux Ordres saints,
que Dieu a distingués en bien des choses :
ils ont si bien combattu les vices
16 que les vices sont abattus
et les vertus exaltées.
Vous entendrez comment elles ont été élevées
et comment les vices ont été vaincus.
20 Humilité, de son écu,
a jeté à terre Orgueil,
son ennemi si acharné.
Largesse a jeté à terre Avarice
24 et Bienveillance un vice
qu'on appelle Colère la rustre,
Pour sa part, Envie, qui règne partout,
est vaincue par Charité.
28 (Cela, à dire la vérité,
il se trouve peu de gens pour le croire[3].)
Vaillance a vaincu Accidie[4],

---

de l'Antiquité païenne. L'accord des autorités vaut démonstration. **2.** Cf. *Mariage* 98, *Complainte de Constantinople* 5-6 et 29-30. **3.** On pourrait à la rigueur comprendre : « Je dirai la vérité sur ces combats : peu de gens la soupçonnent. » Mais *cuidier* recevrait alors un sens inhabituel. Plus probablement, Rutebeuf entend signaler dès ce moment que ses propos sont à prendre par antiphrase en soulignant que personne n'est dupe de cette vérité officielle. **4.** Sur l'accidie, voir *Humilité*, n. 1, p. 367.

Et Abstinance Gloutenie,
32 Qui mainte gent avoit honie
Et mainte richesce gastei.
S'orroiz coument dame Chasteiz,
Qui tant est fine et nete et pure,
36 At vaincue dame Luxure.
N'at pas bien .LX. et .X. ans,
Se bone gent sunt voir dizans,
Que ces .II. saintes Ordres vindrent,
40 Qui les faiz aux apostres tindrent
Por preschier et por laboreir,
Pour Dieu servir et aoreir.
Meneur et Freire Prescheeur,
44 Qui des armes sunt pescheeur,
Vindrent par volentei devine.
Je di por voir, non pas devine,
C'il ne fussent ancor venu,
48 Maint grant mal fussent avenu,
Qui sunt remeis et qui remeignent
Por les granz biens que il enseignent.
Por preeschier Humilitei,
52 Qui est voie de veritei,
Por l'essaucier et por l'ensivre
Si com il truevent en lor livre,
Vindrent ces saintes gens en terre.
56 Dex les envoia por nos querre.
Quant il vindrent premierement,
Si vindrent asseiz humblement.
Du pain quistrent, teiz fu la riegle,
60 Pour osteir les pechiez dou siecle.
C'il vindrent chiez povre provoire,
Teiz bienz com il ot, c'est la voire,
Pristrent en bone pacience
64 En non de sainte penitence.
Humiliteiz estoit petite *f. 12 r° 2*
Qu'il avoient por eux eslite.

---

* v. 38. *A* Se Rustebués est — v. 41. *A* Par preeschier par laborer — v. 42. *A* Par Dieu

et Abstinence Gloutonnerie,
32 qui en avait avili plus d'un
et gaspillé bien des richesses.
Vous entendrez aussi comment dame Chasteté,
si parfaite, propre et pure,
36 a vaincu dame Luxure.

Il y a moins de soixante-dix ans,
si les honnêtes gens disent vrai,
que ces deux Ordres apparurent,
40 conformant leurs actes à ceux des apôtres :
ils prêchaient, ils travaillaient,
ils servaient Dieu et l'adoraient.
Frères mineurs et Frères prêcheurs,
44 qui sont des pêcheurs d'âmes[1],
sont venus par la volonté divine.
Je dis en vérité, et non par conjecture[2],
que s'ils n'étaient pas venus,
48 de grands maux seraient advenus,
qui furent écartés et qui le sont encore
grâce à leur bon enseignement.
C'est pour prêcher Humilité,
52 qui est la voie de Vérité,
pour l'exalter et pour la suivre,
comme il est écrit dans leur livre,
que ces saintes gens sont venus sur terre.
56 Dieu les y envoya pour nous mener à lui.

Quand ils sont venus, au début,
c'était bien humblement.
Ils mendiaient leur pain, telle était leur règle,
60 pour ôter les péchés du monde.
S'ils venaient chez un pauvre prêtre,
ce qu'il pouvait avoir (c'est pure vérité),
ils s'en contentaient de bonne grâce
64 au nom de la sainte pénitence.
Humilité était petite,
elle dont ils avaient fait leur part.

---

1. Cf. Matth. 4, 19 et Marc. 1, 17 : *Et faciam vos fieri piscatores hominum* (« Je vous ferai pêcheurs d'hommes »). **2.** Cf. *Hypocrisie* 299, *Humilité* 14.

Or est Humiliteiz greigneur,
68 Que li Frere sont or seigneur
Des rois, des prelaz et des contes.
Par foi, si seroit or granz honte
C'il n'avoient autre viande
72 Que l'Escriture ne coumande,
Et ele n'i mest riens ne oste
Que ce c'om trueve enchiés son oste.
Humiliteiz est tant creüe
76 Qu'Orgueulz corne la recreüe.
Orgueulz s'en va, Dieux le cravant !
Et Humiliteiz vient avant.
Et or est bien droiz et raisons
80 Que si grant dame ait granz maisons
Et biaux palais et beles sales,
Maugrei toutes les langues males
Et la Rutebuef douz premiers,
84 Qui d'eulz blameir fu coustumiers.
Ne vaut il mieux c'Umiliteiz
Et la sainte Deviniteiz
Soit levee en roial palais,
88 C'om fist d'aumoennes et de lais
Et de l'avoir au meilleur roi
C'onques ancor haïst desroi,
Que [ce] c'om secorust la terre
92 Ou li foul vont folie querre,
Coustantinnoble, Romenie ?
Se sainte Esglise escommenie,
Li Frere pueent bien asoudre,
96 C'escommeniez at que soudre.
Por mieulz Humilitei deffendre,
S'Orguelz se voloit a li prendre,
Ont fondei .II. palais li Freire,
100 Que, foi que doi l'arme mon peire, *f. 12 v° 1*

---

* v. 72. *A* demande — v. 73. *C* el — v. 91. *A* Que ce c., *C* ce *mq*.

---

1. Cf. *Règles* 139-148. **2.** Même opposition entre l'argent

Humilité est maintenant plus grande,
68 car les Frères sont les maîtres
des rois, des prélats et des comtes,
Ce serait, ma foi, une honte
s'ils n'avaient à manger autre chose
72 que ce que l'Écriture commande —
et ce qu'elle commande est : rien de plus, rien de
que ce qu'on trouve chez son hôte[1]. [moins,
Humilité a tellement grandi
76 qu'Orgueil sonne la retraite.
Orgueil s'en va, Dieu le confonde !
et Humilité s'avance.
Et maintenant il est bien juste
80 qu'une aussi grande dame ait de grandes maisons,
de beaux palais, de belles salles,
malgré toutes les mauvaises langues,
et celle de Rutebeuf tout le premier,
84 qui avait l'habitude de leur jeter le blâme.
Ne vaut-il pas mieux qu'Humilité
et la sainte Théologie
trônent dans un palais royal,
88 construit grâce aux aumônes et aux legs,
et à l'argent du meilleur roi
qui détestât jamais les troubles,
plutôt qu'on porte secours au pays
92 où les fous vont faire leurs folies,
Constantinople, la Romanie[2] ?
La sainte Église excommunie ?
Les Frères ont le pouvoir d'absoudre
96 Si l'excommunié a de quoi payer.
Pour mieux défendre Humilité,
dans le cas où Orgueil voudrait s'en prendre à elle,
les Frères ont fondé deux palais :
100 par la foi que je dois à l'âme de mon père,

---

dont disposent les Frères et celui qui manque pour secourir la Terre sainte dans la *Complainte de Constantinople* 43-54, 109-120, 142-144. La Romanie est l'empire latin de Constantinople. La ville elle-même avait été reprise aux empereurs latins par Michel Paléologue le 25 juillet 1261.

C'ele avoit leanz a mangier,
Ne sire Orguel ne son dangier
Ne priseroit vaillant .I. oef
104 Desa .VIII. mois, non desa nuef,
Ainz atendroit bien des le Liege
C'om li venist leveir le siege.
Or dient aucun mesdizant
108 Qui par le paÿs vont dizant
Que, se Dieux avoit le roi pris,
Par quoi il ont honeur et pris,
Mout seroit la choze changie
112 Et lor seignorie estrangie,
Et teiz lor fait or bele chiere
Qui pou auroit lor amor chiere,
Et teiz lor fait cemblant d'amour
116 Que ne le fait fors par cremour.
Et je respont a lor paroles
Et di qu'elx sont vainnes et voles.
Se li rois fait en eux s'aumoenne
120 Et il de ces biens lor aumoenne,
Et il en prennent, il font bien,
Car il ne sevent pas combien
Ne com longues ce puet dureir.
124 Li sages hom se doit mureir
Et garnir por crienme d'assaut.
Por ce vos di, se Diex me saut,
Qu'il n'en font de riens a blameir.
128 Ce hom lor fait cemblant d'ameir,
Il en seivent aucune choze.
Por ce ont si bien lor cort cloze
Et por ce font il ce qu'il font.
132 L'om dit : « Mauvais fondemens font » :
Por ce font il lor fondemens
En terre si parfondement,
Car, c'il estoit demain chaÿz *f. 12 v° 2*

---

* v. 107. *A* Or parlent a. — v. 110. *A* Par qui il — v. 130. *A* ont il si bien — v. 135. *A* cheus

pourvu qu'elle eût dedans de quoi manger,
Messire Orgueil et sa puissance
ne vaudraient à ses yeux un clou
104 pendant huit mois et même neuf,
et elle pourrait attendre qu'on vînt depuis Liège
la secourir et faire lever le siège.
Il y a certains médisants
108 qui par le pays vont disant
que, si Dieu avait rappelé à Lui le roi,
de qui ils tiennent leur haute position,
les choses seraient bien changées
112 et leur pouvoir mis à l'écart,
que tel leur fait aujourd'hui bon visage
qui de leur amitié ferait peu de cas,
et que tel feint de les aimer
114 qui ne le fait que par crainte.
Moi, je réponds à leurs propos
et dis qu'ils sont vains et en l'air.
S'ils bénéficient des aumônes du roi,
120 qu'il leur donne de ses biens
et qu'ils en prennent, ils font bien,
car ils ne savent pas combien
de temps cela va durer.
124 Le sage doit veiller à ses murailles
et à ses provisions, de crainte d'un assaut.
C'est pourquoi je vous dis, Dieu me protège !,
qu'ils ne font rien de blâmable.
128 Si on ne les aime qu'en apparence,
ils en savent bien quelque chose.
Voilà pourquoi ils ont si bien fermé leur cour
et ils agissent comme ils le font.
132 On dit : « Ils bâtissent sur des fondations mauvaises. »
Ils creusent leurs fondations
si profondément dans la terre
justement parce que, s'il arrivait demain

136 Et li rois Loÿs fust fenis,
Il se pencent bien tout l'afaire,
Que il auroient mout a faire
Ainz qu'il eüssent porchacié
140 Teil joel com il ont bracié.
Le bien preigne l'en quant hon puet,
C'om ne le prent pas quant hom wet.
Humiliteiz est si grant dame
144 Qu'ele ne crient home ne fame,
Et li Frere qui la maintiennent
Tout le roiaume en lor main tiennent.
Les secreiz enserchent et quierent,
148 Partout s'embatent et se fierent.
S'om les lait entreir enz maisons,
Il i at trois bones raisons :
L'une, qu'il portent bone bouche,
152 Et chacuns doit douteir reprouche,
L'autre, c'om ne se doit amordre
A vileneir nule gent d'Ordre.
La tierce si est por l'abit
156 Ou hom cuide que Dieux habist,
Et si fait il, je n'en dout mie,
Ou ma pensee est m'anemie.
Par ces raisons et par mainte autre
160 Font il aleir lance sor fautre
Largesce desus Avarice,
Car trestoute la chars herice
Au mauvais qui les voit venir.
164 Tart li est qu'il puisse tenir

---

* v. 136. *A* feus — v. 151. *A* L'une est — v. 163. *C* qui le

---

1. Sur l'expression porter *bonne bouche*, voir F.-B, I, 310 et la discussion des exemples donnés par le T.-L. La traduction de Tobler, « avoir bonne réputation », est exclue par le contexte du *Jeu de la Feuillée* : si capricieuse que soit la fée Morgue, elle ne peut dire au v. 745 que Robert Sommeillon a bonne réputation après s'être plainte au v. 742 qu'il est partout méprisé. Mais le sens de « se taire, être discret » proposé pour le même passage par F.-B. en raison du contexte

136 que le roi Louis trépassât,
ils ont bien réfléchi à tout :
ils auraient beaucoup à faire
avant de retrouver
140 un trésor comme celui qu'ils brassent.
Il faut prendre son bien quand on peut,
car on ne le prend pas quand on veut.
Humilité est si grande dame
144 qu'elle ne craint homme ni femme,
et les Frères qui la protègent
tiennent tout le royaume dans leurs mains.
Ils fouillent et cherchent les secrets,
148 ils s'introduisent et s'installent partout.
Si on les laisse entrer dans les maisons,
il y a trois bonnes raisons :
l'une est qu'ils ne sont pas du tout mauvaises langues[1] ;
152 or chacun doit craindre les reproches.
L'autre est qu'on ne doit se laisser aller
à traiter sans égards aucun religieux.
La troisième est à cause de leur habit,
156 sous lequel, croit-on, Dieu habite,
et c'est vrai, je n'en doute pas,
ou ma pensée me trompe moi-même.
Grâce à ces raisons et grâce à bien d'autres,
160 ils font donner, lance en arrêt,
Largesse contre Avarice,
car il est hérissé de peur,
le méchant qui les voit venir.
164 Il s'empresse de trouver

(Robert Sommeillon est dit au v. 744 « peu parliers et cois et chelans ») n'est pas réellement satisfaisant : pourquoi les deux vers seraient-ils redondants ? D'autre part F.-B. suggère avec prudence que l'expression pourrait signifier chez Rutebeuf « ils font les bonnes réputations ». Nous proposerions plutôt le sens d'« être bienveillant, ne pas être médisant », qui convient aussi bien dans le contexte de notre poème (entendu par antiphrase) que dans les deux autres exemples du T.-L. C'est d'ailleurs lui qui est retenu par Cl. Buridant et J. Trotin dans leur traduction du *Jeu de la Feuillée* (Paris, Champion, 1972) ainsi que par P.-Y. Badel, Adam de la Halle, *Œuvres complètes* (Paris, « Lettres gothiques », 1995).

Choze qui lor soit bone et bele,
Car il seivent mainte novele.
Si lor fait cil et joie et feste
168 Por ce qu'il ce doute d'enqueste,
Et font teil tenir a proudoume
Qui ne tient pas la loi de Roume. *f. 13 r° 1*
Ensi font large de l'aveir,
172 De teil qu'il devroient laveir
Le don qu'il resoivent de lui,
Li Frere ne doutent nelui,
Ce puet on bien jureir et dire.
176 De Debonaireté et d'Ire
Orroiz le poigneÿs morteil.
Mais en l'estor il ot mort teil
Dont damages fu de sa mort.
180 La mors, qui a mordre s'amort,
Qui n'espairgne ne blanc ne noir,
Mena celui a son manoir ;
Si n'estoit pas mout anciens,
184 Et ot non maistre Crestiens.
Maistres ert de devinetei :
Pou verroiz mais devin iteil.
Debonaireteiz et dame Ire,
188 Qui souvent a mestier de mire,
Vindrent, lor gens toutes rangies,
L'une des autres estrangies,
Devant l'apostoile Alixandre
192 Por droit oïr et por droit prandre.
Li Freire Jacobin i furent
Por oïr droit, si com il durent,
Et Guillaumes de Saint Amour,
196 Car il avoient fait clamour
De ces sermons, de ces paroles.
Car m'est avis que l'apostoles
Banni ice maistre Guillaume

* v. 168. *C* doutent — v. 170. *A* ne croit pas — v. 178. *C* en l'estac — v. 198. *A* Si m'est avis

1. Chrétien de Beauvais. **2.** Il s'agit du procès d'oc-

quelque chose qui leur soit agréable,
car ils en savent long.
Il leur fait donc fête,
168 parce qu'il craint leur enquête :
ils peuvent faire passer pour un homme de bien
tel qui n'observe pas la loi de l'Église.
C'est ainsi qu'ils rendent généreux tel avare,
172 dont l'argent qu'ils en reçoivent
devrait être blanchi.
Les Frères ne redoutent personne,
on peut l'affirmer sous serment.
176 Vous allez entendre le combat mortel
de Bienveillance et de Colère.
L'affrontement fit un tué
dont la mort fut une grand perte.
180 La mort, qui s'acharne à mordre,
qui n'épargne ni blanc ni noir,
le conduisit à son manoir ;
il n'était pourtant pas très vieux.
184 Il s'appelait maître Chrétien[1].
Il était maître en théologie :
on ne verra plus guère un tel théologien.
Bienveillance et dame Colère,
188 qui a souvent besoin d'un médecin,
vinrent, leurs gens rangés en bataille,
face à face et séparés,
devant le pape Alexandre
192 pour entendre le droit et obtenir justice[2].
Les Frères Jacobins y étaient
pour entendre le droit, comme de juste,
ainsi que Guillaume de Saint-Amour,
196 car ils avaient porté plainte
contre ses sermons et contre ses propos[3].
J'ai l'impression que le pape
bannit maître Guillaume

---

tobre 1256. **3.** Guillaume de Saint-Amour avait été cité en cour de Rome par les Dominicains à cause de six de ses sermons et de propos tenus en diverses occasions.

200 D'autrui terre et d'autrui roiaume.
C'il a partout teil aventage,
Baron i ont honte et damage,
Qu'ensi n'ont il riens en lor terre,
204 Qui la veritei wet enquerre.
Or dient mult de bone gent, *f. 13 r° 2*
Cui il ne fu ne bel ne gent
Qu'il fu baniz, c'om li fit tort.
208 Mais se sachent et droit et tort
C'om puet bien trop dire de voir :
Bien le poeiz aparsouvoir
Par cestui qui en fu baniz.
212 Et si ne fu mie feniz
Li plaiz, ainz dura puis grant piece.
Car la cours, qui fait et depiece,
Nuit Guillaume de Saint Amour
216 [Et] par priere et par cremour.
Cil de court font bien ce qu'il font,
Car il font ce qu'autre defont,
Et si deffont ce qu'autres fait :
220 Ainsi n'auront il jamais fait.

Explicit.

---

* v. 200. *A* et d'autre r. — v. 207. *A* fust b. ; li fist — v. 216. *A* Et par priere, *C* Et *mq*. — v. 217. *A* Cil de cort ne sevent qu'il font — v. 218. *C* Quar il defont ce qu'autre font — *A* Explicit la bataille des vices contre les vertuz.

200 de la terre et du royaume d'autrui.
S'il a partout ce privilège,
c'est une humiliation et un tort fait aux princes,
car ils n'ont ainsi aucun pouvoir chez eux,
204 si l'on regarde les choses en face[1].
À présent beaucoup d'honnêtes gens,
mécontents de son bannissement,
disent qu'on lui a fait tort.
208 Du moins que tous sachent, qu'ils soient droits ou tors,
que toute vérité n'est pas bonne à dire[2] :
il vous en apporte la preuve,
lui qui fut pour cela banni.
212 Et cela ne mit pas fin
à la dispute : elle dura longtemps encore.
Car la cour de Rome, qui construit et démolit,
a fait du tort à Guillaume de Saint-Amour
216 en cédant aux pressions et à la peur.
Les gens de cette cour font bien ce qu'ils font,
car ils font ce que les autres défont
et ils défont ce qu'un autre a fait[3].
220 Ainsi ils n'auront jamais fini.

---

1. Cf. *Dit de Guillaume* 17-20. **2.** Proverbe (Morawski 175 : « Aucune fois voir dire nuit »). **3.** Les Frères, qui avaient perdu en 1254 sous le pontificat d'Innocent IV, l'emportent en 1256 sous celui d'Alexandre IV.

LE DIT DES JACOBINS

Faute d'indice précis, on peut admettre avec F.-B. (I, 314) que ce poème est de peu postérieur au Dit de la mensonge *et réutilise certaines de ses idées : parallèle entre les vices et les vertus, allusion aux bâtiments gigantesques édifiés par les Mendiants (v. 27-28). Dufeil est du même avis (1981, p. 284). Il le place donc lui aussi en 1260 et, soupçonnant qu'il ne s'agit peut-être pas d'une œuvre de commande, y voit le « doublet privé » du* Dit du mensonge.

Manuscrits : A, f. 306 v° ; *B*, f. 65 r° ; *C*, f. 3 v°. *Texte de C.*
* *Titre : A* Des Jacobins, *B* Le dist des Jacopins

CI ENCOUMENCE LI DIS DES JACOBINS

I

Signour, moult me merveil que ciz siecles devient
Et de ceste merveille trop souvent me souvient,

Si que en mervillant a force me couvient
4 Faire un dit mervilleux qui de merveilles vient.

II

Orgueulz et Covoitise, Avarice et Envie
Ont bien lor enviaux sor cex qu'or sont en vie.
Bien voient envieux que lor est la renvie,
8 Car Chariteiz s'en va et Largesce devie.

III

Humiliteiz n'est mais en cest siecle terrestre
Puis qu'ele n'est en cex ou ele deüst estre.
Cil qui onques n'amerent son estat ne son estre
12 Bien croi que de legier la meront a senestre.

IV

Se cil amessent Pais, Pacience et Acorde
Qui font semblant d'ameir Foi et Misericorde,

---

* v. 6. *B* bien fet lor aviaus sor ; *AB* qui sont — v. 12. *AB* Bien sai q. de l. la metront. *La graphie* meront *de C est nécessaire pour faire apparaître le jeu de mots* : Cil qui onques n'amerent... la meront

---

1. La traduction conserve les images fondées sur le vocabulaire

LE DIT DES JACOBINS

I

Seigneurs, le monde va d'un train qui m'étonne
[beaucoup :
cet étonnement me vient si souvent à l'esprit
qu'à force d'être étonné, je ne puis m'empêcher
4 de faire un dit étonnant, fruit de mes étonnements.

II

Orgueil et Convoitise, Avarice et Envie
raflent la mise aux dépens de qui vit de nos jours.
Les envieux voient bien qu'ils peuvent doubler l'enjeu[1],
8 car Charité s'en va, Générosité meurt.

III

Humilité n'est plus nulle part en ce bas monde,
puisqu'elle n'est pas en ceux où elle devrait être.
Quant à ceux qui jamais n'aimèrent ses façons,
12 ils la mettront de côté, je crois, d'un cœur léger.

IV

S'ils aimaient Paix, Patience, Accord né des bons
[comptes[2],
ceux qui ont l'air d'aimer Foi et Miséricorde,

---

du jeu, mais non les homophonies : *enviaux, en vie, envieux, renvie.* Sur *enviaux* et *renvie*, voir *Griesche d'Hiver* v. 43 et 47, et *Repentance Ruteb.* v. 84 et n. 3, p. 339. **2.** Le jeu sur la paronomase du couple *acorde / descorde* et du verbe *recorder* (raconter) n'a pu être que partiellement sauvé dans la traduction, et encore au prix d'une périphrase peu naturelle et d'un allongement.

Je ne recordasse hui / ne descort ne descorde. *f. 4 r° 1*
16 Mais je wel recordeir ce que chacuns recorde.

V

Quant Frere Jacobin vinrrent premiers el monde,
S'estoient par cemblant et pur et net et monde.
Grant piece ont or estei si com l'iaue parfonde
20 Qui sans corre tornoie entour a la reonde.

VI

Premiers ne demanderent c'un pou de repostaille
Atout un pou d'estrain ou de chaume ou de paille.
Le non Dieu sarmonoient a la povre pietaille
24 Mais or n'ont mais que faire d'oume qui a pié aille.

VII

Tant ont eüz deniers et de clers et de lais
Et d'execucions, d'aumoennes et de lais,
Que des baces maisons ont fait si grans palais
28 C'uns hom, lance sor fautre, i feroit un eslais.

VIII

Ne vont pas aprés Dieu teil genz le droit sentier.
Ainz Dieux ne vout avoir tounel sor son chantier
Ne denier l'un sor l'autre ne blei ne pain entier,
32 Et cil sont changeor qui vindrent avant ier.

---

* v. 19. *B* si... parfonde *mq.*

je ne conterais aujourd'hui désaccord ni discorde,
16 mais je veux conter ce que chacun conte.

V

Quand les frères Jacobins firent leur entrée dans ce monde,
d'apparence ils étaient purs, propres, nullement
[immondes[1].
Ils sont restés longtemps pareils à l'eau profonde
20 qui ne court pas, mais tourbillonne en rond.

VI

D'abord ils n'ont demandé qu'un petit coin tranquille
avec un peu de foin, ou de chaume, ou de paille,
ils prêchaient le nom de Dieu aux pauvres, à la piétaille.
24 Désormais ils n'ont que faire d'homme qui à pied aille.

VII

Ils ont reçu tant de deniers des clercs et des laïcs,
tant de charges d'exécuteur testamentaire, d'aumônes
[et de legs,
que de leurs humbles maisons ils ont fait de grands palais :
28 on pourrait y charger au galop, lance en arrêt.

VIII

Ces gens ne suivent pas le droit chemin sur les pas de Dieu.
Dieu n'a voulu avoir ni tonneau mis en perce,
ni deux deniers ensemble, ni blé, ni tout un pain.
32 Et eux, arrivés avant-hier, sont riches comme des banquiers.

---

1. L'adjectif *monde* ayant disparu du français moderne, on a dû, pour garder une trace de la rime équivoque, avoir recours à son contraire, *immonde*, qui a subsisté.

IX

Je ne di pas se soient / li Frere Prescheeur, *f. 4 r° 2*
Ansois sont une gent qui sont boen pescheeur,
Qui prennent teil peisson dont il sunt mangeeur.
36 L'en dit : « Licherres leche », mais il sont mordeeur.

X

Por l'amor Jhesu Crist laisserent la chemise
Et prirent povretei qu'a l'Ordre estoit promise.
Mais il ont povretei glozee en autre guise :
40 Humilitei sarmonent qu'il ont en terre mise.

XI

Je croi bien des preudomes i ait a grant plantei,
Mais cil ne sont oÿ fors tant qu'il ont chantei.
Car tant i at Orguel des orguilleux antei
44 Que li preudome en sont sorpris et enchantei.

XII

Honiz soit qui jamais croirat por nulle chouze
Que desouz povre abit n'ait mauvistié enclouze.
Car teiz vest rude robe ou felons cuers repouze :
48 Li roziers est poignans et c'est soeiz la roze.

---

* v. 38. *AB* povreté car l'o. — v. 46. *AB* simple abit — v. 47. *B* riche robe ou mauvés c.

---

1. *Lecheor*, toujours employé au sens figuré, signifie « gourmand », ou désigne d'une façon générale celui qui se laisse gouver-

IX

Je ne les appelle pas les frères Prêcheurs,
mais des gens qui sont de bons pêcheurs :
ils prennent des poissons qu'ils savent bien manger.
36 On dit : « Le gourmand alléché lèche », mais eux,
[ils mordent[1].

X

Pour l'amour du Christ ils ont quitté leur chemise,
revêtu pauvreté, dévolue à leur ordre.
Mais ils ont glosé la pauvreté autrement.
40 Ils prêchent Humilité, et ils l'ont enterrée.

XI

Je suis sûr que dans l'Ordre les hommes de bien pullulent,
mais on ne les entend qu'autant qu'ils ont chanté.
Car Orgueil a greffé là-dessus tant d'orgueilleux
44 que les hommes de bien se sont laissé prendre à leurs
[artifices.

XII

Honte à qui croira jamais, quelles que soient ses raisons,
que sous un pauvre habit la méchanceté ne peut se cacher.
Tel vêt une robe grossière, dont le cœur est pervers.
48 Le rosier est piquant, si douce soit la rose.

---

ner par les plaisirs des sens. Mais le verbe *lecher* a aussi – et même d'abord – le sens littéral qui est le sien aujourd'hui. Rutebeuf joue de cette double signification, en associant d'abord *lecher* à *lecheor*, puis en l'opposant à *mordre*. Il fait du même coup allusion au jeu de mots bien connu : *Dominicani, Domini canes* (les Dominicains, chiens de garde du Seigneur).

XIII

Il n'at en tout cest mont ne bougre ne herite
Ne fort popelikant, waudois ne sodomite,
Se il vestoit l'abit / ou papelart habite, *f. 4 v° 1*
52 C'om ne lou tenist jai a saint ou a hermite.

XIV

Ha ! las ! con vanrront or tart a la repentance,
S'entre cuer et abit a point de differance !
Faire lor convanrrat trop dure penitance.
56 Trop par aimme le siecle qui par ce s'i avance.

XV

Diviniteiz, qui est science esperitauble,
Ont il tornei le doz, et s'en font connestauble.
Chacuns cuide estre apostres quant il siet a la tauble,
60 Mais Diex pout ces apostres de vie plus metauble.

---

* v. 51. *A* s'abite, *C* habitent — v. 53-56. *B mq.* — v. 53. *A* Hé Diex — v. 54. *A* dessevrance — v. 56. *C* su ci avance — v. 57. *B* Humilitez — v. 58. *AC* s'en sont, *B* s'en font — v. 59. *AB* quant il sont a

---

1. Les *bougres* (Bulgares) sont les albigeois, ou cathares, que l'on appelait ainsi parce que leur hérésie dualiste venait d'Europe orientale et était apparentée à celle des Bogomils (cf. chron. ann. 1223, cit. par Du Cange : Philippe Aug. *envoia son fils en Albigeois pour destruire l'heresie des Bougres du pays*). Le mot *poplicani, populicani, publicani* (cf. *poplican*), dérivé par contaminations de *Pauliciani* (disciples de Paul de Samosate), désigne

XIII

Il n'est dans le monde entier cathare ni hérétique,
poplicain endurci, vaudois ni sodomite[1],
qui, s'il vêtait l'habit qui couvre les papelards[2],
52 ne fût alors tenu pour un saint ou un ermite.

XIV

Hélas ! c'est trop tard qu'ils se repentiront
si leur cœur diffère tant soit peu de l'habit qu'ils portent !
Il leur faudra accomplir une pénitence très dure.
56 Il faut vraiment aimer ce monde pour y faire son
[chemin à ce prix.

XV

À la théologie, science toute spirituelle,
ils ont tourné le dos, eux qui s'en prétendent les rois.
Chacun croit être apôtre quand il est assis à table,
60 mais Dieu paît ses apôtres d'une vie plus convenable.

---

d'une façon générale les manichéens, mais s'applique lui aussi le plus souvent aux cathares. Les *vaudois* sont les disciples de Pierre Valdo (vers 1140-vers 1217), marchand lyonnais fondateur d'un mouvement de pauvreté évangélique bientôt rejeté hors de l'Église et qui a dérivé vers l'hérésie. La sodomie, durement condamnée, malgré la tolérance pour les amitiés adolescentes, était passible des mêmes peines que l'hérésie, et les hérétiques étaient souvent taxés de ce vice. Le piquant de la supposition de Rutebeuf dans cette strophe vient de ce que les Dominicains, fondés pour lutter contre l'hérésie, étaient officiellement en charge de cette mission, et particulièrement de l'Inquisition. **2.** Sur ce mot, voir *Chansons des Ordres*, n. 1, p. 443.

XVI

Cil Diex qui par sa mort vout le mort d'enfer mordre
Me welle, c'il li plait, a son amors amordre.
Bien sai qu'est granz corone, mais je ne sait qu'est
[Ordre,
64 Car il font trop de chozes qui mout font a remordre.

Explicit.

---

* v. 61. *AB* volt la mort — v. 62. *AB* amors, *C* amour — *AB* Explicit des Jacobins.

---

1. La leçon *amors* (amorce) paraît préférable à *amour*, donné

XVI

Que le Dieu qui par sa mort voulut mordre la mort
[de l'enfer
veuille, s'il lui plaît, me faire mordre à son amorce[1].
Je sais bien ce qu'est une large tonsure, mais je ne
[sais ce qu'est cet Ordre,
64 car ils font bien des choses qui sont à reprendre.

---

par *C*, qui est une *lectio facilior*. Mais il n'est pas exclu qu'*amors* ait joué d'une ambiguïté volontaire avec *amor*. Une fois de plus, la traduction ne sauve qu'imparfaitement les paronomases (*remordre* au v. 64).

LES ORDRES DE PARIS

Cette revue humoristique des Ordres installés dans Paris, ou à proximité immédiate comme les Chartreux et les Guillelmites par lesquels le poète termine, suit un ordre topographique, partant de la porte Saint-Antoine pour faire le tour de Paris dans le sens des aiguilles d'une montre. Cependant, les Trinitaires ne paraissent pas à leur place puisque, installés rive gauche, ils sont mentionnés entre les Filles Dieu (porte Saint-Denis) et le Val-des-Écoliers (retour à la porte Saint-Antoine). L'anomalie s'explique selon F.-B. (I, 321-322) par le fait qu'ils auraient possédé un établissement secondaire entre la porte Saint-Denis et la porte Barbette. L'installation de tous ces Ordres, par les soins de saint Louis pour la plupart d'entre eux, était chose faite avant 1263. F.-B. n'exclut pas que le poème soit un peu antérieur. C'est aussi l'avis de Dufeil (1972, p. 321), qui se fonde en particulier sur le fait que les constructions des Trinitaires ne sont pas achevées (v. 129), et qui date le poème de la fin de 1260 ou de 1261. L'animosité très vive à l'égard du roi caractérise les pièces de cette période (Béguines, Renart le Bestourné).

Manuscrits : A, f. 181 r° ; *B*, f. 66 v° ; *C*, f. 1 r°. *Texte de C.*
* Titre : *AB* Les ordres de Paris. *Titre omis dans C.*

LES ORDRES DE PARIS

I

En non de Dieu l'esperité *f. 1 r° 1*
Qui troibles est en unité,
Puissé je commancier a dire
Ce que mes cuers m'a endité !
Et ce je di la verité,
6 Nuns ne m'en doit tenir a pire.
J'ai coumencié ma matire
Sur çest siecle qu'adés empire
Ou refroidier voi charité.
Ausi s'en vont sans avoir mire
La ou li diables les tire
12 Qui Dieu en a deserité.

II

Par maint samblant, par mainte guisse
Font cil qui n'ont ouvraingne aprise
Par qu'il puissent avoir chevance.
Li un vestent coutelle grise
Et li autre vont sans chemise,
18 Si font savoir lor penitance.
Li autre par fauce samblance
Sont signor de Paris en France,
Si ont ja la cité pourprise.
Diex gart Paris de mescheance,
Si la gart de fauce creance,
24 Qu'ele n'a garde d'estre prise !

---

* v. 23. *B* Qui le gart

---

1. *Et quoniam abundavit iniquitas, refrigescet caritas multorum*, « Par suite de l'iniquité croissante, l'amour se refroidira chez le

LES ORDRES DE PARIS

I

Au nom du Dieu spirituel,
triple dans son unité,
puissé-je commencer à dire
ce que mon cœur me dicte !
Et si je dis la vérité,
6 nul ne doit moins m'en estimer.
Mon sujet, le voici :
ce monde, qui ne cesse d'empirer.
J'y vois refroidir la charité[1].
Les hommes s'en vont sans médecin des âmes
là où les entraîne le diable
12 qui détourne l'héritage de Dieu.

II

Sous maints déguisements et de maintes manières
ceux qui n'ont appris aucun métier
font en sorte de gagner leur vie :
les uns revêtent un froc gris,
les autres vont sans chemise
18 et font bien savoir qu'ils se mortifient.
Les autres par leur apparence trompeuse
sont les maîtres de Paris en France,
ils ont déjà investi la cité.
Que Dieu garde Paris du malheur,
qu'il la garde des croyances mensongères,
24 car elle n'a garde d'être prise !

---

grand nombre » (Matth. 24, 12). Cette parole du Christ, dans un passage où il annonce l'approche des temps derniers, est souvent citée par les adversaires des Mendiants, en particulier par Guillaume de Saint-Amour lui-même dans le *De Periculis*.

III

Li Barré sont prés des Beguines :
.IX.XX. en ont a lor voisines.
Ne lor faut que passer la porte,
Que par auctorités devines,
Par essamples et par doctrines
30 Que li uns d'aus a l'autre porte,
N'ont povoir d'aler voie torte.
Honeste vie les desporte
Par jeünes, par deceplines,
Et li uns d'aus l'autre conforte.
Qui tel vie a, ne s'en ressorte,
36 Quar il n'a pas gité sans sines. *f. 1 r° 2*

IV

L'Ordre as Beguines est legiere,
Si vous dirai en quel maniere :
L'en s'en ist bien pour mari prendre.
D'autre part qui baisse la chiere
Et a robe large et pleniere,
42 Si est beguine sans li randre.
Si ne lor puet on pas deffandre
Qu'eles n'aient de la char tandre.
S'eles ont .I. pou de fumiere,
Se Diex lor vouloit pour ce randre
La joie qui est sans fin prandre,
48 Sains Lorans l'achata trop chiere.

---

* v. 36. *AC* signes, *B* sines — v. 42. *AB* sanz li rendre, *C* pour l. r.

---

1. Les Carmes, surnommés Barrés à cause des rayures de leurs chapes, sont à Paris depuis 1254 et s'installent en 1260 près des Béguines, sur la paroisse Saint-Paul. **2.** *Sines*, « le nombre six ». Mot à mot : ils n'ont pas geté les dés sans amener le six. **3.** Les Béguines vivaient dans le monde et ne prononçaient pas de vœux. Elles étaient dans la mouvance spirituelle des Domi-

III

Les Barrés sont près des Béguines[1],
ils en ont cent quatre-vingts pour voisines :
ils n'ont qu'à passer la porte :
les textes doctrinaux,
les exemples, les enseignements
30 dont ils se font part mutuellement
les empêchent de s'écarter du droit chemin.
Ils passent leur temps bien convenablement,
en jeûnant, en s'infligeant la discipline,
et ils se réconfortent mutuellement.
Qui mène une telle vie, qu'il n'y renonce pas,
36 car il a tiré le numéro gagnant[2] !

IV

L'Ordre des Béguines est léger[3],
je vais vous dire de quelle manière :
on peut bien en sortir pour se marier.
D'un autre côté, qui baisse le visage
et porte une robe bien ample
42 se trouve béguine du coup sans prononcer de vœux.
Et on ne peut leur défendre
d'avoir de la viande bien tendre.
Si, parce qu'elles ont quelques ardeurs,
Dieu veut leur faire don
de la joie sans fin,
48 saint Laurent l'a achetée trop cher[4].

---

nicains. Voir *Chanson des Ordres* 55-60, *Règles* 154-174, *Béguines, Vie du Monde* 11 (F.-B. I, p. 406, v. 166-9). Leur maison se trouvait, comme celle des Barrés, sur la paroisse Saint-Paul. **4.** La fumée (*fumiere*) est celle que dégage le feu du désir amoureux qui embrase les Béguines (F.-B. I, 324). Si brûler d'un tel feu suffit pour gagner le Paradis, saint Laurent, qui, comme chacun sait, fut rôti sur un gril, a payé son salut trop cher. Cf. L'ambiguïté de la « chair tendre » au v. 44.

V

Li Jacobin sont si preudoume
Qu'il ont Paris et si ont Roume,
Et si sont roi et apostole,
Et de l'avoir ont il grant soume.
Et qui se muert, se il nes noume
54 Pour executeurs, s'ame est fole.
Et sont apostre par parole :
Buer fut tes gens mise a escole.
Nus n'en dit voir c'on ne l'asoume :
Lor haïne n'est pas frivole.
Je, qui redout ma teste fole,
60 Ne vous di plus, mais qu'il sont houme.

VI

Se li Cordelier pour la corde
Pueent avoir la Dieu acorde,
Buer sont de la corde encordé.
La Dame de Misericorde,
Ce dient il, a eus s'acorde,
66 Dont ja ne seront descordé.
Mais l'en m'a dit et recordé
Que tes montre au disne cors Dé
Semblant d'amour, qui s'en descorde.
N'a pas granment que concordé

---

* v. 54. *AB* s'ame afole. — v. 56. *A* Bon, *BC* Buer

---

1. Le couvent des Dominicains se trouvait depuis 1259 immédiatement au sud de la Sorbonne actuelle, entre la rue Cujas et la rue Soufflot. **2.** Les Jacobins ont été « mis à l'école » dans le double sens qu'ils ont reçu de l'instruction et qu'ils ont été placés dans les écoles pour y enseigner. *Mar* signifie que l'action exprimée par le prédicat a mal tourné – ou tournera mal – pour le sujet,

V

Les Jacobins[1] sont de tels hommes de bien
qu'ils ont Paris et qu'ils ont Rome,
qu'ils sont le roi, qu'ils sont le pape,
et ont de l'argent en quantité.
Et qui en mourant ne les nomme
54 pour exécuteurs testamentaires, son âme est perdue.
À les entendre, ce sont des apôtres :
une chance que de telles gens aient été mis à l'école[2] !
Nul ne dit vrai sur eux qu'on ne l'assomme :
leur haine n'est pas frivole.
Pour moi, qui me défie de ma langue trop vive,
60 je ne vous en dis pas plus que cela : ce sont des hommes.

VI

Si les Cordeliers[3] grâce à la corde
peuvent avoir l'accord de Dieu,
chance pour eux d'être de la corde encordés !
La Dame de Miséricorde,
disent-ils, avec eux s'accorde,
66 il n'y aura avec elle jamais de désaccord.
Mais on m'a dit et raconté
que tel fait au digne Corps de Dieu
des démonstrations d'amour sans l'accord de son cœur.
Récemment fut par l'un d'eux concocté

---

contrairement à son attente (Bernard Cerquiglini, *La Parole Médiévale*, Paris, 1981, p. 203-45). *Buer* a la valeur inverse. Toutefois, il semble y avoir dans ce vers une ambiguïté plaisante : dans la réalité, le fait d'être « mis à l'école » a eu des conséquences heureuses pour les Jacobins ; mais eux-mêmes prétendent que les conséquences heureuses sont pour les fidèles, proposition qui, reprise par le poète, ne peut être entendue que par antiphrase. **3.** Les Franciscains étaient installés depuis 1239 sur l'emplacement de l'actuelle rue de l'École-de-Médecine.

Fu par un d'aux et acordei *f. 1 v° 1*
72 Uns livres dont je me descorde.

VII

L'Ordre des Sas est povre et nue,
Et si par est si tart venue
Qu'a envis seront soustenu.
Se Dex ot teil robe vestue
Com il portent parmi la rue,
78 Bien ont son abit retenu.
De ce lor est bien avenu.
Par un home sont maintenu :
Tant com il vivra, Dex aiüe !
Se Mors le fait de vie nu,
Voisent lai dont il sont venu,
84 Si voist chacuns a la charrue.

VIII

Li rois a mis en .I. repaire
(Mais ne sai pas bien pour quoi faire)
Trois cens aveugles route a route.
Parmi Paris en va trois paire,
Toute jour ne finent de braire :
90 « Au .III. cens qui ne voient goute ! »
Li uns sache, li autres boute,

---

* v. 71. *AB* par .II. d'aus ; *B* et recordé — v. 74. *A* Ensi par — v. 75. *A* Qu'a paines, *B* Que enviz — v. 80. *B* Par .II. home ; *AB* soustenu — v. 82. *A* mu — v. 84. *B répète à la place de ce vers le vers 81.* — v. 86. *AB* Mais je ne sai pas *(B* sai pas *mq.)*

---

1. Ce livre est l'introduction (*Introductorius*) de Gérard de Borgo San Donnino à la *Concordia Veteris et Novi Testamenti* de Joachim de Flore. **2.** Les Frères de la Pénitence de Jésus-Christ, dont la règle était très austère, étaient surnommés Sachets, car ils

et composé en concordance
72 un livre avec lequel je suis en désaccord[1].

VII

L'Ordre des Sachets est pauvre et nu[2].
Ils sont si tard venus
qu'ils survivront difficilement[3].
Si Dieu a revêtu un costume
pareil à celui qu'ils portent dans la rue,
78 ils se sont très bien souvenus de son habit.
Cela leur a réussi :
un homme les soutient[4].
Tant qu'il vivra, à la grâce de Dieu !
Si la Mort le dépouille de la vie,
qu'ils retournent d'où ils viennent :
84 chacun à sa charrue.

VIII

Le roi a réuni dans une même maison
(mais je ne sais pas bien pour quoi faire)
trois cents aveugles en rang d'oignons[5].
Ils vont dans Paris trois par trois,
toute la journée ils ne cessent de crier :
90 « Pour les trois cents qui ne voient goutte ! »
L'un tire, l'autre pousse,

étaient vêtus d'un sac. Déjà à Paris en 1258, ils s'installent en 1261 rive gauche, près de l'actuel Pont-Neuf. **3.** Le v. 75 présente, dans le texte de *BC* (*qu'a envis* vs *A qu'a paines*), une ambiguïté que la traduction ne peut pas rendre. Rutebeuf joue en effet du double sens à la fois d'*envis* (« difficilement » et « de mauvais gré ») et de *soustenu* (« maintenus en vie » et « supportés »). Le vers peut signifier soit « qu'ils survivront difficilement » soit « qu'on les supportera de mauvais gré ». **4.** Le roi saint Louis. **5.** L'institution des Quinze-Vingts, fondée par le roi, existait au moins depuis le printemps 1260. La maison se trouvait à l'angle des actuelles rues Saint-Honoré et de Rohan.

Si se donent mainte sacoute,
Qu'il n'i at nul qui lor esclaire.
Se fex i prent, se n'est pas doute,
L'Ordre sera brullee toute :
96 S'aura li rois plus a refaire.

IX

Diex a non de filles avoir,
Mais je ne puis oncques savoir
Que Dieux eüst fame en sa vie.
Se vos creez mensonge a voir
Et la folie pour savoir,
102 De ce vos quit je ma partie.
Je di que Ordre n'est ce mie,
Ains est baras et tricherie
Por la fole gent decevoir.
Hui i vint, demain se marie.
[Le lingnage sainte Marie]
108 Est hui plus grant qu'il n'iere arsoir. *f. 1 v° 2*

X

Li rois a filles a plantei,
Et s'en at si grant parentei
Qu'il n'est nuns qui l'osast atendre.
France n'est pas en orfentei !
Se Diex me doint boenne santei,
114 Ja ne li covient terre rendre
Pour paour de l'autre deffendre,

---

* v. 98. *B* ne soi onques de voir — v. 106. *A* Hui vienent — v. 107. *C mq.* — v. 111. *AB* Que nus ne l'oseroit — v. 114. *B* nel covenist ; *A* vendre

---

1. La plaisanterie porte sur le double sens d'*esclaire*, « éclairer » et « allumer » – et non pas en l'occurrence « faire des

ils se donnent mainte bourrade,
car il n'y a personne pour leur donner de la lumière.
Si le feu y prend, cela ne fait pas de doute,
l'Ordre brûlera complètement[1] :
96 Le roi aura plus à refaire.

IX

On dit que Dieu a des filles[2],
mais je n'avais jamais su
que Dieu dans sa vie avait eu une femme.
Si vous tenez le mensonge pour vrai
et la folie pour sagesse,
102 je laisse tomber.
Moi je dis que ce n'est pas un Ordre,
mais une escroquerie, une supercherie
pour tromper les sots.
On y est arrivé aujourd'hui, demain on se marie :
la descendance de sainte Marie
108 est plus nombreuse aujourd'hui qu'hier soir.

X

Le roi a des filles en quantité
et une parenté si nombreuse
que nul n'oserait lui tenir tête.
La France n'est pas dépeuplée !
Que Dieu me garde en santé,
114 il n'a pas besoin de rendre une part de ses terres
par peur de devoir défendre le reste[3],

éclairs », comme le dit F.-B. **2.** Les Filles-Dieu étaient protégées par saint Louis, qui, aux dires de Joinville, avait « fait faire » leur maison – celle-ci existait dès 1232 – et leur versait une rente. Elles étaient installées près de la porte Saint-Denis. Il ne semble pas que les Filles du Roi mentionnées à la strophe suivante soit un ordre différent des Filles-Dieu (F.-B. I, 327). **3.** F.-B. édite la leçon de *A* – *vendre* vs *BC rendre* – et commente :

Car li rois des filles engendre,
Et ces filles refont auteil.
Ordres le truevent Alixandre,
Si qu'aprés ce qu'il sera cendre
120 Serat de lui .C. ans chantei.

XI

La Trinitei pas ne despris :
De quanqu'il ont l'annee pris
Envoient le tiers a mesure :
Outre mer raembre les pris.
Ce ce font que j'en ai apris,
126 Ci at charitei nete et pure.
Ne sa[i] c'il partent a droiture :
Je voi desai les poumiax luire
Des manoirs qu'il ont entrepris.
C'il font de la teil fornesture,
Bien oeuvrent selonc l'Escriture,
132 Si n'en doivent estre repris.

XII

Li Vaux des Escoliers m'enchante,
Qui quierent pain et si ont rante,
Et vont a chevaul et a pié.

« Comme les croisés vendant leurs terres pour financer leur expédition – *l'autre* (terre), "la Terre sainte" ». Mais dans cette hypothèse, *pour paor* se laisse difficilement expliquer. La leçon *rendre* donne un sens beaucoup plus satisfaisant, et qui confirme en outre la datation du poème. Au traité de Paris en 1259, saint Louis avait *rendu* au roi d'Angleterre, pour préserver la paix future, les provinces qu'il avait conquises sur lui et dont il était en droit de revendiquer la possession. C'est probablement à ce geste que Rutebeuf fait allusion, en l'attribuant avec malveillance à la lâcheté.

---

* v. 118. *A* Ordre l'apelent — v. 121-132. *B mq.* — v. 122. *A* De ce c'ont aüné et pris — v. 134. *B* Il q.

car le roi engendre des filles,
et ses filles en font autant.
Les Ordres trouvent en lui un Alexandre[1],
si bien que lorsqu'il sera retourné en cendre
120 on chantera ses louanges pendant cent ans.

XI

Les Frères de la Trinité, je ne les méprise pas[2] :
de tout ce qu'ils ont récolté pendant l'année,
ils envoient exactement le tiers
outre-mer racheter les captifs.
S'ils font ce que j'en ai appris,
126 c'est de la charité pure et sans mélange.
Je ne sais s'ils font le partage honnêtement :
de ce côté de la mer je vois luire le faîte
des maisons qu'ils ont fait construire.
Si de l'autre côté ils font les mêmes frais,
ils œuvrent vraiment selon l'Écriture
132 et ne méritent aucun reproche.

XII

Le Val des Écoliers me trouble la raison[3] :
ils mendient leur pain et ils ont des rentes,
ils vont à cheval et à pied.

---

1. Comprendre que le roi a envers les Ordres la générosité d'Alexandre. **2.** Les Frères de la Sainte-Trinité et des Captifs, fondés à la fin du XIIe siècle, s'étaient établis dans Paris en 1229 sur la paroisse Saint-Benoît, près des Thermes. En 1259, le roi leur avait donné de petites maisons dans le même quartier. **3.** Les Augustins du Val-des-Écoliers, établis à Paris avant 1229, se font construire cette année-là une maison et une église sur la paroisse Saint-Paul, près de la porte Saint-Antoine. En 1254, ils avaient un collège à l'université de Paris et prirent le parti des Frères dans la querelle universitaire.

L'Universitei, la dolante,
Qui se complaint et se demante,
138 Trueve en eux petit d'amistié,
Ce ele d'ex eüst pitié.
Mais il se sont bien aquitié
De ce que l'Escriture chante :
Quant om a mauvais respitié,
Trueve l'an puis l'anemistié,
144 Car li maux fruis est de male ante. *f. 2 r° 1*

XIII

Cil de Chartrouse sont bien sage,
Car il ont laissié le boschage
Por aprochier la bone vile.
Ici ne voi je point d'outrage :
Ce n'estoit pas lor eritage
150 D'estre toz jors en iteil pile.
Nostre creance tourne a guille,
Mensonge devient Ewangile,
Nuns n'est mais saus sans beguinage,
Preudons n'est creüz en concile
Nes que .II. genz contre .II. mile :
156 A ci doleur et grant damage.

---

* v. 137. *B* et se germante — v. 139. *A* S'a ele d'aus eü pitié, *B* eü d'aus — v. 144. *B* vient – *Il paraîtrait plus satisfaisant que les strophes XIII et XIV se succédassent dans l'ordre inverse. Mais ce n'est le cas dans aucun des trois manuscrits.*

---

1. *Sic omnis arbor bona fructus bonos facit, mala autem arbor malos fructus facit*, « Ainsi, tout arbre bon donne de bons fruits, tandis que l'arbre mauvais donne de mauvais fruits » (Matth. 7, 17)

L'Université, la malheureuse,
qui se plaint et se lamente,
138 trouve en eux peu d'amitié.
Pourtant, elle a eu pitié d'eux,
mais ils ont fait scrupuleusement
ce que l'Écriture chante :
quand on a épargné un méchant,
on ne trouve ensuite en lui qu'hostilité,
144 car le mauvais arbre produit de mauvais fruits[1].

XIII

Ceux de la Chartreuse[2] sont très sages,
car ils ont laissé la campagne
pour s'approcher de la bonne ville.
Je ne vois pas de mal à cela :
ce n'était pas leur lot
150 d'être toujours ainsi étouffés par la foule[3] !
Notre foi est tournée en tromperie,
le mensonge devient parole d'Évangile,
nul ne peut plus faire son salut sans béguinage,
un homme de bien n'est pas plus cru dans un concile
que l'avis de deux personnes ne l'emporte sur celui [de deux mille :
156 quelle douleur et quel malheur[4] !

La formule était passée en proverbe. D'autres proverbes exprimaient l'idée des v. 142-3, qui n'est pas empruntée à l'Écriture. **2.** Les Chartreux, fondés par saint Bruno en 1082, s'installent à Paris en mai 1259, date à laquelle le roi leur donne un terrain et une maison à Vauvert, sur l'emplacement actuel du Petit-Luxembourg. **3.** Rutebeuf parle évidemment par antiphrase. **4.** Les v. 151-6 sonnent comme une conclusion générale, et on intervertirait volontiers les strophes XIII et XIV, si leur ordre n'était garanti par les trois mss.

XIV

Tant com li Guillemin esturent
La ou li grant preudome furent
Ça en arrier comme rencluz,
Itant servirent Deu et crurent.
Mais maintenant qu'il se recrurent,
162 Si ne les dut on croire plus.
Issu s'en sunt comme conclus.
Or gart uns autres le renclus,
Qu'il en ont bien fait se qu'il durent.
De Paris sunt .I. pou ensus,
S'aprocheront de plus en plus :
168 C'est la raisons por qu'il s'esmurent.

---

* *A* Expliciunt les ordres de Paris ; B Explicit des ordres de Paris.

XIV

Tant que les Guillelmites[1] restèrent
là où les saints hommes vivaient
au temps jadis, en ermites,
ils servirent Dieu et crurent en lui.
Mais maintenant qu'ils s'en sont lassés,
162 on ne devrait plus avoir confiance en eux.
Ils sont partis de là comme des coupables.
Qu'un autre maintenant garde l'ermitage,
eux, ils ont bien fait ce qu'ils devaient !
Ils sont un peu à l'écart de Paris,
ils s'en approcheront de plus en plus :
168 c'est pour cela qu'ils se sont mis en route.

---

1. Les Guillelmites, ou Blancs-Manteaux, fondés au XIIe siècle, achètent en 1256 un terrain et une maison à Montrouge.

LE DIT DES BÉGUINES

Cette petite pièce vive et bien tournée a toute chance d'être à peu près contemporaine des Ordres de Paris *et des autres poèmes violemment hostiles à saint Louis, ce qui la place en 1260 ou 1261. Dufeil (1981, p. 284) est bien habile de pouvoir la dater précisément d'octobre 1260 !*

Manuscrits : B, f. 71 r° ; *C*, f. 84 v°. *Texte de C*
* Titre : *B* Des beguines

CI ENCOUMENCE LI DIZ DES BEGUINES *(f. 84 v° 2)*

I

En riens que Beguine die
N'entendeiz tuit se bien non :
Tot est de religion
Quanque hon trueve en sa vie.
5 Sa parole est prophetie,
S'ele rit, c'est compaignie,
S'el pleure, devocion,
S'ele dort, ele est ravie,
S'el songe, c'est vision,
10 S'ele ment, nou creeiz mie.

II

Se Beguine se marie,
S'est sa conversacions :
Ces veulz, sa prophecions
N'est pas a toute sa vie.
15 Cest an pleure et cest an prie,
Et cest an panrra baron.
Or est Marthe, or est Marie,
Or se garde, or se marie.
Mais n'en dites se bien non :
20 Li roix no sofferoit mie.

---

* v. 2. *B* tuit *mq.* — v. 12. *B* sa *mq.* — v. 17. *B* Or est mate — *B* Explicit des beguignes.

---

1. Lc. 10, 38-42. Traditionnellement, Marthe représente la vie

LE DIT DES BÉGUINES

I

Quoi que puisse dire une Béguine,
prenez le tous en bonne part :
tout est religion
de ce qu'on trouve dans sa vie.
5 Sa parole est prophétie,
si elle rit c'est pour être sociable,
si elle pleure, c'est par dévotion,
si elle dort, elle est en extase,
si elle songe, c'est une vision,
10 si elle ment, n'en croyez rien.

II

Si une Béguine se marie,
c'est là son genre de vie à elle :
ses vœux, sa profession
ne sont pas pour toute la vie.
15 Cette année elle pleure, cette année elle prie,
et cette année elle prendra un époux.
Tantôt elle est Marthe, tantôt Marie[1],
tantôt elle se garde, tantôt se marie.
Mais n'en dites rien que du bien :
20 sinon le roi ne le souffrirait pas.

---

active, Marie la vie contemplative. Cette interprétation, qui est celle de saint Grégoire le Grand (2e homélie sur Ézéchiel) et de Bède le Vénérable (commentaire de l'Évangile de Luc), est reprise par la *Glossa ordinaria* et par tous les exégètes médiévaux.

LE MARIAGE RUTEBEUF

La date du mariage de Rutebeuf est précisée dès les premiers vers : le samedi 1er janvier 1261 selon A *et* C, *le samedi 18 décembre 1260 selon* B *; la date donnée par* G *est aberrante. Reste à savoir si le poème, composé avant le Carême (v. 81-82), l'a été ce même hiver ou le suivant. F.-B. (I, 545-6) penche pour l'hiver suivant, imaginant mal que la misère se soit abattue si vite sur le malheureux ménage. C'est faire la part trop belle à la confidence autobiographique. Au regard du poème, le caractère emblématique de ce mariage a plus d'importance que sa réalité (voir note 1, p. 269). Pour que la mention d'une date ait un sens, il faut qu'elle corresponde à l'hiver même où le poète compose et débite son poème. Il n'est pas certain que Rutebeuf se soit vraiment marié le 1er janvier 1261. Mais il est certain que le poème a été composé entre cette date et le début du Carême.*

Manuscrits : A, f. 307 v° ; *B*, f. 134 r° ; *C*, f. 47 r° ; G, *f. 187 r°. exte de C.*

* Titre : *AB* Le mariage Rustebeuf (*B* Rutebuef), *G mq.*

CI ENCOMMENCE LI MARIAGES RUTEBUEF

En l'an de l'Incarnacion,
.VIII. jors aprés la Nacion
Celui qui soffri passion,
4 En l'an sexante,
Qu'abres ne fuelle, oizel ne chante,
Fis je toute la riens dolante
7 Qui de cuer m'aimme.
Nez li muzars musart me claimme.
Or puis fileir, qu'il me faut traimme :
10 Mout ai a faire.
Diex ne fist cuer tant deputaire,
Tant li aie fait de contraire
13 Ne de martyre,
C'il en mon martyre ce mire,
Qu'il ne doie de boen cuer dire :
16 « Je te clain quite ».
Envoier .I. home en Egypte,
Ceste doleur est plus petite
19 Que n'est la moie.
Je n'en puis mais se je m'esmoie.
L'an dit que fox qui ne foloie
22 Pert sa saison :
Que je n'ai borde ne maison,
Suis je mariez sans raison ?
25 Ancor plus fort :

---

* v. 2. *B* j. devant la, *G* Mil .CC. a m'entencion — v. 3. *A* Jhesu qui, *G mq.* — v. 5. *ABG* a. n'a f. ; *B* n'oisiaus, *G* n'oisiau — v. 11. *B* demalaire, G si debonnaire — v. 14. *G* Se il mon m. remire — v. 17. *B* Envoiez — v. 20. *B* Et je qu'en puis se, *G* Trop laidement sans fame estoie — v. 23-24. *AB intervertis* — v. 23. *AG* Or n'ai ne, *B* Et si n'é b. — v. 24. *B* Je sui, *G* Et sui

---

1. Sur les raisons qui rendent peu vraisemblable l'interprétation de Dufournet (*toute la rien qui* = « tous ceux qui ») et sur celles qui interdisent de voir dans cette *rien* la femme du poète, voir Zink, 1985, p. 116-7 : « Ne peut-on penser que la seule personne qui aime sincè-

LE MARIAGE DE RUTEBEUF

En l'an de l'Incarnation,
huit jours après la Nativité
de Celui qui souffrit la Passion,
4 en l'an soixante,
quand l'arbre n'a pas de feuille, que l'oiseau ne chante pas,
j'ai fait le malheur de la créature
7 qui m'aime de tout son cœur[1].
Même le sot me traite de sot.
Je n'ai plus qu'à me mettre à filer, car je suis au
10 j'ai de quoi faire. [bout du rouleau[2] :
Dieu n'a pas fait de cœur assez dénaturé,
quoi que je lui aie fait endurer,
13 quelque martyre,
pour qu'à côté du sien la vue de mon martyre
ne lui arrache ce cri du cœur :
16 « Je te tiens quitte ».
Envoyer un homme en Égypte,
c'est lui infliger une souffrance plus petite
19 que la mienne.
C'est l'angoisse, je n'y peux rien.
On dit qu'un fou qui n'agit pas en fou
22 perd son temps :
si je n'ai ni toit ni maison,
était-ce une raison pour ne pas me marier[3] ?
25 Encore plus fort :

---

rement (le poète), c'est lui-même, et les deux vers ne pourraient-ils signifier : "j'ai fait mon propre malheur", ce qui est bien l'idée centrale du poème ? » Le point d'interrogation qui accompagne cette hypothèse est loin d'être de pure rhétorique. **2.** La trame est le fil qui, croisé avec la chaîne, permet de tisser. Ce fil venant à faire défaut, le poète doit se remettre à filer pour en avoir à nouveau. Image analogue dans *Plaies du monde* 4-5, *Griesche d'hiver* 89, *Griesche d'été* 59. **3.** L'enchaînement des idées est le suivant : un fou qui ne se comporte pas comme un fou perd son temps (proverbe, Morawski 792) ; ce n'est pas mon cas, puisque, moi qui suis fou, j'ai bien agi comme un fou en me mariant alors que je n'ai pas de maison. On ne saurait donc me reprocher d'avoir agi contre la raison, puisque j'ai agi en fou, étant fou.

Por doneir plus de reconfort
A cex qui me heent de mort,
28 Teil fame ai prise
Que nuns fors moi n'aimme ne prise,
Et c'estoit povre et entreprise
31 Quant je la pris.
At ci mariage de pris,
Qu'or sui povres et entrepris
34 Ausi com ele !
Et si n'est pas jone ne bele : *f. 47 r° 2*
Cinquante anz a en son escuele,
37 C'est maigre et seche.
N'ai mais paour qu'ele me treche !
Despuis que fu neiz en la creche
40 Diex de Marie,
Ne fut mais tele espouzerie.
Je sui droiz foux d'ancecerie :
43 Bien pert a l'uevre.
Or dirat on que mal ce cuevre
Rutebuez qui rudement huevre :
46 Hom dira voir,
Quant je ne porrai robe avoir.
A toz mes amis fais savoir
49 Qu'il ce confortent,
Plus bel qu'il porront ce deportent
(A cex qui ces noveles portent
52 Ne doignent gaires !).
Petit douz mais prevoz ne maires.

---

* v. 35. *ABG* gente ne b. — v. 38. *G* ele mengresche — v. 39. *G* Quar puis que fu mis en la c. — v. 42. *A* Je sui toz plains d'envoiserie, *B* t. p. de muserie, G s. droit folz amcesourie — v. 44. *ABG* se prueve

---

1. Même expression dans le *Dit des droits* du Clerc de Vaudoi (Ruelle, 1969, p. 50). Voir Zink, 1985, p. 117-8. **2.** Jeu de mots (propre au ms. *C*) sur « se couvrir », qui signifie à la fois « se garantir » et « se vêtir », ce deuxième sens étant explicité au v. 47. **3.** Il est difficile de préserver le rapprochement cher à Rutebeuf entre son nom et l'adjectif rude tout en évitant toute ambiguïté touchant le sens

pour combler d'aise
ceux qui me haïssent à mort,
28 j'ai pris une femme
que personne sauf moi n'aime, dont personne ne
elle était pauvre et dans la gêne [fait cas ;
31 quand je l'ai prise.
Quel beau mariage !
À présent je suis pauvre et dans la gêne
34 autant qu'elle.
Elle n'est même pas jeune et belle,
elle a cinquante ans dans sa corbeille[1],
37 elle est maigre et sèche :
je n'ai pas peur qu'elle me trompe.
Depuis que naquit dans la crèche
40 Dieu, fils de Marie,
on n'a jamais vu de telles épousailles.
Je suis un vrai fou endurci :
43 mes actes en sont la preuve.
On dira qu'il ignore l'art de se couvrir[2],
le rude Rutebeuf avec son travail grossier[3] :
46 on dira vrai,
puisque je ne pourrai m'offrir de vêtements.
Je le fais savoir à tous mes amis :
49 qu'ils se réjouissent,
que du mieux qu'ils peuvent ils se divertissent
(envers ceux qui leur portent ces nouvelles,
52 qu'ils soient chiches[4] !).
Je ne crains plus huissier ni percepteur[1].

---

de ce mot, qui en ancien français ne signifie rien d'autre que grossier. « Rutebuez qui rudement huevre » (cf. *Voie de Paradis* 18, *Sacristain* 759, *Sainte Elysabel* 1994-2006) ne peut vouloir dire « Rutebeuf qui travaille beaucoup » – comme on dit en fr. mod. « c'est un rude travailleur », « il a rudement travaillé » –, mais « Rutebeuf, dont le travail est grossier ». Ici, d'ailleurs, cette interprétation s'accorde seule avec le contexte : l'activité de ce balourd ne peut réussir à le mettre à l'abri du besoin. **4.** Le mandement optimiste du poète à ses amis devrait les inciter à récompenser généreusement ceux qui leur transmettront ces bonnes nouvelles. Mais comme celles-ci sont à prendre par antiphrase, Rutebeuf ajoute qu'il convient au contraire de s'abstenir de donner un pourboire à ces messagers de malheur.

Je cuit que Dex li debonaires
55 M'aimme de loing :
Bien l'ai veü a cest besoing.
Lai sui ou le mail mest le coing :
58 Diex m'i at mis.
Or fais feste a mes anemis,
Duel et corrouz a mes amis.
61 Or dou voir dire !
S'a Dieu ai fait corrouz et ire,
De moi se puet joeir et rire,
64 Que biau s'en venge.
Or me covient froteir au lange.
Je ne dout privei ne estrange
67 Que il riens m'emble.
N'ai pas buche de chesne encemble ;
Quant g'i suis, si a fou et tremble :
70 N'est ce asseiz ?
Mes poz est briziez et quasseiz *f. 47 v° 1*
Et j'ai touz mes bons jors passeiz.
73 Je qu'en diroie ?
Nes la destrucions de Troie
Ne fu si granz com est la moie.
76 Ancor i a :

---

* v. 56. *A* prové — v. 57. *BG* li maus — v. 68. *G* Je n'ai pas tout mon bois — v. 69. *G* Q. sui au feu j'ai f. — v. 71-72. *B intervertis*

---

1. L'idée est que, n'ayant plus rien, le poète ne craint plus d'avoir à payer amendes ou impôts. Pour la rendre, la traduction s'autorise l'anachronisme d'une substitution de termes. Les prévôts étaient des officiers de justice de rang subalterne, dépendant des baillis. La charge était affermée. Philippe le Bel leur retirera le pouvoir d'infliger des taxes et des amendes, d'autant plus abusives qu'ils en retenaient une part, pour réserver ce droit aux sénéchaux, aux baillis et aux échevins. Les maires étaient des sortes d'intendants ou de régisseurs qui administraient un domaine au nom du seigneur. Parmi leurs attributions, il y avait en particulier celle de collecter les impôts. Cf. *État du monde* 93-120. **2.** Mot à mot : « je suis à l'endroit où le

Je crois que le Bon Dieu
55 m'aime de loin :
je l'ai bien vu dans le besoin où je suis.
Je suis entre le marteau et l'enclume[2] :
58 c'est Dieu qui m'y a mis.
Je fais plaisir à mes ennemis,
je fais de la peine à mes amis.
61 C'est la vérité pure !
Si j'ai courroucé Dieu,
il peut se jouer et rire de moi,
64 car il se venge bien.
Faute de linge, je porte, bien forcé, le cilice[3].
Je n'ai pas peur que proches ou étrangers
67 me volent quoi que ce soit.
Je n'ai pas chez moi une seule bûche de chêne,
mais quand j'y suis, cela fait : « Tremble, fou[4] ! » :
70 que vouloir de plus ?
Mon pot est en miettes[5],
tous mes beaux jours sont derrière moi.
73 Que puis-je en dire ?
Même la ruine de Troie
ne peut se mesurer à la mienne.
76 Il y a plus :

---

maillet enfonce le coin ». **3.** « Se frotter au lange », c'est ne pas avoir de chemise et porter à même la peau le vêtement de dessus, dont l'étoffe rugueuse écorche et gratte. Ce pouvait être un signe de mortification volontaire ou un signe de misère. Rutebeuf joue de cette double possibilité : il n'a pas d'autre choix que de subir la pénitence que Dieu lui impose. Par contraste, le mouvement de conversion qui marque la fin du poème l'amène à accepter cette pénitence et à en faire l'instrument de sa sanctification. **4.** Jeu de mots amené par la mention des bûches de chêne que le poète n'a pas. « Si a fou et tramble » signifie à la fois : « il y a un fou et il tremble », et : « il y a du hêtre (fou) et du tremble. » **5.** F.-B. suggère que le pot est peut-être le « symbole des ressources de bouche » (I, 549). Mais le pot brisé représente aussi, en particulier par référence à un passage célèbre de saint Paul (*Rom.* 9, 20-24), l'être livré à la colère de son Créateur.

Foi que doi *Ave Maria*,
S'onques nuns hons por mort pria,
79 Si prist pour moi !
Je n'en puis mais se je m'esmai.
Avant que vaigne avriz ne mai
82 Vanrra Quarenmes.
De ce vos dirai ge mon esme :
De poisson autant com de cresme
85 Aura ma fame.
Boen loisir a de sauver s'ame :
Or geünt por la douce Dame,
88 Qu'ele at loizir,
Et voit de haute heure gezir,
Qu'el n'avra pas tot son dezir,
91 C'est sans doutance !
Or soit plainne de grant soffrance,
Que c'est la plus granz porveance
94 Que je i voie.
Par cel Seigneur qui tot avoie,
Quant je la pris, petit avoie
97 Et elle mains.
Si ne sui pas ovriers de mains.
Hom ne saura la ou je mains
100 Por ma poverte.
Ja ne sera ma porte overte,
Car la maisons est trop deserte
103 Et povre et gaste :
Souvent n'i a ne pain ne paste.
Ne me blameiz ce ne me haste
106 D'aleir arriere,
Que ja n'i aurai bele chiere, *f. 47 v° 2*
C'om n'a pas ma venue chiere
109 Ce je n'aporte.

---

* v. 77-78. *G intervertis* — v. 77. *G* qu'il doit — v. 80. *B* Ce n'est mervax se — v. 83. *A* De ce puis bien dire m. — v. 88. *G* Tout a l. — v. 89. *G* v. tout a heure g. — v. 90. *B* Et si n'a pas ; *G* El n'a p. t. s. plesir — v. 92. *G*

par la foi que j'ai en l'*Ave Maria*,
si jamais quelqu'un pria pour un mort,
79 qu'il prie pour moi !
C'est l'angoisse, je n'y peux rien.
Avant que viennent avril et mai,
82 viendra le Carême.
Je vais vous dire ce que j'en pense :
elle aura autant de poisson que de crème,
85 ma femme.
Elle a tout loisir de sauver son âme :
qu'elle jeûne pour l'amour de la Douce Dame,
88 elle en a le loisir,
et qu'elle aille se coucher de bonne heure,
car elle ne sera pas rassasiée,
91 c'est sûr.
Qu'elle se munisse de patience :
c'est la seule provision qu'elle puisse faire,
94 à ce que je vois.
Par le Seigneur, notre guide à tous,
quand je l'ai prise, j'avais peu de chose,
97 et elle moins.
Et puis, je ne sais pas travailler de mes mains.
On ne saura plus où j'habite
100 à cause de ma pauvreté.
Personne n'ouvrira ma porte
car ma maison est déserte,
103 pauvre, à l'abandon.
Souvent il n'y a ni pain ni pâte.
Ne me blâmez pas si je ne me dépêche pas
106 de rentrer chez moi,
car jamais on ne me fera fête :
ma venue ne fait pas plaisir
109 si je n'apporte rien.

Or ait en dieu bonne esperance — v. 93. *B* C'est la millor p., *G* C'est la plus bele contenance — v. 105. *A* se je me h. — v. 107. *C* ferai b.

C'est ce qui plus me desconforte
Que je n'oz entreir en ma porte
112 A wide main.
Saveiz coumant je me demaing ?
L'esperance de l'andemain,
115 Si sunt mes festes.
Hom cuide que je fusse prestres,
Que je fas plus seignier de testes
118 (Ce n'est pas guile)
Que ce ge chantasse Ewangile.
Hon se seigne parmi la vile
121 De mes merveilles.
Hon les doit bien conteir au veilles,
Qu'il n'i aura ja lor pareilles,
124 Se n'est pas doute.
Il pert bien que je ne vi goute.
Diex n'a nul martyr en sa route
127 Qui tant ait fait.
C'il ont estei por Dieu deffait,
Rosti, lapidei ou detrait,
130 Je n'en dout mie,
Car lor poinne fu tost fenie,
Et ce duerra toute ma vie
133 Sanz avoir aise.
Or pri a Dieu que il li plaise
Ceste doleur, ceste mesaise
136 Et ceste enfance
M'atourt a sainte penitance
Si qu'avoir puisse s'acointance.

Amen. Explicit.

---

* v. 110. *G* La riens qui — v. 111. *B* n'os huchier a la p., *G* C'est que n'os hurter a la p. — v. 116. *C* cuida — v. 117. *C* Mais je — v. 125. *G* Ne pert il bien que n'i v. — v. 131. *G* Leur vie fu tantost f. — v. 132. *A* Mes ce durra, *B* La moie d., *G* Mais ce sera — v. 134. *G* Or prion a dieu qu'il li — v. 137. *A* a vraie p. — v. 138. *G* Tant que puisse avoir ; *BG* s'acordance — *A* Amen. Explicit le mariage Rustebuef, *B* Explicit le mariage Rutebuef, *G l'explicit mq.*

C'est ce qui me désole le plus,
de n'oser franchir ma porte
112 les mains vides[1].
Savez-vous comment je me débrouille ?
L'espérance du lendemain,
115 voilà mes fêtes.
On me prend pour un prêtre,
car je fais plus se signer les gens
118 – je ne plaisante pas –
que si je lisais l'Évangile[2].
On se signe par toute la ville
121 devant mon incroyable histoire.
Il est bien juste de la conter à la veillée,
car elle ne se reproduira jamais,
124 cela ne fait pas de doute.
Il est bien évident que j'ai été aveugle.
Dieu n'a pas de martyr en sa compagnie
127 qui soit passé par tout cela.
S'ils ont, pour l'amour de Dieu, été mis à mort,
grillés, lapidés, écartelés,
130 je ne doute pas
que leurs tourments aient bien vite pris fin.
Mais les miens dureront toute ma vie,
133 sans soulagement.
Je prie Dieu de bien vouloir
transformer cette souffrance, cette misère,
136 cette sottise,
en pénitence sainte,
qui me vaille Son amitié[3].

---

1. Même thème, traité sur un registre plus léger, dans la chanson XII de Colin Muset, v. 15-27. **2.** On se signait sur le passage d'un prêtre, mais aussi devant toute nouvelle ou tout spectacle surprenants ou effrayants. **3.** Même idée à la fin des *Congés* de Jean Bodel (v. 537-540).

RENART LE BESTOURNÉ

Appliquant les décisions d'un synode d'avril 1261, réuni pour répondre aux menaces qui pesaient sur la chrétienté d'Orient, le roi décide de faire des économies et de rassembler des fonds en vue de la croisade. Désormais il mange à portes fermées et n'accueille plus les poètes et les ménestrels. Rutebeuf proteste avec une vigueur intéressée contre cette mesure contraire aux obligations d'un prince, telles que les définira un peu plus tard Baudouin de Condé dans le Conte dou Wardecors *(v. 297-9) : « Il doit estre liés a sa table... / Et entendre les menestreus » (Scheler 1866, I, p. 28-9). Le poème date donc certainement du printemps 1261. Il s'en prend avec une extrême violence au roi et à son entourage, présentés sous les traits de personnages du* Roman de Renart. *Sur l'identification incertaine de Renard, du chien Ronel, de l'âne Bernard et du loup Isengrin, voir F.-B. I, 534-6.*

Rutebeuf n'est pas le seul au XIIIe *siècle à exploiter le* Roman de Renart *dans une intention satirique et polémique. Le* Couronnement de Renart, *poème anonyme à peu près contemporain du sien, présente avec lui des analogies relevées par F.-B. (I, 536-7). Une dizaine d'années plus tôt Philippe de Novare avait inséré dans ses* Mémoires *des poèmes qui évoquaient, sous un travestissement analogue, les péripéties de la politique cypriote. Il est frappant de voir Rutebeuf ranger Renard dans le même camp qu'Isengrin et ses partisans. Philippe de Novare, quant à lui, assimile ses adversaires à Renard et à ses complices et ses amis à Isengrin et à ses partisans, ce qui n'est pas à nos yeux très flatteur. C'est que tous deux font une lecture moralisatrice du* Roman de Renart. *Rutebeuf met tout le monde dans le même sac. Philippe préfère les dupes aux traîtres. Cette perspective triomphe dans les longs poèmes qui, à la fin du* XIIIe *et dans la première moitié du* XIVe *siècle, enrôlent* Renart *au service* *d'une satire moralisatrice (*Renart le Nouvel *de Jacquemart Gielee,* Renart le Contrefait*, œuvre d'un clerc troyen, comme sans doute Rutebeuf, et dont le titre même n'est pas sans évoquer* Renart le Bestourné*).*

Manuscrits : A, f. 328 v° ; *B*, f. 101 r° ; *C*, f. 51 r°. *Texte de C.*
* Titre : *A* Renart le bestourné, *B* De regnart le bestourné.

CI ENCOUMENCE LI DIZ DE RENART LE BESTORNEI

Renars est mors : Renars est vis !
Renars est ors, Renars est vilz :
3 Et Renars reigne !
Renars at moult reinei el reigne.
Bien i chevauche a lasche reigne,
6 Coul estendu.
Hon le devoit avoir pendu,
Si com je l'avoie entendu,
9 Mais non at voir :
Par tanz le porreiz bien veoir.
Il est sires de tout l'avoir
12 Mon seigneur Noble,
Et de la brie et dou vignoble.
Renars fist en Coustantinoble
15 Bien ces aviaux ;
Et en cazes et en caviaux
Ne laissat vaillant .II. naviaux
18 L'empereour,
Ainz en fist povre pescheour.
Par pou ne le fist pescheour
21 Dedens la meir.
Ne doit hon bien Renart ameir,
Qu'en Renart n'at fors que l'ameir :
24 C'est sa droiture.
Renars at mout grant norreture :
Mout en avons de sa nature
27 En ceste terre.
Renars porra mouvoir teil guerre *f. 51 v° 1*
Dont mout bien se porroit sofferre
30 La regions.
Mes sires Nobles li lyons
Cuide que sa sauvacions

---

* v. 4. *A* el regne, *B* ou r., *C* et r. — v. 10. *AB* savoir — v. 13. *B mq.* — v. 24. *B* Est ce d. — v. 26. *B mq.* — v. 29. *B* Mlt en couuendra souf.

---

1. Constantinople est la capitale de Noble dans la branche VIIb

LE RETOURNEMENT DE RENARD

Renard est mort : Renard est en vie !
Renard est abject, Renard est ignoble :
3 pourtant Renard règne !
Renard a de longtemps régné sur le royaume.
Il y chevauche la bride sur le cou,
6 au grand galop.
Il paraît qu'on l'avait pendu,
à ce que j'avais entendu,
9 mais pas du tout :
vous vous en apercevrez bientôt.
Il est maître de tous les biens
12 de Monseigneur Noble,
des cultures et des vignobles.
Renard a bien fait ses affaires
15 à Constantinople[1] ;
dans les maisons et dans les caves
il n'a laissé à l'empereur
18 la valeur de deux navets ;
il en a fait un pauvre pécheur[2].
Un peu plus il le réduisait
21 à être pêcheur en mer.
Renard, il ne faut pas l'aimer,
car tout en Renard est amer :
24 il est ainsi.
Renard a une grande famille :
nous en avons beaucoup de son espèce
27 dans cette contrée.
Renard est capable de faire naître un conflit
dont se passerait très bien
30 le pays.
Monseigneur Noble le lion
croit que son salut

---

du *Roman de Renart*. **2.** Il est évident que « pauvre pécheur » signifie ici « pauvre diable ». Mais le rappel de la formule de l'Ave et le calembour « pécheur », « pêcheur » obligent à conserver l'expression.

33 De Renart vaigne.
Nou fait, voir (de Dieu li sovaigne !),
Ansois dout qu'il ne l'en aveigne
36 Damage et honte.
Se Nobles savoit que ce monte
Et les paroles que om conte
39 Parmi la vile —
Dame Raimbors, dame Poufille,
Qui de lui tiennent lor concile,
42 Sa .X., sa vint,
Et dient c'onques mais n'avint
N'onques a franc cuer ne souvint
45 De teil gieu faire !
Bien li deüst membreir de Daire
Que li sien firent a mort traire
48 Por s'avarice.
Quant j'oi parleir de si grant vice,
Par foi toz li peuz m'en herice
51 De duel et d'ire
Si fort que je n'en sai que dire,
Car je voi roiaume et empire
54 Trestout ensemble.
Que dites vous que vos en semble
Quant mes sires Nobles dessemble
57 Toutes ces bestes,
Qu'il ne pueent metre lor testes,
A boens jors ne a bones festes,
60 En sa maison,
Et si ne seit nule raison,
Fors qu'il doute de la saison
63 Qui n'encherisse ?
Mais ja de ceste annee n'isse *f. 51 v° 2*
Ne mais coustume n'estaublisse
66 Qui se brassa,

---

* v. 50. *A* li cuers m'en herice — v. 55. *B mq.*, *A* que il vous s. — v. 58. *B mq.* — v. 62. *B* il redouble la

---

1. Poufile est le nom d'une villageoise dans le *Roman de Renart*

33 dépend de Renard.
En fait, c'est faux (qu'il se tourne donc vers Dieu !) :
je crains plutôt qu'il en retire
36 malheur et honte.
Si Noble savait ce qui est en cause,
et ce qui se raconte
39 à travers la ville —
Madame Raimbour, Madame Poufile[1]
en font le sujet de leurs palabres,
42 par groupes de dix ou de vingt,
et disent qu'on n'a jamais vu cela,
et qu'un noble cœur ne s'est jamais amusé
45 à ce genre de choses !
Il devrait se souvenir de Darius
que les siens firent mettre à mort
48 à cause de son avarice[2].
Quand j'entends parler de ce vice affreux,
ma parole, mes cheveux se hérissent
51 de chagrin et de colère,
si fort que je ne sais que dire,
car je vois que « royaume empire »,
54 c'est tout pareil[3].
Dites-moi, que vous en semble ?
Monseigneur Noble tient à l'écart
57 toutes les bêtes :
ni dans les grandes occasions ni les jours de fêtes
elles ne peuvent mettre le nez
60 dans sa maison,
pour la seule raison
qu'il a peur de voir la vie
63 devenir plus chère.
Qu'il ne passe pas l'année,
qu'il n'instaure plus jamais de coutume,
66 le responsable de cela,

(branche VIIb). **2.** Souvenir du *Roman d'Alexandre*. Mais on ne lit nulle part que Darius III, assassiné par Bessus et Ariobarzane, l'ait été à cause de son avarice. **3.** Jeu de mots sur « empire ». Cf. *Voie de Tunis* 132, *Paix de Rutebeuf* 17, *Charlot et le Barbier* 54.

Car trop vilain fait embrassa !
Roniaux li chiens le porchassa
69 Avec Renart.
Nobles ne seit enging ne art
Nes c'uns des asnes de Senart
72 Qui buche porte :
Il ne set pas de qu'est sa porte.
Por ce fait mal qui li ennorte
75 Se tout bien non.
Des bestes orrois ci le non
Qui de mal faire ont le renon
78 Touz jors eü.
Moult ont grevei, moult ont neü ;
Au seigneurs en est mescheü,
81 Et il s'en passent.
Asseiz emblent, asseiz amassent,
C'est merveilles qu'il ne se lassent.
84 Or entendeiz
Com Nobles at les yeux bandeiz :
Et ce ces oz estoit mandeiz,
87 Par bois, par terre,
Ou porroit il troveir ne querre
En cui il se fiast de guerre
90 Ce mestiers iere ?
Renart porteroit la baniere ;
Roniaus, qu'a toz fait laide chiere,
Feroit la bataille premiere,
94 O soi nelui :
Tant vos puis dire de celui
Ja nuns n'aura honeur de lui
97 De par servise.
Quant la choze seroit emprise,
Ysangrins, que chascuns desprise,
100 L'ost conduiroit, *f. 52 r° 1*
Ou, se devient, il s'en furoit.

---

* v. 68. *AB* le porchaça, *C* la p. — v. 71. *AB* Ne — v. 73. *B* de quoy sapporte — v. 77. *B le mq.* — v. 80. *A* Aus seignors, *B* Au seigneur — v. 83. *B mq.* — v. 88-89. *B mq.* — v. 101. *B* Or se

car il a fait là quelque chose d'ignoble !
C'est Ronel le chien qui a machiné cela
69 avec Renard.
Noble n'a pas plus d'esprit et de finesse
qu'un âne de la forêt de Sénart
72 qui porte des bûches :
il ne sait pas quelle est sa charge.
C'est pourquoi il agit mal, celui qui le pousse
75 à autre chose qu'au bien.
Je vais vous dire le nom des bêtes
qui ont toujours eu le renom
78 d'être malfaisantes.
Elles ont fait tout le mal possible ;
les seigneurs en ont souffert,
81 mais elles s'en moquent.
Elles volent, elles amassent tant et plus :
on se demande comment elles n'en sont pas lassées.
84 Écoutez donc
à quel point Noble est aveuglé :
si son armée était mobilisée,
87 où, par les bois, par le pays,
pourrait-il chercher et trouver
quelqu'un en qui se fier pour la guerre
90 s'il en était besoin ?
Renard porterait sa bannière,
Ronel, grincheux avec tout le monde,
formerait le premier corps de bataille
94 à lui tout seul.
Celui-là, je peux vous dire
qu'il n'aura d'égards pour personne,
97 même si on lui rend service.
L'affaire engagée,
Isengrin, que chacun méprise,
100 conduirait l'armée,
ou, si ça se trouve, il s'enfuirait.

Bernars l'asnes les deduroit
103 A tout sa crois.
Cist quatre sont fontainne et doix,
Cist quatre ont l'otroi et la voix
106 De tout l'ostei.
La choze gist en teil costei
Que rois de bestes ne l'ot teil.
109 Le bel aroi !
Se sunt bien maignie de roi !
Il n'aiment noise ne desroi
112 Ne grant murmure.
Quant mes sires Nobles pasture,
Chacuns s'en ist de la pasture,
115 Nuns n'i remaint :
Par tanz ne saurons ou il maint.
Ja autrement ne se demaint
118 Por faire avoir,
Qu'il en devra asseiz avoir
Et cil seivent asseiz savoir
121 Qui font son conte.
Bernars gete, Renars mesconte,
Ne connoissent honeur de honte.
124 Roniaus abaie ;
Et Ysangrins pas ne s'esmaie,
Le soel porte : « Tropt ! Que il paie ! » :
127 Gart chacuns soi !
Ysangrins at .I. fil o soi
Qui toz jors de mal faire a soi,
130 S'a non Primaut ;
Renars .I. qui at non Grimaut :
Poi lor est coument ma rime aut,
133 Mais que mal fassent
Et que toz les bons us effacent.
Diex lor otroit ce qu'il porchacent,

---

* v. 102. *B* conduiroit — v. 103. *A* O sa grant c. — v. 118. *A* Por querre avoir — v. 120. *AB* c. ont assez de s. — v. 124-126. *B mq.* — v. 125. *A* Et *mq.* — v. 134. *B* Que t. l. lyons vous e.

L'âne Bernard les divertirait
103 avec sa croix.
Ces quatre-là sont la source de tout,
à ces quatre-là est abandonné
106 le pouvoir sur toute la maison.
Les choses en sont au point
que jamais roi des bêtes n'en a été là.
109 Le bel équipage !
C'est vraiment l'entourage d'un roi !
Ils n'aiment ni le bruit, ni le désordre,
112 ni le tumulte.
Quand Monseigneur Noble se repaît,
chacun quitte la pâture,
115 nul n'y reste :
bientôt nous ne saurons plus son adresse.
Qu'il ne s'y prenne jamais autrement
118 pour faire de l'argent :
il en aura besoin de beaucoup,
et ce sont des malins,
121 ceux qui tiennent ses comptes.
Bernard gère, Renard falsifie les comptes,
ils ne savent distinguer l'honneur de la honte.
124 Ronel aboie,
et Isengrin ne s'en fait pas,
il porte le sceau : « Et hop ! que l'on paie[1] ! » :
127 Chacun pour soi !
Isengrin a avec lui un fils
toujours assoiffé de mal faire,
130 nommé Primaut ;
Renard en a un qui s'appelle Grimaut :
peu leur importe comment s'enchaînent mes rimes[2],
133 pourvu qu'ils fassent le mal
et détruisent tous les bons usages.
Que Dieu leur octroie ce qu'ils cherchent :

---

1. Celui qui « portait le sceau » recevait « l'émolument du sceau ». **2.** Mot à mot : « Comment ma rime va ». Le sens est bien entendu : « peu leur importent mes vers », mais la succession de rimes surabondantes *Primaut – Grimaut – rime aut* est ainsi mise en évidence par la formulation.

136 S'auront la corde ! *f. 52 r° 2*
Lor ouvragne bien c'i acorde,
Car il sunt sens misericorde
139 Et sens pitié,
Sens charitei, sens amistié.
Mon seigneur Noble ont tot gitié
142 De boens usages :
Ses hosteiz est .I. rencluzages.
Asseiz font paier de muzages
145 Et d'avaloignes
A ces povres bestes lontoignes,
A cui il font de grans essoignes.
148 Diex les confonde,
Qui sires est de tot le monde !
Et je rotroi que l'en me tonde
151 Se maux n'en vient ;
Car d'un proverbe me sovient
Que hon dit : « Tot pert qui tot tient. »
154 C'est a boen droit.
La choze gist en teil endroit
Que chacune beste vorroit
157 Que venist l'Once.
Se Nobles copoit a la ronce,
De mil n'est pas .I. qui en gronce :
160 C'est voirs cens faille.
Hom senege guerre et bataille :
Il ne m'en chaut mais que bien n'aille.

Explicit.

* v. 141. *A* o. tuit g. — v. 143. *A* ostex samble u. — v. 155. *A* g. sor t. — v. 159. *B* Je ne croy pas que nul — *A* Explicit Renart le bestourné, *B* Cy fine Renart le bestourné.

136 ils auront la corde au cou !
Leurs œuvres s'accordent avec une telle fin,
car ils sont sans miséricorde
139 et sans pitié,
sans charité, sans chaleur d'amitié.
Monseigneur Noble, ils l'ont détourné
142 complètement des bons usages :
sa maison est un ermitage.
Comme ils font perdre de temps,
145 que de chicanes
pour les pauvres bêtes étrangères à la cour,
à qui ils font les pires difficultés !
148 Que Dieu les confonde,
le seigneur de l'univers !
Pour moi, je veux bien qu'on me passe la camisole[1]
151 si cela ne finit pas mal pour eux ;
car il me souvient d'un proverbe
qui court : « Qui a tout perd tout. »
154 C'est justice.
Les choses en sont au point
que chaque bête voudrait
157 voir venir l'Once[2].
Si Noble trébuchait dans les ronces,
il n'y en a pas une sur mille qui se plaindrait :
160 c'est la pure vérité.
On présage guerre et bataille :
peu me chaut désormais que tout aille mal.

---

1. Mot à mot : « qu'on me tonde ». On tondait les fous. **2.** « Ma dame l'Once » (le chat once ou jaguar) est dans le *Roman de Renart* l'ultime recours contre Noble. Aucune bête n'ose lui résister. L'once est d'autre part identifiée avec la bête de l'Apocalypse.

LA LEÇON D'HYPOCRISIE ET D'HUMILITÉ

La date de ce poème peut être déterminée très exactement grâce aux événements auxquels il fait allusion. Le pape Alexandre IV, protecteur des Ordres mendiants, responsable du bannissement de Guillaume de Saint-Amour et donc grand ennemi de Rutebeuf, meurt le 25 mai 1261. Son successeur, Jacques, patriarche de Jérusalem, est élu le 29 août et prend le nom d'Urbain IV (d'où le nom que lui donne Rutebeuf, « courtois » traduisant « urbanus »). La nouvelle a dû être connue à Paris dans la seconde quinzaine de septembre. Rutebeuf compose son poème ce même automne, sans doute en octobre, comme en témoignent les v. 1-10, sous le coup de l'espoir que cette élection fait naître dans le parti séculier. Certes le rêve dont il fait le récit se donne, bien entendu, pour une anticipation prémonitoire des événements (v. 19-20). Le poète est donc supposé l'avoir fait avant, et non après, l'élection d'Urbain IV, à l'automne précédent et non à l'automne suivant. Mais les poèmes qui relatent un songe allégorique jouent volontiers, et presque systématiquement, des écarts, des distorsions, des raccourcis, des collusions du temps, celui de l'endormissement, celui du songe, celui de l'écriture, etc. (cf. Zink 1985, p. 127-170). Il n'est donc nullement étonnant que le début du poème confonde la saison où le poète rêve et celle où il écrit.

Le manuscrit B, *qui intitule ce poème* Le dit d'Hypocrisie, *place à sa suite celui qu'il appelle* L'autre dit d'Hypocrisie *(*D'Hypocrisie *dans* C, Du Pharisien *dans* A*). Il est donc sensible à une rencontre thématique entre les deux poèmes. Le manuscrit* C *l'intitule* La leçon d'Hypocrisie et d'Humilité, *en entendant « leçon » au sens scolastique, universitaire, de « cours » ou d'« exposé ». Il place à sa suite* La voie d'Humilité, *que les autres manuscrits appellent* La voie de Paradis. *Il cherche donc lui aussi, à travers les titres, à suggérer un rapprochement thématique,* *mais il est de toute évidence plus sensible à la convention littéraire commune qui fonde les deux poèmes, et qui est celle du songe allégorique, le rêve automnal et le rêve printanier.*

Manuscrits : C, f. 19 r° ; *B*, f. 68 v°. *Texte de C.*
* Titre : *B* Le dist d'ypocrisie

CI ENCOUMENCE LA LECTIONS D'YPOCRISIE ET D'UMILITEI

Au tens que les cornoilles braient,
Qui por la froidure s'esmaient
Qui seur les cors lor vient errant,
4 Qu'eles vont ces noiz enterrant
Et s'en garnissent por l'iver,
Qu'en terre sunt entrei li ver
Qui s'en issirent por l'estei
8 (Si i ont por le tens estei,
Et la froidure s'achemine),
En ce tens et en ce termine
Ou je beü a grant plantei
12 D'un vin que Dieux avoit plantei
La vignë et follei le vin.
Ce soir me geta si souvin
Que m'endormi eneslepas.
16 Mais Esperiz ne dormi pas,
Ansois chemina toute nuit.
Or escouteiz, ne vos anuit,
Si orroiz qu'il m'avint en songe,
20 Qui puis ne fu mie mensonge.
Ce soir ne fui point esperiz,
Ainz chemina mes esperiz *f. 19 r° 2*
Pat mainz leuz et par mainz paÿs.
24 En une grant citei laÿz
Me sembla que je m'arestoie,
Car trop forment lasseiz estoie
Et c'estoit grant piece aprés nonne.
28 Uns preudons vint, si m'abandone
Son hosteil pour moi habergier,
Qui ne cembloit mie bergier,
Ainz fu cortois et debonaires.
32 El paìs n'a de teil gent gaires,
Et si vos di trestot sans guile

---

* v. 8. *B* p. le chaud — v. 11. *B* Ei ge bien a — v. 16. *B* Mais mes espris

LEÇON SUR HYPOCRISIE ET HUMILITÉ

Au temps où les corneilles crient,
affolées par la froidure
qui soudain s'abat sur elles,
4 où elles enterrent des noix
comme provisions pour l'hiver,
où les vers sont entrés sous terre,
qui en étaient sortis l'été
8 (c'était parce qu'il faisait chaud,
et maintenant le froid chemine),
en ce temps, à cette époque,
j'avais bu en quantité
12 d'un de ces vins ! Dieu lui-même
avait planté la vigne et foulé le raisin !
Il m'envoya si bien, ce soir-là, au tapis
que sur-le-champ je m'endormis.
16 Mais mon esprit ne dormit pas[1] :
il chemina toute la nuit.
Écoutez donc, je vous en prie :
vous entendrez ce qu'il m'advint en songe.
20 La suite l'a prouvé : ce n'était pas mensonge.
Je n'étais pas, ce soir-là, éveillé,
mais mon esprit a voyagé
par maints lieux et par maints pays.
24 Bien loin, dans une grande cité,
me sembla-t-il, je m'arrêtai,
car j'étais très fatigué
et l'après-midi était avancée.
28 Survient un homme de bien, il m'offre
sa maison pour me loger.
Il n'avait pas l'air d'un cul-terreux,
mais il était aimable et de bonnes manières.
32 Dans ce pays, de telles gens sont rares.
D'ailleurs, je vous le dis sans mentir,

---

1. L'absence du possessif dans le texte original fait d'Esprit une personnification. Il est difficile de lui garder sans obscurité ce caractère dans la traduction.

Qu'il n'estoit mie de la vile
Ne n'i avoit ancor estei
36 C'une partie de l'estei.
Cil m'en mena en sa maison,
Si vos di bien c'onques mais hom
Lasseiz ne fu si bien venuz.
40 Moult fui ameiz et chier tenuz
Et honoreiz par le preudoume.
Et il m'enquist : « Coument vos noume
La gent de votre conissance ?
44 — Sire, sachiez bien sans doutance
Que hom m'apele Rutebuef,
Qui est dit de "rude" et de "buef".
— Rutebuef, biaux tres doulz amis,
48 Puis que Dieux saians vos a mis,
Moult sui liez de votre venue.
Mainte parole avons tenue
De vos, c'onques mais ne veïmes,
52 Et de voz diz et de voz rimes,
Que chacuns deüst conjoïr.
Mais li coars nes daingne oïr,
Por ce que trop i at de voir.
56 Par ce poeiz aparsouvoir
Et par les rimes que vos dites *f. 19 v° 1*
Qui plus doute Dieu qu'ypocrites.
Car qui plus ypocrites doute,
60 En redoutant vos dis escoute,
Se n'est en secreit ou en chambre.
Et par ce me souvient et membre
De ceulz qu'a Dieu vindrent de nuiz,
64 Qui redoutoient les anuiz
De ceulz qui en croix mis l'avoient,
Que felons et crueulz savoient.
Et si ra il un[e] autre gent
68 A cui il n'est ne biau ne gent
Qu'il les oent, ses oent il :

---

* v. 54. *B* musarz — v. 58. *B* p. doit qu'ipocrites dieu — v. 62. *B* Et *mq.* — v. 67. *C* un autre

il n'était pas de la ville
et n'y avait encore été
36 qu'une partie de l'été.
Il m'emmena dans sa maison :
je vous assure que jamais homme
fatigué ne fut si bien accueilli.
40 Attentions amicales et considération
me furent prodiguées par cet homme de bien.
Il me demanda : « Comment vous nomment
ceux qui vous connaissent ?
44 — Seigneur, sachez-le de façon certaine,
on m'appelle Rutebeuf,
nom formé de "rude" et de "bœuf[1]".
— Rutebeuf, mon très cher ami,
48 Dieu vous a amené ici :
je suis très heureux de votre venue.
Nous avons beaucoup parlé
de vous, sans vous avoir jamais vu,
52 de vos poèmes et de vos vers,
auxquels chacun devrait faire fête.
Mais le couard ne daigne les écouter
parce qu'ils contiennent trop de vérité.
56 C'est un moyen de reconnaître –
cela et les vers que vous dites –
celui qui craint Dieu plus que les hypocrites.
Car celui qui craint plus les hypocrites
60 écoute vos poèmes avec crainte,
et seulement en secret, enfermé dans une chambre.
Cela me rappelle
ceux qui venaient voir Dieu de nuit,
64 craignant ce que pouvaient leur faire
ceux qui l'avaient mis en croix,
méchants et cruels comme ils les savaient[2].
Il y a des gens d'une autre espèce,
68 à qui cela ne fait pas le moindre plaisir
d'écouter vos vers, mais qui les écoutent :

---

1. Cf. *Sacristain* 755-8, *Sainte Elysabel* 1994-6, *Sainte Marie l'Égyptienne* 1301-2. **2.** Allusion à Nicodème : cf. Jn. 3, 1 ; 7, 50 ; 19, 39.

Cil sunt boen qui sunt doble ostil.
Celx resemble li besaguz :
72 De .II. pars trenche et est aguz ;
Et cil welent servir a riegle
Et Ypocrisie et le siecle.
Si ra de teilz cui il ne chaut
76 S'ypocrite ont ne froit ne chaut
Ne c'il ont ne corroz ne ire :
Cil vos escoutent bien a dire
La veritei trestoute plainne,
80 Qu'il plaidoient de teste sainne. »
Ne seroit ci pas li redeimes
Des paroles que nos deïmes
Conteiz a petit de sejour.
84 Ainsinc envoiames le jour
Tant qu'il fut tanz de table metre,
Car bien s'en savoit entremetre
Mes hostes de parleir a moi
88 Sans enquerre ne ce ne quoi.
Les mains lavames por soupeir,
[Mes bons hostes me fist soper]
Et me fist seoir a sa coste :
92 Hom puet bien faillir a teil hoste.
[Et delez moi s'asist sa mere
Qui n'estoit vilaine n'amere.]
Ne vos wel faire longue fable : *f. 19 v° 2*
96 Bien fumes servi a la table,
Asseiz beümes et manjames.
Aprés mangier les mains lavames,
S'alames esbatre el prael.
100 J'enquis au preudome loiel
Coument il estoit apeleiz,
Que ces nons ne me fust celeiz,
Et il me dist : « J'ai non Cortois,
104 Mais ne me prisent .I. nantois
La gens de cest region,

---

* v. 70. *B* Ce s. cil qui s. — v. 74. *B* Et *mq.* ; yposicrisie — v. 83. *B* Contees a po de — v. 90. *C mq.* — v. 93-94. *C mq.*

ils ont tout d'une arme à double tranchant.
Ils ressemblent à la besaiguë,
72 qui est des deux côtés acérée et coupante :
eux veulent servir, sous la règle d'un Ordre,
et Hypocrisie et le monde.
Et puis il y en a à qui il ne chaut
76 que les hypocrites aient froid ou chaud,
ni qu'ils éprouvent courroux ou colère :
ceux-là vous entendent volontiers dire
sans fard la vérité
80 qu'ils défendent lucidement. »
Le dixième du dixième
des paroles que nous dîmes
ne pourrait être ici conté rapidement.
84 Nous employâmes ainsi le jour
jusqu'à ce qu'il fût temps de dresser la table,
car mon hôte s'entendait
à me faire la conversation
88 sans me poser la moindre question.
Nous nous sommes lavé les mains pour le repas ;
mon bon hôte me fit dîner
assis à côté de lui :
92 un tel hôte ne se rencontre pas souvent.
Près de moi s'assit sa mère,
qui n'était ni rustre ni aigre.
Je ne veux pas vous faire un long récit :
96 nous fûmes bien servis à table,
nous avons eu beaucoup à boire et à manger.
Après le dîner nous nous lavâmes les mains,
et nous sommes allés nous détendre dans le pré.
100 Je demandai à cet homme intègre
comment on l'appelait,
afin que son nom me fût connu.
Il me dit : « Je m'appelle Courtois,
104 mais les gens de cette région
estiment que je ne vaux pas un sou.

Ainz sui en grant confusion,
Que chacuns d'eulz me moustre au doi,
108 Si que ne sai que faire doi.
Ma mere ra non Cortoisie,
Qui bien est mais en cort teisie,
Et ma fame a non Bele Chiere,
112 Que sorvenant avoient chiere,
Et li estrange et li privei,
Quant il estoient arivei.
Mais cist l'ocistrent au venir
116 Tantost qu'il la porent tenir.
Qui bele chiere wet avoir.
Il l'achate de son avoir.
Il n'ainment joie ne deduit :
120 Qui lor done, si les deduit
Et les solace et les deporte.
Nuns povres n'i pasce la porte
Qui ne puet doneir sanz prometre.
124 Qui n'a asseiz la main ou mettre
N'atende pas qu'il fasse choze
Dont biens li veingne a la parcloze,
Ainz s'en revoit en son païs,
128 Que dou venir fu folz naïz.
En ceste vile a une court :
Nul leu teil droiture ne court *f. 20 r° 1*
Com ele court a la court ci,
132 Car tuit li droit sont acourci
Et droiture adés i acourte.
Se petite iere, or est plus courte
Et toz jors mais acourtira,
136 Ce sache cil qu'a court ira.
Et teiz sa droiture i achate
Qui n'en porte chaton ne chate,

---

* v. 117. *B* Car qui veut b. c. avoir — v. 121. *B* et les conforte — v. 130. *B* Nelui pour d. n'i c. — v. 134. *B* p. est ce est p.

---

1. Le texte original, intraduisible tel quel, offre une variante de

Je suis couvert de honte :
chacun d'eux me montre du doigt,
108 si bien que je ne sais que faire.
Ma mère s'appelle Courtoisie :
il n'est plus question d'elle dans les cours.
Quant à ma femme, appelée Mine Accueillante,
112 tous les visiteurs l'aimaient,
les étrangers comme les familiers,
dès qu'ils étaient arrivés.
Mais les gens d'ici la tuèrent à sa venue,
116 sitôt qu'ils purent s'emparer d'elle.
Qui veut trouver mine accueillante
doit l'acheter de son argent.
Ils n'aiment ni la joie ni le plaisir :
120 qui leur fait des dons, celui-là leur fait plaisir,
les distrait, les amuse.
Nul pauvre ne passe la porte
s'il ne peut payer comptant.
124 Qui n'a de quoi sous la main,
qu'il n'espère pas, en quoi que ce soit,
obtenir un résultat favorable,
mais qu'il retourne dans son pays ;
128 il a été un vrai fou de le quitter.
Dans cette ville, il y a une cour ;
nul autre lieu n'est régi par le droit
qui a cours dans cette cour :
132 tous les droits y sont raccourcis
et la droiture y est chaque jour plus courte.
Elle était petite : elle est encore plus courte,
et tous les jours raccourcira.
136 Qu'il le sache, celui qui à la cour ira.
Et tel y achète son droit
qui n'emporte pas le morceau[1] :

---

l'expression « acheter chat en sac », qui apparaît au v. 173. Les chats, recherchés pour leur fourrure, étaient transportés dans des sacs, dont l'acheteur, par crainte des griffes, pouvait hésiter à vérifier le contenu, au risque, non seulement d'être trompé sur la marchandise, mais encore, comme ici, de ne rien trouver du tout dans le sac.

[Si l'a chierement acheté
140 De son cors et de son cheté,]
Et avoit droit quant il la vint,
Mais au venir li mesavint.
Car sa droiture ert en son coffre,
144 Si fu pilliez en "roi, di c'offre".
Sachiez de la court de laienz
Que il n'i a clerc ne lai enz,
Se vos voleiz ne plus ne mains,
148 Qu'avant ne vos regart au mains.
Se vos aveiz, vos averoiz.
Se vos n'aveiz, vos i feroiz
Autant com l'oie seur la glace,
152 Fors tant que vos aureiz espace
De vos moqueir et escharnir.
De ce vos wel je bien garnir,
Car la terre est de teil meniere
156 Que touz povres fait laide chiere.
Mains raüngent et wident borces
Et faillent quant elz sont rebources,
Ne ne welent nelui entendre
160 C'il n'i pueent rungier et prendre,
Car de "reüngent mains" est dite
La citeiz qui n'est pas petite.
Teiz i va riches et rians
164 Qui s'en vient povres mendianz.
Laianz vendent, je vos afi,
Le patrimoinne au Crucefi
A boens deniers sés et contans. *f. 20 r° 2*
168 Si lor est a pou dou contanz
Et de la perde que cil ait

---

* v. 139-140. *C mq.* — v. 144. *B mq.* — v. 151. *B* A. l'eue sur — v. 156. *B* Qu'a t. — v. 169. *B* Et do domage que

---

1. Il s'agit probablement d'un jeu dans lequel l'un des joueurs était contraint de donner à son partenaire ce que celui-ci lui demandait, de même que dans le jeu du « roi qui ne ment » il devait répondre sans détour à toutes ses questions (cf. Adam de la Halle, éd. P.-Y. Badel,

il a pourtant payé le prix fort,
140 de sa personne et de ses biens,
et il avait le droit pour lui quand il y vint,
mais à sa venue il lui est mésavenu.
Son bon droit était dans son coffre :
144 il fut pillé au jeu de "qu'est-ce que tu m'offres[1] ?"
À propos de cette cour, sachez-le,
il n'y a là clerc ni laïc,
si vous voulez une chose, grande ou petite,
148 qui d'abord ne regarde vos mains.
Si vous avez, vous aurez.
Si vous n'avez rien, vous ne ferez rien de mieux
qu'une oie dérapant sur la glace,
152 sauf que vous aurez tout le temps
d'essuyer moqueries et sarcasmes.
Là-dessus je veux bien vous mettre en garde,
car ce pays est ainsi fait
156 que tout pauvre y fait grise mine.
Beaucoup y rongent et vident les bourses,
vous laissent tomber quand elles sont plates,
et ne veulent écouter personne
160 s'ils n'y trouvent à ronger et à prendre :
"rongent-mains", c'est de là qu'est nommée
cette ville, qui n'est pas petite[2].
Tel y va riche et joyeux
164 qui s'en revient pauvre mendiant.
Ils vendent là, je vous l'affirme,
le patrimoine du Crucifix[3]
contre de bons deniers comptants.
168 Ils se soucient peu de la gêne
et de la perte subies par l'acheteur,

« Lettres gothiques », 1992, *Jeu de Robin et de Marion*, v. 490-592). F.-B., qui évoque le défilé des sujets apportant des cadeaux dans le *Couronnement de Renart* (v. 2657 ss.), observe toutefois que « la construction avec *en* n'est pas naturelle » (I, 292). **2.** Un calembour polémique fréquent au Moyen Âge interprétait le nom de ROMA comme une abréviation de Rodit Manus (qui ronge les mains). Voir les références et les exemples donnés par F.-B. I, 293. **3.** Les biens de l'Église. Cf. *Dit de sainte Église* 63, *Complainte d'Outremer* 120-1, *Nouvelle complainte d'Outremer* 223, *État du monde* 50.

Qui puis en a et honte et lait.
Qui l'achate ainz qu'il soit delivres,
172 Rutebuez dit que cil est yvres
Quant il achate chat en sac,
S'avient puis que hon dit "eschac"
De folie matei en l'angle,
176 Que hon n'at cure de sa jangle.
Avarice est de la cort dame,
A cui il sunt de cors et d'arme,
Et ele en doit par droit dame estre,
180 Qu'il sunt estrait de son ancestre.
Et ele est dou mieulz de la vile
(Ne cuidiez pas que ce soit guile)
Car ele en est nee et estraite,
184 Et Covoitise la seurfaite
Qui est sa couzine germainne.
Par ces .II. se conduit et mainne
Toute la cours entierement,
188 Cel compeire trop chierement
Sainte Eglize par mainte fois,
Et si em empire la foiz,
Car teiz i va boens crestiens
192 Qui s'en vient fauz farisiens. »
Quant il m'ot asseiz racontei
De ces gens qui sunt sanz bontei,
Je demandai qui est li sires,
196 Ce c'est roiauteiz ou empires,
Et il me respont sans desroi :
« N'i a empereor ne roi
Ne seigneur, qu'il est trespasseiz.
200 Mais atendans i a aseiz
Qui beent a la seignorie.
Vainne Gloire et Ypocrisie *f. 20 v° 1*
Et Avarice et Covoitize
204 Cuident bien avoir la justise,
Car la terre remaint sans oir,

---

* v. 171. *B* sot livres — v. 172. *B* est delivres — v. 175. *B* en sa langle — v. 181-182. *B mq.* — v. 194. *C* ces geux qui — v. 200. *B* Car a.

qui en retire ensuite de la honte et du tort.
Celui qui l'achète sans qu'il soit libre à la vente,
172 Rutebeuf dit qu'il doit être ivre[1]
pour acheter ainsi chat en sac,
et il arrive que, quand on a dit "échec"
à un sot maté dans l'angle,
176 on ne se soucie pas de ses jérémiades.
Avarice règne sur cette cour,
tous lui appartiennent corps et âme,
et il est juste qu'elle y règne,
180 car ils descendent tous d'elle.
Dans la ville elle tient le haut du pavé
(ne croyez pas que ce soit un mensonge),
car elle y est née, en est originaire,
184 ainsi que Convoitise l'arrogante,
qui est sa cousine germaine.
Ces deux-là conduisent et dirigent
complètement toute la cour,
188 et bien souvent la Sainte Église
le paie très cher,
la foi en dégénère,
car tel y va bon chrétien
192 qui s'en revient hypocrite pharisien[2]. »
Quand il m'eut bien parlé
de ces gens où il n'y a rien de bon,
je demandai qui était leur seigneur,
196 si c'était un royaume ou un empire,
et il me répondit bien simplement :
« Il n'y a ni empereur ni roi
ni seigneur, car il est mort.
200 Mais les prétendants sont nombreux,
qui aspirent au pouvoir.
Vaine Gloire, Hypocrisie,
Avarice, Convoitise
204 comptent bien régner,
car la terre reste sans héritier,

---

1. Rutebeuf oublie que tout ce discours est placé dans la bouche de Courtois. Cf. *Voie d'Humilité (Paradis)* 305 et 660. **2.** Allusion selon Dufeil (1972, p. 322) au revirement de Chrétien de Beauvais.

Si la cuide chacuns avoir.
D'autre part est Humiliteiz
208 Et Bone Foiz et Chariteiz
Et Loiauteiz : cil sont a destre,
Qui deüssent estre li mestre.
Et cil les welent maitroier
212 Qui ne ce welent otroier
A faire seigneur se n'est d'eux :
Si seroit damages et deulz.
Cil s'asemblent asseiz souvent
216 Et en chapitre et en couvant :
Asseiz dient, mais il font pou.
N'i a saint Pere ne saint Pou,
C'est ce auques de lor afaire.
220 Mais orendroit n'en ont que faire. »
Je vox savoir de lor couvainne
Et enquerre la maitre vainne
De lor afaire et de lor estre,
224 Liqueiz d'eulz porroit sires estre,
Et vi qu'a ceste vesteüre
N'auroie pain n'endosseüre.
.VIII. aunes d'un camelin pris,
228 Brunet et gros, d'un povre pris,
Dont pas ne fui a grant escot,
S'en fis faire cote et sorcot
Et une houce grant et large,
232 Forree d'une noire sarge ;
Li sorcoz fu a noire panne.
Lors ou ge bien trovei la manne,
Car bien sou faire le marmite,
236 Si que je resembloie hermite
Celui qui m'esgardoit defors. *f. 20 v° 2*
Mais autre cuer avoit ou cors.
Ypocrisie me resut,

---

* v. 226. *B* N'a. pooir deseure — v. 232. *B* noire chape

---

1. Double jeu de mots sur l'homonymie, d'une part de « saint Pere » (saint Pierre) et « saint Pere » (le saint Père), d'autre part de

si bien que chacun pense l'avoir.
En face, il y a Humilité,
208 Bonne Foi, Charité,
Loyauté : ces personnages sont en retrait,
alors qu'ils devraient être les maîtres.
Et les autres veulent les dominer,
212 ne voulant consentir
à nommer un seigneur, s'il n'est l'un d'eux :
ce serait pourtant pitoyable et déplorable.
Bien souvent ils se réunissent
216 en chapitre et en assemblée,
parlant beaucoup, agissant peu.
Il n'y a plus ni saint Pierre ni saint Paul[1] ;
pourtant, c'est un peu leur affaire.
220 Mais pour l'instant ils ne s'en soucient guère. »
Je voulus découvrir leurs projets
et m'informer du cours essentiel
de leurs affaires et de leurs façons,
224 pour savoir qui d'entre eux pourrait être seigneur.
Je vis qu'avec les habits que je portais
je n'obtiendrais ni pain ni vêtements.
J'achetai huit aunes d'une laine mélangée[2],
228 brune, grossière et bon marché,
qui ne me coûta pas grand-chose,
j'en fis faire cotte et surcot[3],
et une robe grande et large,
232 fourrée de serge noire ;
noire était la doublure du surcot.
J'avais trouvé le filon,
car je sus si bien faire le tartufe
236 que j'avais l'air d'un ermite
pour qui me regardait du dehors.
Mais mon cœur au-dedans était bien différent.
Hypocrisie me reçut,

« Pou » (Paul) et « pou » (peu). Le v. 219 signifie que c'est l'affaire du conclave de donner un chef à l'Église. **2.** Le camelin était une étoffe de laine rustique, dont la chaîne était formée de poils de chèvre ou de chameau. **3.** La cotte était une tunique de dessous, portée sur la chemise, le surcot un vêtement qui se portait sur la cotte.

240 Qui trop durement se desut,
Car ces secreiz et ces afaires,
Por ce que je fu ces notaires,
Sou touz, et quanqu'ele pensoit
244 Sor ce que vos orroiz ensoit.
Ele vout faire son voloir,
Cui qu'en doie li cuers doloir :
Il ne lor chaut, mais qu'il lor plaise,
248 Qui qu'en ait poinne ne mesaise.
Vins et viandes wet avoir,
S'om les puet troveir por avoir,
Juqu'a refoule Marion,
252 Et non d'ameir religion
Et de toutes vertuz ameir.
S'a en li tant fiel et ameir
Qu'il n'est nuns hom qui li mefface
256 Qui jamais puist avoir sa grace.
C'est li glasons qui ne puet fondre :
Chacun jor le vodroit confondre,
Ce chacun jor pooit revivre.
260 Ours ne lyons, serpent ne wyvre
N'ont tant de cruautei encemble
Com ele seule, ce me cemble.
Ce vous saveiz raison entendre,
264 C'est li charbons desoz la cendre,
Qui est plus chauz que cil qui flame.
Aprés si wet que hons ne fame
Ne soit oïz ne entenduz
268 Ce il ne c'est a li renduz.
Puis qu'il est armeiz de ces armes,
Et il puet l'an ploreir .II. larmes
Ou faire cemblant dou ploreir,
272 Il n'i a fors de l'aoreir : *f. 21 r° 1*

---

* v. 247. *B* Ne puet chaloir mais qu'il li p. — v. 270. *B* puet len plorer. *La leçon de C est* lan *et non pas* lair *comme l'a lu F.-B., dont le commentaire (« deux leçons également obscures ») est donc injustifié.*

240 qui fut complètement dupe,
car ses secrets et ses affaires,
comme j'étais son notaire,
me furent tous connus, et tout ce qu'elle pensait
244 sur ce que vous allez entendre.
Elle voulait faire sa volonté,
quelque souffrance que d'autres en ressentent :
les gens comme elle se moquent, pourvu qu'ils
[aient ce qu'ils veulent,
248 de la peine et du malheur d'autrui[1].
Les vins, la nourriture,
si on trouve à en acheter,
elle veut s'en mettre jusque-là,
252 et avoir en plus la réputation
d'aimer la religion et toutes les vertus.
Il y a en elle tant de fiel et si amer que nul,
s'il lui fait du tort,
256 n'obtiendra jamais son pardon.
C'est un glaçon qui ne peut fondre :
pour avoir le plaisir de le tuer chaque jour,
elle voudrait que son ennemi chaque jour ressuscitât.
260 Ours et lion, serpent et vipère,
ont moins de cruauté tous ensemble
qu'elle toute seule, il me semble.
Si vous comprenez le sens des mots,
264 elle est la braise sous la cendre,
plus chaude que celle qui flambe[2].
Ensuite, elle interdit que quiconque
soit écouté et entendu
268 s'il n'est entré dans son Ordre.
Du moment qu'il porte ses armes
et qu'il peut verser deux larmes par an
ou faire semblant de pleurer,
272 il n'y a rien d'autre à faire que se mettre à ses pieds :

---

1. Les v. 245-8 sont pratiquement identiques aux v. 135-8 du *Dit des Règles*. **2.** Allusion au proverbe « Qui plus covre le fu e plus ard » (Morawski 2083), ou encore « Com plus couve li feus, plus art », forme utilisée par Rutebeuf lui-même (*Complainte de Guillaume* 29, *Repentance* 78).

Guerroier puet Dieu et le monde,
Que nuns n'est teiz qu'il li responde.
Teil aventage ont ypocrite
276 Quant il ont la parole dite
Que il welent estre creü,
Et ce c'onques ne fu veü
Wellent il tesmoignier a voir.
280 Qui porroit tel eür avoir
Con de lui loeir et prisier,
Il s'en feroit boen desguisier
Et vestir robe senz coleur,
284 Ou il n'at froit n'autre doleur,
Large robe, solers forreiz.
Et quant il est bien afeutreiz,
Si doute autant froit comme chaut
288 Ne de povre home ne li chaut,
Qu'il cuide avoir Dieu baudement
Ou cors tenir tot chaudement.
Tant a Ypocrisie ovrei
292 Que grant partie a recovrei
En cele terre dont je vin.
Grant decretistre, grant devin
Sont, a la court, de sa maignie.
296 Bien est la choze desreignie,
Qu'ele avoit a election
La greigneur congregacion,
Et di por voir, non pas devine,
300 Se la choze alast par crutine,
Qu'ele enportast la seignerie,
Ne n'estoit pas espoerie.
Mais Dieux regarda au damage
304 Qui venist a l'umain lignage
S'Ypocrisie a ce venist
Et se si grant choze tenist.
Que vos iroië aloignant *f. 21 r° 2*

---

* v. 282. *B* devroit bien

il peut faire la guerre et à Dieu et au monde,
nul n'est de taille à lui résister.
Les hypocrites ont la prétention,
276 quand ils ont dit quelque chose,
de vouloir être crus,
et ce qu'on n'a jamais vu,
ils veulent l'attester comme vrai.
280 Celui qui aurait la chance
d'avoir bonne opinion de soi,
il ferait bien de s'en cacher
et de revêtir une robe terne,
284 qui protège du froid et du reste,
une robe large et des souliers fourrés.
Et quand il est bien harnaché,
il ne craint ni le froid ni le chaud,
288 et il se soucie peu des pauvres,
pensant gagner gaiement le Ciel
en tenant son corps bien au chaud.
Hypocrisie a tant fait
292 qu'elle s'est emparée d'une grande partie
du pays dont je suis venu.
Grands juristes, grands théologiens,
à la cour, sont tout à elle.
296 Tout était si bien arrangé
que pour une élection
elle avait la majorité :
je dis en vérité, et non par conjecture[1],
300 que si on avait procédé par vote,
elle aurait obtenu le pouvoir ;
elle n'avait pas d'inquiétude.
Mais Dieu considéra le dommage
304 qu'aurait subi le genre humain
si Hypocrisie avait réussi
et disposé d'un tel pouvoir.
Que vous dirais-je de plus,

---

1. Vers identique au v. 46 du *Dit du Mensonge* et au v. 14 de la *Voie d'Humilité (Paradis)*.

308 Ne mes paroles porloignant ?
Li uns ne pot l'autre soffrir,
Si se pristrent a entr'offrir
L'uns a l'autre Cortois mon oste :
312 Chacuns le wet, nuns ne s'en oste.
Lors si fu Cortois esleüz,
Et je fui de joie esmeüz,
Si m'esveillai inelepas
316 Et si ou tost passeiz les pas
Et les mons de Mongieu sans noif.
Ce ne vos mes je pas en noi
Qu'il n'i eüst moult de paroles
320 Ainz que Cortois fust apostoles.

Explicit.

---

* v. 308. *B mq.* — v. 310. *B* encoffrir — v. 315. *B* Si merveilla — v. 317. *B* Mongeu oez moi — *B* Explicit d'ypocrisie.

308 pourquoi prolonger mon récit ?
Ils se détestaient mutuellement,
et commencèrent à proposer
entre eux de voter pour Courtois, mon hôte :
312 chacun le veut et nul ne s'en dédit.
Courtois fut donc élu,
et moi, transporté de joie,
je m'éveillai aussitôt :
316 j'eus tôt fait de passer les cols,
les monts, le Saint-Bernard, sans rencontrer la neige.
Je ne nierai pas
qu'on ait échangé beaucoup de paroles
320 avant que Courtois devienne pape[1].

---

1. Il faut attendre le dernier mot pour que la clé du poème soit explicitement donnée. Jusque là Rome n'est mentionnée que par allusions (cf. v. 161 et n. 2, p. 305), et le pontificat est désigné comme « la seigneurie ».

LA COMPLAINTE RUTEBEUF

Au v. 53, le poète nous dit que sa femme vient d'avoir un enfant. Il y a donc une certaine logique à placer le poème un an après le Mariage Rutebeuf, *au début de l'hiver (v. 69-71, 78-79). C'est peut-être se laisser prendre une fois de plus à de fausses confidences. L'accumulation des catastrophes de tous ordres qui s'abattent sur le malheureux est dérisoire autant que pitoyable. Elle a quelque chose de grotesque en même temps que de lamentable dans sa monotone diversité : il a perdu un œil, son cheval s'est cassé une patte et sa femme a accouché. On y soupçonne l'artifice de l'exhibition du moi dont on a parlé dans l'introduction. Cependant, le poème s'achève en forme de placet pour obtenir de l'aide d'un protecteur, le frère du roi, Alphonse, comte de Poitiers et de Toulouse. Il faut donc qu'il ait un fond de vérité, parfaitement compatible au demeurant avec l'artifice. Et il s'accorde trop bien avec la crise que traverse Rutebeuf dans l'hiver 1261-1262 pour que l'on puisse hésiter davantage à le dater de cette période.*

Les v. 110-124 de la Complainte Rutebeuf *sont, à juste titre, les plus célèbres de toute l'œuvre du poète.*

Manuscrits : A, f. 308 r° ; *B*, f. 135 r° ; *C*, f. 47 v° ; *D*, f. 45 v°. *Texte de C*. Le passage absent de *C* (v. 148-156) est restitué d'après *A*.

* Titre : *A* La complainte Rutebeuf, *D* Ci commance le dit de l'ueil Rustebuef

CI ENCOUMENCE LA COMPLAINTE RUTEBUEF DE SON OEUL

Ne covient pas je vos raconte *f. 48 r° 1*
Coument je me sui mis a hunte,
Quar bien aveiz oï le conte
4 En queil meniere
Je pris ma fame darreniere,
Qui bele ne gente nen iere.
7 Lors nasqui painne
Qui dura plus d'une semainne,
Qu'el coumensa en lune plainne.
10 Or entendeiz,
Vos qui rime me demandeiz,
Coument je me sui amendeiz
13 De fame panrre.
Je n'ai qu'engagier ne que vendre,
Que j'ai tant eü a entendre
16 Et tant a faire,
Et tant d'anui et de contraire,
Car, qui le vos vauroit retraire,
19 Il durroit trop.
Diex m'a fait compaignon a Job :
Il m'a tolu a un sol cop
22 Quanque j'avoie,
De l'ueil destre, dont miex veoie,
Ne voi ge pas aleir la voie
25 Ne moi conduire.
Ci a doleur dolante et dure,
Qu'endroit meidi m'est nuit oscure
28 De celui eul.
Or n'ai ge pas quanque je weil,

---

* v. 1. *B* Ne cuidiez p. — v. 17. *A* Quanques j'ai fait est a refere, *B mq.* — v. 18. *A* Que, *D* Or — v. 20. *D* c. jacob — v. 22. *D* Ce que j'amoie — v. 27. *A* Qu'a miedi m'est, *B* Qu'a midi cuit je nuit, *D* Neis miedi m'est nuit

LA COMPLAINTE DE RUTEBEUF SUR SON ŒIL

Inutile que je vous raconte
comment j'ai sombré dans la honte :
vous connaissez déjà l'histoire,
4 de quelle façon
j'ai récemment pris femme,
une femme sans charme et sans beauté.
7 Ce fut la source de mes maux
qui ont duré plus d'une semaine,
car ils ont commencé avec la pleine lune[1].
10 Écoutez donc,
vous qui me demandez des vers,
quels avantages j'ai tirés
13 du mariage.
Je n'ai plus rien à mettre en gage ni à vendre :
j'ai dû faire face à tant de choses,
16 eu tant à faire,
tant de soucis et de contrariétés,
que vous le raconter
19 serait trop long.
Dieu a fait de moi un autre Job :
il m'a pris d'un coup
22 tout ce que j'avais.
De mon œil droit, qui était le meilleur,
je n'y vois pas assez pour distinguer ma route
25 et me conduire.
C'est vraiment un malheur :
pour cet œil il fait nuit noire
28 en plein midi.
Je ne suis certes pas au comble de mes vœux,

---

1. Les jours correspondant à la pleine lune (quinzième et seizième jours de la lunaison) étaient réputés néfastes : les mariages contractés ces jours-là seraient malheureux, et graves les maladies qui se déclareraient pendant cette période.

Ainz sui dolanz et si me dueil
31 Parfondement,
C'or sui en grant afondement
Ce par ceulz n'ai relevement
34 Qui juque ci
M'ont secorru, la lor merci.
Moult ai le cuer triste et marri
37 De cest mehaing, *f. 48 r° 2*
Car je n'i voi pas mon gaaing.
Or n'ai je pas quanque je aing :
40 C'est mes damaiges.
Ne sai ce s'a fait mes outrages.
Or devanrrai sobres et sages
43 Aprés le fait
Et me garderai de forfait.
Mais ce que vaut quant c'est ja fait ?
46 Tart sui meüz.
A tart me sui aparceüz
Quant je sui en mes laz cheüz
49 Ce premier an.
Me gart cil Diex en mon droit san
Qui por nous ot poinne et ahan,
52 Et me gart l'arme !
Or a d'enfant geü ma fame ;
Mes chevaux ot brizié la jambe
55 A une lice ;
Or wet de l'argent ma norrice,
Qui m'en destraint et m'en pelice
58 Por l'enfant paistre,
Ou il revanrra braire en l'aitre.
Cil sire Diex qui le fit naitre
61 Li doint chevance
Et li envoit sa soutenance,
Et me doint ancor alijance
64 Qu'aidier li puisse,

---

* v. 30. *D* De quoi parfondement me dueil — v. 31-39. *D mq.* — v. 38-39. *B intervertis* — v. 41. *B mq.* — v. 44. *B mq.* — v. 48. *A* ja es las c., *D* sui en viez l.

mais plongé dans le malheur,
31 profondément :
je suis au fond du trou,
si ne m'en tirent pas
34 ceux qui jusqu'ici
m'ont secouru (qu'ils en soient remerciés !).
Je suis bien triste, bien contrarié
37 de cette infirmité,
car je n'y vois aucun profit.
Rien ne va comme je veux :
40 quel malheur !
Est-ce l'effet de mon inconduite ?
Je serai désormais sobre et raisonnable
43 (après coup !)
et je me garderai de mes erreurs passées.
Mais à quoi bon, puisque le mal est fait ?
46 Je m'émeus bien tard,
je me rends compte bien tard des choses,
alors que j'étais pris au piège
49 dès cette première année.
Que le Dieu qui pour nous a souffert la Passion
ne me laisse pas devenir fou
52 et protège mon âme !
Ma femme vient d'avoir un enfant ;
mon cheval s'est cassé une patte
55 contre une barrière ;
maintenant la nourrice veut de l'argent
(elle m'étrangle, elle m'écorche)
58 pour nourrir l'enfant,
sinon il reviendra brailler dans la maison.
Que le Seigneur Dieu qui l'a fait naître
61 lui donne de quoi vivre,
qu'il lui envoie sa subsistance,
qu'il me soulage à l'avenir
64 afin que je puisse l'aider,

Et que miex son vivre li truisse,
Et que miex mon hosteil conduisse
67 Que je ne fais.
Ce je m'esmai, je n'en puis mais,
Car je n'ai douzainne ne fais,
70 En ma maison,
De buche por ceste saison.
Si esbahiz ne fu nunz hom
73 Com je sui voir,
C'onques ne fui a mainz d'avoir.
Mes hostes wet l'argent avoir *f. 48 v° 1*
76 De son hosteil,
Et j'en ai presque tout ostei,
Et si me sunt nu li costei
79 Contre l'iver,
Dont mout me sunt changié li ver
(Cist mot me sunt dur et diver)
82 Envers antan.
Par poi n'afoul quant g'i enten.
Ne m'estuet pas tenneir en ten,
85 Car le resvuoil
Me tenne asseiz quant je m'esvuoil ;
Si ne sai, se je dor ou voil
88 Ou se je pens,
Queil part je panrrai mon despens
De quoi passeir puisse cest tens :
91 Teil siecle ai gié.
Mei gage sunt tuit engaigié
Et d'enchiez moi desmenagiei,
94 Car g'ai geü
Trois mois, que nelui n'ai veü.
Ma fame ra enfant eü,
97 C'un mois entier

---

* v. 65-66. *A* Que la povretez ne me nuise / Et que miex son vivre li truise – *Entre 76 et 77, D intercale* : Il doit bien avoir non hostel / Celui du roy n'est pas itel / Miex est paié — v. 77. *ABD* Et j'en ai, *C* Et je nen ai — v. 80-81. *A intervertis* — v. 81. *B mq.* — v. 82. *D* Avers qu'enten — v. 83. *B* A pou ne fons quant je i pens — v. 84-86. *B mq.* — v. 85. *D* Quant me merveil

que je gagne mieux son pain
et que je conduise mieux ma maison
67 que je ne le fais !
C'est l'angoisse, je n'y peux rien,
car je n'ai pas le moindre tas
70 de bûches
dans ma maison pour cet hiver.
Nul n'a jamais été dans un tel désarroi
73 que moi, c'est la vérité,
car jamais je n'ai eu aussi peu d'argent.
Mon propriétaire veut toucher le loyer
76 de la maison,
et je l'ai presque entièrement vidée,
je suis nu
79 face à l'hiver :
voilà une tout autre chanson
(ces mots me sont durs et cruels)
82 que l'an dernier[1].
Je deviens presque fou quand j'y pense.
Pas besoin de tanin pour me tanner,
85 car le réveil
me tanne assez quand je m'éveille ;
que je dorme, que je veille,
88 que j'y pense,
je ne sais où trouver de quoi
passer cette mauvaise période :
91 voilà mon sort.
Tout ce qui peut l'être a été mis en gage
et déménagé de chez moi,
94 car je suis resté couché
trois mois, sans voir personne.
De son côté ma femme, ayant eu un enfant,
97 un mois entier

— v. 86. *AB* quant je m'esveil, *C* resvoil, *D* qu. me resveil
— v. 87-88. *B fondus en un seul vers* : Se ne sai se dor ou veille ou pens

---

1. Voir *Griesche d'hiver*, n. 1 et 2, p. 197.

Me ra geü sor le chantier.
Ge [me] gisoie endementier
100 En l'autre lit,
Ou j'avoie pou de delit.
Onques mais moins ne m'abelit
103 Gesirs que lors,
Car j'en sui de mon avoir fors
Et s'en sui mehaigniez dou cors
106 Jusqu'au fenir.
Li mal ne seivent seul venir ;
Tout ce m'estoit a avenir,
109 C'est avenu.
Que sunt mi ami devenu
Que j'avoie si pres tenu *f. 48 v° 2*
112 Et tant amei ?
Je cuit qu'il sunt trop cleir semei ;
Il ne furent pas bien femei,
115 Si sunt failli.
Iteil ami m'ont mal bailli,
C'onques, tant com Diex m'assailli
118 E[n] maint costei,
N'en vi .I. soul en mon ostei.
Je cui li vens les m'at ostei,
121 L'amours est morte :
Se sont ami que vens enporte,
Et il ventoit devant ma porte,
124 Ces enporta,
C'onques nuns ne m'en conforta
Ne riens dou sien ne m'aporta.
127 Ice m'aprent
Qui auques at, privei le prent ;
Et cil trop a tart ce repent
130 Qui trop a mis
De son avoir a faire amis,

---

* v. 99. *A* Je me gisoie, *BD* Et je g., *C* Ge g. — v. 113-114. *B intervertis* — v. 113. *B* Il furent trop a c. — v. 114-119. *D mq.* — v. 114. *ABD* femé, *C* femrei — v. 116. *B mq.*

m'est restée chambrée[1].
Pendant ce temps j'étais couché
100 dans l'autre lit,
où je ne m'amusais guère.
Jamais je n'ai eu moins de plaisir
103 qu'alors à être au lit,
car j'y ai perdu de l'argent
et j'en reste infirme
106 pour le restant de mes jours.
Un malheur n'arrive jamais seul ;
tout cela devait m'arriver :
109 c'est fait.
Que sont devenus mes amis
qui m'étaient si proches,
112 que j'aimais tant ?
Je crois qu'ils sont bien clairsemés ;
ils n'ont pas eu assez d'engrais :
115 les voilà disparus.
Ces amis-là ne m'ont pas bien traité :
jamais, aussi longtemps que Dieu multipliait
118 mes épreuves,
il n'en est venu un seul chez moi.
Je crois que le vent me les a enlevés,
121 l'amitié est morte ;
ce sont amis que vent emporte,
et il ventait devant ma porte :
124 il les a emportés,
si bien qu'aucun ne m'a réconforté
ni donné de sa poche le moindre secours.
127 Cela m'apprend
que le peu qu'on a, un ami le prend ;
et il se repent trop tard
130 celui qui a mis
trop d'argent à se faire des amis,

1. La traduction substitue un jeu de mots sur le thème du vin à un autre : le *chantier* désigne les tréteaux sur lesquels on couche un tonneau.

Qu'il nes trueve entiers ne demis
133 A lui secorre.
Or lairai donc Fortune corre,
Si atendrai a moi rescorre,
136 Se jou puis faire.
Vers les bone gent m'estuet traire
Qui sunt preudome et debonaire
139 Et m'ont norri.
Mi autre ami sunt tuit porri :
Je les envoi a maitre Horri
142 Et cest li lais,
C'on en doit bien faire son lais
Et teil gent laissier en relais
145 Sens reclameir,
Qu'il n'a en eux riens a ameir
Que l'en doie a amor clameir. *f. 49 r° 1*
148 [Or prie Celui
Qui trois parties fist de lui,
Qui refuser ne set nului
151 Qui le reclaime,
Qui l'aeure et seignor le claime,
Et qui cels tempte que il aime,
154 Qu'il m'a tempté,
Que il me doinst bone santé,
Que je face sa volenté]
157 Mais cens desroi.
Monseigneur qui est fiz de roi
Mon dit et ma complainte envoi,
160 Qu'il m'est mestiers,
Qu'il m'a aidié mout volentiers :

---

* v. 135. *A* entendrai, *D* penseré de m. — v. 137. *A* mes preudommes, *B* les p., *D* les prodesommes doit t. — v. 138. *ABD* Qui sont cortois et d. — v. 146. *B* riens qu'amer, *D* riens que mer — v. 148-156. *C mq.* — v. 152. *B mq.* — v. 157. *A* Tout sanz d. — v. 158-165. *D mq.*

car il n'en trouve pas la moitié d'un bon[1]
133 pour lui venir en aide.
Je laisserai donc faire la Fortune
et je veillerai à m'aider moi-même,
136 si je le puis.
Il faut me tourner vers les gens de bien,
les généreuses, excellentes personnes,
139 qui m'ont entretenu.
Mes autres amis sont tous pourris :
je les envoie à M. Poubelle[2]
142 et les lui laisse :
des gens pareils, on peut en faire son deuil
et les laisser dans leur coin
146 sans rien demander,
car il n'y a en eux rien que l'on puisse aimer
et qui mérite le nom d'amitié.
148 Je prie donc Celui
qui se partagea en trois personnes,
qui ne sait repousser aucun
151 de ceux qui l'invoquent,
l'adorent, l'appellent leur Seigneur,
qui éprouve ceux qu'il aime
154 (et il m'a éprouvé),
de me donner la santé,
que je puisse faire sa volonté
156 désormais sans faillir.
À mon seigneur, qui est fils de roi,
j'envoie mon dit et ma complainte,
159 car j'ai besoin de lui,
et qu'il m'a aidé de bonne grâce :

---

1. Dans le texte original, *entiers* est pris à la fois au sens figuré, « sincère », et au sens propre, avec le jeu de mots *entiers ne demis*. **2.** Maître Orri ou Horri semble avoir eu au début du XIIIe siècle l'entreprise du curage des égouts de Paris. En tout cas son nom est couramment employé pour désigner un vidangeur. Cf. *Charlot le Juif qui chia dans la peau du lièvre* 126.

C'est li boens cuens de Poitiers
163 Et de Toulouze.
Il saurat bien que cil golouze
Qui si faitement se dolouze.

Explicit.

* *AB* Explicit la complainte Rustebuef, *D* Explicit le dit de l'ueil Rustebuef.

c'est l'excellent comte de Poitiers
163 et de Toulouse.
Il saura bien ce que désire
celui qui est plongé dans de telles douleurs.

LA REPENTANCE RUTEBEUF

Ce poème est intitulé La Mort Rutebeuf *par le manuscrit* A *et* La Repentance Rutebeuf *par les manuscrits* C *et* D. R *ne lui donne pas de titre. F.-B. choisit bien entendu le titre de* A *tout en reconnaissant : « À lire le texte, où il n'est pas question du poète mourant mais du poète repentant, il apparaît que le titre donné par les manuscrits* C *et* D *est le plus juste » (I, 572). F.-B. considère cependant que le poème exprime de toute façon un adieu définitif au monde et le place à la fin de la carrière du poète, en tout cas après 1270, peut-être même après 1277, voire 1285. Il est vrai que dans* A *il clôt la série des œuvres de Rutebeuf. De façon plus convaincante, Dufeil (1981, p. 286) le date de l'hiver 1261-1262 et y voit le reflet d'un tournant décisif dans la carrière de Rutebeuf, l'abandon de la polémique universitaire, évoquée aux vers 38-39 comme une tentation perverse et une compromission avec les intérêts du monde – même si aux v. 79-81 Renard désigne bien évidemment les Ordres mendiants.*

Il n'y a aucune raison de douter que le poème se fasse l'écho d'un retour de l'auteur sur lui même, d'une conversion, pour employer le langage du temps, liée à des circonstances particulières de sa vie. Mais on peut se demander dans le moule de quelle convention littéraire se coule cette démarche, et à cette question les deux titres, inventions des copistes, répondent chacun à sa manière. La Mort Rutebeuf *assimile le poème à des « vers de la mort » : n'emploie-t-il pas la strophe des plus anciens d'entre eux, ceux d'Hélinand ?* La Repentance Rutebeuf *y voit, à plus juste titre, l'exploitation d'un lieu commun analogue à celui que développe Guillaume le Clerc de Normandie au début du* Besant de Dieu : *le poète professionnel se repent d'avoir mis sa plume et le talent que Dieu lui a donné au service d'une littérature frivole ou coupable.*

Manuscrits : A, f. 332 r° ; *C*, f. 2 v° ; *D*, f. 25 r° ; *R*, f. 37 r°. *Texte de C.*

* Titre : *A* La mort Rustebeuf, *D* Ci commance la repentance de Rustebuef, *R mq.*

CI COUMENCE LA REPENTANCE RUTEBUEF

I

Laissier m'estuet le rimoier,
Car je me doi moult esmaier
Quant tenu l'ai si longuement.
Bien me doit li cuers larmoier,
C'onques ne me soi amoier
6 A Deu servir parfaitement,
Ainz ai mis mon entendement
En geu et en esbatement,
C'onques n'i dignai saumoier.
Ce pour moi n'est au Jugement
Cele ou Deux prist aombrement,
12 Mau marchié pris a paumoier.

II

Tart serai mais au repentir,
Las moi, c'onques ne sot sentir
Mes soz cuers que c'est repentance
N'a bien faire lui assentir.
Comment oserai je tantir
18 Quant nes li juste auront doutance ?
J'ai touz jors engrassié ma pance
D'autrui chateil, d'autrui sustance :
Ci a boen clerc, a miex mentir !
Se je di : « C'est par ignorance,
Que je ne sai qu'est penitance »,
24 Ce ne me puet pas garentir. *f. 2 v° 2*

---

* v. 5. *A* ne me poi — v. 9. *ADR* Qu'ainz ne daignai nes (D nos) s. — v. 12. *ADR* Mau marchié, *C* Mon marchié ; *D* a paiement. — v. 14. *R* ne poc sentir — v. 15. *A* Mes fols cuers quels est repentance, *D* Mes ses c., *R* De mon las cuer k'est repentance — v. 17. *A* Comment oseroie tentir — v. 22. *D* Se je

LA REPENTANCE DE RUTEBEUF

I

Il me faut laisser la rime :
combien j'ai lieu de m'inquiéter
de l'avoir si longtemps cultivée !
Mon cœur a tout lieu de pleurer :
jamais je n'ai su m'appliquer
6 à servir Dieu parfaitement.
Je n'ai occupé mon esprit
qu'au jeu et aux amusements,
sans jamais daigner dire les psaumes.
Si elle n'est pas de mon côté au jour du Jugement,
Celle en qui Dieu reposa en secret,
12 j'ai topé à un mauvais marché.

II

Il est bien tard maintenant pour me repentir,
pauvre de moi : jamais il n'a su éprouver,
ce cœur stupide, ce qu'est la repentance,
ni se résoudre à faire le bien.
Comment oserai-je souffler mot
18 quand même les justes trembleront ?
J'ai toujours engraissé ma panse
du bien, des ressources d'autrui[1] :
quel bon clerc je fais... par antiphrase !
Si je dis : « C'est par ignorance,
car je ne sais ce qu'est la pénitence »,
24 cette excuse ne peut me sauver.

---

di che c'est i. — v. 23. *R* Que ne sace k'est repentanche

---

1. Le v. 20 apparaît identique dans le *Dit des Règles* 22. Voir aussi *Pauvreté R.* 7.

III

Garentir ? Diex ! En queil meniere ?
Ne me fist Diex bontés entiere
Qui me dona sen et savoir
Et me fist en sa fourme chiere ?
Ancor me fist bontés plus chiere,
30 Qui por moi vout mort resovoir.
Sens me dona de decevoir
L'Anemi qui me vuet avoir
Et mettre en sa chartre premiere,
Lai dont nuns ne se peut ravoir
Por priere ne por avoir :
36 N'en voi nul qui revaigne arriere.

IV

J'ai fait au cors sa volentei,
J'ai fait rimes et s'ai chantei
Sus les uns por aux autres plaire,
Dont Anemis m'a enchantei
Et m'arme mise en orfentei
42 Por meneir au felon repaire.
Ce Cele en cui toz biens resclaire
Ne prent en cure m'enfertei,
De male rente m'a rentei
Mes cuers ou tant truis de contraire.
Fusicien n'apoticaire
48 Ne m'en pueent doneir santei.

---

* v. 28. *A* a sa forme fiere — v. 29. *R* plus fiere — v. 30. *AD* Que — v. 33. *DR* en la c. — v. 40. *D* Dont aucuns m'a — v. 44. *ADR* mon afere. *Sur les raisons de préférer* m'enfertei *à* mon afere, *ou tout au moins d'admettre la leçon de C concurremment à celle des autres mss, malgré la disposition des rimes, voir Zink 1978* — v. 45. *D* tente m'a tenté.

---

1. L'allusion à la polémique universitaire paraît claire. Mais on

III

Me sauver ? Dieu ! De quelle manière ?
Dieu ne m'a-t-il donné dans sa bonté parfaite
intelligence et jugement,
ne m'a-t-il pas créé à sa précieuse image ?
Bonté plus précieuse encore,
30 pour moi il a voulu subir la mort.
Il m'a donné l'intelligence : elle peut tromper
le Diable qui veut me prendre
et me jeter dans la prison originelle,
là d'où nul ne peut se libérer
contre des prières ou contre de l'argent :
36 je ne vois personne qui en revienne.

IV

Je me suis soumis aux volontés du corps,
j'ai rimé et j'ai chanté
aux dépens des uns pour plaire aux autres[1] :
ainsi le diable m'a séduit,
il a privé mon âme de secours
42 pour la conduire au cruel séjour,
Si Celle en qui tout bien resplendit
ne soigne pas ma maladie,
mon cœur (que je le trouve rebelle !)
m'a établi une rente de malheur.
De cela, médecins ni apothicaires
48 ne peuvent me guérir.

---

peut observer que le Pénitentiel de Thomas de Chobham, écrit vers la fin du XIIIe siècle, définit et condamne une certaine catégorie de jongleurs dans des termes voisins : *Sunt... alii qui... sequuntur curias magnatum et dicunt opprobria et ignominias de absentibus ut placeant illis* (« Il en est d'autres qui fréquentent les cours des grands et qui pour leur plaire traînent les absents dans la boue »). Cet aveu était donc de ceux que l'on attendait traditionnellement du jongleur pénitent.

V

Je sai une fisicienne
Que a Lions ne a Vienne
Non tant com touz li siecles dure
N'a si bone serurgienne.
N'est plaie, tant soit ancienne,
54 Qu'ele ne nestoie et escure,
Puis qu'ele i vuelle metre cure.
Ele espurja de vie oscure
La beneoite Egyptienne :
A Dïeu la rendi nete et pure.
Si com est voirs, si praigne en cure
60 Ma lasse d'arme crestienne. *f. 3 r° 1*

VI

Puisque morir voi feble et fort,
Coument panrrai en moi confort,
Que de mort me puisse deffendre ?
N'en voi nul, tant ait grant effort,
Que des piez n'ost le contrefort,
66 Si fait le cors a terre estendre.
Que puis je fors la mort atendre ?
La mors ne lait ne dur ne tendre
Por avoir que om li aport.
Et quant li cors est mis en cendre,
Si couvient l'arme raison rendre
72 De quanqu'om fist jusqu'a la mort.

---

* v. 50. *AD* lion(s), *C* licar, *R* Que jusc'a lyons n'a vienne — v. 52. *A* fusiciene — v. 55. *A* i veut metre sa cure — v. 59. *DR* prenez — v. 66. *ADR* estendre, *C* atandre — v. 72. *A* quanques fist

V

Je connais une femme médecin :
à Lyon ni à Vienne,
ni dans le monde entier,
il n'y a si bonne chirurgienne.
Il n'est plaie si ancienne
54 qu'elle ne la nettoie et la désinfecte
dès qu'elle y veut mettre ses soins.
Elle purgea de toutes ténèbres
la vie de la bienheureuse Égyptienne[1] :
elle la rendit à Dieu pure et sans tache.
Aussi vrai qu'elle le fit, puisse-t-elle donner ses soins
60 à ma pauvre âme chrétienne.

VI

Je vois mourir faibles et forts :
où prendre en moi le réconfort
qui me défendrait de la mort ?
Je n'en vois nul de si vigoureusement planté
qu'elle ne retire l'appui qui étayait ses pieds :
66 le voilà étendu à terre.
Que puis-je, sinon attendre la mort ?
La mort n'épargne ni les durs ni les tendres,
quelque somme qu'on lui propose.
Et quand le corps n'est plus que cendre,
alors l'âme doit rendre des comptes
72 de tout ce qu'on a fait jusqu'à la mort.

---

1. Sainte Marie l'Égyptienne. Voir le poème qui lui est consacré, et aussi *Testament de l'âne* 102.

VII

Or ai tant fait que ne puis mais,
Si me covient tenir en pais.
Diex doint que ce ne soit trop tart !
J'ai touz jors acreü mon fait,
Et j'oi dire a clers et a lais :
78 « Com plus couve li feux, plus art. »
Je cuidai engignier Renart :
Or n'i vallent enging ne art,
Qu'asseür [est] en son palais.
Por cest siecle qui se depart
Me couvient partir d'autre part.
84 Qui que l'envie, je le las.

Explicit.

* v. 74. *AR* lessier en p. — v. 76. *ADR* Toz jors ai a. — v. 80. *D mq.* — v. 81. *C* est *mq.* — v. 83. *A* M'en covient — *A* Ci faut la mort Rustebuef *et ensuite* Expliciunt tuit li dit Rustebuef, *D* Explicit la repantance Rustebuef, *R l'explicit mq.*

VII

J'en ai tant fait, je ne peux continuer,
il faut que je me tienne tranquille.
Dieu fasse qu'il ne soit pas trop tard !
J'ai chaque jour aggravé mon cas,
et j'entends dire aux clercs comme aux laïques :
78 « Plus le feu couve, plus il brûle[1]. »
Je me suis cru plus fin que Renard :
finesse et ruse ne servent de rien,
il est en sécurité dans son palais.
Ce monde passe,
et il me faut partir de mon côté[2].
84 Double la mise qui voudra, je quitte le jeu[3].

---

1. Proverbe, Morawski 2083. Cf. *Complainte de Guillaume* 29, *Hypocrisie* 265. **2.** La traduction des v. 82-3 ne conserve pas le jeu de l'*annominatio* (*depart — partir — part*). **3.** Dans la langue du jeu, l'*envier* signifiait « proposer de continuer la partie en augmentant la mise » et le *laier* « quitter la partie » (F.-B, I, p. 578).

LA VOIE D'HUMILITÉ

Le manuscrit C *est le seul à intituler ce poème* Voie d'Humilité, *et non de Paradis comme le font tous les autres. Non seulement il est isolé, mais il semble au premier abord qu'il ait tort. Les* Voies de Paradis *constituent presque à elles seules un genre littéraire. Celle qui fait suite au* Songe d'Enfer *de Raoul de Houdenc (éd. Ph. Lebesque, Paris, 1908) est probablement antérieure au poème de Rutebeuf. Celle de Baudouin de Condé (Scheler, I, p. 199-231) s'en inspire, et son titre est bien* Voie de Paradis. *Il en existe plusieurs autres (F.-B. I, 337). Mais si l'on considère le poème en lui-même, dont la construction est déconcertante si on y cherche une* Voie de Paradis *(Regalado, p. 30), le titre de* C *n'est pas si mal choisi. La* démarche *du poète, qui, au début du Carême – il fait son rêve à la « mi-mars » (v. 1) –, le met sur le chemin du Paradis, est la conversion, à laquelle l'Église appelle dès le mercredi des Cendres par la voix du prophète Joël (2, 12). C'est elle qui lui fait dès l'abord choisir la voie étroite de préférence à la route facile qui conduit en Enfer. Mais il n'est pas question que le poète, pas plus que le fidèle qui fait son Carême, aille jusqu'au Paradis, auquel il ne pourra parvenir qu'après sa mort. Il ne fait qu'en prendre le chemin, puisque son pèlerinage, qui correspond à l'itinéraire spirituel du Carême, doit seulement le conduire à la « maison de Confesse », à la confession, prélude nécessaire – et obligatoire depuis 1215 – à de bonnes Pâques. L'anticipation du voyage dans la bouche de Pitié, le brusque passage de Pénitence à Repentance, tout cela s'explique dans cette perspective (Zink, 1987). Dans cette démarche de la conversion qui aboutit à la repentance, le premier péché à éviter est l'orgueil (v. 147-198), la première vertu à pratiquer, l'humilité (v. 521-600).*

La coïncidence entre le cheminement du rêveur et le temps du Carême, le mouvement même de la conversion, l'éloge des Victorins (v. 727-736) invitent à placer le poème à la fin de l'hiver 1262, au moment où Rutebeuf, protégé par les chanoines de Saint-Victor, après le retour sur soi-même du poème de la Repentance, *s'efforce de rentrer en grâce dans tous les sens du terme.*

Ce poème allégorique trahit fugitivement l'influence du premier Roman de la Rose, *par la peinture qu'il fait des vices ou en nommant Bel Accueil le portier de Luxure (v. 494-498). Mais l'idéalisation courtoise de l'amour que l'on trouve chez Guillaume de Lorris est remplacée par le pessimisme clérical. La peinture que fait Rutebeuf des victimes de Luxure annonce celle que fera Jean de Meun des déboires des amoureux qui pensent arriver à leurs fins par l'argent, en prenant le chemin de Trop Donner ouvert par Folle Largesse et par Richesse (*Rose, *éd. A. Strubel, v. 7887-7904 et v. 10073-10271).*

Manuscrits : A, f. 309 v° ; *C*, f. 21 r° ; *P*, f. 83 r° ; *R*, f. 26 v° ; *S*, f. 61 r°. *Texte de C. Les passages absents de C sont restitués d'après A.*

* Titre : *A* La voie de paradis, *P* C'est la voie de paradis que Rustebues fist, *R* Se commence li songes ke Rutebues fist de le voie de paradis, *S mq.*

CI ENCOUMENCE LA VOIE D'UMILITEI

Mei mars tout droit, en ce termine
Que de souz terre ist la vermine
Ou ele at tout l'iver estei
4 Si s'esjoïst contre l'estei,
Cil aubre se cuevrent de fuelle
Et de fleurs la terre s'orguelle
Si ce cuevre de fleurs diverses,
8 D'yndes, de jaunes et de perses,
Li preudons, quant voit le jor nei.
Reva areir en son jornei.
Aprés areir, son jornei samme :
12 Qui lors sameroit si que s'amme
Messonnast semance devine,
Je di por voir, non pas devine,
Que buer seroit neiz de sa meire,
16 Car teiz meissons n'est pas ameire.
Au point dou jor, c'on entre en oeuvre, *f. 21 v° 1*
Rutebués qui rudement huevre,
Car rudes est, se est la soume,
20 Fu ausi com dou premier soume.
Or sachiez que gaires ne pense
Ou sera prise sa despance.
En dormant .I. songe sonja :
24 Or oeiz ce que il sonja,
Que pas dou songe ne bourdon.
En sonjant, escharpe et bourdon
Prist Rutebuéz, et si s'esmuet.

---

* v. 10. *P* S'ens va vers les chans pour arer, *S* Si va ouvreir a sa journeie — v. 11. *P* Quant a aré sa terre semme, *S* A l'ouvreir s. journaul s. — v. 12. *P* Qui s. si com il semme — v. 19. *C* su est la s. — v. 24. *A* Or entendez dont qu'il sonja, *C* o. qu'il devizera, *P* Or oiés ce que il s., *R* Or oés dont che qu'il s., *S* Or orreiz ce que songié a

---

1. Cf. *Hypocrisie* 299, *Mensonge* 46. **2.** Cf. Mt. 13. 1-9, Mc. 4, 1-2, Lc. 8, 4 (parabole du semeur), et aussi Jn. 4, 36-38. Le lever matinal du prudhomme s'oppose au sommeil prolongé de Rutebeuf. Pourtant ce sommeil n'est pas stérile, et il est même

LA VOIE D'HUMILITÉ

Juste à la mi-mars, au moment
où les bestioles sortent de terre
(elles y sont restées tout l'hiver,
4 la venue de l'été les réjouit),
les arbres se couvrent de feuilles,
la terre s'enorgueillit des fleurs
diverses dont elle se couvre,
8 des bleues, des jaunes et des rouges,
l'homme de bien, dès qu'il voit le jour levé,
va labourer son champ.
Le labour fait, il l'ensemence :
12 qui sèmerait alors de façon que son âme
moissonnât la semence divine,
je dis en vérité, et non par conjecture[1],
qu'il serait né coiffé du ventre de sa mère,
16 car cette moisson n'est pas amère[2].
Au point du jour, qu'on se met à l'ouvrage,
Rutebeuf, dont l'ouvrage est rude,
car il est rude, tout est là[3],
20 était pour ainsi dire dans son premier sommeil.
Il ne se demande guère, sachez-le,
où il pourra trouver sa vie.
En dormant, il fit un songe :
24 écoutez ce qu'il songea,
car je ne vous dis pas de bourdes.
En rêve il prenait écharpe et bourdon,
Rutebeuf, et se mettait en route.

---

porteur de semence divine, puisqu'il permet au poète d'être favorisé de la vision qu'il relate. Rutebeuf s'est-il souvenu de la brève parabole que Marc, seul des évangélistes, rapporte à la suite de celle du semeur : *Sic est regnum Dei, quemadmodum si homo jaciat sementem in terram, et dormiat, et exurgat, nocte et die, et semen germinet et increscat, dum nescit ille*, « Il en est du Royaume de Dieu comme d'un homme qui aurait jeté du grain en terre : qu'il dorme ou qu'il se lève, la nuit et le jour, la semence germe et pousse, il ne sait comment » (Mc. 4, 26-27). **3.** Cf. *Hypocrisie* 45-6, *Mariage* 45, *Sacristain* 750-760, *Elysabel* 1994-2006, *Marie l'Égyptienne* 1301-2. Voir *Mariage*, n.3, p. 271.

28 Or chemine, si ne se muet.
Quant la gent de moi dessembla,
Vers paradis, se me cembla,
Atornai mon pelerinage.
32 Des hostes que j'ou au passage
Vos wel conteir, et de ma voie.
N'a gaires que riens n'en savoie.
J'entrai en une voie estroite.
36 Moult i trouvai de gent destroite
Qui a aleir c'i atournoit.
Trop en vi qui s'en retornoit
Por la voie qui estoit male.
40 Tant vos di n'i a pas grant ale,
Mais mandre que je ne creüsse.
Ains que gaires alei eüsse,
Trouvai .I. chemin a senestre.
44 Je vos deïsse de son estre
Ce je n'eüsse tant a faire,
Mais la gent qui dou mien repaire
Va celui si grant aleüre
48 Com palefrois va l'ambleüre.
Li chemins est biaus et plaisans,
Delitables et aaisans :
Chascuns i a a sa devise
52 Quanqu'il sohaide ne devise. *f. 21 v° 2*
Tant est plaisans chacuns le va,
Mais de fort hore se leva
Qui le va, se il n'en repaire.
56 Li chemins va a un repaire
Ou trop a douleur et destresse.
Larges est, mais toz jors estresse.
Li pelerin ne sont pas sage :
60 Passeir lor estuet .I. passage
Dont ja nuns ne retornera.
Or sachiez qu'au retorner a
Une gent male et felonesse

---

* v. 32. *P* Des osteuz que, *S* Des hommes que — v. 38. *A* Mais trop en vi qui retornoient, *S* Trop a envis s'en r. — v. 40. *P* Et sachiez n'i a p. g. malle — v. 46. *S* M. le leu dont nuns ne r.

28 Le voilà qui chemine sans bouger d'où il est.
Quand tout le monde m'eut quitté,
c'est vers le paradis, à ce qu'il me sembla,
que je dirigeai mon pèlerinage.
32 Les hôtes que j'eus en chemin,
la voie que j'ai suivie : tel sera mon propos.
Il y a peu, je n'en savais rien moi-même.
Je m'engageai sur un chemin étroit.
36 J'y trouvai une foule inquiète
qui s'apprêtait à le suivre.
J'en vis beaucoup qui s'en retournaient
parce que le chemin était mauvais.
40 Pour tout vous dire, il n'y a pas grand-presse,
moins que je n'aurais cru.
Je n'étais pas allé bien loin
quand je trouvai un chemin sur la gauche.
44 Je vous le décrirais bien
si je n'avais tant à faire.
Les gens qui refluent du mien
y trottent aussi vite
48 qu'un palefroi va l'amble.
Ce chemin est beau et plaisant,
agréable et facile :
chacun y trouve à volonté
52 tout ce qu'il souhaite et désire.
Il est si plaisant que chacun s'y engage,
mais il s'est levé à une heure bien néfaste,
celui qui s'y engage, s'il ne s'en revient pas.
56 Ce chemin mène à un repaire
de douleur et de détresse.
Il est large, mais devient sans cesse plus étroit.
Ses pèlerins ne sont pas sages :
60 il leur faut passer un passage
dont aucun ne reviendra.
Sachez qu'au retour il y a
des êtres méchants et cruels

— v. 47. *S* Vont les gens si — v. 57. *S* a ordure et — v. 61. *ARS* ne resortira, *P* jamais nus ne revenra — v. 62. *AR* au resortir a, *S* qua resort ira, *P* au reperier a — v. 63. *S* gent vielle et

64 Qui por loier ne por promesse
N'en laissent .I. seul eschapeir
Puis qu'il le puissent atrapeir.
Ce chemin ne vox pas tenir :
68 Trop me fu tart au revenir.
Le chemin ting a destre main.
Je, qui n'ai pas non d'estre main
Leveiz, jui la premiere nuit
72 (Por ce que mes contes n'anuit)
A la citei de Penitance.
Mout ou sel soir povre pitance.
Quan je fui entreiz en la vile,
76 Ne cuidiez pas que ce soit guile,
Un preudons qui venir me vit
(Que Diex consout ce ancor vit
Et, c'il est mors, Diex en ait l'arme)
80 Me prist par la main, et sa fame
Moi dist : « Pelerins, bien veigniez ! »
Laians trouvai bien enseigniez
La meignie de la maison
84 Et plains de sans et de raison.
Quant je fui en l'osteil, mon hoste
Mon bordon et m'escharpe m'oste
Il meïmes, sans autre querre, *f. 22 r° 1*
88 Puis me demande de ma terre
Et dou chemin qu'alei avoie.
Je l'en dis ce que j'en savoie.
Tant l'en dis je, bien m'en souvient :
92 « Se teil voie aleir me couvient
Com j'ai la premiere jornee,
Je crierai la retornee. »
Li preudons me dist : « Biaus amis,
96 Cil sires Diex qui vos a mis

---

* v. 68. *ARS* fust ; *P* au repentir — v. 70. *A* Je q. n'ai p. n. d'e. m., *C* pas no chastelain, *P* Je qui ne me lieuve pas main, *R* Je quic n'ai p. n. d'iestre nain, *S* Kar n'avoie pas le cuer vein — v. 71-72. *P intervertis* — v. 71. *P* Je gieu a la, *R* Vinc tout droit la, *S* Je m'en ving la — v. 72. *P* Vous pri que — v. 78. *P* Cui D. destourt de mal aluit

64 qui, quoi qu'on leur donne ou qu'on leur promette,
n'en laissent pas échapper un seul,
dès lors qu'ils ont pu l'attraper.
Je ne voulus pas suivre ce chemin :
68 il me tardait de m'en retourner.
Je suivis le chemin de droite.
Moi qui n'ai pas le renom d'être matinal,
je couchai la première nuit
72 (pour abréger mon histoire)
dans la cité de Pénitence[1].
Ce soir-là, j'eus pauvre pitance.
Quand je fus entré dans la ville
76 (ne croyez pas que je vous mente),
un homme de bien, qui me vit venir
(Dieu le protège s'il vit encore,
et s'il est mort, Dieu ait son âme !)
80 me prit par la main, et sa femme
me dit : « Pèlerin, bienvenue ! »
Là je trouvai toute la maisonnée
bien élevée,
84 sage et raisonnable.
Une fois chez lui, mon hôte
m'ôte mon bourdon et mon écharpe
lui-même, sans appeler personne d'autre,
88 puis m'interroge sur mon pays
et sur le chemin que j'avais suivi.
Je lui dis ce que j'en savais.
J'ajoutai, je m'en souviens bien :
92 « S'il faut encore suivre un chemin
comme celui de la première étape,
je sonnerai la retraite. »
L'homme de bien me dit : « Cher ami,
96 le Dieu qui vous a inspiré

---

1. La logique des v. 70-3 est la suivante : Rutebeuf, qui se lève tard, n'a pu couvrir une longue étape. Sur le chemin du paradis, sa première journée ne l'a donc conduit que jusqu'à la pénitence.

En cuer de faire teil voiage
Vos aidera au mal passage.
Aidiez ceux que vos trouveroiz,
100 Concilliez sex que vos verroiz
Qui requerront votre consoil :
Ce vos lou ge bien et consoil. »
Ancor me dist icil preudom,
104 Ce ge faisoie mon preu, donc
Orroie je le Dieu servise,
Car trop petit en apetize
La jornee c'on at a faire.
108 Je le vi doulz et debonaire,
Si m'abelirent ces paroles
Qui ne furent vainnes ne voles.
Quant il m'ot tot ce commandei,
112 Je li ai aprés demandei
Son non deïst par amistié,
Et il me dist : « J'ai non Pitié.
— Pitié, dis ge, c'est trop biaux nons.
116 – Voire, fait il, mais li renons
Est petiz, toz jors amenuise.
Ne truis nelui qui ne me nuize.
Dame Avarice et dame Envie
120 Se duelent moult quant suis en vie,
Et Vainne Gloire me ra mort,
Qui ne desirre que ma mort. *f. 22 r° 2*
Et ma fame a non Charitei.
124 Or vos ai dit la veritei.
Mais de ce sonmes maubailli
Que souvent sonmes asailli
D'Orgueil, le genrre Felonie,
128 Qui nos fait trop grant vilonie.
Cil nos assaut et nuit et jor :

---

* v. 103-110. *S mq.* — v. 113. *A* Qu'il me deïst par a., *P* Qu'il ce nommast — v. 114. *A* Son non j'ai non dist il P., *S* Il me dist j'ai a n. P. — v. 121. *P* Et fauce g., *S* me remort — v. 125. *P* Mais nous soumes moult esbahi — v. 128. *P* si g. envaie

de faire ce voyage
vous aidera dans les mauvais passages.
Aidez qui vous rencontrerez,
100 conseillez ceux que vous verrez,
qui vous demanderont conseil :
je vous y encourage et je vous le conseille. »
Cet homme de bien me dit encore
104 que si je veillais à mes intérêts[1],
j'écouterais le service divin,
car cela prend bien peu de temps
sur la journée que l'on a à faire.
108 Je le vis doux et bienveillant,
et ses paroles me plurent :
elles n'étaient ni frivoles ni insensées.
Quand il m'eut fait ces recommandations,
112 je lui ai demandé
de me dire son nom par amitié pour moi,
et il me dit : « J'ai nom Pitié.
– Pitié, dis-je, c'est un bien beau nom.
116 – Certes, dit-il, mais son renom
est petit, chaque jour il s'amenuise.
Je ne trouve nul qui ne me nuise.
Dame Avarice et Dame Envie
120 sont bien tristes que je sois en vie,
Vaine Gloire de son côté me tue :
elle ne désire que ma mort.
Quant à ma femme, elle a nom Charité.
124 Je vous ai dit la vérité.
Ce dont nous souffrons beaucoup,
c'est des assauts répétés
d'Orgueil, gendre de Cruauté,
128 qui nous traite de façon honteuse.
Il nous attaque nuit et jour :

---

1. La rime de *C* est imparfaite, inconvénient d'autant plus gênant qu'il s'agit d'une rime équivoque. La leçon *don* est peut-être préférable. Mais le sens est le même. *Preu* adj., quand il n'est pas rapporté à une pers., signifie « utile » ou « utilisable ». Un *preu don*, c'est un don qui rapporte, un bon investissement. On retrouve l'idée de *faire son preu*, « faire son profit ».

Li siens assaus est senz sejor.
De seulz dont je vos ai contei,
132 Ou il n'a amor ne bontei,
Vos gardeiz, je le vos commant.
— Hé ! Diex, hostes, et je comment ?
Ainz ne les vi ne ne connui,
136 Si me porront bien faire anui,
Ja ne saurai qui ce fera.
Hé ! Diex, et qui m'enseignera
Lor counissance et lor maison ?
140 — Je le vos dirai par raison,
Que moult bien les eschueroiz.
Or escouteiz comment iroiz
Jusqu'a la maison de Confesse,
144 Car la voie est .I. pou engresse
Et c'est asseiz male a tenir
Ansois c'on i puisse venir.
Quant vos cheminerez demain,
148 Si verreiz a senestre main
Une maison moult orguilleuse.
Bele est, mais ele est perilleuse,
Qu'ele chiet par .I. pou de vent.
152 Moult est bien faite par devant,
Asseiz mieulz qu'el n'est par derriere,
Et s'a escrit en la maisiere :
« Saians esta Orgueulz li cointes
156 Qu'a toz pechiez est bien acointes. »
Cil granz sires dont je vos conte *f. 22 v° 1*
At moult souvent et duel et honte
Par sa maniere qui est fole
160 Et par sa diverse parole
Ou il n'a ne sens ne savoir,
Et s'en porte cors et avoir.
Sa maison que je vos devise
164 A il par son bobant assise

* v. 133. *S* De lor osteil jel v. — v. 134. *S* Vos gardeis bien sus mon coumant – *Après* v. 134, *S ajoute* : Ce nou faites sachiés de voir / Petit prou i porreis avoir. – *A la place des v. 139-141 de C, les autres mss donnent la leçon suivante (texte de A)* : Comment

pas de répit à ses attaques.
Des êtres dont je viens de vous parler,
132 qui sont sans amour, sans la moindre qualité,
gardez-vous, je vous le recommande.
— Mon Dieu, comment faire, mon hôte ?
Je ne les ai jamais vus, je ne les connais pas.
136 Ils pourront bien me faire du mal,
je ne saurai jamais qui me l'aura fait.
Qui m'apprendra, mon Dieu, à reconnaître
leurs armoiries et leur demeure ?
140 — Je vais vous l'expliquer de telle manière
que vous les éviterez très bien.
Écoutez donc comment vous irez
jusqu'à la maison de Confesse,
144 car la voie est un peu rude
et fort malaisée à suivre,
avant qu'on puisse y parvenir.
Quand vous cheminerez demain,
148 vous verrez à main gauche
une maison très orgueilleuse.
Elle est belle, mais elle est périlleuse,
car un peu de vent suffit à l'abattre.
152 Par-devant, elle est très bien faite,
beaucoup mieux que par-derrière,
et il y a écrit sur le mur :
« Ici demeure Orgueil le fier
156 qui est l'ami intime de tous les péchés. »
Ce grand seigneur dont je vous parle
s'attire bien souvent douleur et honte
par ses manières insensées
160 et par ses mauvais propos,
où il n'y a ni sagesse ni raison,
et il cause la perte des personnes et des biens.
Sa maison, dont je vous parle,
164 il l'a établie par vanité

---

je les eschiverai / Ostes je vous enseignerai / Lor connoissance et lor meson / S'il a en vous sens ne reson / Que moult bien les eschiverez — v. 146. *P* A. ciauz qui ne veulent venir — v. 156. *S* Car de toz peichours est a.

Seur .I. touret enmi la voie,
Por ce que chacuns miex la voie.
Moult a hostes en son hosteil
168 Qu'il a osteiz d'autrui hosteil,
Qui fasoient autrui besoigne,
Qui auroient honte et vergoigne
Qui de ce lor feroit reproche.
172 Mais li termes vient et aproche
Que Fortune, qui mest et oste,
Les ostera d'enchiez teil hoste
Et ceulz que li siecles aroe
176 Aroera desouz sa roe.
Sire Orguel lor promet l'avoir,
Mais n'ont pas plege de l'avoir.
Si vos dirai que il en fait
180 Par paroles, non pas par fait.
Il fait dou clerc arcediacre
Et grant doien dou soudiacre,
Dou lai fait provost ou bailli.
184 Mais en la fin sunt maubailli,
Car vos veeiz avenir puis
Qu'il chieent en si parfont puis,
Par Dieu lou pere esperitable,
188 Por dou pain curent une estable.
Icele gent que je vos nome,
Que Orguel essauce et asoume,
Sont vestu d'un cendal vermeil
192 Qui destaint contre le soloil.
Chapelez ont de fleur vermeille, *f. 22 v° 2*
Qui trop est bele a grant merveille
Quant ele est freschement cueillie.
196 Mais quant li chauz l'a acuellie,

---

* v. 165. *P* Sour .I. haut tertre, *S* S. un hautet — v. 166. *P mq.* — v. 169. *A* ouvraingne — v. 173. *C* m. a hoste — v. 175-176. *A mq.* — v. 176. *P* Abatera, *S* Les trouvera — v. 182. *ACPR* Et du (*P* d'un) g. doien souzdiacre, *S* Et g. doiens de soudiacres — v. 186. *S* Si cum emou cuer pens et truis — v. 188. *S* Que pour p. cuire en — v. 195. *RS* franchement

sur une hauteur qui bouche le chemin,
pour que chacun la voie mieux.
Il a dans sa maison beaucoup d'hôtes
168 qu'il a ôtés de celle d'autrui,
des gens qui faisaient le travail d'autrui
et qui seraient couverts de honte
si quelqu'un leur en faisait reproche[1].
172 Mais le moment approche
où Fortune, qui fait et défait toute chose,
les ôtera de chez cet hôte :
ceux que le monde élève,
176 elle les fera tourner en bas de sa roue.
Messire Orgueil leur promet de l'argent,
mais ils ne sont pas assurés de l'avoir.
Je vais vous dire ce qu'il fait d'eux
180 en paroles, non en actes :
il fait du clerc un archidiacre
et un grand doyen du sous-diacre,
du laïc il fait un prévôt ou un bailli[2].
184 Mais à la fin ils s'en trouvent mal,
car ce que vous voyez advenir ensuite,
c'est qu'ils tombent dans un puits si profond,
de par Dieu, notre père spirituel,
188 que pour du pain ils curent une étable.
Ces gens que je vous nomme,
qu'Orgueil exalte et jette à terre,
sont vêtus d'une soie vermeille
192 qui déteint au soleil.
Ils ont des couronnes de fleurs vermeilles,
qui sont merveilleusement belles
quand elles sont fraîchement cueillies.
196 Mais, exposées à la chaleur,

---

1. Ce reproche, dont on voit mal comment en lui-même il touche les orgueilleux, vise les Frères, accusés d'enlever les fidèles aux prêtres des paroisses. **2.** Voir *Mariage*, note 1, p. 273.

Tost est morte, marcie et mate.
Teil marchié prent qui teil l'achate.
   Desouz Orguel .I. pou aval,
200 A l'avaleir d'un petit val,
A Avarice son manoir,
Et s'i sunt tuit li home noir,
Non pas trop noir, mais maigre et pale,
204 Por lor dame qui est trop male :
Ausi les tient com en prison.
Mais de ce fait grant mesprison
Qu'a nul home sa bontei n'offre.
208 Enmi sa sale seur .I. coffre
Est assise mate et pencive :
Mieulz cemble estre morte que vive.
Ja ne sera sa bource overte,
212 Et si est sa maison coverte
D'une grant pierre d'aÿment.
Li mur entour sunt a ciment.
Moult est bien fermeiz li porpris :
216 Cil se doit bien tenir por pris
Qui i vient en cele porprise,
Car el porpris at teil porprise
Qu'ele n'est faite que por prendre.
220 Grant espace li fist porprendre
Cil qui n'i fist c'une uxerie
Qui a l'ouvrir est si serie,
Si soeif clot, si soeif oewre.
224 C'om ne voit gaires de teil oewre.
   Aprés Avarice la dame
Esta une vilainne fame
Et yreuze, si a non Yre. *f. 23 r° 1*
228 Or vos wel sa maniere dire.
Ire, qui est male et vilainne,
Ne seit pas tant de charpir lainne
Com ele seit de chevoux rompre.

---

* v. 197. *APR* matie et mate, *S* veincue et m. — v. 202. *APRS* si homme ; *P* h. voir — v. 203. *P* t. biau ; *R* m. brun et, *S* m. teint et — v. 217. *P* Qui layens entre sans conduit — v. 218. *C* t. maitrize (p *initial recouvert par un* m) ; *P* Car

elles sont vite fanées et mortes.
Qui paie ce prix accepte le marché comme il est.
Sous Orgueil, un peu en contrebas,
200 au débouché d'un petit val,
Avarice a sa demeure.
Tous ses hommes sont noirs,
non pas tout noirs, mais maigres et pâles,
204 à cause de leur maîtresse, qui est très méchante :
elle les tient comme en prison.
Mais elle agit très mal
en n'étant bonne envers personne.
208 Au milieu de sa salle, sur un coffre,
elle est assise, triste et abattue :
elle a plus l'air d'être morte que vivante.
Jamais elle n'ouvrira sa bourse,
212 et sa maison est couverte
d'une grande pierre d'aimant.
Les murs autour sont cimentés.
L'enclos est très bien fermé :
216 il doit bien se tenir pour pris au piège
celui qui franchit cette clôture,
car l'enclos a une clôture telle
qu'elle n'est faite que pour prendre.
220 Il lui a fait comprendre un vaste espace,
celui qui n'y a fait qu'une porte,
qui est si légère à ouvrir,
si doucement se clôt, s'ouvre si doucement
224 qu'on voit rarement un chef d'œuvre pareil.
Après Dame Avarice,
voici la demeure d'une femme rustre
et colérique, nommée Colère.
228 Je vais vous dire sa façon d'être.
Colère, qui est méchante et rustre,
est moins bonne à carder la laine
qu'à arracher les cheveux.

---

il n'i a point de deduit ; *R* Car la dedens a t. p. ; *S* Qu'elle pourprent telle p. — v. 222. *A* Qui a l'issir est briserie, *S* Qui a l'issir est de boidie — v. 230. *R* Nus ne s. t. bien rompre l.

232 Tout ront quanqu'ele puet arompre.
Tant a corrouz, tant a doleur
Qui tant li fait mueir coleur,
Que toz [jors] sunt ses denz serrees,
236 Que ja ne seront desserrees
Ce n'est por felonie dire.
Car teiz est la maniere d'Ire
Que ne lait les denz a estraindre
240 Et sospireir et parfont plaindre
Et correcier a li meïmes,
Et ce touz jorz li regeïsme.
Ja nel croiroiz por nule choze :
244 Teil maniere a que toz jors choze.
[Fols est qui enchiés li ira,
Que telle maniere en Ire a]
Qu'ele ce wet a chacun prendre :
248 De ce vos wel je bien aprendre.
Par ceste raison entendeiz,
Vos qui la voie demandeiz
Por aleir a Confession,
252 Que nul dedens sa mension
Ne se doit por riens nee embatre,
C'il ne wet tencier ou combatre.
Or oeiz de son habitacle,
256 Ou Dieux ne fait point de miracle.
Dou fondement de la maison

---

* v. 232. *P mq.* — v. 235. *C* jors *mq.*, *P* Mout souvent tient les d. — v. 236. *P* A painnes les a d. — v. 238. *R mq.* — v. 239. *AC* Que ne li lait (*A* lest) les d. e., *R* Que biens li fet les d. e., *S* Que toz jors vuet les d. e. ; *P* Pour ce la doit on bien haïr. *F.-B. choisit la leçon de S, qui est la seule à offrir telle quelle un sens satisfaisant (en dehors de celle de P, totalement différente), tout en reconnaissant qu'elle a peu de chances d'être authentique, « le texte de ce ms. étant souvent refait ». Nous prenons un autre parti : au prix d'une correction minime, le texte de AC devient parfaitement clair. « Laissier a » avec l'infinitif au sens de « s'abstenir de faire qqch » est courant. La légère rupture de construction que constitue la non reprise de « a » devant les infinitifs des deux vers suivants n'a rien d'impossible en ancien français.* — *v.* 240. *R* Et souvent s. et plaindre ; *P* Car ne ce pouroit pas tenir — v. 241. *P* De c. — v. 242. *A* regaïsme, *C* regeïsmes ;

232 Elle arrache tout ce qu'elle peut arracher.
Elle est si courroucée, si chagrine
(elle en perd ses couleurs)
qu'elle a toujours les dents serrées :
236 elle ne les desserrera
que pour dire des méchancetés.
Car Colère est comme cela,
elle ne cesse de serrer les dents,
240 de pousser des soupirs et des plaintes profondes
et de s'irriter contre elle-même :
tous les jours un nouveau regain.
Vous ne le croiriez pas :
244 elle gronde toujours, c'est sa façon d'être.
Il est fou, celui qui ira chez elle,
car sa façon d'être est telle
qu'elle cherche à s'en prendre à tout le monde :
248 je veux bien vous instruire sur ce point.
Comprenez par ces propos,
vous qui demandez le chemin
pour aller à Confession,
252 que dans sa maison personne
ne doit entrer pour rien au monde,
s'il ne cherche dispute ou bataille.
Écoutez maintenant comment est sa demeure,
256 où Dieu ne fait pas de miracle.
Pour les fondations de la maison,

P Et tout ades l'ire gaïsme, *R* N'en avés oit la disime, *S* On n'en puet dire lou disime — v. 243. *AS* ne querroit, *R* nel kerriés, *P* ne s'en tenroit p. *Remarquant que les formes du verbe « croire » ne donnent pas dans le contexte un sens très acceptable, F.-B. suppose que sous ces leçons « devrait s'en cacher une autre exprimant l'idée de tranquillité ou de silence, comme dans coisier* (quoisier), *dont un conditionnel avec un* t *épenthétique entre s et r, d'emploi peu connu, aurait gêné les scribes ».* — v. 244. *S* Por qu'elle t. j. ades c. — v. 245-246. *C mq.* — v. 245. *P* Mout par est fos qui laiens va — v. 246. *A* Tel m., *P* Car tel, *R* Car telle, *S* Que telle m. en li a — v. 252. *AS* Que nus ne doit en sa mansion, *P* Sachés que nus en sa messon — v. 253. *AS* Nul hom (*S* Laans) receter ne embatre — v. 255. *P* Car ités est ces abitacles — v. 256. *P* Ne d. n'i fera ja miracles

Vos di c'onques teil ne vit hom :
.I. mur i at de felonie
260 Tout destrempei a vilonie.
Li sueil sunt de desesperance
Et li poumel de mescheance.
Li torceÿs est de haÿne.
264 D'autre choze que de faÿne *f. 23 r° 2*
Fu cele maisons porpalee,
Qu'a l'enduire fu enjalee,
Si en a estei courroucie
268 Quant sa maisons est depecie :
De tristesce est l'empaleüre.
Passeiz outre grant aleüre,
Car ce ne vos porroit adier.
272 Qui n'ainme rancune et plaidier,
Je ne loz pas que ci estoize,
Car preudons n'a cure de noize.
Por ce que tu ne t'i arives,
276 Les braz, les laz et les sallives
Et les chevilles et li trei
Sunt, par saint Blanchart de Vitrei,
D'un fust, s'a non dures noveles,
280 Et de ce resont les asteles.
Li cheuvron sunt d'autre marrien,
Mais teiz marrienz ne vaut mais rienz
Car il est de mesaventure,

---

* v. 264. *P* De mavestiez et de corine, *S* farine — v. 265. *APRS* empalee — v. 266. *ARS* Quar ; *A* l'endure, *P* L'enduisure f., *R* l'ordure, *S* l'enduite — v. 268. *P mq.* — v. 271. *C* adier *écrit par une autre main.* — v. 273. *P* que il i entre — v. 274. *P* de tence — v. 278. *P* S. d'ordure et de vilté, *S* S. par semblance de votreis, C vitei — v. 280. *S* De peresse sunt l. — v. 281. *R* Li chemin

---

1. Voir Albert Henry, 1968 et 1977. On a suivi les conclusions aussi ingénieuses qu'érudites de cet article, sauf sur deux points. D'une part, malgré l'argumentation serrée et solide qui conduit l'auteur à corriger *poumel* en *postiel* (v. 262), on a hésité à adopter une leçon qui est une pure reconstitution. Il paraît probable que dans l'esprit des copistes, le soubassement (les « seuils » sont les

je vous dis que nul n'en vit jamais de telles :
c'est un mur de cruauté
260 détrempé à l'eau de bassesse.
Le soubassement est de désespoir,
le faîte de malheur.
Le torchis est de haine.
264 Ce n'est pas avec des faînes
qu'on a garni le clayonnage,
car quand on a passé l'enduit, il a gelé,
ce qui l'a mise en courroux
268 de voir sa maison abîmée :
le clayonnage est de tristesse[1].
Passez outre bien vite.
car tout cela ne vous vaudrait rien.
272 Qui n'aime ni aigreur ni chicane,
je ne lui conseille pas de s'y arrêter,
car l'homme de bien ne cherche pas noise.
Une raison de ne pas t'y fixer :
276 les guettes, les entretoises, les solives,
les chevilles et les sablières[2]
sont, par saint Blanchard de Vitré,
d'un même bois, nommé tristes nouvelles,
280 dont sont faites aussi les lattes.
Les chevrons sont d'un autre bois,
mais ce bois ne vaut rien,
car il est de mésaventure,

---

poutres horizontales qui supportent un mur de torchis à colombage) s'oppose au faîte du toit, même si l'emploi de « poumel » est abusif et si les vers suivants redescendent jusqu'aux murs. D'autre part, si absurde que puisse être l'idée d'utiliser des faînes dans l'appareil d'un mur de torchis, il est difficile d'admettre que « faîne » (v. 264) soit employé par synecdoque pour « hêtre », aucun autre exemple d'un tel emploi ne pouvant être invoqué. Il est improbable que le lecteur du XIIIe siècle, lisant « faîne », ait compris « hêtre ». Compte tenu de la tournure négative du vers, ces faînes ne pourraient-elles représenter le type d'un objet sans valeur, dérisoire, inadéquat à l'usage envisagé, comme les œufs, les pommes, les boutons, indifféremment évoqués selon les besoins de la rime par tant de locutions usuelles de la langue médiévale ? **2.** Voir Albert Henry, 1968 et 1977.

284 C'en est la maisons plus ocure.
La ne vont que li forcenei
Qui ne sont pas bien assenei.
El fons d'une oscure valee
288 Dont la clarteiz s'en est alee,
C'est Envie reposte et mise.
Deviseir vos wel sa devise.
Ne sai s'ainz nuns la devisa,
292 Mais bien sai que pale vis a,
Car en lit ou ele se couche
N'a il ne chaelit ne couche,
Ainz gist en fienz et en ordure.
296 Moult a durei et ancor dure.
N'i a fenestre ne verriere
Ne par devant ne par derriere,
Ainz est la maisons si ocure *f. 23 v° 1*
300 C'om n'i verrat ja soloil lure.
Ovides raconte en son livre,
Quant il parole de son vivre,
Qu'il dit : char de serpent manjue,
304 Dont mervelle est que ne se tue.
Mais Rutebuéz a ce respont,
Qui "la char au serpent" despont :
C'est li venins qu'ele maintient,
308 Eiz vos la char qu'en sa main tient.
Moult a grant ocurtei laianz.
Ja n'enterront clerc ne lai enz
Que jamais nul jor aient joie.
312 Ne cuidiez pas qu'ele s'esjoie
C'ele ne ceit qu'autres se dueille.
Lors s'esjoïst et lors s'orgueille

---

* v. 290. *R* v. v. en quel ghise — v. 291. *AR* s. s'onc nus l., *P* s. s'arme mieus l'avisa — v. 298. *AS* Qui rende clarté ne lumiere — v. 299-314. *S mq.* — v. 299. *P* Ains a laiens tel oscurté — v. 300. *P* Que on n'i voit nulle clarté

---

1. Le portrait d'Envie s'inspire – parfois mot pour mot – de celui qu'en trace Ovide, *Métamorphoses* II, v. 760-782 (histoire d'Aglauros). Ce passage, très connu au Moyen Âge, est également

284 et rend la maison plus obscure.
Là ne vont que les fous furieux
qui ne savent se diriger.
Au fond d'une obscure vallée[1]
288 d'où la clarté a fui,
Envie est allée se cacher.
Je veux vous détailler son portrait.
Je ne sais si nul vous l'a jamais détaillée,
292 mais je sais qu'elle a pâle le visage,
car le lit où elle se couche
n'a ni matelas ni châlit :
elle git dans la fiente et l'ordure.
296 Elle y est depuis longtemps et encore dure.
Aucune fenêtre ni verrière,
ni par-devant ni par-derrière :
la maison est si obscure
300 qu'on n'y verra jamais le soleil luire.
Ovide raconte dans son livre,
là où il parle de ses mœurs,
qu'elle mange de la chair de serpent,
304 et qu'il est étonnant qu'elle n'en meure pas[2].
Mais Rutebeuf répond à cela[3]
en expliquant la "chair de serpent" :
c'est le venin qu'elle a en elle.
308 Voilà la chair qu'elle tient dans sa main.
Il fait très obscur là-dedans.
Les clercs et les laïcs qui y entreront,
n'auront à l'avenir plus un seul jour de joie.
312 Ne croyez pas qu'elle puisse se réjouir
à moins de savoir qu'un autre est dans la peine.
Alors elle se réjouit, alors elle fait la fière,

le modèle du portrait d'Envie dans le *Roman de la Rose* (éd. A. Strubel, « Lettres gothiques », v. 239-290). Il est cité ou imité par de nombreux auteurs (Jean de Salisbury, *Polycraticus* VII, 24, Alain de Lille, *Ars praedicatoria, Patrolog. Lat*, t. 210, col. 128). Cf. F.-B. I, 350-2. **2.** Ovide, *Métam*. II, v. 768-771. L'explication fournie par Rutebeuf se fonde sur le v. 777. **3.** Rutebeuf paraît oublier que toute cette description est placée dans la bouche de Pitié. Cf. v. 660. On note que l'explication du texte ovidien est faite sur le ton de la controverse et du commentaire universitaires.

Quant ele oit la dure novelle.
316 Mais lors li torne la roele
Et lors li sunt li dei changié
Et geu et ris bien estrangié
Quant ele seit autrui leesce.
320 Duelz l'esjoïst, joie la blece.
Moult est s'entree viz et sale,
Si est sa maison et sa sale
Et sa valeë orde et viz.
324 Aprés ces chozes or devis
De ceulz qui si fort se desvoient
Quant la maison Envie voient,
Que il welent veoir Envie
328 Qui ne muert pas, ainz est en vie.
Quant il aprochent dou repaire
Dont nuns en santei ne repaire,
Lors si lor troble la veü[e],
332 Et la joie qu'il ont eüe
Perdent il au passer la porte.
Or saveiz que chacuns enporte. *f. 23 v° 2*
[Li cors ou Envie s'embat
336 Ne se solace ne esbat.
Toz jors est ses viaires pales,
Toz jors sont ses paroles males.
Lors rist il que son voisin pleure,
340 Et lors li recort li deuls seure
Quant son voisin a bien assez.
Ja n'ert ses viaires lassez.
Or poez vous savoir la vie
344 Que cil maine qui a envie.
Envie fait hommes tuer
Et si fait bonnes remuer,
Envie fait rooingner terre,

---

* v. 315. *S* Qu'elle n'oie bone n. — v. 320. *S* D. l'ocit et — v. 321. *P* est sa maison orde et — v. 322. *P* Et toute la camble et — v. 329-331. *P mq.* — v. 335-338. *C mq.*

---

1. Sur les nombreux textes qui reprochent aux paysans de déplacer les bornes de leur champ de façon à empiéter sur celui de leur

entendant la triste nouvelle.
316 Mais la roue tourne pour elle,
elle a un moins beau jeu,
finis les jeux et les rires,
quand elle apprend le bonheur d'autrui.
320 Deuil la réjouit, joie la blesse.
L'entrée est ignoble et sale,
et aussi sa maison et sa salle ;
et sa vallée est malpropre et ignoble.
324 J'en viens maintenant à ceux
qui s'écartent si fort du droit chemin
quand ils voient la maison d'Envie,
qu'ils désirent voir Envie,
328 qui ne meurt pas, mais reste en vie.
Quand ils approchent de sa retraite,
d'où nul en bonne santé ne fait retraite,
leur vue se trouble,
332 et la joie qui était la leur,
ils la perdent en passant la porte.
Vous savez maintenant ce que chacun emporte.
Celui sur qui Envie s'abat
336 ignore le plaisir et les ébats.
Toujours pâle est son visage,
toujours méchantes ses paroles.
Il rit quand son voisin pleure,
340 et la douleur s'empare de lui
quand tout va bien pour le voisin.
Jamais son visage ne s'en lassera.
Maintenant vous connaissez la vie
344 que mène l'homme en proie à l'envie.
Envie fait tuer les hommes,
elle fait déplacer les bornes,
Envie fait amputer les terres[1],

---

voisin, voir F.-B. I, 353. Le v. 347 reprend la même idée que le précédent : *rooingner terre* signifie « empiéter subrepticement sur le terrain d'un autre », et ne peut vouloir dire « tondre la terre de près », la « râcler » etc. C'est bien ainsi que l'entend le T.-L., qui cite sous *röoignier*, à côté du vers de Rutebeuf, un passage de la chronique de Guillaume Guiart dont le sens ne peut prêter à discussion.

348 Envie met ou siecle guerre,
Envie fet mari et fame
Haïr, Envie destruit ame,
Envie met descorde es freres,
352 Envie fait haïr les meres,
Envie destruit Gentillece,
Envie grieve, Envie blece,
Envie confont Charité
356 Et si destruit Humilité.
Ne sai que plus briement vous die :
Tuit li mal vienent par Envie.]
Accide, qui sa teste cuevre,
360 Qu'ele n'a cure de faire oevre
Qui Dieu plaize n'a saint qu'il ait,
Por ce que trop li seroit lait
Qui li verroit bone oevre faire,
364 Leiz Envie a mis son repaire.
Or escouteiz de la mauvaise
Qui jamais n'aura bien ne aise,
Si vous conterai de sa vie
368 Dont nul preudome n'ont envie.
Accide, la tante Peresce,

---

* v. 359. *S* Ensi dist q. — v. 361. *P* Qui d. p. ne fait q. — v. 369. *P* A. qui aime p., *S* Auside la meire p.

---

1. Il est impossible de rendre ce mot par un équivalent moderne sans trahir la notion très particulière qu'il exprime. *Accidia* est le péché qui a été remplacé plus tard par la paresse dans la liste canonique des sept péchés capitaux. Elle est essentiellement à l'origine d'ordre psychologique : c'est un sentiment d'à-quoi-bon, de lassitude et de dégoût devant toute chose, d'angoisse vague, bref un état dépressif, qui menace surtout les moines. On la définit à l'époque patristique comme *melancholia* (saint Jérôme), *ex confusione mentis nata tristitia*, « une tristesse née de la confusion de l'esprit » (Césaire d'Arles), *taedium et anxietas cordis quae infestat anachoretas et vagos in solitudine monachos*, « un dégoût et une angoisse du cœur qui gagne les anachorètes et les moines qui errent dans les solitudes » (Cassien). Guigues le Chartreux en décrira admirablement les symptômes : *Apprehendit te multotiens, cum solus in cella es, inertia quaedam, languor spiritus, taedium cordis quoddam et*

348 Envie met dans le monde la guerre,
Envie fait que mari et femme
se haïssent, Envie détruit l'âme,
Envie met la discorde entre les frères,
352 Envie fait que l'on hait sa mère,
Envie tue Noblesse d'Âme,
Envie fait mal, Envie blesse.
Envie met en déroute Charité
356 et tue Humilité.
Je ne sais comment le dire plus brièvement :
tous les maux viennent d'Envie.
Accidie[1], qui se couvre la tête,
360 ne se souciant pas d'accomplir les œuvres
qui plaisent à Dieu et à ses saints,
parce qu'elle aurait trop honte
d'être vue faisant une bonne œuvre,
364 s'est établie à côté d'Envie.
Écoutez maintenant : cette lâche
qui jamais n'éprouvera de satisfaction,
je vais vous parler de sa vie,
368 à laquelle nul homme de bien ne porte envie.
Accidie, la tante de Paresse,

---

quidem valde grave fastidium sentis in teipso : tu tibi oneris es... Non jam sapit tibi lectio, oratio non dulcessit, « Souvent, quand tu es seul dans ta cellule, une sorte d'indolence t'envahit, ton esprit est languissant, ton cœur las de tout, tu sens en toi-même un immense dégoût : tu es un fardeau pour toi-même... Désormais la lecture (des textes sacrés) n'a plus de saveur pour toi, la prière n'a plus de douceur ». Mais un de ses effets les plus visibles étant la négligence des devoirs religieux, l'*accidia* finir par désigner cet effet lui-même, et non plus sa cause. Son éviction de la liste des péchés au profit de la paresse témoigne de l'irruption dans la vie spirituelle de la sensibilité laïque, ou du moins séculière – les états d'âme des moines ne sont plus essentiels – et des valeurs « bourgeoises » : le travail devient une vertu et son contraire un vice. Cette évolution, qui est en cours à l'époque de Rutebeuf, apparaît très bien à travers sa description d'*Accide*. Elle est la « tante de Paresse » (v. 369), mais, des deux, c'est encore elle le péché principal. Elle n'a plus rien de la mélancolie dépressive, mais son indolence se manifeste uniquement dans le domaine religieux, par sa répugnance à fréquenter l'église.

Qui trop pou en estant se drece
(Pou ou noiant), puis qu'il conveingne
372 Qu'ele fasse bone besoigne,
Voudroit bien que clerc et provoire
Fussent a marchié ou a foire,
Si c'om ne feïst ja servize
376 En chapele ne en eglize.
Car qui vodra de li joïr
Ne sa bele parole oïr,
Ne parout de saint ne de sainte,
380 Qu'el est de teil corroie ceinte,
C'ele va droit, maintenant cloche
Que ele ot clocheteir la cloche.
Lors vorroit bien que li metaus
384 Et li couvres et li batauz
Fussent ancor tuit a refondre.
La riens qui plus la puet confondre,
Qui plus li anuie et li grieve,
388 Si est quant deleiz li se lieve
Aucuns por aleir au moutier ;
Et dit : « Vos i futes mout ier.
Qu'aleiz vos querre si souvent ?
392 Laissiez i aleir le covent
De Puilli ou d'autre abaïe ! » *f. 24 r° 1*
Ainsi remaint toute esbahie.
Ancor a ele teil meniere
396 Que ja ne fera bele chiere
Puis qu'ele voie les dens muevre,
Tant fort redoute la bone huevre.
Que vos iroie delaiant
400 Ne mes paroles porloignant ?
Quanque Diex ainme li anuie
Et li est plus amers que suie.

---

* v. 371. *P* Car le travelier trop resoingne, *S* Por riens faire puis q. — v. 372. *P* A paines fait nule b. — *Après* v. 380. *S ajoute* : Que jai puis le jour n'avra joie / Qu'elle ramentevoir les oie. — v. 382. P Et quant e. o. souner la, *R* Quant e. o. clokete la, S Qu'elle oit ou clochier tentir c. — v. 383. *P* Elle v. que ; *APRS* batiaus — v. 384. *ARS* metaus, *P* bataus — v. 386. *P mq.* — v. 393. *A* Pruilli, *P* Sitiaus, *R* Pruni, *S* Cligni

qui ne se lève qu'à moitié
(à moitié ou pas du tout) quand il faut
372 qu'elle fasse œuvre pie,
voudrait bien que clercs et prêtres
fussent au marché ou à la foire,
si bien qu'on ne célébrât jamais le service
376 à la chapelle ou à l'église.
Car qui voudra se faire bien venir d'elle
ou entendre de sa bouche de bonnes paroles,
qu'il ne lui parle ni de saint ni de sainte,
380 car c'est sa mode et sa façon[1] :
si elle marche droit, la voilà qui cloche
dès qu'elle entend sonner la cloche.
Elle voudrait bien alors que le métal,
384 le bronze et le battant
fussent encore à fondre.
La chose qui l'abat le plus,
qui la tourmente et la blesse le plus,
388 c'est quand près d'elle quelqu'un se lève
pour aller à l'église.
Elle dit : « Vous y êtes resté longtemps hier.
Qu'allez-vous y chercher si souvent ?
392 Laissez cela aux moines
de Pouilly[2] ou d'une autre abbaye ! »
Elle reste ainsi toute hors d'elle.
Elle a encore ce trait,
396 de ne jamais faire bon visage
dès qu'elle voit remuer les lèvres en prière,
tant elle redoute l'œuvre pie.
Pourquoi vous retarder davantage
400 et prolonger mon discours ?
Tout ce que Dieu aime lui pèse
et lui est plus amer que suie.

---

1. La traduction ne peut conserver l'expression usuelle, signifiant « être ainsi disposé », qu'emploie ici Rutebeuf, comme il le fait dans le *Dit des Règles*, v. 161. **2.** Chaque ms. donne ici le nom d'une abbaye différente. F.-B. a peut-être raison de penser que la bonne leçon est celle de *A* et désigne sans doute l'abbaye cistercienne de Preuilly, près de Provins.

Gloutenie, la suer Outrage,
404 Qui n'est ne cortoise ne sage,
Qui n'ainme Raison ne Mesure,
Refait sovent le mortier brure
Enchiés Hazart le tavernier,
408 Et si fu en la taverne ier
Autant com ele a hui estei :
Ce ne faut yver ne estei.
Quant ele se lieve au matin,
412 Ja en romans ne en latin
Ne quiert oïr que boule et feste.
Dou soir li refait mal la teste,
Or est tout au recommancier.
416 Asseiz ainme miex Monpancier
Que Marseille ne que Lyons.
Por ce vos di ge que li hom
Qui est ses keuz at asseiz painne :
420 .XIV. fois en la semainne
Demande bien son estovoir.
Mais il couvient chiez li plouvoir
Se tant avient que au chanz plueve,
424 Car [sa] maisons n'est mie nueve,
Ainz est par les paroiz overte
Et par deseure descouverte.
Or sachiez que mauvais maitre a,
428 Jamais plus mauvais ne naistra. *f. 24 r° 2*
Si haberge ele mainte gent
El leu qu'ele n'a bel ne gent,
Bediaux et bailliz et borjois
432 Que trois semainnes por un mois
Laissent aleir a pou de conte.
Por ce que de l'ovreir ont honte
Sont en se recet recetei.

---

* v. 407. *ACR* Et chiés, *S* Enchiés, *P* Chiés h. le faus t. — v. 409. *ACR* il, *SP* elle — *Après* v. 410. *S ajoute* : Que ades ne reface ensi / Eins que soit chaucié ne vesti — *Après* v. 412. *S ajoute* : Ne quiert jai paternostre oïr / Par se ne se puet esjoïr / Ne conte riens n'a seint n'a seinte / Kar de grant boules a fait meinte. — v. 416. *APRS* aime, *C* ainment ;

Gloutonnerie, la sœur d'Excès,
404 qui n'est ni courtoise ni sage
et n'aime ni Raison ni Mesure,
fait souvent chanter les marmites
Chez Hasard, le tavernier[1] :
408 elle a passé hier dans sa taverne
aussi longtemps qu'aujourd'hui.
Hiver ou été, elle n'y manque pas.
Quand elle se lève le matin,
412 les seuls propos, en français ou en latin,
qu'elle veut entendre sont de noce et de fête.
Des suites de sa soirée, elle a mal à la tête,
et s'empresse de recommencer.
416 Elle aime mieux Montpensier[2]
que Marseille ou que Lyon.
C'est pourquoi je vous dis
que son cuisinier a bien du mal :
420 quatorze fois par semaine
elle sait bien demander ce qu'il lui faut.
Mais rien à faire, il pleut chez elle
s'il se met à pleuvoir dans les champs,
424 car sa maison n'est pas neuve,
mais sur les côtés ouverte
et par-dessus découverte.
Sachez qu'elle est un mauvais maître,
428 il n'y en aura jamais de pire.
Pourtant, elle héberge beaucoup de monde
en ce lieu qui n'est ni beau ni plaisant,
bedeaux, baillis, bourgeois,
432 qui trois semaines sur un mois
laissent passer ainsi sans rien faire.
Parce que travailler leur fait honte,
ils se cachent dans cette cachette.

S m. boin pancier, mon pancher. — v. 417. *A* ne Carlion, *S* Que messe oït ne orison. — v. 424. *C* sa *mq.* — v. 432. *S* Font t. s. — v. 433-472. *S mq.*

---

1. On jouait aux dés dans les tavernes : d'où le nom du tavernier. 2. Jeu de mots sur « panse ».

436 Tant i sunt qu'il sunt endetei
Et creance lor est faillie.
Lors est la dame maubaillie,
Que ces hostes li couvient perdre,
440 Si ne s'en seit a cui aerdre.
Li chenoine des grans eglizes,
Por ce que grans est li servizes,
Si s'en descombrent en contant.
444 Que vos diroie ? Il sunt tant,
Que clerc, que chenoine, que lai,
Trop i feroie grant delai.
Luxure, qui les foulz desrobe,
448 Qu'au fol ne lait chape ne robe,
Prent bien le loier de son hoste.
Le cors destruit, l'avoir enporte,
Et quant ele at si tout ostei,
452 S'oste l'oste de son hostei.
En tout mauvais effort s'efforce.
L'ame ocit et s'en trait la force.
Aprés tout ce, fiert si el maigre,
456 Les yeux trouble, la voiz fait aigre.
Ci a felonesse espouzee.
Sa chamberiere a non Rouzee
Et ces chambellains Fouz-c'i-fie.
460 Or ne sai que ce cenefie,
Car tant de gent la vont veoir
Qu'a grant poinnes ont ou seoir.
Li un s'en vont, li autre viennent, *f. 24 v° 1*
464 Li revenant por foul se tiennent.
Luxure, qui est si granz dame,
Qui bien destruit le cors et l'arme,

---

* v. 436. *APRS* Tant i s., *C* Tant il s. — v. 441. *ARS* Aus c. — *APR (et S à la fin de la lacune qui le concerne seul) intervertissent par rapport à C les v. 449-486 et 489-504 (v. 451-488 et 491-506 dans le décompte des mss autres que C). S place après le v. 492 les v. 497-8 et intervertit les v. 495-6 (soit, dans le décompte de C, suivi ici, les v. 450, 455-6, 453-4). Pour ce passage, où les mss trahissent une hésitation, on peut juger que l'ordre de* APR *est une* lectio facilior *et que celui de* C *offre une attaque et une chute plus saisissantes. On peut aussi estimer que l'ordre de* APR,

436 Ils y restent si longtemps qu'ils sont endettés
et qu'on ne leur fait plus crédit.
Voilà la dame bien ennuyée,
car il lui faut perdre ses clients,
440 et elle ne sait à qui s'en prendre.
Les chanoines des grandes églises,
comme leurs revenus sont importants,
s'en tirent en alignant l'argent.
444 Que vous dire ? Ils sont si nombreux,
tant clercs et chanoines que laïcs,
que j'y passerais trop de temps.
Luxure, qui dépouille les fous
448 et ne leur laisse ni manteau ni habit,
sait bien prendre le loyer de ses clients.
Elle détruit le corps, elle emporte l'argent,
et quand elle a ainsi tout pris,
452 elle chasse le client de sa maison.
Elle fait le mal de toutes ses forces,
elle tue l'âme, elle lui prend sa force.
Après cela, elle frappe en pleine chair,
456 trouble la vue, rend la voix rauque.
C'est une compagne cruelle.
Sa femme de chambre s'appelle Roséole[1]
et son chambellan Bien-fou-qui-s'y-fie.
460 Je ne sais pourquoi,
tant de gens vont la voir
qu'ils savent à peine où s'asseoir.
Les uns s'en vont, les autres arrivent,
464 ceux qui en reviennent se traitent de fous.
Luxure, qui est si grande dame,
qui cause la mort du corps et de l'âme,

---

plus logique, est celui qui s'impose, comme le fait Alain Corbellari, qui nous reproche de ne l'avoir pas restitué (mais il ne semble pas voir que c'est la leçon de A) : Joseph Bédier, écrivain et philologue, *Genève, Droz, 1997, p. 516 n. 34.*

---

1. Le nom de la chambrière, *Rouzee*, fait sans doute allusion à la *goute rose*, maladie de peau d'origine vénérienne.

Qui mainte gent a ja honie,
468 Est bien voizine Gloutenie :
Ne faut fors avaleir le val.
Teiz entre chiez li a cheval
Qui s'en revient nuz et deschauz.
472 Trop est vilainz ces seneschauz :
Tout prent, tout robe, tout pelice,
Ne lait peliçon ne pelice.
Des mauz qu'il fait ne sai le nombre ;
476 La soume en est en un essombre,
En une reculee oscure.
Onques nuns preudons n'en ot cure
D'entreir laianz por l'ocurtei,
480 Qu'il n'i at point de seürtei.
Nuns n'i va ne riant ne baut,
Tant soit ne garson ne ribauz,
Qui correciez ne c'en reveigne.
484 Et ceste raisons nos enseigne
Que nuns hom ne c'i doit embatre
Por solacier ne por esbatre.
Cil dient qui i ont estei
488 Que la maisons est en estei
D'el que de glai jonchie a point.
Jonc ne mentastre n'i a point,
Ainz est la joncheüre estrange,
492 Si a non Folie et Lozenge.
La dame est moult plainne d'orguel.
Ces portiers a non Bel Acuel :
Bel Acuel, qui garde la porte,
496 Connoit bien celui qui aporte.
A celui met les bras au col,
Car bien ceit afoleir le fol. *f. 24 v° 2*
Cil qui i va a bource wide
500 Est bien foux ce troveir i cuide
Biau geu, biau ris ne bele chiere.

---

* v. 473. *P* T. tost t. prent t. atrait — v. 474. *P* Riens qu'il puist prendre n'i lait — v. 476. *P* en un grant umbre — v. 477. *P* u. grant cystern o. — v. 489. *A* g. glagie a point, *P* Jonchie de bourdes a, *R* De flours de lis jonchie

qui en a déjà déshonoré tant,
468 est proche voisine de Gloutonnerie :
il n'y a qu'à descendre la vallée.
Tel entre chez elle à cheval
qui s'en retourne nu et déchaussé.
472 Son sénéchal est un vrai malotru :
il prend tout, vole tout, rafle tout,
ne laisse ni doublure ni fourrure.
Des maux qu'il cause, j'ignore le nombre ;
476 la somme en est cachée dans l'ombre
d'une retraite obscure.
Jamais homme de bien ne se soucia
d'y entrer à cause de l'obscurité :
480 on n'y est pas en sécurité.
Nul n'y va riant et faraud,
si misérable et débauché soit-il,
qui ne s'en retourne affligé.
484 Voilà qui nous enseigne
que nul ne doit s'y précipiter
pour s'y divertir et s'y amuser.
Ils disent, ceux qui y ont été,
488 que la maison est en été
bien jonchée d'autres fleurs que d'iris[1].
Il n'y a là ni joncs ni feuilles de menthe :
les feuillages qui la jonchent sont étranges,
492 ils s'appellent Folie et Flatterie.
Cette dame est remplie d'orgueil.
Son portier s'appelle Bel-Accueil :
Bel-Accueil, qui garde la porte,
496 sait bien reconnaître le riche client.
À celui-là, il jette les bras autour du cou,
car il sait bien rendre fous les fous.
Qui y va la bourse vide
500 est bien fou s'il pense trouver là
jeux, rires, visages avenants.

— v. 491. *A* Ainzt est la glageure, *S* Leians a g.

---

1. On jonchait de feuillages et de fleurs les tavernes et les lieux où se déroulaient des fêtes.

De wide main, wide proiere,
Car vos oeiz dire a la gent :
504 "A l'uis, a l'uis, qui n'a argent !"
Biauz doulz hostes, ce dit Pitiez,
Bien vos devroie avoir getié
D'aleir au leuz que je vos nome.
508 Car vos veeiz, ce est la soume,
Que nuns n'i vit tot son eage,
S'i lait hon l'arme de paage.
De l'autre voie vos devise,
512 Qui trop est bele a grant devise
Et trop plaisans, qui en a cure,
Et c'est assez la plus ocure,
La droite voie et le chemin
516 Ausi plain con un parchemin
Por aleir a Confesse droit.
Or vos wel je dire orendroit
Les destroiz qui sunt jusques lai,
520 Si las la voie par delai.
A destre main vers oriant
Verreiz une maison riant,
C'est a dire de boen afaire.
524 Humiliteiz la debonaire
Esta laianz, n'en douteiz mie.
Raconteir vos wel de sa vie :
Ne cuidiez pas que je vos mente,
528 Ne por ce qu'ele soit ma tante
Vos en die ce que j'en sai,
C'onques por ce ne me pensai.
Dame Humiliteiz la cortoize,
532 Qui n'est vilaine ne bufoise,
Mais douce, debonaire et franche, *f. 25 r° 1*
At vestue une robe blanche

---

* v. 509. *S* Que qui muert en si fait voiage — v. 510. *P* Et si lait son a. en gage, *S* Qu'il i lait l'a. — v. 514. *P* seüre — v. 530. *A* C'onques por ce nel me p., *P* Sachés onques ne le p., *R* Onques por c. je nel p., *S* Onques p. c. ne le p. — v. 532. *A* ne bufoise, *CPRS* ne borjoize — v. 534. *ARS* cote

Rien dans les mains : prière de rien ;
comme on dit :
504 "À la porte, à la porte qui n'a pas d'argent[1] !"
Mon cher hôte, dit Pitié,
je devrais vous avoir détourné
d'aller à l'endroit dont je vous parle,
508 car vous le voyez : au total,
nul ne peut y passer toute sa vie,
et on laisse son âme en paiement.
Je vais vous décrire l'autre route,
512 qui est extrêmement belle
et plaisante, pour qui s'y attache.
C'est de beaucoup la moins connue[2].
C'est la voie droite et le chemin
516 plat comme une feuille de parchemin
qui mène tout droit à Confesse.
Maintenant j'en viens tout de suite
aux passages difficiles qu'on trouve jusque-là,
520 et je laisse la première route.
À main droite, du côté de l'orient
vous verrez une maison riante,
c'est-à-dire honnête.
524 Humilité, la bienveillante,
y habite, n'en doutez pas.
Je veux vous parler de la vie qu'elle mène.
Ne croyez pas que je vous mente
528 ou que c'est parce qu'elle est ma tante
que je vous dis ce que j'en sais :
loin de moi cette pensée.
Dame Humilité, avec ses bonnes manières,
532 qui n'est ni rustre ni arrogante[3],
mais douce, bienveillante et noble,
a revêtu une robe blanche,

---

1. Les v. 502 et 504 sont des proverbes (Morawski 576 et 71). Pour le second, cf. *Sainte Marie l'Égyptienne* 104. **2.** Malgré l'opinion de F.-B. (I, 359), « obscure » peut être la bonne leçon, au sens métaphorique de « cachée », « ignorée ». **3.** Bien que l'association « ni vilaine ni bourgeoise » offre en soi un sens plausible et que soit le texte de quatre mss sur cinq, le vers suivant invite à préférer la leçon *bufoise* de *A*.

Qui n'est pas de blanc de Nichole,
536 Ansois vos di a brief parole
Que li draz a non bon eür.
Nuns n'est enchiez li aseür,
Car Danz Orgueulz li outrageuz
540 N'i a pas pris la guerre a geulz.
Soventes fois assaut nos livre.
Or oeiz coumant se delivre,
Si oeiz or en queil maniere.
544 C'ele rit et fait bele chiere
Et fait cemblant riens ne li grieve
Ce qu'Orgueulz contre li se lieve,
Lors aqueure de duel et d'ire
548 Orgueulz, si qu'il ne puet mot dire.
Atant s'en part, ne parle puis,
Mas et confus ferme son huis.
Lors, qui wet avoir pais, si l'a,
552 Qui ne wet, si vat par dela.
Or vos dirai de son hosteil,
Onques nuns riches hom n'ot teil.
  Li fondemenz est de concorde.
556 La Dame de Misericorde
I estoit quant ele acorda
Le descort qu'Adans descorda,
Par quoi nos a touz acordei
560 A l'acort au digne Cors Dei
Qui a, si com nos recordons,
En sa corde les .III. cordons :
C'est la Trinitei toute entiere.
564 Cil sainz aubres et cele ante iere
Enchiez Humilitei la sage
Quant Dieux prit chiez li haberjage.
Lors porta l'ante fleur et fruit,
568 Qui puis laissa enfer destruit. *f. 25 r° 2*
Li sueil i sont de pacience.

---

* v. 537. *P* a moult b. — v. 541. *APRS* a. li livre — v. 549. *APR* p. puis (*P* parole), *C* p. plus. — v. 549-550. *S mq.* — v. 554. *P* C'ainc nus hons ne vit autretel — v. 558. *APRS* descorda, *C* acorda — v. 564. *P* Il n'i a plus n'avant n'ariere,

qui n'est pas de drap de Lincoln,
536 mais, je vous le dis en deux mots,
d'une étoffe appelée bonne chance.
Nul n'est chez elle en sûreté,
car maître Orgueil, qui n'a nulle mesure,
540 ne lui fait pas la guerre pour rire.
Il nous livre des assauts répétés.
Mais écoutez comment elle s'en débarrasse,
écoutez comment elle s'y prend.
544 Si elle présente un visage souriant,
si elle manifeste qu'elle ne souffre en rien
des attaques d'Orgueil,
il crève de douleur, de colère,
548 Orgueil, au point qu'il ne peut dire mot.
Alors il s'en va, il ne parle plus,
abattu, honteux, il ferme sa porte.
À ce point, celui qui veut avoir la paix, l'a ;
552 va de l'autre côté celui qui ne veut pas.
Je vais vous parler de sa demeure ;
jamais puissant n'eut sa pareille.
Les fondations sont de concorde.
556 C'est là que la Dame de Miséricorde
était quand elle mit terme par un accord
à la discorde qu'Adam fit discordante,
nous mettant tous en concorde
560 et en accord avec le saint Corps de Dieu,
qui a, comme nous le rappelons,
à sa corde les trois cordons[1] :
c'est la Trinité tout entière.
564 Ils étaient, ce saint arbre et cette ente,
chez Humilité la sage
quand Dieu vint demeurer en elle :
alors l'ente porta et la fleur et le fruit,
568 qui depuis ont laissé l'enfer détruit.
Le soubassement est de patience.

R arbres est tele ame i., *S* C'est la seinte ordre en tel maniere

---

1. Ces trois cordons sont les trois torons qui, tressés, forment la corde.

Sages hons et de grant sciance
Fut cil qui ovra teil ovreigne.
572 La maisons siet en une pleingne,
Si sunt les paroiz d'amistié.
N'i esta pas de la mistié
Tant gent com il i soloit estre,
576 Ainz vont le chemin a senestre.
Post et chevron, si com moi membre,
Si com je croi et il me semble,
Sunt d'une ovraigne moult jolive,
580 Si apele hon le fuit olive.
Por ce le fist, je vos afie,
Que pais et amour senefie.
La coverture atout les lates
584 Et li chevron et li chanlates
Son[t] faites de bone aventure,
S'en est la maison plus seüre.
En la maison a .VI. verrieres,
588 .III. par devant et .III. derrieres.
Les .II. en sunt, si Dieux me gart,
D'une huevre, s'a non doulx regart.
Les .II. autres si sunt de grace,
592 Plus luisanz que critauz ne glace.
Les .II. autres, si com je croi,
Sunt de loiautei et de foi,
Mais ces .II. sunt piesa brisiees
596 Et fendues et effrisiees.
Moult par fust bele la maisons
Ce il i repairast mais hons.
Mais teil gent i ont repairié
600 Qui se sont mis en autre airié.
Biaux hostes, Largesce, ma niece,
Qui a langui si longue piece
Que je croi bien qu'ele soit morte, *f. 25 v° 1*
604 Verroiz a l'entreir de la porte.
C'ele puet parleir ne veoir,
Si vos fera leiz li seoir,

---

* v. 577. *A* Post et chevron et tref ensamble, *P* Potiel et chevron e., *R* Postiel cieviron tout e. — v. 591. *AR* Les deus meismes,

C'était un sage, un grand savant,
celui qui fit cet ouvrage.
572 La maison est située dans une plaine.
Les murs en sont d'amitié.
Elle ne contient pas la moitié
des gens qui y étaient autrefois :
576 ils prennent le chemin de gauche.
Poteaux et chevrons, dans mon souvenir
et à ce qu'il me semble,
sont d'un travail très délicat,
580 faits dans un bois qu'on appelle olivier.
C'est parce que, je vous le dis,
il signifie paix et amour.
La toiture avec ses lattes,
584 ses chevrons et ses chanlattes
est faite d'heureuse chance :
la maison en est plus solide.
La maison a six verrières,
588 trois par devant, trois par derrière.
Deux d'entre elles, Dieu me protège,
sont d'une même matière, appelée doux regard.
Les deux suivantes sont de grâce,
592 plus brillantes que cristal ou que glace.
Les deux autres, à ce que je crois,
sont de loyauté et de foi,
mais ces deux-là sont brisées,
596 de longtemps, fendues, effritées.
La maison serait très belle
si on la fréquentait encore.
Mais tels la fréquentaient
600 qui sont allés ailleurs.
Cher hôte, ma nièce Largesse,
malade depuis si longtemps
que je crois bien qu'elle est morte,
604 vous la verrez dès la porte.
Si elle peut parler et voir,
elle vous fera asseoir près d'elle,

S Et les autres deus — v. 592. *R* que alun ne — v. 600. *R* Ki ore se sont trait arrier

Car plus volentiers se demente,
608 Sachiez, qu'ele ne rit ne chante.
N'a en l'osteil home ne fame
Qui gart ne l'osteil ne la dame,
Fors Gentilesce et Cortoizie,
612 Et cil ont mais si courte vie
Qui ne gart l'eure que tot muire.
Qui orroit une beste mu[i]re,
S'en auroit il au cuer mesaize.
616 Biauz douz hostes, ne vos desplaise,
Aleiz i, ces reconforteiz,
Car trop est li leuz amorteiz.
Preneiz en grei, se pou aveiz.
620 Se cest proverbe ne saveiz,
Je wel que l'apreneiz de mi :
Hom doit panrre chiez son ami,
Pou ou auques, ce c'on i trueve,
624 Qu'amis est au besoig l'esprueve.
Mainte gent s'en sunt departi
Qui dou leur i ont departi
Sa en arrier une partie.
628 Or est la choze mal partie,
Car la mors, qui les bons depart,
Les a departiz d'autre part.
Hostes, ja ne vos quier celer,
632 La se soloient hosteleir
Empereour et roi et conte
Et cil autre dont hon vos conte,
Qui d'amors ont chanson chantei.
636 Mais Avarice a enchantei
Si les chenuz et les ferranz
Et toz les bachelers errans *f. 25 v° 2*
Et chenoignes et moinnes noirs,

---

* v. 607. *AS* se gaimante, *R* se gramente, *P* Mais elle est durement dolente — v. 608. *P* Si qu'e., *R* Assés k'e. ; *APRS* qu'ele ne rist ne chante, *C* que je ne ris ne chante — v. 614. *C* b. mure, *P* une vache muire — v. 624. *AR* le trueve, *S* seipreuve — v. 634. *P* Et tant d'autres que n'en sai c., *S* Et cil autre dont je v. — v. 635. *P* Qui de joie ont souvent hanté, *S* Qui d'ounour ont l'escu portei

car elle se lamente plus volontiers,
608 sachez-le, qu'elle ne rit ou ne chante.
Il n'y a là homme ni femme
pour garder la maison et la dame,
sinon Noblesse et Courtoisie,
612 et il leur reste si peu de vie
qu'à chaque instant tout peut mourir.
Même une bête, de l'entendre mugir,
cela vous serrerait le cœur[1].
616 Très cher hôte, je vous en prie,
allez-y, réconfortez-les,
car la mort a frappé ce lieu.
Contentez-vous du peu que vous y trouverez.
620 Si vous ignorez ce proverbe,
je veux que vous l'appreniez de moi :
on doit prendre chez son ami,
peu ou beaucoup, ce qu'on y trouve,
624 car c'est dans le besoin que s'éprouve l'amitié.
Maintes gens ont quitté la place
après s'être jadis départis
de leur avoir, en partie.
628 Voilà la chose mal partie,
car la mort, qui des bons provoque le départ,
les a fait partir autre part.
Hôte, je ne veux pas vous le cacher,
632 c'est là que venaient habiter
empereurs, rois et comtes,
et les autres dont on vous parle,
à qui l'amour inspirait de chanter.
636 Mais Avarice a tant ensorcelé
les cheveux blancs et grisonnants,
et tous les jeunes gens en quête d'aventures,
les chanoines, les moines noirs[2],

---

1. À plus forte raison, Largesse et ses derniers fidèles méritent d'exciter la pitié. **2.** Les Bénédictins de l'ordre de Cluny, par opposition aux Cisterciens, dont le froc était blanc.

640 Que toz est gasteiz li manoirs.
Hom soloit par amors ameir,
Hom soloit tresors entameir,
Hom soloit doneir et prometre.
644 Or ne s'en wet nuns entremettre.
Voirs est qu'Amors ne vaut mais riens,
Amors est mais de viez marrien,
Amors est mais a mainz ameire,
648 Se la borce n'est dame et meire.
[Amors estoit sa chambellaine,
Qui n'estoit fole ne vilaine.]
Largesce muert et Amors change.
652 L'une est mais trop a l'autre estrange,
Car hom dit, et bien l'ai apris :
"Tant az, tant vauz et tant te pris."
Debonaireteiz, qui jadiz
656 Avoit les hostes dix et dix
Et .XIX. et dix et nuef,
N'est prisie vaillant .I. oef,
Car bien a .LX. et .X. ans,
660 Ce Rutebuez est voir dizans,
Qu'ele prist a Envie guerre,
Qui or est dame de la terre.
Envie, qui plus ot meignie,
664 A la querele desreignie,
Si a regnei des lors en reigne,
Et reignera et ancor regne.
Jamais a regneir ne finra.
668 Mais, se jamais en la fin ra
Debonairetei en prison
Sens mesfait et sanz mesprison,
Croi je que tenir la vorra,

---

* v. 640. *APRS* gastes — v. 642. *P* Et les grans tresors effondrer, *S* s. les biax dons donneir — v. 643-644. *intervertis dans S.* — v. 643. *R* promettre et donner ; *S* Ne nuns ne veut mais painne meitre — v. 644. *R* v. mes nus meller — v. 645. *P* Il samble qu'amour ne v. r. — v. 646. *P* Car elle est de trop viés m. ; *R* A. sont — v. 647. *P* e. a maint homme a. — v. 649-650. *C mq.* — v. 649-652. *S mq.*

640 que la demeure est désolée.
On aimait de vrai amour,
on faisait brèche dans les trésors,
on donnait, on promettait.
644 Nul à présent ne veut se mêler de cela.
C'est vrai : Amour ne vaut plus rien,
Amour n'est plus que bois pourri,
Amour est amer à beaucoup,
648 s'il n'est l'enfant et l'esclave de la bourse.
Amour était la chambrière,
ni sotte ni rustre, de Largesse.
Largesse meurt et Amour change.
652 Elles sont devenues étrangères l'une à l'autre,
car on dit, je l'ai éprouvé :
"Tu vaux ce que tu as : à ce prix je t'estime."
Bienveillance, chez qui jadis
656 les hôtes venaient dix par dix
et même dix-neuf par dix-neuf,
n'est plus prisée au prix d'un œuf,
car il y a bien soixante-dix ans,
660 si Rutebeuf dit le vrai[1],
qu'elle est en guerre contre Envie,
maîtresse à présent du pays.
Envie, qui avait plus de monde,
664 a gagné la partie,
elle a régné dès lors sur le royaume,
elle y règne et continuera d'y régner.
Jamais son règne ne finira.
668 Mais si jamais pour finir elle tient
de surcroît Bienveillance en prison,
sans faute ni tort de sa part,
je crois qu'elle voudra la garder,

— v. 650. *R* Ki n'iert escarse ne — v. 657. *P* Et sis et .VII. et .VIII. et .IX., *R* Et dizeuuit et dizenoef, *S* Douze et dixeut et dixeneuf — v. 665. *S* Et arasonnei de lour r. — v. 666. *P* Et sachiez bien que, *R* r. plus c'or ne regne — v. 670. *P mq.*

---

1. Cf. v. 305 et n. 3, p. 363.

672 Se ne sai je c'ele porra.
Franchize me dist l'autre jor,
Qui en maison ert a sejour,
Que Debonaireteiz n'avoit *f. 26 r° 1*
676 Recet, ne home ne savoit
Qui se meslast de son afaire
Ne qui point amast son repaire.
Or a teil honte qu'el ne s'oze
680 Montreir au gent por nule choze,
Car bien saveiz c'est la coustume :
Qu'au desouz est, chacuns le plume.
Biaux doulz hostes, ce dit Pitiez,
684 Gardeiz c'onques ne despiziez
Vostre hostesse, se la veeiz,
Car d'une choze me creeiz,
Que teiz fait feste et va tripant
688 Qui ne seit pas qu'a l'uel li pant.
L'osteil trovereiz povre et gaste,
Qu'il n'a laianz ne pain ne paste.
Bien sai que pou i demorreiz.
692 Saveiz por quoi ? Vos ne porreiz,
Car qui a compaignie aprise,
Bien sai de voir que petit prise
L'aise qu'il a cens compaignie.
696 Nequedent, aise n'est ce mie.
Hostes, dites li de par moi
Ne c'esmait ne que je m'esmoi,
Car je sai bien que tout faudra,
700 Ja nule rien ne nos vaudra
Fors que l'amour de Jhesucrit.
Se trovons nos bien en escrit. »
Dit Pitiez : « Chariteiz, ma fame,
704 Qui at estei si vaillanz dame,
Est bien pres voizine celui

---

* v. 674. *S* Qui enchiés moi fu — v. 682. *P* Que cil qui pert c. — v. 685. *A* quant la verrez, *P* se la venés, *S* ce vos l'aveis ; *R* La vostre ostesse ne chozés — v. 687. *R* Teus fet bien grant f. souvent, *P* f. et joant, *S* f. et entreprent. — v. 689. *R* Hoste t. l'os-

672 mais je ne sais si elle pourra.
Noblesse me dit l'autre jour,
alors qu'elle séjournait ici,
que Bienveillance n'avait
676 aucun refuge, ne connaissait
personne qui défendît sa cause
ou qui aimât sa maison.
Elle a tant de honte qu'elle n'ose
680 se montrer pour rien au monde,
car vous connaissez la coutume :
qui a le dessous, chacun le plume.
Très cher hôte, dit Pitié,
684 gardez-vous bien de mépriser
votre hôtesse, si vous la voyez,
car croyez-moi sur un point :
tel qui fait la fête et gambille
688 ne sait ce qui lui pend au nez.
Vous trouverez la maison pauvre et désolée :
il n'y a dedans pain ni pâte.
Je sais bien que vous y resterez peu.
692 Savez-vous pourquoi ? Vous ne pourrez pas,
car qui a l'habitude de la compagnie,
je le sais bien, fait peu de cas
d'avoir ses aises sans compagnie.
696 D'ailleurs, ce n'est pas avoir ses aises.
Hôte, dites-lui de ma part
qu'elle ne s'inquiète pas plus que moi,
car je sais bien que tout nous manquera,
700 que rien ne nous sera d'aucune valeur,
sinon l'amour de Jésus-Christ.
C'est ce que nous trouvons dans l'Écriture. »
Et Pitié reprit : « Charité, ma femme,
704 qui a été une dame d'un tel mérite,
est très proche voisine de celle

---

tel gaste — v. 697. *P* Dittes li que savoir li fac — v. 698. *P* Que ne s'e. ne que je fac — v. 699. *A* que tost f. — v. 700. *C* nuli ; *RSP* faudra — v. 701. *S* Que n'aiens l'a. JC. — *Après* v. 704. *S ajoute* : Cui on a fait si grant anui

Qui tant a afaire de lui,
Qui at non Debonairetei,
708 Qui chierement a achetei
Les enviaux aux envieuz
Et les maus au malicieux. *f. 26 r° 2*
Nostre hosteil verroiz bel et cointe,
712 Mais mainte gent s'en desacointe.
Qu'au soir i vient s'en va au main.
Fransois sunt devenu Romain
Et li riche home aveir et chiche.
716 Cil sunt preudome qui sunt riche,
A ceuz met hon les braz au couz.
Li povres hons est li droiz foulz,
Et bien sachiez en veritei
720 Que, ce il ainme Charitei,
Hon dira : « C'est par sa folie
Et par sa grant melancolie
Qui li est entree en la teste ! »
724 Ice me fait perdre la feste
Et le solaz que g'i avoie.
Nuns n'i wet mais tenir la voie,
Fors li moinne de saint Victor,
728 Car je vos di nuns ne vit or
Si preude gent, c'est sanz doutance.
Ne font pas lor dieu de lor pance
Comme li autre moinne font,
732 A cui toz biens dechiet et font.
Ce sunt cil qui l'osteil maintiennent,
Ce sunt cil qui en lor main tiennent
Charitei et Misericorde,
736 Si com lor oevre me recorde.
Ancor raconte li Escriz
Que Chariteiz est Jhesucriz.

---

* v. 706. *S mq.* — v. 712. *P* M. pou de g. en sont acointe, *R* m. tamains hom — v. 718. *C* h. et li ; *PS* Le pouvre homme tient on por fol — v. 727-736. *PS mq.*

---

1. L'avarice des Romains était proverbiale : cf. *Voie de Tunis*

qui a tant besoin d'elle,
celle qui a nom Bienveillance,
708 qui a payé très cher
les défis des envieux
et les maux des méchants.
Notre maison, vous verrez, est charmante,
712 mais beaucoup l'évitent.
Qui y vient au soir s'en va au matin.
Les Français sont devenus Écossais[1]
et les riches avares et chiches.
716 Qui est riche est homme de bien,
on lui saute au cou.
Le pauvre est un fou complet,
et sachez bien en vérité
720 que, s'il aime Charité,
on dira : « C'est qu'il est fou,
c'est son humeur noire
qui lui est entrée dans la tête ! »
724 Cela me gâche la fête,
le plaisir que j'y trouvais.
Nul ne veut plus suivre ce chemin,
sauf les moines de Saint-Victor,
728 car, je vous le dis, nul n'a vu de nos jours
de si saintes gens, c'est sûr[2].
Ils ne font pas leur dieu de leur panse[3],
comme les autres moines font,
732 en qui tout bien déchoit et fond.
Ce sont eux qui soutiennent la maison,
ce sont eux qui dans leurs mains tiennent
Charité et Miséricorde,
736 comme leurs œuvres me le rappellent.
L'Écriture dit encore
que Jésus-Christ est Charité.

112, et Gautier de Coincy, *Léocade* v. 917, « Trop covoitex sunt li Roumain ». La traduction appelait une transposition sous peine d'être incompréhensible. **2.** Ce passage, absent de deux des cinq mss, confirme la dette de Rutebeuf à l'égard des Victorins. **3.** Paul, Philippiens 3, 19, Cf. *Dit de Pouille* 11, *Complainte d'Outremer* 111, *Nouv. complainte d'Outremer* 282.

Por ce dient maintes et maint
740 Que cil qui en Charitei maint,
Il maint en Dieu et Dieux en lui.
Chariteiz n'espairgne nelui.
Por ce si me mervoil moult fort
744 C'om ne li fait autre confort.
Nuns n'i va ireuz n'a malaise *f. 26 v° 1*
Que la maisons tant ne li plaise
Que toute rancune la pert.
748 Ce poeiz veoir en apert.
Por ce loz que vos i ailliez,
Car, ce vos estes travilliez,
Laianz repozer vos porroiz
752 Et tant estre com vos vorroiz.
Nos vorrions, por vos esbatre,
Por .I. jor vos i fussiez quatre,
Tant vos verriens volentiers.
756 Et bien sachiez que li sentiers
I fu moult plus batuz jadiz
De ceulz qu'or sunt en paradix.
Proesce, qui des cielz abonde,
760 Qui n'est pas en servir le monde
Mais en sel Seigneur honoreir
Que toute gent doit aoreir,
A des or mais mestier d'aïde,
764 Car je vos di que dame Accide,
Qu'a toz preudomes doit puïr,
L'en cuide bien faire fuïr.
Moult i at ja des siens lasseiz.
768 L'uns est bleciez, l'autre quasseiz,
Li autres, par sa lecherie,
Est entreiz en l'anfermerie
Por le cors esbatre et deduire.

---

* v. 745. *S* Nuns n'est muaubles n'a m. ; *P* ne malaisié — v. 753. *P* C'on vorroit bien ; *R* nous e. ; *S* v. que p. — v. 759-900. *mq. dans S, qui les remplacent par ces deux vers de conclusion* : Rustebeus fenist ci sa voie / De cest songe forment desvoie. — v. 769. *P* Li auquant p. leur l. — v. 770. *P* Sont entré l'amfermerie — v. 771. *P* P. eschever le mal qu'il voit

C'est pourquoi beaucoup disent
740 que qui demeure en Charité,
il demeure en Dieu et Dieu en lui[1].
Charité ne se ménage envers personne.
C'est pourquoi je suis très surpris
744 qu'on ne l'entoure pas davantage.
Nul ne va la voir irrité, misérable,
sans que la maison lui plaise tant
qu'il y laisse toute rancœur.
748 Vous pouvez le voir d'évidence.
Je vous conseille donc d'y aller,
car, si vous êtes fatigué,
vous pourrez vous y reposer
752 et y rester autant que vous voudrez.
Nous aimerions, pour vous distraire,
que vous y restiez quatre jours au lieu d'un,
tant nous serions heureux de vous voir.
756 Et sachez bien que le sentier
était beaucoup plus fréquenté jadis
par ceux qui sont maintenant en paradis.
Prouesse, qui est un don du ciel,
760 qui ne consiste pas à servir le monde,
mais à honorer le Seigneur
que tous doivent adorer,
a désormais besoin d'aide :
764 je vous le dis, dame Accidie,
dont l'odeur est infecte à tout homme de bien,
compte bien la mettre en fuite[2].
Parmi les siens, beaucoup déjà sont fatigués.
768 L'un est blessé, l'autre estropié,
un autre, par souci de son confort,
est entré à l'infirmerie
pour se reposer à son aise.

---

1. I Jn. 4, 16. **2.** Prouesse, telle que la dépeint Rutebeuf, relève métaphoriquement du monde chevaleresque, mais désigne en réalité le zèle dans l'accomplissement des devoirs religieux et des œuvres spirituelles, c'est-à-dire le contraire d'Accidie. Cf. *Mensonge* 30.

772 Li autres doute la froidure.
A l'autre trop forment renuit
Ce que il veilla l'autre nuit,
Si doute dou cors amaigrir.
776 Iteiz gent si font enaigrir
Le chant de Dieu et les chansons.
Il ainment mieulz les eschansons
Et les queuz et les boutilliers
780 Que les chanters ne les veilliers. *f. 26 v° 2*
Je ne vos oste de la riegle
Ne seulz d'ordre ne seulz dou siecle.
Tuit ont a bien faire laissié
784 Et s'en fuient col eslaissié,
Tant que la mors lor tolt le cors.
Or n'a la dame nul secors,
Et ele si vodroit veillier
788 Et geüneir et travillier
Et escouteir le Dieu servise.
Mais orendroit nuns ne s'avise
A faire ce qu'ele commande,
792 Car nuns envers li ne s'amande,
Fors une gent qui est venue,
Qui dient qu'il l'ont retenue,
Et cil sont de sas ensachié
796 Et dient que il ont sachié
Lor ordre des faiz aux apotres.
Por lor meffaiz et por les notres
Dient il bien tout sanz doutance
800 Que il font auteil penitance
Com Diex et sui apostre firent.
Se ne sai ge ce il empirent
Ne c'il feront si com maint autre
804 Qui soloient gesir ou pautre,
Or demandent a briez paroles

---

* v. 772. *P* a. redoutent le fret — v. 773. *P* Aucuns en y a cui il anuit — v. 774. *P* Cou qui veillerent — v. 776. *C* enaigriz — v. 778. *P mq.* — v. 780. *P* Q. l. chanteours des moustiers — v. 781. *P* Je n'ay cure de ceste r. — v. 783. *P* Li plusiers ont le bien l. — v. 793-808. *P mq.* — v. 802. *C* je c'eles

772 Un autre craint le froid.
Un autre est très affecté
d'avoir veillé la nuit dernière :
il a peur de maigrir.
776 De telles gens rendent aigres
chants et mélodies sacrées.
Ils aiment mieux les échansons,
les cuisiniers, les sommeliers,
780 que les hymnes sacrées et les veilles.
Je n'excepte de cette loi
ni réguliers ni séculiers.
Tous ont sacrifié la vaillance
784 et s'enfuient à bride abattue,
jusqu'à ce que la mort les prenne.
À présent la dame n'a aucun secours,
et pourtant elle voudrait veiller,
788 jeûner, se mortifier,
écouter l'office divin.
Mais aujourd'hui, nul ne s'avise
de faire ce qu'elle commande,
792 car envers elle nul n'amende sa conduite,
sauf des gens qui sont arrivés
en disant qu'ils l'ont gardée :
ils sont ensachés dans des sacs[1]
796 et disent qu'ils ont tiré
leur règle du comportement des apôtres.
Pour leurs fautes et pour les nôtres,
ils disent sans crainte
800 qu'ils font la même pénitence
que Dieu et ses apôtres.
Je ne sais s'ils tournent mal
ni s'ils feront comme bien d'autres
804 qui couchaient sur des grabats
et demandent maintenant d'un ton sec

---

1. Les Sachets, traités ici avec plus d'indulgence que dans le *Dit des Ordres* et la *Chanson des Ordres*.

Les boens vins et les coutes moles
Et ont en leu d'umilitei
808 Pris orgueil et iniquitei.
Abstinance, la suer Raison,
Est presque seule en sa maison
Qui tant est delitable et bele.
812 Si n'est pas en orde ruele,
Ainz la porroiz veoir a plain.
Or n'i sont mais li doiz si plain
De gent con il soloient estre. *f. 27 r° 1*
816 Or vos wel dire de son estre.
Toz les .VII. jors de la semainne
Est vanrrediz et quarentainne
Laianz, ce vos faiz a savoir.
820 Et ce n'i puet hom pas avoir
Teil choze a hom en la taverne.
Por ce dit hom qu'asseiz espergne
De bien li preudons qui ne l'a.
824 Qui Abstinance l'apela,
Je di qu'il la baptiza bel,
Car ne fu pui le tenz Abel
Maisons si bele ne si nete.
828 Maisons fu, or est maisonnete.
Consirrers en fu charpentiers :
Bien fu ces cuers fins et entiers
A la maison fondeir et faire.
832 Mout est li leuz de bel afaire
Et mout i dure grant termine
Cil qui laians sa vie fine.
  Li preudome, li ancien
836 Ont laianz un fusicien :
C'est Diex, qui fusique seit toute,
Qui mout ainme la gent trestoute,
Qui tant par est de fine orine
840 Qu'il garit sanz veoir orine

---

* v. 818. *AP* v. ou q. — v. 821. *P* Tout çou c'on a en la maison ; *R* c. en la tavierne a on — v. 822. *P* D'un tavrenier a abandon ; *R* Cou dist on assés espargn'on — v. 823. *P* Pour ce s'en

bons vins et couches molles,
et ont laissé l'humilité
808 pour l'orgueil et l'iniquité.
Abstinence, la sœur de Raison,
est presque seule dans sa maison,
qui est si agréable et belle.
812 Elle n'est pas au fond d'une sordide ruelle :
vous pourrez la voir en plein.
À présent on ne se presse plus
autour des tables comme autrefois.
816 Je vais vous dire sa façon d'être.
Chacun des sept jours de la semaine
est vendredi et carême
chez elle, sachez-le bien.
820 Et on ne peut pas y avoir
tout ce qu'on trouve à la taverne.
D'où ce mot : il fait de grandes économies,
l'homme de bien qui se passe de tout cela.
824 Celui qui l'appela Abstinence,
je dis qu'il l'a bien baptisée,
car depuis l'époque d'Abel
il n'y eut de maison si belle ni si propre.
828 C'était une maison : c'est une maisonnette.
Renoncement en fut le charpentier :
il mit tout son cœur
à solidement la construire.
832 Elle est très bien située,
et il y vit très longtemps
celui qui y termine ses jours.
Les hommes de bien, les hommes d'âge
836 y ont un médecin :
c'est Dieu, qui connaît à fond la médecine,
qui aime tout le monde,
dont la supériorité est telle
840 qu'il guérit sans regarder leur urine

---

sueffre q. — v. 833. *R* Et m. a duré lonc t. — v. 837-838 *et* v. 839-840. *intervertis dans APR* — v. 838. *APR* g. sanz doute — v. 839. *APR* de franche o.

Ceulz qui viennent chiez Abstinance,
Car mout en ist bele semance.
Chasteeiz, la nete, la pure,
844 Qui sanz pechié et sanz ordure
A estei et est et sera,
Ce Dieu plait, vos convoiera
Tant que vos verreiz la citei.
848 Et ce sachiez bien c'une itei
Com ele est ne verreiz jamais.
Ansois que soit toz passeiz mais *f. 27 r° 2*
La porroiz vos veoir asseiz.
852 Jamais nuns n'en seroit lasseiz
Ce la citei avoit aprise.
N'est pas preudons qui la desprise
Et si n'en fait de riens a croire.
856 Entour Paques i est la foire :
.XL. jors devant la livrent
Cil qui la gent laianz delivrent.
Je sai bien que laianz gerroiz.
860 Asseiz teiz chozes i verroiz
Dont anuiz seroit a retraire,
Et qui at grant jornee a faire
Couchier doit tost et main leveir,
864 Si que mains se puisse greveir
Lonc ce que la jornee est grans. »
Ce soir fu moult Pitiez engranz
De moi gentiment osteleir :
868 Ce ne porroie je celeir.
Repantance, qui tant est sainte
Que l'ireurs Dieu en fu refrainte,
Me plot plus que riens a veoir,
872 Car il ne porroit mescheoir
A home qui esta dedens.
S'autant de langues com de dens

---

* v. 841. *APR* Qui reperent chiés — v. 843-844. *intervertis dans P* — v. 855-858. *P mq.* — v. 864. *P* Pour ce que m. se puit — *Après v.* 868. *P ajoute* : Au main m'en alai sanz doubtance / Tant que je vin a repentence (*Cf. Zink 1987*) — v. 870. *R* Que li cours d. ; *A* en est r.

ceux qui viennent chez Abstinence :
à preuve, le bien qui germe en eux[1].
Chasteté, nette et pure,
844 qui a été, qui est et qui toujours sera
sans péché ni souillure,
s'il plaît à Dieu, vous conduira
jusqu'à ce que vous voyiez la cité.
848 Sachez-le bien,
vous ne verrez jamais sa pareille.
Avant la fin du mois de mai
vous pourrez la voir à votre aise.
852 Jamais nul n'en serait lassé
s'il en était familier.
Qui la méprise n'est pas homme de bien
et ne doit pas passer pour tel.
856 Autour de Pâques s'y tient la foire :
ils l'installent quarante jours plus tôt,
ceux qui, là, délivrent les hommes.
Je sais bien que vous y coucherez.
860 Vous y verrez beaucoup de choses
qu'il serait ennuyeux de conter,
et qui doit faire un long voyage
doit se coucher tôt et se lever matin,
864 afin d'être moins accablé
par la longueur du voyage. »
Ce soir-là Pitié fut très anxieux
de m'héberger agréablement :
868 je ne saurais le cacher.
Repentance, qui est si sainte
que la colère de Dieu en a été apaisée,
me plut à voir plus que tout,
872 car rien ne saurait arriver de mal
à celui qui est dans ses murs.
Si le Roi de Gloire m'avait donné

---

1. L'ordre des v. 835-842 paraît meilleur dans les autres mss que dans C. De toute façon, un tel passage supporte difficilement la traduction.

M'avoit donei li Rois de gloire
876 Por raconteir toute l'estoire
De la citei de Repentance,
Si seroie je en doutance
Que poi ou noiant en deïsse
880 Et que dou tot n'i mespreïsse.
Quant Jhesus fu resusciteiz,
Lors fu fondeie la citeiz
Le jor de Pentecouste droit
884 En ce point et en cel endroit
Que Sainz Esperiz vint en terre *f. 27 v° 1*
Por faire auz apostres conquerre
Le pueple des Juÿs divers.
888 Cele citei, ce dit li vers,
Est fermee de quatre portes
Qui ne sont esclames ne tortes.
La premiere a non Remembrance,
892 Et l'autre a non Bone Esperance
C'om doit avoir en Sauveour,
Et la tierce s'a non Paour.
La quarte est faite d'Amor fine,
896 Et c'est cele qui s'achemine
A Confesse, qui tout netoie.
Mout i a entrapeuze voie
Ansois c'on i puisse venir,
900 Qui n'i met grant poinne ou tenir.

Explicit.

---

* v. 882. *R* fondue — v. 898. *P* a aresteuse v. — *A* Explicit la voie de paradis, *P mq. R* Explicit dou songes Rutebues de le voie de paradis, *S* Ci faut li voie de paradis que Rutebues fist.

autant de langues que de dents
876 pour raconter toute l'histoire
de la cité de Repentance,
je craindrais pourtant
d'en dire trop peu ou même rien,
880 et de me tromper du tout au tout.
Quand Jésus fut ressuscité,
alors fut fondée la cité
le jour même de la Pentecôte,
884 au point précis
où le Saint-Esprit vint sur terre
pour permettre aux apôtres de faire la conquête
du peuple des Juifs cruels.
888 Cette cité, dit le poème,
est fermée de quatre portes
qui ne sont ni de guingois ni voilées.
La première s'appelle Souvenir,
892 la suivante Bonne Espérance,
celle qu'on doit avoir dans le Sauveur,
la troisième s'appelle Crainte.
La quatrième est faite de Parfait Amour,
896 et c'est elle qui conduit
à Confesse, qui purifie tout.
Le chemin est semé de pièges,
avant qu'on puisse y parvenir,
900 pour qui ne met pas toute sa peine à le suivre.

LA COMPLAINTE DE CONSTANTINOPLE

Constantinople a été prise aux empereurs latins par Michel Paléologue le 25 juillet 1261. Le poème est postérieur à la prédication de la croisade contre Michel Paléologue (v. 97) ordonnée par Urbain IV le 21 mai 1262. Les v. 13-20 suivent de très près un passage de la lettre en ce sens adressée ce jour-là par le pape au provincial des Mineurs de France, tandis que les v. 37-40 semblent s'inspirer d'une lettre envoyée le même jour au roi par le pontife, qui y manifestait son inquiétude pour les « îles ». Le poème a été composé quelque temps après l'envoi de ces lettres, puisqu'il peut constater que la prédication de la croisade est restée sans effet (v. 100-101). On peut donc le dater, avec F.-B. (I, 419-21) et Dufeil (1972, p. 322 et 1981, p. 286), de la fin de l'année 1262.

La position de Rutebeuf dans ce poème montre très bien comment il réussit à concilier son revirement et ses fidélités. Il s'en prend à la fois aux Mendiants (v. 109-120, etc.), accusés de dilapider l'argent de la croisade, et au roi qui les favorise (v. 43-48, v. 142-156, etc.). Mais son plaidoyer en faveur de la croisade va en fait dans le sens de la politique royale. Cependant la vieille rancœur contre saint Louis qu'il avait exhalée dans Renart le Bestourné *reste vivante : les v. 40-42 et 103-104 raillent peut-être les mesures d'austérité et de pénitence décrétées par l'assemblée de princes et de prélats que saint Louis avait réunie le 10 avril 1261.*

Si les inquiétudes touchant les possessions latines d'Orient étaient bien évidemment justifiées, celles qui ont pour objet la Corse et la Sicile (v. 37) sont plus surprenantes. F.-B. a certainement raison d'y voir un indice que « dès 1262, on s'inquiétait des menées de Manfred » (I, 421).

Manuscrits : A, f. 325 r° ; *C*, f. 13 r°. *Texte de C.*
* Titre : *A* La complainte de Constantinoble

CI ENCOUMENCE LA COMPLAINTE DE COUSTANTINOBLE

I

Sopirant pour l'umain linage
Et pencis au crueil damage
Qui de jour en jour i avient,
Vos wel descovrir mon corage,
Que ne sai autre laborage :
6 Dou plus parfont do[u] cuer me vient.
Je sai bien et bien m'[en] souvient
Que tout a avenir covient
Quanc'ont dit li prophete sage.
Or porroit estre, se devient,
Que la foi qui feble devient
12 Porroit changier nostre langage.

II

Nos en sons bien entrei en voie.
N'i at si fol qui ne le voie, *f. 13 v° 1*
Quant Coustantinnoble est perdue
Et la Moree se ravoie
A recevoir teile escorfroie

---

* v. 7. *A* bien m'en s., *C* bien s. — v. 11. *A* la loi — v. 16. *C* sa r.

---

1. Cf. v. 29-30 et *Mariage* 98, *Mensonge* 7-11, *Sainte Église* 4. **2.** Les propos inscouciants pourraient se changer en langage de douleur. Cf. Matth. 24, 12. **3.** Le mot *escorfroie* est apparemment un hapax. Les traductions proposées par Godefroy (« attaque violente ») et par T.-L. (« Spalt, Riss, Schnitt ») sont de pures conjectures au vu du contexte et ne reposent sur rien. F.-B. exclut catégoriquement toute relation entre ce mot et *escofroie*, « anus, cloaque de l'oiseau », attesté dans le *Livre du Roi Modus et de la Reine Ratio* (90, 93-94). Il est permis d'être d'un avis différent. Leo Spitzer (*Romania* 68, 374) tend à rapprocher *escorfroie* d'*escorfaut*, qui chez Molinet signifie « arabe, sarrasin, mori-

LA COMPLAINTE
DE CONSTANTINOPLE

I

Gémissant sur la race humaine
et songeant au cruel dommage
qu'elle subit jour après jour,
je veux vous livrer ce que je ressens,
car je ne sais rien faire d'autre[1] :
6 cela me monte du plus profond du cœur.
Je sais bien, je ne l'oublie pas,
qu'il faut que tout s'accomplisse
de ce qu'ont dit les sages prophètes.
L'heure vient peut-être où il se pourrait,
que la foi en s'affaiblissant
12 nous fît changer de langage[2].

II

Nous sommes bien entrés dans cette voie.
Nul n'est si fou qu'il ne le voie,
dès lors que Constantinople est perdue
et que la Morée prend le chemin
d'accueillir de tels fumiers[3]

---

caud », et proposerait pour ce mot le sens de « hérésie, collectivité des hérétiques ». Ce rapprochement est confirmé par la chanson de geste *Maugis d'Aigremont* dans laquelle le géant païen Escorfaut a une fille nommée Escorfroie. Mais ne suppose-t-il pas un calembour injurieux jouant sur le sens attesté d'*escofroie* ? Ce serait une façon de traiter les sarrasins de « cloaques d'oiseau », autrement dit de trous du... Si on a renoncé à employer dans la traduction cette expression vigoureuse, c'est parce qu'elle est en français moderne d'un registre trop vulgaire pour le ton général du poème. Il semble bien qu'Albert Henry (*Chrestomathie*, n° 136) penche vers cette interprétation. Son commentaire (t. II, p. 73) ne suggère le rapprochement que sous la forme d'une interrogation, mais son glossaire (ibid., p. 124) propose comme traductions, certes toujours avec un point d'interrogation, « engeance, ordure (?) ».

18 Dont sainte Eglize est esperdue,
Qu'en cors at petit d'atendue
Quant il at la teste fendue.
[Je ne sai que plus vous diroie :]
Se Jhesucriz n'i fait aïue
A la Sainte Terre absolue,
24 Bien li est esloigniee joie.

III

D'autre part viennent li Tartaire
Que hom fera mais a tart taire,
C'om n'avoit cure d'aleir querre.
Diex gart Acre, Jaffes, Cezeire !
Autre secors ne lor puis feire,
30 Car je ne suis mais hom de guerre.
Ha ! Antioche, Sainte Terre,
Qui tant coutastes a conquerre
Ainz c'on vos peüst a nos trere !
Qui des ciels cuide ovrir la serre,
Conment puet teil doleur sofferre ?
36 C'il at Dieu, c'iert donc par contrere.

IV

Isle de Cret, Cosse, Sezile,
Chipre, douce terre et douce isle
Ou tuit avoient recovrance,
Quant vos seroiz en autrui pile,
Li rois tanra desa concile
42 Conment Ayoulz s'en vint en France,

---

* v. 18. *C* est perdue — v. 21. *C mq.*— v.24 *A* ert

---

1. Souvenir de la première croisade, conservé en particulier dans la *Chanson d'Antioche.* **2.** Le héros de la chanson de geste

18 que la sainte Église en est éperdue,
car il reste peu d'espoir pour le corps
quand la tête est fendue.
Que vous dirais-je de plus ?
Si Jésus-Christ ne vient en aide
à la Sainte Terre de rémission,
24 toute joie l'a bien quittée.

III

D'un autre côté viennent les Tartares,
que désormais on fera trop tard taire,
et qu'on ne se souciait pas d'inviter.
Dieu garde Jaffa, Acre et Césarée !
Je ne puis leur être d'autre secours,
30 car je ne suis pas un homme de guerre.
Hélas, Antioche, Sainte Terre,
dont la conquête a coûté si cher
avant que l'on pût vous faire nôtre[1] !
Celui qui croit avoir la clé du ciel,
comment peut-il supporter ce malheur ?
36 Si Dieu l'accueille, ce sera le monde à l'envers.

IV

Île de Crète, Corse, Sicile,
Chypre, douce terre et douce île
où tous trouvaient du secours,
quand vous subirez le poids de maîtres étrangers,
le roi, sans passer la mer, tiendra un conseil
42 sur la venue d'Aioul en France[2] ;

---

d'*Aioul*, venu tout jeune et en pauvre équipage obtenir de Louis le Pieux justice pour son père Élie, finit par sauver la France. L'allusion est obscure. Peut-être faut-il y voir une comparaison ironique avec les Frères qui, pauvres et modestes à leurs débuts, sont maintenant puissants et se prétendent indispensables.

Et fera nueve remenance
A cex qui font nueve creance,
Novel Dieu et nueve Evangile,
Et laira semeir par doutance
Ypocrisie sa semance,
48 Qui est dame de ceste vile.

V

Se le denier que hon at mis
En celx qu'a Diex ce font amis — *f. 13 v° 2*
Fussent mis en la Terre Sainte,
Ele en eüst mains d'anemis
Et mains tost ce fust entremis
54 Cil qui l'a ja brisié et frainte.
Mais trop a tart en fais la plainte,
Qu'ele est ja si forment empainte
Que ces pooirs n'est mais demis.
De legier sera mais atainte
Quant sa lumiere est ja etainte
60 Et sa cire devient remis.

VI

De la Terre Dieu qui empire,
Sire Diex, que porront or dire
Li rois et li cuens de Poitiers ?
Diex resueffre novel martyre.
Or faissent large cemetyre
66 Cil d'Acre, qu'il lor est mestiers.
Touz est plains d'erbe li santiers

---

1. Allusion à l'*Évangile éternel* du franciscain Gérard de Borgo San Donnino. Cf. *Dit de sainte Église* 39. **2.** Alphonse, comte

il créera de nouvelles maisons
pour ceux qui créent une foi nouvelle,
un nouveau Dieu, un nouvel Évangile[1],
et par peur il laissera
Hypocrisie semer sa semence,
48 elle qui règne sur cette ville.

V

Si l'argent que l'on a donné
à ceux qui se disent les amis de Dieu,
on l'avait donné pour la Terre sainte,
elle aurait de ce fait moins d'ennemis
et il se serait mis à l'œuvre moins vite,
54 celui qui l'a déjà brisée et mise en pièces.
Mais mes plaintes viennent trop tard,
car elle a déjà reçu de tels coups
que sa puissance est plus que de moitié décrue.
Il sera désormais facile de l'atteindre,
puisque sa lumière est déjà éteinte
60 et que son cierge est fondu.

VI

De la Terre de Dieu qui va de mal en pis,
Seigneur Dieu, que pourront maintenant dire
le roi et le comte de Poitiers[2] ?
Dieu souffre à nouveau sa Passion.
Qu'ils fassent un grand cimetière,
66 ceux d'Acre : ils en ont besoin.
L'herbe a envahi le sentier

---

de Poitiers et de Toulouse, frère de saint Louis. Cf. *Complainte du comte de Poitiers* et *Complainte Rutebeuf* 158-165.

C'om suet batre si volentiers
Por offrir s'arme en leu de cyre.
Et Diex n'a mais nuns cuers entiers
Ne la terre n'a uns rentiers,
72 Ansois se torne a desconfire.

VII

Jherusalem, ahi ! haï !
Com t'a blecié et esbahi
Vainne Gloire qui toz maux brace !
Et cil qui ceront envaÿ,
Si cherront lai ou cil chaÿ
78 Qui par orguel perdi sa grace.
Or dou foïr ! La mors les chace,
Qui lor fera de pié eschace.
Tart crieront : « Trahi ! Trahi ! »,
Qu'ele a ja entesei sa mace,
Ne jusqu'au ferir ne menace :
84 Lors harra Diex qui le haÿ.

VIII

Or est en tribulacion *f. 14 r° 1*
La Terre de Promission,
A pou de gent, toute esbahie.
Sire Diex, porquoi l'oblion,
Quant por notre redemption
90 I fu la chars de Dieu trahie ?
Hom lor envoia en aïe
Une gent despite et haïe,
Et ce fut lor destrucion.
Dou roi durent avoir la vie :

---

* v. 68. *A* soloit b. v. — v. 77. *A* Et c.

qu'on foulait de si bon gré[1]
pour offrir son âme comme on offre un cierge.
Plus un cœur désormais n'est tout entier à Dieu,
nul à la Terre sainte ne verse plus tribut :
72 elle va à sa perte.

VII

Hélas ! hélas ! Jérusalem,
comme elle t'a blessée et mise en désarroi,
Vaine Gloire qui ourdit tous les maux !
Ceux qui subiront ses assauts
tomberont là où tomba celui
78 qui par orgueil perdit la grâce[2].
Sauve-qui-peut ! La mort les poursuit,
qui les rendra culs-de-jatte[3].
Trop tard ils crieront : « Trahison ! Trahison ! » :
elle a déjà brandi sa massue
et frappe sans sommations :
84 Alors Dieu haïra celui qui l'a haï.

VIII

La voilà en proie aux tribulations,
la Terre promise,
désertée, en désarroi.
Seigneur Dieu, pourquoi l'oublions-nous,
alors que pour nous racheter
90 Dieu fait homme y fut trahi ?
À son secours on envoya
des gens qui sont objet de mépris et d'horreur :
ce fut sa perte.
Leur vie aurait dû dépendre du roi :

---

1. Cf. *Complainte du comte Eudes de Nevers* 128-9. Voir aussi *Voie d'Humilité* 756-7. **2.** Lucifer, l'ange rebelle. **3.** Cf. *Disputaison du croisé et du décroisé* 181.

Li rois ne l'a pas assouvie.
96 Or guerroient sa nacion.

IX

Hom sermona por la croix prendre,
Que hom cuida paradix vendre
Et livreir de par l'apostole.
Hom pot bien le sermon entendre,
Mais a la croix ne vout nuns tendre
102 La main por pitouze parole.
Or nos deffent hon la quarole,
Que c'est ce que la terre afole ;
Se nos welent li Frere aprendre.
Mais Fauceteiz qui partot vole,
Qui crestïens tient a escole,
108 Fera la Sainte Terre rendre.

X

Que sont li denier devenu
Qu'entre Jacobins et Menuz
Ont receüz de testamens
De bougres por loiaux tenuz
Et d'uzeriers vielz et chenuz
114 Qui se muerent soudainnement,
Et de clers ausi faitement,
Dont il ont grant aünement,
Dont li oz Dieu fust maintenuz ?
Mais il en font tot autrement,
Qu'il en font lor granz fondemenz,
120 Et Diex remaint la outre nuz. *f. 14 r° 2*

---

* v. 95. *C* pas a sa vie

---

1. Il s'agit vraisemblablement de condamnés qui pouvaient se libérer de leur peine par un séjour en Terre sainte. Saint Louis

le roi n'y a pas mis terme.
96 Ils font à présent la guerre à son peuple[1].

IX

On prêcha la croisade :
on pensait vendre le paradis,
le livrer au nom du pape.
On écouta les sermons,
mais prendre la croix, nul ne le voulut,
102 malgré les discours émouvants.
On nous interdit maintenant la danse :
c'est ce qui perd la Terre sainte.
Voilà ce que les Frères veulent nous apprendre.
Mais Fausseté, qui partout vole
et fait des chrétiens ses élèves,
108 elle, nous la fera rendre.

X

Que sont devenus les deniers
que Jacobins et Mineurs
ont reçus par testaments
d'hérétiques certifiés fidèles
de vieux usuriers chenus
114 qui meurent brusquement[2],
et aussi de clercs ?
Ils en ont en masse :
l'armée de Dieu eût pu en être entretenue.
Mais ils en usent autrement,
pour leurs grandes fondations,
120 et outre-mer Dieu reste nu.

---

semble avoir été particulièrement favorable à cette pratique. Cf. F.-B. I, 423. **2.** Même accusation portée contre les Frères, et beaucoup plus longuement développée, dans le *Dit des règles* 19-64 et 106-124.

XI

De Grece vint chevalerie
Premierement d'anceserie,
Si vint en France et en Bretaingne.
Grant piece i at estei chierie.
Or est a mesnie escherie,
126 Que nuns n'est teiz qu'il la retaingne.
Mort sunt Ogiers et Charlemainne.
Or s'en vont, que plus n'i remaingne.
Loyauteiz est morte et perie :
C'estoit sa monjoie et s'ensaingne,
C'estoit sa dame et sa compaingne,
132 Et sa maistre habergerie.

XII

Coument amera sainte Eglize
Qui ceux n'ainme par c'on la prize ?
Je ne voi pas en queil meniere.
Li rois ne fait droit ne justize
A chevaliers, ainz les desprize
138 (Et ce sunt cil par qu'ele est chiere),
Fors tant qu'en prison fort et fiere
Met l'un avant et l'autre arriere,
Ja tant n'iert hauz hom a devise.
En leu de Nainmon de Baviere
Tient li rois une gens doubliere
144 Vestuz de robe blanche et grise.

---

* v. 133-144. *A mq.*

---

1. Résumé de la théorie bien connue, fondée sur celle de la succession des empires exposée par Orose, de la *translatio imperii et*

XI

C'est en Grèce que la chevalerie
apparut d'abord, dans les temps anciens,
puis elle vint en France et en Bretagne ;
elle y fut longtemps en honneur[1].
Ses fidèles sont à présent clairsemés :
126 nul n'est capable de la maintenir.
Morts sont Ogier[2] et Charlemagne.
Ils s'en vont : d'elle il ne reste rien.
Loyauté est bien morte :
c'était son oriflamme et son enseigne,
c'était sa dame et sa compagne,
132 et son principal séjour.

XII

Comment aimera-t-il la sainte Église
celui qui n'aime pas ceux qui ont fait sa gloire ?
Je ne vois pas de quelle manière.
Le roi ne rend pas bonne justice
aux chevaliers (il les méprise
138 bien que ce soient eux qui donnent à l'Église son prix),
sauf pour les jeter dans une prison cruelle
l'un après l'autre,
si hauts personnages soient-ils.
À la place de Naimes de Bavière[3]
le roi entretient une race déloyale
144 vêtue de robes blanches et grises[4].

---

studii de Grèce à Rome, puis en France. Cf. Chrétien de Troyes, *Cligès* 28-42. **2.** Ogier le Danois, héros de chansons de geste. **3.** Le duc Naimes, conseiller de Charlemagne dans les chansons de geste. **4.** Les Jacobins, dont le froc est noir et blanc, et les Franciscains, dont le froc était gris.

XIII

Tant fas je bien savoir le roi,
S'en France sorsist .I. desroi,
Terre ne fu si orfeline,
Que les armes et le conroi
Et le consoil et tout l'erroi
150 Laissast hon sor la gent devine.
Lors si veïst hon biau couvine
De cex qui France ont en saisine,
Ou il n'a mesure ne roi !
S'ou savoient gent tartarine,
Ja por paor de la marine *f. 14 v° 1*
156 Ne laisseroient cest aroi.

XIV

Li rois, qui païens asseüre,
Pence bien ceste encloeüre.
Por ce tient il si prés son regne.
Teiz at alei simple aleüre
Qui tost li iroit l'ambleüre
162 Seur le destrier a lasche regne.
Corte foliё est plus seigne
Que longue de fol consoil pleigne.
Or se teigne en sa teneüre.
S'outremer n'eüst fait estreigne
De li, miex en vausist li reignes,
168 C'en fust la terre plus seüre.

XV

Messires Joffrois de Sergines,
Je ne voi par desa nul signes

---

* v. 153. *C* m. nesroi — v. 164. *C* Que langue de f. c.

XIII

Je veux en avertir le roi,
au cas où des troubles naîtraient en France :
pays plus démuni, il n'en fut jamais.
Car les armes, le matériel,
les décisions, la conduite des opérations,
150 tout serait confié à la gent religieuse[1].
On verrait alors le beau comportement
de ceux qui tiennent en leur possession la France,
et ne connaissent ni mesure ni roi !
Si les Tartares savaient cela,
ce n'est pas la peur de franchir la mer
156 qui les empêcherait de se mettre en branle.

XIV

Le roi, qui laisse les païens en sécurité,
voit bien où le bât blesse.
C'est pourquoi il tient son royaume si court.
Tel va au pas
qui bien vite irait l'amble
162 sur son destrier, si on lui lâchait les rênes[2].
Une courte folie est plus saine
qu'une longue, porteuse de folles décisions[3].
Qu'il reste à présent sur ses terres !
S'il n'avait outre-mer fait don de sa personne,
le royaume s'en porterait mieux
168 et le pays serait plus en sûreté.

XV

Monseigneur Geoffroy de Sergines[4],
je ne vois de ce côté-ci aucun signe

---

1. Cf. *Renart le Bestourné* 84-103. **2.** Cf. *Renart le Bestourné* 5. **3.** Morawski 1256 : « Miez vault corte folie que longue ». **4.** Cf. *Complainte de Monseigneur Geoffroy de Sergines*.

Que hon orendroit vos secore.
Li cheval ont mal enz eschines
Et li riche home en lor poitrines.
174 Que fait Diex que nes paraqueure ?
Ancor vanra tot a tenz l'eure
Que li maufei noir comme meure
Les tanront en lor decepline.
Lors auront il non Chantepleure,
Et senz secours lor corront seure
180 Qui lor liront longues matines.

Explicit.

---

* v. 178. *A* Cels apeleront C. — v. 179. *A* sanz sejor — *A* Explicit la complainte de Constantinoble.

qu'on vous porte secours sur l'heure.
Les chevaux souffrent de l'échine
et les puissants du cœur.
174 Que fait Dieu, qu'il ne les extermine pas ?
Le temps viendra bien à son heure
où les démons, noirs comme mûres,
les tiendront sous leurs verges
(alors leur nom sera « Chante-et-maintenant-pleure[1] »).
Nul secours à attendre contre leurs assauts :
180 ils leur feront entendre de longues matines.

---

1. « Chantepleure » est le sobriquet de ceux qui pleurent après avoir chanté. Les exemples en sont nombreux. Cf. *De Monseigneur Ancel de L'Isle* 40.

LE DIT DE FRÈRE DENISE
LE CORDELIER

Ce fabliau grivois, dont le thème général sera abondamment repris un peu plus tard au sein d'une tradition qui va de Boccace à Marguerite de Navarre, est cruel pour les Mineurs. Toutefois, il ne met pas en cause l'Ordre lui-même, et encore moins son fondateur (v. 263), mais seulement ceux de ses membres qui sont indignes de lui : comme dans la Complainte de Constantinople, *Rutebeuf trouve ainsi le moyen de changer de camp sans se renier. Le poème ne fait aucune allusion non plus aux déviations joachimites des Franciscains, ce qui confirme qu'il ne date pas de la période aiguë de la crise universitaire. Les v. 258-261 font écho aux v. 103-104 de la* Complainte de Constantinople, *et, en l'absence d'autre indice, peuvent laisser supposer que les deux pièces ont été composées à peu d'intervalle, vers la fin de 1262.*

Manuscrits : A, f. 329 v° ; *C*, f. 60 r°. *Texte de C.*
* Titre : *A* De frere Denise

CI ENCOUMENCE LI DIZ
DE FREIRE DENIZE LE CORDELIER

Li abiz ne fait pas l'ermite.
S'uns hom en hermitage habite,
C'il est de povres draz vestus,
4 Je ne pris mie .II. festuz
Son habit ne sa vesteüre
C'il ne mainne vie ausi pure
coume ces habiz nos demoustre.
8 Mais mainte gens font bele moustre
Et mervilleuz semblant qu'il vaillent :
Il semblent les aubres qui faillent,
Qui furent trop bel au florir.
12 Bien dovroient teil gent morir
Vilainnement et a grant honte.
.I. proverbes dit et raconte
Que tout n'est pas ors c'on voit luire.
16 Por ce m'estuet, ainz que je muire,
Faire .I. flabel d'une aventure
De la plus bele criature
Que hom puisse troveir ne querre
20 De Paris juqu'en Aingleterre.
Vous dirai coument il avint.
Grans gentiz homes plus de vint
L'avoient a fame requise,
24 Mais ne voloit en nule guise
Avoir ordre de mariage,
Ainz ot fait de son pucelage
Veu a Deu et a Notre Dame.
28 La pucele fu gentilz fame :
Chevaliers ot estei ces peires.
Meire avoit, mais n'ot suer ne frere.

---

* v. 3. *A* Et il en a les d. — v. 7. *A* son abit — v. 13. *A* A grant dolor et — v. 17. *A* un ditié — v. 26. *A* a fet

---

1. En ancien français, le nom de Denise correspond à la fois à Denis et à Denise : il peut être porté par un homme comme par

LE DIT DE FRÈRE DENISE[1] LE CORDELIER

L'habit ne fait pas l'ermite.
Si un homme habite un ermitage,
qu'il est vêtu de pauvres vêtements,
4 je n'estime pas un brin
ses habitudes vestimentaires
s'il ne mène pas une vie aussi pure
que l'annoncent ses vêtements.
8 Mais bien des gens font étalage
de leurs vertus de façon incroyable :
ils ressemblent aux arbres qui ne donnent rien
après une floraison superbe.
12 Ces gens-là devraient mourir
dans la honte et l'ignominie.
Un proverbe dit
que tout ce qui brille n'est pas d'or[2].
16 C'est pourquoi il me faut, avant de mourir,
faire un fabliau sur l'histoire
de la plus belle créature
qu'on puisse trouver
20 de Paris jusqu'en Angleterre.
Je vais vous dire ce qu'il advint.
Plus de vingt grands seigneurs
avaient demandé sa main,
24 mais elle ne voulait en aucune façon
recevoir l'ordre de mariage[3] :
elle avait fait vœu de virginité
à Dieu et à Notre-Dame.
28 La jeune fille était de naissance noble :
son père avait été chevalier.
Elle avait sa mère, mais ni frère ni sœur.

---

une femme. **2.** Ce proverbe bien connu (Morawski 1371) est très souvent cité par Rutebeuf : cf. *Pharisien* 92, *Complainte de Guillaume* 21, *Outremer* 38, *Sainte Elysabel* 654, *Sacristain* 428. **3.** Rutebeuf utilise cette expression à deux autres reprises : *Sainte Elysabel* 450 et *Vie du monde* (si le poème est de lui), dans une variante propre au ms. *F.* v. 168.

Moult s'entramoient, ce me semble,
32 La pucele et sa mere encemble.
Frere Meneur laianz hantoient,
Tuit cil qui par illec passoient. *f. 60 r° 2*
Or avint c'uns en i hanta
36 Qui la damoizele enchanta,
Si vos dirai en queil maniere.
La pucele li fist proiere
Que il sa mere requeïst
40 Qu'en religion la meïst,
Et il li dist : « Ma douce amie,
Se meneir voliez la vie
Saint Fransois, si com nos faison,
44 Vos ne porriez par raison
Faillir que vous ne fussi[ez] sainte. »
Et cele, qui fu ja atainte
Et conquise et mate et vaincue,
48 Si tost com ele ot entendue
La raison dou Frere Meneur,
Si dist : « Ce Dieux me doint honeur,
Si grant joie avoir ne porroie
52 De nul riens come j'auroie
Ce de votre ordre pooie estre.
A bone heure me fist Dieux nestre
Se g'i pooie estre rendue. »
56 Quant li freres ot entendue
La parole a la damoizele,
Si li at dit : « Gentilz pucele,
Si me doint Dieux s'amour avoir,
60 Se de voir pooie savoir
Qu'en nostre Ordre entrer vosissiez,
Et que sens fauceir peüssiez
Garder votre virginitei,
64 Sachiez de fine veritei
Qu'en nostre bienfait vos mettroie. »

---

* v. 33. *A* Freres meneurs iluec — v. 45. *A* fussiez, *C* fussi — v. 54. *A* De bone eure — v. 57. *A* La reson — v. 65. *A* en nostre ordre b.

Sa mère et elle, je crois,
32 s'aimaient beaucoup.
Tous les Frères mineurs qui passaient par là
fréquentaient la maison.
Il advint que l'un d'eux
36 ensorcela la demoiselle
de la façon que je vais vous dire.
La jeune fille le pria
de demander à sa mère
40 qu'elle la fît entrer au couvent,
et il lui dit : « Chère amie,
si vous vouliez mener la vie
de saint François, comme nous le faisons,
44 vous ne pourriez manquer
d'atteindre la sainteté. »
Et elle, qui était déjà touchée,
conquise, matée, vaincue,
48 aussitôt qu'elle eut entendu
les propos du frère mineur,
lui dit : « Sur mon honneur (que Dieu le garde),
aucune chose ne pourrait
52 me faire une si grande joie
que d'appartenir à votre Ordre,
Dieu m'aurait réservé un heureux sort
si je pouvais y entrer en religion. »
56 Quand le frère eut entendu
les paroles de la demoiselle,
il lui dit : « Noble jeune fille,
par l'amour de Dieu que j'espère,
58 si je pouvais avoir la certitude
que vous voulez entrer dans notre Ordre
et que vous pourrez sans faillir
garder votre virginité,
64 sachez-le – c'est pure vérité –
je vous ferais mener notre vie vertueuse. »

Et la pucele li otroie
Qu'el gardera son pucelage
68 Trestoz les jors de son eage ;
Et cil maintenant la resut. *f. 60 v° 1*
Par sa guile cele desut
Qui a barat n'i entendi.
72 Desus s'arme li desfendi
Que riens son conseil ne deïst,
Mais si celeement feïst
Copeir ces beles treces blondes
76 Que ja ne le seüst li mondes,
Et feïst faire estauceüre
Et preïst tele vesteüre
Com a jone home couvandroit,
80 Et qu'en teil guise venist droit
En .I. leu dont il ert custodes.
Cil qui estoit plus fel qu'Erodes
S'en part atant et li mist terme ;
84 Et cele a plorei mainte larme
Quant de li departir le voit.
Cil qui la glose li devoit
Faire entendre de sa leson
88 La mist en male soupeson :
Male mort le preigne et ocie !
Cele tint tout a prophecie
Quanque cil li a sermonei :
92 Cele a son cuer a Dieu donei,
Cil ra fait dou sien ateil don

---

* v. 69. *A* Atant li freres — v. 77. *A* f. rere e. — v. 79. *A* Comme a tel homme — v. 82. *A* p. faus — v. 83. *A* li met — v. 88. *A* L'a mise — v. 90. *A* tient — v. 93. *A* refet

---

1. C'est-à-dire qu'il accepte le principe de son entrée dans l'Ordre franciscain. Mais « recevoir une femme » signifie en ancien français la prendre en mariage ; d'où une ambiguïté plaisante. **2.** *Custos* peut désigner des fonctions assez diverses. Chez les Franciscains, c'est le nom donné au substitut du provincial, mais cette charge n'est pas liée à un « lieu » particulier ; si ce « lieu » est un couvent, celui-

La jeune fille lui promet
de garder sa virginité
68 jusqu'à la fin de ses jours ;
et lui l'accepta aussitôt[1].
Par sa ruse il la trompa,
elle qui n'y entendait pas malice.
72 Il lui défendit sur son âme
de rien dire de sa décision :
qu'elle fasse couper en cachette
ses belles tresses blondes
76 de façon que personne ne le sache,
qu'elle se fasse faire une tonsure,
qu'elle s'habille
comme le ferait un jeune homme
80 et qu'ainsi déguisée elle vienne droit
en un lieu dont il a la garde[2].
Cet homme plus faux qu'Hérode
s'en va alors en lui fixant rendez-vous,
84 tandis qu'elle verse bien des larmes
en le voyant partir.
Celui qui devait parfaire son enseignement
en lui faisant faire des travaux pratiques[3]
88 l'a exposée à de méchants soupçons :
que la male mort l'emporte !
Elle prend pour parole d'Évangile
tout ce qu'il lui a dit :
92 elle a donné son cœur à Dieu ;
lui aussi a donné son cœur, mais d'une façon

---

ci est régi par un prieur, et non par un *custos*. Dans le contexte ecclésiastique, le sens le plus usuel du mot est celui de « sacristain » quand cette fonction est exercée par un clerc, un prêtre ou un moine (Du Cange II, 726). On peut supposer que frère Simon est sacristain (comme le chanoine du poème de Rutebeuf intitulé précisément *Le sacristain*) d'une église ou d'une chapelle appartenant à son Ordre, et où il peut fixer à la jeune fille un rendez-vous commode et discret avant de la présenter à la communauté. **3.** La *leçon* et la *glose* sont les exercices universitaires traditionnels du monde scolastique : la lecture expliquée et le commentaire de l'Écriture. Ces mots sont, bien entendu, chargés ici de sous-entendus grivois.

Qui bien l'en rendra guerredon.
Moult par est contraire sa pence
96 Au bon pensei ou cele pence.
Moult est lor pencee contraire,
Car cele pence a li retraire
Et osteir de l'orgueil dou monde,
100 Et cil, qui en pechié soronde,
Qui toz art dou feu de luxure,
A mis sa pencee et sa cure
En la pucele acompaignier
104 Au baing ou il ce wet baignier, *f. 60 v° 2*
Ou il s'ardra, ce Dieux n'en pence,
Que ja ne li fera desfence
Ne ne li saura contredire
108 Choze que il li welle dire.
A ce va li freres pensant.
Et ces compains, en trespassant,
Qui c'esbahit qu'il ne parole,
112 Li a dite ceste parole :
« Ou penceiz-vous, frere Symon ?
– Je pens, fait il, a .I. sermon,
Au meilleur ou je pensasse onques. »
116 Et cil a dit : « Or penceiz donques ! »
Frere Symons ne puet desfence
Troveir en son cuer qu'il ne pence
A la pucele qui demeure,
120 Et cele desirre mout l'eure
Qu'ele soit ceinte de la corde.
Sa leson en son cuer recorde
Que li freres li ot donee.
124 Dedens tiers jor s'en est emblee
De la mere qui la porta,
Qui forment s'en desconforta.
Moult fut a malaise la mere
128 Qui ne savoit ou sa fille ere.

---

* v. 100. *A* en qui p. — v. 107. *A* Ne se li savra — v. 116. *A* cil respont — v. 118. *A* Metre ; que il — v. 123. *A* li a — v. 124. *A* D. trois j. — v. 125. *A* qui le p.

qui lui vaudra une juste récompense.
Ses pensées sont à l'opposé
96 des pensées vertueuses où elle se complaît.
Leurs pensées sont bien opposées,
car elle pense à se soustraire
à l'orgueil du monde,
100 et lui, que le péché submerge,
qui brûle tout entier du feu de la luxure,
a mis sa pensée et ses soins
à accompagner la jeune fille
104 au bain où il veut se baigner[1],
et qui le brûlera, si Dieu n'y veille,
car elle ne se défendra pas contre lui
et ne saura rien opposer
108 à tout ce qu'il voudra lui dire.
C'est à cela que le frère va pensant,
et son compagnon[2], tout en cheminant,
étonné de son silence,
112 lui dit ces mots :
« À quoi pensez-vous, frère Simon ?
– Je pense, fait-il, à un sermon,
le meilleur auquel j'ai jamais pensé. »
116 Et l'autre lui dit : « Pensez-y donc ! »
Frère Simon ne peut s'empêcher
en son cœur de penser
à la jeune fille qu'il laisse derrière lui,
120 et elle attend avec impatience le moment
où elle sera ceinte de la corde.
Elle se remémore en son cœur
la leçon que le frère lui a enseignée.
124 Deux jours après, elle est partie
de chez la mère qui l'avait enfantée,
et qui fut au comble de l'affliction.
La mère était très malheureuse
128 de ne savoir où était sa fille.

---

1. La métaphore se fonde sur le fait que bains et étuves facilitaient les rencontres et les ébats licencieux. **2.** Les Frères se déplaçaient toujours par deux.

Grant doleur en son cuer demainne
Trestoz les jors de la semainne ;
En plorant regrete sa fille,
132 Mais cele n'i done une bille,
Ainz pence de li esloignier.
Ces biaux crins a fait reoignier ;
Comme vallez fu estaucee
136 Et fu de boens houziaus chauciee
Et de robe a home vestue
Qui estoit par devant fendue,
Pointe devant, pointe derriere, *f. 61 r° 1*
140 Et vint en icele meniere
La ou cil li ot terme mis.
Li freres, cui li Anemis
Contraint et semont et argüe,
144 Out grant joie de sa venue.
En l'Ordre la fist resouvoir :
Bien sot ces freres desouvoir.
La robe de l'Ordre li done,
148 Et li fist faire grant corone,
Puis la fist au moutier venir.
Bel et bien s'i sot contenir
Et en clostre et dedens moutier,
152 Et ele sot tot son sautier
Et fu bien a chanteir aprise.
O les freres chante en l'esglize
Moult bel et moult cortoisement.
156 Moult se contint honestement.
Or out damoizele Denize
Quanqu'ele vot a sa devise.
Onques son non ne li muerent :
160 Frere Denize l'apelerent.
Que vos iroie ge dizant ?
Frere Symons fist vers li tant
Qu'il fist de li touz ces aviaux
164 Et li aprist ces geux noviaux

---

* v. 134. *A* c. ot f. — v. 139. *A* Bien sambloit jone homme de chiere — v. 154. *A* les autres — v. 156. *A* contient

Elle est plongée dans la douleur
tous les jours de la semaine ;
en pleurant elle regrette sa fille,
132 qui s'en soucie comme d'une guigne,
mais ne pense qu'à s'en aller loin d'elle.
Elle a fait couper ses beaux cheveux ;
la voilà tondue comme un garçon,
136 portant de bonnes culottes
et un vêtement d'homme
qui était fendu par-devant
avec une pointe devant et une pointe derrière.
140 Dans cet appareil elle vint
là où l'autre lui avait fixé rendez-vous.
Le frère, que le diable
pousse, exhorte, obsède,
144 se réjouit fort de sa venue.
Il la fit recevoir dans l'Ordre :
il sut bien tromper ses frères.
Il lui donna l'habit de l'Ordre
148 et lui fit faire une large tonsure,
puis il la fit venir à l'église.
Elle sut très bien se tenir
dans le cloître et à l'église ;
152 elle connut tout son psautier,
apprit très bien à chanter.
Avec les frères elle chante à l'église
avec beaucoup de grâce.
156 Elle se tenait de façon très convenable.
À présent mademoiselle Denise
avait à volonté tout ce qu'elle souhaitait.
Ils ne changèrent pas son nom :
160 ils l'appelèrent frère Denis.
Que vous dirais-je ?
Frère Simon s'arrangea si bien
qu'il fit d'elle tout son plaisir
164 et lui apprit des jeux nouveaux

— v. 161-168. *A mq.*

Si que nuns ne s'en aparsut.
Par sa contenance desut
Touz ses freres frere Denize :
168 Cortoiz fu et de grant servize.
Frere Denize mout amerent
Tuit li frere qui laianz erent.
Mais plus l'amoit frere Symons :
172 Sovent se metoit es limons
Com cil qui n'en ert pas retraiz
Et il c'i amoit mieulz qu'es traiz : *f. 61 r° 2*
Moult ot en li boen limonier.
176 Vie menoit de pautonier
Et ot guerpi vie d'apostre.
Et cele aprist sa pater nostre,
Que volentiers la recevoit.
180 Parmi le païs la menoit,
N'avoit d'autre compaignon cure,
Tant qu'il avint par aventure
Qu'il vindrent chez .I. chevalier
184 Qui ot boens vins en son selier
Et volentiers lor en dona.
Et la dame s'abandona
A regardeir frere Denize.
188 Sa chiere et son semblant avise :
Aparseüe c'est la dame
Que frere Denize estoit fame.
Savoir wet ce c'est voirs ou fable.
192 Quant hon ot levee la table,
La dame, qui bien fu aprise,
Prist par la main frere Denize.
A son seigneur prist a souzrire ;
196 En sozriant li dist : « Biau sire,
Aleiz vos la defors esbatre
Et faisons .II. pars de nos quatre :

---

* v. 171. *A* Mout p. — v. 179. *A* Qui ; retenoit — v. 185. *A* Qui — v. 192. *A* ot fet oster

---

1. Jeu de mots à triple détente (si l'on ose dire) : *soi retraire* signifie

sans que nul s'en aperçût.
Par sa façon d'être frère Denis
trompa tous ses frères :
168 il était courtois et rendait de grands services.
Tous les frères qui étaient là
aimaient beaucoup frère Denis.
Mais frère Simon l'aimait plus que les autres :
172 il se mettait souvent dans les brancards
en homme qui ne mollissait pas[1]
et il y était plus à l'aise que dans les traits[2] :
il savait très bien tirer dans les brancards.
176 Il menait une vie de ribaud
et avait renoncé à la vie d'apôtre.
Quant à elle, elle apprit ses patenôtres
et en faisait son profit volontiers.
180 Il l'emmenait à travers le pays,
peu soucieux d'un autre compagnon,
jusqu'au jour où par hasard
ils arrivèrent chez un chevalier
184 qui avait de bons vins dans son cellier
et leur en donna de bon cœur.
Voilà que sa femme se mit
à regarder frère Denis.
188 Elle remarqua son visage, son apparence :
la dame s'est aperçue
que frère Denis était une femme.
Elle veut savoir si c'est vrai ou faux.
192 Quand on eut emporté la table,
la dame, qui était fort bien élevée,
prit par la main frère Denis.
Elle sourit à son mari
196 et en souriant lui a dit : « Mon cher,
allez prendre l'air dehors
et faisons deux groupes de nous quatre :

« se retirer » ; *retrait* se trouve employé pour décrire le membre viril dont l'érection a cessé ; et un moine *retrait* est un moine qui a rompu ses vœux. **2.** Jeu de mots sur « traits » : les traits sont les longes d'attelage d'un cheval ; dans la liturgie, le trait est le psaume que l'on chante après le graduel.

Frere Symon o vos meneiz,
200 Frere Denize est aseneiz
De ma confession oïr. »
Lors n'ont talent d'eulz esjoïr
Li cordelier : dedens Pontoize
204 Vousissent estre ; moult lor poize
Que la dame de ce parole.
Ne lor plot pas ceste parole,
Car paour ont de parsovance.
208 Frere Symons vers li s'avance,
puis li dit, quant de li s'apresse : *f. 61 v° 1*
« Dame, a moi vos ferez confesse,
Car ciz freres n'a pas licence
212 De vos enjoindre penitance. »
Et la dame li dit : « Biau sire,
A cestui wel mes pechiez dire
Et de confession parleir. »
216 Lors la fait en sa chambre aleir,
Et puis clot l'uis et bien le ferme.
O li frere Denize enferme,
Puis li a dit : « Ma douce amie,
220 Qui vos concilla teil folie
d'entreir en teil religion ?
Si me doint Diex confession
Quant l'arme dou cors partira,
224 Que ja pis ne vos en sera
Se vos la veritei m'en dites.
Si m'aïst li sainz Esperites,
Bien vos poez fieir en moi. »
228 Et cele qui ot grant esmoi
Au mieulz qu'el puet de ce s'escuze.
Mais la dame la fist concluze
Par les raisons qu'el li sot rendre,

---

* v. 208. *A* vers li, *C* de li — v. 210. *A* Dame moi — v. 218. *A* Avoec li dant *D.* — v. 228. *A* esfroi — v. 229. *A* Au miex que pot

---

1. La ville de Pontoise est plusieurs fois mentionnée dans les

emmenez frère Simon avec vous ;
200 à frère Denis est dévolu
d'entendre ma confession. »
Là-dessus les cordeliers
n'ont pas envie de rire : ils voudraient être loin,
204 à Pontoise[1] ; ils sont très contrariés
de ce que propose la dame.
Ce qu'elle dit ne leur plaît pas,
car ils ont peur d'être découverts.
208 Frère Simon s'avance vers elle,
et lui dit en s'approchant :
« Madame, vous vous confesserez à moi,
car ce frère n'a pas licence
212 de vous donner une pénitence. »
Et la dame lui dit : « Seigneur,
c'est à lui que je veux dire mes péchés
et parler en confession. »
216 Là-dessus elle la fait aller dans sa chambre,
ferme la porte et la verrouille.
Elle s'enferme avec frère Denis
et lui dit : « Ma chère amie,
220 qui vous conseilla cette folie,
d'entrer en religion dans de telles conditions ?
Que Dieu me pardonne
à l'heure de ma mort,
224 votre situation ne sera pas pire
si vous me dites la vérité,
(Que l'Esprit-Saint me vienne en aide !) :
vous pouvez vous fier à moi. »
228 Et elle, qui était en grand émoi,
se disculpe du mieux qu'elle peut.
Mais la dame la réduisit au silence
par les raisons qu'elle lui donna,

---

poèmes français médiévaux pour figurer tantôt le type du lieu proche de Paris (Conon de Béthune, Villon), tantôt le type du lieu éloigné, comme ici. La raison en est peut-être que, située à la frontière de la Normandie, elle est perçue, soit, de l'extérieur, comme emblématique de la « France », dont elle est la première localité, soit, de l'intérieur, comme la ville la plus excentrée.

232 Si que plus ne c'i pot desfendre.
A genoillons merci li crie ;
Jointes mains li requiert et prie
Que ne li fasse faire honte.
236 Trestot de chief en chief li conte
Com il l'a trait d'enchiez sa mere,
Et puis li conta qui ele ere
Si que riens ne li a celei.
240 La dame a le frere apelei,
Puis li dist, oiant son seigneur,
Si grant honte c'onques greigneur
Ne fu mais a nul home dite :
244 « Fauz papelars, fauz ypocrite, *f. 61 v° 2*
Fauce vie meneiz et orde.
Qui vos pendroit a votre corde
Qui est en tant de leuz noee
248 Il auroit fait bone jornee.
Teil gent font bien le siecle pestre
Qui par defors cemblent boen estre
Et par dedens sunt tuit porri.
252 La norrice qui vos norri
Fist mout mauvaise norreture,
Qui si tres bele creature
Aveiz a si grant honte mise.
256 Iteiz Ordres, par saint Denise,
N'est mie boens ne biaux ne genz.
Vos desfendeiz au jones gens
Et les dances et les quaroles,
260 Violes, tabours et citoles
Et toz deduiz de menestreiz !
Or me dites, sire haut reiz,
Menoit sainz Fransois teile vie ?
264 Bien aveiz honte deservie
Comme faulz traïtres proveiz,
Et vos aveiz moult bien trovei
Qui vos rendra votre deserte. »

---

* v. 236. *A* Et puis — v. 237. *A* Que ; de chiés sa mere, *C* Com ; d'enchiez son peire — v. 241. *A* devant son s.

232 si bien qu'elle ne put plus se défendre.
À genoux elle lui crie merci ;
mains jointes elle l'implore et la prie
de ne pas la laisser couvrir de honte.
236 Elle lui raconte d'un bout à l'autre
comment il l'a enlevée de chez sa mère,
puis elle lui dit qui elle était
sans rien lui cacher.
240 La dame a appelé le frère
et, devant son mari,
lui fit tellement honte
que jamais homme n'en entendit autant :
244 « Papelard fourbe, fourbe hypocrite,
vous menez une vie fourbe et abjecte.
Qui vous pendrait à votre corde
qui est nouée de tant de nœuds,
248 aurait bien gagné sa journée.
Les gens comme vous mènent le monde en bateau :
dehors ils semblent vertueux
et dedans ils sont tout pourris.
252 La nourrice qui vous a nourri
a fait du bien mauvais travail,
vous qui avez plongé dans une telle honte
une si belle créature.
256 Un tel Ordre, par saint Denis,
n'est ni bon ni beau ni plaisant.
Et vous défendez aux jeunes gens
les danses et les bals,
260 violes, tambourins et guitares,
et tous les divertissements des ménestrels !
Dites-moi, seigneur haut tondu,
est-ce la vie que menait saint François ?
264 Vous avez bien mérité la honte,
fourbe, trompeur démasqué que vous êtes,
et vous avez trouvé quelqu'un
qui va vous traiter selon vos mérites. »

— v. 258. *A* aus bones g. — v. 260. *A* Vieles

268 Lors a une grant huche overte
Por metre le frere dedens,
Et freres Simons toz adent
Leiz la dame se crucefie.
272 Et li chevaliers s'umelie,
Qui de franchise ot le cuer tendre ;
Quant celui vit en croix estendre,
Suz l'en leva par la main destre :
276 « Frere, dit il, voleiz vos estre
De cest afaire toz delivres ?
Porchaciez tost .IV. cent livres
A marier la damoizele. » *f. 62 r° 1*
280 Quant li freres oit la novele,
Onques n'ot teil joie en sa vie.
Lors a sa fiance plevie
Au chevalier des deniers rendre.
284 Bien les rendra cens gage vendre :
Auques seit ou il seront pris.
Atant s'en part, congié a pris.
La dame par sa grant franchise
288 Retint damoizele Denise,
N'onques de riens ne l'esfrea,
Mais mout doucement li proia
Qu'ele fust trestout seüre,
292 Que ja de nule creature
Ne sera ces secreiz seüz,
Ne qu'ele ait a home geü,
Ainz sera moult bien mariee :
296 Choisisse en toute la contree
Celui que mieulz avoir vodroit,
Ne mais qu'il soit de son endroit.
Tant fist la dame envers Denize
300 Qu'ele l'a en boen penceir mise.
Ne la servi mie de lobes :
Une de ces plus beles robes
Devant son lit li aporta ;

---

* v. 275. *A* Si le lieve — v. 278. *A* P. nous jusqu'a cent livres — v. 290. *A* durement — v. 296. *A* C. au miex de

268 Alors elle a ouvert un grand coffre
pour mettre le frère dedans,
et frère Simon s'étend à plat ventre
devant la dame, bras en croix.
272 Le chevalier se baisse :
il avait le cœur noble et tendre ;
quand il le vit, étendu bras en croix,
il le releva par la main droite :
276 « Frère, dit-il, voulez-vous être
complètement débarrassé de cette affaire ?
Rassemblez vite quatre cents livres
pour marier la demoiselle. »
280 En entendant cela, le frère
eut la plus grande joie de sa vie.
Il a donné sa parole
au chevalier de verser l'argent.
284 Il le fera bien sans rien mettre en gage :
il sait à peu près où il le prendra.
Là-dessus il prend congé et s'en va.
La dame, dans sa générosité,
288 a gardé auprès d'elle mademoiselle Denise :
elle ne l'effraya nullement,
mais la pria avec douceur
d'être bien persuadée
292 que jamais personne
ne saurait son secret,
ni qu'elle avait couché avec un homme,
mais qu'elle ferait un beau mariage :
296 qu'elle choisisse dans tout le pays
celui qu'elle préférerait,
pourvu seulement qu'il soit de son rang.
La dame a tant fait pour Denise
300 qu'elle lui a remonté le moral.
Elle ne s'est pas moquée d'elle :
elle lui apporta devant son lit
une de ses plus belles robes ;

---

sa c. — v. 298. *A* qu'il fust — v. 302. *A* robes, *C* cotes

304 A son pooir la conforta
Com cele qui ne s'en faint mie,
Et li at dit : « Ma douce amie,
Ceste vestireiz vos demain. »
308 Ele meïmes de sa main
La vest ansois qu'ele couchast ;
Ne soffrist qu'autres i touchast,
Car priveement voloit faire
312 Et cortoisement son afaire,
Car sage dame et cortoize ere.
Priveement manda la mere *f. 62 r° 2*
Denize par un sien mesage.
316 Moult ot grant joie en son corage
Quant ele ot sa fille veüe
Qu'ele cuidoit avoir perdue.
Mais la dame li fist acroire
320 Et par droite veritei croire
Qu'ele ert au Filles Deu rendue
Et qu'a une autre l'ot tolue
Qui laianz un soir l'amena,
324 Que par pou ne s'en forsena.
Que vos iroie je disant
Ne lor paroles devisant ?
Du rioteir seroit noianz.
328 Mais tant fu Denize laians
Que li denier furent rendu.
Aprés n'ont gaires atendu
Qu'el fu a son grei assenee.
332 A un chevalier fu donee
Qui l'avoit autre fois requise.
Or ot non ma dame Denize
Et fu a mout plus grant honeur
336 Qu'en abit de Frere Meneur.

Explicit.

---

* v. 309. *A* La rest — v. 310. *A* Ne soufri pas qu'autre — v. 314. *A* la mere, *C* sa mere — v. 323. *A* Q. un soir leenz l'a., *C* Q. laianz le soir l'a. — v. 325. *A* contant

304 elle l'a réconfortée autant qu'elle le pouvait,
de tout son cœur,
et elle lui a dit : « Ma chère amie,
vous mettrez cette robe demain. »
308 Elle-même, de sa main,
l'habilla pour la nuit avant qu'elle se couchât ;
elle n'aurait pas souffert qu'une autre s'en mêlât,
car elle voulait régler tout cela en secret
312 et avec délicatesse :
c'était une dame sage et délicate.
En secret elle fit venir la mère
de Denise, grâce à un messager.
316 La mère eut une grande joie
en voyant sa fille
qu'elle pensait avoir perdue.
Mais la dame lui fit croire
320 comme étant la pure vérité
qu'elle était entrée chez les Filles-Dieu[1]
et qu'elle l'avait enlevée à l'une d'elles
qui l'avait amenée là un soir,
324 et qui en était presque devenue folle furieuse.
Que vous dirais-je ?
À quoi bon répéter leurs propos ?
Le bavardage serait inutile.
328 Denise resta là
jusqu'à ce que l'argent fût versé.
Ensuite ils n'ont guère attendu
pour la fiancer à son gré.
332 On la donna en mariage à un chevalier
qui avait demandé sa main autrefois.
Elle s'appela dès lors madame Denise
et fut dans une position plus honorable
336 que sous l'habit d'un Frère mineur.

— v. 330. *A* n'ot — *A* Explicit de frere Denise.

---

1. Voir *Ordres de Paris* 97-120.

LA CHANSON DES ORDRES

Sur les Ordres chansonnés dans cette pièce alerte, voir les Ordres de Paris. *L'allusion aux chevaux des Trinitaires (v. 37-40) permet de la dater après mai 1263. Elle peut être un peu antérieure, puisque dès le mois de décembre 1262 le pape avait demandé à l'évêque de Paris d'accorder l'autorisation demandée. Il y a d'autant moins d'indication chronologique à tirer des v. 49-50 que, comme F. Lecoy l'a montré, l'interprétation de F.-B. est erronée (voir note 2, p. 447). Comme on l'a observé dans l'introduction, il est à peu près certain que cette pièce était effectivement destinée à être chantée.*

Manuscrits : A, f. 314 v° ; *B*, f. 67 r° ; *C*, f. 2 r°. *Texte de C.*

* Titre : *A* Des ordres, *B* Les autres diz des ordres, *C* La chansons d. o.

LA CHANSON DES ORDRES

I

Dou siecle vuel chanteir
Que je voi enchanteir.
Teiz venz porra venteir
Qu'il n'ira pas ensi.
Papelart et beguin
6 Ont le siecle houni.

II

Tant d'ordres avons ici,
Ne sai qui les sonja :
Ains Dex teiz genz n'onja
N'il ne sont ci ami.
Papelart et beguin
12 [Ont le siecle houni.]

III

Frere Predicatour *f. 2 r° 2*
Sont de mout simple atour,
Et s'ont en lor destour,
Sachiez, maint parisi.

---

* v. 9. *B* Aint d. tel gent non ia — v. 16. *A* Mainte bon p., *B* De maint bon p.

---

1. Les papelards sont, comme aujourd'hui, de faux dévôts : « Tel fait devant le papelart / Qui par derrière pape lart » [larde le pape] (Gautier de Coincy ; même plaisanterie dans un dit artésien). Les mots papelards et béguins étaient souvent associés, ce qui reve-

I

Je veux chanter sur ce monde
que l'on rend fou, je le vois bien.
Tel vent peut se mettre à venter
qui changera le cours des choses.
Papelards et béguins[1]
6 déshonorent le monde.

II

Nous avons déjà tant d'Ordres,
que je ne sais qui les imagina.
Jamais Dieu n'a frayé avec ces gens-là
et ils ne sont pas ses amis.
Papelards et béguins
12 déshonorent le monde.

III

Les Frères prédicants
vivent et se vêtent très simplement,
et ils ont dans leur cachette,
sachez le, tout plein de sous.

---

nait à accuser les béguins de dévotion hypocrite. Béguines et béguins, après avoir été protégés et encouragés par les Cisterciens, étaient sous la mouvance des Dominicains (cf. *Ordres de Paris*, n. 3, p. 249). Les Jacobins sont mentionnés à plusieurs reprises en liaison avec les papelards et les béguins dans la Chronique de Philippe Mouskès : « Et tout çou li firent beghin / Et papelart et Jacobin » (v. 30726).

Pa[pelart] et [beguin]
18 [Ont le siecle houni.]

IV

Et li Frere Menu
Nos ront si pres tenu
Que il ont retenu
De l'avoir autresi.
P[apelart] et b[eguin]
24 [Ont le siecle houni.]

V

Qui ces .II. n'obeït
Et qui ne lor gehit
Quanque il onques fist,
Teiz bougres ne nasqui.
P[apelart] et b[eguin]
30 [Ont le siecle houni.]

VI

Assez dient de bien,
Ne sai c'il en font rien.
Qui lor done dou sien,
Teil proudome ne vi.
P[apelart] et [beguin]
36 [Ont le siecle houni.]

* v. 20. *A* ont — v. 25. *AB* obeist — v. 26. *A* gehist, *B* geist — v. 27. *A* Quanqu'il onques feist, *B* Canques il onques fist

Papelards et béguins
18 déshonorent le monde.

IV

Et les Frères menus,
nous tiennent si serré
qu'ils ont mis de côté
tout autant d'argent.
Papelards et béguins
24 déshonorent le monde.

V

Qui n'obéit pas à ces deux Ordres
et qui ne leur confesse pas
tout ce qu'il a pu faire,
est un hérétique[1] comme il n'en fut jamais.
Papelards et béguins
30 déshonorent le monde.

VI

Ce qu'ils disent est très bien :
je ne sais s'ils en font rien.
Qui leur donne de son bien
est l'homme le plus vertueux qu'on ait jamais vu.
Papelards et béguins
36 déshonorent le monde.

---

1. Sur *bougre*, voir *Dit des Jacobins* 50 et n. 1, p. 241.

VII

Cil de la Trinitei
Ont grant fraternitei.
Bien se sont aquitei :
D'anes ont fait roncins.
P[apelart et beguin]
42 [Ont le siecle houni.]

VIII

Et li Frere Barrei
Resont craz et quarrei.
Ne sont pas enserrei :
Je les vi mescredi.
P[apelart et beguin]
48 [Ont le siecle houni.]

IX

Nostre Freire Sachier
Ont lumeignon fait chier.
Chacuns semble vachier
Qui ist de son maisni.
P[apelart et beguin]
54 [Ont le siecle houni.]

---

* v. 44. *B* gros et — *str. IX mq. B*

---

1. La règle des Frères de la Sainte-Trinité leur interdisait d'utiliser d'autre monture que des ânes. Ils demandèrent le droit de monter des chevaux, qui leur fut accordé par une lettre du pape Urbain IV à l'évêque de Paris en date du 11 décembre 1262, rendue exécutoire par une décision de l'évêque en mai 1263. **2.** Pour expliquer ce vers, F.-B. cite un passage du *Livre des Métiers* d'Étienne Boileau, qui sanctionne certains délits d'une amende « a .IIII. deniers a l'uille a lempes des Sachés », et commente : « Il devait donc exister des redevances spéciales pour le luminaire des Sachets : d'où la plaisanterie de Rutebeuf, jugeant que leurs

VII

Les Frères de la Trinité
ont une grande communauté.
Ils se sont bien comportés :
ils ont transformé des ânes en chevaux[1].
Papelards et béguins
42 déshonorent le monde.

VIII

Les Frères barrés de leur côté
sont gras, aussi larges que haut.
On ne les tient pas cloîtrés :
je les ai vus mercredi.
Papelards et béguins
48 déshonorent le monde.

IX

Nos chers Frères sachets
ont fait monter le prix de la mèche de chanvre[2] :
chacun d'eux semble un vacher
qui sort de sa ferme.
Papelards et béguins
54 déshonorent le monde.

---

lumignons revenaient cher à qui en payait l'huile » (I, 333). Mais Félix Lecoy (1964) a fait observer qu'une amende n'est pas une « redevance » et surtout que le mot *lumignon* ne peut s'appliquer à l'huile d'une lampe, mais désigne toujours en ancien français la mèche d'une chandelle. Ces mèches étaient du chanvre, comme le misérable habit des Sachets. La consommation qu'ils font du chanvre provoque son renchérissement, et donc celui des *lumignons* (plaisanterie analogue dans une pièce satirique lors de la dissolution des communautés de béguines en 1318). Notre traduction suit l'interprétation de F. Lecoy, qui en outre préserve seule la cohérence de la strophe : il est naturel que le poète, ayant évoqué l'habit grossier des Sachets, les compare ensuite à des vachers.

X

Beguines a on mont
Qui larges robes ont.
Desouz les robes font
Se que pas ne vos di.
P[apelart et beguin]
60 [Ont le siecle houni.]

XI

Sept vins filles ou plus
At li rois en renclus.
Onques mais cuens ne duz
Tant n'en engenuÿ.
P[apelart et beguin]
66 [Ont le siecle houni.]

XII

L'Ordres des Nonvoians, *f. 2 v° 1*
Teiz Ordres est bien noians.
Il tastent par laians :
« Quant venistes vos ci ? »
P[apelart et beguin]
72 [Ont le siecle houni.]

XIII

Li Frere Guillermin,
Li autre Frere Hermin,

---

* *str. X-XI interverties dans AB.* — v. 55. *A* avons ml't — v. 57. *B* Desor lor r. ont — v. 64. *A* congenui

X

Il y a tout plein de Béguines
qui ont de larges robes.
Sous leurs robes elles font
ce que je ne vous dis pas.
Papelards et béguins
60 déshonorent le monde.

XII

Le roi a au couvent
cent quarante filles ou plus[1].
Jamais comte ni duc
n'en engendra autant.
Papelards et béguins
66 déshonorent le monde.

XII

L'Ordre des non-voyants[2] ?
Un Ordre comme cela, c'est moins que rien.
Il tâtonnent par là-bas :
« Vous êtes là ? Depuis quand ? »
Papelards et béguins
72 déshonorent le monde.

XIII

Quant aux Frères guillelmites
et aux Frères ermites[3],

---

1. Sur les Filles-Dieu, protégées par saint Louis, voir *Ordres de Paris* 97-120. — **2.** Les Quinze-Vingts (*Ordres de Paris* 85-96). — **3.** Les Ermites de Saint-Augustin.

M'amor lor atermin :
Jes amerai mardi.
Papelart et beguin
78 Ont le siecle honi.

Explicit

* v. 75. *A* M'amor les a. — v. 78. *B* Ont cest s. — *A* Expliciunt les ordres, *B* Explicit l'autre dit des ordres.

mon amour pour eux est ajourné :
je les aimerai mardi prochain.
Papelards et béguins
78 déshonorent le monde.

LA VIE DE SAINTE MARIE L'ÉGYPTIENNE

Cette pièce baigne tout entière dans l'atmosphère de la conversion, par son sujet, par l'exhortation finale, par la prière que Rutebeuf introduit en son nom propre dans les derniers vers. Elle pourrait avoir été écrite, comme le pense Dufeil (1981, 287-8), au printemps 1262, immédiatement après la Voie d'Humilité (Paradis) : *la fête de sainte Marie l'Égyptienne est le 2 avril. Deux raisons peuvent inciter à la repousser de quelques mois ou d'un an. D'une part, quelle qu'ait été la facilité de Rutebeuf, il est peut-être excessif de lui prêter la composition de deux poèmes assez longs en l'espace de quelques semaines. D'autre part la* Vie de sainte Marie l'Égyptienne *est probablement une œuvre de commande, pour la rédaction de laquelle Rutebeuf, on va le voir, exploite méthodiquement les sources dont il dispose ; elle date donc d'une période où les commanditaires s'adressaient de nouveau à lui. Mais ces arguments, purement hypothétiques, sont fragiles. Disons que le poème est assurément postérieur, mais de peu, à la conversion de 1262 et vraisemblablement antérieur au* Miracle de Théophile, *qui doit dater de septembre 1263 ou 1264.*

Si commande il y a, on ignore d'où elle émanait. Certainement pas d'un Ordre mendiant, bien sûr. Mais pas d'avantage d'un Ordre possédant : ils sont égratignés aux v. 655-7. Un grand personnage aurait sans doute été nommé par le poète, comme Erart de Lezinnes à la fin de la Vie de sainte Elysabel. *La puissante Confrérie des drapiers de Paris, on l'a noté depuis longtemps, était placée sous l'invocation de sainte Marie l'Égyptienne. Mais les témoignages sur ce point sont sensiblement postérieurs à Rutebeuf. Rien ne prouve donc que les drapiers aient effectivement commandé le poème. Ce n'est cependant pas impossible. Sainte Marie l'Égyptienne est souvent associée au clerc Théophile : tous deux sont des exemples de pécheurs repentants sauvés par l'intercession de la Vierge. Comme Théophile, bien qu'à un moindre degré, Marie l'Égyptienne a fait l'objet d'une iconographie importante : au* XII*e siècle, un chapiteau du cloître de la cathédrale Saint-Étienne de Toulouse ; au* XIII*e siècle, un vitrail de la cathédrale d'Auxerre et un de celle de Bourges ; plus tard, à Paris, des vitraux de la chapelle de la Jussienne, placée sous son invocation et où se réunit à partir du* XIV*e siècle la Confrérie des drapiers.*

Cette sainte apparaît pour la première fois dans un récit grec, attribué à Sophronios, archevêque de Jérusalem, qui est, à vrai dire, centré sur le personnage de Zozimas plus que sur le sien (Migne, Patrologie grecque *87, Pars III, col. 3637-3725). Ce texte a été traduit en latin par Paul Diacre (Migne,* Patrologie latine *73, col. 671-690). Il en existe deux autres traductions ou adaptations latines. La version de Paul Diacre a inspiré au* X*e siècle un poème de Flodoard de Reims. Un autre poème latin sur ce sujet a pour auteur Hildebert de Lavardin (première moitié du* XII*e siècle). Enfin, il existe une version en prose française intermédiaire entre les trois rédactions en prose latine.*

Cependant, deux poèmes français antérieurs à Rutebeuf font de Marie l'Égyptienne, et non de Zozimas, le personnage principal du récit. L'un (140 octosyllabes) figure dans la collection de légendes de la Vierge rassemblée par Adgar. L'autre, beaucoup plus long (1550 octosyllabes) et anonyme, modifie l'ordre traditionnel du récit en commençant par l'histoire de l'Égyptienne avant d'introduire le personnage de Zozimas. Rutebeuf connaissait ce poème, dont il s'inspire directement en de nombreux endroits et auquel il emprunte des vers entiers. Toutefois, ce poème n'a pas été sa seule source. Sur un point, en effet, il s'en sépare pour revenir à la version traditionnelle en montrant Zozimas quitter son propre monastère pour gagner celui de Saint-Jean près du Jourdain ; dans le poème anonyme, au contraire, Zozimas appartient depuis toujours au monastère Saint-Jean. Rutebeuf a dû avoir entre les mains une version intermédiaire entre les trois rédactions en prose latine mentionnées plus haut. D'autre part, les v. 27-182 et 520-722 de Rutebeuf présentent de grandes similitudes avec les passages correspondants de la rédaction en prose française, sans que l'on puisse déterminer avec certitude dans quel sens s'est faite l'imitation. Enfin, la seconde rédaction de Renart le Contrefait *(entre 1328 et 1342), dont l'auteur est de Troyes en Champagne, insère une vie de sainte Marie l'Égyptienne en 220 vers qui est empruntée à Rutebeuf (v. 32603-32824, éd. G. Raynaud et H. Lemaître, Paris, 1914).*

On trouvera dans F.-B. (II, 9-19) un exposé circonstancié sur cette question, des extraits de la rédaction en prose française, et aussi, dans les notes de l'édition, une comparaison attentive du texte de Rutebeuf et des autres versions. On se reportera également à l'ouvrage de Peter F. Dembowski, La Vie de sainte Marie l'Égyptienne. Versions en ancien et en moyen français, *Genève, 1977. On y trouvera la présentation (p. 16-21) et l'édition de toutes les versions de la légende de sainte Marie l'Égyptienne en ancien et en moyen français, à l'exception du poème de Rutebeuf, du passage de* Renart le Contrefait *qui s'en inspire et des versions très tardives de la* Légende dorée.

Manuscrits : *A*, f. 316 v°, *C*, f. 71 r°. *Texte de C.*
* Titre : *A* La vie sainte Marie l'Egiptianne

CI ENCOUMENCE LA VIE
DE SAINTE MARIE L'EGYPCIENNE

Ne puet venir trop tart a euvre
Boenz ovriers qui sans laisseir euvre,
Car boenz ovriers, sachiez, regarde,
4 Quant il vient tart, se il se tarde.
Et lors n'i a ne plus ne mains,
Ainz met en euvre les .II. mainz,
Que il ataint toz les premiers :
8 C'est li droiz de toz boens ovriers.
D'une ovriere vos wel retraire
Qui en la fin de son afaire
Ouvra si bien qu'il i parut,
12 Que la joie li aparut
De paradix a porte overte
Por s'ouvraigne et por sa deserte.
D'Egypte fu la crestienne :
16 Por ce ot non l'Egyptienne.
Ces droiz nons si fu de Marie.
Malade fu, puis fu garie.
Malade fu voire de l'arme :
20 Ainz n'oïstes parleir de fame
Qui tant fust a s'arme vilainne,
Nes Marie la Magdelainne.
Fole vie mena et orde.
24 La Dame de Misericorde *f. 71 v° 1*
La rapela, puis vint ariere
Et fut a Dieu bone et entiere.
Ceste dame dont je vos conte
28 (Ne sai c'ele fu fille a conte,
A roi ou a empereour)
Corroussa mout son Sauveour.
Quant ot .XII. anz, moult par fu bele,
32 Moult i ot gente damoizele,
Plaisant de cors, gente de vis.

---

* v. 7-8. *A* Et d'ouvrer est si coustumiers / Que il ataint toz les premiers — v. 16. *A* Et avoit non

LA VIE
DE SAINTE MARIE L'ÉGYPTIENNE

Il ne peut se mettre trop tard à l'œuvre,
le bon ouvrier qui sans se lasser œuvre[1],
car le bon ouvrier, sachez-le, a soin,
4 quand il s'y prend tard, de ne pas s'attarder.
Il ne s'arrête pas alors à chipoter ;
il retrousse ses deux manches
et rattrape tous les premiers :
8 c'est la place de tous les bons ouvriers.
Je veux vous parler d'une ouvrière
qui en fin de compte
œuvra si bien que cela fut manifeste :
12 la joie du paradis lui apparut,
les portes lui en furent ouvertes
pour ses œuvres et pour son mérite
Cette chrétienne était originaire d'Égypte :
16 c'est pourquoi on l'appela l'Égyptienne.
Son vrai nom était Marie.
Elle était malade, puis elle guérit.
Sa maladie était celle de l'âme :
20 jamais vous n'avez entendu parlé d'une femme
dont l'âme fût aussi ignoble,
même Marie-Madeleine.
Elle mena une vie de débauche, de souillure.
24 La Dame de Miséricorde
la ramena à elle : elle se reprit
et fut tout entière à Dieu.
Cette dame dont je vous parle
28 (je ne sais si elle était fille de comte,
de roi ou d'empereur)
irrita beaucoup son Sauveur.
À douze ans, elle était très belle,
32 une charmante jeune fille,
plaisante de corps, jolie de visage.

---

1. Même vers dans *Sainte Elysabel* 937. Les v. 1-2 paraphrasent un proverbe (Morawski 295 et 296).

Je ne sai que plus vos devis :
Moult par fut bien faite defors
36 De quanqu'il apartint au cors,
Mais li cuers fu et vains et voles
Et chanjoit a pou de paroles.
A .XII. anz laissa peire et meire
40 Por sa vie dure et ameire.
Por sa vie en foul us despandre,
Ala d'Egypte en Alixandre.
De trois menieres de pechiez
44 I fu li siens cors entechiez.
Li uns fu de li enyvreir,
Li autres de son cors livreir
Dou tout en tout a la luxure :
48 N'i avoit bone ne mesure ;
En geuz, en boules et en voilles
Entendoit si qu'a granz mervoilles
Dovoit a toute gent venir
52 Coument ce pooit soutenir.
Dis et set anz mena teil vie,
Mais de l'autrui n'avoit envie :
Robes, deniers ne autre avoir
56 Ne voloit de l'autrui avoir.
Por gaaing tenoit bordelage,
Et por proesce teil outrage.
Ses tresors estoit de mal faire. *f. 71 v° 2*
60 Por plus d'amis a li atraire
Se faisoit riche et conble et plainne :

---

* v. 35. *A* Moult fu bien fete par defors — v. 37. *A* li cors — v. 53. *C* .XVII. *On a écrit ce nombre en toutes lettres pour marquer la nécessité de lire « dix et sept »*

---

1. Plutôt qu'une erreur géographique, il faut peut-être voir là un écho de la représentation traditionnelle d'Alexandrie comme « porte de l'Égypte », et non comme appartenant réellement à ce pays. **2.** Rutebeuf paraît ne citer que deux péchés. Le poème français du XIIe siècle cite « boire e mengier e luxure ». Les vies latines et celle en prose française réunissent les trois termes du v. 49 (jeu, ivresse, insomnies). **3.** La nécessité où se trouvaient

Que vous dire de plus ?
Au-dehors elle était parfaite
36 pour tout ce qui touchait au corps,
mais son cœur était vain et volage,
quelques mots suffisaient à le changer.
À douze ans elle quitta son père et sa mère
40 pour vivre sa vie, une vie dure et amère.
Pour mener sa vie dissolue
elle alla d'Égypte à Alexandrie[1].
Son corps fut marqué
44 de trois sortes de péchés[2].
Le premier était de s'enivrer,
le second de livrer son corps
sans retenue à la luxure :
48 elle ne connaissait ni bornes ni mesure ;
elle était si adonnée
au jeu, à la débauche, aux nuits blanches
que chacun devait se demander
52 comment elle y résistait.
Pendant dix-sept ans elle mena cette vie,
mais ce n'est pas aux biens d'autrui qu'elle en avait :
elle ne voulait recevoir d'autrui
56 ni vêtements, ni argent ni quoi que ce soit d'autre.
La débauche lui semblait un profit suffisant,
le vice un exploit.
Son trésor était de faire le mal.
60 Attirer plus d'amants,
voilà sa richesse et ce qui la comblait[3] :

---

de nombreuses femmes de se livrer à la prostitution pour survivre rendait le Moyen Âge plus indulgent pour celles qui se prostituaient par intérêt que pour celles qui le faisaient par plaisir. Ce trait se retrouve dans les vies de sainte Marie-Madeleine – celle d'Odon de Cluny, celle du Pseudo-Raban Maur, la vie anonyme en prose française du XIIe siècle –, qui soulignent toutes que rien ne la contraignait à vivre dans la débauche car elle était fort riche. On peut noter que les descriptions de la vie érémitique menée par la Madeleine à la fin de sa vie semblent s'inspirer sur certains points de la légende de sainte Marie l'Égyptienne, par une sorte de confusion entre les deux pécheresses repenties.

Eiz vos sa vie et son couvainne.
N'i gardoit ne couzin ne frere,
64 Ne refusoit ne fil ne pere.
Toute l'autre vilainne vie
Passoit la soie licherie.
Ainsi com tesmoigne la lettre,
68 Sanz rienz osteir et sanz plus metre,
Ot la dame en païs estei.
Mais or avint en un estei
C'une tourbe d'Egyptiens,
72 De preudomes bons crestiens,
Voudrent le sepucre requerre,
Si se partirent de lor terre :
Dou roiaume de Libe furent.
76 Entour l'Acension c'esmurent
Por aleir en Jherusalem,
Qu'en cele saison i va l'en,
Au mainz la gent de la contree.
80 Marie a la gent encontree,
Venue c'en est au passage.
Cele, qui lors n'estoit pas sage,
Qui ainsi demonoit sa vie,
84 Vit un home leiz la navie
Qui atendoit la gent d'Egypte
Que je vos ai ci devant dite :
Lor compains fu, si vint devant.
88 Cele li vint au dedevant.
Proié li a que il li die
De lui et de sa compeignie
Queil part il vorront chemineir.
92 Cil li respont sans devineir,
Por aleir la ou j'ai contei
Vodroient estre en meir montei. *f. 72 r° 1*
« Amis, dites moi une choze.
96 Veriteiz est que je propoze
A aleir la ou vos iroiz.

---

* v. 75-76. *A mq.* — v. 88. *A* li est venu devant — v. 89. *A* qu'ele li — v. 92. *A* demorer — v. 97. *A* voudrez

c'est ainsi qu'elle avait arrangé sa vie.
Tout était bon, cousin et frère,
64 elle ne refusait ni le fils ni le père.
Son dévergondage surpassait
en ignominie tout le reste de sa vie.
Comme le texte en témoigne,
68 sans rien y ajouter, sans rien y retrancher,
la dame séjourna dans ce pays.
Mais il advint un été
qu'une foule d'Égyptiens,
72 des gens de bien, de bons chrétiens,
voulurent se rendre auprès du Saint-Sépulcre
et quittèrent leur pays :
ils étaient du royaume de Libye.
76 Vers l'Ascension ils se mirent en route
pour aller à Jérusalem,
car c'est la saison où l'on y va,
au moins pour ce qui est des gens de cette région.
80 Marie les a rencontrés,
et elle s'est rendue au lieu d'embarquement.
Cette femme, alors dénuée de sagesse
et qui menait une telle vie,
84 vit un homme près des navires
qui attendait les gens d'Égypte
dont je viens de vous parler :
c'était leur compagnon, il était arrivé avant eux.
88 Elle se présenta devant lui
et le pria de lui dire
de quel côté lui-même et ses compagnons
allaient se diriger.
92 Il lui répond en connaissance de cause
qu'ils voulaient prendre la mer
pour aller là où je vous ai dit.
« Ami, dites-moi quelque chose.
96 La vérité est que je me propose
d'aller là où vous irez.

Ne sai se vos m'escondiroiz
D'avec vos en vostre neif estre ?
100 – Madame, sachiez que li mestre
Nou vos pueent par droit deffendre
Se vos lor aveiz riens que tendre,
Mais vos oeiz dire a la gent :
104 "A l'uis, a l'uis, qui n'a argent !"
– Amis, je vos fais a savoir
Je n'ai argent ne autre avoir,
Ne choze dont je puisse vivre.
108 Mais se laianz mon cors lor livre,
Il me sofferront bien a tant. »
Ne dit plus, ansois les atent.
S'entencions fut toute pure
112 A plus ovreir de la luxure.
Li preudons oï la parole
Et la pencee de la fole :
Preudons fu, por ce li greva.
116 La fole lait, si se leva.
Cele ne fu pas esperdue :
A la nave s'en est venue.
.II. jovenciaux trouva au port
120 Ou meneir soloit son deport.
Prie lor qu'em meir la meïssent
Par tel couvent que il feïssent
Toute lor volentei de li.
124 Celui et celui abeli,
Qui leur compeignons attendoient
Seur le port ou il s'esbatoient.
Ne c'i sont c'un petit tenu
128 Que lor compeignon sunt venu.
Li marinier les voilles tendent, *f. 72 r° 2*
En meir s'empaignent, plus n'atendent.
L'Egypcienne est mise en meir.
132 Or sunt li mot dur et ameir
De raconteir sa vie ameire,
Qu'en la neif ne fu neiz de meire,

---

* v. 100. *A* M'amie

Je me demande si vous m'empêcheriez
de venir avec vous dans votre bateau ?
100 – Madame, sachez que les capitaines
ne peuvent en toute justice vous l'interdire,
si vous avez de quoi les payer.
Sinon, comme on dit :
104 "À la porte, à la porte, qui n'a pas d'argent ![1]"
– Ami, je vous le dis,
je n'ai ni argent ni autre bien
ni rien dont je puisse vivre.
108 Mais si je me donne à eux,
alors ils m'accepteront bien. »
Elle n'en dit pas plus, mais les attend.
Elle avait la pure intention
112 de persévérer dans l'œuvre de luxure.
L'homme de bien entendit les propos
et les projets de cette folle :
étant homme de bien, il en fut choqué.
116 Laissant cette folle, il se leva.
Elle ne fut pas décontenancée :
elle est allée jusqu'au bateau.
Elle trouva deux jeunes gens sur le port
120 où elle se livrait d'habitude au plaisir.
Elle les prie de l'emmener en mer :
en échange ils feront d'elle
tout ce qu'il leur plaira.
124 Le marché plut à l'un et à l'autre,
qui attendaient leurs compagnons
en flânant sur le port.
Ils n'y sont pas restés longtemps,
128 car leurs compagnons sont arrivés.
Les marins tendent les voiles,
ils prennent la mer sans plus attendre.
Voilà l'Égyptienne en mer.
132 C'est là que les mots sont durs et amers
pour raconter sa vie amère,
car sur le bateau il n'était homme né de mère,

---

1. Proverbe (Morawski 71). Cf. *Voie d'Humilité (Paradis)* 504.

C'il fust de li avoir tenteiz,
136 Qu'il n'en feïst ces volenteiz.
Fornicacion, avoutire,
Et pis asseiz que ne sai dire,
Fist en la neif : ce fu sa feste.
140 Por orage ne por tempeste
Ne laissa son voloir a faire
Ne pechié qui li peüst plaire.
Ne li soffisoit sanz plus mie
144 Des jovenciaux la compaignie :
Des vieulz et des jones encemble
Et des justes, si com moi cemble,
Se metoit en iteile guise
148 Qu'ele en avoit a sa devise.
Se qu'ele estoit si bele fame
Faisoit a Dieu perdre mainte arme,
Qu'elle estoit laz de descevance.
152 De ce me mervoil sanz doutance
Quant la meir, qui est nete et pure,
Souffroit son pechié et s'ordure
Et qu'enfers ne la sorbissoit,
156 Ou terre, quant de meir issoit.
Mais Dieux atent, et por atendre
Ce fist les braz en croiz atendre.
Ne wet pas que pecherres muire,
160 Ainz convertisse a sa droiture.
Sanz grant anui vindrent a port.
Molt i orent joie et deport :
Grant feste firent cele nuit.
164 Mais cele ou tant ot de deduit, *f. 72 v° 1*
De geu et de jolivetei,
S'en ala parmi la citei.
Ne cembla pas estre rencluze :
168 Partout regarde, partout muze.
Por conoistre li queil sont fol,
Ne li couvient sonete a col :
Bien fist semblant qu'ele estoit fole,

---

* v. 135. *A* fut — v. 158. *A* estendre

qui, s'il avait envie d'elle,
136 ne pût en faire ce qu'il voulait.
Fornication, adultère,
et bien pire que tout ce que je peux dire,
elle fit tout cela sur le bateau : elle était à la fête.
140 Ni orage ni tempête
ne la dissuada de faire ce qu'elle voulait
et de chercher son plaisir dans le péché.
La compagnie des jeunes gens
144 à elle seule ne lui suffisait pas :
les vieux, les jeunes à la fois,
les justes, à ce que je crois,
elle se débrouillait
148 pour en avoir autant qu'elle voulait.
Le fait qu'elle fût une si belle femme
faisait perdre à Dieu bien des âmes :
elle était un filet et un piège.
152 Je m'étonne vraiment
que la mer, qui est propre et pure,
ait souffert son peché, son ordure,
et que l'enfer ne l'ait pas engloutie,
156 ou alors la terre, quand elle débarquait.
Mais Dieu attend, et pour attendre
il s'est fait étendre les bras en croix.
Il ne veut pas la mort du pécheur,
160 mais qu'il se convertisse à sa justice.
Ils arrivèrent au port sans gros ennui.
Ils en furent remplis de joie
et firent cette nuit-là une grande fête.
164 Mais elle, qui était si adonnée au plaisir,
au jeu et à l'amour,
s'en alla par la ville.
Elle n'avait pas l'air d'une nonne :
168 elle regarde partout, elle traîne partout.
Pour connaître les fous comme elle,
pas besoin qu'elle ait une sonnette au cou[1] ;
elle avait bien l'air d'une folle

---

1. Proverbe (Morawski 21 et 897). Cf. F.-B. II, 25.

172 Que par cemblant, que par parole,
Car ces abiz et sa semblance
Demontroient sa connoissance.
C'ele ot fait mal devant asseiz,
176 Ces meffaiz ne fu pas lasseiz.
Pis fist que devant fait n'avoit,
Car dou pis fist qu'ele savoit.
A l'eglize s'aloit montreir
180 Por les jovenciaux encontreir
Et les sivoit juqu'a la porte
Ci com ces anemis la porte.
Li jors vint de l'Acension.
184 La gent a grant procession
Aloit aoreir la croix sainte
Qui dou sanc Jhesucrit fu tainte.
Cele pensa en son corage
188 Se jor lairoit son laborage
Et por celui saintime jour
Ceroit de pechier a sejour.
Venue s'en est en la presse
192 La ou ele fu plus espesse
Por aleir la croix aoreir,
Que n'i voloit plus demoreir.
Venue en est juqu'a l'eglize.
196 Ele ne pot en nule guize
Metre le pié sor le degrei,
Mais tot ausi com se de grei
Et volentiers venist arriere, *f. 72 v° 2*
200 Se trova a la gent premiere.
Dont se resmuet et vient avant,
Mais ne valut ne que devant.
Par maintes fois si avenoit,
204 Quant juqu'a l'eglize venoit,
Ariers venoit maugrei ces dens,
Que ne pooit entreir dedens.
La dame voit bien et entant
208 Que c'est noianz a qu'ele tant.

---

* v. 176. *A* Son mesfet n. f. p. passez — v. 203-206. *A mq.*

172 dans son apparence et dans ses propos,
car ses vêtements et son allure
la désignaient pour ce qu'elle était.
Si elle avait beaucoup fait le mal jusque-là,
176 sa mauvaise conduite ignorait la fatigue.
Elle fit pis qu'auparavant,
car elle fit du pire qu'elle pouvait.
Elle allait se montrer à l'église
180 pour rencontrer les jeunes gens
et les suivait jusqu'à la porte,
docile à l'inspiration du diable.
Vint le jour de l'Ascension.
184 Le peuple en grande procession
allait adorer la sainte croix
qui fut teinte du sang de Jésus-Christ.
Elle pensa dans son cœur
188 que ce jour-là elle cesserait son travail
et qu'en l'honneur de ce très saint jour
elle s'abstiendrait de pécher.
Elle s'est mêlée à la foule,
192 là où elle était la plus épaisse,
pour aller adorer la croix,
car elle ne voulait pas s'attarder davantage.
Elle est venue jusqu'à l'église.
196 Elle ne put en aucune façon
poser le pied sur les marches,
mais comme si elle avait reculé
de son plein gré et volontairement,
200 elle se trouva dans la foule à son point de départ.
Elle se remet donc en route et s'avance,
mais sans plus de résultat.
Cela s'est reproduit de nombreuses fois :
204 quand elle parvenait à l'église,
elle était ramenée en arrière malgré elle
sans pouvoir entrer dedans.
La dame voit bien, elle comprend
208 que c'est en vain qu'elle essaie.

Quant plus d'entreir laianz s'engreisse,
Et plus la recule la presse.
Lors dit la dame a soi meïsmes :
212 « Lasse moi ! com petitet disme,
Com fol treü, com fier paage
Ai Dieu rendu de mon aage !
Onques nul jor Dieu ne servi,
216 Ansois ai mon cors aservi
A pechier por l'arme confundre.
Terre dovroit desoz moi fundre.
Biaux doulz Diex, bien voi par ces signes
220 Que li miens cors n'est pas si dignes
Que il entre en si digne place
Por mon pechié qui si m'enlasse.
Hé ! Diex, sire dou firmament,
224 Quant c'iert au jor dou Jugement
Que tu jugeraz mors et vis,
Por mon cors, qui est ors [et] vilz,
Sera m'armë en enfer mise
228 Et mes cors aprés lou Juïse.
Mes pechiez m'iert el front escriz.
Coument puet ceseir braiz ne criz ?
Coument puet cesseir plors ne lermes ?
232 Lasse ! ja est petiz li termes !
Li justes n'ozera mot dire,
Et cil qui est en avoutire, *f. 73 r° 1*
Queil part ce porra il repondre
236 Qu'a Dieu ne l'estuisse respondre ? »
Ensi se plaint et se demente.
Mout se claimme lasse dolante :
« Lasse ! fait ele, que ferai ?
240 Lasse moi ! Coumant ozerai
Merci crieir au Roi de gloire,
Qui tant ai mis lo cors en foire ?
Mais por ce que Diex vint en terre
244 Non mie por les justes querre,

---

* v. 212. *A* petit doisme, *C* petitet disme — v. 219. *A* tes s. — v. 226. *A* Par ; *C* et *mq.*

Plus elle s'efforce d'entrer,
plus la foule la repousse.
Alors elle se dit en elle-même :
212 « Pauvre de moi ! quelle petite dîme,
quel fou tribut, quel funeste péage
j'ai payé à Dieu au cours de ma vie !
Pas un seul jour je n'ai servi Dieu,
216 mais j'ai asservi mon corps
au péché pour la destruction de l'âme.
La terre devrait s'effondrer sous moi.
Mon Dieu, je vois par ces signes
220 que mon corps n'est pas digne
d'entrer dans un lieu aussi digne
à cause de mon péché qui m'accable.
Hélas ! mon Dieu, seigneur du firmament,
224 quand viendra le jour du Jugement
où tu jugeras morts et vivants,
à cause de mon corps, qui est souillé et vil,
mon âme sera mise en enfer
228 et mon corps aussi, après le Jugement.
Mon péché est écrit sur mon front.
Comment pourraient cesser mes plaintes et mes cris ?
Comment pourraient cesser mes larmes et mes pleurs ?
232 Malheureuse ! le délai est désormais si court !
Le juste n'osera dire mot,
et celui qui est adultère,
où pourra-t-il se cacher
236 pour éviter de devoir répondre à Dieu ? »
Ainsi elle se plaint et se lamente.
Elle se traite de pauvre malheureuse :
« Malheureuse ! dit elle, que ferai-je ?
240 Pauvre de moi ! comment oserai-je
crier merci au Roi de gloire,
moi qui ai tant prostitué mon corps ?
Mais puisque Dieu est venu sur la terre,
244 non pas pour chercher les justes,

Mais por pecheors apeleir,
Mon mesfet ne li doi celeir. »
Lors garde a l'entreir de l'eglize
248 Une ymage par grant devize
En l'oneur de la Dame faite
Par cui tenebrors fu deffaite :
Ce fu la glorieuse Dame.
252 Adonc se mit la bone fame
A nuz genoulz et a nuz coutes,
Le pavement moille de goutes
Qui des yeux li chient aval,
256 Que li moillent tot contreval
Le vis et la face vermoille.
Ausi raconte sa mervoille
Et son pechié a cele ymage
260 Com a un saint proudome sage.
En plorant dit : « Vierge pucele
Qui de Dieu fuz meire et ancele,
Qui portas ton fil et ton peire
264 Et tu fuz sa fille et sa meire,
[Se ta porteüre ne fust
Qui fu mise en la croiz de fust,
En enfer fussons sanz retor :
268 Ci eüst pereilleuse tor.
Dame qui por ton douz salu
Nous a geté de la palu
D'enfers qui est vils et obscure,
272 Virge pucele nete et pure,
Si com la rose ist de l'espine
Issis, glorieuse roïne,
De jüerie qu'est poignanz,
276 Et tu es souef et oingnanz.
Tu es rosë et ton Filz fruis ;
Enfer fu par ton fruit destruis.]
Dame, tu amas ton ami,
280 Et j'ai amé mon anemi.
Chastei amas, et je luxure.

* v. 256. *A* Qui — v. 265-278. *C mq.*

mais pour appeler les pécheurs,
je ne dois pas lui cacher le mal que j'ai fait. »
Alors elle remarque à l'entrée de l'église
248 une très belle statue
faite en l'honneur de la Dame
qui a dissipé les ténèbres :
c'était la glorieuse Dame.
252 Cette femme de bonne volonté se prosterna
alors, sur ses genoux et sur ses coudes nus,
elle mouille le pavement des gouttes
qui lui tombent des yeux
256 et ruissellent
sur son visage et sa face vermeille.
Elle raconte ses péchés effarants
à cette statue
260 comme à un saint homme plein de sagesse.
En pleurant elle dit : « Vierge,
toi qui fus la mère et la servante de Dieu,
toi qui portas ton fils et ton père
264 et qui fus sa fille et sa mère,
sans ta progéniture
qui fut mise en la croix de bois,
nous irions en enfer sans retour,
268 captifs d'une tour bien périlleuse.
Dame, qui pour ton Fils, notre salut,
nous a tirés du marais
de l'enfer, qui est vil et obscur,
272 vierge éclatante et pure,
comme la rose naît de l'épine,
tu naquis, glorieuse reine,
du peuple juif, qui blesse et point,
276 et toi, tu es douce et tu oins.
Tu es la rose et ton Fils est le fruit ;
l'enfer par ton fruit fut détruit.
Dame, tu as aimé ton ami,
280 et moi, j'ai aimé le diable, mon ennemi.
Tu as aimé la chasteté, moi la luxure.

Bien sons de diverse nature
Je et tu qui avons un non. *f. 73 r° 2*
284 Li tiens est de si grant renon
Que nuns ne l'oit ne s'i deduie.
Li miens est plus amers que suie.
Notre Sires ton cors ama :
288 Bien i pert, que cors et arme a
Mis o soi en son habitacle.
Por toi a fait maint biau miracle,
Por toi honore il toute fame,
292 Por toi a il sauvei mainte arme,
Por toi, portiere, et por toi, porte,
Por toi brisa d'enfer la porte,
Por toi, por ta misericorde,
296 Por toi, Dame, et por ta concorde
Ce fist sergens qui sires iere,
Por toi, estoilë et lumiere
A ceulz qui sont en touz perilz,
300 Deigna li tienz glorieuz Filz
A nous faire ceste bontei
Et plus asseiz que n'ai contei.
Quant ce ot fait, li Rois du monde,
304 Li Rois par cui toz bienz habunde
Elz cielz monta avec son Peire.
Dame, or te pri que a moi peire
Ce que a pecheors promit
308 Quant le Saint Espir lor tramit :
Il dist que ja de nus pechié
Dont pichierres fust entichiez,
Puis qu'il de ce ce repentist
312 Et doleur au cuer en sentist,
Ja ne les recorderoit puis.
Dame, je qui sui mise el puis
D'enfer par ma grant mesprison,
316 Geteiz moi de ceste prison !
Soveigne vos de ceste lasse

---

* v. 284. *A* Le tien est de si douz — v. 295. *A* toi et por t'umilité — v. 296. *A* Por toi por ta benignité — v. 298. *A*

Nous sommes bien différentes,
toi et moi, qui portons le même nom.
284 Le tien est de si grand renom
que nul ne l'entend sans y prendre plaisir.
Le mien est plus amer que la suie.
Notre-Seigneur t'a aimée :
288 on le voit bien, puisqu'il a mis
ton corps et ton âme avec lui, dans sa maison.
Pour toi, il a fait maint beau miracle,
pour toi, il honore toute femme,
292 pour toi, il a sauvé mainte âme,
pour toi, la gardienne, pour toi, la porte,
pour toi, il brisa la porte de l'enfer,
pour toi, pour ta miséricorde,
296 pour toi, Dame, parce que tu veux la paix,
il s'est fait serviteur, lui qui était seigneur,
pour toi, étoile et lumière
de ceux qui sont dans tous les périls,
300 ton glorieux Fils daigna
nous manifester cette bonté,
et faire beaucoup plus pour nous que je ne l'ai dit.
Quand il eut fait cela, le Roi du monde,
304 le Roi par qui tout bien abonde
monta aux cieux avec son Père.
Dame, je te prie que se manifeste pour moi
ce qu'il a promis aux pécheurs
308 quand il leur a envoyé le Saint-Esprit :
il dit que quel que soit le péché
dont le pécheur serait chargé,
dès lors qu'il s'en repentirait
312 et en sentirait au cœur de la douleur,
il n'en ferait plus mémoire.
Dame, moi qui suis plongée dans le puits
de l'enfer par ma grande faute,
316 libérez-moi de cette prison !
Souvenez-vous de cette malheureuse

Toi est e. et l. — v. 301. *A* A n., *C* Et n. — v. 310. *A* entechié

Qui de pechier tout autre passe ! *f. 73 v° 1*
Quant vos leiz votre Fil seroiz,
320 Que vos toute gent jugeroiz,
Ne vos souvaigne de mes fais
Ne des granz pechiez que j'ai faiz,
Mais, si com vos le poeiz faire,
324 Preneiz en cure mon afaire,
Quar sanz vos sui en fort merele,
Sans vos ai perdu ma querele :
Si com c'est voirs et je le sai
328 Et par espoir et par essai,
Si aiez vos de moi merci !
Trop ai le cuer triste et marri
De mes pechiez dont ne sai nombre,
332 Se ta vertuz ne m'en descombre. »
Adonc c'est levee Marie.
Pres li cemble qu'el fust garie,
Si ala la croix aoreir
336 Que touz li mons doit honoreir.
Quant ot oï le Dieu servise,
Si c'est partie de l'eglize.
Devant l'image est revenue,
340 Derechief dit sa couvenue
Coument ele se contendra,
Si demande que devanrra
Ne en queil leu porra guenchir.
344 Mestier a de l'arme franchir :
Trop a estei a pechié serve ;
Des or wet que li cors deserve
Par quoi l'arme n'ait dampnement
348 Quant c'ert au jor dou Jugement,
Et dit : « Dame, en pleges vos met
Et si vos creanz et promet,
Jamais en pechié n'encharrai.

---

* v. 325. *A* berele — v. 326. *A* la q. — v. 330. *A* c. pale et noirci — v. 331. *C* ne sa n. — v. 332. *A* ta douceur — v. 345. *A* pechier

qui par ses péchés dépasse tous les autres !
Quand à côté de votre Fils
320 vous jugerez tous les hommes,
ne vous souvenez pas de mes actions
ni des grands péchés que j'ai faits,
mais, comme vous en avez le pouvoir,
324 prenez soin de mon affaire,
car sans vous je joue une partie difficile[1],
sans vous ma cause est perdue :
aussi vrai que je sais tout cela
328 par la foi et par l'expérience,
ayez pitié de moi !
J'ai le cœur infiniment triste
à cause de mes péchés dont je ne sais le nombre,
332 si ton pouvoir ne m'en décharge pas. »
Alors Marie s'est levée.
Elle avait l'impression d'être presque guérie
et elle alla adorer la croix
336 que le monde entier doit honorer.
Quand elle eut entendu le service divin,
elle est sortie de l'église.
Elle est revenue devant la statue,
340 elle répète sa résolution
touchant sa conduite à venir,
et demande ce qu'elle va devenir
et vers quel lieu elle pourra se diriger.
344 Elle a besoin de libérer son âme,
trop asservie au péché ; désormais
elle veut que son corps acquière des mérites
qui évitent à son âme la damnation
348 au jour du Jugement,
et dit : « Dame, je vous institue mon garant
et je vous fais la promesse
de ne plus jamais tomber dans le péché.

---

1. La *merele* désigne normalement le caillou ou le palet du jeu de la marelle. Mais les emplois figurés sont nombreux (T.-L. V, 1518-9).

352 Entreiz i, je vos en garrai,
Et m'ensigniez queil part je fuie *f. 73 v° 2*
Le siecle qui put et anuie
A ceux qui welent chaste vivre. »
356 Une vois oï a delivre
Qui li dist : « De ci partiraz,
Au moutier saint Jehan iras,
Puis passeras le flun Jordain.
360 Et en penitance t'enjaing
Qu'avant soies confesse faite
De ce qu'a Dieu t'iez si mesfaite.
Quant tu auras l'iaue passee,
364 Une forest especе et lee
Dela le flueve trouveras.
En cele forest enterras,
Illuec feras ta penitance
368 De tes pechiez, de t'ygnorance.
Illecques fineras ta vie
Tant qu'en sainz cielz seras ravie. »
Quant la dame ot la vois oïe,
372 Durement en fu esjoïe.
Leva sa main, si se seigna.
Ce fit que la voiz enseigna,
Qu'a Dieu ot le cuer enterin.
376 Lors encontra .I. pelerin :
Trois maailles, ce dit l'estoire,
Li dona por le Roi de gloire.
Troiz petiz painz en acheta.
380 De cex vesqui, plus n'enporta :
Ce fu toute sa soutenance
Tant com el fu en penitance.
Au flun Jordain en vint Marie.
384 La nuit i prit habergerie ;
Au moustier saint Jehan fu prés.
Sus la rive dont doit aprés

---

1. Pour *entrer* au sens d'« accepter d'être garant », voir les exemples tirés de *Huon de Bordeaux* donnés par F.-B. II, 31. *Je vos en garrai* : Marie, en ne péchant plus, permettra à la Vierge

352 Acceptez : je saurai vous éviter tout risque[1],
et enseignez-moi où fuir
ce monde plein de puanteur et de tourment
pour ceux qui veulent vivre chastement. »
356 Elle entendit de façon certaine une voix
lui dire : « Tu partiras d'ici,
tu iras au monastère Saint-Jean,
puis tu passeras le Jourdain.
360 Et je t'enjoins en pénitence,
auparavant, de te confesser
de t'être si mal conduite envers Dieu.
Quand tu auras passé l'eau,
364 au-delà du fleuve tu trouveras
une forêt vaste et épaisse.
Tu entreras dans cette forêt ;
là tu feras pénitence
368 de tes péchés, d'avoir ignoré Dieu.
Là tu termineras ta vie
jusqu'à ce que tu sois ravie au plus saint des cieux. »
Quand la dame eut entendu la voix,
372 elle s'en est énormément réjouie.
Elle leva la main et se signa.
Elle fit ce que la voix avait enseigné,
car son cœur était à Dieu tout entier.
376 Elle rencontra alors un pèlerin :
il lui donna, dit l'histoire,
trois mailles[2] pour l'amour du Roi de gloire.
Elle en acheta trois petits pains.
380 Elle en vécut, elle n'emporta rien de plus :
ce fut toute sa subsistance
tant que dura sa pénitence.
Marie vint au Jourdain.
384 C'est là qu'elle passa la nuit ;
elle était près du monastère Saint-Jean.
Sur le rivage, là où elle doit

---

d'être son garant sans risque. **2.** La maille, qui valait un demi-denier, était la plus petite pièce de monnaie en circulation.

Passeir le flun a l'andemain.
388 Manja la moitié d'un sien pain. *f. 74 r° 1*
De l'iaue but saintefiee :
Quant beü or, mout en fu liee.
De l'iaue at lavee sa teste :
392 Mout en fist grant joie et grant feste.
Lasse se sent et travilliee ;
N'ot point de couche aparilliee
Ne draz de lin ne orillier :
396 A terre l'estut soumeillier.
C'ele dormi, ce ne fu gaires :
N'ot pas toz jors geü en aires.
Par matin la dame se lieve,
400 Au moutier vint et ne li grieve.
La resut le cors Jhesucrit,
Si com nos trovons en escrit.
Quant el ot receü le cors
404 Celui qui d'enfer nos mit fors,
Lors ce part de Jherusalem
Et s'en entra en un chalan,
Le flun passa, el bois en vint.
408 Souvent de cele li souvint
Que ele avoit mis en ostage.
A l'eglize devant l'image.
A Dieu prie qu'il la garisse
412 Que par temptement ne guerpisse
Ceste vie juqu'a la mort,
Car l'autre l'arme et le cors mort.
Or n'a que .II. pains et demi :
416 Mestiers est Dieu ait a ami.
De ceulz ne vivra ele mie
Se Dieux ne li fait autre aïe.
Parmi le bois s'en va la dame.
420 En Dieu a mis le cors et l'arme.
Toute jor va, toute jor vient,
Tant que la nuit venir couvient.
En leu de biau palais de maubre *f. 74 r° 2*

* v. 400. *A* vient — v. 411. *A* Sovent prie

passer le fleuve le lendemain,
388 elle mange la moitié d'un de ses pains.
Elle but de cette eau sainte,
et en fut ensuite toute joyeuse.
De cette eau elle lava sa tête :
392 pour elle, quelle joie, quelle fête !
Elle se sentait bien fatiguée ;
elle n'avait pas de lit bien fait,
avec des draps de lin, un oreiller :
396 il lui fallut dormir par terre.
Si elle dormit, ce ne fut guère :
elle n'avait pas toute sa vie couché sur le sol.
Au matin la dame se lève,
400 va au monastère, et pas à contrecœur.
Là elle reçut le corps de Jésus-Christ,
comme nous le trouvons écrit.
Quand elle eut reçu le corps
404 de celui qui nous tira de l'enfer,
elle quitta Jérusalem,
monta dans une barque,
passa le fleuve, entra dans la forêt.
408 Souvent elle pensait à celle
dont elle avait fait le gage de son vœu
à l'église devant la statue.
Elle prie Dieu qu'il la préserve
412 de céder à la tentation et de changer
de vie avant sa mort,
car l'autre genre de vie mord l'âme et le corps.
Elle n'a plus que deux pains et demi :
416 elle a bien besoin d'avoir Dieu pour ami.
Ils ne suffiront pas à la faire vivre
si Dieu ne lui fournit pas une autre aide.
Par le bois la dame s'en va.
420 Elle a placé en Dieu et son corps et son âme.
Toujours elle va d'un côté et de l'autre,
jusqu'à ce que la nuit finisse par tomber.
Au lieu d'un beau palais de marbre

424 C'est couchie desouz un aubre.
Un petit manja de son pain,
Puis s'endormit jusqu'au demain.
L'andemain au chemin se met
428 Et dou chemineir s'entremet
Vers oriant la droite voie.
Tant chemina, que vos diroie ?
A tout la soif, a tout la faim
432 Et a petit d'yaue et de pain,
Toute devint el bois sauvage.
Sovent reclainme son hostage
Qu'ele ot devant l'image mis :
436 Mestiers est Diex li soit amis.
La dame fu en la forest.
Fors que de nuit ne prent arest.
Sa robe deront et depiece,
440 Chacuns rains enporte sa piece,
Car tant ot en son doz estei
Et par yver et par estei,
De pluie, de chaut et de vent
444 Toute est deroute par devant.
Il n'i remaint costure entiere
Ne par devant ne par derriere.
Sui chevoil sunt par ces espaules.
448 Lors n'ot talent de meneir baules.
A poinnes deïst ce fust ele
Qui l'ot veüe damoizele,
Car ne paroit en lei nul signe.
452 Char ot noire com pié de cigne.
Sa poitrine devint mossue,
Tant fu de pluie debatue.
Les braz, les lons doiz et les mains
456 Avoit plus noirs, et c'ert du mains,
Que n'estoit poiz ne arremens.
Ces ongles reoignoit au dens. *f. 74 v° 1*
Ne cemble qu'ele ait point de ventre,

---

* v. 431-432. *A mq.* — v. 440. *A* e. une p. — v. 450. *A* l'eust veu — v. 452. *A* com pel

424 elle s'est couchée sous un arbre.
Elle mangea un peu de son pain,
puis s'endormit jusqu'au lendemain.
Le lendemain elle se met en chemin
428 et chemine
tout droit vers l'orient.
Que vous dire ? Elle a tant cheminé
accompagnée par la soif, par la faim,
432 avec peu d'eau et peu de pain,
qu'elle est devenue dans les bois toute sauvage.
Souvent elle invoque le gage
remis devant la statue :
436 elle a bien besoin d'avoir Dieu pour ami.
Voilà la dame dans la forêt.
Elle ne s'arrête que la nuit.
Elle rompt et déchire sa robe,
440 chaque branche en emporte une pièce,
car elle l'a eue si longtemps sur le dos,
hiver comme été,
que la pluie, la chaleur et le vent
444 l'ont toute ruinée par-devant.
Il n'y reste pas une couture intacte
ni par-devant ni par-derrière.
Ses cheveux lui tombent sur les épaules.
448 Elle n'a plus envie de danser.
Qui l'avait vue demoiselle
aurait eu bien du mal à dire que c'était elle :
plus rien de son ancien état n'apparaissait.
452 Elle avait la peau noire comme le pied d'un cygne,
sa poitrine devint moussue
à force d'être battue par la pluie.
Ses bras, ses longs doigts, ses mains
456 étaient plus noirs, à tout le moins,
que de la poix ou de l'encre.
Elle se taillait les ongles avec ses dents.
On aurait dit qu'elle n'avait pas de ventre

460 Por ce que viande n'i entre.
Les piez avoit creveiz desus,
Desouz navreiz que ne pot plus.
Ne se gardoit pas des espines
464 Ne ne quiroit nules sentines.
Quant une espine la poignoit,
En Dieu priant les mains joignoit.
Ceste riegle a tant maintenue,
468 Plus de .XL. anz ala nue.
.II. petiz painz, ne gaires granz,
De ceuz vesqui par plusors anz.
Le premier an devindrent dur
472 Com ce fussent pieres de mur.
Chacun jor en manja Marie,
Mais ce fut petite partie.
Sui pain sunt failli et mangié,
476 Ne por ce n'a pas estrangié
Le bois por faute de viande.
Autres delices ne demande
Fors que l'erbe dou prei menue
480 Si com une autre beste mue.
De l'iaue bevoit au ruissel,
Qu'ele n'avoit point de vaissel,
Ne fait a plaindre li pechiez
484 Puis que li cors c'est atachiez
A faire si grief penitance.
D'erbes estoit sa soutenance.
Deables tenteir la venoit
488 Et les faiz li ramentevoit
Qu'ele avoit faiz en sa jovente.
Li uns aprés l'autre la tente :
« Marie, qu'iez tu devenue,
492 Qui en cest boiz est toute nue ?
Laisse le bois et si t'en is. *f. 74 v° 2*
Fole fuz quant tu y veniz.
Bien as getei ton cors a gaste

---

* v. 463-464. *A mq.* — v. 485. *A* si fort p. — v. 495-496. *A mq.*

460 parce qu'elle n'y mettait jamais de nourriture.
Ses pieds étaient crevassés par-dessus,
blessés par-dessous autant qu'ils pouvaient l'être.
Elle ne se gardait pas des épines
464 et ne cherchait pas à suivre les sentiers[1].
Quant une épine la piquait,
joignant les mains, elle priait Dieu.
Elle s'est imposée si longtemps cette règle
468 que plus de quarante ans durant elle alla nue.
Deux petits pains, pas bien gros,
voilà de quoi elle vécut des années.
La première année ils devinrent aussi durs
472 que les pierres d'un mur.
Marie en mangeait tous les jours,
mais un petit morceau seulement.
Ses pains sont finis, elle les a mangés :
476 ce n'est pas pour cela qu'elle a quitté
les bois, faute de nourriture.
Elle ne demande pas d'autre gourmandise
que les pousses d'herbe du pré,
480 comme les bêtes dénuées de parole.
Elle boit l'eau du ruisseau
sans avoir de récipient.
Il n'y a pas de quoi regretter le péché
484 dès lors que le corps s'attache
à faire une pénitence aussi dure.
De l'herbe : voilà sa subsistance.
Le diable venait la tenter
488 en lui rappelant les actions
qu'elle avait commises dans sa jeunesse.
Les diables, l'un après l'autre, la tentent :
« Marie, qu'es-tu devenue,
492 toute nue dans ces bois ?
Laisse les bois, sors d'ici !
Tu as été folle d'y venir.
On peut dire que tu maltraites ton corps,

---

1. F.-B. ne connaissait pas d'autre exemple de *sentine* au sens de sentier. Mais T.-L. en donne deux.

496 Quant ci viz sanz pain et sanz paste.
Tenir le doit a grant folie
Cil qui voit ta melancolie. »
La dame entent bien le deable,
500 Bien seit que c'est mensonge et fable,
Que toute la mauvaise oblie,
Tant a apris honeste vie.
Ne li sovient ne ne li chaut
504 De temptacion ne d'assaut,
Car tant a le bocage apris
Et tant de repas i a pris,
Et ces pleges si bien la garde
508 Et la vizete et la regarde,
Qu'ele n'a garde qu'ele enchiee
Ne que des [or] mais li meschiee.
Touz les dis et set anz premiers
512 Fu li deables coutumiers
De li tenteir en itel guise.
Mais quant il voit que petit prise
Son dit, son amonestement,
516 Son geu et son esbatement,
Si la lessa, plus ne li nut,
Ne l'en souvint ne la connut.
Or vos lairai esteir la dame
520 Qui le cors pert por garder l'arme,
Si vos dirai d'une gent sainte
Qui faisoit penitance mainte.
En l'eglize de Palestine
524 Estoit la gent de bone orine.
Entre ces genz ot un preudoume
Que Zozimas l'estoire noume.
Preudons fu et de sainte vie.
528 N'avoit des richesces envie *f. 75 r° 1*
Fors d'oneste vie meneir,
Et bien i savoit aseneir
Car dés le bersuel coumensa,
532 Dés le bersuel et puis ensa

---

* v. 501-502. *A intervertis* — v. 507. *C* qui b.

496 de vivre ainsi sans pain ni pâte.
Qui voit ton humeur noire
ne peut que la tenir pour une grande folie. »
La dame entend bien le diable,
500 elle sait bien que tout est mensonge, invention,
car elle a oublié sa mauvaise vie
tant elle est habituée à la vie vertueuse.
Elle ne s'en souvient pas : peu lui chaut
504 des tentations et des assauts.
Elle est si habituée à la nature,
elle y a pris tant de repas,
son garant la garde si bien,
508 lui rend si bien visite, veille si bien sur elle,
qu'il n'y a pas de danger qu'elle succombe
ni qu'il lui arrive désormais malheur.
Pendant les premiers dix-sept ans,
512 le diable avait coutume
de la tenter ainsi.
Mais quand il vit qu'elle faisait peu de cas
de ses propos, de ses conseils,
516 de ses jeux et de ses plaisirs,
il la laissa, ne lui fit plus de mal,
l'oublia sans plus la connaître.
À présent je laisserai cette dame
520 qui perd son corps pour garder son âme,
et je vous parlerai de saints hommes
qui faisaient beaucoup pénitence.
Dans l'église de Palestine
524 c'étaient des gens d'élection.
Parmi eux était un homme de bien
nommé, d'après l'histoire, Zozimas.
C'était un homme de bien dont la vie était sainte.
528 Il ne désirait pas les richesses,
mais seulement de mener une vie vertueuse,
et il savait comment y parvenir
car il commença dès le berceau,
532 dès le berceau et puis ensuite

— v. 510. *A* des or mes, *C* des m.

Juqu'en la fin de son aage,
Tant que mors en prist le paage.
Unz autres Zozimas estoit
536 A ce tens, qui gaires n'amoit
Ne Jesucrit ne sa creance,
Ainz estoit plainz de mescreance.
Por ce c'om ne doit mentevoir,
540 Home ou il n'a point de savoir
Ne de loautei ne de foi,
Por ce le laz, et je si doi.
Cil Zozimas li biencreanz,
544 Qui onques ne fu recreanz
De servir Dieu parfaitement,
Cil trouvat tot premierement
Riegle de moinne et toute l'ordre,
548 Que de riens n'en fist a remordre.
La conversacion des freires
Procuroit come abbés et peires
Par parolë et par ovraigne,
552 Si que la gent de par le regne
Venoient tuit a sa doctrine
En l'eglize de Palestine
Por aprendre a chastement vivre
556 Par les enseignemens qu'il livre.
Cinquante et trois anz demora
En l'eglizë et labora
Teil labeur com moines labeure :
560 C'est Dieu servir a chacune heure.
Un jor en grant enlaction
De cuer en sa religion
Cheï, et dist en teil meniere : *f. 75 r° 2*
564 « Je ne sai avant ne arriere
Qui de m'ordre me puit reprendre
Ne qui noiant m'en puist aprendre.
Philozophe n'autre home sage,
568 Tant aient apris moniage,

---

* v. 545. *A* Dieu servir entirement — v. 546. *A* parfaitement — v. 558. *A* labora, *C* lobora

jusqu'à la fin de sa vie,
quand la mort préleva sur lui son tribut.
Il y avait un autre Zozimas
536 en ce temps-là, qui n'aimait guère
Jésus-Christ ni sa foi,
mais était parfait mécréant.
Comme il ne faut pas faire mention
540 d'un homme où il n'y a ni sagesse
ni loyauté ni bonne foi,
je le laisse de côté : c'est mon devoir.
Zozimas, le croyant convaincu,
544 qui jamais ne se lassa
de servir Dieu parfaitement,
inventa le premier
une règle et un Ordre monastiques,
548 tels qu'il n'y avait rien à y reprendre.
Il dirigeait la vie des frères
comme leur abbé et leur père
par ses paroles et par ses œuvres,
552 si bien que de tout le royaume
tous se ralliaient à sa règle
dans l'église de Palestine
pour apprendre à vivre chastement
556 en suivant son enseignement.
Il resta cinquante-trois ans
dans l'Église et y travailla
du travail qui est celui du moine,
560 et qui est de servir Dieu à tout instant.
Un jour il succomba
à l'orgueil dans son cœur, touchant sa piété,
et dit ces mots :
564 « Je ne connais, où que ce soit, personne
qui puisse m'en remontrer sur mon Ordre
ni qui puisse rien m'apprendre là-dessus.
Il n'y a ni philosophe ni sage d'aucune sorte,
568 si instruit soit-il de l'état monastique,

N'a il enz dezers qui me vaille :
Je sui li grainz, il sunt li paille. »
Zozimas a ainsi parlei,
572 Lui loei par lonc et par lei
Si com tenteiz de vainne gloire.
Jhezucriz le prist en memoire,
Un saint esperit li envoie.
576 En haut li dit, si que il l'oie :
« Zozimas, moult as estrivei
Et moult as ton cuer fors rué.
Quant tu diz que tu iez parfaiz
580 Et par paroles et par fais,
Voirs est : ta riegle a moult valu.
Mais autre voie est de salu.
Et se l'autre voie wes querre,
584 Lai ta maison, is de ta terre,
[Lais l'elacion de ton cuer,
Qu'ele n'est preus qu'a geter puer.]
Fai ausi com fist Abrahanz
588 Qui por Dieu soffri mainz ahanz,
Qu'il s'enfoï en un mostier
Por aprendre le Dieu mestier,
Dejoste le flun Jordain droit,
592 Et tu, fai ausi orendroit.
– Biauz sire Dieux, dit Zozimas,
Gloriouz peires, tu qui m'as
Par ton esperit visitei,
596 Lai moi faire ta volentei ! »
Adonc issi de sa maison,
C'onques n'i ot autre raison.

---

* v. 578. *A* rivé — v. 585-586. *C mq.* — v. 589. *A* Qui

---

1. Voir la longue discussion de F.-B. (II, 38) touchant ces deux vers. Il est acquis qu'ils doivent être entendus comme un éloge de Zozimas, non comme un reproche, et que *as estrivé* signifie « tu as lutté » (contre tes passions, contre tes penchants mauvais, etc.). La phrase correspondante de la *Vie* latine est : *Bene quidem decertasti, bene cursum monachicum perfecisti* (« Certes, tu as bien lutté, tu

qui me vaille dans ce désert :
je suis le grain, et eux la paille. »
Zozimas a parlé en ces termes,
572 il s'est vanté en long et en large,
en homme tenté par la vaine gloire.
Jésus-Christ se souvint de lui :
il lui envoie un esprit divin
576 qui lui dit à voix haute, de façon qu'il l'entende :
« Zozimas, tu as bien lutté
contre tes passions, tu les as terrassées[1].
Quand tu dis que tu es parfait
580 et en paroles et en actions,
tu as raison : ta règle est de grande valeur.
Mais il est une autre voie de salut.
Si tu veux la trouver,
584 laisse ta maison, quitte ton pays,
laisse l'orgueil de ton cœur,
qui n'est bon qu'à être rejeté.
Fais comme Abraham
588 qui souffrit maintes peines pour Dieu :
il s'enfuit dans un monastère
pour apprendre à servir Dieu
juste au bord du Jourdain.
592 Toi, fais la même chose sur l'heure.
– Seigneur Dieu, dit Zozimas,
Père glorieux, toi qui m'as
visité par ton esprit,
596 donne-moi de faire ta volonté ! »
Alors il sortit de sa maison
sans autre discussion.

---

as bien parcouru la carrière monastique »). On reconnaît là les métaphores pauliniennes (1 Cor. 9, 24 ; 2 Tim. 2, 5 et 4, 7). Mais le v. 578 est plus difficile. Le texte de *A* est *fors rivé*, et F.-B., qui exclut l'existence d'un verbe *forsriver* supposée par T.-L., propose de comprendre : « tu as tenu ton cœur (tes passions) fortement attaché (maîtrisé) », ce qui suppose la correction de *fors* en *fort*. Mais *C* donne *fors rué*. La rime avec *estrivé* est moins riche, mais le sens plus clair et plus cohérent : le résultat de la lutte de Zozimas contre ses passions (son cœur) est qu'il les a terrassées et expulsées.

Le leu lait ou tant ot estei
600 Et par yver et par estei. *f. 75 v° 1*
Au flun Jordain tantost en vint,
Car le conmandement retint
Que Diex li avoit conmandei.
604 Droit a l'eglize qui de Dei
Estoit illec faite et fondee
Le mena droit sanz demoree.
Venuz en est droit a la porte
608 Si com Sainz Esperiz le porte.
Le portier apele, il respont,
Que de noiant ne se repont,
Ainz ala querre son abei.
612 Ne l'a escharni ne gabei.
Li abés vint, celui regarde,
De son abit c'est bien pris garde,
Puis si c'est mis en oroison.
616 Aprés oreir dist sa raison.
Dist l'abés : « Dont estes vous, frere ?
– De Palestine, biaulz doulz peire.
Por l'arme de moi mieuz valoir
620 Ai mis mon cors en nonchaloir.
Por plus d'edificacion
Vieng en vostre religion. »
Et dist l'abés : « Biaux doulz amis,
624 En povre leu vos estes mis.
– Sire, je vis par plusorz signes
Que ciz leuz est dou mien plus dignes. »
Dist l'abés par humilitei :
628 « Diex seit nostre fragilitei,
Et il si nos ensaint a faire
Teil choze qui li puisse plaire,
Car je vos puis bien afier,
632 Nuns ne puet autre edefier
C'il meïmes a li n'aprent

---

* v. 613. *A* vient — v. 628. *A* vostre

---

1. Réponse évidemment absurde, puisque, étant au bord du Jour-

Il quitta le lieu où il était resté
600 tant d'hivers et tant d'étés.
Il vint aussitôt au Jourdain,
car il n'oublia pas le commandement
que Dieu lui avait donné.
604 Dieu le mena tout droit et sans retard
à l'église qui en Son honneur
avait été fondée en ce lieu.
Il est venu droit à la porte,
608 conduit par le Saint-Esprit.
Il appelle le portier ; l'autre répond :
il ne se cache pas,
mais va chercher son abbé,
612 sans quolibets ni moqueries.
L'abbé arrive, le regarde,
remarque bien son habit,
puis se met en prière.
616 Sa prière finie, l'abbé prend la parole
et dit : « D'où êtes-vous, mon frère ?
– De Palestine[1], mon père.
Pour augmenter les mérites de mon âme,
620 j'ai négligé mon corps.
Pour être davantage édifié,
je viens dans votre Ordre. »
L'abbé lui dit : « Mon ami,
624 vous êtes venu en un lieu bien pauvre.
– Seigneur, j'ai vu à plusieurs signes
que ce séjour est plus digne que le mien. »
L'abbé dit humblement :
628 « Dieu connaît notre fragilité,
et il nous enseigne
ce qui lui plaît, pour que nous le fassions,
car je peux bien vous assurer
632 que nul ne peut édifier autrui
si lui-même n'apprend pas de lui

---

dain, il se trouve en Palestine. Dans la *Vie* latine, Zozimas ne répond pas à la question de l'abbé.

Les biens et il ne se reprent
Des mauz de quoi il est tentei, *f. 75 v° 2*
636 Car teiz sunt les Dieu volenteiz.
Et puis que la grace devine
Vos amainne a nostre doctrine,
Preneiz auteil com nos avons,
640 Que mieux dire ne vos savons.
Puis que Diex nos a mis encemble,
Bien en pensera, se me cemble,
Et nos l'en laissons convenir,
644 Car bien seit les siens soutenir. »
Zozimas le preudome entant,
Qui ne se va mie ventant.
Moult li plout, moult li abeli
648 Qu'il n'est presompcious de li.
Les freres vit de mout saint estre,
Bien servans Dieu le roi celestre
En geünes, en penitances
652 Et en autres granz abstinances,
En vigiles, en saumoier :
Ne c'i savoient esmoier.
N'avoient pas rentes a vivre
656 Chacune de centainne livre.
Ne vendoient pas blei a terme.
Il finassent miex d'une lerme
Que d'une mine ou d'un setier
660 De froument, c'il lor fust mestier.
Quant Zozimas vit ceste gent
Qu'a Dieu sunt si saint et si gent
Et que [de] la devine grace
664 Resplandissoit toute lor face,
Et il vit qu'il n'avoient cure
D'avarice ne de luxure,
Ainz ierent en leu solitaire
668 Por plus de penitance faire,
Moult li fist grant bien, se sachiez,

---

* v. 634. *A* repent — v. 647-648. *A mq.* — v. 654. *A* amoier — v. 663. *C* de *mq.*

ce qui est bien et s'il ne se corrige pas
du mal dont il est tenté.
636 Telle est la volonté de Dieu.
Et puisque la grâce divine
vous amène à notre règle.
prenez ce que nous avons à vous offrir :
640 nous ne savons rien vous dire de mieux.
Puisque Dieu nous a réunis,
il y veillera, me semble-t-il ;
laissons-le y pourvoir,
644 car il sait bien s'occuper des siens. »
Zozimas entend cet homme de bien
qui ne se vante pas.
Son absence de présomption
648 lui plaît énormément.
Il vit que les frères menaient une vie très sainte,
qu'ils servaient bien Dieu, le roi du ciel,
en jeûnant, en faisant pénitence,
652 par d'autres grandes austérités,
en veillant, en disant les psaumes :
cela ne leur faisait pas peur.
Ils n'avaient pas chacun pour vivre
656 une rente d'une centaine de livres.
Ils ne vendaient pas du blé à terme.
Ils se seraient contentés d'un soupçon de froment
plutôt que d'en prendre une tonne ou un quintal,
660 s'ils en avaient eu besoin.
Quand Zozimas vit ces gens
si agréables à Dieu, si saints à ses yeux,
et dont le visage était tout resplandissant
664 de la grâce divine ;
quand il vit qu'ils faisaient peu de cas
de l'avarice et de la luxure
mais qu'ils vivaient dans la solitude
668 pour mieux faire pénitence,
cela lui fit le plus grand bien, sachez-le,

Car moult en fu plus atachiez *f. 76 r° 1*
A Dieu servir de boen corage,
672 Et bien se pence qu'il sunt sage
Des secreiz a lor Creatour.
Devant Paques font lor atour
De la purificacion
676 Et prennent absolucion
De lor abei, si com moi cemble,
Et puis s'en issent tuit encemble
Pot soffrir et travail et painne
680 Par les desers la quarentainne.
Li un portent pain au leün,
Li autre s'en vont tuit geün.
Se devient, il n'ont tant d'avoir
684 Qu'il em puissent dou pain avoir.
En leu de potage et de pain
Paissent de l'erbe par le plain
Et des racines que il truevent :
688 Ainsinc en quarenme s'espruevent.
Graces rendent et si saumoient.
Et quant li un les autres voient,
Senz araignier et sans mot dire
692 S'en passent outre tout a tire.
[Et a l'issir de lor moustier
Dient cest siaume du sautier :
« Sire, mes enluminemenz,
696 Mes saluz et mes sauvemenz »
Et les autres vers de ce siaume.
Issi vont toute la quaresme.]
Nule foiz n'uevrent il la porte
700 Se n'est ainsi com Diex aporte
Aucun moinne par aventure,
Car li leuz est a desmesure
Si sauvages, si solitaires
704 Que trespassanz n'i passe gaires.
Por ce i mit Diex se preudome,
Et bien le parsut, c'est la soume,

---

* v. 693-698. *C mq.* — v. 705. *A* i mena D. son p.

car il en fut plus ardent
à servir Dieu de bon cœur,
672 et il se dit qu'ils avaient pénétré
les secrets de leur Créateur.
Avant Pâques ils se préparent
à se purifier ;
676 ils reçoivent l'absolution
de leur abbé, à ce qu'il me semble,
puis s'en vont tous ensemble
subir des mortifications
680 au désert pendant le carême.
Les uns emportent du pain et des légumes,
les autres s'en vont complètement à jeun.
Si cela se trouve, ils n'ont pas
684 de quoi avoir du pain.
Au lieu de potage et de pain,
ils paissent de l'herbe par la plaine
et mangent les racines qu'ils trouvent :
688 c'est ainsi qu'ils se mettent à l'épreuve en carême.
Ils rendent grâce à Dieu, disent les psaumes.
Et quand ils se rencontrent l'un l'autre,
sans s'adresser la parole, sans un mot,
692 ils passent leur chemin bien vite.
Et en quittant leur monastère
ils disent ce psaume du psautier :
« Seigneur, ma lumière
696 et mon salut[1] »
et les autres versets de ce psaume.
C'est ainsi qu'ils passent tout le carême.
Ils n'ouvrent jamais leur porte,
700 sinon lorsque Dieu leur envoie
par hasard quelque moine,
car le lieu est extrêmement
sauvage et solitaire,
704 au point qu'il y passe bien peu de monde.
C'est pourquoi Dieu y conduisit cet homme de bien,
et il comprit, tout est là,

---

1. Ps. 26, 1.

Que por ce l'i amena Dieux
708 Que moult estoit humbles li leuz.
  Quant il partoient de l'eglize,
Qu'el ne remainsist sanz servize,
.II. freres ou trois i laissoient *f. 76 r° 2*
712 Et tout ainsiques s'en issoient.
Et lors restoient cloz li huis
Que ja ne fussent overt puis
Devant a la Paques florie,
716 Qu'ariers en lor habergerie
Reparoient de ce bocage.
Et raportoit en son corage
Son fruit sanz l'un a l'autre dire,
720 Car bien peüssent desconfire
Lor pencee par gloire vainne
Se chacuns deïst son couvainne.
Avec celx ala Zozimas,
724 Qu'ainz de Dieu servir ne fu laz.
Icil por son cors soutenir,
Por aleir et por le venir,
Porta aucune garison :
728 Ici n'ont point de mesprison.
  Un jor ala parmi le bois,
Ne trova pas voie a son chois,
Nequedent si fist grant jornee
732 Et ala tant sanz demoree
Que vint entre nonne et midi.
Lors a criei a Dieu merci,
Ces hores dit de chief et chief,
736 Car bien en sot venir a chief,
Puis se reprent a chemineir,
Et bien vos di sanz devineir
Qu'il i cuidoit troveir hermites
740 Por amendeir par lor merites.
Ansi chemina les .II. jors
Que petiz li fu li sejors.
Ne trouva nul, si ne demeure.

---

* v. 709. *A* partirent — v. 711. *A* Un frere ou deus il i

que Dieu l'amenait en ce lieu
708 parce qu'il était très humble.
Quand ils quittaient leur église,
pour que le service divin n'y fût suspendu,
ils y laissaient deux ou trois frères,
712 et ainsi les autres partaient.
Alors les portes restaient closes
et on ne les ouvrait plus
jusqu'aux Rameaux,
716 jour où ils rentraient chez eux,
de retour des solitudes.
Chacun rapportait dans son cœur
le fruit de sa retraite sans en parler aux autres,
720 car ils auraient bien pu être surpris
par la vaine gloire
si chacun avait dit où il en était.
Zozimas alla avec eux,
724 lui qui n'était jamais las de servir Dieu.
Pour avoir assez de forces
pour ses allées et venues
il emporta quelques provisions :
728 il n'y avait là aucun mal.
Un jour il partit par les bois.
Il ne trouva pas de chemin convenable,
cependant il fit une longue étape
732 et il marcha sans s'arrêter
jusqu'après midi, vers l'heure de none.
Alors il a crié merci à Dieu,
il a dit ses heures d'un bout à l'autre,
736 car il s'y entendait très bien,
puis il se remit en route,
et je peux vous dire de façon certaine
qu'il pensait trouver là des ermites
740 par les mérites desquels il pourrait progresser.
Il chemina ainsi pendant deux jours
presque sans prendre de repos.
Il n'en trouva aucun et ne s'attarda pas.

— v. 743. *c* si se

744 A meidi commensa ces eures.
Quant il ot s'orison fenie,
Si se torna d'autre partie *f. 76 v° 1*
Et regarda vers oriant.
748 Un ombre vit, son essiant,
Un ombre vit d'oume ou de fame,
Mais c'estoit de la bone dame.
Diex l'avoit illec amenee,
752 Ne voloit que plus fust celee :
Descouvrir li vout le tresor,
Et bien estoit raisons dés or.
Quant li preudons vit la figure,
756 Vers li s'en vat grant aleüre.
Moult fu cele de joie plainne
Quant ele ot veü forme humainne.
Nequedent ele fu honteuze,
760 De foïr ne fu pereseuze.
Moult s'en foÿ inelement,
Et cil la suit apertement
Qui n'aparoit point de viellesce,
764 De faintize ne de peresce,
Ainz corroit a mout grant effort,
Et si n'estoit il gaires fors.
Souvent l'apele et dit : « Amie,
768 Por Dieu, car ne me faites mie
Corre aprés vos ne moi lasseir,
Car febles sui, ne puis passeir.
Je te conjur de Dieu le roi
772 Que en ton cors metes aroi.
Briement te conjur par Celui
Qui refuzeir ne seit nelui,
Par qui li tiens cors est desers
776 Et si brulleiz en ces desers,
De cui tu le pardon atans,
Que tu m'escoute et si m'atant. »
Quant Marie oit parleir de Dieu
780 Par cui ele vint en cel leu,

---

* v. 765. *A* Celui c. tant a e. — v. 778. *A* m'entens

744 À midi il se mit à dire ses heures.
Quand il eut terminé sa prière,
il se retourna
et regarda vers l'orient.
748 Il vit une ombre, à ce qu'il lui sembla,
il vit une ombre d'homme ou de femme :
c'était cette femme vertueuse.
Dieu l'avait amenée en ce lieu,
752 ne voulant pas qu'elle fût plus longtemps cachée :
il voulait lui découvrir ce trésor,
et ce n'était désormais que juste.
Quand l'homme de bien vit cette figure,
756 il se dirigea rapidement vers elle.
De son côté, elle fut remplie de joie
en voyant une forme humaine.
Cependant elle eut honte
760 et ne fut pas lente à s'enfuir.
Elle s'enfuit très vite,
et lui la suit avec agilité :
on ne remarque en lui ni vieillesse
764 ni lassitude ni paresse,
au contraire il court de toutes ses forces,
et pourtant il n'est guère vigoureux.
Il l'appelle sans relâche et lui dit : « Mon amie,
768 pour l'amour de Dieu, ne me faites donc pas
courir après vous, ne m'épuisez pas,
car je suis faible, je ne peux le supporter.
Je te conjure de par Dieu, roi du ciel,
772 de modérer ta course.
Je te conjure, en un mot, par Celui
qui ne sait repousser personne,
par qui ton corps est ravagé,
776 desséché dans ce désert,
et dont tu attends le pardon,
de m'écouter et de m'attendre. »
Quand Marie entendit parler de Dieu,
780 qui l'avait fait venir en ce lieu,

En plorant vers le ciel tendi *f. 76 v° 2*
Ces mains et celui atendi.
Mais un ruissiaux par maintes fois
784 Avoit corru par les destrois,
Jai a departi l'un de l'autre.
Cele qui n'ot lange ne fautre
Ne linge n'autre couverture
788 N'oza pas montreir sa figure,
Ainz li dit : « Pere Zozimas,
Porquoi tant enchaucie m'as ?
Une fame sui toute nue ;
792 Ci a moult grant descouvenue.
[Gete moi aucun garnement,]
Si te verrai apertement
Et lors m'orras a toi parleir,
796 Que ne me wel a toi celeir. »
Quant Zozimas nomeir s'oï,
Moult durement s'en esbahi.
Nequedent bien seit et entent
800 Que c'est de Dieu omnipotent.
Un de ces garnimens li done
Et puis aprés si l'araisonne.
Et quant Marie fu couverte,
804 Puis a parlei a bouche overte :
« Sire, fait elle, biaux amis,
Je voi bien que Diex vos a mis
Çi alec por parleir encemble.
808 Je ne sai que de moi te cemble,
Mais je sui une picheresse
Et de m'arme murtrisseresse.
Por mes pechiez, por mes mesfaiz
812 Et por les granz mauz que j'ai faiz
Ving ci faire ma penitance. »
Quant cil oit sa reconnissance,
Si li vint a moult grant merveille ;
816 Moult s'en esbahit et merveille.
A ces piez a genoulz se met, *f. 77 r° 1*

---

* v. 793. *C mq.* — v. 794. *A* Si me verras a.

en pleurant elle tendit vers le ciel
ses mains, et l'attendit.
Mais un ruisseau à force de couler
784 avait creusé un ravin
qui les séparait l'un de l'autre.
Elle, qui n'avait vêtement de laine ni de feutre
ni linge ni rien pour se couvrir,
788 n'osait se montrer ;
elle lui dit : « Père Zozimas,
pourquoi m'as-tu poursuivie ?
Je suis une femme, toute nue ;
792 c'est vraiment gênant.
Jette-moi quelque pièce de vêtement,
et je me montrerai à toi
et te parlerai :
796 je n'ai pas l'intention de me cacher de toi. »
Quand Zozimas s'entendit appeler par son nom,
il en fut extrêmement étonné.
Cependant il se rend bien compte
800 que tout cela vient de Dieu tout-puissant.
Il lui donne une pièce de son vêtement,
et ensuite lui adresse la parole.
Et Marie, un fois vêtue,
804 lui a parlé sans réticence :
« Seigneur, dit-elle, cher ami,
Je vois bien que Dieu vous a envoyé
ici pour que nous parlions.
808 J'ignore l'impression que je te fais,
mais je suis une pécheresse
qui causait la mort de son âme.
Pour mes péchés, pour mes méfaits,
812 pour tout le mal que j'ai fait,
je suis venue ici faire ma pénitence. »
Son aveu, quand il l'entendit,
le stupéfia :
816 il en est saisi d'étonnement.
Il s'agenouille à ses pieds,

De li aoreir s'entremet
Et beneïson li demande.
820 Cele dit : « Droiz est que j'atende
La votre, par droite raison,
Car fame sui, vos estes hom. »
Li uns merci a l'autre crie
824 La beneïson avant die.
Zozimas s'estut en la place ;
L'yaue li court parmi la face.
La dame prie sans demour,
828 Beneïsse le par amour
Et li prie sans mesprison
Por le pueple fasse orison.
Cele dit que il li devise
832 En queil point est or sainte Eglize.
Cil respont : « Dame, ce me cemble
Que mout ont ferme pais encemble
Li prelat et li apostoles. »
836 Et cil revient a ces paroles,
Prie li qu'el le beneïsse.
« Ne seroit pas droit je deïsse
Avant de vos, Zozimas, sire :
840 Prestres estes, si deveiz dire.
Moult iert la riens saintefiee
Qui de ta main sera seignie.
Diex ainme ton prier et prise
844 (Toute ta vie m'a aprise)
Car tu l'az servi dés enfance.
En lui puez avoir grant fiance,
Et je rai grant fiance en toi.
848 Beneïs moi, je le te proi.
– Ma dame, ce dit Zozimas,
Ja ma beneïson n'auras
Ne de ci ne leverai mais,
852 Ainz iert passeiz avrilz et mais, *f. 77 r° 2*
Por faim, por froit ne por sofraite

---

* v. 828. *A* le sanz demor, *C* la par amor — v. 846. *A* En lui dois

lui manifeste sa vénération
et lui demande sa bénédiction.
820 Elle lui dit : « Il est juste que j'attende
la vôtre, en bonne logique,
car je suis une femme, vous un homme. »
Chacun supplie l'autre
824 de donner le premier sa bénédiction.
Zozimas se tient debout ;
les larmes ruissellent sur sa face.
Il ne cesse de prier la dame
828 de le bénir par charité
et lui demande, comme il est juste,
de prier pour le peuple de Dieu.
Elle lui dit de lui parler
832 de l'état présent de la sainte Église.
Il répond : « Madame, il me semble
qu'une paix solide unit
les prélats et le pape[1]. »
836 Puis il revient à son propos
et la prie de le bénir.
« Il ne serait pas juste que je le fasse
avant vous, seigneur Zozimas :
840 Vous êtes prêtre : c'est vous qui devez bénir.
Comme sera sanctifiée la créature
sur qui ta main tracera le signe de croix !
Dieu aime ta prière, il en fait cas
844 (il m'a révélé toute ta vie),
car tu l'as servi depuis l'enfance.
Tu peux avoir en lui grande confiance,
et de mon côté, j'ai grande confiance en toi.
848 Bénis-moi, je t'en prie.
– Madame, dit Zozimas,
vous n'aurez pas ma bénédiction ;
mais rien ne me fera bouger d'ici
852 (j'y passerai plutôt avril et mai),
ni la faim, ni la soif, ni le dénuement,

---

1. Allusion à ce que Rutebeuf considère comme le retour à la paix de l'Église après la mort d'Alexandre IV ?

Devant que tu la m'aies faite. »
Or voit bien et entent Marie
856 Que por niant le detarie :
Sanz beneïr ne wet leveir,
Que que il li doie greveir.
Lors c'est vers oriant tornee
860 Et de prier c'est atornee :
« Diex, dit ele, rois debonaires,
Toi pri et loz, et jou doi faire.
Sire, beneoiz soies tu
864 Et toute la toie vertu !
Sire, noz pechiez nos pardone
Et ton reine nos abandone
Si que nos t'i puissiens veïr,
868 Si nos puisses tu beneïr ! »
Adonc c'est Zozimas leveiz
Qui de corre fu moult greveiz.
[Assez ont parlé ambedui ;
872 Cil l'esgardë et ele lui.]
Puis li a dit : « Ma douce amie,
Sainte Eglize n'oblieiz mie :
Mestiers est qu'il vos en souveigne,
876 Car c'est or la plus granz besoigne. »
La dame commance a oreir
Et en orison demoreir,
Mais onques noiant n'entendi
880 Des graces qu'ele a Dieu rendi.
Mais ce vit il bien tot sans doute
Que plus de [la] longueur d'un coude
Fu levee en l'air contremont :
884 En Dieu priant demora mont.
Zozimas fu si esbahis
Qu'il cuida bien estre traïz :
Enfantomeiz cuida bien estre.
888 Dieu reclama, le roi celestre,
Et se trait un petit arriere *f. 77 v° 1*

---

* v. 871-872. *C mq.* — v. 882. *A* de la longor du coute, *C* de longueur d'un c.

avant que vous, vous m'ayez béni. »
Marie se rend alors bien compte
856 qu'elle le tourmente pour rien :
il ne veut pas se lever avant qu'elle l'ait béni,
à quelque prix que ce soit.
Alors elle s'est tournée vers l'orient
860 et s'est mise en prière :
« Dieu, dit-elle, roi clément,
je te prie et te loue, comme il est juste.
Seigneur, bénis sois-tu,
864 bénie soit ta puissance !
Seigneur, pardonne-nous nos péchés,
donne-nous ton royaume,
que nous puissions t'y voir,
868 et puisses-tu nous bénir ! »
Alors Zozimas s'est levé,
très fatigué d'avoir couru.
Tous deux ont beaucoup parlé
872 et se sont regardés l'un l'autre.
Puis il lui a dit : « Chère amie,
n'oubliez pas la sainte Église :
elle a besoin que vous vous souveniez d'elle,
876 c'est ce qu'il y a de plus important actuellement. »
La dame se met à prier
et reste longtemps en prière
sans qu'il entende rien
880 des grâces qu'elle rend à Dieu.
Mais il vit bien, sans le moindre doute,
qu'elle s'était élevée en l'air
plus haut que la longueur d'un bras :
884 elle y resta pendant qu'elle priait Dieu.
Zozimas fut si stupéfait
qu'il se crut victime d'un piège :
il crut bien être ensorcelé.
888 Il invoqua Dieu, le roi du ciel,
et recula un peu

Quant cele faisoit sa priere.
Cele le prist a apeleir :
892 « Sire, je ne te quier celeir.
Tu cuides que fantosme soie,
Mauvais esperiz qui te doie
Desouvoir, et por ce t'en vas.
896 Mais non sui, pere Zozimas :
Ci suis por moi espeneÿr,
Si Dieux me puisse beneïr,
Et juqu'a la mort i serai
900 Que jamais de ci n'isterai. »
Lors a levee sa main destre,
Si le seigna dou Roi celestre ;
[La croiz li fist el front devant :
904 Ez le seür comme devant.]
Derechief coumence a ploreir
Et li prier et aoreir
Qu'ele li die son couvainne,
908 Dont ele est nee et de queil reigne,
Et li prie qu'ele li die
Tout son estre et toute sa vie.
L'Egypcienne li respont :
912 « Que diras or se te despont
Mes ors pechiez, ma mauvaise oeuvre ?
Ne sai coument les te descuevre :
Nes li airs seroit ordoiez
916 Se les avoie desploiez.
Nequedant je les te dirai,
Que jai de mot n'en mentirai. »
Lors li a sa vie contee
920 Teile com ele l'ot menee.
Endementres qu'ele li conte,
Savoir poeiz qu'ele ot grant honte.
En racontant ces granz pechiez,
924 De hontes li cheï au piez.
Et cil qui ces paroles ot
Dieu en mercie et grant joie ot. *f. 77 v° 2*

---

* v. 896. *A* Non sui voir frere Z. — v. 903-904. *C mq.*

pendant qu'elle priait.
Elle l'appela :
892 « Seigneur, je n'essaie pas de te cacher quelque chose.
Tu crois que je suis un fantôme,
un esprit mauvais qui doit
te tromper, et c'est pourquoi tu t'en vas.
896 Mais pas du tout, père Zozimas :
je suis ici pour faire pénitence
(Dieu puisse-t-il me bénir !),
et j'y serai jusqu'à ma mort,
900 sans jamais quitter ces lieux. »
Elle leva la main droite, au nom du Roi céleste
elle traça sur lui le signe de la croix ;
elle lui fit la croix sur le front :
904 le voilà aussi rassuré qu'avant.
Il recommence à pleurer,
à la vénérer, à la prier
de lui dire sa situation,
908 où elle est née, dans quel royaume :
il la prie de lui révéler
qui elle est, de lui raconter sa vie.
L'Égyptienne lui répond :
912 « Que diras-tu si je te raconte
mes ignobles péchés, mes mauvaises actions ?
Je ne sais comment te les révéler :
l'air lui-même serait souillé
916 si je les exposais.
Cependant je te les dirai,
sans mentir d'un seul mot. »
Alors elle lui a raconté
920 quelle vie elle avait menée.
Pendant qu'elle la lui racontait,
sachez-le, grande était sa honte.
En racontant ses grands péchés,
924 de honte elle tomba à ses pieds.
Et lui, entendant ses paroles,
remerciait Dieu et était plein de joie.

« Madame, ce dit li preudom,
928 Cui Diex a fait si riche don,
Por qu'iez tu a mes piez cheüe ?
Ci a moult grant descouvenue.
De toi veoir ne sui pas dignes :
932 Dieu m'en a bien montrei les signes.
– Peire Zozimas, dit Marie,
Juqu'a tant que soie fenie
A nelui ne me descouvrir
936 N'a ton abei pas ne l'ouvrir.
Par toi vodrai estre celee
Ce Diex m'a a toi demontree.
A l'abei Jehan parleras,
940 Cest message li porteras :
De ces ooilles preigne cure ;
Tele i a qui trop s'aseüre,
D'eles amendeir ont mestier.
944 Or te remetras au sentier.
Saches, en l'autre quarantainne
Avras, amis, une grant painne :
N'asouviras pas ton desir,
948 En ton lit t'estouvra gezir
Quant li autre s'en istront fors,
Car trop sera faibles tes cors.
Malades seras durement
952 La quarentainne entierement.
Quant passee ert la quarentainne
Et vandra le jor de la Ceinne,
Garis seras, ne m'en esmoi ;
956 Lors te pri de venir a moi.
Lors t'en istras parmi la porte,
Lou cors Notre Seigneur m'aporte
En un vaissel qui mout soit net ;
960 Le saint sanc en un autre met.
Por ce que tu l'aporteras, *f. 78 r° 1*
Plus prés de toi me troveras :
Deleiz le flun habiterai
964 Por toi que g'i atenderai.
Ilec serai coumeniee,

« Madame, dit l'homme de bien,
928 vous à qui Dieu fit un tel don,
pourquoi être tombée à mes pieds ?
C'est tout à fait déplacé.
Je ne suis pas digne de te voir :
932 les signes de Dieu me l'ont bien montré.
– Père Zozimas, dit Marie,
jusqu'à ce que je sois morte,
ne révèle mon existence à personne,
936 n'en dis rien à ton abbé.
Je veux que tu me caches,
même si Dieu m'a montrée à toi.
Tu parleras à l'abbé Jean,
940 tu lui porteras ce message :
qu'il prenne soin de ses ouailles ;
certaines sont trop sûres d'elles
et ont besoin de se corriger.
944 À présent tu vas reprendre ta route.
Sache qu'au prochain carême
tu auras, mon ami, une grande peine :
tu n'accompliras pas ton désir,
948 il te faudra rester dans ton lit
quand les autres partiront,
car tu seras trop affaibli.
Tu seras gravement malade
952 pendant tout le carême.
Quand le carême sera passé
et que viendra le jour de la Cène,
tu seras guéri, je ne me fais pas de souci ;
956 alors je te prie de venir me trouver.
Tu sortiras par la porte,
porte-moi le corps de Notre-Seigneur
en un vase bien propre ;
960 mets le précieux sang dans un autre.
À cause de ce que tu m'apporteras,
tu me trouveras plus près de toi :
je me tiendrai près du fleuve
964 pour t'attendre.
Là je serai communiée,

A l'autre an serai deviee.
Ne vis pieça home que toi ;
968 Aleir m'en wel : prie por moi ! »
A cest mot c'est de lui partie,
Et cil s'en va d'autre partie.
Quant li sainz hom aleir l'en voit,
972 Il n'a pooir qu'il la convoit.
A terre fu agenoilliez
Ou cele avoit tenu ces piez.
Por soie amor la terre baise ;
976 Mout li fist grant preu et grant aise.
« Hé ! Dieux, dist il, glorieuz peires,
Qui de ta fille feïz meire,
Aoreiz, Sire, soies tu !
980 Moutrei m'as si bele vertu
De ce que tu m'as enseignié
Quant descouvrir le m'as deignié ! »
Puis li membre dou Dieu mestier,
984 Si s'en repaire a son moutier,
Et sui compaignon ausiment.
Que vos iroie plus rimant ?
Li tens passa, quaresmes vint.
988 Oeiz que Zozimas devint :
Malages le prist a greveir,
Malades fu, ne pot dureir.
Sot que voire ert la prophacie
992 Qu'il avoit oÿ de Marie.
Toute la quarentainne entiere
Jut Zozimas en teil meniere.
A la Ceinne gariz se sent,
996 Que nul mal nel va apressant. *f. 78 r° 2*
Lors prit le cors Notre Seigneur
Et le saint sanc a grant honeur.
Por le plaisir la dame faire
1000 C'est departiz de son repaire.
Lentilles, cerres et froumant

---

* v. 966. *A* Poi apres s. — v. 983. *A* membra

l'an d'après je serai morte.
Il y a longtemps que je n'ai vu d'autre homme que toi ;
968 Je m'en vais : prie pour moi ! »
À ces mots elle l'a quitté,
et lui, de son côté, s'en va.
Quand le saint homme la voit partir,
972 il n'a pas la force de l'accompagner.
Il était agenouillé à terre,
là où ses pieds avaient reposé.
Pour l'amour d'elle il baise la terre ;
976 cela lui fit du bien.
« Mon Dieu, dit il, père glorieux,
toi qui de ta fille fis ta mère,
Seigneur, sois adoré !
980 Tu m'as bien montré ta puissance
dans ce que tu m'as appris,
en daignant me le révéler ! »
Puis il se souvient du service de Dieu
984 et s'en retourne à son monastère,
ainsi que ses compagnons.
Que vous dire de plus dans ce poème ?
Le temps passa, le carême arriva.
988 Écoutez ce que devint Zozimas :
la maladie l'accabla
sans qu'il pût lui résister.
Il sut qu'elle était vraie, la prophétie
992 qu'il avait entendue de la bouche de Marie.
Pendant tout le carême
Zozimas resta ainsi couché.
Le jour de la Cène il se sent guéri,
996 aucun mal ne l'afflige plus.
Alors il prit le corps de Notre-Seigneur
et le précieux sang, avec respect.
Pour faire la volonté de la dame
1000 il est parti de chez lui.
Il a pris des lentilles, des pois chiches, du froment,

A pris, puis s'en va fierement.
Et teile fu sa soutenance
1004 En boen grei et en penitance.
Au flun Jordain vint Zozimas,
Mais Marie n'i trova pas.
Crient de la riens que plus convoite
1008 Ces pechiez ne li ait toloite
Ou que il ait trop demorei.
Des yex a tanrrement plorei,
Et dit : « Doulz Diex, qui me feïs,
1012 Qui le tien secreit me gehiz
Dou tresor que m'as aouvert,
Qu'a toute gent estoit couvert,
Sire, moustre moi la merveille
1016 A cui nule ne s'apareille.
Quant ele a moi parleir vanra,
Sire Diex, qui la m'amanrra,
Qu'il n'i a ne neif ne galie ?
1020 Le flun ne passeroie mie.
Peires de toute creature,
En ce puez tu bien metre cure. »
De l'autre part Marie voit.
1024 Or croi je que moult la couvoit
A avoir devers lui passee,
Car l'iaue est asseiz granz et lee.
Il li crie : « Ma douce amie,
1028 Coument ! N'i passereiz vous mie ? »
Cele ot dou preudome pitié,
Si se fia en l'amitié
De Jhesucrit, le roi du monde. *f. 78 v° 1*
1032 De sa main destre seigna l'onde,
Puis entra enz, outre passa,
C'onques de rien ne c'i lassa
Ne n'i moilla onques la plante,
1036 Si com l'escriture lou chante.
Quant li preudons a ce veü,
Grant joie en a au cuer eü.

---

* v. 1002. *A* va a itant — v. 1033. *A* entre enz outre s'en p.

et puis il s'en va sans crainte.
Voilà sa subsistance,
1004 qu'il prend de bon gré et comme pénitence.
Zozimas vint au Jourdain,
mais il n'y trouva pas Marie.
Il craint d'avoir perdu à cause de son péché
1008 la créature qu'il désire le plus voir,
ou d'avoir trop tardé.
Il a tendrement pleuré
et dit : « Mon Dieu, qui m'as créé,
1012 qui m'as révélé le secret
du trésor que tu m'as ouvert
et qui était caché à tous,
Seigneur, montre-moi la merveille
1016 sans égale.
Quand elle viendra me parler,
Seigneur Dieu, qui l'amènera jusqu'à moi,
puisqu'il n'y a ni barque ni bateau ?
1020 Je ne saurais passer le fleuve.
Père de toute créature,
tu peux prendre soin de cela. »
Sur l'autre rive il voit Marie.
1024 Je crois bien qu'il désirerait fort
qu'elle fût passée de son côté,
car le fleuve est très large.
Il lui crie : « Comment ! mon amie,
1028 ne pourrez-vous pas passer ? »
Elle eut pitié de l'homme de bien
et confiance dans l'amour
de Jésus-Christ, le roi du monde.
1032 De sa main droite elle traça le signe de croix sur l'onde,
puis y entra et passa de l'autre côté
sans se faire aucun mal
ni se mouiller seulement la plante des pieds,
1036 comme le texte le proclame.
Quand l'homme de bien vit cela,
son cœur en fut tout réjoui.

Por li aidier vint a l'encontre,
1040 Lou cors Nostre Seigneur li monstre.
N'oza por li faire seignacle
Quant Diex por li fait teil miracle.
Et quant de li fu aprochiee,
1044 Par grant amistié l'a baisiee.
« Amis, ce dist l'Egypcienne,
Qui moult fu boenne crestienne,
Tu m'as moult bien a grei servie.
1048 Ma volentei m'as acomplie
Quant tu m'as aportei Celui :
Grant joie doi avoir de Lui.
– Ma dame, dit li sainz hermites,
1052 Cil qui d'enfer nos a faiz quites
Et de la grant doleur pesant
Est ci devant toi en presant.
C'est cil qui par anoncement
1056 Prist en la Vierge aombrement,
C'est cil qui nasqui cens pechié,
C'est cil qui soffri atachié
Son cors en la croix et cloei,
1060 C'est cil qui nasqui a Noei,
C'est cil de qui est nostre loiz,
C'est cil qui conduit les .III. rois
Par autre voie en leur regnei
1064 Quant a li furent amenei,
C'est cil qui por nos resut mort,
C'est li sires qui la mors mort, *f. 78 v°2*
C'est cil par cui la mort est morte
1068 Et qui d'enfer brisa la porte,
C'est li sires, tout sanz doutance,
Que Longis feri de la lance
Dont il issi et sans et eve
1072 Qui ces amis netoie et leve,
C'est cil qui au jor dou Juïse

---

* v. 1048. *A* assouvie

---

1. Matth. 2, 12. **2.** Jn. 19, 34. La tradition, on le sait, a donné

Pour l'aider, il vint à sa rencontre
1040 et lui montra le corps de Notre-Seigneur.
Il n'osa faire sur elle le signe de croix,
alors que Dieu avait fait pour elle un tel miracle.
Quand il se fut approché d'elle,
1044 il l'a embrassée avec beaucoup d'affection.
« Ami, dit l'Égyptienne,
qui était très bonne chrétienne,
tu m'as servie selon mon désir.
1048 Tu as fait ce que je voulais
en m'apportant Celui
qui est ma joie.
– Madame, dit le saint ermite,
1052 celui qui nous a libérés de l'enfer
et de l'accablante douleur
est devant vous en personne.
C'est celui qui par l'Annonciation
1056 est venu s'incarner en la Vierge,
c'est celui qui naquit sans péché,
c'est celui qui souffrit, attaché
et cloué à la croix,
1060 c'est celui qui naquit à Noël,
c'est celui qui nous donna notre loi,
c'est celui qui reconduisit les trois rois
par un autre chemin en leur royaume[1]
1064 quand ils lui furent amenés,
c'est celui qui souffrit la mort pour nous,
c'est le Seigneur qui mord la mort,
c'est celui par qui la mort est morte
1068 et qui brisa la porte de l'enfer,
c'est le Seigneur, n'en doutons pas,
que Longin frappa de sa lance[2],
et il en sortit du sang et de l'eau
1072 qui lave et nettoie ses amis,
c'est celui qui le jour du Jugement

---

plus tard le nom de Longin (du grec *longkhè*, la lance) au soldat qui perça le flanc du Christ et qui se serait alors converti, en même temps qu'aveugle, il recouvrait la vue.

Fera de picheors justice :
Les siens fera avec lui estre
1076 Et li autre iront a senestre.
– Je lo croi bien, ce dit la dame.
En sa main met mon cors et m'arme.
C'est li sires qui tout netoie :
1080 Jel wel avoir, queiz que je soie. »
Cil li done et ele l'usa.
Le saint sanc ne li refusa,
Ainz li dona, mout en fu liee.
1084 Quant ele fu conmeniee,
Graces rent a son creatour.
Quant ele a si bien son atour,
Donc dit la dame : « Biauz dolz Peires,
1088 Toi pri que ta bonteiz me peire.
.XL. et .IX. anz t'ai servi,
A toi ai mon cors aservi.
Fai de ta fille ton voloir ;
1092 Mais que ne te doies doloir,
Dou siecle vorroie fenir
Et vorroie a toi parvenir
Moult volentiers, biau tres doulz Sire,
1096 Qu'a toz mes maulz m'as estei mires.
Moult me plairoit la compaignie
A ta douce meire Marie. »
Quant ele ot s'orison finee,
1100 Vers le preudoume c'est tornee.
Dit li qu'il s'en revoit arier, *f. 79 r° 1*
Qu'acompli a son desirrier.
« A l'autre an, quant sa revanrras,
1104 Morte ou vive me troveras
Ou leu ou premiers me veïs.
Et garde que ne regehis
Mon secreit tant que me revoies.
1108 Et si wel ancor toutes voies,
Quant Diex nos a ci assemblei,
Que tu me doignes de ton blei. »

---

* v. 1097. *A* la c., *C* ta c. — v. 1104. *A* Saches morte me

fera justice des pécheurs :
il mettra les siens avec lui
1076 et les autres iront à sa gauche.
– Je le crois fermement, dit la dame.
En ses mains je remets mon corps et mon âme.
C'est le Seigneur qui purifie tout :
1080 Je veux le recevoir, si indigne que je sois. »
Il le lui donna et elle le prit.
Il ne lui refusa pas le précieux sang,
mais le lui donna, à sa grande joie.
1084 Quand elle eut communié,
elle rendit grâce à son Créateur.
Ainsi fortifiée,
la dame dit : « Père aimé,
1088 je te prie de me manifester ta bonté.
Je t'ai servi quarante-neuf ans,
je t'ai soumis mon corps.
Fais ta volonté de ta fille ;
1092 si cela ne te déplaît pas,
je voudrais tant quitter ce monde
et te rejoindre,
toi, mon Seigneur,
1096 qui as su soigner tous mes maux.
J'aimerais tant être en la compagnie
de Marie, ta douce mère. »
Quand elle eut fini sa prière,
1100 elle se tourna vers l'homme de bien.
Elle lui dit de repartir,
maintenant qu'il a satisfait son désir.
« L'an prochain, quand tu reviendras,
1104 tu me trouveras, morte ou vive,
là où tu m'as vue la première fois.
Et veille à ne pas révéler
mon secret jusqu'à ce que tu m'aies revue.
1108 Mais je voudrais encore,
puisque Dieu nous a réunis ici,
que tu me donnes de ton blé. »

Cil a pris de sa garison
1112 Si l'en dona cens mesprison.
Troiz grainz en a mangié sanz plus,
Que n'ot cure dou seureplus.
.XXX. anz ot estei el leu gaste
1116 Que n'ot mangié ne pain ne paste.
Lors a vers le ciel regardei,
Si fu ravie de par Dei
Et portee en son leu premier,
1120 Et cil s'en retorna arriers.
La dame est a son leu venue,
La tres douce Dame en salue
Et lei et son glorieuz Fil,
1124 Et que de lei li souveigne il :
« Diex, dit ele, qui me feïs
Et en mon cors arme meïs,
Bien sai que tu m'as eü chiere,
1128 Qui as oïe ma proiere.
Aleir m'en weil de ceste vie.
Je voi venir ta compeignie,
Je croi que il viennent por moi :
1132 M'arme et mon cors conmant a toi. »
Lors c'est a la terre estendue
Si com ele estoit, presque nue.
Ces mains croisa seur sa poitrine,
1136 Si s'envelope de sa crine. *f. 79 r° 2*
Ces yeux a clouz avenanment
Et sa bouche tout ausiment.
Dedens la joie pardurable
1140 Sens avoir paor dou deable
Ala Marie avec Marie.
Li mariz qui la se marie
N'est pas maris a Marion :
1144 Bien est sauveiz par Marie hom
[Qu'a Marie s'est mariez,

---

* v. 1115-1116. *A mq.* — v. 1145-1146. *C mq.*

Il a puisé dans ses provisions
1112 et lui en a donné, comme de juste.
Elle en a mangé trois grains, pas plus,
sans se soucier du reste.
Elle était restée trente ans au désert
1116 sans manger ni pain ni pâte.
Alors elle a levé les yeux au ciel
et, ravie de par Dieu,
fut emportée là d'où elle venait,
1120 tandis que lui s'en retournait.
La dame s'est retrouvée là d'où elle venait,
elle a salué la très douce Vierge
ainsi que son glorieux Fils :
1124 que d'elle il lui souvienne !
« Dieu, dit-elle, toi qui m'as créé
et qui as placé une âme dans mon corps,
je sais que tu m'as aimée,
1128 toi qui as entendu ma prière.
Je veux quitter cette vie.
Je vois venir ta compagnie,
je crois qu'ils viennent me chercher :
1132 je te recommande mon corps et mon âme. »
Elle s'est alors étendue à terre,
telle qu'elle était, presque nue.
Elle croisa les mains sur sa poitrine
1136 et s'enveloppa de ses cheveux.
Elle a fermé, comme il convenait,
les yeux et la bouche.
Dans la joie éternelle,
1140 sans peur du diable,
Marie avec Marie s'en est allée.
Le mari qui se marie avec Marie
n'est pas le mari d'une quelconque Marion :
1144 Il est sauvé par Marie, l'homme
qui avec Marie s'est marié,

* Qu'il n'est pas uns mesmariez.]
Povrement fu ensevelie :
1148 Coverte n'ot c'une partie
De li, dou drap que Zozimas
Li dona, qui fu povres dras.
Pou ot le cors acouvetei :
1152 Diex ama mout teil povretei.
Riche, povrë et feble et fort
Sachent, font a lor arme tort
Se richement partent dou siecle,
1156 Que l'arme n'ainme pas teil riegle.
La dame jut desus la terre,
Qu'il n'est nuns qui le cors enterre.
Nuns oziaux ne autre vermine
1160 N'i aprocha tout lou termine :
De li gardeir Diex s'entremit
Si que sa char ainz ne maumit.
Zozimas ne s'oblia mie
1164 Qui fu venuz en s'abaïe.
Mais d'une riens li grieve fort
Et mout en a grant desconfort,
Que il ne sot ne o ne non
1168 A dire coument ele ot non.
Quant cil anz fu toz trespasseiz,
Si est outre le flun passeiz.
Par le bois va la dame querre
1172 Qui ancor gist desus la terre.
Aval et amont la reverche *f. 79 v° 1*
Et entor li meïmes cerche :
Pres de li est n'il n'en set mot.
1176 « Que ferai ge se Diex ne m'ot
Et il la dame ne m'enseigne ?
Or ne sai ge que ge deveigne !
Sire Diex, ce dit li preudom,

---

* v. 1146. *A* pas aus maris iez. *F.-B. corrige en* mesmariez *d'après le passage de Gautier de Coincy dont Rutebeuf s'inspire.* — v. 1153. *A* Et riche et p.

car ce n'est pas un mal marié[1].
Elle avait un pauvre linceul :
1148 elle n'était qu'en partie couverte
par le vêtement, bien pauvre,
que Zozimas lui avait donné.
Son corps était bien peu couvert :
1152 Dieu aime cette pauvreté.
Riches et pauvres, faibles et forts,
que tous sachent qu'ils font du tort à leur âme
s'ils quittent ce monde dans la richesse :
1156 l'âme n'aime pas cette observance.
La dame était étendue sur la terre :
il n'y avait personne pour l'enterrer.
Aucun oiseau, aucune bestiole
1160 n'approcha son corps pendant tout ce temps :
Dieu prit soin de la protéger
si bien que sa chair ne souffrit aucun dommage.
Zozimas ne perdit pas son temps
1164 et regagna son monastère.
Mais une chose le contrarie
et l'attriste beaucoup,
c'est qu'il n'a pas la moindre idée
1168 de son nom.
Quand l'année fut écoulée,
il traversa le fleuve.
Dans les bois il cherche la dame
1172 qui gît encore sur la terre.
Il la cherche en tous sens,
il regarde autour de lui :
elle est près de lui et il n'en sait rien.
1176 « Que ferai-je si Dieu n'entend pas ma prière
et ne m'indique pas où est cette dame ?
Je ne sais que devenir !
Seigneur Dieu, dit l'homme de bien,

---

1. La métaphore du mariage avec la Vierge est quelque peu déplacée s'agissant d'une femme. Rutebeuf l'emprunte, en même temps que les jeux verbaux, à Gautier de Coincy, où elle s'applique à un jeune homme qui s'est voué à la Vierge (*De l'enfant qui mist l'anel ou doit l'ymage*, v. 184-196, Kœnig II, p. 204).

1180 C'il te plait, done moi teil don
Que je puisse troveir celi
Qui tant a a toi abeli.
Ne me meuvrai s'on ne m'enporte
1184 Se ne la truis ou vive ou morte.
Mais c'ele fust vive, je croi
Qu'ele venist parleir a moi.
Sire, ce tu as de moi cure,
1188 Lai moi faire sa sepouture ! »
Quant il ot prié Jhesucrit,
Si com nos trovons en escrit,
En grant clartei, en grant odour
1192 Vit cele ou tant avoit d'amour.
De l'un de ces draz c'est mis hors,
Si en envelopa le cors.
Moult tanrrement les piez li baise :
1196 Grant dousour li fist et grant aise.
Puis regarda de chief en chies,
Si vit .I. escrit a son chief
Qui noumoient la crestienne :
1200 « C'est Marie l'Egypcienne. »
Adonc a pris le cors de li,
Mout doucement l'enseveli.
Graces rendi Nostre Seigneur
1204 Qui li a fait si grant honeur.
Se le feïst mout esjoïr
C'il eüst por li enfoïr
Aucune arme a la fosse faire.
1208 Adonc n'i a demorei gaires *f. 79 v° 2*
Que il vit venir .I. lyon.
Mout en fu esbahiz li hom ;
Mais il vit si humble la beste
1212 Cens cemblant de faire moleste,
Bien sot que Diex li ot tramis.
Puis li a dit : « Biaux doulz amis,
Ceste fame avoit non Marie,
1216 Qui tant par fu de sainte vie.
Or couvient que nos l'enterriens,

---

* v. 1217. *A* Or te pri

1180 s'il te plaît, accorde-moi
de trouver celle
qui te plaît tant.
Je ne bougerai d'ici (il faudra qu'on m'emporte)
1184 si je ne la trouve pas, vivante ou morte.
Mais si elle était vivante, je crois
qu'elle viendrait me parler.
Seigneur, si tu te soucies de moi,
1188 laisse-moi lui donner une sépulture ! »
Quand il eut prié Jésus-Christ,
comme nous le trouvons dans le texte,
dans une grande clarté, baignée de parfum,
1192 il vit celle qu'il aimait tant.
Il a dépouillé un de ses vêtements
et en enveloppa le corps.
Il lui baisa les pieds très tendrement
1196 et y trouva une grande douceur.
Puis il regarda partout
et vit un texte écrit près de sa tête
qui donnait le nom de la chrétienne :
1200 « C'est Marie l'Égyptienne. »
Alors il a pris son corps
et l'a doucement enveloppé du linceul.
Il rendit grâce à Notre-Seigneur
1204 qui lui a donné cet honneur.
Il aurait été très heureux
d'avoir pour l'ensevelir
quelqu'un qui creusât la fosse.
1208 Il se passa alors peu de temps
avant qu'il vît venir un lion.
Il en fut tout saisi,
mais il vit la bête si humble.
1212 sans la moindre apparence agressive,
qu'il comprit que Dieu la lui envoyait.
Il lui dit : « Mon ami,
cette femme s'appelait Marie
1216 et menait une vie très sainte.
Il faut à présent que nous l'enterrions :

Que je t'en pri seur toute riens
Que pences de la fosse faire. »
1220 Qui lors la beste debonaire
Veïst piez en terre fichier
Et a son musel affichier !
De terre gete grant foison
1224 Et de sablon mout plus c'uns hom.
La fosse fait grande et parfonde
Por cele dame nete et monde.
Quant la fosse fu bien chavee,
1228 Li sains hermites l'a levee
A ses mainz par devers la teste
Et par les piez la prit la beste.
En la fosse l'ont il dui mise
1232 Et bien coverte a grant devise.
Quant la dame fu enfoïe
Et la beste s'en est foïe,
Zozimas remaint o la dame :
1236 Ne trovera mais teile fame.
Touz jors volentiers i seïst,
Jamais movoir ne s'en queïst.
Graces rent au Roi glorieuz
1240 Qui au sienz n'est pas oblieuz
Et dit : « Diex, bien sai sanz doutance,
Foulz est qui en toi n'a fiance.
Bien m'as montrei, biau tres douz Sire, *f. 80 r° 1*
1244 Que nuns ne se doit desconfire
Tant ait estei picherres fors,
Que tes conseulz et tes confors
Li est toz jors apareilliez
1248 Puis qu'il se soit tant travilliez
Qu'il en ait penitance faite.
Bien doit a toz estre retraite
La vie a la bieneüree
1252 Qui tant se fist desfiguree.

---

* v. 1219. *A* Or te pri de — v. 1230. *A* p. le p. — v. 1236. *A* troverez — v. 1246. A t. secors et

je te prie instamment
de te mettre à creuser sa tombe. »
1220 Il aurait fallu voir alors la bonne bête
plonger les pattes dans la terre
en prenant appui sur son museau !
Il rejette de grandes quantités de terre
1224 et de sable, plus qu'un homme ne le ferait.
Il fait la fosse grande et profonde
pour cette dame si pure.
Quand la fosse fut bien creusée,
1228 le saint ermite l'a soulevée
dans ses bras du côté de la tête
et la bête l'a prise par les pieds.
Tous deux l'ont mise dans la fosse
1232 et bien recouverte comme il fallait.
Quand elle fut enterrée
et que la bête se fut enfuie,
Zozimas resta avec la dame :
1236 jamais plus il ne trouvera une telle femme.
Il serait volontiers resté là toujours,
il aurait voulu ne jamais s'en aller.
Il rend grâce au Roi glorieux
1240 qui n'oublie pas les siens
et dit : « Dieu, je le sais bien sans le moindre doute :
fou celui qui ne se fie pas en toi.
Tu m'as bien montré, Seigneur,
1244 que nul ne doit se désoler,
quelque pécheur qu'il ait été,
car ton appui et ton réconfort
sont toujours prêts pour lui,
1248 dès lors qu'il a fait l'effort
de faire pénitence.
Il faut raconter à tous
la vie de cette bienheureuse
1252 qui s'est ainsi rendue méconnaissable.

[Des or més, por la seue amor
Et por la teue, a toi demor,
Ne ja por mal ne por descorde
1256 Ne vueil descorder de t'acorde. »]
En plorant retorna arriere.
Toute la vie et la maniere
Conta au chapitre en couvent,
1260 C'onques n'en menti par couvent :
Coument elz desers la trova,
Coument sa vie li rouva
A raconteir de chief en chief ;
1264 Coument il trova a son chief
En un petit brievet escrit
Ce que son non bien li descrit ;
Coument il li vit passeir l'onde
1268 Dou flun Jordain grant et parfonde
Tout sanz chalent et sanz batel,
Tout ausi com s'en un chatel
Entrast parmi outre la porte ;
1272 Et coument il la trova morte ;
Coument il la conmenia,
Coument ele prophecia
Qu'il gerroit en la quarantainne ;
1276 Coument ele dist son couvainne,
Qui estoit, coument avoit non
Et c'il estoit prestres ou non ;
Coument .I. lyons i sorvint
1280 Qui par devers les piez la tint ;
Coument l'aida a enfoïr
Et puis si s'en prist a foïr. *f. 80 r° 2*
Li preudome oient les paroles
1284 Qui ne sont mie de frivoles.
Les mainz joignent, vers Deu les tendent,
Et graces et merciz li rendent.
N'i ot nul n'amendast sa vie
1288 Por le miracle de Marie.
Et nos tuit nos en amendon

---

* v. 1253-1256. *C mq.*

Désormais, pour l'amour d'elle
et pour le tien, je serai tout à toi :
ni mal ni discorde
1256 ne détruiront l'accord qui à toi m'accorde. »
Il repartit en pleurant.
Il raconta devant le chapitre conventuel,
de bout en bout, la vie et les mœurs de Marie,
1260 en prenant garde de ne mentir en rien :
comment il la trouva au désert,
comment il lui demanda de raconter
sa vie d'un bout à l'autre ;
1264 comment il trouva près de sa tête
une petite lettre
où son nom était écrit ;
comment il la vit franchir les ondes
1268 du Jourdain, larges et profondes,
sans barge ni bateau,
comme si elle était entrée dans un château
en passant par la porte ;
1272 et comment il la trouva morte ;
comment il la fit communier,
comment elle prophétisa
qu'il serait malade pendant le carême ;
1276 comment elle lui dit tout sur lui-même,
qui il était, comment il s'appelait
et s'il était prêtre ou non ;
comment un lion survint,
1280 qui la tint par les pieds ;
comment il l'aida à l'enterrer
et puis s'enfuit.
Les saints hommes entendent ces paroles
1284 qui n'ont rien de frivole.
Ils joignent les mains, les tendent vers Dieu
et lui rendent grâce et merci.
Il n'y en eut aucun qui n'en devînt meilleur
1288 grâce au miracle de Marie.
Et nous tous, devenons meilleurs

Tant com nos en avons bandon.
N'atendons pas juqu'a la mort :
1292 Nos serions traÿ et mort,
Car cil se repent trop a tart
Qui por pendre a au col la hart.
Or prions tuit a ceste sainte,
1296 Qui por Dieu soffri paine mainte,
Qu'ele prist a celui Seigneur
Qu'en la fin li fist teile honeur
Qu'il nos doint joie pardurable
1300 Avec le Peire esperitable.
Por moi, qui ai non Rutebuef
(Qui est dit de rude et de buef),
Qui ceste vie ai mis en rime,
1304 Que iceste dame saintime
Prist Celui cui ele est amie
Que il Rutebuef n'oblist mie.

Explicit.

* v. 1297. *A* prit — v. 1305. *A* Prit — v. 1306. *A* Rustebuef n'oublit — *A* Amen. Explicit la vie Marie l'Egypciene.

tant que nous en avons le loisir.
N'attendons pas jusqu'à la mort :
1292 nous serions floués et tués,
car il se repent trop tard
celui qui a déjà au cou la corde pour le pendre.
  Prions donc tous cette sainte
1296 qui pour Dieu souffrit mainte peine
de prier le Seigneur,
qui à la fin lui fit tant d'honneur,
qu'il nous donne la joie éternelle
1300 avec notre Père du ciel.
Et moi qui ai nom Rutebeuf
(mot composé de « rude » et de « bœuf »)
et qui ai rimé cette vie,
1304 que cette très sainte dame
prie pour moi Celui dont elle est l'amie :
qu'il n'oublie pas Rutebeuf !

LE MIRACLE DE THÉOPHILE

*Selon la légende relatée par un ouvrage grec attribué à un certain Eutychianos, Théophile, qui serait mort vers 538, était économe – vidame disent les textes latins (*vice-dominus*), sénéchal dira Rutebeuf – d'une église de Cilicie. À la mort de l'évêque, il refusa de lui succéder, bien que ses vertus aussi bien que la voix publique le désignassent pour cette charge. Un autre fut nommé, qui le destitua de ses fonctions. Abandonné de tous, réduit à la misère, plein de rancœur, le pieux Théophile conclut un pacte avec le diable par l'entremise d'un Juif. Au prix de son âme, le voilà rétabli dans ses fonctions et dans ses honneurs. Peu de temps après – au bout de sept ans selon Rutebeuf et dans un sermon français anonyme de la même époque (voir Michel Zink,* La Prédication en langue romane avant 1300*, Paris, 1976, p. 357-8) –, en proie au remords, il se repent et s'adresse à la Vierge qui consent à lui restituer le pacte qu'il avait signé.*

La légende du clerc Théophile a connu au Moyen Âge un succès considérable dans la littérature et dans l'iconographie. Elle est très souvent associée, comme c'est le cas dans l'œuvre de Rutebeuf, à celle de Marie l'Égyptienne, et cela dès la traduction latine du texte d'Eutychianos (Tomulum de cujusdam vicedomini poenitentia) *que Paul Diacre, au* IXe *siècle, offre à Charles le Chauve en même temps qu'une traduction de la* Vie grecque de sainte Marie l'Égyptienne *par Sophronios* (Libellum conversionis Mariae Égyptiacae). *Plusieurs auteurs mentionnent ensuite conjointement l'Égyptienne et Théophile, de Guibert de Nogent au* XIe *siècle à Villon dans sa célèbre ballade à sa mère pour prier Notre-Dame. Ce trait, joint à d'autres indices, porte à croire que Rutebeuf a composé à peu d'intervalle la* Vie de sainte Marie l'Égyptienne *et le* Miracle de Théophile.

Comme il l'avait fait pour le premier de ces poèmes, Rutebeuf a utilisé pour écrire le Miracle de Théophile *une source latine et une source française. La première est, plutôt que le texte de Paul Diacre lui-même, le résumé qu'en a donné Fulbert de Chartres, au début du* XIe *siècle, dans un de ses sermons (Migne,* Patr. lat., *t. 141, col. 323 sq. ; cf. F.-B. II, 177). La seconde est la version qu'en donne au début du* XIIIe *siècle Gautier de Coincy dans ses* Miracles de Notre Dame *(Koenig, t. I, p. 50-176). Ce poème de plus de deux mille vers constitue en français le récit le plus long et le plus élaboré de la légende.*

Celle-ci, outre les multiples allusions qu'y fait la littérature, a donné lieu, on l'a dit, à de très nombreuses représentations iconographiques : miniatures, bien entendu ; sculptures (Souillac au XIIe *siècle, cathédrales de Lyon et de Paris au* XIIIe *siècle) ; vitraux (cathédrales d'Auxerre, de Beauvais, de Chartres, de Clermont-Ferrand, de Laon, du Mans, de Troyes et église de Saint-Julien-du-Sault au* XIIIe *siècle ; plus tard, églises de Beaumont-le-Roger, du Grand-Andely, de Montangon et de Saint-Nizier à Troyes au* XVIe *siècle). Les sculptures qui se trouvent au tympan du portail latéral nord de Notre-Dame de Paris sont presque exactement contemporaines du* Miracle *de Rutebeuf, puisqu'elles auraient été exécutées entre 1265 et 1270.*

Cela nous amène à la date du Miracle de Théophile. *Il ne fait pas de doute que sa composition fait suite à la conversion de Rutebeuf. Elle en est une conséquence matérielle, puisque cette œuvre destinée à la représentation répond certainement à une commande. Elle en est une expression spirituelle, comme le montre le parallélisme entre la* Repentance Rutebeuf *et la* Repentance Théophile, *c'est-à-dire les v. 384-431 de la pièce, isolés sous ce nom dans le manuscrit* C *(Voir notre Introduction, p. 28 et p. 32). Dufeil (1980, p. 289) observe que s'il fallait prendre à la lettre et appliquer à Rutebeuf les sept ans pendant lesquels Théophile déclare avoir « tenu le sentier de Satan » (v. 404), cette période pourrait couvrir exactement celle qui va de février 1255* (Discorde des Jacobins et de l'Université) *à mars 1262* (Voie d'Humilité *ou* de Paradis). *Si l'on admet par ailleurs que la pièce a quelque chance d'avoir été représentée en la fête de la Nativité de la Vierge, cela la daterait du 8 septembre 1263 ou peut-être 1264.*

Beaucoup d'œuvres du Moyen Âge sont empreintes d'une théâtralité qui appelle la performance orale, sans relever pour autant du théâtre à proprement parler et sans que les rôles aient été distribués entre plusieurs acteurs. Toutefois, le Miracle de Théophile*, entièrement dialogué, faisant largement appel aux rimes mnémoniques et dont les parties narratives sont confiées à des didascalies en prose, paraît être une véritable pièce de théâtre. Est-elle complète dans l'état où nous la connaissons ? On en a parfois douté. Il n'y a pas d'exposition initiale de la situation, et un auditeur ou un lecteur qui ne connaîtrait pas au préalable la légende du clerc Théophile aurait certainement du mal à saisir au début de quoi il retourne. Les transitions sont abruptes ou absentes. En outre, si le manuscrit* C *n'a conservé que des morceaux choisis de la pièce, le manuscrit* A*, seul à la livrer dans son apparente intégralité, peut lui aussi avoir opéré des coupures. D'un autre côté, la légende était si connue qu'il pouvait paraître superflu d'en exposer d'emblée le détail. Enfin, on a observé que le document récupéré par la Vierge et dont l'évêque donne lecture à la fin de la pièce est une « lettre commune » du diable, et non la charte rédigée et signée par Théophile. Cette légère inconséquence a été longuement commentée par F.-B. (II, 170).*

Le petit nombre des pièces de théâtre en français antérieures à la fin du XIII*e* *siècle a conduit la critique à consacrer au* Miracle de Théophile *une attention particulière.*

Manuscrits : A, f. 298 v° ; *C*, f. 83 r° (v. 384-431) et 84 r° (v. 432-539). *Texte de A.*

Toutefois, C étant le manuscrit de base de la présente édition, on reproduit page 1039 à 1044 in extenso sa version du passage de la pièce qu'il contient, et qu'il présente sous la forme de deux poèmes indépendants et séparés.

CI COMMENCE LE MIRACLE DE THEOPHILE

[THEOPHILES]

Ahi ! Ahi ! Diex, rois de gloire,
Tant vous ai eü en memoire
Tout ai doné et despendu
4 Et tout ai aus povres tendu :
Ne m'est remez vaillant un sac.
Bien m'a dit li evesque « Eschac ! »
Et m'a rendu maté en l'angle.
8 Sanz avoir m'a lessié tout sangle.
Or m'estuet il morir de fain,
Se je n'envoi ma robe au pain.
Et ma mesnie que fera ?
12 Ne sai se Diex les pestera...
Diex ? Oïl ! qu'en a il a fere ?
En autre lieu l'escovient trere,
Ou il me fet l'oreille sorde,
16 Qu'il n'a cure de ma falorde.
Et je li referai la moe : *f. 298 v° 2*
Honiz soit qui de lui se loe !
N'est riens c'on por avoir ne face :
20 Ne pris riens Dieu ne sa manace.
Irai me je noier ou pendre ?
Je ne m'en puis pas a Dieu prendre,
C'on ne puet a lui avenir.
24 Ha ! qui or le porroit tenir
Et bien batre a la retornee,
Molt avroit fet bone jornee !
Mes il s'est en si haut leu mis
28 Por eschiver ses anemis
C'on n'i puet trere ne lancier.

LE MIRACLE DE THÉOPHILE

[THÉOPHILE]

Hélas ! Hélas ! Dieu, roi de gloire,
je vous ai tant gardé en mémoire
que j'ai tout donné, dépensé,
4 tout distribué aux pauvres :
il ne me reste pas même un sac.
L'évêque a bien su me dire « Échec[1] ! »
et me faire mat dans un angle.
8 Il m'a laissé tout seul, sans avoir.
Je n'ai plus maintenant qu'à mourir de faim
si je n'engage mes vêtements pour avoir du pain.
Et mes gens, que feront-ils ?
12 Je ne sais si Dieu les nourrira...
Dieu ? Oui vraiment, qu'en a-t-il à faire ?
Ses affaires l'appellent ailleurs,
ou alors il me fait la sourde oreille :
16 il se soucie peu de mes chansons.
Eh bien ! moi, je m'en vais lui faire la nique.
Honte à qui se loue de lui !
On ferait n'importe quoi pour de l'argent :
20 je me moque de Dieu et de ses menaces.
Irai-je me noyer ou me pendre ?
Je ne peux pas m'en prendre à Dieu,
car il est hors d'atteinte.
24 Ah ! celui qui pourrait le tenir
et le rouer de coups, en retour de ce qu'il nous fait,
n'aurait pas perdu sa journée !
Mais il s'est installé si haut,
28 pour échapper à ses ennemis,
que ni flèches ni pierres ne peuvent l'atteindre.

---

1. Cf. *Griesche d'été* 22-24. Et Morawski 508. « Mater dans l'angle » signifie, bien entendu, mettre échec et mat en acculant le roi dans un angle de l'échiquier.

Se or pooie a lui tancier,
Et combatrë et escremir,
32 La char li feroie fremir.
Or est lasus en son solaz ;
Laz, chetis ! et je sui es laz
De Povreté et de Soufrete.
36 Or est bien ma vïele frete,
Or dira l'en que je rasote :
De ce sera mes la riote.
Je n'oserai nului veoir,
40 Entre gent ne devrai seoir,
Que l'en m'i mousterroit au doi.
Or ne sai je que fere doi :
Or m'a bien Diex servi de guile !

Ici vient Theophiles a Salatin
qui parloit au deable quant il voloit.

[SALATINS]

44 Qu'est ce ? qu'avez vous, Theophile ?
Por le grant Dé, quel mautalent
Vous a fet estre si dolent ?
Vous soliiez si joiant estre !

THEOPHILES *parole*

48 C'on m'apeloit seignor et mestre
De cest païs, ce sez tu bien :
Or ne me lesse on nule rien.
S'en sui plus dolenz, Salatin,
52 Quar en françois ne en latin
Ne finai onques de proier
Celui c'or me veut asproier,
Et qui me fet lessier si monde

Si je pouvais aller lui chercher querelle,
me battre, m'escrimer contre lui,
32 je ferais trembler sa carcasse.
Mais il est là-haut, bien à l'aise,
et moi, misérable, je suis pris au piège
de Pauvreté et de Besoin.
36 Désormais, pour moi, fini de chanter[1].
Désormais on dira que je radote :
on en fera des gorges chaudes.
Je n'oserai plus voir personne,
40 je ne pourrai plus m'asseoir parmi les gens :
on me montrerait du doigt.
Je ne sais plus que faire :
Dieu s'est bien moqué de moi !

Ici Théophile va trouver Salatin,
qui parlait au diable quand il voulait.

[SALATIN]

44 Qu'y a-t-il ? Qu'avez-vous, Théophile ?
Par le Dieu puissant, quel chagrin
vous attriste tellement,
vous d'habitude si joyeux ?

THÉOPHILE *parle*

48 C'est qu'on m'appelait seigneur et maître
de ce pays, tu le sais bien :
à présent on ne me laisse plus rien.
J'en suis d'autant plus triste, Salatin,
52 qu'en français comme en latin
j'ai toujours prié sans relache
Celui qui ne veut maintenant que me tourmenter,
et qui me dépouille et m'émonde

---

1. Mot à mot : « ma vielle est brisée ».

56 Qu'il ne m'est remez riens el monde.
Or n'est nule chose si fiere
Ne de si diverse maniere
Que volentiers ne la feïsse,
60 Par tel qu'a m'onor revenisse :
Li perdres m'est honte et domages.

Ici parole SALATINS

Biaus sire, vous dites que sages ; *f. 299 r° 1*
Quar qui a apris la richece,
64 Molt i a dolor et destrece
Quant l'en chiet en autrui dangier
Por son boivre et por son mengier :
Trop i covient gros mos oïr !

THEOPHILES

68 C'est ce qui me fet esbahir,
Salatin, biau tres douz amis.
Quant en autrui dangier sui mis,
Par pou que li cuers ne m'en crieve.

SALATINS

72 Je sai or bien que molt vous grieve
Et molt en estes entrepris,
Com hom qui est de si grant pris.
Molt en estes mas et penssis.

THEOPHILES

76 Salatin frere, or est ensis :
Se tu riens pooies savoir
Par quoi je peüsse ravoir

56 au point qu'il ne me reste plus rien au monde.
Désormais il n'est rien de si terrible
ni de si mauvais
que je ne fasse volontiers
60 pourvu que je retrouve mon rang :
sa perte me cause de la honte et du tort.

Ici parle SALATIN

Cher seigneur, vous parlez en sage.
Car quand on a pris l'habitude de la richesse,
64 c'est une grande douleur et une grande détresse
de tomber sous la dépendance d'autrui
pour le boire et le manger :
il faut entendre alors des propos si désobligeants !

THÉOPHILE

68 C'est bien ce qui me fait peur,
Salatin, mon très cher ami.
Être sous la dépendance d'autrui,
il s'en faut de peu que cela me brise le cœur.

SALATIN

72 Je comprends à présent quels sont votre souffrance
et votre embarras.
Un homme de votre mérite !
Vous en êtes tout abattu et mélancolique.

THÉOPHILE

76 Salatin, mon frère, les choses en sont au point
que si tu connaissais un moyen
pour me permettre de retrouver

M'onor, ma baillie et ma grace,
80 Il n'est chose que je n'en face.

SALATINS

Voudriiez vous Dieu renoier,
Celui que tant solez proier,
Toz ses sainz et toutes ses saintes,
84 Et si devenissiez, mains jointes,
Hom a celui qui ce feroit,
Qui vostre honor vous renderoit,
Et plus honorez seriiez,
88 S'a lui servir demoriiez,
C'onques jor ne peüstes estre.
Creez moi, lessiez vostre mestre.
Qu'en avez vous entalenté ?

THEOPHILES

92 J'en ai trop bone volenté.
Tout ton plesir ferai briefment.

SALATINS

Alez vous en seürement :
Maugrez qu'il en puissent avoir,
96 Vous ferai vostre honor ravoir.
Revenez demain au matin.

---

1. Sur la construction et le sens des v. 81-89, voir F.-B. II, 182. La traduction proposée ici suppose qu'il s'agit d'une construction conditionnelle qui n'emploie pas la conjonction *si* (*se*) au début de la subordonnée et la remplace : 1) par l'emploi du mode conditionnel ; 2) par l'inversion du sujet dans la subordonnée ; 3) par le renvoi, au début de la principale, à l'hypothèse émise dans la subor-

mon rang, ma charge, mon crédit,
80 je ferais n'importe quoi.

SALATIN

Si vous acceptiez de renier Dieu,
celui que vous avez coutume de tant prier,
et tous ses saints, toutes ses saintes,
84 et si vous deveniez, mains jointes,
le vassal de celui qui ferait tant
qu'il vous rendrait votre rang,
alors vous seriez plus honoré
88 en restant à son service
que vous ne l'avez jamais été[1].
Croyez-moi, quittez votre maître.
Qu'avez-vous décidé ?

THÉOPHILE

92 J'y suis entièrement disposé :
je ferai sur-le-champ tout ce que tu voudras.

SALATIN

Allez-vous-en sans inquiétude :
en dépit de ceux à qui cela déplaît,
96 je vous ferai retrouver votre rang.
Revenez demain matin.

---

donnée au moyen de *et*. Cf. l'exemple tiré de Villehardouin que donne F.-B. et la possibilité de construction analogue qui existe en allemand. C'est la solution vers laquelle semble pencher F.-B. (II, 182). Mais on peut considérer aussi que toute la phrase est interrogative et que les v. 87-89 sous-entendent l'idée de « vouloir ». C'est la solution retenue par R. Dubuis et J. Dufournet.

THEOPHILES

Volentiers, frere Salatin.
Cil Diex que tu croiz et aeures
100 Te gart, s'en ce propos demeures !

Or se depart Theophiles de Salatin
et si pensse que trop a grant chose en Dieu renoier
et dist :

Ha ! laz, que porrai devenir ?
Bien me doit li cors dessenir *f. 299 r° 2*
Quant il m'estuet a ce venir.
104 Que ferai, las ?
Se je reni saint Nicholas
Et saint Jehan et saint Thomas
Et Nostre Dame,
108 Que fera ma chetive d'ame ?
Ele sera arse en la flame
D'enfer le noir.
La la covendra remanoir :
112 Ci avra trop hideus manoir,
Ce n'est pas fable.
En cele flambe pardurable
N'i a nule gent amiable,
116 Ainçois sont mal, qu'il sont deable :
C'est lor nature.
Et lor mesons rest si obscure
C'on ni verra ja soleil luire ;
120 Ainz est uns puis toz plains d'ordure.
La irai gié !
Bien me seront li dé changié
Quant, por ce que j'avrai mengié,
124 M'avra Diez issi estrangié
De sa meson,
Et ci avra bone reson.
Si esbahiz ne fu mes hom

THÉOPHILE

Volontiers, Salatin, mon frère.
Que le Dieu en qui tu crois et que tu adores
100 te garde, si tu restes dans les mêmes intentions !

Théophile quitte alors Salatin.
Il réfléchit que c'est une chose bien grave que de renier Dieu et il dit :

Hélas ! malheureux, que vais-je devenir ?
J'ai bien sujet de devenir fou
puisque je suis conduit à cette extrémité.
104 Malheureux, que ferai-je ?
Si je renie saint Nicolas,
saint Jean, saint Thomas,
et Notre-Dame,
108 que deviendra mon âme misérable ?
Elle brûlera dans les flammes
du noir enfer.
C'est là qu'il lui faudra rester :
112 elle aura là un hideux séjour,
ce n'est pas une invention.
Dans ce brasier éternel,
personne que l'on puisse aimer,
116 tous sont méchants, car ce sont des diables :
c'est leur nature.
Et leur maison est si obscure
qu'on n'y verra jamais le soleil luire :
120 c'est un puits rempli d'ordure.
C'est là que j'irai !
Je n'aurai plus guère d'atout dans mon jeu[1]
quand, pour avoir voulu manger,
124 Dieu m'aura ainsi exilé
de sa maison,
et il aura là un bon motif.
Nul n'a jamais été dans un tel désarroi

1. Cf. *Voie d'Humilité (Paradis)* 317.

128 Com je sui, voir.
Or dit qu'il me fera ravoir
Et ma richesse et mon avoir.
Ja nus n'en porra riens savoir :
132 Je le ferai !
Diex m'a grevé : jel greverai,
Ja més jor ne le servirai !
Je li ennui.
136 Riches serai, se povres sui !
Se il me het, je harrai lui :
Preingne ses erres,
Ou il face movoir ses guerres !
140 Tout a en main et ciel et terres :
Je li claim cuite,
Se Salatins tout ce m'acuite
Qu'il m'a promis.

Ici parole Salatins au deable et dist :

144 Uns crestiens s'est sor moi mis,
Et je m'en sui molt entremis,
Quar tu n'es pas mes anemis.
Os tu, Sathanz ?
148 Demain vendra, se tu l'atans.
Je li ai promis quatre tans :
Aten le don,
Qu'il a esté molt grant preudon ; *f. 299 v° 1*
152 Por ce si a plus riche don.
Met li ta richece a bandon...
Ne m'os tu pas ?
Je te ferai plus que le pas
156 Venir, je cuit !
Et si vendras encore anuit,
Quar ta demoree me nuit,
Si ai beé.

* v. 159. *A* Gi ai

128 que moi, en vérité...
Il dit qu'il me fera récupérer
ma richesse et mes biens.
Jamais personne n'en pourra rien savoir :
132 je le ferai !
Dieu m'a fait du mal : je lui ferai du mal,
jamais plus je ne le servirai !
Je m'en moque :
136 je serai riche, tout pauvre que je sois !
S'il me hait, je le haïrai :
qu'il prenne pour sa sûreté des gages,
qu'il entre en campagne !
140 Il a tout dans sa main, le ciel et la terre :
je les lui laisse,
si Salatin s'acquitte
de tout ce qu'il m'a promis.

Ici Salatin parle au diable et lui dit :

144 Un chrétien s'en est remis à moi,
et je me suis bien occupé de son affaire,
car tu n'es pas mon ennemi.
Entends-tu, Satan ?
148 Il viendra demain, si tu l'attends.
Je lui ai promis quatre fois ce qu'il avait :
confirme ce don,
car il a été un homme très vertueux :
152 cela vaut un don d'autant plus généreux.
Abandonne-lui tes richesses...
Ne m'entends-tu pas ?
Je vais te faire venir au galop,
156 à mon idée !
Et tu viendras dès ce soir,
car ton retard m'irrite
à force d'attendre.

Ci conjure Salatins le deable.

160 Bagahi laca bachahé
Lamac cahi achabahé
Karrelyos
Lamac lamec bachalyos
164 Cabahagi sabalyos
Baryolas
Lagozatha cabyolas
Samahac et famyolas
168 Harrahya.

Or vient li deables qui est conjuré et dist :

Tu as bien dit ce qu'il i a :
Cil qui t'aprist riens n'oublia.
Molt me travailles !

SALATINS

172 Qu'il n'est pas droiz que tu me failles
Ne que tu encontre moi ailles
Quant je t'apel.
Je te faz bien suer ta pel !
176 Veus tu oïr un geu novel ?
Un clerc avons
De tel gaaing com nous savons :
Souventes foiz nous en grevons
180 Por nostre afere.
Que loez vous du clerc a fere
Qui se voudra ja vers ça trere ?

LI DEABLES

Comment a non ?

Ici Salatin conjure le diable

160 Bagahi laca bachahé
Lamac cahi achabahé
Karrelyos
Lamac lamec bachalyos
164 Cabahagi sabalyos
Baryolas
Lagozatha cabyolas
Samahac et famyolas
168 Harrahya.

Alors arrive le diable qui a été conjuré, et il dit :

Tu as bien dit ce qu'il faut :
celui qui t'a instruit n'a rien oublié.
Comme tu me tourmentes !

SALATIN

172 C'est qu'il n'est pas juste que tu me fasses défaut
ni que tu me résistes
quand je t'appelle.
Je te donne une bonne suée[1] !
176 Veux-tu apprendre un nouveau tour ?
Nous avons un clerc
pour le genre de profit que nous savons :
nous nous donnons souvent du mal
180 pour notre cause.
Que conseillez-vous de faire du clerc
qui va bientôt vouloir venir par ici ?

LE DIABLE

Quel est son nom ?

---

1. C-à-d. : « Je te donne une bonne suée en t'obligeant à courir pour répondre à mon appel ».

SALATINS

184 Theophiles par son droit non.
Molt a esté de grant renon
En ceste terre.

LI DEABLES

J'ai toz jors eü a lui guerre
188 C'onques jor ne le poi conquerre.
Puis qu'il se veut a nous offerre,
Viengne en cel val,
Sanz compaignie et sanz cheval.
192 N'i avra gueres de travail :
C'est prés de ci.
Molt avra bien de lui merci *f. 299 v° 2*
Sathan et li autre nerci.
196 Mes n'apiaut mie
Jhesu, le fil sainte Marie :
Ne li ferïons point d'aïe.
De ci m'en vois.
200 Or soiez vers moi plus cortois :
Ne me traveillier més des mois,
Va, Salatin,
Ne en ebrieu ne en latin.

Or revient Theophiles a Salatin.

204 Or sui je venuz trop matin ?
As tu rien fet ?

SALATINS

Je t'ai basti si bien ton plet,
Quanques tes sires t'a mesfet
208 T'amendera,
Et plus forment t'onorera
Et plus grant seignor te fera
C'onques ne fus.

SALATIN

184 Théophile : c'est son vrai nom.
Il jouissait d'un grand renom
dans ce pays.

LE DIABLE

J'ai toujours été en guerre contre lui
188 sans jamais pouvoir l'emporter sur lui.
Puisqu'il veut se liver à nous,
qu'il vienne dans cette vallée,
sans personne d'autre et sans cheval.
192 Cela ne le fatiguera guère :
c'est près d'ici.
Satan et les autres, les barbouillés de noir,
auront grand-pitié de lui.
196 Mais qu'il n'invoque pas
Jésus, le fils de sainte Marie :
nous ne lui viendrions pas en aide.
Je m'en vais d'ici.
200 Soyez donc plus courtois avec moi :
ne me tourmentez plus pendant des mois,
n'est-ce pas, Salatin,
ni en hébreu ni en latin.

Théophile vient alors de nouveau trouver Salatin

204 Suis-je venu trop matin ?
As-tu fait quelque chose ?

SALATIN

J'ai si bien plaidé ta cause
que tout ce que ton maître t'a fait de mal,
208 on t'en dédommagera :
on te couvrira d'honneurs,
on te fera plus grand seigneur
que tu ne fus jamais.

212 Tu n'es or pas si du refus
Com tu seras encor du plus.
Ne t'esmaier :
Va la aval sanz delaier.
216 Ne t'i covient pas Dieu proier
Ne reclamer
Se tu veus ta besoingne amer.
Tu l'as trop trové a amer,
220 Qu'il t'a failli.
Mauvesement as or sailli ;
Bien t'eüst ore mal bailli
Se ne t'aidaisse.
224 Va t'en, que il t'atendent ; passe
Grant aleüre.
De Dieu reclamer n'aies cure.

THEOPHILES

Je m'en vois. Diex ne m'i puet nuire
228 Ne riens aidier,
Ne je ne puis a lui plaidier.

Ici va Theophiles au deable, si a trop grant paor ; et li deables li dist :

Venez avant, passez grant pas.
Gardez que ne resamblez pas
232 Vilain qui va a offerande.
Que vous veut ne que vous demande
Vostre sires ? Il est molt fiers !

THEOPHILE

Voire, sire. Il fu chanceliers
236 Si me cuide chacier pain querre.
Or vous vieng proier et requerre *f. 300 r° 1*
Que vous m'aidiez a cest besoing.

---

1. L'offrande est ce qu'on donne au prêtre pendant l'office en même temps que l'on baise la patène qu'il tend. Traditionnellement avare, mais peut-être aussi gauche et embarrassé, le vilain va à l'offrande en traînant les pieds. **2.** On a proposé de corriger ce

212 Ce qui t'est refusé actuellement n'est rien
à côté de ce que tu obtiendras.
N'aie pas peur :
Descends là-bas sans tarder.
216 Il ne faut pas que tu y pries Dieu
ni que tu l'invoques
si ton affaire te tient à cœur.
Tu l'as trouvé trop dur,
220 puisqu'il t'a abandonné.
Tu es tombé dans un mauvais pas ;
il t'aurait mis en piteux état
si je ne t'avais aidé.
224 Va-t'en : ils t'attendent ;
pars vite.
Et ne te soucie pas d'invoquer Dieu.

THÉOPHILE

Je m'en vais. Dieu ne peut me nuire
228 ni en rien m'aider,
et moi je ne peux discuter avec lui.

Ici Théophile va trouver le diable. Il a très peur.
Le diable lui dit :

Approchez, dépêchez-vous.
Gardez-vous de ressembler
232 au vilain qui va à l'offrande[1].
Que vous veut et que vous demande
votre maître ? Il est terrible !

THÉOPHILE

C'est vrai, seigneur. Il était chancelier[2]
236 et prétend me chasser, me faire mendier mon pain.
Je viens donc vous prier en requête
de m'aider dans le besoin où je suis.

---

vers en : « Voir, sire, je fui chanceliers ». Mais F.-B. (II, 188) observe que la réputation d'âpreté des chanceliers, chargés de tenir les comptes, suffit à rendre cohérente la réplique de Théophile.

LI DEABLES

Requiers m'en tu ?

THEOPHILES

Oïl.

LI DEABLES

Or joing
240 Tes mains, et si devien mes hon.
Je t'aiderai outre reson.

THEOPHILES

Vez ci que je vous faz hommage,
Més que je raie mon domage,
244 Biaus sire, dés or en avant.

LI DEABLES

Et je te refaz un couvant
Que te ferai si grant seignor
C'on ne te vit onques greignor.
248 Et pui que ainsinques avient,
Saches de voir qu'il te covient
De toi aie lettres pendanz
Bien dites et bien entendanz ;
252 Quar maintes genz m'en ont sorpris
Por ce que lor lettres n'en pris.
Por ce les vueil avoir bien dites.

LE DIABLE

Tu m'en fais la requête ?

THÉOPHILE

Oui.

LE DIABLE

Joins donc
240 tes mains et deviens mon vassal.
Je t'aiderai au-delà de toute raison.

THÉOPHILE

Voici, je vous fais hommage,
à condition d'obtenir réparation,
244 cher seigneur, dorénavant.

LE DIABLE

De mon côté je te promets
de te faire plus grand seigneur
qu'on ne t'avait jamais vu.
248 Et puisque les choses se passent ainsi,
sache en vérité qu'il faut
que j'aie de toi une lettre scellée
claire et explicite ;
252 car beaucoup m'ont trompé
parce que je n'avais pas demandé de lettre.
C'est pourquoi j'en veux une bien claire.

THEOPHILES

Vez le ci : je les ai escrites.

Or baille Theophiles les lettres au deable
et li deables li commande a ouvrer ainsi :

256 Theophile, biaus douz amis,
Puis que tu t'es en mes mains mis,
Je te dirai que tu feras.
Ja més povre homme n'ameras.
260 Se povres hom sorpris te proie,
Torne l'oreille, va ta voie.
S'aucuns envers toi s'umelie,
Respon orgueil et felonie.
264 Se povres demande a ta porte,
Si garde qu'aumosne n'en porte.
Douçor, humilitez, pitiez
Et charitez et amistiez,
268 Jeüne fere, penitance,
Me metent grant duel en la pance.
Aumosne fere et Dieu proier,
Ce me repuet trop anoier.
272 Dieu amer et chastement vivre,
Lors me samble serpent et guivre
Me menjue le cuer el ventre.
Quant l'en en la meson Dieu entre
276 Por regarder aucun malade,
Lors ai le cuer si mort et fade
Qu'il m'est avis que point n'en sente.
Cil qui fet bien si me tormente. *f. 300 r° 2*
280 Va t'en, tu seras seneschaus.
Lai les biens et si fai les maus.
Ne jugier ja bien en ta vie,
Que tu feroies grant folie
284 Et si feroies contre moi.

THÉOPHILE

La voici : je l'ai écrite.

Théophile donne alors la lettre au diable et le diable lui ordonne d'agir ainsi :

256 Théophile, très cher ami,
puisque tu t'es placé entre mes mains,
je vais te dire ce que tu feras.
Jamais le pauvre tu n'aimeras.
260 Si un pauvre dans sa détresse te prie,
détourne l'oreille, passe ton chemin.
Si quelqu'un s'humilie devant toi,
réponds-lui avec orgueil et cruauté.
264 Si un pauvre frappe à ta porte,
veille à ce qu'il n'emporte pas d'aumône.
Douceur, humilité, pitié,
charité, amour,
268 jeûner, faire pénitence :
tout cela me fait grand mal à la panse.
Faire l'aumône et prier Dieu,
cela aussi peut profondément m'irriter.
272 Aimer Dieu et vivre chastement
me donnent l'impression qu'un serpent, une vipère,
me dévore le cœur dans la poitrine.
Lorsqu'on entre à l'Hôtel-Dieu
276 pour visiter quelque malade,
j'ai alors le cœur si mourant, si faible,
que j'ai l'impression de ne plus le sentir battre.
Celui qui fait le bien me met à la torture.
280 Va : tu seras sénéchal.
Laisse le bien et fais le mal ;
ne juge jamais selon l'équité,
tu commettrais une grande folie
284 et tu t'opposerais à moi.

THEOPHILES

Je ferai ce que fere doi.
Bien est droit vostre plesir face,
Puis que j'en doi ravoir ma grace.

Or envoie l'evesque querre Theophile.

288 Or tost ! lieve sus, Pinceguerre,
Si me va Theophile querre,
Se li renderai sa baillie.
J'avoie fet molt grant folie
292 Quant je tolue li avoie,
Que c'est li mieudres que je voie :
Ice puis je bien por voir dire.

Or respont Pinceguerre :

Vous dites voir, biaus trés douz sire.

Or parole Pinceguerre a Theophile
et Theophiles respont :

296 Qui est ceenz ?
– Et vous qui estes ?
– Je sui uns clers.
– Et je sui prestres.
– Theophiles, biaus sire chiers,
Or ne soiez vers moi si fiers.
300 Mes sires un pou vous demande,
Si ravrez ja vostre provande,
Vostre baillie toute entiere.
Soiez liez, fetes bele chiere,
304 Si ferez et sens et savoir.

THEOPHILES

Deable i puissent part avoir !
J'eüsse eüe l'eveschié,
Et je l'i mis, si fis pechié.

THÉOPHILE

Je ferai ce que je dois faire.
Il est bien juste que j'agisse selon votre plaisir,
puisque en contrepartie je rentrerai en grâce.

L'évêque envoie alors chercher Théophile.

288 Allons vite ! debout, Pinceguerre,
va me chercher Théophile,
je lui rendrai sa charge.
J'avais commis une grande folie
292 en la lui retirant,
car c'est le meilleur que je puisse voir :
je peux bien le dire en toute vérité.

Pinceguerre répond alors :

Vous dites vrai, très cher seigneur.

Pinceguerre parle alors à Théophile,
et Théophile répond :

296 Y a-t-il quelqu'un ?
– Et vous, qui êtes-vous ?
– Je suis un clerc.
– Et moi, un prêtre.
– Théophile, mon cher seigneur,
ne soyez donc pas si dur envers moi.
300 Monseigneur veut vous voir un instant,
et vous retrouverez votre prébende,
votre charge dans sa totalité.
Réjouissez-vous, faites bon visage,
304 vous montrerez ainsi bon sens et sagesse.

THÉOPHILE

Que les diables puissent y avoir leur part !
J'aurais pu avoir l'évêché
et je l'y ai mis : quelle faute !

308 Quant il i fu, s'oi a lui guerre
Si me cuida chacier pain querre.
Tripot lirot por sa haïne
Et por sa tençon qui ne fine !
312 G'i irai, s'orrai qu'il dira.

PINCEGUERRE

Quant il vous verra, si rira
Et dira por vous essaier
Le fist. Or vous reveut paier
316 Et serez ami com devant.

THEOPHILES

Or disoient assez souvant
Li chanoine de moi granz fables :
Je les rent a toz les deables !

Or se lieve l'evesque contre Theophile et li rent sa dignité, et dist : *f. 300 v° 1*

320 Sire, bien puissiez vous venir !

THEOPHILES

Si sui je ! Bien me soi tenir,
Je ne suis pas cheüs par voie !

LI EVESQUES

Biaus sire, de ce que j'avoie
324 Vers vous mespris, jel vous ament
Et si vous rent molt bonement

308 Une fois qu'il y fut, il me fit la guerre
et pensa me chasser, me faire mendier mon pain.
Qu'il aille se faire voir avec sa haine
et ses querelles interminables !
312 J'irai, et j'entendrai ce qu'il a à dire.

PINCEGUERRE

Quand il vous verra, il prendra l'air souriant
et dira que c'était pour vous mettre à l'épreuve
qu'il a fait cela. À présent il veut vous dédommager
316 et vous serez amis comme auparavant.

THÉOPHILE

Les chanoines ne cessaient de raconter
toutes sortes d'histoires sur mon compte :
je les envoie à tous les diables !

L'évêque se lève alors à la rencontre de Théophile et lui rend sa dignité en disant :

320 Seigneur, soyez le bienvenu !

THÉOPHILE

Je suis bien venu, en effet[1]. J'ai su me tenir,
je ne suis pas tombé en route.

L'ÉVÊQUE

Cher seigneur, je vous fais réparation
324 du tort que je vous avais fait
et je vous rends de bon cœur

1. Théophile affecte avec insolence de prendre à la lettre la salutation de *bienvenue* de l'évêque.

Vostre baillie. Or la prenez,
Quar preudom estes et senez,
328 Et quanques j'ai si sera vostre.

THEOPHILES

Ci a molt bone patrenostre,
Mieudre assez c'onques més ne dis !
Dés or més vendront dis et dis
332 Li vilain por moi aorer,
Et je les ferai laborer.
Il ne vaut rien qui l'en ne doute.
Cuident il je n'i voie goute ?
336 Je lor serai fel et irous.

LI EVESQUES

Theophile, ou entendez vous ?
Biaus amis, penssez de bien fere.
Vez vous ceenz vostre repere ;
340 Vez ci vostre ostel et le mien.
Nos richeces et nostre bien
Si seront dés or més ensamble.
Bon ami serons, ce me samble ;
344 Tout sera vostre et tout ert mien.

THEOPHILES

Par foi, sire, je le vueil bien.

Ici va Theophiles a ses compaignons tencier, premierement a un qui avoit non Pierres :

Pierres, veus tu oïr novele ?
Or est tornee ta rouele,

votre charge. Prenez-la donc,
car vous êtes un homme vertueux et sage :
328 tout ce que je possède sera à vous.

THÉOPHILE

Voilà une excellente oraison,
bien meilleure que celles que j'ai jamais dites !
Désormais les rustres, par dizaines,
332 viendront me rendre un culte,
et je leur en ferai voir !
Il ne vaut rien, celui qui n'est pas craint[1].
Croient-ils que je n'y vois goutte ?
336 Je serai pour eux féroce et irascible.

L'ÉVÊQUE

Théophile, où voulez-vous en venir ?
Cher ami, pensez à faire le bien.
Vous êtes ici chez vous :
340 voici votre maison et la mienne.
Nos richesses et nos biens
seront désormais confondus.
Nous serons bons amis, je pense ;
344 tout sera vôtre et tout sera mien.

THÉOPHILE

Ma foi, seigneur, je le veux bien.

Ici Théophile va quereller ses compagnons,
et d'abord l'un d'eux qui s'appelait Pierre :

Pierre, veux-tu apprendre une nouvelle ?
Voilà que la roue a tourné pour toi,

---

1. Cf. Morawski 311.

348 Or t'est il cheü ambes as.
Or te tien a ce que tu as,
Qu'a ma baillie as tu failli.
L'evesque m'en a fet bailli,
352 Si ne t'en sai ne gré ne graces.

PIERRES *respont :*

Theophiles, sont ce manaces ?
Dés ier priai je mon seignor
Que il vous rendist vostre honor,
356 Et bien estoit droiz et resons.

THEOPHILES

Ci avoit dures faoisons
Quant vous m'aviiez forjugié.
Maugré vostres, or le rai gié. *f. 300 v° 2*
360 Oublié aviiez le duel !

PIERRES

Certes, biaus chiers sire, a mon vuel
Fussiez vous evesques eüs
Quant nostre evesques fu feüs.
364 Més vous ne le vousistes estre
Tant doutiiez le roi celestre.

Or tence Theophiles a un autre :

Thomas, Thomas, or te chiet mal
Quant l'en me ra fet seneschal.
368 Or leras tu le regiber
Et le combatre et le riber.
N'avras pior voisin de moi.

348 voilà que tu viens de sortir les deux as[1],
voilà que tu n'as plus qu'à te contenter de ce que tu as,
car ma charge, tu ne l'auras pas.
L'évêque m'en a chargé,
352 et je ne t'en sais pas le moindre gré.

PIERRE *répond :*

Théophile, est-ce une menace ?
dès hier j'ai prié Monseigneur
de vous rendre votre dignité :
356 ce n'était que juste et raisonnable.

THÉOPHILE

C'était un coup dur
d'être destitué par vos soins.
Malgré vous, j'ai de nouveau ma charge.
360 Vous aviez oublié de me plaindre !

PIERRE

Vraiment, cher seigneur, s'il n'avait tenu qu'à moi,
vous seriez devenu évêque
quand le nôtre est mort.
364 Mais vous ne vouliez pas l'être,
tant vous redoutiez le Roi du ciel.

Théophile en querelle alors un autre :

Thomas, Thomas, ça va mal pour toi :
on m'a de nouveau nommé sénéchal.
368 Plus question de regimber,
de te battre, de chicaner :
tu n'auras pas de pire voisin que moi.

---

1. Le plus mauvais des coups au jeu de dés.

THOMAS

Theophile, foi que vous doi,
372 Il samble que vous soiez yvres.

THEOPHILES

Or en serai demain delivres,
Maugrez en ait vostre visages.

THOMAS

Par Dieu ! Vous n'estes pas bien sages :
376 Je vous aim tant et tant vous pris !

THEOPHILES

Thomas, Thomas, ne sui pas pris :
Encor pourrai nuire et aidier !

THOMAS

Il samble vous volez plaidier.
380 Theophile, lessiez me en pais !

THEOPHILES

Thomas, Thomas, je que vous fais ?
Encor vous plaindrez bien a tens
Si com je cuit et com je pens.

---

1. L'insolence de Théophile se manifeste par un jeu de mots analogue à celui auquel il s'est livré devant l'évêque au v. 321 (voir ci-dessus n. 1, p. 559). Ici il feint d'entendre *pris*, première

THOMAS

Théophile, par la foi que je vous dois,
372 on dirait que vous êtes ivre.

THEOPHILE

Je serai demain débarrassé de tout cela,
malgré vos grimaces.

THOMAS

Par Dieu, vous n'êtes guère raisonnable :
376 je vous aime tant, je vous tiens en si haute estime !

THÉOPHILE

Thomas, Thomas, vous ne me tenez pas du tout[1] :
je suis encore capable de nuire ou de prêter main forte.

THOMAS

On dirait que vous chercher la dispute.
380 Théophile, laissez-moi en paix.

THÉOPHILE

Thomas, Thomas, qu'est-ce que je vous fais ?
Vous aurez bientôt de quoi vous plaindre :
j'en ai comme l'impression.

---

personne de l'indicatif présent de *prisier*, estimer, comme le participe passé du verbe *prendre*.

Ici se repent Theophiles
et vient a une chapele de Nostre Dame et dist :

384 Hé ! laz, chetis, dolenz, que porrai devenir ?
Terre, comment me pués porter ne soustenir
Quant j'ai Dieu renoié et celui voil tenir
A seignor et a mestre qui toz maus fet venir ?

388 Or ai Dieu renoié, ne puet estre teü.
Si ai lessié le basme, pris me sui au seü.
De moi a pris la chartre et le brief receü
Maufez, se li rendrai de m'ame le treü. *f. 301 r° 1*

392 Hé ! Diex, que feras tu de cest chetif dolent
De qui l'ame en ira en enfer le boillant
Et li maufez l'iront a leur piez defoulant ?
Ahi ! terre, quar oevre, si me va engloutant !

396 Sire Diex, que fera cist dolenz esbahis
Qui de Dieu et du monde est hüez et haïs
Et des maufez d'enfer engingniez et trahis ?
Dont sui je de trestoz chaciez et envahis ?

400 Hé ! las, com j'ai esté plains de grant nonsavoir
Quant j'ai Dieu renoié por un petit d'avoir !
Les richeces du monde que je voloie avoir
M'ont geté en tel leu dont ne me puis ravoir.

404 Sathan, plus de set anz ai tenu ton sentier.
Maus chans m'ont fet chanter li vin de mon chantier.
Molt felonesse rente m'en rendront mi rentier.
Ma char charpenteront li felon charpentier.

408 Ame doit l'en amer : m'ame n'ert pas amee,
N'os demander la Dame qu'ele ne soit dampnee.
Trop a male semence en semoisons semee
De qui l'ame sera en enfer sorsemee.

---

1. C'est ici que commence l'extrait qui figure dans le manuscrit *C*. La didascalie de *A* est remplacée par la rubrique : *Ci encoumence la repentance Theophilus.* **2.** Cf. F.-B. II, 194. Le sureau, dont l'odeur peut être désagréable, est opposé au baume, résine

Ici Théophile se repent.
Il entre dans une chapelle de Notre-Dame et dit[1] :

384 Misérable, affligé, que vais-je devenir ?
Terre, comment peux-tu me porter, me soutenir,
puisque j'ai renié Dieu et que je veux tenir
pour maître et seigneur l'autre, la source de tout mal ?

388 Voilà, j'ai renié Dieu, ce ne peut être tu.
J'ai renoncé au baume, sucé le sur sureau[2].
De mes mains il a pris le contrat et la lettre,
le Malin, je lui dois le tribut de mon âme.

392 Que feras-tu, mon Dieu, du triste misérable
dont l'âme s'en ira dans l'enfer tout bouillant
où les diables iront la foulant de leurs pieds ?
Ah ! terre, ouvre-toi donc, avale-moi dans ta gueule.

396 Que fera-t-il, Seigneur Dieu, ce triste insensé
qui de Dieu et du monde est hué et haï,
qui des démons d'enfer est trompé et trahi ?
Suis-je donc par tous chassé et assailli ?

400 Hélas ! que j'étais plein du néant d'ignorance
quand j'ai renié Dieu pour un petit peu d'argent !
Les trésors de ce monde que je voulais acheter
m'ont jeté dans un lieu dont je ne puis me racheter.

404 Satan, plus de sept ans j'ai suivi ton sentier.
Ils m'ont fait chanter de mauvais chants, mes vins,
Ils me payeront un cruel payement, mes débiteurs[3].
[sur leur chantier,
Ma chair, ils la charpenteront, les cruels charpentiers.

408 C'est l'âme qu'on doit aimer : je n'aimais pas mon âme,
je n'ose prier Notre-Dame qu'elle ne soit pas damnée.
Il sema aux semailles une mauvaise semence,
celui dont en enfer l'âme sera pourrie.

---

odoriférante. Le baume tient une place importante dans l'imaginaire médiéval, ainsi que l'aspic, gardien de l'arbre à baume, dont les bestiaires décrivent les mœurs étranges. **3.** Cf. *Repentance Rutebeuf* 45.

412 Ha ! las, com fol bailli et com fole baillie !
Or sui je mal baillis et m'ame mal baillie.
S'or m'osoie baillier a la douce baillie,
G'i seroie bailliez et m'ame ja baillie.

416 Ors sui, et ordoiez doit aler en ordure. *f. 301 r° 2*
Ordement ai ouvré, ce set Cil qui or dure
Et qui toz jours durra, s'en avrai la mort dure.
Maufez, com m'avez mors de mauvese morsure !

420 Or n'ai je remanance ne en ciel ne en terre.
Ha ! las, ou est li lieux qui me puisse soufferre ?
Enfers ne me plest pas ou je me voil offerre ;
Paradis n'est pas miens, que j'ai au Seignor guerre.

424 Je n'os Dieu reclamer ne ses sainz ne ses saintes,
Las, que j'ai fet hommage au deable mains jointes.
Li Maufez en a lettres de mon anel empraintes.
Richece, mar te vi ! J'en avrai dolors maintes.

428 Je n'os Dieu ne ses saintes ne ses sainz reclamer,
Ne la tres douce Dame que chascuns doit amer.
Més por ce qu'en li n'a felonie n'amer,
Se je li cri merci nus ne m'en doit blasmer.

C'est la proiere que Theophiles dist devant Nostre Dame

432 Sainte roïne bele,
Glorieuse pucele,
Dame de grace plaine
Par qui toz biens revele,
436 Qu'au besoing vous apele
Delivres est de paine ;
Qu'a vous son cuer amaine
Ou pardurable raine
440 Avra joie novele.
Arousable fontaine
Et delitable et saine,
A ton Filz me rapele !

---

1. Le contexte invite à donner à *rapele* le même sens qu'au

412 Hélas ! fou, je me suis follement gouverné !
Me voici en mauvais point et mon âme aussi.
Si j'osais me livrer à la douce gouverne,
elle gouvernerait et moi-même et mon âme.

416 Ordure je suis. L'ordure doit finir en ordure.
Ordures, mes actions : il le sait, l'Être qui dure
et toujours durera. Ma mort en sera dure.
Vous m'avez mordu, Maudits, de quelle maudite morsure !

420 Pas de séjour pour moi au ciel ni sur la terre.
Hélas ! où est le lieu qui pourrait me souffrir ?
L'enfer ne me plaît pas, et je m'y suis voué ;
le paradis n'est pas pour moi : contre le Seigneur je
[suis en guerre.

424 Je n'ose invoquer Dieu, ni ses saints, ni ses saintes,
hélas ! car j'ai rendu hommage au diable mains jointes.
Le Maudit a la lettre scellée de mon anneau.
Richesse, ta vue m'a perdu ! J'en aurai maintes
[souffrances.

428 Dieu, ses saints et ses saintes, je n'ose les invoquer,
ni la très douce Dame que chacun doit aimer.
Mais puisque en elle rien n'est cruel ni amer,
si je lui crie merci, nul ne m'en doit blâmer.

Voici la prière que Théophile dit devant Notre-Dame :

432 Reine sainte et belle,
Vierge glorieuse,
Dame pleine de grâce
par qui tout bien se manifeste,
436 celui qui dans le besoin vous invoque
est délivré de sa peine ;
qui vous confie son cœur,
au Royaume éternel
440 verra naître sa joie.
Fontaine jaillissante,
délicieuse et pure,
auprès de ton Fils intercède pour moi ![1]

---

substantif *rapeleresse*, appliqué à la Vierge dans son rôle d'intercesseur (Godefroy VI, 598 a ; T.-L. VIII, 291, 43-46).

444 En vostre douz servise
Fu ja m'entente mise,
Mes trop tost fui temptez.
Par celui qui atise
448 Le mal, et le bien brise, *f. 301 v° 1*
Sui trop fort enchantez.
Car me desenchantez,
Que vostre volentez
452 Est plaine de franchise,
Ou de granz orfentez
Sera mes cors rentez
Devant la fort justice.

456 Dame sainte Marie,
Mon corage varie
Ainsi que il te serve,
Ou ja mes n'ert tarie
460 Ma dolors ne garie,
Ains sera m'ame serve.
Ci avra dure verve
S'ainz que la mors m'enerve
464 En vous ne se marie
M'ame qui vous enterve.
Souffrez li cors deserve
L'ame ne soit perie.

468 Dame de charité
Qui par humilité
Portas nostre salu,
Qui toz nous a geté
472 De duel et de vilté
Et d'enferne palu,
Dame, je te salu !
Ton salu m'a valu,
476 Jel sai de verité.
Gar qu'avoec Tentalu
En enfer le jalu
Ne praingne m'erité.

480 En enfer ert offerte,
Dont la porte est ouverte,

444 À votre doux service
je mis jadis tout mon zèle,
mais bien vite je fus tenté.
Par celui qui attise
448 le mal et brise le bien
je suis ensorcelé.
Désensorcelez-moi,
car votre volonté
452 est toute généreuse,
sinon le pire des abandons
sera mon salaire
devant la terrible Justice.

456 Sainte Marie, Notre-Dame,
change mon cœur,
afin qu'il te serve,
sinon jamais ma douleur
460 ne sera tarie ni guérie,
et mon âme sera serve.
Quel sujet de lamentations
si, avant que la mort me fige,
464 mon âme ne s'unit à vous,
vers qui elle aspire !
Souffrez que le corps mérite
que l'âme ne périsse pas.

468 Dame, toi qui es toute charité,
qui par humilité
portas notre salut,
qui nous a tous tirés
472 de la douleur, de l'abjection,
de la fange de l'enfer,
Dame, je te salue !
Ton *Je vous salue* m'a aidé,
476 je le sais en vérité.
Empêche qu'avec Tantale,
dans l'avide enfer,
soit mon héritage.

480 À l'enfer est vouée mon âme ;
sa porte m'est ouverte

M'ame par mon outrage.
Ci avra dure perte
484 Et grant folie aperte,
Se la praing herbregage.
Dame, or te faz hommage :
Torne ton douz visage.
488 Por ma dure deserte,
El non ton Filz le sage,
Ne soffrir que mi gage
Voisent a tel poverte !

492 Si comme en la verriere
Entre et reva arriere
Li solaus que n'entame,
Ainsinc fus virge entiere
496 Quant Diex, qui es ciex iere,
Fist de toi mere et dame.
Ha ! resplendissant jame, *f. 301 v° 2*
Tendre et piteuse fame,
500 Car entent ma proiere,
Que mon vil cors et m'ame
De pardurable flame
Rapelaisses arriere.

504 Roïne debonaire,
Les iex du cuer m'esclaire
Et l'obscurté m'esface,
Si qu'a toi puisse plaire
508 Et ta volenté faire :
Car m'en done la grace.
Trop ai eü espace
D'estre en obscure trace ;
512 Encor m'i cuident traire
Li serf de pute estrace.
Dame, ja toi ne place
Qu'il facent tel contraire !

516 En vilté, en ordure,
En vie trop obscure
Ai ésté lonc termine :

à cause de mon orgueil.
Quelle terrible perte,
484 quelle folie manifeste,
si j'en fais ma demeure !
Dame, je te rends hommage :
tourne vers moi ton doux visage.
488 Même si je l'ai mérité,
les gages que j'ai donnés,
ne permets pas, au nom de ton sage Fils,
qu'ils entraînent une telle ruine !

492 Comme en une verrière
entre et sort la lumière
du soleil sans la briser,
ainsi tu restas vierge
496 quand Dieu qui est aux cieux
te rendit mère et dame.
Ah ! gemme resplendissante,
femme tendre et compatissante,
500 entends ma prière :
puisses-tu arracher
à l'éternelle flamme
mon corps vil et mon âme !

504 Reine généreuse,
éclaire les yeux de mon cœur,
dissipe pour moi les ténèbres
pour que je puisse te plaire
508 et faire ta volonté :
donne-m'en la grâce.
Cela fait si longtemps
que je suis des chemins obscurs ;
512 ils pensent encore m'y attirer,
les serfs de race ignoble.
Dame, ne permets pas
qu'ils commettent ce méfait.

516 Dans l'ignominie, dans l'ordure
d'une vie ténébreuse
je suis longtemps resté :

Roïne nete et pure,
520 Quar me pren en ta cure
Et si me medecine.
Par ta vertu devine
Qu'adés est enterine,
524 Fai dedenz mon cuer luire
La clarté pure et fine,
Et les iex m'enlumine,
Que ne m'en voi conduire.

528 Li proieres qui proie
M'a ja mis en sa proie :
Pris serai et preez,
Trop asprement m'asproie.
532 Dame, ton chier Filz proie
Que soie despreez.
Dame, car leur veez,
Qui mes mesfez veez,
536 Que n'avoie a leur voie.
Vous qui lasus seez,
M'ame leur deveez,
Que nus d'aus ne la voie.

Ici parole Nostre Dame a Theophile et dist :

540 Qui es tu, va, qui vas par ci ?

[THEOPHILES]

Ha ! Dame, aiez de moi merci !
C'est li chetis
Theophiles, li entrepris,
544 Que maufé ont loié et pris.
Or vieng proier
A vous, Dame, et merci crier, *f. 302 r° 1*

Reine pure et sans tache,
520 soigne-moi,
guéris-moi[1].
Par la puissance divine,
en toi toujours entière,
524 fais luire dans mon cœur
la clarté pure et parfaite
et rends à mes yeux la vue :
aveugles, ils ne peuvent me conduire[2].

528 Du prédateur cherchant sa proie
je suis déjà la proie :
je suis sa proie, je serai pris,
il me tourmente si férocement !
532 Dame, priez votre cher Fils
que je soie délivré.
Dame, empêchez-les,
vous qui voyez mes fautes,
536 de m'entraîner sur leur voie.
Vous qui êtes assise là-haut,
refusez-leur mon âme,
qu'aucun d'eux ne la voie.

Ici Notre-Dame parle à Théophile et lui dit :

540 Hé ! qui es-tu, toi qui passes par ici ?

[THÉOPHILE]

Ah ! Dame, ayez pitié de moi !
C'est le malheureux,
le misérable Théophile,
544 que les démons ont pris et enchaîné.
Je viens à vous, Dame,
vous prier et vous crier merci,

---

1. Cf. *Repentance Rutebeuf* 44 et 49 ss. ; *Ave Maria Rutebeuf* 43-45. **2.** Cf. F.-B. II, 198.

Que ne gart l'eure qu'asproier
548 Me viengne cil
Qui m'a mis a si grant escil.
Tu me tenis ja por ton fil,
Roïne bele.

NOSTRE DAME *parole* :

552 Je n'ai cure de ta favele.
Va t'en, is fors de ma chapele.

THEOPHILES *parole* :

Dame, je n'ose.
Flors d'aiglentier et lis et rose,
556 En qui li Filz Dieu se repose,
Que ferai gié ?
Malement me sent engagié
Envers le Maufé enragié.
560 Ne sai que faire :
Ja més ne finirai de brere.
Virge, pucele debonere,
Dame honoree,
564 Bien sera m'ame devoree,
Qu'en enfer fera demoree
Avoec Cahu.

NOSTRE DAME

Theophiles, je t'ai seü
568 Ça en arriere a moi eü.
Saches de voir,
Ta chartre te ferai ravoir

---

* v. 565. *A* e. sera d.

---

1. Comme la suite le montre, Théophile craint, s'il sort de la

car j'attends à chaque instant
548 que vienne me harceler
celui qui m'a plongé dans une telle détresse.
Tu me tenais autrefois pour ton fils,
belle reine.

NOTRE-DAME *parle :*

552 Je me moque de tes discours.
Va-t'en, sors de ma chapelle.

THÉOPHILE *parle :*

Dame, je n'ose pas[1].
Fleur d'églantier, lis, rose,
556 en qui le Fils de Dieu repose,
que ferai-je ?
Je sens que je me suis, malheur !, donné en gage
au Malin plein de rage.
560 Je ne sais que faire :
mes cris ne prendront jamais fin.
Vierge pure et généreuse,
Dame honorée,
564 mon âme sera dévorée
quand son séjour sera l'enfer
avec Cahu[2].

NOTRE-DAME

Théophile, je t'ai connu
568 autrefois comme étant mien.
Sache-le en vérité,
je te ferai récupérer ta charte,

---

chapelle, d'être saisi par le diable. **2.** Cahu, qui est ici le nom d'un diable, apparaît dans les chansons de geste comme celui d'un dieu sarrasin.

Que tu baillas par nonsavoir.
572 Je la vois querre.

Ici va Nostre Dame por la chartre Theophile.

Sathan ! Sathan ! es tu en serre ?
S'es or venuz en ceste terre
Por commencier a mon clerc guerre,
576 Mar le penssas.
Rent la chartre que du clerc as,
Quar tu as fet trop vilain cas.

SATHAN *parole :*

Je la vous rande !
580 J'aim miex assez que l'en me pende !
Ja li rendi je sa provande,
Et il me fist de lui offrande
Sanz demorance,
584 De cors et d'ame et de sustance.

NOSTRE DAME

Et je te foulerai la pance !

Ici aporte Nostre Dame la chartre a Theophile.

Amis, ta chartre te raport.
Arivez fusses a mal port
588 Ou il n'a solaz ne deport. *f. 302 r° 2*
A moi entent :
Va a l'evesque et plus n'atent ;
De la chartre li fait present
592 Et qu'il la lise
Devant le pueple en sainte yglise,
Que bone gent n'en soit sorprise
Par tel barate.
596 Trop aime avoir qui si l'achate :
L'ame en est et honteuse et mate.

que tu as livrée par ignorance.
572 Je vais la chercher.

Ici Notre-Dame va chercher la charte de Théophile.

Satan, Satan, où te caches-tu ?
Si tu es venu dans ce pays
pour faire la guerre à ce clerc qui est mien,
576 tu as eu une mauvaise idée !
Rends la charte que tu tiens du clerc,
car tu t'es conduit de façon ignoble.

SATAN *parle :*

Moi, vous la rendre ?
580 Plutôt être pendu !
Je lui ai rendu sa prébende,
et il s'est donné à moi
sans attendre
584 de corps et d'âme, de tout son être.

NOTRE-DAME

Et moi je vais te piétiner la panse !

Ici Notre-Dame apporte la charte à Théophile.

Ami, je te rapporte ta charte.
Tu serais arrivé dans un port de malheur
588 où il n'y a ni joie ni plaisir.
Écoute-moi :
Va voir l'évêque sans plus attendre ;
fais-lui présent de la charte,
592 Et qu'il la lise
devant le peuple dans la sainte église,
pour que les fidèles ne soient plus abusés
par des ruses de cette sorte.
596 Il aime trop l'argent qui l'achète si cher :
c'est la honte et la mort de l'âme.

THEOPHILE

Volentiers, Dame !
Bien fusse mors de cors et d'ame.
600 Sa paine pert qui ainsi same,
Ce voi je bien.

Ici vient Theophiles a l'evesque
et li baille sa chartre et dist :

Sire, oiez moi, por Dieu merci !
Quoi que j'aie fet, or sui ci.
604 Par tens savroiz
De qoi j'ai molt esté destroiz.
Povres et nus, maigres et froiz
Fui par defaute.
608 Anemis, qui les bons assaute,
Ot fet a m'ame geter faute
Dont mors estoie.
La Dame qui les siens avoie
612 M'a desvoié de male voie
Ou avoiez
Estoie, et si forvoiez
Qu'en enfer fusse convoiez
616 Par le deable,
Que Dieu, le pere esperitable,
Et toute ouvraingne charitable,
Lessier me fist.
620 Ma chartre en ot de quanqu'il dist ;
Seelé fu quanqu'il requist.
Molt me greva,
Por poi li cuers ne me creva.
624 La Virge la me raporta,
Qu'a Dieu est mere,
La qui bonté est pure et clere.
Si vous vueil prier, com mon pere,
628 Qu'el soit leüe,
Qu'autre gent n'en soit deceüe

THÉOPHILE

Dame, volontiers !
J'allais mourir corps et âme.
600 On perd sa peine à faire de telles semailles,
je le vois bien.

Ici Théophile vient trouver l'évêque,
lui remet sa charte et dit :

Seigneur, écoutez-moi, pour l'amour de Dieu !
Quoi que j'aie fait, me voici devant vous.
604 Vous saurez bientôt
ce qui m'a plongé dans une telle détresse.
J'étais pauvre et nu, maigre et transi
par manque de ressources.
608 L'Ennemi, qui attaque les justes,
a poussé mon âme à jeter un coup perdant
qui était ma mort[1].
La Dame qui conduit les siens
612 m'a fait sortir du mauvais chemin
où je m'étais
engagé et si fourvoyé
qu'en enfer j'aurais été convoyé
616 par le Diable,
car à Dieu, notre Père du ciel,
et à toute œuvre de charité
il me fit renoncer.
620 Il eut dans ma charte tout ce qu'il dicta ;
tout ce qu'il exigea fut scellé de mon sceau.
J'en eus une telle douleur
que mon cœur faillit éclater.
624 La Vierge me l'a rapportée,
la mère de Dieu,
dont la bonté est éclatante et pure.
Je viens donc vous prier, comme mon père,
628 d'en faire lecture,
pour ne pas que d'autres soient abusés,

---

1. *geter faute*, « jeter les dés en perdant le coup ». Cf. T.-L. III, 1663, 15-23.

Qui n'ont ençore aperceüe
   Tel tricherie.

Ici list l'evesque la chartre et dist :

632 Oiez, por Dieu le Filz Marie,
Bone gent, si orrez la vie
   De Theophile *f. 303 r° 1*
Qui Anemis servi de guile.
636 Ausi voir comme est Evangile
   Est ceste chose ;
Si vous doit bien estre desclose.
Or escoutez que vous propose.

640 « A toz cels qui verront ceste lettre commune
Fet Sathan a savoir que ja torna fortune,
Que Theophiles ot a l'evesque rancune,
Ne li lessa l'evesque seignorie nesune.

644 Il fu desesperez quant l'en li fist l'outrage ;
A Salatin s'en vint qui ot el cors la rage,
Et dist qu'il li feroit molt volentiers hommage,
Se rendre li pooit s'onor et son domage.

648 Je le guerroiai tant com mena sainte vie,
C'onques ne poi avoir desor lui seignorie.
Quant il me vint requerre, j'oi de lui grant envie.
Et lors me fist hommage, si rot sa seignorie.

652 De l'anel de son doit seela ceste letre,
De son sanc les escrist, autre enque n'i fist metre,
Ains que je me vousisse de lui point entremetre
Ne que je le feïsse en dignité remetre. »

656 Issi ouvra icil preudom.
Delivré l'a tout a bandon
   La Dieu ancele.
Marie, la virge pucele,

660 Delivré l'a de tel querelle.
Chantons tuit por ceste novele.
   Or levez sus,
Disons : « Te Deum laudamus ».

Explicit le miracle de Theophile.

qui n'ont pas encore appris à reconnaître
 une telle tromperie.

Ici l'évêque lit la charte et dit :

632 Écoutez, par Dieu le Fils de Marie,
bonnes gens, vous allez entendre
 la vie de Théophile
à qui l'Ennemi a joué un tour.
636 Cette histoire est aussi vraie
 que l'Évangile ;
il est donc bien juste qu'elle vous soit révélée.
Écoutez ce que je vais vous dire.

640 « À tous ceux qui verront cette lettre publique
Satan fait savoir que, la fortune ayant jadis tourné,
Théophile se querella avec l'évêque,
qui ne lui laissa pas une seule de ses charges.

644 Il fut désespéré qu'on lui fît cet outrage
et vint trouver Salatin, plein de rage,
disant qu'il lui ferait très volontiers hommage
s'il pouvait lui rendre son rang et réparer son dommage.

648 Je lui fis la guerre tant qu'il mena sainte vie,
sans jamais pouvoir le soumettre :
quand il vint me prier, j'eus de lui grande envie.
Il me rendit l'hommage et retrouva sa charge.

652 De l'anneau de son doigt il scella cette lettre,
l'écrivit de son sang, sans user d'une autre encre,
avant que je voulusse m'occuper de lui
et lui faire retrouver toutes ses dignités. »

656 Telle fut la conduite de cet homme de bien.
Elle l'a généreusement délivré,
 la servante de Dieu.
La Vierge Marie
660 l'a délivré de cette affaire.
Chantons tous en l'honneur de cette nouvelle.
 Levez-vous donc
et disons : « Te Deum laudamus ».

Fin du miracle de Théophile.

LE MIRACLE DU SACRISTAIN

Le thème de ce poème est traité, avant Rutebeuf, dans un exemplum *inséré dans les* Sermones vulgares *de Jacques de Vitry, évêque d'Acre, puis cardinal-évêque de Tusculum, mort en 1240 (Th. F. Crane,* The exempla or illustrative stories from the sermones vulgares of Jacques of Vitry, *Londres, 1890, p. 117, nº 282). Cet* exemplum *est imprimé par F.-B. (II, p. 212-213) d'après le ms. Paris Bibl. Nat. lat. 17509, f. 148.*

*Le canevas de l'histoire est exactement le même dans le poème français et dans l'*exemplum *latin. Rutebeuf se sépare seulement de Jacques de Vitry en soulignant avec force que les deux fugitifs ne consomment pas le péché de chair et qu'ainsi, jusque dans leur chute, ils résistent à la tentation. Jacques de Vitry ne se prononce pas sur ce point. Chez lui, la Vierge morigène les coupables, mais elle paraît moins sensible à leur péché qu'au scandale qu'ils ont provoqué.*

Le pardon miraculeux accordé par la Vierge, le motif de la conversion, celui de la réhabilitation des pécheurs, tous ces éléments rapprochent le Miracle du sacristain *de la* Vie de sainte Marie l'Égyptienne *et du* Miracle de Théophile, *et invitent à placer les trois œuvres vers la même époque. D'autre part F.-B. (II, p. 206-210) relève que plusieurs passages du* Sacristain, *que l'on trouvera ici signalés dans les notes, se retrouvent identiques ou très ressemblants soit dans la* Vie de sainte Marie l'Égyptienne, *soit dans la* Vie de sainte Elysabel de Hongrie, *soit dans la* Voie d'Humilité (Paradis).

Un examen minutieux conduit F.-B. à conclure, avec une extrême prudence eu égard à la fragilité de l'argumentation, que l'ordre de composition de ces poèmes serait : 1º Sainte Marie l'Égyptienne *; 2º* Sacristain *; 3º* Sainte Elysabel *et* Voie d'Humilité. *D'autres arguments conduisent* *à placer un peu plus tôt ce dernier poème (voir p. 342). Pour le reste, rien ne vient contredire l'hypothèse de F.-B., au contraire. Tous ces poèmes datent à l'évidence de la période de la conversion de Rutebeuf et, s'agissant de l'*Égyptienne, *du* Sacristain *et d'*Elysabel, *comme aussi de* Théophile, *de l'époque où cette conversion commence à porter matériellement ses fruits, c'est-à-dire où le poète retrouve des commanditaires et des mécènes.*

Sur ce dernier point, on ne sait qui est le Benoît qui a raconté à Rutebeuf le miracle du sacristain et à la demande duquel il compose son poème (v. 1-7 et v. 747-751). Dufeil (1981, p. 288) pense qu'il pourrait s'agir, non d'un individu, mais de l'Ordre bénédictin. Les termes dans lesquels Rutebeuf parle de ce Benoît aux v. 4-6 ne sont pas incompatibles avec cette hypothèse, mais ceux dont il use aux v. 747-749 s'y accordent moins bien.

Manuscrits : A, f. 294 v° ; *C*, f. 65 v°. *Texte de C.*
* Titre : *A* Du secrestain et de la famme au chevalier

CI ENCOUMENCE LI MIRACLES QUE NOSTRE DAME FIST DOU SOUCRETAIN ET D'UNE DAME

Ce soit en la beneoite heure
Que Beneoiz, qui Dieu aheure,
Me fait faire beneoite oevre !
4 Por Beneoit .I. pou m'aoevre :
Benoiz soit qui escoutera
Ce que por Beneoit fera
Ruetebuez, que Dieuz beneïsse !
8 Diex doint que s'uevre espeneïsse
En teil maniere que il face
Choze dont il ait grei et grace !
Cil qui bien fait bien doit avoir,
12 Et cil qui n'a sens ne savoir
Par quoi il puisse bien ouvreir,
Si ne doit mie recovreir
A avoir gairison ne rente.
16 Hon dit : « De teil marchié, teil vente. » *f. 66 r° 1*
Ciz siecles n'est mais que marchiez.
Et vos qui au marchié marchiez,
S'au marchié estes mescheant,
20 Vos n'estes pas bon marcheant.
Li marcheanz, la marcheande
Qui sagement ne marcheande
Pert ses pas et quanqu'ele marche.
24 Puis que nos sons en bone marche,
Pensons de si marcheandeir
C'om ne nos puisse demandeir
Nule riens au jor dou Juïse,
28 Quant Diex panra de toz justise
Qui auront ensi bargignié
Qu'au marchié seront engignié.

---

* v. 13. *A* en bien o. — v. 19. *A* mal cheant

---

1. Les v. 8-10 entretiennent l'ambiguïté entre les œuvres de salut et celles qui sont le résultat du travail – s'agissant de Rutebeuf, du travail poétique. C'est des secondes et de leur récompense maté-

LE MIRACLE DU SACRISTAIN ET D'UNE DAME ACCOMPLI PAR NOTRE-DAME

Bénie soit l'heure
où Benoît, qui adore Dieu,
me fait faire une œuvre bénie !
4 Pour Benoît je me mets un peu à l'œuvre :
béni soit celui qui écoutera
ce que fera pour Benoît
Rutebeuf (que Dieu le bénisse !).
8 Que Dieu lui donne d'amender ses œuvres
de manière à faire quelque chose
dont on lui sache gré, par quoi il trouve grâce[1] !
Celui qui fait bien doit avoir du bien,
12 et celui qui n'a ni l'intelligence ni les connaissances
nécessaires pour bien œuvrer,
il ne doit réussir
à avoir ni ressources ni rente.
16 On dit : « On a le prix qu'on a su marchander[2]. »
Ce monde n'est plus qu'un marché.
Et vous qui marchez vers le marché,
si au marché vous êtes malchanceux,
20 vous n'êtes pas un bon marchand.
Le marchand, la marchande
qui ne marchande pas sagement
a fait des pas pour rien et pour rien a marché[3].
24 Nous qui sommes du bon pays, de la bonne marche,
pensons à si bien marchander
qu'on ne puisse rien nous demander
au jour du Jugement,
28 quand Dieu exercera sa justice
sur tous ceux qui auront fait des affaires telles
qu'au marché ils auront été dupés.

---

rielle qu'il s'agit ensuite dans les v. 11-16, des premières et de leur récompense spirituelle dans les v. 17-30, dont on trouve l'écho dans les v. 127-134 de la *Complainte d'Outremer*. **2.** Morawski 160 **3.** Cf. *Charlot le Juif qui chia dans la peau du lièvre* 99-102.

Or gardeiz que ne vos engigne
32 Li Maufeiz, qu'adés vos bargigne.
N'aiez envie seur nule ame :
C'est la choze qui destruit l'arme.
Envie semble herison :
36 De toutes pars sunt li poinson.
[Envie point de toutes pars,
Pis vaut que guivre ne liepars.]
Li cors ou Envie s'embat
40 Ne se solace ne esbat.
Toz jors est ces viaires pales,
Toz jors sunt ces paroles males.
Lors rit il quant ces voizins pleure,
44 Et lors li recort li duelz seure
Quant ces voisins a bien asseiz.
De mesdire n'iert ja lasseiz.
Or poeiz vos savoir la vie
48 Que cil mainne qui a envie.
Envie fait homes tueir
Et si fait bones remueir,
Envie fait rooignier terre,
52 Envie met el siecle guerre,
Envie fait mari et fame *f. 66 r° 2*
Haïr, Envie destruit arme,
Envie met haïne en freres,
56 Envie fait haïr les meires,
Envie destruist Gentillesce,
Envie grieve, Envie blesce,
Envie confont Charitei
60 Et si destruit Humilitei.
Ne sai que plus briement vos die :
Tui li mal viennent par Envie.
Et por l'envie dou Mauffei,

---

* v. 37-38. *C mq.* — v. 46. *A* Ja n'ert de mesdire l. — v. 49. *A* homme — v. 50. *A* bonne — v. 60. *A* Envie ocist h. — v. 61-62. *A mq.* — v. 63. *A* d'un m.

Gardez-vous donc d'être dupés
32 par le Malin : on ne fait avec lui que de mauvaises [affaires.
Ne portez envie à personne :
c'est la mort de l'âme.
Envie ressemble au hérisson :
36 de toute part elle a des piquants.
Envie pique de toute part,
elle est pire qu'une vipère ou un léopard.
Celui sur qui Envie s'abat
40 ignore le plaisir et les ébats.
Toujours pâle est son visage,
toujours méchantes ses paroles.
Il rit quand son voisin pleure,
44 et la douleur s'empare de lui
quand tout va bien pour le voisin.
Jamais de médire il ne sera lassé.
Maintenant vous connaissez la vie
48 que mène l'homme en proie à l'envie.
Envie fait tuer les hommes,
elle fait déplacer les bornes,
Envie fait amputer les terres[1],
52 Envie met dans le monde la guerre,
Envie fait que mari et femme
se haïssent, Envie détruit l'âme,
Envie met la haine entre les frères,
56 Envie fait que l'on hait sa mère,
Envie tue Noblesse-d'âme,
Envie fait mal, Envie blesse,
Envie met en déroute Charité
60 et tue Humilité.
Je ne sais comment le dire plus brièvement :
tous les maux viennent d'Envie[2].
Et à cause de l'envie diabolique

---

1. Cf. *Voie d'Humilité (Paradis)*, n. 1, p. 365. **2.** Les v. 39-62 sont les mêmes que les v. 335-358 de la *Voie d'Humilité (Paradis)*. On note que dans ce poème, le passage est omis par *C*. Il pourrait donc avoir été interpolé.

64 Dont mainte gent sunt eschaufei,
Vos wel raconteir de .II. gent
Dont li miracles est moult granz.
Granment n'a mie que la fame
68 A un chevalier, gentiz dame,
Estoit en cest païs en vie.
Sens orguel iere et sanz envie,
Simple, cortoize, preux et sage ;
72 N'estoit ireuze ne sauvage,
Mais sa bonteiz, sa loiauteiz
Passoit cortoizie et biautei.
Dieu amoit et sa douce meire.
76 N'estoit pas au[s] povres ameire
Ne marrastre au[s] desconceilliez ;
N'estoit pas ces huis verruilliés
Le soir quant hon doit habergier
80 La povre gent : nes .I. bergier
Faisoit ele si tres biau lit
C'uns rois i geüst a delit.
Plus avoit en li charitei,
84 Ce vos di ge de veritei,
Qu'il n'a en demi seuz dou monde ;
N'est pas orendroit la seconde.
De tout ce me doi ge bien taire
88 Envers le tres biau luminaire *f. 66 v° 1*
Qu'ele moutroit a samedi.
Et bien sachiez, seur m'arme di,
Que matines voloit oïr :
92 Ja ne l'en veïssiez foïr
Tant c'on avoit fait le servise.
Ce ne vous sai je en queil guise
Fasoit les festes Notre Dame :
96 Ce ne porroit dire nule ame.
Se g'estoie boens escrivains,

---

* v. 66. *A* moult genz — v. 77-78. *A mq.*

---

1. Le samedi avait été consacré à la Vierge par Urbain II au

64 qui brûle bien des gens,
je veux vous raconter l'histoire de deux personnes
qui firent l'objet d'un très grand miracle.
Il n'y a pas bien longtemps, la femme
68 d'un chevalier, une noble dame,
vivait dans ce pays.
Elle était sans orgueil et sans envie,
simple, de bonnes manières, vertueuse et sage ;
72 elle n'était ni grondeuse ni revêche,
mais sa valeur et sa droiture
passaient ses bonnes manières et sa beauté.
Elle aimait Dieu et sa douce mère.
76 Aux pauvres elle n'était pas amère
ni marâtre à ceux qui étaient désemparés ;
sa porte n'était pas verrouillée
le soir, à l'heure où l'on doit héberger
80 le pauvre : même à un berger
elle préparait un si beau lit
qu'un roi avec plaisir y eût dormi.
Il y avait en elle plus de charité,
84 je vous le dis en vérité,
qu'il n'y en a en tout dans la moitié de l'humanité ;
à l'heure actuelle personne ne l'a dépassée.
Mais tout cela ne vaut pas d'être mentionné
88 à côté du très beau cierge
qu'elle présentait le samedi[1].
Et sachez-le bien, je le dis sur mon âme,
elle voulait entendre matines :
92 jamais vous ne l'auriez vu s'éclipser
avant la fin de l'office.
Je ne sais vous dire de quelle façon
elle célébrait les fêtes de Notre-Dame :
96 personne ne pourrait le décrire.
Même si j'étais bon copiste,

Concile de Clermont en 1095. Ce jour-là, à la cathédrale de Paris, les femmes déposaient sur l'autel des cierges en l'honneur de la Vierge : voir le passage de Thomas de Chobham cité par F.-B. II, 216.

Ainz seroie d'escrire vainz
Que j'eüsse dit la moitié
100 De l'amour et de l'amitié
Qu'a Dieu moutroit et jor et nuit.
Ancor dout je ne vos anuit
Ce que j'ai .I. petit contei
104 De son sanz et de sa bontei.
Ses sires l'avoit forment chiere
Et moult li faisoit bele chiere
De ce qu'en veritei savoit
108 Que si grant preude fame avoit.
Moult l'amoit et moult li plaisoit
Trestoz li bien qu'ele faisoit.
En la vile ot une abaïe
112 Qui n'estoit pas moult esbahie
De servir Dieu l'esperitable ;
Et si estoit mout charitable
La gent qui estoit en ce leu.
116 Bien seüst veoir cleir de l'eul
Qui i veïst .I. mauvais quas.
Or ont tot atornei a gas.
Chenoine reguleir estoient :
120 Lor regle honestement gardoient.
Laanz avoit .I. soucretain ;
Orendroit nul home ne taing
A si preudome com il iere. *f. 66 v° 2*
124 La glorieuze Dame chiere
Servoit de boen cuer et de fin,
Si com il parut en la fin.
Et si vos di qu'en trois parties
128 Estoient ces heures parties :
Dormir ou mangier ou oreir
Voloit. Ne savoit laboreir.

---

* v. 99. *A* e. escrit la moitié — v. 128. *A* ses eures parties, *C* hueures

---

1. Cf. *Elysabel* 905-910. **2.** C'est-à-dire non pas des chanoines appartenant au clergé séculier, comme ceux qui constituent

je serais fatigué d'écrire
avant d'avoir dit la moitié
100 de l'amour et de l'attachement
qu'elle montrait à Dieu jour et nuit.
J'ai déjà peur de vous ennuyer[1]
avec le peu que j'ai raconté
104 de sa sagesse et de sa valeur.
Son mari lui était très attaché
et lui manifestait de grands égards
car il savait en vérité
108 combien sa femme était vertueuse.
Il l'aimait beaucoup et était ravi
de tout le bien qu'elle faisait.
Il y avait dans la ville une abbaye
112 où on ne restait guère perplexe
pour savoir comment servir le Dieu spirituel ;
et les religieux qui étaient là
étaient très charitables.
116 Il aurait fallu de bons yeux
pour y trouver quelque chose à reprendre.
Maintenant ils ont tout tourné à la farce.
C'étaient des chanoines réguliers[2] :
120 ils observaient scrupuleusement leur règle.
Il y avait là un sacristain :
je ne tiens à l'heure actuelle personne
pour aussi vertueux qu'il l'était.
124 Il servait de tout son cœur
Notre-Dame, glorieuse et aimable,
comme la fin l'a bien montré.
Et ses heures, je vous le dis,
128 étaient divisées en trois parties :
dormir, manger, prier,
voilà ce qu'il voulait. Il ne savait pas travailler.

---

le chapitre d'une cathédrale ou d'une collégiale, mais des chanoines menant une vie conventuelle soumise à la règle de saint Augustin (cf. plus bas v. 182 et 185). Au XIIIe siècle, d'autres poètes (Huon le Roi, Guiot de Provins) critiquent le relâchement de leur règle, comme le fait ici Rutebeuf au v. 118.

Toz jors vos fust devant l'auteil.
132 Vos ne verroiz jamais auteil
Com il estoit ne si preudome.
Ne prisoit avoir une poume
Ne n'avoit cure ne corage
136 De ce qui est choze volage,
C'om voit bien avenir souvent
Qu'avoirs s'envole avec le vent.
Por ce n'en avoit couvoitise.
140 Quant la chandoile estoit emprise
Devant la Vierge debonaire,
De l'osteir n'avoit il que faire :
Tout ardoit, n'i remanoit point ;
144 Je ne di pas, c'il fust a point
Que plainz li chandelabres fust
Ou li granz chandeliers de fust,
Il en otast juqu'a raison
148 Qui feïst bien a la maison.
Par maintes fois si avenoit
Que la bone dame venoit
A l'eglize por Dieu proier.
152 Celui trouvoit cui otroier
Doit Notre Dame son douz reigne :
Jamais n'aura si boen chenoingne.
Ces gens moult saintement vivoient.
156 Li felon envieuz qui voient
Ceulz qui vivent d'oneste vie
D'eulz desvoier orent envie. *f. 67 r° 1*
De lor enviaus envoierent,
160 Par maintes fois i avoierent,
Tant qu'il les firent desvoier
De lor voie et avoier
A une perilleuze voie.
164 Or est mestiers que Dieux les voie !

---

* v. 140. *A* esprise — v. 152. *AC* qui — v. 157. *A* de bone vie

---

1. Même plaisanterie sur les prêtres qui récupèrent les cierges

Il serait resté toujours devant l'autel.
132 Vous n'en verriez jamais un autre
comme lui, aussi vertueux.
Il faisait cas de l'argent comme d'une guigne
et n'avait ni le souci ni le désir
136 de ce qui est chose légère,
car on voit bien souvent
l'argent s'envoler avec le vent.
C'est pourquoi il n'en avait nulle convoitise.
140 Quand la chandelle était allumée
devant la Vierge généreuse,
il ne se souciait pas de l'ôter :
tout brûlait, il n'en restait rien ;
144 je ne dis pas que, s'il arrivait
que le candélabre
ou le grand chandelier de bois fussent tout garnis,
il ne prît pas un nombre raisonnable de cierges
148 qui pouvaient lui rendre service chez lui[1].
Il arrivait souvent
que la dame vertueuse vînt
à l'église prier Dieu.
152 Elle y trouvait celui
à qui Notre-Dame doit octroyer son doux royaume :
jamais il n'y aura de si bon chanoine.
Ces gens vivaient très saintement.
156 Les méchants envieux[2] qui voient
ceux qui mènent une vie intègre
eurent envie de les dévoyer.
Ils leur lancèrent un défi[3],
160 bien des fois ils les poussèrent dans ce sens,
si bien qu'ils les détournèrent
du droit chemin et les engagèrent
dans une voie très périlleuse.
164 À présent ils ont besoin que Dieu les guide !

---

non consumés dans le fabliau de Gautier le Leu *La Veuve*, v. 31-32 (*Fabliaux érotiques*, éd. L. Rossi et R. Straub, « Lettres gothiques », 1992). **2.** Les diables. **3.** Sur *enviaus*, voir *Griesche d'hiver* 43 et 47, et n. 2, p. 199.

Tot va, ce poeiz vos veoir,
Choze qui prent a decheoir.
Tost fu lor penitance fraite
168 Qui n'estoit pas demie faite.
Anemis si les entama
Que li amis l'amie ama
Et l'amie l'ami amot.
172 Li uns ne ceit de l'autre mot ;
De plus en plus les enchanta.
Quant cil chantoit *Salve sancta*,
Li *parens* estoit oblieiz,
176 Tant estoit fort desavoieiz.
Et quant il voloit graces rendre,
.VII. fois li couvenoit reprendre
Ainz que la moitié dite eüst.
180 Or est mestiers Dieux li aüst !
Dou tout en tout a getei fuer
L'abit Saint Augustin dou cuer.
N'i a mais se folie non,
184 Fors tant que chenoignë at non.
[De l'ordre Augustin n'i a goute,
Fors que l'abit, ce n'est pas doute.]
Or est vai[n]cuz, or est conclus
188 Notre religieuz rencluz.
N'a plus fol en la region
Que cil de la religion.
Et la dame religieuze
192 Rest d'ameir si fort curieuze
Qu'ele n'a d'autre choze cure.
Or est la dame moult oscure,
Car li oscurs l'a oscurcie *f. 67 r° 2*
196 De s'oscurtei et endurcie.
De male cure l'a curee.
Ci a moult oscure curee
Qui n'est pas entre char et cuir,

---

* v. 165. *A* Tost — v. 185-186. *C mq.*

Quand une chose a commencé à se dégrader,
cela va vite, vous pouvez le voir.
Bien vite la pénitence fut interrompue
168 alors qu'elle n'était pas à moitié faite.
Le diable les corrompit tant
que l'ami aima son amie,
que l'amie aima son ami.
172 Chacun ignorait tout des sentiments de l'autre ;
de plus en plus le diable les ensorcelait.
Quand le chanoine chantait *Salve sancta*,
il oubliait complètement le *parens*[1],
176 tant il était égaré.
Et quand il voulait dire ses grâces,
il devait s'y reprendre à sept fois
avant d'en avoir dit la moitié.
180 Il a besoin que Dieu lui vienne en aide !
De son cœur il a complètement rejeté
l'habit de saint Augustin.
Dans son cœur il n'y a plus que sa folle passion,
184 il n'est plus chanoine que de nom.
[De l'ordre d'Augustin, il n'y a plus en lui
que l'habit, cela ne fait pas de doute.]
Le voilà vaincu, réduit à merci,
188 notre religieux cloîtré.
Il n'y a pas plus fou dans toute la région
que cet homme de religion.
Et la dame religieuse
192 de son côté est d'aimer si curieuse
que de nulle autre chose elle n'a cure.
La voilà plongée dans l'obscurité,
car le démon obscur l'a obscurcie
196 de son obscurité et endurcie.
Il lui a fait suivre une mauvaise cure.
C'est un mal horrible et obscur
que celui qui ne touche pas la chair et la peau,

---

1. Le *Salve, sancta parens, enixa puerpera Regem* (Salut, mère sainte, toi qui as mis au monde le Roi) est l'introït de la messe du commun de la Sainte Vierge.

200 Ainz est dedenz le cuer oscur
Qui estoit clers et curieuz
De servir Dieu le glorieuz.
Cureir la puisse li curerres
204 Qui des oscurs est escurerres !
Car si forment est tormentee
Et si vaincue et enchantee,
Quant ele est assise au mangier,
208 Il li couvient avant changier
Couleur .V. foies ou sis,
Por son cuer qui est si pencis,
Que li premiers mes soit mangiez.
212 Or est ces afaires changiez.
Voirement dit hon, ce me cemble :
« Dieux done bleif, deables l'emble. »
Et li deable ont bien emblei
216 Ce que Diex amoit miex que blei.
Or face Diex novele amie,
Qu'il samble ceste nou soit mie.
Tost est alei, preneiz i garde,
220 Ce que notres Sires ne garde.
Dit la dame : « Dolante, lasse,
Ceste doleur toute autre passe.
Lasse ! que porrai devenir ?
224 Commant me porrai contenir
En teil maniere qu'il parsoive
Que la soie amors me desoive ?
Dirai li ge ? Nenil sanz doute :
228 Or ai ge dit que fole gloute,
Que fame ne doit pas proier.
Or me puet s'amor asproier, *f. 67 v° 1*
Que par moi n'en saura mais riens.
232 Or sui ainsiz com li marriens
Qui porrit desouz la goutiere ;
Or amerai en teil maniere. »
Ainsi la dame se demoinne.

* v. 220. *A* s. ne garde, *C* regarde

200 mais les profondeurs du cœur obscur,
autrefois clair et désireux
de servir la gloire de Dieu.
Qu'il puisse la guérir par sa cure, le médecin
204 qui soigne ceux qu'a gagnés l'obscurité[1] !
Car elle est si violemment tourmentée,
si vaincue, si ensorcelée,
que quand elle est assise à table,
208 elle ne peut s'empêcher de changer
de couleur cinq ou six fois,
tant son cœur est mélancolique,
avant la fin du premier service.
212 Voilà ses dispositions bien changées !
On a raison de dire, il me semble :
« Dieu donne le blé, le diable le prend. »
Et les diables ont bel et bien pris
216 ce que Dieu aimait plus que le blé.
Que Dieu se trouve maintenant une nouvelle amie,
car il semble que celle-ci ne soit plus la sienne !
Ce que Notre-Seigneur ne garde pas
220 a tôt fait de s'en aller, prenez-y garde.
La dame dit : « Malheureuse que je suis,
cette douleur dépasse toutes les autres.
Malheureuse ! que pourrai-je devenir ?
224 Comment me comporter
de telle façon qu'il se rende compte
du mal que me fait mon amour pour lui ?
Le lui dirai-je ? Non, bien sûr :
228 j'ai parlé comme une folle, une dévergondée,
car une femme ne doit pas faire des avances.
L'amour que j'ai pour lui peut bien me tourmenter :
il n'en saura jamais rien par ma bouche.
232 Me voici comme le bout de bois
qui pourrit sous la gouttière ;
c'est comme cela que j'aimerai. »
Voici comment se comporte la dame.

---

1. À partir de *curieuse* au v. 192, les v. 193-204 ne cessent de jouer sur les mots *cure* et *obscur*.

236 Or vos rewel meneir au moinne.
Li bons moinnes aime la dame,
Qui acroit sus sa lasse d'arme,
Mais la dame n'en ceit noiant.
240 Moult vat entor li tornoiant
Quant ele est au moustier venue ;
Et s'il seüst la couvenue
Que la dame l'amast si fort,
244 Confortez fust de grant confort.
Il n'est en chemin ne en voie
Que li deables ne le voie :
Tout adés le tient par l'oreille ;
248 D'eures en autres li conceille :
[« Va, fols chanoines, por qoi tardes
Que ceste dame ne regardes ?]
Va, a li cour et si la proie ! »
252 Tant li semont et tant l'asproie
Que li chenoines a li vient :
Par force venir li couvient.
Quant la dame le vit venir,
256 De rire ne se pot tenir.
Ces cuers li semont bien a dire :
« Embraciez moi, biau tres douz sire ! »
Mais Nature la tient sarree.
260 Nulle des dens n'a desserree
Fors que por rire ; et quant ris ot,
Les dens reserre et ne dit mot.
Li preudons la prit par la main :
264 « Dame, vos aleiz chacun main
Mout matinet a sainte eglize.
Est ce por oïr le servize ?
Ne puis plus ma doleur covrir, *f. 67 v° 2*
268 Ainz me covient ma bouche ovrir ;
Les dens me couvient dessereir.
Vos me faites sovent serreir

---

* v. 240. *A* li, *C* lui — v. 249-250. *C mq.* — v. 252. *A* Tant le s. et tant le proie — v. 255. *A* voit — v. 256. *A* puet — v. 263. *A* la prent — v. 265. *A* a ceste eglise

236 À présent je veux revenir au moine.
L'excellent moine aime la dame :
il vit à crédit en engageant sa pauvre âme ;
mais la dame n'en sait rien.
240 Il lui tourne beaucoup autour
quand elle vient à l'église ;
et s'il connaissait la situation,
s'il savait que la dame l'aime si fort,
244 cela lui serait un grand réconfort.
Il est sur un chemin, sur une voie
où c'est le diable qui le conduit,
le tenant sans cesse par l'oreille ;
248 à toute heure il lui donne ses conseils :
« Va donc, fou que tu es, chanoine, pourquoi tarder
à t'occuper de cette dame ?
Va, cours la trouver, déclare-toi ! »
252 Il l'exhorte et le tourmente tant
que le chanoine va la trouver :
il ne peut faire autrement.
Quand la dame le vit venir,
256 elle ne put empêcher son visage de s'éclairer.
Son cœur l'exhorte à dire :
« Embrassez-moi, très cher seigneur ! »
Mais Nature[1] la tient très court.
260 Elle n'a pas desserré les dents
sinon pour sourire, et quand elle eut souri,
elle resserra les dents et ne dit mot.
L'homme de bien la prit par la main :
264 « Madame, vous allez tous les matins
de très bonne heure à l'église de Dieu.
Est-ce pour entendre l'office ?
Je ne puis plus cacher mes souffrances,
268 il me faut ouvrir la bouche,
il me faut desserrer les dents.
À cause de vous j'ai toujours

---

1. La pudeur et la réserve font partie de la nature féminine. Rutebeuf est plus proche ici de Guillaume de Lorris que de Jean de Meun.

Le cuer el ventre sanz demour :
272 Dame, je vos aim par amour. »
Dit la dame : « Vos estes nices !
Plus a en vos asseiz de vices
Que ne cudoie qu'il eüst,
276 Se sainte Charité m'aiüst !
Moult saveiz bien servir de guile.
Estes vos por ce en la vile
Por la bone gent engignier ?
280 Haï ! com saveiz bargignier !
Veiz dou papelart, dou beguin !
Des or ne pris .I. angevin
Son bienfait ne sa penitance,
284 Si m'aïst Diex et sa poissance !
Je cuidai qu'il fust .I. hermites,
Et il est .I. faux ypocrites.
Haï ! Haï ! queil norrison !
288 Il est de piau de herison
Entorteilliez dedenz la robe
Et defors sert la gent de lobe,
Et s'a la traïson el cors
292 Et fait biau semblant par defors.
– Dame, dame, ne vos anuit !
Avant sofferrai jor et nuit
Des or mais mon mal et ma painne
296 Que vos die choze grevainne.
Taire m'estuet, je me tairai.
Laissier m'estuet, je le lairai :
Vos a prier n'en puis plus faire.
300 – Biaux sire chiers, ne me puis taire :
Tant vos aing, nuns nou pourroit dire.
Or n'i at plus, biaux tres doulz sire, *f. 68 r° 1*
Mais que le meilleur regardeiz
304 Et dou descouvrir vos gardeiz ;
Car se la choze est descouverte,
Hom nos tanrra a gent cuverte,

* v. 276. *AC* meust — v. 278. *C* I estes vos — v. 289. *A* Envelopez desouz la r.

le cœur serré dans la poitrine :
272 Madame, je vous aime d'amour. »
La dame dit : « Sot que vous êtes !
Il y a en vous beaucoup plus de vice
que je ne pensais
276 (que la divine charité m'assiste !).
Vous êtes un rusé.
Est-ce pour cela que vous êtes dans cette ville,
pour duper les braves gens ?
280 Ah ! comme vous savez faire vos affaires !
Voyez le papelard, le béguin[1] !
Désormais je n'estime pas un sou
ses bonnes œuvres et ses mortifications
284 (que la puissance de Dieu me vienne en aide !).
Je croyais que c'était un ascète,
et c'est un hypocrite, un menteur.
Vraiment, belle éducation !
288 Il est tout entortillé sous son froc
dans la peau d'un hérisson,
et au-dehors il sert aux gens son boniment ;
il a la trahison dans le sang
292 et au-dehors il se donne belle apparence.
– Madame, Madame, ne vous fâchez pas !
Dorénavant je supporterai jour et nuit
mon mal et ma souffrance
296 plutôt que de vous dire quelque chose qui vous blesse.
Il me faut me taire, je me tairai.
Il me faut renoncer, je renoncerai :
vous prier, je ne puis le faire davantage. »
300 – Très cher seigneur, je ne puis me taire :
je vous aime tant que nul ne pourrait le dire.
Tout ce qu'il faut, très cher seigneur,
c'est que vous considériez ce qu'il y a de mieux à faire
304 et que vous veilliez à ce que la chose ne s'ébruite pas.
Car si elle s'ébruite,
on nous tiendra pour des misérables,

---

1. Sur les papelards et les béguins, voir *Chanson des Ordres*, n. 1, p. 443.

Sachiez, et si n'en douteiz pas.
308 Alons nos an plus que le pas
A tout quanque porrons avoir.
Prenons deniers et autre avoir
Si que nos vivons a honour
312 La ou nos serons a sejour,
Car la gent qui va desgarnie
En estrange leu est honie. »
Dit li chenoignes : « Douce amie,
316 Sachiez, ce ne renfus je mie,
Car c'est li mieudres que g'i voie.
Or nos meterons a la voie
Anquenuit ; de nuit mouverons
320 A tout quanque nos porterons. »
Or est la choze porparlee
Et de la meute et de l'alee.
La dame vint en son hostei.
324 Contre la nuit en a ostei
Robes et deniers et joiaux
Les plus cointes et les plus biaus.
C'ele em peüst porter la cendre,
328 Ele l'alast volentiers prendre,
Car la gent qui a ce labeure
Tient a perdu ce que demeure.
Li chenoignes est d'autre part
332 Qui el tresor fait grant essart ;
Le tresor tresanoiantist
Ausi bien con c'il le nantist.
Tout prent, tout robe, tot pelice,
336 N'i laisse ne croix ne calice.
Un troussiau fait : troussiau, mais trousse. *f. 68 r° 2*
Le troussiau prent, au col le trousse.
Or a il le troussiau troussei,
340 Mais s'on le trueve, a estrouz seit
Qu'il sera pris et retenuz.
Il est a la dame venuz

---

* v. 325. *A* R. d. et de j. — v. 326. *A* Les plus riches et — v. 333. *A* tresanoiantist, *C* tresansantit

sachez-le et n'en doutez pas.
308 Allons-nous-en au galop
en emportant tout ce que nous pourrons.
Prenons de l'argent et d'autres biens
de façon à vivre honorablement
312 là où nous nous installerons,
car les gens qui voyagent sans rien
sont mal considérés lorsqu'ils sont loin de chez eux. »
Le chanoine dit : « Chère amie,
316 je ne dis pas non, sachez-le,
car c'est ce que je vois de mieux à faire.
Nous nous mettrons donc en chemin
cette nuit ; nous voyagerons de nuit
320 avec tout ce que nous emporterons. »
Voilà donc les choses réglées
touchant leur départ et leur voyage.
La dame rentra chez elle.
324 Le soir venu, elle y a pris
vêtements, argent, bijoux,
tout ce qu'il y avait de plus beau.
Si elle avait pu emporter les cendres du foyer,
328 elle serait volontiers allée les prendre,
car les gens qui font ce genre de travail
considèrent que ce qui reste derrière eux est perdu.
De son côté le chanoine
332 fait des coupes claires dans le trésor de son abbaye ;
il le réduit à néant
comme s'il se payait sur lui d'une créance.
Il prend tout, vole tout, rafle tout[1],
336 il n'y laisse ni croix ni calice.
Il en fait un chargement – une belle charge !
Il prend le chargement, le charge sur son cou.
Le voilà qui a chargé le chargement,
340 mais si on le trouve, il sait très bien
qu'il sera mis en prison.
Il est allé trouver la dame

1. Cf. *Voie d'Humilité (Paradis)* 473.

Qui l'atendoit ; illec a coup
344 Chacuns met le troussel au coul :
Or semble qu'il vont au marchié.
Tant ont alei, tant ont marchié
Qu'esloignié ont li fol naïs
348 .XV. granz lieues le païs.
En la vile ont un hosteil pris.
Ancor n'ont de noiant mespris
Ne fait pechié ne autre choze
352 Dont Diex ne sa Mere les choze,
Ainz sunt ausi com suer et frere :
La douce Dame lor soit meire !
Venir me covient au couvent
356 Ou il n'avoit pas ce couvent.
Li couvenz dort ne se remue ;
Li couvenz la descouvenue
Ne seit pas : savoir le couvient,
360 Car uns convers au couvent vient
Et dit : « Seigneur, suz vos leveiz
S'anuit mais lever vos deveiz,
Qu'il est biauz jors et cleirs et granz ! »
364 Chacuns est de leveir engranz.
Quant il ont le convers oï,
Durement furent esbahi
Qu'il n'orent oï soner cloche
368 Ne campenele ne reloge.
Or dient bien tot a delivre
Que ce soir avoit estei yvres
Li soucretainz : tant ot beü
372 Que li vins l'avoit deceü. *f. 68 v° 1*
Mais je cuit qu'autre choze i a,
Foi que doi *Ave Maria.*
Tuit sunt a l'eglize venu,
376 Petit et grant, jone et chenu.
Le socretain ont apelei
Qui le trezor ot trapelei.

---

* v. 347. *A* ot li fols — v. 348. *A* 1. son p. — v. 356. *C* Ou il n'avoit passei c. — v. 358. *A* la descouvenue, *C* la des-

qui l'attendait ; là, d'un même mouvement,
344 chacun prend son chargement sur son cou :
on dirait qu'ils vont au marché.
Ils ont tant cheminé, tant marché,
ces fous complets, qu'ils se sont éloignés
348 de quinze grandes lieues de leur pays.
À la ville ils ont pris un logement.
Jusque-là ils n'ont rien fait de mal ;
ils n'ont pas péché ni rien fait d'autre
352 que Dieu et sa Mère leur reprochent,
mais ils sont comme frère et sœur :
que la douce Dame soit leur mère !
Il me faut revenir au couvent
356 où l'on ne s'attendait pas à cela.
Le couvent dort et ne bouge pas ;
le couvent ignore
la mésaventure : il la lui faut apprendre,
360 car un convers arrive au couvent
et dit : « Seigneurs, levez-vous,
si vous devez vraiment vous lever cette nuit,
car il fait grand jour et clair ! »
364 Chacun se dépêche de se lever.
En entendant le convers
ils furent bien étonnés,
car ils n'avaient entendu sonner ni cloche
368 ni sonnette ni horloge.
Ils disent alors sans se gêner
que cette nuit-là le sacristain
était ivre : il avait tant bu
372 que le vin l'avait induit en erreur.
Mais je crois qu'il y a autre chose,
par la foi que je dois à l'*Ave Maria*.
Ils sont tous venus à l'église,
376 petits et grands, jeunes et vieux.
Ils ont appelé le sacristain
qui avait cambriolé le trésor.

---

couvenz — v. 360. *A* uns convers, *C* uns renduz — v. 375. *A* Il s.

Cil ne respont nes qu'amuiz.
380 Por quoi ? Qu'il s'en estoit fuiz.
Quant il furent entrei en cuer,
Chacuns vosist bien estre fuer,
Car trestuit si grant paor orent
384 (Li un des autres rien ne sorent)
Que la chars lor fremist et tremble.
L'abés parole a touz encemble :
« Seigneur, dit il, nos sont lobei :
388 Li soucretainz nos a robei.
Frere, dit il au tresorier,
Laissates vos le trezor ier
Bien fermei ? Car i preneiz garde. »
392 Et li trezoriers i regarde :
Onques ne trova en tresor
Caalice ne croiz ne or.
Au couvent dit et a l'abei :
396 « Seigneur, dit il, nos sons gabei :
N'avons ne calice ne croix
Ne tresor qui vaille .II. noix. »
Dit li abés : « Ne vos en chaille !
400 Va s'en il ? Oïl ! bien s'en aille !
C'il est de droit, ancor saurons
La ou il est, si le raurons. »
Papelars fait bien ce qu'il doit,
404 Qui si forment papelardoit.
De l'engin servent et de l'art
Li ypocrite papelart.
De la loenge dou pueple ardent : *f. 68 v° 2*
408 Por ce papelart papelardent.
Ne vaut rien papelarderie
Puis qu'el a papé larderie.

---

* v. 394. *A* Ne chalice ne c. — v. 405. *A* sevent — v. 410. *AC* Puis que la papelarde rie

---

1. Dans les deux mss le v. 410 est : « Puis que la papelarde rie ». Mais *rie* est incompréhensible. On adopte ici la suggestion de F.-B. (II, 225) qui, sans aller jusqu'à corriger le texte dans l'édi-

Il ne répond pas plus que s'il était muet.
380 Pourquoi ? C'est qu'il s'était enfui.
Quand ils furent entrés dans le chœur,
chacun aurait bien voulu être dehors,
car tous eurent si peur
384 (chacun ignorait ce que l'autre avait pu faire)
qu'ils en étaient tout tremblants.
L'abbé s'adressa à tous ensemble :
« Seigneurs, dit-il, on s'est moqué de nous :
388 le sacristain nous a volés.
Frère, dit-il au trésorier,
Avez-vous laissé hier le trésor
bien fermé ? Réfléchissez bien. »
392 Le trésorier regarda :
il ne trouva dans le trésor
ni calice ni croix ni or.
Il dit au couvent et à l'abbé :
396 « Seigneurs, on nous a eus :
nous n'avons plus ni calice ni croix
ni trésor qui vaille une guigne. »
L'abbé dit : « Ne vous faites pas de souci !
400 Il s'en va ? Très bien ! qu'il s'en aille !
Si tout se passe bien, nous saurons
où il est, et nous le rattraperons. »
Un papelard fait bien ce qu'il doit
404 en papelardant à ce point.
Ils ont recours à l'astuce et à l'artifice,
les hypocrites papelards.
Ils brûlent d'être loués par tout le peuple :
408 c'est pourquoi les papelards papelardent.
La papelardise ne vaut rien
dès lors qu'elle a goûté au lard[1].

---

tion même, propose en note de lire : « Puis qu'el a papé larderie » (*paper*, manger). Cette hypothèse n'est pas gratuite. Elle se fonde sur un passage de Gautier de Coincy dont Rutebeuf s'inspire ici très évidemment : « Tiex fait devant le papelart / Qui par derriere pape lart ». Même plaisanterie dans un dit artésien : « Tele make le papelart / Ki en deriere pape lart ». Mais *larderie* au sens de lard n'est pas autrement attesté.

Jamais n'apapelardirai,
412 Ansois des papelars dirai :
« Pour choze que papelars die,
Ne croirai mais papelardie. »
La Renomee qui tost court
416 Est venue droit a la court
Au chevalier cui sa fame ot
Desrobei, mais il n'en sot mot,
Qu'il n'avoit pas laianz geü.
420 Quant il a son hosteil veü
Si robei et si desgarni :
« Hé ! Diex, com m'aveiz escharni,
Dit li chevaliers, biauz doulz Sire !
424 Or ne cuidai qu'en nul empire
Eüst teil fame com la moie :
De grant noiant m'esjoïssoie.
Or voi ge bien et croi et cuit
428 N'est pas tot ors quanque reluit. »
Or seit il et seivent li moinne
Li soucretainz sa fame enmoinne.
Aprés s'en vont grant alleüre ;
432 Ne chevauchent pas l'ambleüre
Mais tant com chevaul pueent corre,
Qu'il cuident lor proie rescorre.
Ce jor les mena bien Fortune :
436 Voie nes destorna nes une,
Ainz ont la droite voie alee
La ou cil firent lor alee.
Tant ont le jor esperonnei
440 Qu'avant que hon eüst sonei
Nonne vindrent au leu, je cuit,
Qui plus lor grieve et plus lor cuit. *f. 69 r° 1*
Auz rues forainnes se metent
444 Et dou demandeir s'entremetent

---

* v. 412. *A* des papelars dirai, *C* despapelardirai

Jamais je ne papelarderai,
412 mais des papelards je dirai :
« Quoi qu'un papelard dise,
je ne croirai jamais la papelardise. »
La Renommée à la course rapide
416 est venue tout droit au logis
du chevalier que sa femme avait
cambriolé sans qu'il en sût rien,
car il n'avait pas couché chez lui.
420 Quand il vit sa maison
ainsi cambriolée et vidée de tout :
« Hélas ! mon Dieu, comme vous vous êtes moqué de
doux Seigneur ! dit le chevalier. [moi,
424 Je croyais que nulle part au monde
il n'y avait de femme pareille à la mienne :
je me réjouissais vraiment pour rien.
Je le vois bien à présent, je le crois, je le pense :
428 tout ce qui brille n'est pas d'or[1]. »
Il sait à présent et les moines savent
que le sacristain emmène sa femme.
Ils se lancent à leur poursuite à toute allure :
432 ils ne chevauchent pas l'amble,
mais aussi vite que les chevaux peuvent galoper,
car ils espèrent atteindre leur proie.
Ce jour-là Fortune les a bien guidés :
436 jamais elle ne leur fit quitter le bon chemin,
mais ils sont allés tout droit
là où les autres avaient dirigé leurs pas.
Ils ont si bien éperonné tout le jour
440 qu'avant qu'on eût sonné
none ils arrivèrent au lieu qui, je crois,
leur est le plus pénible et le plus cuisant.
Ils se placent dans les rues écartées
444 et se mettent à demander

---

1. Morawski 1371. Cf. *Hypocrisie (Pharisien)* 92, *Elysabel* 654, *Outremer* 38. Et aussi *Complainte de Guillaume* 21, *Frère Denise* 15.

Se hon avoit teil gent veüe
Qui ont teil vis et teil veüe :
Toute devisent lor fason.
448 « Por Dieu ! savoir le nos face hon
C'il demeurent en ceste vile,
Car mout nos ont servi de guile. »
Li chevaliers lor redescuevre
452 De chief en chief le fait et l'uevre.
La Renornee qui tost vole
A tant portee la parole
Qu'ele est a leur voizins venue
456 En une mout forainne rue,
Car la gent qui a ce s'atorne
En destornei leu se destorne.
Eulz encuza une beguine ;
460 Sa langue ot non « Male voizine ».
Or ont beguin chïé el fautre ;
Beguin encuzent li un l'autre,
Beguin font volentiers damage,
464 Car c'est li droiz de beguinage.
Mais que loz em puissent avoir,
Beguin ne quierent autre avoir.
Cil s'en revont a la justise.
468 Li chevaliers lor redevise
Si com ces genz ont meserré
Et tot l'erre qu'il ont errei.
Et l'avoir qu'aportei en orent
472 Devizerent au mieuz qu'il porent.
Por ce c'om les trouva en voir,
Si recovint par estovoir
Que cil fussent lié et pris
476 Qui si durement ont mespris.

---

* v. 472. *A* sorent

---

1. Mot à mot : « À présent les béguins ont chié dans le feutre ». Le sens général est bien entendu qu'ils se sont comportés de façon dégoûtante. Mais le sens précis de l'expression n'est pas clair. Feutre peut-il, comme aujourd'hui, désigner par métonymie un cha-

si on avait vu des gens
ayant tel visage et telle apparence :
ils les décrivent en détail.
448 « Pour l'amour de Dieu ! qu'on nous fasse savoir
s'ils demeurent dans cette ville,
car ils se sont bien moqués de nous. »
Et le chevalier leur raconte
452 d'un bout à l'autre ce qu'ils ont fait.
La Renommée au vol rapide
a si bien répandu ces paroles
qu'elles sont venues jusqu'à leurs voisins
456 dans une rue très écartée,
car les gens qui se conduisent ainsi
vont s'installer dans des lieux reculés.
Une béguine les dénonça ;
460 sa langue s'appelait : « Méchante voisine ».
À présent les béguins se vautrent dans leur merde[1] ;
les béguins se dénoncent mutuellement,
les béguins font volontiers du mal :
464 c'est la loi du béguinage.
Pourvu qu'ils puissent récolter des louanges,
les béguins ne cherchent rien d'autre.
Les poursuivants, eux, s'adressent à la justice.
468 Le chevalier raconte à nouveau
la mauvaise conduite de ces gens
et comment ils se sont comportés.
Et l'avoir qu'ils avaient emporté,
472 ils en parlèrent aussi du mieux qu'ils purent.
Comme on les trouva véridiques,
il fallut bien
arrêter et mettre dans les liens
476 ceux qui s'étaient si mal conduits.

---

peau de feutre (cf. l'exemple de Jean de Condé donné par T.-L. III, 1796) ? Il s'agit plus vraisemblablement d'une couverture de feutre, comme semble le penser T.-L. (III, 1797) en classant le vers de Rutebeuf sous les emplois de feutre au sens de *Filz als Sitz oder Lager, Filzdecke*, et bien qu'il s'interroge sur sa signification. Notre traduction, qui n'a de commun avec l'original que la grossièreté, s'inspire de cette interprétation.

Pris furent et mis en prison *f. 69 r° 2*
Por teil fait, por teil mesprison.
Et cil s'en vont lor garant querre
480 Qui ne sont pas loi[n]g de lor terre.
Or furent cil pris et loié
Que li Maufeiz ot desvoié.
Par maintes fois m'a hon contei
484 C'om doit reproveir sa bontei :
Li preudons sa bontei reprueve ;
La glorieuze Dame rueve
Que de ce peril les delivre,
488 Qu'il cuident avoir estei yvre.
Dit li preudons : « Vierge pucele
Qui de Dieu fuz mere et ancele,
Qu'en toi eüz la deïtei
492 Qui en toi prist humanitei,
Se ta porteüre ne fust
Qui fu mise en la croiz de fust,
En enfer fussiens sanz retour :
496 Ci eüst perilleuze tour.
Dame qui par ton doulz salu
Nos as getei de la palu
D'enfer, qui est vilz et oscure,
500 Vierge pucele nete et pure,
Dame servie et reclamee,
Par toi est toute fame amee.
Si com la roze ist de l'espine,
504 Issiz, glorieuze Roïne,
De juerie qu'est poignanz,
Et tu iez soeiz et oignanz.
Dame, je vos ai tant servi,
508 Ce se pers que j'ai deservi,
Ci aura trop grant cruautei.
Vierge plainne de loiautei,

---

* v. 486. *A* rueve, *C* ruevre — v. 492. *A* Qu'il prist en toi h. — v. 502. *A* Par qui toute fame e. a.

---

1. Les v. 489-506 sont identiques aux v. 261-276 de la *Vie de*

Ils furent arrêtés et mis en prison
pour ces faits et pour ces fautes.
Et les plaignants, qui ne sont pas loin de chez eux,
480 vont chercher des garants.
Les voilà donc arrêtés, enchaînés,
ceux que le Malin avait dévoyés.
On m'a dit bien souvent
484 qu'on doit faire valoir le bien qu'on a fait.
Le bon chanoine fait valoir le bien qu'il a fait ;
il implore la glorieuse Dame
de les délivrer de ce péril,
488 car ils ont l'impression d'avoir été ivres.
Il dit, cet homme de bien : « Vierge,
toi qui fus la mère et la servante de Dieu,
puisque tu reçus en toi la divinité
492 qui en toi prit la condition humaine,
sans ta progéniture
qui fut mise en la croix de bois,
nous irions en enfer sans retour,
496 captifs d'une tour bien périlleuse.
Dame, qui par ton Fils, notre salut,
nous a tirés du marais
de l'enfer, ignoble et obscur,
500 Vierge éclatante et pure,
Dame qu'on sert et qu'on invoque,
à travers toi toute femme est aimée.
Comme la rose naît de l'épine,
504 tu naquis, reine glorieuse,
du peuple juif qui blesse et point,
et toi, tu es douce et tu oins[1].
Dame, je vous ai tant servie :
508 si je perds ce que j'ai mérité,
ce sera vraiment cruel.
Vierge pleine de loyauté,

---

sainte Marie l'Égyptienne, à ceci près que les v. 263-4 de ce dernier poème sont différents des v. 491-2 du *Sacristain* et que les v. 501-2 du *Sacristain* n'ont pas de correspondants dans *Marie l'Égyptienne*. Les v. 265-278 de *Marie l'Égyptienne* manquent dans *C* et ne figurent que dans *A*.

Par ta pitié de ci nos oste :
512 Ci a mal hosteil et mal hoste. » *f. 69 v° 1*
Dit la dame : « Vierge honoree
Que j'ai tantes foiz aoree
Et servie si volentiers,
516 Secour nos, qu'il en est mestiers !
Vierge pucele, Vierge dame,
Qui iez saluz de cors et d'arme,
Sequour ton serf, secour ta serve,
520 Ou ci at perilleuze verve.
Pors de salut, voie de meir,
Cui toz li siecles doit ameir,
Car regarde ceste forfaite
524 Qui de t'aïde a grant soufraite.
Dame cui la grace est donee
D'estre des anges coronee
Et d'aidier toute creature,
528 De ceste grant prison oscure
Nos gete par ta volentei,
Qu'Anemis nos a enchantei,
Et ce par toi ne sons delivre,
532 A grant doleur nos couvient vivre. »
Bien a oïe la complainte
La Mere Dieu de la gent sainte,
Si com il i a bien paru :
536 En la chartre a eulz aparu.
De la grant clartei souverainne
Fu si toute la chartre plainne
Que la gent qui furent humain
540 Ne porent movoir pié ne main.
Cele clarteiz qui si resclaire
Avec tot ce si soeif flaire.
Devant eulz vint la glorieuze
544 Qu'a nul besoing n'est oblieuze.
Les maufeiz tint enchaeneiz
Qui ces genz ont si maumeneiz.
Tant d'oneur lor commande a faire *f. 69 v° 2*
548 Com il lor ont fait de contraire.
Cil ne l'ozerent refuzeir
Ne ne s'en porent escuzeir.
Chacuns de ces .II. anemis

dans ta pitié fais nous sortir d'ici :
512 nous y avons un mauvais logis et un mauvais hôte. »
La dame dit : « Vierge honorée
que j'ai tant de fois adorée
et servie de si bon cœur,
516 viens à notre secours, nous en avons besoin !
Vierge jeune et souveraine,
qui es le salut du corps et de l'âme,
secours ton serviteur, secours ta servante
520 dans le danger où ils sont.
Port du salut, route de la mer
que le monde tout entier doit aimer,
jette les yeux sur cette coupable
524 qui a grand besoin de ton aide.
Dame qui as reçu la grâce
d'être couronnée par les anges
et de venir en aide à toute créature,
528 veuille nous tirer
de cette grande prison obscure,
car le Malin nous a ensorcelés :
si tu ne nous délivres pas,
532 il nous faudra vivre dans de grandes douleurs. »
Elle a bien entendu les plaintes
de ces saintes gens, la Mère de Dieu,
la suite l'a bien fait voir :
536 elle leur est apparue dans leur prison.
Sa grande et souveraine clarté
remplit si complètement la prison
que les simples humains
540 ne pouvaient remuer ni pied ni main.
Cette clarté qui illumine tout
a en outre un parfum délicieux.
Elle s'est présentée devant eux, la glorieuse,
544 qui n'oublie les besoins de personne.
Elle tenait enchaînés les diables
qui avaient tant maltraité ces gens.
Elle leur ordonna de les honorer autant
548 qu'ils leur avaient fait de mal.
Ils n'osèrent pas refuser
et ne purent se dérober.
Chacun de ces deux diables

552 A l'un de ceux sor son col mis.
D'iluec s'en tornerent grant oire.
Lor petit pas semblent tounoire.
Inelement vindrent a porte
556 A tout ce que chacuns enporte.
Li uns met celui en sa couche
Et li autres la dame couche
Leiz son seigneur si doucement
560 Que cil, qui dormoit durement,
Ne s'esveilla ne ne dist mot
Ne ne sot quant il sa fame ot.
Et l'avoir ront si ordenei
564 Qu'il ont aus moinnes or donei
Et argent que cil orent pris
Qui si durement ont mespris.
Li chevaliers rot son avoir,
568 C'onques ne pot aparsouvoir
C'on i eüst onques touchié.
Eiz vos [l'] afaire si couchié
C'or n'i pert nez que coz en eve.
572 Dés que Diex fist Adam ne Eve
Ne fu afaires si desfaiz
Ne esfaciez si grant mesfaiz.
Cil qui savoit de la nuit l'eure
576 Vest sa robe et se lieve seure
Et va ces matines sonneir.
Qui oïst moinnes tansonneir !
Si fist : « Ha ! ha ! hé ! hé ! sus ! sus ! »
580 Dit li abés : « Rois de lasus,
Biauz douz Peres, ce que puet estre ?
Ce soit de par le roi celestre ! » *f. 70 r° 1*
Tuit se lievent inelepas
584 (Apris l'ont, ne lor grieve pas),
Si s'en sunt venu a l'eglize
Por commancier le Dieu servise.

---

* v. 554. *A* samble — v. 555. *A* Isnel et tost — v. 564. *A* aus moines, *C* au moinne — v. 565. *A* cil avoit pris — v. 566. *A* ot — v. 570. *C* l' *mq.*

552 a chargé l'un d'eux sur son cou.
Ils sont partis de là à grande allure.
Quand ils marchent à petits pas, on dirait le tonnerre.
Bien vite ils arrivèrent à la porte
556 de chacun avec ce qu'il avait emporté.
L'un met le chanoine dans son lit,
l'autre couche la dame
près de son mari si doucement
560 que lui, qui dormait profondément,
ne s'éveilla pas, ne dit rien
et ne sut pas que sa femme était près de lui.
Et ils se sont aussi occupés de l'argent :
564 ils ont donné aux moines l'or
et l'argent que leur avaient pris
ceux qui avaient commis une si lourde faute.
Le chevalier aussi retrouva son argent
568 de façon à ne pouvoir s'apercevoir
qu'on y eût jamais touché.
Voilà l'affaire si bien réglée
qu'il n'y paraît pas plus qu'un coup dans l'eau.
572 Depuis que Dieu créa Adam et Ève
jamais une affaire ne fut ainsi défaite
ni effacé un si grand méfait.

Le sacristain qui savait quelle heure de la nuit il était
576 revêt son froc, se lève
et va sonner les matines.
Il aurait fallu entendre les moines bougonner !
Lui criait : « Hé là ! Hé là ! Debout ! debout ! »
580 L'abbé dit : « Roi d'en haut,
Père, qu'est-ce que cela peut être ?
Pourvu que cela vienne du Roi du ciel[1] ! »
Tous se lèvent aussitôt
584 (ils en ont l'habitude, cela ne leur pèse pas),
et ils sont allés à l'église
pour commencer le service divin.

---

1. Et non du diable.

Quant le soucretain ont veü,
588 Durement furent esmeü.
Dit li abés : « Biauz doulz amis,
Qui vos a ci alec tramis ?
Aleiz en autre leu entendre,
592 Qu'il n'a mais el tresor que prendre. »
Dit li soucretain : « Biau doulz sire,
Qu'est or ce que vos voleiz dire ?
Preneiz vos garde que vos dites !
596 – Je cuidai vos fussiez hermites,
Dist li abés, danz glouz lechierres,
Et vos estes .I. mauvais lerres
Qui nos aveiz emblé le nostre !
600 – Foi que je doi saint Poul l'apostre,
Dit li soucretains, sire chiers,
De parler estes trop legiers.
Se je vos ai fait vilonie,
604 Ne sui je en votre baillie ?
Si me poeiz en prison metre.
Ne vos deveiz pas entremetre
De dire choze ce n'est voire,
608 Ne ne me deveiz pas mescroire.
Aleiz veoir a vostre perte :
Se vos la troveiz descouverte,
Se j'ai de riens vers vos mespris,
612 Je lo bien que je soie pris. »
Au trezor aleir les rova :
Chacuns i va, ainz n'i trova
C'on i eüst mesfait noiant.
616 [« Fantosme nous va faunoiant,
Dist li abés, seignor, sanz faille.
N'avoit ier ci vaillant maaille,
Et or n'i pert ne que devant. »]
620 Eiz vos esbahi le couvent.
La dame, qui aleir voloit *f. 70 r° 2*
Au moutier, si com el soloit,

* v. 590. *A* ci iluec, *C* ci alec — v. 609. *A* perte, *C* perde — v. 611. *A* Et j'ai vers vous de r. m. — v. 616-619. *C mq.*

Quand ils virent le sacristain,
588 ils furent très troublés.
L'abbé lui dit : « Mon cher ami,
qui vous a amené ici ?
Allez vous occuper ailleurs,
592 car il n'y a plus rien à prendre dans le trésor. »
Le sacristain dit : « Cher seigneur,
que voulez-vous donc dire ?
Prenez garde à ce que vous dites !
596 – Je croyais que vous étiez un ascète,
dit l'abbé, Monsieur le débauché,
et vous êtes un méchant voleur
qui nous avez pris notre avoir !
600 – Par la foi que je dois à l'apôtre saint Paul,
dit le sacristain, cher seigneur,
vous parlez bien à la légère.
Si je vous ai fait quelque chose d'indigne,
604 ne suis-je pas en votre pouvoir ?
Vous pouvez me mettre en prison.
Vous ne devez pas vous mêler
de dire une chose qui n'est pas vraie.
608 Vous devez me croire.
Allez vérifier votre perte :
si vous la trouvez avérée,
si je me suis mal conduit envers vous en quoi que [ce soit,
612 je suis bien d'avis que l'on m'emprisonne. »
Il leur demanda d'aller au trésor :
chacun y alla, mais ne trouva pas
qu'on y eût rien fait de mal.
616 « Un fantôme nous égare
à n'en pas douter, seigneurs, dit l'abbé.
Ici, hier, il n'y avait pas un sou vaillant,
et à présent il n'y paraît plus : tout est comme avant. »
620 Voilà le couvent ébahi.
La dame, qui voulait aller
à l'église, comme à son habitude,

Geta en son doz sa chemise.
624 Aprés si a sa robe prise.
Atant li chevaliers s'esvoille,
Car mout li vint a grant mervoille
Quant il senti leiz lui la dame.
628 « Qui est ce ci ? – C'est vostre fame.
– Ma fame ne fustes vos onques ! »
Li chevaliers se seigne adonques,
Saut sus, si a .I. tortiz pris.
632 Au lit s'en vient d'ireur empris.
Plus de .C. croix a fait sor lui.
« Ne cuidai qu'il eüst nelui,
Dit li chevaliers, avec moi ;
636 Et orendroit gesir i voi
La rienz que je plus doi haïr.
Or me doi ge bien esbahir,
C'or aurai a non sire Hernous :
640 Ce seurenon ai ge par vos. »
Dit la dame : « Bien porriez
Mieuz dire, ce vos voliez.
Aleiz veoir a votre choze :
644 Pechié fait qui de noiant choze. »
  Tant le mena sa va, la va,
Li chevaliers veoir i va.
Ne trueve qu'il ait rienz perdu :
648 Eiz le vos si fort esperdu
C'om le peüst penre a la main.
« C'il ne me couvenist demain
A mon jour aleir, sach[iez, dame,]
652 Ne vos mescreüsse, [par m'ame,]
Car j'ai quanque [perdu avoie :]
C'est fantome [qui me desvoie ! »]
  Au point d[u jor tantost se lieve,]
656 Au couvent vient et ne li grieve : *f. 70 v° 1*

---

* v. 631. *A* s'a un tortiz espris — v. 632. *A* espris — v. 634. *A* cuidai, *C* cuidast — v. 639. *A* Que ore avrai non sire Ernous — v. 651-655. *Le coin du feuillet 70 de C a été arraché ; les vers sont complétés d'après A*

enfila sa chemise.
624 Ensuite elle a pris sa robe.
À ce moment le chevalier s'éveilla,
rempli d'étonnement
de sentir la dame à côté de lui.
628 « Qui est là ? – C'est votre femme.
– Vous n'avez jamais été ma femme ! »
Le chevalier se signe,
se lève d'un bond et prend une torche.
632 Plein de colère il s'approche du lit.
Plus de cent fois il a fait sur lui le signe de croix.
« Je ne pensais pas qu'il y eût personne
avec moi, dit le chevalier ;
636 et voilà que j'y vois couchée
la créature que je dois le plus haïr.
J'ai bien de quoi être hors de moi,
car on m'appellera désormais seigneur Ernoul[1] :
640 c'est à vous que je dois ce surnom. »
La dame dit : « S'il vous plaît,
surveillez votre langage.
Allez voir là où est votre bien :
644 il commet un péché, celui qui accuse à tort. »
Elle le fit si bien tourner en tous sens
que le chevalier alla y voir.
Il ne trouva pas qu'il eût perdu quoi que ce fût :
648 le voilà si éperdu
qu'on aurait pu l'attraper à la main[2].
« Si je ne devais pas me rendre demain
à la convocation du juge, sachez, Madame,
652 que je vous croirais, sur mon âme,
car j'ai là tout ce que j'avais perdu :
c'est un fantôme qui m'égare ! »
Il se lève dès le point du jour
656 et va au couvent de bon cœur :

---

1. Saint Ernoul était le patron des maris trompés, et par extension Ernoul était un nom traditionnel du cocu lui-même. Cf. *Dame qui fit trois tours* 47 et 54, et n. 1, p. 757. **2.** Comme on le ferait d'un animal incapable de se sauver. Cf. *Outremer* 145.

« Seigneur, dist il, ma fame taing ;
Raveiz vos votre soucretain ?
– Oïl, oïl, dient li moinne.
660 C'est fantosme qui nos demoinne.
 – Biau seigneur, dit il au couvent,
Nos avons a annuit couvent
Que nos irons a nostre jour,
664 Et nos soumes ci a sejour ! »
Por ce chacuns s'apareilla ;
Montent, chevauchent, viennent la
Et truevent les .II. anemis
668 Qui enz semblances se sunt mis
De ceux qu'il en orent gitié
Quant Notre Dame en out pitié.
Eiz vos la gent toute esbahie
672 Et dou siegle et de l'abaïe :
Onques mais si fort ne le furent.
Por ce c'onques ne s'aparsurent
D'avoir perdu or ne argent
676 Et si orent arier lor gent
Qu'il avoient devant perdue,
Eiz vos la gent toute esperdue.
Consous lor donent qu'il alassent
680 A l'evesque et li demandassent
Queil choze il loeroit a faire
D'un teil quas et d'un teil afaire.
 Tuit ont pié en estrier remis
684 Et se sunt a la voie mis.
[Mais n'orent] pas alei granment,
[Se li escripture] ne ment,
[Que de l'evesque] oient parleir :
688 [Cele part prenent] a aleir.
[Vienent la, li uns] li raconte
[La chose, et li evesques] monte,
Qu'il wet savoir que ce puet estre. *f. 70 v° 2*

---

* v. 662. *A* a enqui c. — v. 673. *A* C'onques m. — v. 678. *A* Por ce en fu la gent esperdue — v. 685-690.

« Seigneurs, dit-il, ma femme est entre mes mains.
Et vous, avez-vous votre sacristain ?
– Oui, oui, disent les moines.
660 Nous sommes les jouets d'un fantôme.
– Chers seigneurs, dit-il aux moines du couvent,
nous avons convenu hier soir
de nous rendre à notre convocation,
664 et nous restons plantés là ! »
Du coup, chacun se prépara.
Ils montent à cheval, chevauchent, arrivent sur les lieux
et trouvent les deux diables
668 qui avaient pris l'apparence
de ceux qu'ils avaient tirés de là
quand Notre-Dame en avait eu pitié.
Voilà nos gens tout ébahis,
674 aussi bien les laïcs que ceux de l'abbaye :
ils ne l'avaient jamais été autant.
Comme ils constataient
n'avoir perdu ni or ni argent
678 et comme ils avaient laissé derrière eux
les personnes qu'ils avaient perdues auparavant,
voilà ces gens tout éperdus.
On leur conseilla d'aller trouver
680 l'évêque et de lui demander
ce qu'il serait d'avis de faire
dans une tel cas et une telle affaire.
Tous ont remis le pied à l'étrier
684 et se sont mis en chemin.
Ils n'étaient pas allés bien loin,
si le texte ne ment pas,
quand ils apprirent où était l'évêque :
688 ils se dirigèrent de ce côté.
Ils arrivent, l'un d'eux raconte à l'évêque
la chose, et l'évêque monte à cheval,
car il veut savoir ce que ce peut être.

Le début des vers manque dans C à cause du coin de feuillet arraché et est restitué d'après A

692 Mout se seingne de la main destre.
Tant ont chevauchié que la viennent.
Et li deable que se tiennent
En leu ce ceuz que il avoient
696 Delivreiz, quant il venir voient
Le prelat, moult grant paor orent,
Por ce que en veritei sorent
Que li prelas moult preudons iere :
700 Chacuns en enclina la chiere.
 Li prelaz entre en la prison
Et regarda chacun prison.
Et quant il les ot regardeiz,
704 Si lor a dit : « Or vos gardeiz
Que vos me dites de ce voir :
Est ce por la gent desouvoir
Que pris en prison vos teneiz ?
708 Or me dites dont vos veneiz. »
Cil, qui n'ozerent au preudome
Mentir, li conterent la soume
De lor afaire et de lor voie.
712 Dit li uns : « Guerroié avoie
Une dame et .I. soucretain,
Por quoi pris en prison me taing,
Car honte lor cudoie faire.
716 Onques ne les pou a moi traire
Ne atorneir a mon servise,
Si m'en sui miz en mainte guise
Par quoi sor eulz pooir eüsse
720 Et que desouvoir les peüsse.
 Moult cuidai bien avoir gabei
Chevalier, covent et abei,
Quant juque ci les fis venir :
724 Lors les cuidai moult bien tenir.
Onques nes poi a ce meneir,
Tant fort m'en seüsse peneir, *f. 71 r° 1*
Que pechier les peüsse faire.

* v. 702. *A* Si regarde — v. 703. *A* les a r. — v. 724. *A* Quar lors les cuidai b. t.

692 Il ne cesse de se signer de la main droite.
Ils ont tant chevauché qu'ils arrivent sur les lieux.
Et les diables qui occupaient
la place de ceux qu'ils avaient
696 délivrés, en voyant venir le prélat
eurent très grand-peur,
parce qu'ils savaient en vérité
que le prélat était un homme très vertueux :
700 tous deux baissèrent la tête.
Le prélat entra dans la prison
et regarda chacun des prisonniers.
Quand il les eut regardés,
704 il leur a dit : « Prenez garde
de me dire la vérité :
est-ce pour tromper les gens
que vous restez en prison ?
708 Dites-moi donc d'où vous venez. »
Eux, qui n'osèrent pas mentir
à l'homme de bien, lui racontèrent l'essentiel
de leur affaire et de leur conduite.
712 L'un d'eux dit : « J'avais fait la guerre
à une dame et à un sacristain,
et c'est pourquoi je reste en prison,
car je pensais les couvrir de honte.
716 Jamais je n'ai pu les attirer à moi
ni les faire entrer à mon service,
et pourtant j'ai essayé par bien des moyens
d'avoir pouvoir sur eux
720 et de les tromper.
Je pensais bien avoir dupé
chevalier, couvent et abbé
quand je les ai fait venir jusqu'ici :
724 je pensais alors bien les tenir.
Jamais je n'ai pu les mener,
quelque mal que je me sois donné,
jusqu'à commettre le péché.

728 Or ai perdu tot mon afaire,
Si m'en irai lai dont je vaing,
Car bien ai travillié en vain.
Or aint li chevaliers sa fame,
732 C'onques ne vi si preude fame ;
Cil tiengnent lor chenoine chier,
C'onques nes pou faire pechier. »
Quant ces genz la parole oïrent,
736 Mout durement s'en esjoïrent.
Li chevaliers a moult grant joie.
Tart li est que sa fame voie,
Si l'embracera doucement,
740 Car or seit il bien vraiement
Qu'il a preude fame sanz doute.
La gent de l'abaïe toute
Refont grant joie d'autre part.
744 D'ilec cele gent ce depart.
Moult fu bien la poinne seüe
Que ces genz avoient eüe ;
Cel sout mes sires Beneoiz,
748 Qui de Dieu soit toz beneoiz.
A Rutebuef le raconta
Et Rutebuez en .I. conte a
Mise la choze et la rima.
752 Or dit il que c'en la rime a
Chozë ou il ait se bien non,
Que vos regardeiz a son non.
Rudes est et rudement huevre :
756 Li rudes hom fait la rude huevre.
Se rudes est, rudes est bués ;
Rudes est, s'a non Rutebuez.
Rutebuez huevre rudement,
760 Souvent en sa rudesce ment.
Or prions au definement

---

* v. 729. *A* rirai — v. 730. *A* Car j'ai bien laboré — v. 731. *A* sa dame — v. 759. *A* Rustebués

728 À présent j'ai complètement perdu la partie
et je m'en irai là d'où je viens,
car je me suis donné beaucoup de mal en vain.
Que le chevalier aime sa femme,
732 car je n'ai jamais vu femme aussi vertueuse ;
quant à eux, que leur chanoine leur soit cher,
car jamais je n'ai pu les faire pécher. »
Quand ces gens entendirent ces mots,
736 ils s'en réjouirent beaucoup.
Le chevalier est dans la joie.
Il lui tarde de voir sa femme :
il l'embrassera doucement,
740 car il sait maintenant en toute vérité
qu'il a sans aucun doute une femme vertueuse.
Et tous les gens de l'abbaye
de leur côté se réjouissent beaucoup.
744 Les voilà qui s'en vont.
Le tourment que ces gens avait eu
a été connu partout ;
monseigneur Benoît l'apprit
748 (que Dieu le bénisse !).
Il le raconta à Rutebeuf,
et Rutebeuf a fait un conte
de la chose et l'a mise en rimes.
752 Il dit maintenant que s'il y a dans la rime
quelque chose à reprendre,
vous devez prendre garde à son nom.
Il est rude et œuvre avec rudesse :
756 l'homme rude fait une œuvre rude.
S'il est rude, le bœuf est rude aussi ;
il est rude et a nom Rutebeuf.
Rutebeuf œuvre rudement,
760 souvent dans sa rudesse il ment.
Prions pour finir

Jhesucrit le Roi bonement
Qui nos doint joie pardurable
764 Et paradis l'esperitable.
Dites *Amen* trestuit encemble,
Ci faut li diz, si com mei cemble.

Explicit.

---

* *A* Explicit du soucretain et de la fame au chevalier.

Jésus-Christ, le Roi, avec ferveur
qu'il nous donne la joie éternelle
764 et le paradis spirituel.
Dites *Amen* tous ensemble,
ici prend fin l'histoire, à ce qu'il me semble.

LA VIE DE SAINTE ELYSABEL

Morte en 1231, à l'âge de vingt-quatre ans, Élisabeth de Hongrie fut canonisée dès 1235. Fille du roi de Hongrie André II, elle est, à quatre ans, conduite au château de la Wartburg après ses fiançailles avec Louis, futur landgrave de Thuringe, qui en a alors onze. Ils se marient en 1221 (Élisabeth a quatorze ans) et ont trois enfants. Veuve en 1227, Élisabeth doit quitter la Wartburg et se réfugie chez les Franciscains du monastère d'Eisenach. Entrée en possession de son domaine en 1228, elle fait construire à Marburg un hôpital où, sous l'habit du tiers ordre de saint François, elle vit ses dernières années au service des pauvres.

Rutebeuf a composé la Vie de sainte Elysabel *à la demande d'Erart de Lezinnes (v. 2010-2011) pour la reine Isabelle de Navarre (v. 17). Erart de Lezinnes, arrière-petit-fils du chroniqueur Geoffroy de Villehardouin, était chanoine d'Auxerre et devait succéder sur le siège épiscopal de cette ville à son oncle maternel Guy de Mello. Il n'est pas impossible qu'il ait été aussi le commanditaire de la* Chanson *et du* Dit de Pouille. *Isabelle, fille de saint Louis, était la femme du comte de Champagne Thibaud V, deuxième roi de Navarre du nom – le fils de l'illustre trouvère Thibaud de Champagne. Née le 18 mars 1242, mariée à treize ans, elle était depuis son enfance d'une piété extrême. On conçoit qu'Erart de Lezinnes ait voulu lui présenter l'exemple de sainte Élisabeth de Hongrie, dont le destin présentait avec le sien quelque ressemblance : toutes deux avaient dû soumettre leurs aspirations religieuses et ascétiques aux exigences de la vie conjugale et à celles que leur imposait leur état de souveraines. À la mort, en 1227, de son mari le landgrave de Thuringe Louis IV le Saint, au moment où il partait pour la croisade, Élisabeth avait fait vœu de continence et revêtu l'habit des Mineurs. À la mort du roi Thibaud au retour de la croisade de Tunis, le 4 décembre 1270, Isabelle fit de même. Est-ce à dire que le poème date de son veuvage ? C'est peu probable. D'abord parce qu'Isabelle est morte le 6 ou le 7 avril 1271, ce qui aurait laissé peu de temps à Rutebeuf pour composer son poème. Ensuite parce que Erart de Lezinnes est devenu évêque d'Auxerre en janvier 1271 et que Rutebeuf en parlant de lui ne manquerait pas de mentionner cette dignité s'il en était déjà revêtu. Les ressemblances, signalées à propos du* Miracle du sacristain, *entre ce poème, la* Vie de sainte Marie l'Égyptienne *et la* Vie de sainte Elysabel *laissent supposer au contraire que toutes ces pièces datent de la même période, celle de la grande inspiration religieuse de Rutebeuf et de son retour en grâce, marqué par de nouvelles commandes. La chronologie relative la plus vraisemblable de ces trois poèmes et du* Miracle de Théophile *inviterait à placer la* Vie de sainte Elysabel *aux alentours de 1264. Le rôle de commanditaire joué par Erart de Lezinnes aussi bien pour* Elysabel *que, probablement, pour la* Chanson *et le* Dit de Pouille, *qui se laissent dater assez aisément de 1264 et 1265, s'accorderait avec cette hypothèse.*

Au demeurant, point n'est besoin d'attendre les derniers mois de la vie d'Isabelle pour trouver entre Élisabeth (Elysabel en ancien français) et elle un lien particulièrement frappant : celui du nom, qui fait de la sainte sa patronne en même temps que son modèle. Si le manuscrit C, sauf dans la rubrique et une fois par inadvertance au v. 1385, appelle systématiquement Elysabel Ysabel, ce n'est pas par erreur, puisqu'il modifie chaque fois le vers de façon à le rendre juste. C'est tout à fait délibérément qu'il fait apparaître l'identité des deux noms. Leur confusion est d'ailleurs fréquente au Moyen Âge : on verra ainsi Froissart appeler Isabelle au lieu d'Elisabeth la fille du comte Guillaume de Hainaut, qu'il connaissait pourtant bien, puisqu'elle était la femme de son protecteur Robert de Namur.

Pour écrire son poème, Rutebeuf a utilisé un des manuscrits « complets » de la Vita sancte Élisabeth *contenant un bref historique du procès de canonisation, un prologue, le recueil des dépositions faites par quatre servantes d'Élisabeth lors du procès et une conclusion. On peut lire ce texte dans F.-B. II, 69-100. Il a également utilisé une traduction en prose française. Il a ajouté une introduction, des passages de transition et une conclusion de son cru. Il n'est pas injuste de dire qu'il a quelque peu bâclé son travail, traduisant avec désinvolture, supprimant les passages descriptifs ou les tableaux de genre, amplifiant avec maladresse, alignant laborieusement les lieux communs dans les développements dont il est seul responsable.*

Les deux manuscrits A *et* C *présentent des divergences assez importantes. Certains passages sont propres à l'un et absents de l'autre (*C*, le plus souvent). D'autres ne sont pas placés au même endroit. F.-B. (II, 66-68) analyse minutieusement ces divergences et conclut que, dans certains cas au moins,* C *est probablement lacunaire. On a toutefois cru pouvoir s'en tenir ici à la version de* C*, manuscrit de base de la présente édition, sauf dans les cas où un emprunt à* A *était indispensable à l'intelligence du passage. Le lecteur intéressé trouvera dans F.-B. le texte de* A.

*Sur le modèle hagiographique illustré par sainte Élisabeth de Hongrie, voir André Vauchez, « La sainteté du laïc dans l'Occident médiéval : naissance et évolution d'un modèle hagiographique (*XIIe *– début* XIIIe *siècle) », dans* Problèmes d'histoire du christianisme, *édités par Jacques Marx, Bruxelles, 19/1989, p. 57-66.*

Manuscrits : A, f. 283 v° ; *C*, f. 27 v°. *Texte de C.*
* Titre : *A* La vie sainte Elysabel.

CI ENCOUMENCE LA VIE DE SAINTE ELYZABEL, FILLE AU ROI DE HONGRIE

Cil Sires dit, que hon aeure :
« Ne doit mangier qui ne labeure » ;
Mais qui bien porroit laborer
4 Et en laborant aoreir
Jhesu, le Pere esperitable,
La cui loange est parmenable,
Le preu feroit de cors et d'arme.
8 Or pri la glorieuze Dame,
La Vierge pucele Marie,
Par cui toute fame est garie
Qui la wet prier et ameir,
12 Que je puisse en teil leu semeir
Ma parole et mon dit retraire
(Car autre labour ne sai faire)
Et que cele en bon grei le preingne
16 Por cui j'enpraing ceste besoigne,
Ysabiaus, fame au roi Thiebaut, *f. 27 v° 2*
Que Dieux face hatié et baut
En son roiaume o ces amis
20 Lai ou ces deciples a mis.
Por li me wel je entremetre
De ceste estoire en rime metre
Qui est venue de Hongrie,
24 Si est li Procés et la Vie
D'une dame que Jhezu Criz
Ama tant, ce dit li escriz,
Qu'il l'apela a son servize.
28 De lei list on en sainte Eglize.
Si com hon tient le lis a bel,
Doit hon tenir sainte Ysabel

---

* v. 6. *A.* A qui l. e. honorable — *A ajoute 2 v. après le v. 28* — v. 30. *A* D. l'en t. Elysabel

---

1. Cette parole n'est pas du Christ, mais de saint Paul (II Thess. 3, 10). Elle était souvent invoquée contre les Ordres men-

LA VIE DE SAINTE ELYSABEL, FILLE DU ROI DE HONGRIE

Il dit, le Seigneur qu'on adore :
« Qui ne travaille pas ne doit pas manger non plus[1] » ;
mais qui pourrait bien travailler
4 et en travaillant adorer
Jésus, le Père spirituel,
dont la louange n'a pas de fin[2],
il rendrait service à son corps et à son âme.
8 Voici donc ma prière à la glorieuse Dame,
la Vierge Marie,
salut de toute femme
qui la prie et qui l'aime :
12 que je puisse en un lieu aussi propice semer
ma parole et dire mon poème[3]
(je ne sais faire aucun autre travail[4])
et qu'elle le prenne en gré,
16 celle pour qui j'entreprends cette tâche,
Ysabeau, femme du roi Thibaud,
auquel Dieu donne la joie
avec ses amis, dans son Royaume
20 où il accueille ses disciples.
C'est pour elle que je veux entreprendre
de mettre en vers cette histoire
qui est venue de Hongrie :
24 le Procès de canonisation et la Vie
d'une dame que Jésus-Christ
aimait tant, trouvons-nous écrit,
qu'il l'appela à son service.
28 L'Église lui consacre un office[5].
De même qu'on tient le lis pour beau,
on doit tenir sainte Ysabeau

---

diants. **2.** Cf. Ps. 110, 10. **3.** Cf. *Voie d'Humilité (Paradis)* 9-16. **4.** Cf. *Mensonge* 1-11, *Mariage* 98, *Complainte de Constantinople* 5-6 et 29-30. **5.** L'office de sainte Élisabeth pour l'anniversaire de sa canonisation, mentionné par le *Processus et ordo canonizationis*, a été fixé par Grégoire IX le 27 mai 1235.

A sainte, a sage et a senee.
32 Vers Dieu ce fu si asenee
Que toz i fu ces cuers entiers
Et s'atendue et ces mestiers.
Ysabiaus fu moult gentiz fame
36 De grant linage et bone dame,
De rois, d'empereours, de contes,
Si com nos raconte li contes.
La renomee de s'estoire
40 Alat a la pape Gregoire.
.VIII. apostoles ot a Roume
Devant cestui, ce est la soume,
Qui furent nomei par cest non.
44 Preudons fu et de grant renon,
Et droiz peires en veritei
Et au pueple et a la citei.
Chacuns de la dame parla
48 Et des miracles que par la
Faisoit de contraiz redrecier,
De sours oïr, foulz radrecier,
De malades doneir santei,
52 D'autres miracles a plantei. *f. 28 r° 1*
Quant notre peres l'apostoles
Ot entendues les paroles
Et la sainte vie a celi,
56 Moult li plut et li abeli.
Par sairemens le fist enquerre
Au granz preudomes de la terre,
C'om li mandast par letres clozes
60 Le procés et toutes les chozes
Que hon en la dame savoit
Qui si grant renomee avoit.
Li grant preudome net et pur
64 S'en alerent droit a Mapur,

---

* v. 35. *A* Elysabel f. g. dame — v. 36. *A* et preude fame — v. 52. *A* D'a. vertuz a grant plenté — v. 56. *A* Qu'a Dieu et au siecle abeli

pour sainte et pleine de sagesse.
32 Elle s'était tellement tournée vers Dieu
qu'en lui étaient tout son cœur,
toute sa pensée, tous ses besoins.
Ysabeau était de grande noblesse,
36 de haut lignage : une dame de qualité,
d'une famille de rois, d'empereurs et de comtes,
à ce que nous dit le conte.
La renommée de son histoire
40 parvint jusqu'au pape Grégoire.
Il y avait eu en tout à Rome
huit papes avant celui-ci
à porter ce nom.
44 C'était un homme de bien, de grand renom,
vrai père
du peuple et de la cité.
Chacun parla de la dame
48 et des miracles que là-bas
elle accomplissait, redressant les contrefaits,
faisant entendre les sourds, ramenant les fous à la raison,
guérissant les malades,
52 et faisant bien d'autres miracles.
Quand notre Père le pape
eut entendu le récit
de ses saintes paroles et de sa sainte vie[1],
56 cela lui plut beaucoup.
Il demanda une enquête sous serment
aux principaux hommes de bien de son pays :
on devait l'informer par lettres scellées
60 du procès de canonisation et de tout
ce qu'on savait de cette dame
qui avait une si grande renommée.
Ces hommes de bien importants et irréprochables
64 s'en allèrent tout droit à Marburg,

---

1. On comprend que les *paroles* sont celles qui ont été prononcées par la sainte, et non le rapport oral des enquêteurs, la sainteté se manifestant dans les paroles et dans les actes. Cf. le plan suivi, ou plutôt amorcé, par Joinville, qui entendra relater successivement les « saintes paroles » et les « bons faits » de saint Louis.

La ou ceste dame repoze,
Por mieuz enquerre ceste choze.
Si assemblerent, ce me cemble,
68 Evesque et arcevesque encemble
Et preudomes religieuz
Qui n'estoient pas envieuz
De dire fable en leu de voir.
72 Quanque on puet aparsovoir
De ces miracles et troveir,
Quanqu'om pooit par droit proveir,
Enquistrent bien icil preudome
76 Dont je pas les nons ne vos nome.
Et nonporquant inelement
Ce il ne fussent alemant
Les nomasse, mais ce seroit
80 Tenz perduz qui les nomeroit.
Plus tost les nomasse et ansois
Ce ce fust langages fransois.
Mais n'ai mestier de dire fable :
84 Preudome furent et creable.
Ces preude genz firent escrire
En perchemin et clore en cyre
Quanqu'il porent aparsouvoir, *f. 28 r° 2*
88 Sens assembleir mensonge a voir.
Li messagier furent mandei,
Onques n'i ot contremandei.
Assemblent soi, assemblei furent,
92 Encemble, ce me cemble, murent.
Lor besoignes bien atornees,
Tant alerent par lor jornees
La voie plainne et la perrouze,
96 Le pape truevent a Perrouze.
Tost fu la novele seüe ;
La pietaille c'est esmeüe :
Chacuns vient, chacuns i acourt.
100 Li mesagier vindrent a court,

---

1. Rutebeuf se justifie ainsi de passer sous silence le nom des

où cette dame repose,
pour mieux enquêter sur cette affaire.
Ils réunirent, je crois,
68 des évêques, des archevêques,
de bons moines
qui n'avaient nulle envie
de dire des mensonges au lieu de la vérité.
72 Tout ce qu'on pouvait savoir
ou découvrir sur ses miracles,
tout ce qui pouvait être prouvé dans les règles,
ces hommes de bien le recherchèrent.
76 Je ne vous dis pas leurs noms :
pourtant,
s'ils n'étaient pas allemands,
je les nommerais bien vite, mais ce serait
80 du temps perdu que de le faire.
Je les nommerais sans tarder
si c'était du français,
mais je ne me soucie pas d'affabuler :
84 c'étaient des hommes de bien, dignes de foi[1].
Ces gens de bien firent écrire
sur le parchemin et sceller de cire
tout ce qu'ils purent découvrir,
88 sans mêler le mensonge à la vérité.
On fit venir les messagers :
aucun ne se déroba.
Ils vinrent ; les voilà rassemblés ;
92 ils partirent, je crois, ensemble.
Quand ils furent bien prêts,
ils voyagèrent si bien par étapes,
par les chemins unis, par les chemins pierreux,
96 qu'ils trouvèrent le pape à Pérouse.
La nouvelle s'est vite sue ;
les petites gens s'ébranlent :
chacun y vient, chacun y accourt.
100 Les messagers arrivèrent à la cour

---

enquêteurs, et par la suite d'autres noms propres, qu'il trouve pourtant dans son modèle latin.

L'apostole baillent l'escrit
La ou li fait furent escrit
De la dame vaillant et sage.
104 Mout furent joï li message.
L'apostoles les lettres euvre
La ou li procés et li euvre
De cele dame fu descrite
108 Qui si fu de tres grant merite.
Cil sainz preudons la letre lit :
Li lires mout li abelit.
Moult prise la dame et honeure,
112 Por la dame de pitié pleure
Et de grant joie ausiment.
Que vos iroie plus rimant ?
Saintefiee fu et sainte.
116 Puis fist ele miracle mainte
Que vos m'orroiz conteir et dire.
Dés or coumance la matire.
Ce fu donei a la Perrouze
120 Por la dame religiouze
De bone conversacion,
En l'an de l'incarnacion *f. 28 v° 1*
Mil et .II. cens et quatre et trente,
124 Si com l'escriture le chante.
Por noiant vit qui ne s'avoie.
Qui ne wet tenir bone voie
Tost est de voie desvoiez.
128 Por ce vos pri que vos voiez
La vanité de ceste vie
Ou tant a rancune et envie.
Cil qui tout voit nos ravoia,
132 Qui de paradix la voie a
Batue por nos avoier.
Veeiz prevost, veeiz voier,

---

* v. 103. *A* D'Elysabel la dame sage — v. 118. *A* matire, *C* martyre

---

1. Les *voyers* ne sont invoqués que pour soutenir la série des calem-

et donnèrent au pape le texte
où étaient consignées les actions
de cette dame pleine de valeur et de sagesse.
104 Les messagers furent très fêtés.
Le pape ouvre la lettre
où étaient décrits le cours de la vie
et les œuvres de cette dame
108 dont les mérites étaient si grands.
Le saint homme lit la lettre :
cette lecture lui plaît beaucoup.
Il estime et honore beaucoup cette dame,
112 pour elle il pleure de pitié
et aussi de joie.
À quoi bon rimer davantage ?
Elle fut canonisée et proclamée sainte.
116 Depuis elle a fait de nombreux miracles
que vous m'entendrez raconter.
À présent j'entame mon sujet.
L'acte fut authentifié à Pérouse
120 en faveur de la pieuse dame
de bonnes mœurs
en l'an 1234
de l'Incarnation,
124 comme l'écrit le proclame.
Rien ne sert de vivre à qui ne prend la bonne voie.
Celui qui ne veut pas la suivre,
il est bien vite dévoyé.
128 Considérez donc, je vous prie,
la vanité de cette vie
pleine de rancune et d'envie.
Celui qui voit tout nous a remis sur la bonne voie,
132 lui qui a aplani la voie
du paradis pour bien nous diriger.
Voyez, prévôts, voyez, voyers[1],

---

bours qui, du v. 131 au v. 140, portent sur les mots de la famille de *voie* et sur le verbe *voir*. C'étaient des officiers de police chargés du maintien de l'ordre sur la voie publique. Sur les prévôts, officiers de justice, voir *État du monde*, n. 2, p. 87 et *Mariage Rutebeuf*, n. 1, p. 273.

Voie chacuns, voie chacune :
136 Or n'i a il voie que une.
Qui l'autre voie avoiera,
Foulz iert qui le convoiera.
N'i fu pas la dame avoïee
140 Qui des anges fu convoïe
Lasus en paradix celestre
Quant dou siecle deguerpi l'estre,
Car sainte vie et nete et monde
144 Out menei la dame en cest monde.
Au roi de Hongrie fu fille.
Sa Vie, qui pas ne l'aville,
Dit que dame fut de Turinge.
148 Asseiz souvent laissa le linge
Et si frota le doz au lange.
Asseiz ce fist dou siecle estrange.
A Dieu servir vout son cuer mettre
152 Car, si com tesmoigne la lettre,
Vertuz planta dedens son cuer :
Auz euvres parut par defuer.
Touz vices de sa vie osta :
156 De Dieu s'oste qui teil oste a,
Ne puet ameir Dieu par amors. *f. 28 v° 2*
Escole fu de bones mors,
Essamples fu de penitance
160 Et droiz miraours d'ynnocence,
Si com briement l'orroiz retraire,
Mais qu'il ne vos doie desplaire.
Si honeste vie mena
164 Tant com en cest siecle regna,
Dés qu'ele n'avoit que .V. anz
Juqu'ele en ot je ne sai quanz,
C'est a dire toute sa vie,
168 Que d'autre vie n'ot envie,
Si com li preudome l'enquistrent
Qui a l'apostole le distrent.

---

* v. 150. *A* Du siecle fu assez estrange, *C* Asseiz ce fist dou s. l'e. — v. 160. *A* d'ingnorance

et que chacun, que chacune le voie :
136 il n'y a qu'une seule voie.
Fou qui accompagnera
celui qui prendra l'autre voie.
Ce n'est pas celle que prit la dame
140 que les anges accompagnèrent
là-haut, au paradis céleste,
quand elle quitta ce monde,
car elle y avait mené
144 une vie sainte, pure et nullement immonde.
Elle était fille du roi de Hongrie.
Sa *Vie*[1], qui ne lui fait pas honte,
dit qu'elle fut comtesse de Thuringe.
148 Souvent elle renonça à porter du linge
et laissa la laine lui écorcher le dos[2].
Elle prit ses distances avec ce monde
et voulut mettre son cœur au service de Dieu,
152 car, comme le texte en témoigne,
elle enracina la vertu dans son cœur :
ses œuvres le manifestèrent.
De sa vie elle ôta tout vice :
156 un tel hôte vous ôte Dieu
et vous empêche de l'aimer vraiment.
Elle était une école de bonnes mœurs,
un exemple de pénitence,
160 un vrai miroir d'innocence,
comme vous l'entendrez raconter brièvement,
si cela ne vous ennuie pas.
Elle mena une vie si vertueuse
164 pendant tout le temps qu'elle passa en ce monde,
depuis l'époque où elle n'avait que cinq ans
jusqu'à je ne sais quel âge,
autrement dit toute sa vie,
168 qu'elle ne désira jamais un autre genre de vie,
comme le découvrirent les hommes de bien
qui le dirent au pape.

---

1. C'est-à-dire la *Vita*, le récit latin de sa vie. **2.** Cf. *D'Hypocrisie (Pharisien)* 89.

N'osta donc bien vices de li
172 Cele qu'a Dieu tant abeli,
Quant ele, qui si gentiz dame
Estoit come plus puet estre fame,
Fuioit les vaniteiz dou siecle
176 Et encignoit la droite riegle
D'avoir le regne pardurable
Avec le Peire esperitable
A ceux qui avec li estoient,
180 Qui de teil vie la savoient ?
Orgueil, ireur et gloutenie
Et vices dont l'arme est honie,
Luxure, accide et avarice,
184 Et puis aprés le vilain vice
Qui a non envie la male,
Qui l'envieuz fait morne et pale,
Osta si et mit a senestre
188 Que Diex en ama miex son estre.
  Por ce que sarmoneir me grieve,
Le prologue briement achieve,
Que ma matiere ne destruie :
192 Hon dit que biaux chanters anuie. *f. 29 r° 1*
Or m'estuet brief voie tenir,
A mon propoz m'estuet venir.
Escouteiz donc, ne faites noize,
196 Si orroiz ja, c'il ne vos poize,
Les miracles apers et biauz
Que ma dame sainte Ysabiaus
Fist a sa vie et a sa mort.
200 Ainz puis meilleur dame ne mort
La mors qu'ele vint cele mordre
Qu'a Dieu servir se vout amordre.
Ne tint mie trop le cors chier :
204 Avant se laissast escorchier
Qu'au cors feïst sa volentei,
Tant ot le cuer a Dieu plantei.

---

* v. 198. *A* Que cele sainte Elysabiaus

N'a-t-elle donc pas bien ôté d'elle les vices,
172 elle qui plut tant à Dieu :
alors qu'elle était d'aussi haute noblesse
que peut l'être une femme,
elle fuyait les vanités du monde
176 et elle enseignait ce qu'il faut faire
pour obtenir le royaume éternel
avec le Père du ciel
à ceux qui étaient avec elle
180 et qui connaissaient sa sainte vie.
Orgueil, colère, gourmandise,
tous les vices dont l'âme est souillée,
luxure, accidie[1], avarice,
184 et ce vice ignoble
qui s'appelle l'envie, l'affreuse envie
qui rend l'envieux morne et pâle :
tous elle les arracha, les mit si bien de côté
188 que Dieu l'en aima davantage.
Sermonner me pèse ;
j'achève donc rapidement ce prologue
pour ne pas gâcher mon sujet :
192 on dit qu'on se lasse même de la belle musique[2].
À présent il me faut aller au plus court,
il me faut en venir à mon propos.
Écoutez donc, ne faites pas de bruit,
196 vous allez entendre, si cela ne vous ennuie pas,
les beaux et indiscutables miracles
que sainte Ysabeau
fit dans sa vie et après sa mort.
200 Nulle dame meilleure qu'elle,
qui voulut s'appliquer à servir Dieu,
n'a depuis sa mort senti la morsure de la mort.
Elle ne faisait pas trop grand cas de son corps :
204 elle se serait laissé écorcher vive
plutôt que de céder aux désirs du corps,
tant son cœur était ferme en Dieu.

---

1. Sur l'accidie, voir *Voie d'Humilité (Paradis)*, n. 1, p. 367.
2. Morawski 239 et 456.

En quatre pars est devisee
208 Sa Vie qui tant est loee.
La premiere partie dist
Les euvres qu'en sa vie fist :
Coument a Dieu servir aprist,
212 Juques lors qu'ele mari prist
Coument ce tint et nete et monde.
Or dit la partie seconde
Coument ele fut preuz et sage
216 Puis qu'ele entra en mariage.
La tierce partie devise
En queil maniere et en queil guise
Vesqui puis la mort son seigneur
220 Qui tant la tint a grant honeur,
Tant que par grant devocion
Prit l'abit de religion.
Ne vos wel pas faire lonc conte :
224 La quarte partie raconte
Coument cele qui teil fin a
Sa vie en l'Ordre defina.
Puis orroiz en la fin dou livre, *f. 29 r° 2*
228 Se Jhesucriz santei me livre,
Miracles une finitei
Que cil de sa voizinetei,
Qui furent creable et preudome,
232 Proverent a la cort de Rome.
Moult est muzars qui Dieu ne croit,
Et cil mauvais qui ce recroit
De celui Seigneur criembre et croire
236 Qui nule fois ne seit recroire
D'acroitre seux qui en lui croient.
Donc sont cil fol qui ce recroient
Qu'au Criatour merci ne crient.
240 Cil qui de cuer ver li s'escrient,
C'il ont el Creator creance,
Endroit de moi je croi en ce
Que lor larmes, lor pleurs, lor criz

---

* v. 242. *A* je croi en ce, *C* j'ai fiance

Sa Vie, dont on fait tant d'éloge,
208 se divise en quatre parties.
La première partie relate
les œuvres qu'elle a accomplies dans sa vie :
comment elle apprit à servir Dieu,
212 comment jusqu'à son mariage
elle conserva sa pureté.
La seconde partie dit
sa sagesse et sa vertu
216 après son mariage.
La troisième partie explique
de quelle façon
elle vécut après la mort de son mari
220 qui lui manifestait le plus grand respect :
sa grande dévotion la poussa
à prendre l'habit religieux.
Je ne veux pas m'étendre longuement :
224 la quatrième partie raconte
comment celle qui a fait une telle fin
termina sa vie en religion.
Ensuite vous entendrez à la fin du livre,
228 si Jésus-Christ me garde en santé,
une infinité de miracles
dont ceux de son entourage,
qui étaient des gens de bien dignes de foi,
232 prouvèrent la réalité à la cour de Rome.
Insensé qui ne croit en Dieu,
méchant, celui qui renonce
à craindre le Seigneur, à croire en Lui
236 qui ne renonce jamais
à exalter ceux qui croient en Lui.
Ils sont donc fous ceux qui renoncent,
à crier merci au Créateur.
240 Ceux qui crient vers Lui de tout leur cœur,
s'ils ont foi dans le Créateur,
je crois pour ma part
que leurs larmes, leurs pleurs, leurs cris

244 (Ou David ment en ces escriz)
Seront en joie converti.
Et cil seront acuverti
Qu'adés acroient seur lor piaux,
248 Car li paiers n'iert mie biaux.
Ceste dame qui en Dieu crut,
Qui seur ces piaux petit acrut,
Se dut bien vers Dieu apaier,
252 Car de legier le pot paier.
Or dit l'estoire ci endroit
.V. anz avoit d'aage droit
Sainte Ysabiaux, la Dieu amie,
256 La fille le roi de Hongrie,
Quant a bien faire conmensa.
Dés les .V. ans et puis ensa
Ot avec lui une pucele
260 Qui avoit auteil non com ele
Et vierge estoit et monde et nete,
Pucele non, mais pucelete. *f. 29 v° 1*
Avec li fu por li esbatre :
264 L'une ot .V. anz et l'autre quatre.
A cele vierge fu requis
Et bien encerchié et enquis,
Qu'avec la dame avoit estei
268 Et maint yver et maint estei,
Qu'ele deïst tot le covainne
Coument la dame se demainne.
Cele jura et dit aprés :
272 « Or escouteiz, traeiz vos prés,
S'orroiz, dit ele, de celi
Qu'a Dieu et au siecle abeli.
Je vos di, et seur ma creance,

* v. 255. *A* Elysabel la Dieu amie — v. 260. *A* Gente de cors et jone et bele

1. Cf. Ps. 29, 12. **2.** D'après le texte latin, cette compagne s'appelait en réalité Guda. Mais Rutebeuf n'a pas compris qu'il

244 seront changés en joie
(ou alors David ment dans ses écrits)[1].
Et ils seront réduits en servitude,
ceux qui vivent à crédit sur Dieu avec leur corps
248 car le remboursement sera douloureux.[pour garantie,
Cette dame qui croyait en Dieu,
qui emprunta bien peu avec son corps pour garantie,
a certainement su apaiser Dieu,
252 car elle pouvait le payer sans peine.
L'histoire dit en cet endroit
que sainte Ysabeau, l'amie de Dieu,
la fille du roi de Hongrie,
256 avait tout juste cinq ans
quand elle commença à faire le bien.
Dès qu'elle eut cinq ans et par la suite
elle eut avec elle une jeune fille
260 qui portait le même nom qu'elle[2]
et était vierge et pure,
non pas une jeune fille, mais une petite fille.
Elle était avec elle pour la distraire :
264 l'une avait cinq ans, l'autre quatre.
À cette vierge,
qui avait été avec elle
bien des hivers et bien des étés,
268 on demanda, en s'enquérant avec soin,
de dire tout ce qui touchait
le comportement de cette dame.
Elle prêta serment, puis déclara :
272 « Écoutez, approchez-vous,
vous allez entendre parler de celle
qui a plu à Dieu et au monde.
Je vous déclare, sur ma foi,

---

s'agissait d'un nom propre (a-t-il lu *Quedam*, comme le suppose F.-B. II, 109 ?). En lui donnant le même nom que la sainte, *C* paraît la confondre avec le témoin présenté aux v. 1318-20. D'autre part, Rutebeuf inverse les âges : c'est Guda qui avait un an de plus que la future sainte.

276 Que ceste dame dés c'enfance
Si mit toute s'entencion
En Dieu et en religion :
Ce fu ces droiz entendementz,
280 Ces geuz et ces esbatemenz.
Car dés lors que .V. anz n'avoit,
Ja soit ce lettres ne savoit,
Portoit .I. sautier a l'eglize
284 Si com por dire son servize.
Leiz l'auteil voloit demoreir
Si com c'ele seüst oreir.
Afflictions faisoit el toutes
288 A nuz genoulz et a nuz coutes,
Au pavement joignoit sa bouche :
N'i savoit nul vilain reprouche.
Li enfant qu'avec li estoient
292 Un geu souventes fois faisoient
Si com de sallir a un pié,
Et cele par grant amistié
Si c'en fuioit vers la chapele
296 Et laissoit chacune pucele
Si com s'adés deüst saillir. *f. 29 v° 2*
Quant a l'entreir douvoit faillir,
Tant avoit cuer fin et entier
300 Que por Dieu baisoit le sentier.
Sachiez, ja ne fust en ce leu,
C'ele joast a queilque geu,
Que s'esperance et sa memoire
304 Ne fust a Dieu, le Roi de gloire.
Car se li cors jooit la fuer,
A Dieu avoit fichié le cuer.
Ainsi jooit sanz cuer li cors,
308 Li uns a Dieu, l'autre la fors.
A aucune des puceletes

---

* v. 282. *A* Je ne sai se l. — *A ajoute 16 v. après le v. 308*

276 que cette dame dès son enfance
mit toutes ses pensées
en Dieu et dans la religion :
c'était son souci,
280 ses jeux, son plaisir.
Alors qu'elle n'avait que cinq ans
et qu'elle ne savait pas encore lire,
elle emportait un psautier à l'église
284 comme pour lire l'office.
Elle voulait rester près de l'autel
comme si elle savait prier.
Elle se mortifiait de toutes les façons,
288 les genoux et les coudes nus,
elle baisait le pavement :
elle n'y avait aucune fausse honte.
Les enfants qui étaient avec elle
292 jouaient souvent
à sauter à cloche-pied :
elle, remplie d'amour,
s'enfuyait vers la chapelle,
296 laissant derrière elle toutes les petites filles,
en faisant mine de continuer à sauter[1].
Quand elle ne pouvait pas y entrer,
son cœur était si ardent
300 que pour l'amour de Dieu elle baisait le seuil qui y [menait.
Sachez-le, si elle jouait à quelque jeu,
jamais elle ne serait passée par là
sans tourner son espoir et ses pensées
304 vers Dieu, le Roi de gloire.
Car si son corps au-dehors jouait,
son cœur était tout entier en Dieu.
Ainsi le corps jouait sans le cœur,
308 l'un tout à Dieu, l'autre tourné vers le dehors.
À l'une des petites filles

---

1. Le récit est déformé, car Rutebeuf a lu *fugebat* (fuyait) au lieu de *fugabat* (faisait fuir, chassait devant elle) : en réalité, la petite fille profitait du jeu pour conduire insensiblement ses compagnes vers la chapelle.

Dizoit : "Je wel leiz moi te metes
Si te wel prier et requerre
312 Que nos mesurons a la terre,
Car de savoir sui mout engranz
La queiz de nos .II. est plus granz."
Si n'avoit de mesurer cure :
316 Por li couvrir par la mesure
Voloit que plus de bien feïst
Et plus de proieres deïst.
Ancor vos di ge derechief
320 Porce que saint Jehan en chief
Est garde de toute chastee,
Que la soie ne fust gastee,
Por ce i avoit s'amor mise
324 Et son cuer mis en son servize.
Celui ewangelistre amoit,
Aprés Dieu seigneur le clamoit.
S'om li demandoit por celui,
328 Ele n'escondizoit nelui.
Celui servi, celui ama,
Aprés Dieu son cuer et s'arme a
Mis a celui dou tout en garde.
332 Ne fist pas que fole musarde. *f. 30 r° 1*
Se hom li eüst choze faite
Dont ele fust en iror traite,
Por saint Jehan l'Ewangelistre,
336 Son droit maitre et son droit menistre,
Li estoit dou tout pardonei,
Que ja puis n'en fust mot sonei.
Ancor vos di, c'il avenist
340 Qu'aleir gezir la couvenist,
C'ele n'eüst asseiz prié
Dieu et de cuer regracié,
Ele prioit en son lit tant
344 Que mout c'i aloit delitant.
Aprés vos di a briez paroles :
En geuz, en festes, en quaroles
Et a quanque enfant doit plaire,
348 Si com c'el n'en eüst que faire,
Laissoit ele, saichiez sanz doute,
Car ne prisoit gaires teil route

elle disait : “Je veux que tu te mettes à côté de moi :
je t’en prie, mesurons-nous
312 en nous étendant contre terre,
car j’ai très envie de savoir
laquelle de nous deux est la plus grande.”
Mais comparer leurs tailles lui importait peu :
316 sous ce prétexte elle ne cherchait
qu’à accomplir plus d’œuvres méritoires
et à dire plus de prières.
Je vous dis encore ceci :
320 comme saint Jean plus que tout autre
est le gardien de toute chasteté,
pour éviter toute souillure à la sienne,
elle avait placé son amour en lui
324 et mis son cœur à son service.
C’est cet évangéliste qu’elle aimait,
qu’elle appelait seigneur après Dieu.
Si on lui demandait quelque chose en son nom,
328 elle n’éconduisait personne.
C’est lui qu’elle servait, c’est lui qu’elle aimait ;
après Dieu, c’est en sa garde qu’elle a mis
son cœur et son âme tout entiers :
332 elle n’a pas agi comme une folle !
Si quelqu’un lui avait fait quelque chose
qui l’avait mise en colère,
pour l’amour de saint Jean l’Évangéliste,
336 vrai maître pour elle, vrai serviteur de Dieu,
elle lui pardonnait entièrement :
il n’en était plus question ensuite.
J’ajoute que, s’il lui arrivait
340 de devoir aller se coucher
sans avoir assez prié Dieu,
sans lui avoir assez rendu grâce,
elle priait tant dans son lit
344 qu’elle y avait un grand plaisir.
Je vous dis aussi brièvement ceci :
les jeux, les fêtes, les danses,
tout ce qui plaît aux enfants,
348 elle les délaissait, sachez-le vraiment,
comme si elle n’en avait eu que faire,
car elle faisait peu de cas de tout cela

Envers l'ami c'om doit ameir,
352 En cui amors n'a point d'ameir.
Ensi vesqui en sa jonesce.
Asseiz ot anui et destresse
Ansois qu'ele fust mariee,
356 Car a norrir estoit livree
Au plus granz seigneurs de l'empire.
De toute gent estoit la pire
Qui fust en la maison son peire.
360 Dure gent i out et ameire
Envers li plus qu'il ne dovoient.
Par envie moult la grevoient,
Tant i avoit venin et fiel.
364 "Ceste panrra la grue au ciel",
Fasoient il par ataïne,
Tant avoient en li haÿne
Por ce qu'onestement vivoit, *f. 30 r° 2*
368 Et li faus envieuz qui voit
Honeste gent d'oneste vie
A toz jors d'eulz greveir envie.
Avant que son seigneur eüst
372 Ne que de l'avoir riens seüst
Fors ensi com la gent devine,
Cil qui savoient la couvine
Son seigneur li blament souvent
376 Et li aloient reprouvent
Ce que il la voloit ja prendre.
Ce il li peüssent deffendre,
Il li eüssent deffendu
380 Que ja n'i eüst entendu.
Et disoient sui concillier :
"Nos nos poons moult mervillier
Que beguins voleiz devenir.
384 Ne vos en poeiz plus tenir :
S'est folie qui vos enheite !"
Vollentiers l'eüssent soutraite

---

* *A ajoute 6 v. après le v. 352* — v. 371. *A* Quant que — v. 380. *A* eüst, *C* eüssent

au regard de l'ami qu'on doit aimer,
352 et dans l'amour duquel il n'y a rien d'amer.
C'est ainsi qu'elle vivait dans sa jeunesse.
Elle connut bien des souffrances
avant son mariage,
356 car son éducation fut confiée
aux plus grands seigneurs de l'Empire.
C'étaient les pires de tous ceux
qui étaient dans la maison de son père,
360 des gens durs et désagréables
avec elle plus qu'ils ne le devaient.
Par envie ils la faisaient souffrir,
tant ils étaient venimeux.
364 "En voilà une qui décrochera le gros lot !",
disaient-ils méchamment,
tant ils la détestaient
à cause de sa vie vertueuse :
368 l'hypocrite envieux qui voit
des gens vertueux mener une vie vertueuse
a toujours envie de leur faire du mal.
Avant son mariage,
372 et avant qu'elle fût informée du projet
autrement que par la rumeur,
ceux qui connaissaient les intentions
de son futur mari ne cessaient de l'en blâmer
376 et de lui reprocher
de vouloir la prendre pour femme.
S'ils avaient pu le lui défendre,
ils le lui auraient défendu
380 et l'auraient empêché d'y songer plus longtemps.
Ses conseillers lui disaient :
"Nous avons de quoi de nous étonner
que vous vouliez vous faire béguin[1].
384 Vous n'y tenez plus :
c'est la folie qui vous inspire !"
Pour finir, ils l'auraient volontiers enlevée

---

1. Voir *Ordres de Paris*, n. 3, p. 249.

Et menee a aucun manoir,
388 Quant il virent que remanoir
Ne porroit mais, c'est la parcloze,
Et li eüssent fait teil choze
Dont ele perdist son doaire
392 Et s'en repairast au repaire
Son pere dont ele iere issue.
Mais Dieux l'en a bien deffendue,
Car celui cui Diex prent en cure,
396 Nuns ne li puet greveir ne nuire.
Or aveiz oïe s'enfance
Toute, fait cele, sanz doutance.
– Bele suer, com bien puet avoir
400 Que vos puissiez aparsavoir
Qu'avec li conversei aveiz ?
Dites le nos, se vos saveiz », *f. 30 v° 1*
Distrent cil qui firent l'essai.
404 « Sire, dist ele, je ne sai.
Je di por voir, non pas devin,
Dès lors qu'avec ma dame ving,
Quatre anz avoie et ele cinc.
408 Dès lors i ai estei ainsinc
Tant qu'ele vesti robe grise
(Tant vos en di, plus n'en devise)
C'est a dire l'abit de l'Ordre,
412 Qu'a teil amors ce vout amordre. »
Piez poudreiz et pencee vole
Et cil qui par cignier parole
Sont troiz chozes, tot sanz doutance,
416 Dont je n'ai pas bone esperance
Ne nuns preudons ne doit avoir.
Car par ces trois puet hon savoir,
Qui a droit senz, le remenant.
420 Qui lors va celui reprenant
Et qui a bien faire l'enseigne,
Si vaut autant com batre Seinne.
Tout est perdu quanc'om li monstre :

---

* v. 414. *A* Et oeil qui par cinier

et conduite dans quelque retraite,
388 quand ils virent qu'il était désormais impossible
que le mariage ne se fît pas,
et ils auraient manœuvré de façon
à ce qu'elle perdît son douaire
392 et retournât chez son père,
d'où elle était venue.
Mais Dieu l'en a bien protégée,
car celui dont Dieu prend soin,
396 nul ne peut lui faire de mal.
Voilà, dit-elle : vous avez entendu
le récit de toute son enfance, n'en doutez pas.
– Chère amie, combien de temps,
400 à votre connaissance,
l'avez-vous fréquentée ?
Dites-le nous, si vous le savez »,
lui demandèrent ceux qui menaient l'enquête.
404 « Seigneur, dit-elle, je ne sais pas.
Je vous dis en vérité, non par conjecture,
que quand j'ai été placée près de ma maîtresse,
j'avais quatre ans et elle cinq.
408 Je suis restée près d'elle
jusqu'à ce qu'elle revête la robe grise
(c'est tout ce que je peux vous dire, pas plus),
c'est-à-dire l'habit religieux,
412 puisqu'elle a voulu se laisser prendre à cet amour. »
Pieds poussiéreux, pensée frivole,
et s'exprimer par des clins d'œil
sont trois choses, certainement,
416 dont je n'attends rien de bon,
pas plus que tout homme de bien.
Car par ces trois choses on peut,
si on a du bon sens, connaître le reste.
420 Reprendre celui qui est ainsi,
lui enseigner à faire le bien :
autant battre la Seine[1] !
Tout ce qu'on lui explique est perdu :

---

1. Cf. Morawski 423.

424 Dites li bien, il fera contre,
Car il cuderoit estre pris
C'il avoit a bien faire apris.
Ne vaut noiant ; li cuers aprent,
428 Li cuers enseigne et si reprent ;
Au cuer va tout : qui a boen cuer
Les oeuvres moutre par defuer.
Li mauvais cuers fait mauvais home ;
432 La preude fame et le preudome
Fait li boenz cuers, n'en douteiz mie.
Ceste qui a Dieu fu amie
Et qui a Dieu ce vout doneir
436 Ne s'en fist gaires sermoneir :
Sa serve fu, bien le servi, *f. 30 v° 2*
Par bien faire l'a deservi.
Li boens sergens qui de cuer sert
440 En bien servir l'amor desert
De son seigneur par bien servir.
Qui ne se voudra aservir,
Je loz l'amou[r] de Dieu deserve
444 Qui que il soit, ou sers ou serve.
Car qui de cuer le servira,
Bien sachiez qu'il deservira
Par quoi l'arme de lui iert franche :
448 Ci n'a mestier fuie ne guanche.
Sainte Ysabiaux ot droit aage
D'avoir ordre de mariage.
Mari li donent ; mari a,
452 Car cil qui bien la maria
N'en douta gaires chevaliers
Ne senechauz ne concilliers :
Ce fu li rois qui tot aroie,
456 Jhesucriz, qui les siens avoie.
Or dit la seconde partie
Que l'enfance est lors departie
Que fame pert non de pucele.

---

* v. 428. *A* et se repent — v. 438. *A* Par bien servir le d. — v. 449. *A* Elysabel ot — v. 451-458. *A mq.*

424 prêchez-lui le bien, il fera le contraire,
car il croirait s'être fait avoir
en apprenant à faire le bien.
Rien n'y vaut : c'est le cœur qui apprend,
428 c'est le cœur qui enseigne et qui corrige ;
tout passe par le cœur : qui a un cœur vertueux,
il le montre à l'extérieur par ses œuvres.
Le cœur mauvais fait le mauvais homme ;
432 la femme de bien, l'homme de bien,
c'est le cœur vertueux qui les fait, n'en doutez pas.
Cette femme qui était l'amie de Dieu
et qui a voulu se donner à Lui
436 n'a guère eu besoin de sermons :
elle fut sa servante, elle l'a bien servi,
elle l'a mérité en le servant bien.
Le bon serviteur qui sert de tout son cœur,
440 en servant bien, mérite l'amour
de son maître par son bon service.
Celui qui ne veut pas s'asservir,
je lui conseille de mériter l'amour de Dieu,
444 quel qu'il soit, serf ou serve.
Car qui le servira de tout son cœur,
sachez bien qu'il méritera
de voir son âme libérée :
448 fuite ou dérobade ne servent ici de rien.
Sainte Ysabeau a l'âge convenable
pour recevoir l'ordre de mariage.
On lui donne un mari ; mais elle en a déjà un,
452 car celui qui l'a épousée
l'a fait sans avoir à craindre chevaliers,
sénéchaux ni conseillers :
c'est le roi qui gouverne tout,
456 Jésus-Christ, qui guide les siens.
La seconde partie dit à présent
que l'enfance est finie dès lors
que la femme perd le nom de jeune fille.

460 De ceste, qui dame novele
Est orendroit, vos wel retraire :
Or entendeiz de son afaire.
Li preudome orent moult grant cure
464 De savoir la veritei pure
De la sainte vie de ceste.
Mout en furent en grant enqueste.
  Yzentruz, qui fu veve fame
468 Religioeuze et bone dame,
Fu avec li .V. anz, se croi,
De son conseil, de son secroi,
Au vivant Loÿs Landegrave.
472 Aprés i fu la dame vave *f. 31 r° 1*
Puis que Loÿs fu trespasseiz
Un an entier et plus asseiz,
Tant qu'el ce fu a l'Ordre mise.
476 Des enquereours fu requise
Yzentruz de dire le voir.
Jureir l'estut par estovoir.
Yzentruz fist son sairement
480 Et puis si dist apertement
A son pooir la veritei :
« Humble, plainne d'umilitei
Est moult sainte Ysabiaus, fait ele.
484 Ja ne queroit de la chapele
Issir, ja ne querroit qu'oreir
Et en orisons demoreir.
  Mout murmurent ces chamberieres
488 Que jamais ne queroit arieres
Venir dou moutier, ce lor cemble,
Mais coiement d'entr'eles s'emble
Et va Dieu prier en emblant :
492 Jamais ne verroiz sa semblant.
Quant plus iere en grant seignerie
Et plus iere amee et chierie,
Lors avoit ele un mandiant,

---

* v. 482. *A* p. de charité — v. 483. *A* m. Elysabel

460 D'elle, qui vient tout juste de devenir une dame,
je veux vous parler :
écoutez ce qui la concerne.
Les hommes de bien mirent tous leurs soins
464 à connaître la pure vérité
touchant sa sainte vie.
Ils s'enquirent autant qu'ils purent.
Ysentrude, qui était une veuve
468 pieuse et vertueuse,
vécut dans son intimité et jouit de sa confiance
pendant cinq ans, je crois,
du vivant du landgrave[1] Louis.
472 Et après la mort de Louis
cette veuve y resta
plus d'un an encore,
jusqu'à son entrée en religion.
476 Les enquêteurs demandèrent à Ysentrude
de dire la vérité :
elle dut le jurer.
Ysentrude prêta serment,
480 puis dit clairement
la vérité, selon son pouvoir :
« Humble, pleine d'humilité :
telle est sainte Ysabeau, fait-elle.
484 Elle ne voulait jamais quitter la chapelle,
elle ne cherchait qu'à prier
et à rester en oraison.
Ses chambrières se plaignent beaucoup
488 de ce qu'elle ne veut jamais, leur semble-t-il,
revenir de l'église ;
au contraire elle les quitte discrètement
et va prier Dieu en secret :
492 on ne verra plus jamais sa semblable.
Alors qu'elle était au faîte de son pouvoir
et qu'elle était le plus entourée et aimée,
pour ne pas oublier Dieu,

---

1. Rutebeuf prend le titre germanique de landgrave pour un nom propre.

496 Qu'ele n'alast Dieu obliant,
Qui n'avoit pas la teste sainne ;
Ainz vos di qu'il l'avoit si plainne
D'une diverse maladie
500 Que n'est pas droiz que je vos die
(Senz nomeir la poeiz entendre),
Que nuns n'i ozast la main tendre.
Celui netioit et mundoit,
504 Celui lavoit, celui tondoit :
Plus li faisoit, que vos diroie,
Que dire ne vos ozeroie.
En son vergier menoit celui, *f. 31 r° 2*
508 Por ce qu'el ne veïst nelui
Et que nuns hons ne la veïst.
Et s'aucune la repreïst
Et ele ne savoit que dire,
512 Si prenoit par amours a rire.
Entour li avoit .I. preudome
Que chacuns maitre Corraz nome
De Mapur, qui obediance
516 Li fist faire par l'otroiance
De son seigneur. Or soit seü
De quoi l'obediance fu ;
Qui le vodra savoir, sel sache :
520 En l'abaïe de Senache,
Qui est de sainte Katerine,
Voa de pencee enterine
A entreir, se trovons el livre,
524 Se son seigneur pooit sorvivre.
Puis aprés li fist estrangier
Toute la viande a mangier
Dont ele pence ne devine
528 Qui soit venue de rapine.
Et de ce ce garda si bien
Que onques n'i mesprist de rien ;
Car, quant la viande venoit
532 De leu qu'ele soupesenoit,
Et leiz son seigneur assise iere,
Si deïssiez a sa meniere
Qu'ele manjast, ce n'est pas fable,

496 elle avait près d'elle un mendiant
dont la tête n'était pas en bonne santé :
elle était si atteinte
par une maladie cruelle
500 dont il vaut mieux que je taise le nom
(vous pouvez la reconnaître sans que je la nomme),
que nul n'aurait osé y porter la main.
Elle le nettoyait, le débarbouillait,
504 le lavait, lui coupait les cheveux :
elle s'occupait de lui plus que je ne pourrais,
que je n'oserais vous dire.
Elle l'emmenait dans son verger
508 pour qu'il ne vît personne
et que personne ne la vît.
Et si quelqu'une la reprenait
et qu'elle ne savait que dire,
512 elle souriait gentiment.
Elle avait auprès d'elle un homme de bien,
nommé par chacun maître Conrad
de Marburg, qui la soumit à un vœu
516 avec l'autorisation
de son mari. Sachez donc
en quoi consistait ce vœu ;
que celui qui voudra le savoir le sache :
520 à l'abbaye d'Eisenach,
consacrée à sainte Catherine,
elle fit le vœu, sans restriction,
d'entrer – nous le trouvons dans le livre –
524 si elle survivait à son mari.
Puis il la fit renoncer
à toute nourriture
dont elle pensait ou devinait
528 qu'elle était le produit de rapines.
Elle s'en garda si bien
que jamais elle ne viola cette règle ;
car quand la nourriture
532 avait une origine qu'elle soupçonnait,
et qu'elle était assise à côté de son mari,
vous auriez dit à la voir
qu'elle mangeait – je ne mens pas –

536 Plus que nuns qui fust a la table :
Ce de mangier l'escondissoit
Que sa et la le pain brisoit.
Or savoient iteiz noveles
540 Trois senz plus de ces damoizele[s] ;
Son seigneur dient en apert
Que il s'arme traït et pert *f. 31 v° 1*
Et que jamais n'iert asolue
544 De mangier viande tolue.
Il lor repont : "Forment me grieve,
Mais ne sai coument j'en achieve,
Et sachiez je n'en mangeroie
548 Ce les paroles n'en doutoie :
Se g'en faz ce que faire doi,
Ma gent me monterront au doi.
Mais bien vos di certainnement,
552 Se je puis vivre longuement,
Seur toute riens que je propoze
Moi amendeir de ceste choze."
Quant de droite rente venoit
556 La viande, si la prenoit,
Ou des biens de son droit doaire ;
D'autre n'avoit ele que faire.
De ceulz manjue, de ceulz use,
560 Et ce cil faillent, si muze
Et ele et toute sa maignie :
Eiz vos sa vie desraignie.
Mais a pluseurs seigneurs mandoit
564 Et en present lor demandoit
Qu'il li donassent de lor biens
S'om ne trovast a vendre riens,
Car de droite rente estoit cort
568 Li biens qui venoit a la cort,
Et ele avoit bien entendu
Que li maitres ot deffendu.
Asseiz souvent manjassent bien
572 Moult volentiers, ele et li sien,

---

* v. 540. *A* damoiseles, *C* damoizele

536 plus que personne d'autre à la table :
elle rompait de temps en temps du pain,
subterfuge pour se dispenser de manger.
  Ce secret,
540 trois de ses suivantes le connaissaient, pas plus ;
elles vont dire ouvertement à son mari
qu'il trahit et perd son âme,
qu'il la prive à tout jamais de l'absolution,
544 en mangeant de la nourriture volée.
Il leur répond : "Cela me fait beaucoup souffrir,
mais je ne sais comment y mettre un terme ;
je m'en garderais, sachez-le,
548 si je ne craignais le qu'en-dira-t-on :
si j'agis sur ce point comme je le dois,
mes gens me montreront du doigt.
Mais, je vous le dis de façon certaine,
552 s'il m'est donné de vivre longtemps,
je me propose par-dessus tout
de me corriger sur ce point."
  Quand la nourriture provenait
556 d'une rente légitime, elle la prenait,
que ce fût de ses biens ou de son douaire légal ;
elle ne se souciait pas d'en accepter d'autre.
C'est celle-là qu'elle mangeait, de celle-là qu'elle usait :
560 si elle faisait défaut, elle prenait patience,
et toute sa maison avec elle :
voilà comment était réglée sa vie.
Pourtant elle faisait dire à de nombreux seigneurs
564 et leur demandait en grâce
de lui donner de leurs propres ressources
si on ne trouvait rien à vendre,
car la cour manquait de ressources
568 fournies par des revenus légitimes,
et elle avait bien compris
l'interdiction formulée par son maître.
  Très souvent elle et les siens
572 auraient bien volontiers mangé

Dou pain, se assez en eüssent
Que sanz doute mangier peüssent.
Et a la table endroit de soi
576 Avoit souvent et fain et soi.
Asseiz parlerent maintes bouches *f. 31 v° 2*
Et distrent moult de teiz reprouches
Qui ne furent ne bel ne gent ;
580 Cil n'ierent pas estrange gent,
Mais de la gent de lor hosteil,
Et dient c'onques mais n'ot teil
Mari dame com ceste la.
584 Chacuns le dit, nuns nel cela.
Jamais ne li fust nuns anuiz
A releveir chacune nuit
Por aleir a l'eglize oreir,
588 Et tant i voloit demoreir
Que nuns penceir ne l'ozeroit :
Dou dire, folie seroit.
Moult souvent li dizoit ses sires :
592 "Dame, vaurroit i riens li dires ?
Je dout mout que mal ne vos face
Que n'aveiz de repoz espace.
Cui adés covient endureir,
596 Je vos di qu'il ne puet dureir."
Moult prioit a ces damoizeles
A toutes encemble que eles
L'esveillassent chacun matin ;
600 Ne lor parloit autre latin.
Par le pié se faisoit tireir,
Car moult doutoit de faire ireir
Son seigneur et de l'esveillier.
604 Et il faisoit de soumeillier
Teil foiz semblant que il veilloit
Que que hon la dame esveilloit. »
Dit Yzentruz : « Quant je voloie
608 Lei esvillier et je venoie

---

* *A ajoute 54 v. après le v. 576* — v. 586. *A* En relever toz jors de nuiz — v. 594. *A* Cil qui n'a de

du pain, s'ils en avaient eu
qu'ils pussent manger sans inquiétude.
À table, en secret,
576 elle avait souvent faim et soif.
Bien des langues allèrent leur train
et formulèrent contre elle des reproches
qui n'avaient rien d'aimable ;
580 et ce n'étaient pas des étrangers,
mais des gens de la cour
qui disaient que jamais une femme comme elle
n'avait eu un mari de si haut rang.
584 Chacun le disait et nul ne le cachait.
Jamais il ne lui pesa
de se relever chaque nuit
pour aller prier à l'église,
588 et elle voulait y rester plus longtemps
que nul n'oserait l'imaginer :
rien que le dire semblerait fou.
Bien souvent son mari lui disait :
592 "Madame, pourriez-vous entendre raison ?
Je crains que vous vous fassiez du mal
par manque de repos.
À endurer sans cesse
596 on ne peut durer longtemps, je vous le dis."
Elle demandait instamment
à toutes ses suivantes ensemble
de l'éveiller tous les matins ;
600 elle ne leur tenait aucun autre langage.
Elle se faisait tirer par le pied,
car elle craignait beaucoup d'irriter
son mari et de l'éveiller.
604 Et quelquefois il faisait semblant de dormir
alors qu'il était éveillé
pendant qu'on réveillait la dame. »
Ysentrude poursuivit : « Quand je voulais
608 l'éveiller et que je m'approchais

A son lit li par le pié prendre
Et je voloie la main tendre
Au pié ma dame et j'esveilloie
612 Mon seigneur, que son pié tenoie, *f. 32 r° 1*
Il retreoit a li son pié
Et le soffroit par amitié. »
Sor .I. tapiz devant son lit
616 Dormoit souvent a grant delit,
Par la grant plantei de prieres
Que Deux amoit et avoit chieres.
Quant dou dormir estoit reprise
620 Devant son lit en iteil guise,
Si respondoit com dame sage :
« Je wel que la char ait damage
En ce qu'ele soffrir ne puet
624 A faire ce que l'arme estuet. »
Quant son seigneur laissoit dormant,
En une chambre coiement
Se faisoit batre a ces baasses,
628 Tant que de batre estoient lasses.
Quant avoit fait par grant loizir,
Plus liement venoit gesir.
Chacun jor en la quarentainne
632 Et une fois en la semainne
La batoient, ce vos redi,
En charnage le venredi.
Einsinc soffroit ceste moleste,
636 Devant gent fasoit joie et feite.
Quant ces sires n'i estoit pas,
Lo[r]s n'estoit pas la choze a gas :
En jeüneir et en veillier,
640 En oreir el cors travillier
Estoit ele si ententive
Qu'a grant merveilles estoit vive.
Ainsi vivoit et nuit et jor
644 Com dame qui est sanz seignor.
Si estoit debonaire et simple.

de son lit pour la prendre par le pied,
si en voulant toucher le pied
de ma dame j'éveillais
612 mon seigneur, car c'est son pied que je tenais,
il retirait son pied
et supportait cela avec bienveillance[1]. »
Elle dormait souvent avec grand plaisir
616 sur un tapis au pied de son lit
à cause de l'abondance de ses prières
qui plaisaient à Dieu.
Quand on lui reprochait de dormir
620 au pied de son lit de cette façon,
elle répondait avec sagesse :
« Je veux que la chair pâtisse
de n'être pas capable
624 de ce que l'âme doit faire. »
Quand elle laissait son mari endormi,
elle se faisait battre en secret
dans une chambre par ses servantes
628 jusqu'à ce qu'elles soient fatiguées de frapper.
Quand cela avait duré bien longtemps,
elle allait se coucher plus joyeuse.
Tous les jours pendant le Carême
632 elles la battaient, je vous le répète,
et une fois par semaine,
le vendredi, pendant les jours gras.
Elle s'imposait ainsi ces souffrances,
636 mais se montrait en public pleine de gaieté.
Quand son mari n'était pas là,
alors ce n'était pas une plaisanterie :
elle mettait un tel zèle
640 à jeûner, à veiller,
à prier, à mortifier son corps,
qu'il était étonnant qu'elle survécût.
Elle vivait ainsi nuit et jour
644 comme si elle n'avait pas de mari.
Elle était simple et bonne.

---

1. D'après le latin, l'incident ne s'est produit qu'une fois.

Bele robe ne bele guimple
Ne vestoit pas, mais la plus sale, *f. 32 r° 2*
648 Tant que hon manjoit en la sale.
Et si estoit la haire mise
Emprés sa char souz sa chemise,
Et de robe estoit par defors
652 Moult richement vestuz li cors.
Lors peüst hon dire, ce cuit :
« N'est pas tot ors quanque reluit. »
Lors estoit paree et vestue
656 Quant ele savoit la venue
Que ces sires dovoit venir,
Non mie por plus chier tenir
Le cors, se sachiés vos de voir ;
660 Ainz poeiz bien aparsouvoir
Que ce pour son seigneur faisoit
Et que por ce mieulz li plaisoit.
A ces seculeres voizines,
664 Par jeünes, par deceplines
Enseignoit a fuir le siecle
Qui ne va pas a droite riegle
Et que chacuns devroit haïr,
668 Qui ne vodroit s'arme trahir.
Les quaroles lor deffendoit
Et toz les geus qu'ele veoit
Qui l'arme pooient correcieir.
672 Moult les amast a adrecieir
A honeste vie meneir
Par les bons essamples doneir.
Quant les borjoises dou chastel,
676 Affublees de lor mantel,
Aloient d'un enfant a messe,
Chacune aloit comme contesse,
[Moult] bien paree, a grant devise.
680 Ainsinc aloient a l'eglize,
Mais ele i aloit autrement,

---

* v. 652. *A* gentement — v. 669. *A* deveoit — v. 677. *A* Aloient d'un enfant a m., *C* Quant d'enfant aloient a m. —

Elle ne revêtait ni belle robe ni belle guimpe,
mais ce qu'elle avait de plus sale,
648 pour manger dans la grande salle.
Elle portait la haire
à même la peau sous sa chemise,
tandis qu'au-dehors
652 elle était richement vêtue.
C'est alors qu'on aurait pu dire, je crois :
« Tout ce qui brille n'est pas d'or. »
Elle s'habillait et se parait ainsi
656 quand elle savait
que son mari devait venir,
et nullement par égard
pour sa propre personne, sachez-le bien ;
660 au contraire, vous pouvez bien remarquer
qu'elle faisait cela pour son mari,
parce qu'elle lui plaisait mieux ainsi.
À ses voisines qui vivaient dans le siècle,
664 par ses jeûnes et ses mortifications
elle enseignait à fuir le monde
qui ne suit pas une bonne règle de vie
et que chacun devrait haïr
668 s'il ne voulait trahir son âme.
Elle leur interdisait la danse
et tous les jeux dont elle voyait
qu'ils pouvaient irriter l'âme.
672 Elle aurait bien aimé les inciter
à mener une vie honnête
en leur donnant le bon exemple.
Quand les bourgeoises du château,
676 revêtues de leur manteau,
allaient à la messe pour leurs relevailles,
chacune y allait comme une comtesse,
dans une toilette somptueuse.
680 C'est ainsi qu'elles allaient à l'église.
Mais elle y allait autrement,

---

v. 679. *C* Moult *mq.*

Car ele i aloit povrement *f. 32 v° 1*
Vestue et toute deschaucie.
684 Par les boes de la chaucie
Descendoit dou chatel aval,
Sens demandeir char ne cheval.
Son enfant en son braz venoit
688 Et sa chandoile ardant tenoit.
Tout ce metoit desus l'auteil,
Et un aignel, trestout auteil
Com Notre Dame fist au temple :
692 De ce prist ele a li essample.
En l'oneur Dieu et Notre Dame
Donoit a une povre fame
La robe qu'ele avoit vestue,
696 Quant de messe estoit revenue.
Moult ert la dame en orisons
Tant com duroient Rovisons,
Qu'entre les fames de la vile
700 (Ne cuidiez pas que se soit guile)
Se mussoit por aleir aviau.
Lors avoit ele son aviau !
Quant teile ovreigne pooit faire,
704 Jamais ne li peüst desplaire.
Filleir faisoit por faire toile ;
N'est pas raisons que [je] vos soile
Qu'ele en faisoit quant faite estoit :
708 Freres Meneurs en revestoit
Et les autres qui de Poverte
Trouvoient trop la porte overte.
Toz biens a faire li plaizoit.
712 Les mors ensevelir faisoit.
S'aucun povre oïst esmaier
Qui deïst : « Je ne puis paier,
Laz ! ne sai queil conseil g'i mete »,
716 Ele paioit por li la dete.
Si ne li pooit abelir, *f. 32 v° 2*
S'on faisoit riche ensevelir,

---

* *A ajoute 2 v après le v. 710* — v. 718. *AC* povree.

car elle y allait pauvrement
vêtue et toute déchaussée.
684 Dans la boue du chemin
elle descendait du château,
sans demander voiture ni cheval.
Elle avait son enfant dans ses bras
688 et tenait sa chandelle allumée.
Elle mettait le tout sur l'autel
avec un agneau, exactement comme
Notre-Dame l'avait fait au temple :
692 C'est sur elle qu'elle prenait exemple.
En l'honneur de Dieu et de Notre-Dame
elle donnait à une pauvre femme
la robe qu'elle avait revêtue,
696 une fois revenue de la messe.
La dame restait en prières
aussi longtemps que duraient les Rogations :
parmi les femmes de la ville
700 (ce n'est pas une plaisanterie)
elle se cachait pour y aller.
C'est alors qu'elle avait son plaisir !
Quand elle pouvait se livrer à cette occupation,
704 cela ne pouvait jamais lui déplaire.
Elle faisait filer pour faire de la toile ;
il n'est pas juste que je vous cache
ce qu'elle en faisait quand elle était tissée :
708 elle en vêtait les Frères mineurs
et tous les autres à qui la porte
de Pauvreté n'était que trop ouverte.
Elle se plaisait à faire le bien sous toutes ses formes.
712 Elle faisait ensevelir les morts.
Si elle entendait un pauvre se désoler
en disant : « Je ne puis payer,
hélas ! je ne sais que faire »,
716 elle payait ses dettes pour lui.
Il lui déplaisait,
quand on ensevelissait un riche,

Qu'il enportast nueve chemise.
720 La viez li estoit en dos mise
Et la nueve por Dieu donee :
Si estoit la choze ordenee.
Ancor vos di, seigneur, aprés,
724 Ou que ce fust, ou loing ou prés,
Aloit les malades veoir
Et deleiz lor lit aseoir.
Ja si ne fust la maison orde,
728 Tant ot en li misericorde
Qu'el ne redoutoit nule ordure,
Car d'eulz aidier avoit grant cure.
Miresse lor estoit et meire,
732 Car n'estoit pas miresse ameire
Qui prent l'argent et si s'en torne,
Que que li malades sejorne ;
Ansois ovroit de son mestier
736 Et i metoit le cuer entier.
Se li cors iere en guerre, dont
L'arme en atendoit guerredon.
Maitre Corraz por sermoneir
740 Et por boens examples doneir
Voloit aleir parmi la terre ;
S'envoia cele dame querre.
Cele, c'une dame atendoit,
744 De la aleir se deffendoit,
Car c'estoit une grant marchise,
Si ne voussist en nule guise
Qu'ele ne trovast en maison,
748 C'on n'en deïst fole raison.
Por ce li fust de l'aleir grief.
Et cil la manda de rechief
Que seur son obediance veigne,
752 Que nule rient ne la deteigne. *f. 33 r° 1*
Quant d'obediance parla,
[Et] la dame cele part la

---

* v. 737. *A* en gerre don — v. 754. *C* Et *mq.*

qu'il emportât une chemise neuve.
720 On lui en mettait une vieille sur le dos
et on donnait la neuve pour l'amour de Dieu :
les choses étaient organisées ainsi[1].
J'ajoute, seigneurs,
724 qu'elle allait visiter les malades
où que ce fût, loin ou près,
et s'asseoir à côté de leur lit.
La maison n'était jamais trop sale :
728 il y avait en elle tant de compassion
qu'elle ne redoutait aucune saleté,
car tout son souci était de les aider.
Elle était pour eux un médecin et une mère,
732 non pas un médecin à la médecine amère
qui prend l'argent et s'en va,
quoi qu'il advienne du malade ;
au contraire, elle se mettait à la tâche
736 de tout son cœur.
Le corps souffrait des assauts ? Alors
l'âme en attendait sa récompense.
Maître Conrad voulait aller par le pays
740 pour prêcher
et montrer de bons exemples ;
il envoya donc chercher cette dame.
Elle, qui attendait une dame,
744 se refusait à y aller,
car c'était une grande marquise
et elle n'aurait voulu à aucun prix
qu'elle ne la trouvât pas à la maison :
748 cela aurait fait sottement jaser.
C'est pourquoi cela l'ennuyait d'y aller.
Il lui fit dire à nouveau
de venir, au nom de l'obéissance,
752 sans se laisser retenir par rien.
Quand il parla d'obéissance,
la dame y alla

---

1. Là encore, Rutebeuf transforme en comportement habituel un événement que le latin présente comme unique.

C'en ala cens sa compeignie,
756 C'ele en deüst estre honie.
Merci cria de son mesfait
Et de l'irour qu'el li ot fait.
Ces compeignes furent battues,
760 Sens plus de chemises vestues,
Por le demoreir qu'eles firent
Puis que son messagier oïrent.
Or fu jadiz en un termine
764 Que il estoit moult grant famine,
Landegrave, qui preudons iere
Et qui l'amor Dieu avoit chiere,
Envoia com preudons loiaux
768 De ces granges especiaux
Tout le gaaingnage a Cremone,
Sanz ce que nuns ne l'en sermone,
Por departir au povre gens.
772 Moult iere li dons biauz et genz,
Car povres qui iere a sejour
De s'aumoenne passoit le jour.
A Watebort demoroit lors,
776 Un chatel de la vile fors.
Laianz a une grant maison
Qui lors estoit de la saison
Plainne d'enfermes et d'enfers :
780 Asseiz estoit griez ciz enfers.
Cil ne pooient pas atendre
Cele heure a quoi hon soloit tendre
Au povres l'aumoenne commune ;
784 Mais ja n'i eüst un ne une

---

* v. 758. *A* qu'il — v. 779. *A* P. de fermes — v. 781. *A* ne pooit pas tant a.

---

1. Dans le texte latin, la sainte subit le même châtiment que ses suivantes. **2.** Dans le texte latin, l'initiative de ces aumônes revient à Élisabeth, restée seule en Thuringe pendant que son mari est à Crémone. Une mauvaise lecture de Rutebeuf (*lantgravius* pour *lantgravio*) ou l'utilisation d'un manuscrit fautif l'ont conduit à

sans sa suite :
756 elle y serait allée même au prix de sa honte.
Elle lui demanda pardon de sa faute
et de l'irritation qu'elle lui avait causée.
Ses suivantes furent battues,
760 vêtues seulement de leur chemise,
pour avoir tardé
après avoir entendu son message[1].
Il y eut, il y a longtemps, une période
764 de grande famine.
Le landgrave, qui était un homme de bien
soucieux de l'amour de Dieu,
envoya, en parfait homme de bien,
768 tout le produit de ses fermes particulières
à Crémone,
sans y avoir été invité par personne,
pour qu'il fût partagé entre les pauvres gens.
772 C'était un don magnifique,
car un pauvre qui vivait là
pouvait subsister chaque jour de ses aumônes[2].
Elle[3] résidait alors à la Wartburg,
776 un château hors de la ville.
Il y a là une maison
qui était en cette saison d'été[4]
remplie de malades :
780 un véritable enfer.
Ils ne pouvaient pas
être là au moment où pour les pauvres
on faisait une distribution générale d'aumônes.
784 Mais il n'y en avait pas un, pas une

---

conter cette curieuse histoire, qui montre la charité, non de la sainte, mais de son mari, et dans laquelle on voit le landgrave de Thuringe envoyer, Dieu sait pourquoi, des secours à Crémone. **3.** Le sujet pourrait être encore le landgrave, mais il n'y a pas lieu de croire que le contresens se poursuit jusque-là. **4.** Pour rendre la suite du texte intelligible, en particulier le v. 792, la traduction rétablit la précision donnée par le latin, mais omise par Rutebeuf : *aestivo tempore*.

Que ne veïst chacun par soi :
Cil n'avoient ne fain ne soi. *f. 33 r° 2*
Ceux sermonoit sainte Ysabiauz,
788 Les moz lor dizoit doulz et biaux
De pacience et de salu,
Qui lor a auz armes valu.
Moult issoit souvent grant puour
792 De lor robes por la suour,
Si que soffrir ne la pooient
Celes qui avec li estoient.
Mais ele le soffroit si bien
796 Que jamais ne li grevast rien,
Ainz les couchoit et les levoit,
Que nule riens ne li grevoit,
Et les netioit neiz et bouche,
800 S'on l'en deüst faire reprouche.
La furent de par lei venu
Petit enfant et povre et nu
Qu'ele meïmes fist venir.
804 Qui les li veïst chiers tenir,
Leveir, coucheir, baignier et paistre,
Il la tenist a bone maistre.
Ne lor estoit dure n'ameire :
808 Li enfant l'apeloient meire.
A ceux aloit ele environ,
Ceux metoit ele en son giron.
A ce tens et a celui terme,
812 Trois manieres de gent enferme
Ot ele lors a gouverneir,
Que touz li couvint yverneir
(Et cil qui plus estoit haitiez
816 Ne ce soustenoit seur ces piez) :
Mauvais i ot et si ot pires
Et trés mauvais ; c'est granz martires.
Des .II. ai dit qu'ele en faisoit,
820 Coument ele les aaisoit ;
Des autres vos dirai aprés. *f. 33 v° 1*

---

* v. 787. *A* sermonoit Elysabiaus — v. 807. *C* lor dure estoit

qu'elle ne visitât en particulier :
ceux-là n'avaient ni faim ni soif.
Sainte Ysabeau les prêchait,
788 elle leur disait de douces et belles paroles
sur la patience et le salut,
très profitables à leurs âmes.
Une grande puanteur se dégageait souvent
792 de leurs vêtements à cause de leur sueur,
au point que celles qui l'accompagnaient
ne pouvaient la supporter.
Mais elle la supportait si bien
796 qu'elle n'en aurait jamais été incommodée.
Au contraire elle les couchait, les levait –
rien ne l'incommodait –
et elle leur nettoyait le nez et la bouche :
800 nul reproche ne l'en aurait détournée.
Elle fit venir là
de petits enfants pauvres et nus,
qu'elle fit venir elle-même.
804 Qui l'aurait vue les cajoler,
les lever, les coucher, les baigner, les nourrir,
l'aurait tenue pour une bonne nourrice.
Elle n'était pour eux ni dure ni amère :
808 les enfants l'appelaient leur mère.
C'est eux qu'elle fréquentait,
c'est eux qu'elle serrait sur son sein.
À cette époque,
812 elle avait à s'occuper
de trois sortes de malades
qu'elle devait tous abriter pour l'hiver
(et le plus sain d'entre eux
816 ne tenait pas sur ses pieds) :
ceux qui étaient en mauvais état, ceux dont l'état
[était pire
et ceux dont il était pire encore : quel martyre !
Pour les deux premières catégories, je vous ai dit
820 ce qu'elle en faisait, comment elle les soulageait ;
je vais vous parler à présent des autres.

Ceulz voloit avoir de li prés,
Devant le chatel leiz la porte,
824 La ou ele meïmes porte
Ce qu'a la table lor remaint.
Si lor espargnoit ele maint
Boen morcel qu'ele manjast bien :
828 Ce faisoit et ele et li sien.
A la table lor fut remeis
Uns poz qui n'estoit pas demeiz
De vin, si lor porta a boivre.
832 Si pou i ot, ne l'oz mentoivre.
Mais Dieux a cui rienz n'est celei,
Cui tuit secreit sunt revelei,
A cui nul cuer ne sunt covert,
836 I ouvra si, a descovert,
Que chacuns but tant com il pot
Et s'en remaint autant ou pot,
Quant chacuns ot asseiz beü,
840 Come au coumancier ot eü.
Je di por voir, non pas devine,
Moisson de semence devine
Moissonna en iteil meniere
844 Tant com meissons entra pleniere.
Touz ceulz qui se porrent leveir
Cenz eulz trop durement greveir
Revesti de lange et de linge
848 La bone dame de Turinge.
A chacun dona sa faucille
Por ce que hon les bleiz faucille :
Povres qui ne va faucillier
852 Ne ce porroit plus avillier
C'il est teiz que faucillier puisse,
Car il n'est nuns qui oizeul truisse

---

* v. 850. *A* Por ce quant l'en les b. f. — v. 852. *C* esvillier

---

1. Cf. *Voie d'Humilité (Paradis)* 12-16. **2.** Le texte des v. 854-6 est assuré par les deux manuscrits et son sens ne fait pas de doute. Il n'est toutefois pas entièrement satisfaisant : nul ne

Ceux-ci, elle voulait les avoir près d'elle,
devant le château, près de la porte,
824 là où elle-même leur portait
les restes de sa table.
Elle mettait de côté pour eux maint
bon morceau qu'elle aurait bien mangé.
828 Voilà ce qu'elle faisait, et sa suite aussi.
Un jour à table il leur resta
un pot même pas à moitié rempli
de vin : on le leur porta à boire.
832 Il en restait si peu que je n'ose même pas le dire.
Mais Dieu, à qui rien n'est caché,
à qui tous les secrets sont révélés,
à qui nul cœur n'est dissimulé,
836 y mit ouvertement la main,
si bien que chacun but tant qu'il put
et qu'il restait dans le pot,
quand chacun eut bien bu,
840 autant que ce qu'il y avait au début.
Je dis en vérité, et non par conjecture,
qu'elle moissona de cette manière
une moisson de la semence divine
844 au point d'en faire ample moisson[1].
Tous ceux qui pouvaient se lever
sans trop souffrir,
la bonne dame de Thuringe
848 les vêtit et leur donna du linge.
Elle donna à chacun une faucille
pour moissonner les blés :
un pauvre qui ne va pas moissoner
852 ne pourrait s'avilir d'avantage
s'il est capable de moissoner,
car il n'est personne qui trouvant oisif[2]

---

pouvait exiger d'un clerc ou d'un écuyer qu'il allât moissonner. Le texte attendu – exigences de la métrique mises à part – serait plutôt : *Il n'est nuns qui oizeul le truisse lors clers ne lais ne escuier qu'il ne le doie huier* (« Il n'est personne, clerc, laïc ou écuyer, qui, le trouvant alors oisif, ne doive le conspuer »).

Lors clerc ne lai ne escuier,
856 Que il ne le doie huier. *f. 33 v° 2*
  Ainz que ces sires rendist arme,
Qu'ele estoit de Turinge dame,
Faisoit merveilles a oïr :
860 Lors la veïssiez esjoïr
Et de feste faire araignie
Qu'ele ert a privee maignie,
Senz compeigne d'estrange gent.
864 Ne demandoit pas le plus gent
Mantel qui fust dedenz sa chambre,
Si com l'estoire me remembre,
Mais le plus vil et le plus sale.
868 Ainsinc aloit parmi sa sale
Et bien disoit a bouche overte :
« Quant je serai en grant poverte,
Ainsinc serai je mais senz doute. »
872 Puis ot ele povretei toute
Et bien prophetia, se cuis,
La povretei ou cheï puis,
Si com vo orroiz aprés dire
876 Se vos entendeiz la matire.
  Touz jors à la Çaine par rente,
Ne cuidiez pas que je vos mente,
Faisoit la dame .I. grant mandei
880 Ou li povre erent tuit mandei
Que la dame entour lei savoit.
A trestoz ceulz les piez lavoit
Et baisoit aprés essuier,
884 Ja ne li peüst anuier.
Et puis faisoit meziaus venir :
Qui lors l'en veïst couvenir,
Laveir les piez, baizier les mains !
888 Et trestot ce estoit dou mains,
Qu'avec aux se voloit seoir
Et les voloit de prés veoir.

---

* v. 860. *A* Que lors la vissiez — v. 861. *A* enrainie

alors un clerc, un laïc, un écuyer,
856 ne doive le conspuer.
Avant la mort de son mari,
alors qu'elle était maîtresse de la Thuringe,
que de choses étonnantes on racontait sur elle !
860 Vous l'auriez vue alors pleine de gaieté,
toute disposée aux réjouissances
quand elle était dans l'intimité,
hors de la compagnie d'étrangers.
864 Elle ne demandait pas le plus beau
manteau qui fût dans sa chambre,
à ce que raconte l'histoire,
mais le plus humble et le plus sale.
868 C'est ainsi qu'elle circulait à travers la salle,
et elle disait haut et fort :
« Quand je serai dans la misère,
je serai dans cette tenue, c'est certain. »
872 Plus tard elle fut dans la misère,
et elle prophétisait bien, je crois,
la pauvreté où elle tomba depuis,
comme vous l'entendrez plus loin
876 si vous suivez ce récit.
Tous les jeudis saints, de fondation,
ne croyez pas que je vous mente,
elle organisait une grande réunion
880 où étaient convoqués tous les pauvres
qu'elle connaissait autour d'elle.
À tous elle lavait les pieds
et les leur baisait après les avoir essuyés :
884 cela ne lui pesait nullement.
Elle faisait ensuite venir des lépreux :
il aurait fallu alors la voir s'en occuper,
leur laver les pieds, leur baiser les mains !
888 Et tout cela n'était encore rien :
elle voulait s'asseoir près d'eux,
elle voulait les voir de près.

— v. 877. *C* la ceintei — v. 890. *A* v. ou vis v.

Lors sermonoit en teil meniere : *f. 34 r° 1*
892 « Moult deveiz bien a bone chiere,
Biau seigneur, soffrir cet martire.
N'en deveiz duel avoir ne ire,
Qu'endroit de moi j'ai la creance,
896 Se vos preneiz en paciance
Cest enfer qu'en cest siecle aveiz
Ne ce Dieu mercier saveiz,
De l'autre enfer seroiz tuit quite :
900 Or sachiez ci a grant merite. »
Einsinc la dame sermonoit
Et puis aprés si lor donoit
A boivre et a mangier et robe,
904 Que ne les servoit d'autre lobe.
Se j'estoie boens escrivains,
Ainz seroie d'escrire vains
Que j'eüsse dit la moitié
908 De l'amour et de l'amistié
Qu'a Dieu moustroit et jor et nuit,
Mais je dout qu'il ne vos anuit.
Or a la dame ainsinc vescu
912 Et de sa vie a fet escu
Por s'arme deffendre et couvrir
Et por saint Paradix ouvrir
Envers li aprés son deceiz.
916 Pou en verreiz jamais de teiz
Qui fassent autant por lor ame.
Ainsi vesqui la bone dame
Tant com ces sires fu en vie.
920 Or orroiz la tierce partie
Qui parole de sa vevee,
Ou ele fu forment grevee.
Ces .II. fames qui jurei orent,
924 Qui la vie a la dame sorent,
S'acorderent si bien encemble
Que l'une raison l'autre cemble, *f. 34 r° 2*
Par quoi cil qui l'enqueste firent

---

* v. 923. *A* dames

Elle les prêchait alors en ces termes :
892 « Vous devez, chers seigneurs,
souffrir votre martyre en faisant bon visage.
Vous ne devez en avoir ni souffrance ni colère,
car je crois fermement pour ma part
896 que si vous prenez en patience
l'enfer qui est le vôtre en ce monde
et si vous savez en remercier Dieu,
vous serez quittes de l'autre enfer :
900 sachez-le, c'est une grande grâce. »
La dame les prêchait ainsi,
puis ensuite elle leur donnait
à boire, à manger et des vêtements :
904 elle ne se moquait pas d'eux !
Même si j'étais bon copiste,
je serais fatigué d'écrire
avant d'avoir dit la moitié
908 de l'amour et de l'attachement
qu'elle montrait à Dieu jour et nuit.
Mais j'ai peur que cela vous pèse[1].
Cette dame a donc ainsi vécu
912 et fait de sa vie un écu
pour protéger et couvrir son âme
et pour lui ouvrir le saint Paradis
après sa mort.
916 Vous n'en verrez plus beaucoup comme elle,
qui fassent autant pour leur âme.
Cette dame vertueuse mena cette vie
tant que son mari vécut.
920 Vous allez entendre maintenant la troisième partie
qui parle de son veuvage,
pendant lequel elle souffrit beaucoup.
Ces deux femmes qui avaient prêté serment
924 et connaissaient la vie de la dame
donnèrent des témoignages si concordants
que les propos de l'une semblaient être ceux de l'autre,
ce dont les enquêteurs

---

1. Cf. *Sacristain* 97-102.

928 Moult durement s'en esjoïrent.
Et ces.II. avoient veüe
La bone vie et conneüe
Que ceste dame avoit menee
932 Qui tant fu et sage et senee.
Bons ovriers est qui ne se lasse :
Iteiz ovriers toz autres passe.
Qui porroit troveir teil ovrier,
936 Moult i auroit bon recouvrier ;
Et moult est bons a metre en huevre
Bons ovriers qui sanz lasseir huevre.
Cest ovrier vos wel descouvrir,
940 Por l'ovrier wel la bouche ovrir.
Li boens cuers qui Dieu doute et ainme,
Et la bouche qui le reclainme,
Li cors qui les euvres en fait
944 Et en paroles et en fait :
Ces .III. chozes mizes encemble,
C'est li ovriers, si con moi cemble ;
C'est cil qui Dieu sert et aore,
948 C'est li labors que il labore.
Ceste dame teil oevre ouvra,
Boens ovriers fu, bien s'aovra,
Car senz lasseir le Roi de gloire
952 Servi, ce tesmoingne l'estoire.
La mors, qui fait a son passage
Passeir chacun, et fol et sage,
I fait ci passeir Landegrave.
956 La dame remaint dame vave ;
Dame non pas, mais povre fame,
Car petit douterent lor ame
Li chevalier d'illec entour.
960 Fors dou chatel et de la tour
La getent et de son doaire ; *f. 34 v° 1*
Ne li laissent en nul repaire
A qu'ele se puisse assoupeir
964 Ne panre repast ne soupeir.

---

* v. 930. *C* et seüe — v. 951-952. *A mq.*

928 se réjouirent beaucoup.
Toutes deux avaient vu
et connu la vie vertueuse
qu'avait menée cette dame
932 si remplie de sagesse.
C'est un bon ouvrier, celui qui ne se lasse pas :
un tel ouvrier dépasse tous les autres.
Qui pourrait trouver un tel ouvrier
936 aurait en lui une aide bien efficace ;
et il fait bon mettre au travail
un bon ouvrier qui sans se lasser travaille.
Cet ouvrier, je veux vous le faire connaître,
940 pour lui je veux ouvrir la bouche.
Le cœur vertueux qui craint Dieu et qui l'aime,
la bouche qui l'invoque
et le corps qui accomplit ses œuvres
944 en parole et en action :
ces trois choses réunies,
voilà l'ouvrier, à ce qu'il me semble ;
voilà celui qui sert Dieu et qui l'aime,
948 voilà le travail qu'il produit.
Cette dame qui œuvra de la sorte
fut un bon ouvrier plein de zèle,
car sans se lasser elle servit
952 le Roi de gloire, comme en témoigne l'histoire.
La mort, passage où doit passer chacun,
sage ou fou, (elle l'y contraint),
y a fait passer le landgrave.
956 La dame reste veuve.
Dame ? Non, mais pauvre femme,
car ils craignirent peu pour le salut de leur âme,
les chevaliers de par là-bas.
960 Ils la chassent du château et de la tour,
ils la dépouillent de son douaire ;
ils ne lui laissent nulle retraite
où elle puisse reprendre haleine
964 et prendre ses repas.

Li freres son seigneur vivoit
Qui jones hons ert et si voit
L'outrage que hon sa suer fait,
968 C'onques n'amenda ce mesfait.
Or a quanque demandé a,
Or a ce a qu'ele bea,
Or est ele a sa volentei
972 Puis qu'ele chiet en povretei :
C'est ce qu'ele onques plus prisa,
C'est ce qu'a Dieu plus requis a.
Et por ce dist ci Rutebuez :
976 Qui a buez bee, ci a buez.
La dame est dou chatel issue,
Si est en la ville venue
Chiez un tavernier enz ou borc.
980 Et la taverniere l'acort
Et li dist : « Dame, bien veigniez ! »
Li taverniers bien enseigniez
Li dit : « Dame, veneiz seoir :
984 Piesa mais ne vos pou veoir.
– Or ai mestier que hon me voie :
Hom m'a tolu quanque j'avoie,
Dit la bone dame en plorant,
988 De ce vois ge Dieu aorant. »
Ensi jut la dame en l'osteil,
C'onques mais dame ne l'ot teil,
Mais li gezirs petit li grieve :
992 Endroit la mienuit se lieve,
Si ala oïr les matines
Auz Cordelés, mais ces voizines
N'i aloient pas a cele hore.
996 Moult mercie Dieu et aore *f. 34 v° 2*
De ceste tribulation,
Et par mout grant devotion
Pria touz les Freres Meneurs
1000 Graces rendissent des honeurs

---

* v. 972. *A* orfenté — v. 978. *A* En la cité s'en est v. — v. 979. *A* t. en la cort — v. 989. *A* jut la nuit

Le frère de son mari vivait,
un jeune homme, qui voyait
l'outrage qu'on faisait à sa belle-sœur :
968 jamais il ne lui en fit réparation.
À présent elle a tout ce qu'elle a demandé,
à présent elle a ce qu'elle a désiré,
à présent elle a ce qu'elle voulait,
972 puisqu'elle est tombée dans la pauvreté :
c'est ce dont elle faisait le plus de cas,
c'est ce qu'elle avait le plus demandé à Dieu.
C'est l'occasion pour Rutebeuf de dire :
976 Qui désire un bœuf obtient un bœuf.
La dame est sortie du château,
elle est venue à la ville
chez un tavernier du bourg.
980 L'hôtesse court à sa rencontre
et lui dit : « Madame, soyez la bienvenue ! »
Le tavernier bien élevé
lui dit : « Madame, venez vous asseoir :
984 il y a longtemps que je n'ai pu vous voir.
– J'ai bien besoin à présent qu'on me voie :
on m'a pris tout ce que j'avais,
dit la dame vertueuse en pleurant,
988 j'adore et je remercie Dieu de cela[1]. »
C'est ainsi que la dame coucha dans cette maison,
dans des conditions que ne connut jamais aucune dame
mais qui ne lui pèsent guère :
992 à minuit elle se lève
et va entendre les matines
chez les Cordeliers – ses voisines
n'y allaient pas à cette heure-là !
996 Elle remercie Dieu et l'adore
pour cette tribulation,
et dans sa grande dévotion
elle prie tous les Frères mineurs
1000 de rendre grâce à Dieu pour les honneurs

---

1. Les propos de la sainte ne sont guère en accord avec son goût constant de la pauvreté. Toute cette conversation est absente du texte latin.

A Dieu que il li avoit faites
Et de ce qu'il li a soutraites.
De grant charge l'a deschargie,
1004 Car, qui richesse a enchargie,
L'arme est chargie d'une charge
Dont trop a envis se descharge,
Car moult s'i delite la chars.
1008 Teiz charge fait le large eschars.
Qui de teil charge est deschargiez,
Si ne met pas en sa char giez
Li Maufeiz por l'arme enchargier.
1012 Ne ce vout pas ceste chargier
De teil charge, ainz s'en descharja ;
Mise jus toute la charge a.
Or la repreigne qui la vaut :
1016 Chargiez ne puet voleir en haut.
A l'endemain, sachiez de voir
Que nuns ne l'oza resouvoir
En son hosteil por habergier,
1020 Ainz mena chiez un sien bergier
Ces enfans et ces damoizeles.
Or i a plus froides noveles,
Qu'il fist si froit que la dedens
1024 Firent tuit martiax de lor dens.
La froidure lor fu destroite,
Et la maisons lor fu estroite.
Li bachelers, il et sa fame,
1028 S'en issirent fors por la dame.
Dit la dame : « Se je veïsse
Nostre hoste, graces li rendisse
De ce qu'il nos a hosteleiz. *f. 35 r° 1*
1032 Mais li hosteiz n'est gaires leiz. »
A l'endemain est revenue
A l'osteil dont ele iere issue,
Mais nuns des homes son seigneur
1036 Ne li porte foi ne honeur.
Chacuns dou pis qu'il puet li fait

---

* v. 1003. *C* enchargie — v. 1022. *A* p. dures n.

qu'il lui avait donnés
et de ce qu'il les lui a enlevés.
Il l'a déchargée d'une grande charge
1004 car, celui qui s'est chargé de richesse,
son âme est chargée d'une charge
dont il se décharge de bien mauvais gré
tant la chair y trouve de plaisir.
1008 Une telle charge rend avare l'homme généreux.
Celui qui est déchargé d'une telle charge,
le Malin ne ligote pas sa chair
pour charger son âme.
1012 Pour elle, elle ne voulut pas se charger
d'une telle charge, mais elle s'en déchargea ;
elle a mis à terre toute la charge.
Que la reprenne maintenant qui la veut :
1016 Qui est chargé ne peut voler bien haut.
Le lendemain, sachez en vérité
que nul n'osa la recevoir
chez lui pour la loger ;
1020 elle mena donc chez un de ses bergers
ses enfants et ses suivantes.
Voilà de froides nouvelles :
il faisait si froid que là-dedans
1024 leurs dents claquaient comme des marteaux.
Le froid les pressait
et la maison leur était étroite.
L'homme et sa femme
1028 en étaient sortis pour faire place à la dame.
Celle-ci dit : « Si je voyais
notre hôte, je lui rendrais grâce
de nous avoir hébergés.
1032 Mais la maison n'est pas bien grande. »
Le lendemain elle est revenue
à la maison d'où elle était partie,
mais aucun vassal de son mari
1036 ne lui est fidèle ni ne l'honore.
Chacun se conduit aussi mal que possible envers elle

Cens ce que riens n'i a meffait.
Chiez les parens de par le peire,
1040 Ne sai chiez oncle ou chiez freire,
Ces enfans norrir envoia.
Cele remaint qui Dieu proia.
Une fois aloit a l'eglize
1044 Por escouteir le Dieu servise,
Si passoit une estroite rue.
Contre li ce rest embatue
Une viellete qui venoit,
1048 Cui ele s'aumoenne donoit.
Moult avoit en la rue fange,
Si fu la rue moult estrange ;
De pierres i ot un passage.
1052 La viellette, qui pou fu sage,
Geta la dame toute enverse
En cele grant boe diverse.
La dame d'ilec se leva,
1056 Devesti soi, si se lava
Et rist asseiz de l'aventure
Et de la vielle et de l'ordure.
[Petit menja et petit but,
1060 Que la maladie li nut
Ou ele ot grant piece geü.
Sus se leva si a veü
Lez li une fenestre grant.
1064 Cele qui d'orer fu en grant
Mist son chief fors par la fenestre
Por gracier le Roi celestre.
Quant les iex clot, longuement pleure,
1068 Longuement en ce pleur demeure,
Et quant les iex vers le ciel oevre,
Le plorer pert, joie recuevre ;
Et mena ainsi tele vie
1072 Jusqu'endroit l'eure de complie :
A iex clos plaine de tristesce,
A l'ouvrir recuevre leece.

---

* v. 1040. *A* c. cousin ou — v. 1049. *C* frange

sans qu'elle lui ait rien fait de mal.
Chez des parents du côté paternel –
1040 un oncle ou un frère, je ne sais –
elle envoya ses enfants pour qu'ils y fussent élevés.
Elle resta seule, à prier Dieu.
Une fois elle allait à l'église
1044 pour écouter le service divin,
et elle passait par une rue étroite.
Venant à sa rencontre, lui est tombée dessus
une petite vieille
1048 à qui elle avait souvent fait l'aumône.
La rue était très boueuse
et très malcommode ;
des pierres y faisaient comme un gué.
1052 La petite vieille, qui manquait de sagesse,
renversa la dame
dans cette horrible boue.
La dame se releva,
1056 se dévêtit et se lava ;
elle rit beaucoup de cette aventure,
de la petite vieille et de la fange.
Elle mangeait peu et buvait peu,
1060 car elle souffrait de la maladie
qui la tenait depuis longtemps.
Se levant, elle vit
près d'elle une grande fenêtre.
1064 Désireuse de prier,
elle mit la tête à la fenêtre
pour remercier le Roi du ciel.
Quand elle ferme les yeux, elle pleure longuement,
1068 s'attardant longuement dans ses larmes,
et quand elle ouvre les yeux vers le ciel,
elle cesse de pleurer et retrouve la joie ;
elle continue de la sorte
1072 jusqu'à l'heure de complies :
pleine de tristesse les yeux clos,
retrouvant la joie en les ouvrant.

— v. 1050. *A* f. la voie — v. 1059-1080. *C mq.*

Puis dist la dame : « Ha ! Rois de gloire,
1076 Puis qu'avoir me veus en memoire,
Ensamble o toi sanz departir
Estre vueil et tu repartir
Me vueilles, sire, de ton regne
1080 Et de t'amor qui partout regne. »]
Ysantruz, qui plus fu s'amie
Que nule de sa compaignie,
Li dit : « Dame, a cui aveiz tant
1084 Dit ces paroles que j'entant ? »
Et sainte Ysabiaux li respont
Et les paroles li despont.
Son secreit li a descouvert
1088 Et dit : « Je vi le ciel ouvert *f. 35 r° 2*
Et vis Dieu vers moi enclignier,
Qui nelui ne wet engignier.
Conforteir me vint dou torment
1092 Et de l'angoisse fui forment
M'ot tenue juqu'orendroit.
En ce point et en cel endroit
Que le ciel vi, si fui en joie ;
1096 Quant les yeux d'autre part tornoie,
Lors si me couvenoit ploreir,
Et la grant joie demoreir. »
Or avint a celui termine,
1100 De la dame de bone orine,
C'une sienne tante abaesse
De ce païs fu mout engresse
C'uns siens freres cui ele ert niece
1104 La meïst chiez li une piece,
Si com teil dame, a grant honeur,
Tant qu'ele eüst autre seigneur.
Evesques estoit dou païs
1108 Vers cele Hongrie laÿs.

---

* v. 1083. *C* dame ou aveiz — v. 1085. *A* Sainte Elysabiaus — v. 1107. *A* e. d'un p.

Elle dit alors : « Ah ! Roi de gloire,
1076 puisque tu daignes te souvenir de moi,
je veux être avec toi sans te quitter,
et toi veuille de ton côté
me faire participer, Seigneur, à ton royaume
1080 et à ton amour qui règne partout. »[1]
Ysentrude, qui lui était une amie plus chère
qu'aucune autre de ses compagnes,
lui dit : « Madame, à qui avez-vous dit
1084 les paroles que j'entends ? »
Et sainte Ysabeau lui répond
et lui explique ses paroles.
Elle lui découvrit son secret
1088 et dit : « J'ai vu le ciel ouvert,
j'ai vu Dieu se pencher vers moi,
lui qui ne veut tromper personne.
Il est venu me réconforter
1092 dans le tourment et l'angoisse
qui m'ont tenue si fort jusqu'à maintenant.
Au moment précis
où je voyais le ciel, j'étais dans la joie ;
1096 quand je tournais les yeux d'un autre côté,
je ne pouvais m'empêcher de pleurer
et la grande joie me quittait. »
Vers cette époque il arriva
1100 à cette dame de noble naissance
qu'une de ses tantes, abesse
dans cette région, désira vivement
qu'un de ses frères (la dame était sa nièce)
1104 la gardât chez lui[2] quelque temps,
avec les honneurs convenables à son rang,
jusqu'à ce qu'elle trouvât un autre mari.
Il était évêque d'un diocèse
1108 du côté de la Hongrie.

---

1. Les v. 1058-1079, dans lesquels le latin est au reste mal rendu, sont absents de *C*, mais certainement par inadvertance, car il faut les restituer pour que la suite soit intelligible. **2.** Le latin précise : « chez l'évêque ». D'où la traduction.

Celes qui avec li estoient,
Qui chastëé voei avoient,
Orent grant paor de s'aler
1112 Et qu'ele ne fust mariee.
Mais la dame les reconforte
Et dit : « Mieulz vorroie estre morte
Qu'avoir ma foi vers Dieu mentie,
1116 A cui je me sui consentie
A estre sa fame espouzee.
Teiz raisons ne sunt que rouzee,
Ne vous en deveiz desconfire :
1120 Toutes raisons se laissent dire.
Sachiez, ce mes oncles m'esforce
Que je preigne mari a force,
Je m'enfuirai en aucun leu *f. 35 v° 1*
1124 Ou ge me ferai .I. teil geu
Que je me coperai le neis :
Si ert li mariage remeis,
Qu'il n'iert lors nuns hons qui ait cure
1128 De si desfaite creature. »
Cil siens oncles la fist meneir
A un chatel, tant qu'aseneir
La peüst a aucun preudoume ;
1132 Et vos savez, se est la soume,
D'ameir Dieu fist semblant et chiere,
Si n'en fut fauce ne doubliere.
Dementieres qu'en ce torment
1136 Estoit dementans si forment,
Vint uns messagiers a la porte,
Qui unes noveles aporte
Qu'en son païs l'estuet erreir
1140 Les oz son seigneur enterreir
C'on aporte d'outre la meir.
Cele qui tant le pot ameir
Rendi graces a Dieu lou peire
1144 Et a la soie douce Meire
De ce qu'ainsi l'a conseillie.

---

* v. 1137. *A* messages qui aporte — v. 1138. *A* Noveles et hurte a la porte

Celles qui étaient avec elle
et avaient fait vœu de chasteté
eurent grand-peur qu'elle y allât
1112 et qu'on la mariât.
Mais la dame les réconforta
et leur dit : « J'aimerais mieux être morte
que de manquer à ma parole envers Dieu
1116 dont j'ai accepté
d'être l'épouse.
Tous ces propos ne sont que du vent,
ils ne doivent pas vous décontenancer :
1120 on peut bien dire tout ce qu'on veut.
Sachez-le, si mon oncle m'oblige
à prendre un mari de force,
je m'enfuirai quelque part
1124 ou je me traiterai si bien
que je me couperai le nez :
plus de mariage alors,
car aucun homme ne se souciera d'épouser
1128 une créature ainsi défigurée. »
Son oncle la fit mener
dans un château, jusqu'au moment
où il pourrait la donner à quelque homme de bien ;
1132 et pour tout dire, vous savez,
elle manifesta son amour de Dieu
sans fausseté ni duplicité.
Pendant qu'elle était dans ce tourment
1136 à se lamenter si fort,
un messager se présenta à la porte,
apportant la nouvelle
qu'il lui fallait rentrer d'urgence dans son pays
1140 pour l'enterrement des ossements de son mari
que l'on apportait d'outre-mer.
Celle qui était capable pour lui d'un tel amour
rendit grâce à Dieu le Père
1144 et à sa douce mère
de l'avoir ainsi guidée.

De l'erreir c'est aparillie,
Vint lai ou li vasseur l'atendent
1148 Qui les oz enterreir conmandent
En un cloitre d'une abaïe.
Or ait Diex l'arme en sa baillie !
Landegrave fu mis en terre.
1152 La dame prirent a requerre
Que ele a Turinge s'en veingne :
Il atorneront sa besoingne
De son doaire en iteil guise
1156 Com la droiture le devise.
Dit l'evesques : « Ele i ira,
Mais que chacuns m'afiera *f. 35 v° 2*
Que son doaire li rendroiz
1160 Tantost qu'a Turinge vanroiz. »
Mais pou prisa doaire et don,
Si qu'ariers s'en vint a bandon
Ou leu dont ele estoit issue.
1164 Mais pou c'i est aresteüe
Quant ces maitres par estovoir,
Maitre Corraz, l'en fist mouvoir.
De son doaire estoit la vile
1168 Et li chatiauz, ce n'est pas guile ;
Mais avoir n'i pot remenance,
Qu'ele i iere sor la pesance
De ceulz qui aidier li devoient
1172 Et il a force li grevoient.
Issi s'en, qu'issir l'en couvint.
A une vilete s'en vint,
Si entra en une maison
1176 Qui n'estoit pas mout de saison :
Par les paroiz estoit overte
Et par deseure descoverte.
Fox est qui por teil leu s'orgueille !
1180 Asseiz i pleüst se la fueille
Des aubres n'en otast la pluie :
S'a pluie mueille, a chaut essuie.

---

* *A ajoute 2 v. après le v. 1182*

Elle s'est préparée pour le voyage
et est venue là où l'attendent les vavasseurs
1148 qui font enterrer les ossements
dans le cloître d'une abbaye.
Que Dieu ait à présent l'âme en sa garde !
Voilà le landgrave enterré.
1152 Ils commencent à demander à la dame
de venir en Thuringe :
ils régleront la question
de son douaire
1156 selon la justice.
L'évêque dit : « Elle ira,
si chacun me garantit
que vous lui rendrez son douaire
1160 dès que vous arriverez en Thuringe. »
Mais elle fit peu de cas de douaire et de donation :
elle revint bien vite
là d'où elle était partie.
1164 Mais elle y est peu restée :
maître Conrad, son maître,
l'obligea à en partir.
La ville et le château
1168 faisaient, sans mentir, partie de son douaire ;
mais elle ne put y rester,
car elle y était contre le gré
de ceux qui auraient dû l'aider
1172 et qui, en usant de la force, lui faisaient du tort.
Elle partit, car elle y fut contrainte.
Elle gagna un village
et entra dans une maison
1176 qui n'était guère appropriée :
les murs étaient crevés
et il n'y avait plus de toit.
Bien fou qui tire orgueil d'un tel endroit !
1180 Il aurait beaucoup plu dedans si les feuilles
des arbres n'avaient protégé de la pluie :
s'il pleut, elle se mouille ; s'il fait chaud, elle s'essuie[1].

---

1. Cf. *Griesche d'hiver* 26.

Dou pain manjue volentiers,
1184 Non pas tant com li est mestiers :
Ne li chalut dou seureplus.
Ausi fu com en un renclus
Et sa gent conme gent rencluze :
1188 N'est pas drois que Diex les renfuze.
Li chauz, li venz et la fumee
I estoit bien acoutumee,
Se les grevoit auz ieuz forment
1192 Et les metoit en grief torment.
Nequedent ses mains en tendoit *f. 36 r° 1*
Vers Dieu et graces l'en rendoit.
D'ilec s'en ala a Mapur.
1196 Une maison faite de mur
De boe et de mauvais marrien,
Si viez qu'el ne valoit mais rien,
Ot ilec. Moult i demora,
1200 Dieu i servi et aora.
A la bone dame donerent
.II. mile mars, a tant finerent,
De son doaire sui ami.
1204 Ainz n'en retint marc ne demi :
Tout departi auz povre gens.
Ansi s'en ala li argens.
Or li furent remeis ancor
1208 Robes, vaissiaux d'argent et d'or
Et drap de soie a or batuz :
Si fu li orgueulz abatuz,
C'onques nuns n'en vot retenir.
1212 A Dieu en laissa couvenir.
El non dou Pere esperital
Fonda illec .I. hospital.
Illec couchoit a grant honeur
1216 Moult des povres Nostre Seigneur ;
A boivre, a mangier lor donoit,
Tot le sien i abandonoit.

---

* v. 1197. *A* Et de b. et de viez m. — v. 1198. *A* Si viels que il ne vaut m. — v. 1199. *A* Iluecques m.

Du pain, elle en mange volontiers,
1184 moins pourtant qu'elle en aurait eu besoin.
Elle ne se souciait pas du reste.
Elle était là comme dans un ermitage
et ses gens comme des ermites :
1188 il n'est pas juste que Dieu les repousse.
La chaleur, le vent, la fumée
étaient là chez eux,
leur faisaient très mal aux yeux
1192 et les faisaient beaucoup souffrir.
Pourtant elle tendait les mains
vers Dieu et lui rendait grâce.
De là elle alla à Marburg.
1196 Une maison aux murs
de torchis et de mauvais bois,
si vieille qu'elle ne valait plus rien,
voilà ce qu'elle eut là-bas. Elle y resta longtemps,
1200 elle y servit Dieu et l'y adora.
Ses amis donnèrent à cette dame vertueuse
deux mille marcs provenant de son douaire,
et s'en tinrent là.
1204 Mais elle ne garda pas un marc ni même la moitié d'un :
elle distribua tout aux pauvres.
L'argent partit ainsi.
Il lui restait encore
1208 des vêtements, de la vaisselle d'argent et d'or,
des étoffes de soie brochées d'or :
l'orgueil fut terrassé,
car elle ne voulut rien garder.
1212 Elle s'en remit à Dieu.
Au nom du Père du ciel
elle fonda en ce lieu un hospice.
Là elle logeait avec des égards
1216 bien des pauvres de Notre-Seigneur ;
elle leur donnait à boire, à manger,
elle leur abandonnait tous ses biens.

De ces amis en fu blamee,
1220 Laidengië et mesamee
Et clamee fole musarde,
Por ce que les povres regarde.
Quant teiz chozes pooit oïr,
1224 Riens nel pooit plus esjoïr.
En poinne, en tribulacion
Et en sa grant temptacion
La conforta, ce dit l'estoire,
1228 Aprés Dieu le pape Gregoire *f. 36 r° 2*
Qui par letres la saluoit
Et mout d'escriz li envioit
Ou mout avoit enseignement
1232 Par qu'ele vesqui chastement,
Examples de sains et de saintes
Et de douces paroles maintes.
Et li prometoit a avoir
1236 Avec tout ce .I. doulz avoir,
C'est la joie de paradix
Que li saint conquirent jadiz.
C'ele vousist greigneur avoir,
1240 Grant seignerie et grant avoir
Eüst eü plus que devant :
Tout ne prise un trespas de vent.
Maistre Corraz bien li sermone
1244 Temporeiz choze ne foisone :
Tost est passei dou soir au main
Teiz richesce c'on a en main ;
Ainsinc s'en vont com eles viennent
1248 Que hom ne seit qu'eles deviennent.
Toutes teiz chozes geta fuer,
L'amour de Dieu ot si le cuer.
Dou dit au maitre li souvint
1252 Si que par force li couvint
Enfanz et richesce oblieir
Et seignorie et marieir.
Lors dist ele a ces chamberieres :

---

* v. 1220. *A* Et l. et m. — v. 1249-1250. *A intervertis*

À cause de cela ses amis la blâmèrent,
1220 l'injurièrent, cessèrent de l'aimer,
la traitèrent de folle,
parce qu'elle prenait soin des pauvres.
Quand elle entendait ce genre de choses,
1224 rien ne pouvait la réjouir davantage.
Dans la peine, les tribulations,
et dans ses grandes tentations,
c'est, après Dieu, le pape Grégoire
1228 qui, dit l'histoire, la réconforta :
il la saluait par lettres
et lui envoyait beaucoup d'écrits
riches d'enseignements,
1232 qui l'aidaient à vivre chastement,
d'exemples de saints et de saintes
et de douces paroles en abondance.
Il lui promettait
1236 avec tout cela un bien très doux :
la joie du paradis
que les saints conquirent jadis.
Si elle avait voulu s'enrichir,
1240 avoir une grande seigneurie et de grands biens,
elle l'aurait pu plus qu'auparavant :
tout cela, elle n'en fait pas plus cas que d'un souffle [de vent.
Maître Conrad lui prêche bien
1244 que les choses temporelles ne fructifient pas :
elles sont vite passées du soir au matin,
les richesses qu'on a dans les mains ;
elles s'en vont comme elles sont venues,
1248 on ne sait ce qu'elles deviennent.
Elle rejeta toutes ces choses,
tant son cœur était plein de l'amour de Dieu.
Elle se souvint si bien des paroles de son maître
1252 qu'il lui fallut
oublier enfants et richesses,
pouvoir et mariage.
Elle dit alors à ses chambrières :

1256 « Diex a oïes mes proieres.
Seignorie que j'ai eüe
Ne pris pas un rain de secüe.
Mes enfans ainz pou plus d'ainsinc
1260 Que les enfanz a mes voizins.
A Dieu les doing, a Dieu les lais :
Faisse en son plaisir desormais !
Je n'aing fors Dieu tant soulement, *f. 36 v° 1*
1264 Mon creatour, mon sauvement. »
Maitre Corraz mout la tentoit.
Por ce que plus la tormentoit,
Li ostoit d'entour li la gent
1268 Dont plus li estoit bel et gent.
Si fist por li plus tormenteir
Et por li faire gaimenteir.
Dit Yzentrus : « Por ce que plus
1272 M'amoit que tot le seureplus,
Me mit il fors de la maison ;
Et si n'i sot autre raison
Fors li greveir et anuier,
1276 Et por croitre le Dieu mestier
Par ceste tribulacion :
Ez vos toute s'entencion.
Sa compaingne qui dés s'enfance
1280 Ot fait avec li penitance
Li osta, si que de nos deuz
Li engrignoit toz jors li deulz.
Por nos .II. mout sovent ploroit,
1284 Por ce que cens nos .II. estoit.
Que vous feroie longue rime ?
La gent felonesse et encrime
Mist entor li, la bone osta.
1288 Si crueiz vielles a hoste a,
C'ele mesprent, eles l'ancusent ;
A li greveir mout souvent musent.
Ne l'estuet pas panceir a truffes :

---

* v. 1259 *A* enfanz aim pou p. — *A ajoute 4 v. après le v. 1262* — v. 1276. *A* le Dieu loier

1256 « Dieu a entendu mes prières.
Le pouvoir que j'ai eu,
je n'en fais pas plus cas que d'un brin de ciguë.
Je n'aime guère plus mes enfants
1260 que les enfants de mes voisins.
À Dieu je les donne, à Dieu je les laisse :
qu'il les traite à son plaisir désormais !
Je n'aime que Dieu seul,
1264 mon créateur, mon sauveur. »
Conrad la soumettait à bien des tentations.
Pour l'affliger davantage
il enlevait d'auprès d'elle
1268 les gens qui lui plaisaient le plus.
Il le faisait pour l'affliger davantage
et la faire se lamenter.
Ysentrude dit : « Parce qu'elle m'aimait
1272 plus que tous les autres,
il me chassa de la maison,
sans autre raison
que de lui faire de la peine et de la tourmenter,
1276 et pour la faire encore plus servir Dieu
par cette tribulation :
c'était-là toute son intention.
Sa compagne, qui depuis son enfance
1280 faisait pénitence avec elle,
il la lui ôta, si bien que son regret
de nous deux augmentait chaque jour.
À cause de nous deux elle pleurait très souvent,
1284 parce qu'elle était privée de nous deux.
Que vous ferais-je un long discours ?
Il mit autour d'elle de mauvaises, de méchantes gens
et lui ôta les gens de bien.
1288 Elle eut pour hôtesses des vieilles si cruelles
qu'elles dénonçaient ses fautes ;
bien souvent elles s'amusaient à lui faire du mal.
Il ne faut pas qu'elle pense à des bêtises :

1292 Batre la font et doneir buffes
Quant maistre Corraz a li vient.
Puis que des buffes li sovient
Que Diex resut, si les resoit :
1296 Ainsinc la char vaint et desoit.
Toz jors a bien faire s'amort
De s'enfance jusqu'a la mort. *f. 36 v° 2*
Por haïne ne por envie,
1300 Tant com au siecle fu en vie,
Ne por mal c'om li feïst traire,
Ne laissa onques bien a faire. »
Ainsi dit Ysentruz et Gronde,
1304 Les .II. meilleurs dames dou monde ;
Lor parole si bien s'acorde,
Se c'une dit l'autre recorde.
Esperance d'avoir pardon
1308 Ou par penitance ou par don
Fait endureir mainte mesaise.
Li endureiz fait moult grant aise,
Car moult legierement endure
1312 Qui eschive poinne plus dure.
Ceste dame, qui pou dura,
Penitance dure endura
Por avoir vie pardurable
1316 Avec le Pere esperitable.
Ici dit la quarte partie,
Lai ou la fins est de sa vie,
Qu'ele avoit une damoizele
1320 Qui avoit auteil non com ele.
Anbedeuz Ysabiaus ont non.
Preude fame et de grant renon
Fu mout ceste, ce dit l'estoire.
1324 Por ce c'om le peüst mieux croire,
Jura qu'ele diroit le voir
De quanqu'ele porroit savoir
De toute la vie sa dame.

---

* v. 1299-1300. *A intervertis* — v. 1305. *A* Lor seremenz — v. 1309. *C* Font — v. 1321. *A* Andeus Elysabiaus

1292 elle la font battre et recevoir des soufflets
quand maître Conrad vient la voir.
Comme elle se souvient des soufflets
que Dieu reçut, elle les reçoit :
1296 ainsi elle triomphe de la chair et la trompe.
Toujours elle s'acharna à faire le bien
de son enfance jusqu'à sa mort.
Aussi longtemps qu'elle vécut dans ce monde,
1300 ni haine ni envie
ni aucun mal qu'on pût lui infliger
ne la firent renoncer à faire le bien. »
Ainsi parlèrent Ysentrude et Gronde,
1304 les deux meilleures dames du monde ;
leurs propos concordent si bien
que ce que l'une dit, l'autre le confirme.
L'espérance d'obtenir le pardon
1308 soit par la pénitence soit par des dons
fait endurer bien des souffrances.
Les endurer est un grand plaisir,
car bien facilement il endure,
1312 celui qui évite ainsi une peine plus dure.
Cette dame, dont la vie dura peu,
endura une pénitence dure
pour avoir la vie qui éternellement dure
1316 avec le Père du ciel.
Ici commence la quatrième partie
qui parle de la fin de sa vie,
et dit qu'elle avait une suivante
1320 qui portait le même nom qu'elle.
Toutes deux s'appelaient Ysabeau.
C'était une femme de bien et d'excellent renom,
à ce que dit l'histoire.
1324 Afin qu'on pût mieux la croire,
elle jura de dire la vérité
sur tout ce qu'elle pourrait savoir
touchant la vie de sa maîtresse.

1328 Ainsi le jura deseur s'arme.
« Seigneur, dit ele, bien sachiez :
Cenz mauvais vices, sanz pechiez
Est moult ma dame, et de vertuz
1332 Est li sienz cors toz revestuz.
Oÿ aveiz en queil meniere *f. 37 r° 1*
Au povres fasoit bele chiere.
Au povres fist plus biau servise
1336 Puis qu'ele fut en l'Ordre mise
Que onques n'avoit fait devant.
Aucunes fois et moult souvent
Lor donoit, ce dit Ysabiaux,
1340 Le més qui plus lor estoit biaux. »
Et dit ancor que une dame,
Gertruz, qui estoit gentiz fame,
Vint veoir ceste dame sainte
1344 Dont hom disoit parole mainte.
Bertoulz, uns enfes, vint o soi.
De Dieu servir avoit grant soi,
Si li pria moult doucement
1348 Qu'a Dieu priast devotement
Que Dieux l'empreïst de sa flame
Si que sauveir en peüst s'arme.
Sainte Ysabiaux Dieu reclama,
1352 Que de cuer finement ama,
Qu'a l'enfant otroiast sa grace.
Ne demora gaires d'espace,
Quant il et la dame prioit,
1356 Que li enfes haut s'escrioit :
« Dame, laissiez votre raison,
Car Dieux m'a mis hors de prison
Et m'a de s'amour eschauffei
1360 Et mis hors des mains au Maufei ! »
A chacun ainsinc avenoit
Qui por teil quas a li venoit.
Ce li avint que je recort

---

* v. 1349. *A* espreïst — v. 1351. *A* Elysabel — v. 1357. *A* v. oroison

1328 C'est ce qu'elle jura sur son âme.
« Seigneurs, dit-elle, sachez-le bien :
ma maîtresse n'avait ni mauvais vices ni péchés
et toute sa personne
1332 était pleine de vertus.
Vous avez entendu de quelle manière
elle faisait bon accueil aux pauvres.
Elle les servit encore mieux
1336 après son entrée dans l'Ordre
qu'elle ne l'avait fait avant.
Bien des fois
elle leur donnait, dit Ysabeau,
1340 le mets qui leur plaisait le plus. »
Elle dit encore qu'une dame noble
nommée Gertrude
vint voir cette dame sainte
1344 dont on parlait beaucoup.
Un enfant nommé Bertold l'accompagnait.
Il avait grand-soif de servir Dieu
et la pria très doucement
1348 de prier Dieu avec ferveur
qu'il l'embrasât de sa flamme
afin qu'il pût sauver son âme.
Sainte Ysabeau invoqua Dieu,
1352 qu'elle aimait de tout son cœur et parfaitement,
d'octroyer sa grâce à l'enfant.
Au bout de peu de temps
que la dame et lui priaient,
1356 l'enfant s'écria à voix haute :
« Madame, cessez vos invocations,
car Dieu m'a libéré de prison,
enflammé de son amour
1360 et tiré des mains du Malin ! »
La même chose arrivait à tous ceux
qui venaient la trouver pour la même raison.
Ce que je raconte lui est arrivé

1364 Un an tout droit devant sa mort.
Or avint, si com d'aventure,
C'une trop bele creature
Vint a li, s'ot non Heluÿs.
1368 Li corages li fut fuÿz *f. 37 r° 2*
De Dieu ameir parfaitement,
Ainz ot mis son entendement
A ces beles treces pignier.
1372 N'i vint pas por li encignier
Conment hom devoit Dieu servir
Por saint Paradix deservir :
Une soie suer vint veoir,
1376 Conforteir et leiz li seoir,
Qui chiez cele dame gisoit.
Or n'est nuns hom, c'il devisoit
Conment ele avoit biaux chevoux,
1380 Qui ne fust a deviseir foux ;
Car qui daleiz li s'acoutast,
Il deïst qu'ors en degoutast,
Tant estoient et crespe et blonde :
1384 Tant de si biaux n'avoit ou monde.
Ces chevoux si blondes et biaus
Fist copeir sainte Elisabiaux ;
Et cele pleure et brait et crie
1388 Si que hautement fu oïe.
Les genz qui cest afaire virent
A ceste bone dame dirrent
Por qu'ele avoit le chief tondu.
1392 La dame lor a respondu :
« Seigneur, fait ele a briez paroles,
N'ira ele pas au queroles.
Bien cuideroit estre honie
1396 A tout sa teste desgarnie. »
Lors conmanda c'om li apele
A li venir ceste pucele.
Cele y vint. Adonc li demande

1364 juste un an avant sa mort.
Le hasard fit
qu'une très belle créature
nommée Heluys vint la voir.
1368 Elle avait perdu tout désir
d'aimer Dieu parfaitement
et mis toutes ses pensées
à peigner ses belles tresses.
1372 Elle n'était pas venue pour apprendre
comment on doit servir Dieu
pour mériter le saint paradis :
elle venait voir une de ses sœurs,
1376 malade dans l'hôpital de cette dame,
la réconforter, s'asseoir à son chevet.
Il n'est aucun homme,
décrivant ses beaux cheveux,
1380 qui n'en serait devenu fou ;
quiconque aurait été placé à côté d'elle
aurait dit que de l'or en coulait
tant ils étaient bouclés et blonds :
1384 il n'en était pas de si beaux dans le monde entier.
Ces cheveux si blonds et si beaux,
sainte Élisabeth[1] les fit couper ;
l'autre pleure, hurle et crie
1388 si bien qu'on l'entendait de partout.
Les gens qui virent cela
demandèrent à cette dame vertueuse
pourquoi elle l'avait tondue.
1392 La dame leur a répondu :
« Seigneurs, leur dit elle brièvement,
ainsi elle n'ira pas danser.
Elle penserait être déshonorée
1396 avec sa tête dégarnie. »
Elle ordonne alors
qu'on fasse venir près d'elle cette jeune fille.
Elle vint. Elle lui demande alors

---

1. C'est la seule fois où *C* appelle la sainte Élisabeth (*Élisabiaux*) et non Ysabeau.

1400 De ces cheveux raison li rande
Qu'il li ont au siecle valu,
Puis que l'arme en pert son salu.
« Dame, ja en orroiz la voire : *f. 37 v° 1*
1404 [Ou] nonnain blanche ou nonnain noire
Eüst estei, ce mi chevou
N'eüssent fait mon cuer si fou.
– Dont ainz je mieulz tondue soies,
1408 Tout por toi metre en bones voies,
Que li miens filz fust empereres,
Si m'aïst mes sires sainz Peires. »
Ainsi la prist et la desut,
1412 En l'Ordre aveç li la resut.
En ce meïsme jour avint,
Que Heluÿs en l'Ordre vint,
Cinquante mars dona d'argent
1416 Et departi a povre gent.
Mais ne pot pas cele pecune
Departir de jors sens la lune.
Li povre c'en vont, li plus fort.
1420 Cil qui plus orent de confort
Mestier demorerent o soi ;
Mais cil n'orent ne faim ne soi,
Ansois furent a grant delit
1424 Bien peü, et s'orent boen lit,
Bien aaisié trestout a point,
Lor piez laveiz et furent oint,
Que creveiz orent de mesaise.
1428 Je vos di que tant orent aise
Qu'il oblierent la destresse
Et chanta chacuns de leesse,

* v. 1404. *C* Ou *mq.* — v. 1407. *A* m. que ainsi s.

1. Les nonnes blanches sont les cisterciennes, les nonnes noires les bénédictines. **2.** En abrégeant cette anecdote, Rutebeuf supprime les circonstances qui permettent de comprendre l'enchaînement des faits et le comportement d'Élisabeth. Dans le texte latin, celle-ci, ayant enfin reçu quelque argent, fait distribuer cinquante

1400 de lui expliquer
ce que ses cheveux lui ont gagné en ce monde,
puisque d'autre part l'âme en perd son salut.
« Madame, voici la vérité :
1404 j'aurais été nonne blanche ou nonne noire[1]
si mes cheveux
n'avaient rendu mon cœur si fou.
– J'aime donc mieux que tu soies tondue
1408 et remise ainsi dans la bonne voie
plutôt que de voir mon fils empereur
(que saint Pierre me vienne en aide !). »
Ainsi elle l'attira, la retint
1412 et l'accueillit avec elle dans son Ordre.
Le jour même
où Heluys entra dans l'Ordre,
elle donna cinquante marcs d'argent
1416 et les distribua aux pauvres[2].
Mais le jour fut trop court pour donner cet argent :
il fallut continuer sous la lune.
Les plus valides des pauvres s'en vont.
1420 Ceux qui avaient le plus besoin de réconfort
restèrent avec elle ;
ceux-là n'eurent ni faim ni soif,
mais pour leur plus grand plaisir ils furent
1424 bien nourris et eurent un bon lit,
furent bien traités ;
leurs pieds tout crevassés
furent lavés et oints.
1428 Je vous assure qu'ils furent si bien traités
qu'ils oublièrent leur détresse
et que chacun d'eux chantait de joie,

---

marcs aux pauvres. Mais elle édicte que ceux qui tricheraient en se présentant deux fois pour recevoir l'aumône auraient les cheveux coupés. Là-dessus survient la jeune Hildegunde (« Heluys »), qui n'entend nullement recevoir l'aumône et rend seulement visite à sa sœur. Mais, voyant ses beaux cheveux, Élisabeth ordonne de les couper comme ceux des resquilleurs, bien qu'elle n'appartienne pas à cette catégorie.

Car povres qui a bien senz faille
1432 Met tot le mal a la viez taille.
Alee estoit esbatre .I. jour
Si com ele estoit a sejour.
Loing de son hospitaul trouva
1436 Une fame qui travilla.
La bone dame fist la couche,
Dedens une grange l'acouche. *f. 37 v° 2*
L'enfant resut et en fu baille,
1440 La premiere fu qui le baille.
Leveir le fist et baptizier :
Son non, qui tant fist a prizier,
Mist a l'enfant, s'en fu mairrainne.
1444 Teil marrainne n'a mais el rainne !
Chacun jor le mois tout entier
Sot bien laianz le droit sentier :
Bien la porvit en sa gesine
1448 De pain, de vin et de cuzine.
Quant li termines fu passeiz
Lai ou ele ot eü asseiz
Quanque droiz a teil fame fu,
1452 Le pain, le vin, la char, le fu
Et le baing, quant il fu a point,
Que de mesaise n'i ot point,
Et dou moustier fut revenue,
1456 Et la dame c'est devestue
De son mantel grant aleüre
Et de sa propre chauseüre,
Avec tout .XII. colonnois
1460 Dont li uns vaut .IIII. tornois,
Tot li done, lors s'en parti
Quant tot ce li ot departi.
Et cele et ces maris encemble
1464 C'en foïrent, si com moi cemble.
L'enfant laisserent en l'ostei,
Tot l'autre avoir en ont ostei.
Devant c'om conmensast matines,

* v. 1436. *A* f. qui aloit mal — v. 1462. *A* reparti

car un pauvre à qui l'on fait du bien
1432 oublie tous ses maux.
Elle était allée se promener un jour
alors qu'elle séjournait dans son hôpital.
Assez loin de là elle trouva
1436 une femme dans les douleurs de l'enfantement.
Cette dame vertueuse prépara la couche
et l'accoucha dans une grange.
Elle reçut l'enfant et en fut la sage-femme,
1440 elle fut la première à le recevoir.
Elle le porta sur les fonts et le fit baptiser :
son nom si digne d'estime,
elle le donna à l'enfant et en fut la marraine.
1444 Une marraine comme cela, il n'y en a plus dans le [monde !
Chaque jour pendant tout un mois
elle sut bien le chemin pour aller là-bas :
elle la fournit bien pendant ses couches
1448 de pain, de vin et de mets préparés.
Quand fut passé le temps
pendant lequel cette femme eut en abondance
tout ce qui convenait à quelqu'un comme elle,
1452 le pain, le vin, la viande, le feu,
et le bain, [à la fin des couches] au moment opportun
si bien que toute misère avait disparu ;
quand cette femme fut revenue de l'église
1456 et que la dame se fut dévêtue [après ses relevailles]
bien vite de son manteau
et de ses propres chaussures
et, avec douze pièces de la monnaie de Cologne,
1460 dont chacune vaut quatre livres tournois,
lui eut donné le tout : alors, cette femme partit
après avoir reçu tout cela.
Elle et son mari
1464 s'enfuirent, à ce qu'il me semble.
Ils laissèrent l'enfant dans la maison,
tout le reste ils l'ont emporté.
Avant le début des matines,

1468 Ces .II. qu'a Deu sont enterines
Ysabiaus oïr le servise
Et sa dame sont a l'eglize
Venues. Quant la dame i vint,
1472 De sa fillole li souvint :
Ysabel savoir i envoie. *f. 38 r° 1*
Cele vint la. Que vos diroie ?
Ne trouva que l'enfant dormant.
1476 Eiz vos celi en grant tormant !
A sa dame en est revenue
Et li dist la descouvenue.
« Va donc, fait ele, l'enfant querre,
1480 Puis qu'alei sunt fors de la terre ! »
Por norrir l'envoia la dame
Tout maintenant enchiez la fame
D'un chevalier, qui sa voizine
1484 Estoit et de mout franche orine.
Lors envoia querre le juge
Qui les droiz de la citei juge,
Si coumanda c'om les querist
1488 Lai ou li querres s'aferist.
Demandei furent et rouvei
Et quis, ainz ne furent trovei.
Dit Ysabiaux : « Ma dame chiere,
1492 Hom ne puet en nule meniere
Troveir. Priez a Dieu le Peire
Que il rende a l'enfant sa meire. »
Cele dit qu'ele n'ozeroit,
1496 Maitre Corraz le saveroit,
Mais fasse en Diex sa volentei.
Ainz n'i ot plus dit ne chantei.
Ne demora mie granment,
1500 Se li escriture ne ment,
Li mariz et la fame vindrent :
A genoillons leiz li se tindrent
Et regehirent lor pechiez
1504 Dont Mauffeiz les ot entechiez.
Devant li distrent par couvant
Qu'aleir ne pooient avant ;
Remede quistrent dou meffait
1508 Que cens raison avoient fait. *f. 38 r° 2*

1468 ces deux femmes qui appartiennent tout entières à Dieu,
Ysabeau et sa maîtresse,
sont allées à l'église
entendre l'office. Arrivée là,
1472 la dame se souvint de sa filleule :
elle envoie Ysabeau aux nouvelles.
Celle-ci s'y rendit. Que vous dirais-je ?
Elle ne trouva que l'enfant endormie.
1476 La voilà en grand souci !
Elle est revenue auprès de sa maîtresse
et lui a raconté cette mésaventure.
« Va donc, dit la dame, chercher l'enfant,
1480 puisqu'ils ont quitté le pays ! »
Pour la faire élever la dame l'envoya
aussitôt chez la femme
d'un chevalier, qui était sa voisine
1484 et de très noble naissance.
Elle envoya alors chercher le juge
qui rendait la justice selon les lois de la cité,
et ordonna qu'on fît rechercher les parents
1488 là où il convenait de le faire.
On les demanda, on s'enquit d'eux,
on les chercha, mais sans les trouver.
Ysabeau dit : « Ma chère maîtresse,
1492 on ne peut en aucune façon
les trouver. Priez Dieu le Père
qu'il rende sa mère à l'enfant. »
Elle répond qu'elle ne l'oserait,
1496 que maître Conrad le saurait,
mais que la volonté de Dieu se fasse.
Et l'on n'en parla plus.
Peu de temps après,
1500 si le texte ne ment pas,
le mari et la femme revinrent :
ils se présentèrent à genoux devant elle
et avouèrent leurs péchés,
1504 que le Malin leur avait inspirés.
Ils déclarèrent devant elle
qu'ils ne pouvaient continuer ;
ils demandèrent à réparer le mal
1508 qu'ils avaient commis sans raison.

Lors distrent les genz dou chastel
Que des solers et dou mantel
N'aura point, ainz iert departi,
1512 Por ce que vilment s'en parti.
La dame lor dit : « Bien me plest,
Faites en tout quanque droiz est. »
A une pucele donerent
1516 Le mantel qu'a celi osterent :
Cele voa religion
Tantost de bone entencion.
Une vesve rot en ces piez
1520 Les solers qu'ele avoit chauciez,
Et cele reprist son enfant
Qu'ele ot laissié mauvaisement.
La vile laisse, si s'en ist :
1524 Tant grate chievre que mau gist.
Ermenjars, qui religieuze
Estoit forment et curieuze
De Dieu servir parfaitement,
1528 Refist ainsi son sairement.
Ainz fu de gris abit vestue
Que la dame ce fust rendue,
Et bien dit qu'ele acoustuma
1532 La dame qui teil coutume a,
A menistreir au povres seule.
Jusque lors ne manjoit lor gueule
Qu'ele meïmes les paissoit,
1536 Qui pou ou niant les laissoit.
Tant estoit la dame humble et simple,
Anniaux d'or et joiaux et guimple
Vendoit et en prenoit l'argent
1540 Por doneir a la povre gent.
Ci n'avoit mie grant orgueil,
C'un enfant qui n'avoit c'un ueil
Et s'iert tigneuz, si com moi membre, *f. 38 v° 1*
1544 Porta la nuit seix foix en chambre.
Si grant pitié de lui avoit,

Les gens du château dirent alors
que la femme serait privée des souliers et du manteau
et qu'ils seraient donnés ailleurs,
1512 puisqu'elle était partie de façon infâme.
La dame leur dit : « Cela me convient.
Agissez sur ce point selon la justice. »
Ils donnèrent à une jeune fille
1516 le manteau qu'ils ôtèrent à cette femme ;
cette jeune fille fit vœu d'entrer en religion
aussitôt, d'un cœur sincère.
De son côté, une veuve eut aux pieds
1520 les souliers que cette femme avait chaussés.
Quant à elle, elle reprit son enfant
qu'elle avait méchamment abandonnée.
Elle quitta la ville et s'en alla :
1524 à trop en vouloir, on perd tout[1].
Ermengarde, personne très religieuse
et très désireuse
de servir Dieu parfaitement,
1528 prêta serment à son tour.
Elle avait revêtu le gris habit religieux
avant que la dame fût entrée en religion,
et elle dit bien que cette dame avait l'habitude
1532 (telle était sa coutume)
de s'occuper seule des pauvres.
Leur gosier n'avalait rien
tant qu'elle ne les avait pas nourris elle-même :
1536 elle ne les quittait que peu ou pas du tout.
Cette dame était si humble et simple
qu'elle vendait anneaux d'or, joyaux, guimpes,
et en recueillait l'argent
1540 pour le donner aux pauvres gens.
Il y avait en elle peu d'orgueil :
un enfant qui n'avait qu'un œil
et était teigneux, à ce que je me rappelle,
1544 elle le porta une nuit six fois aux toilettes.
Elle avait si grand-pitié de lui

1.Morawski 2297. Mot à mot : à force de gratter par terre, la chèvre se retrouve couchée de façon inconfortable.

Ces drapiax ordoiez lavoit
Et l'areignoit si doucement
1548 Com s'eüst grant entendement.
Puis qu'ele fu en l'Ordre entree,
Teil coutume a acoustumee :
Les malades baignoit ces cors
1552 Et les traisoit de lor liz fors,
Les baigniez reportoit ariere
Et les couchoit a bele chiere.
Et fist copeir une cortine
1556 Qui la maison toute encortine
Por les baigniez envelopeir :
Por ce sanz plus la fist copeir.
Une mezele si poacre
1560 Qu'il n'avoit si de ci en Acre
Couchoit la dame et la levoit,
Que nule riens ne li grevoit.
Les piez et les mains li lavoit
1564 Et les plaies qu'ele i savoit,
Qu'ele gizoit en l'opital :
Onques li cuers ne l'en fist mal.
Ces compeignes ne la pooient
1568 Regardeir, ansois s'en fuioient.
Moult aleja sa maladie :
Au chief de la habergerie
La coucha por mieux aaisier
1572 Et por ces plaies apaisier.
Mout doucement a li aloit,
A li mout doucement parloit.
Ses peires noveles oÿ
1576 Teles que pas ne c'esjoï,
Que hom li dist sa fille estoit
Si povre que ele vestoit *f. 38 v° 2*
Roube de lainne sanz couleur.
1580 S'en ot li preudons grant douleur
Dont l'estoire ci endroit conte.
Li rois i envoia .I. conte :

---

* *A ajoute 18 v après le v. 1574 —* v. 1583. *C* p. et b. c.

qu'elle lavait son linge souillé
et lui parlait aussi doucement
1548 que s'il avait pu tout comprendre.
Dès son entrée dans l'Ordre
elle prit cette habitude :
elle baignait les malades,
1552 les portait hors de leur lit,
rapportait ceux qui étaient baignés
et les recouchait avec le sourire.
Elle fit découper une tenture
1556 qui tapissait toute la maison
pour envelopper ceux qui sortaient du bain :
elle la fit découper uniquement pour cela.
Une lépreuse si couverte d'ulcères
1560 qu'elle n'avait pas sa pareille jusqu'à Acre,
cette dame la couchait et la levait
sans que cela lui répugnât.
Elle lui lavait les pieds et les mains,
1564 et les plaies qu'elle lui connaissait,
car elle était à l'hôpital :
jamais cela ne lui fit mal au cœur.
Ses compagnes ne pouvaient
1568 la regarder et s'enfuyaient.
Elle allégea beaucoup sa maladie :
elle la faisait coucher au fond de la salle
pour qu'elle fût plus à l'aise
1572 et pour apaiser la souffrance de ses plaies.
Très doucement elle s'approchait d'elle,
elle lui parlait très doucement.
Son père en entendit des nouvelles
1576 qui ne lui firent pas plaisir :
on lui dit que sa fille était
si pauvre qu'elle était vêtue
d'une robe de laine écrue.
1580 Cet homme de bien en eut une grande douleur
dont l'histoire parle en cet endroit.
Le roi envoya auprès d'elle un comte :

Preudome [ert] et bon crestïen,
1584 Si ot non li cuens Pavien ;
Et li dit : « Quant vos revanrroiz,
Ma fille avec vos amanrroiz. »
Li quens se parti de Hongrie
1588 A moult tres bele compaignie,
De chevauchier bien s'entremist ;
Se ne sai ge combien il mist
Au venir juqu'a Mapur droit.
1592 Si la trouva en teil endroit
Qu'il ne la cuida pas troveir,
Et lors pot il bien esproveir
Les paroles de la poverte
1596 C'on avoit au roi descoverte,
Car il la trova el chatel
Affumblee d'un viez mantel
Don la panne le drap passoit ;
1600 Li porters toute la lassoit.
Si la trouva lainne fillant,
Et si ne filloit pas si lant
Com les autres, mais a granz traiz.
1604 Et li preudons c'est avant traiz.
Quant il la vit si povrement,
Si s'em merveilla durement
Et dit : « Je voi ci grant desroi !
1608 Ainz mais ne vi fille de roi
Lainne fileir n'avoir teil robe.
Ceste ne fait pas trop le gobe :
La ou sa manche se depiece,
1612 D'autre drap i met une piece. »
Volentiers l'en eüst menee *f. 39 r° 1*
Et l'eüst moult mieulz asenee
De sa viё et chiez son peire,
1616 Car vie menoit trop ameire.
Il c'en ala, n'en mena point,
Et cele remaist en teil point.
En yver par la grant froidure
1620 Se gisoit seur la chaume dure :
Deuz coutes metoit desus soi.
C'ele avoit asseiz fain et soi,
Si se pence qu'il ne l'en chaut,

c'était un homme de bien et un bon chrétien
1584 qui s'appelait le comte Pavien ;
il lui dit : « Quand vous reviendrez,
vous ramènerez ma fille avec vous. »
Le comte partit de Hongrie
1588 avec une suite imposante
et chevaucha sans faiblir ;
je ne sais combien de temps il mit
pour venir tout droit jusqu'à Marburg.
1592 Il la trouva en un lieu
où il ne pensait pas la trouver,
et il put alors vérifier d'expérience
les propos sur sa pauvreté
1596 qu'on avait révélée au roi,
car il la trouva au château
revêtue d'un vieux manteau
dont la doublure transparaissait à travers le drap ;
1600 le porter la fatiguait.
Il la trouva ainsi filant la laine,
et elle ne filait pas aussi lentement
que les autres, mais par grandes longueurs.
1604 Le bon seigneur s'est approché.
Quand il la vit en si pauvre appareil,
il en fut extrêmement étonné
et dit : « Je vois ici un grand scandale !
1608 Jamais je n'ai vu fille de roi
filer la laine ni porter une telle robe.
Celle-ci ne fait pas sa vaniteuse :
là où sa manche se déchire,
1612 elle met une pièce d'une autre étoffe. »
Il l'aurait volontiers emmenée
et aurait beaucoup mieux organisé sa vie,
et cela chez son père,
1616 car elle menait une vie très pénible.
Il s'en alla, il ne l'emmena point,
et elle resta dans le même état qu'avant.
En hiver par les grands froids
1620 elle couchait sur la paille dure :
elle mettait sur elle deux couvertures.
Si elle avait bien faim, bien soif,
elle se disait que cela ne lui faisait rien,

1624 Puis qu'ele avoit au costeiz chaut.
Ses baasses, ces damoizeles,
Ne pooit pas soffrir que eles
L'apelassent « dame » a nul fuer,
1628 Fors que tant « Ysabel » ou « suer ».
A la table deleiz sa coste
Les fait seoir, d'autre les oste
S'a autre welent aseoir,
1632 Ainz les wet deleiz li veoir.
Mangier les fait en s'escuele :
S'or fut dame, or est damoizele.
Dit Armenjars, qui moult fu sage :
1636 « Vos quereiz le nostre damage
De ce que nos orgueillissons
Quant leiz vos a la table sons,
Et aquireiz en cestui leu
1640 Vostre merite et vostre preu. »
La dame respondi adonques :
« En mon giron ne seeiz onques,
Mais or vos i couvient seoir,
1644 Si vos porrai de prés veoir. »
Poz et escueles lavoit
Lai ou ordoiez les savoit,
Con se de l'osteil fust baiasse :
1648 Ensi s'use et einsi se lasse. *f. 39 r° 2*
Auz povres sa robe donoit
Si que petit l'en remenoit.
Por chaufeir et por le pot cuire,

---

* *A ajoute 10 v. après le v. 1624 et place les v. 1625-1656, précédés de 6 v. supplémentaires, après le v. 1700* — v. 1628. *A* Fors seul Elysabel ou s. — v. 1639. *A* c. geu

---

1. À la suite de ces vers, *A* place – après quelques vers absents de *C* – les v. 1655-1698 (numérotation de *C*). Cet ordre est préférable, non seulement parce que c'est celui du latin, mais encore parce que, dans celui de *C*, les v. 1655-1698 interrompent un développement qui se poursuit après eux et paraissent donc interpolés.

1624 dès lors qu'elle avait chaud[1].
Elle ne pouvait souffrir
que ses servantes et ses suivantes
l'appelassent en aucun cas « Madame »,
1628 mais seulement « Isabelle » ou « ma sœur ».
À table elle les faisait asseoir à côté d'elle,
elle les faisait lever d'une autre place
si elles voulaient s'asseoir ailleurs :
1632 elle voulait les voir à côté d'elle.
Elle les faisait manger dans son écuelle[2] :
si jadis elle était maîtresse, maintenant elle est [servante[3].
Ermengarde, qui était très sage, lui dit :
1636 « Vous voulez notre malheur
en nous faisant tirer de l'orgueil
d'être à côté de vous à table,
et c'est vous qui acquérez à la place
1640 du mérite, pour votre bien. »
La dame lui répondit :
« Vous n'avez jamais été assises dans mon giron,
mais à présent il faut vous y asseoir,
1644 ainsi je pourrai vous voir de près. »
Elle lavait les pots et les écuelles
quand elle savait qu'ils étaient sales
comme si elle avait été la servante de la maison :
1648 elle se fatigue, elle s'épuise ainsi.
Elle donnait ses vêtements aux pauvres
si bien qu'il ne lui en restait pas beaucoup.
Pour se chauffer et pour faire cuire la marmite,

On notera que le v. 1654 prend une valeur différente selon l'ordre suivi. Voir ci-dessous n. 2, p. 733. **2.** L'usage du temps était de manger à deux ou à plusieurs dans la même écuelle. L'humilité n'est donc pas dans ce geste même. Elle est d'admettre comme compagnes de table des personnes de rang inférieur. **3.** C'est ici le rang social, et non le mariage opposé au célibat, qui distingue, comme ce sera longtemps encore le cas, la dame de la demoiselle. Cf. *La dame qui fit trois tours*, n. 1, p. 755.

1652 Por eschueir la grant froidure,
Aloit seoir en la cuzine,
Et ne pence ne ne devine
Fors a regardeir vers le ciel.
1656 Pou doutoit lors froidure et giel.
Maitre Corraz forment cremoit
Por l'amor Dieu que tant amoit,
Et disoit une teil raison :
1660 « Doit estre si uns morteiz hom
Douteiz ? Nenil, mais Diex li Peires,
Les cui amors ne sont ameires. »
En une abie fut entree
1664 Ou maitre Corraz l'ot mandee
Por prendre la conseil le plus
Ce il la mettroit en reclus.
Et lors prierent les nonnains
1668 maitre Corrat a jointes mains
Que laianz entreir la feïst,
Si que chacune la veïst.
« Je wel bien, dit il, qu'ele i aille. »
1672 Nequedent il cudoit sanz faille
Qu'el n'i entrast por nule choze.
Atant si l'ont laianz encloze :
Chacune d'eles l'a veüe.
1676 Et quant de laians fu issue,
Maitre Corraz li vint devant
Qui li ala ramentovant :
« Vostre voie est mal emploiee :
1680 Vos estes esconmeniee. »
Ne li pot mieulz la jangle abatre.
A un frere les a fait batre
Qui avoit non frere Gautier. *f. 39 v° 1*
1684 Maitre Corraz dit ou sautier
La *Miserele* toute entiere,
Et cil batoit endementiere.
Ermenjars n'i ot riens meffait,
1688 Cui maitre Corraz batre fait.

---

* v. 1663. *A* En un cloistre s'n fu e.

1652 pour éviter le grand froid,
elle allait s'asseoir à la cuisine,
et sans laisser vagabonder son esprit, elle ne pensait
sinon à regarder le ciel. [à rien
1656 Alors elle craignait peu le froid et le gel.
Elle craignait beaucoup maître Conrad
pour l'amour de Dieu qu'elle aimait tant,
et elle disait ceci :
1660 « Un homme mortel doit il être
si redouté ? Non, mais seulement Dieu le Père,
dont l'amour n'est pas amer. »
Elle était entrée dans une abbaye
1664 où maître Conrad l'avait fait venir
pour décider
s'il l'y ferait cloîtrer.
Les nonnes prièrent alors
1668 maître Conrad, les mains jointes,
de la faire entrer dans cette maison
afin que chacune pût la voir.
« Je veux bien, dit-il, qu'elle y aille. »
1672 Cependant il était bien certain
qu'elle n'y serait entrée pour rien au monde.
On l'a alors enfermée en ce lieu :
chacune d'elles l'a vue.
1676 Et quand elle en fut repartie,
maître Conrad vint à sa rencontre
en lui rappelant :
« Vous avez mal employé votre voyage :
1680 vous êtes excommuniée. »
Il ne pouvait mieux lui rabattre le caquet.
Il les a fait battre par un frère
qui s'appelait frère Gautier.
1684 Maître Conrad récita dans le psautier
le *Miserere* tout entier,
et pendant ce temps l'autre les battait.
Ermengarde, que maître Conrad faisait battre,
1688 n'avait pourtant rien fait de mal.

Mais li maitres ice retient :
Bien escorche qui le pié tient.
Lors dit la dame : « Ermenjart, suer,
1692 N'aions pas les coz contre cuer.
L'erbe qui croit en la riviere
Se plaisse, puis revient ariere ;
Joiousement se lieve et plaisse.
1696 Ausi te di, qui le col baisse
Por resovoir la decepline
De componcion enterine,
Que Diex le meffait li pardone
1700 Puis que il au coz s'abandone. »
Ne li chaloit c'ele trembloit :
De ce saint Martin resembloit
Qui vers le ciel regarda tant
1704 Diex qui les siens toz jors atant.
Aucune fois sa robe ardoit,
Que que vers le ciel regardoit :
Ses baasses covenoit corre
1708 Por sa robe dou feu rescorre.
La ou li draz estoit useiz,
Ja autres n'i fust refuzeiz :
Ne li chaloit fust viez ou nuez,
1712 Volentiers le metoit en oeuz.
Les povres aloit reverchant
Et lor afaires encerchant,
Si lor portoit pain et farine
1716 Ceste dame de bone orine.
Puis revenoit a l'orizon :
Lors deïssiez qu'est en prison. *f. 39 v° 2*
Reliques de sainz et de saintes
1720 A nuz genoulz et a mains jointes
Aoroit volentiers sanz doute :
Bien aloit aprés Dieu lor route.

---

* v. 1696. *A* le cop b. — *A ajoute 8 v. après le v. 1722*

---

1. Morawski 137 **2.** Reprise du développement interrompu

Mais le maître connaît bien l'adage :
on peut dire qu'il écorche aussi la bête celui qui lui
[tient le pied[1].
La dame dit alors : « Ermengarde, ma sœur,
1692 ne prenons pas les coups de mauvais cœur.
L'herbe qui pousse dans la rivière
se courbe, puis se redresse.
Joyeusement elle se dresse et se courbe.
1696 Je te dis de même que qui baisse le cou
pour recevoir la discipline
avec une componction entière,
Dieu lui pardonne le mal qu'il a fait
1700 dès lors qu'il s'abandonne aux coups. »
Elle se souciait peu de trembler de froid[2] :
elle ressemblait en cela à saint Martin
qui, les yeux au ciel, regarda tellement
1704 Dieu, qui ne cesse d'attendre ceux qui sont à lui.
Quelquefois elle brûlait sa robe ;
tandis qu'elle regardait vers le ciel :
ses servantes devaient accourir
1708 pour sauver sa robe du feu.
Là où l'étoffe était usée,
tout était bon pour la remplacer :
il lui était égal que la pièce fût vieille ou neuve,
1712 elle l'utilisait volontiers.
Elle était toujours à la recherche des pauvres,
à s'enquérir de leur situation,
et cette noble dame
1716 leur portait du pain et de la farine.
Puis elle se remettait en prière :
vous auriez dit alors qu'elle était en prison.
Elle adorait volontiers,
1720 agenouillée les genoux nus et les mains jointes,
les reliques des saints et des saintes :
elle plaçait leur troupe tout de suite après Dieu.

---

au v. 1654 : installée à la cuisine où elle avait moins froid, la sainte tournait les yeux vers le ciel. Elle ressemblait alors à saint Martin, ne prenait pas garde que le feu prenait à sa robe, etc.

Une fois aloit un hermite
1724 Visiteir, mais voie petite
Ot alei quant li maitres mande
Qu'ele retort, que plus n'atende.
La dame respont au message :
1728 « Amis, bien pert que nos sons sage :
S'or ne resamblons la limace,
Ja aurons perdu notre grace.
La limace gete son cors
1732 De l'escalope toute fors
Par le biau tenz, mais par la pluie
Rentre enz quant ele li anuie.
Ausi covient il or nos faire :
1736 Repairons a notre repaire. »
Un enfant ot petit et tendre,
De ces enfans trestot le mendre,
Qu'ensus de li fist esloignier,
1740 Qu'ele dotoit a porloignier
Ces prieres por cel enfant :
Por ce le venir li deffent.
La dame avoit une coutume
1744 Qu'autre gent gaires n'acoutume
(Ne cuit que nuns jamais teile oie),
Que lors qu'ele avoit plus grant joie
Ploroit ele plus tanrrement,
1748 Et veïssiez apertement
Qu'il ne paroit dedens son vis
Corroz ne fronce, c'ert avis,
Ansois cheoit la larme plainne
1752 Com li ruisseaux de la fontainne.
Les larmes viennent, c'est la fin, *f. 40 r° 1*
Dou cuer loiaul et pur et fin.
Une foiz entra en un cloistre
1756 De povre gent qui pas acroitre
Ne se pooient de lor biens :
Fors d'aumoennes n'avoient riens.

---

1. Le don des larmes, preuve d'un repentir sincère, était considéré comme une grâce, le signe du pardon de Dieu. Étendu ici aux « pleurs

Elle allait un jour visiter un ermite,
1724 mais elle n'avait pas fait beaucoup de chemin
quand son maître [Conrad] lui fit dire
de revenir sans plus attendre.
La dame répondit au messager :
1728 « Mon ami, nous montrons bien notre sagesse :
si nous ne ressemblons pas à l'escargot,
nous perdrons la grâce.
L'escargot sort
1732 de sa coquille
quand il fait beau, mais quand il pleut,
il y rentre, car la pluie lui est pénible.
Il nous faut à présent faire de même :
1736 regagnons donc notre logis. »
Elle avait un petit enfant d'âge tendre,
le plus jeune de tous ses enfants ;
il le fit éloigner d'elle
1740 parce qu'elle hésitait à prolonger ses prières
à cause de cet enfant :
pour cette raison il lui interdit de l'approcher.
Cette dame avait une habitude
1744 que les autres gens n'ont guère
(je ne crois pas que nul ait jamais entendu la pareille) :
plus elle était dans la joie,
plus elle pleurait tendrement,
1748 et vous auriez pu voir clairement
que son visage ne manifestait
ni contrariété ni crispation,
mais que ses larmes coulaient aussi librement
1752 que le ruisseau de la source.
Le fin mot, c'est que ses larmes venaient
d'un cœur loyal, pur et parfait[1].
Elle alla une fois dans un couvent
1756 de pauvres religieux qui ne pouvaient
faire prospérer leurs biens propres :
en dehors des aumônes, ils n'avaient rien.

---

de joie », hors de toute référence à la contrition, il n'en témoigne pas moins de la pureté du cœur comme de la faveur divine.

Ymages li moustrent bien faites,
1760 Bien entaillies et portraites ;
Mout orent costei, ce li semble,
Ansois qu'eles fussent encemble.
Moult l'en pesa et bien lor monstre,
1764 Et bien lor en va a l'encontre
Et dist : « Je croi, mieulz vos en fust
Ce ce c'on a mis en cet fust
Por faire entaillier ces ymages
1768 Fust mis en preu, qu'or est damages.
Qui a l'amour de Dieu el cuer,
Les ymages qu'il voit defuer
Si ne li font ne froit ne chaut.
1772 Endroit de moi il ne m'en chaut,
Et bien sachiez, ce me conforte
Que chacuns crestiens les porte,
Les ymages, el cuer dedens.
1776 Les levres muevre ne les dens
Ne font pas la religion,
Mais la bone compunction. »
Ne pooit oïr les paroles
1780 Qui viennent de pencees voles,
Ainz disoit de cuer gracieuz :
« Ou est ore Dieux li glorieux ? »,
C'est a dire qui a savoir
1784 Que de Dieu doit paor avoir,
Qu'il ne mespreigne en son servise.
Or aveiz oï en quel guise
Vesqui. Ancor i a asseiz,
1788 Mais je sui d'escrire lasseiz. *f. 40 r° 2*
Ysabiaus, dont je di devant,
Fut avec li a son vivant,
Qui tout ainsi le tesmoigna.
1792 Mais a ce plus de tesmoing a,
Qu'autres i furent, ce me cemble,

---

* v. 1782. *AC* Qu'est ore — *A ajoute 12 v. après le v. 1788*

Ils lui montrent des statues bien faites,
1760 bien sculptées et bien représentées ;
cela avait coûté cher, lui sembla-t-il,
de toutes les réunir.
Cela la contraria et elle le leur montra
1764 en s'opposant à eux
et en leur disant : « Je crois qu'il serait mieux pour vous
que l'argent mis dans tout ce bois
pour faire sculpter ces statues
1768 eût été dépensé utilement : c'est dommage.
Celui qui a l'amour de Dieu dans son cœur,
les images qu'il voit à l'extérieur
ne lui font ni chaud ni froid.
1772 Pour ce qui me touche, elles me sont indifférentes,
et sachez-le bien, ce qui me réconforte,
c'est que chaque chrétien les porte,
ces images, au fond de son cœur.
1776 Ce n'est pas de remuer les lèvres et les dents
qui fait la religion,
mais la vraie componction[1]. »
Elle ne pouvait écouter les paroles
1780 qui viennent des pensées frivoles,
mais elle disait d'un cœur ouvert à la grâce :
« Où sont ici Dieu et sa gloire ? »,
c'est-à-dire que celui qui est sage
1784 doit craindre
de manquer au service de Dieu.
Vous avez entendu de quelle façon
elle a vécu. Il y a encore beaucoup à dire,
1788 mais je suis fatigué d'écrire.
Ysabeau, dont j'ai parlé plus haut,
qui témoigna ainsi sur tous ces points,
était à ses côtés de son vivant.
1792 Mais il y a plus de témoins,
car d'autres étaient là, à ce qu'il me semble,

---

1. Écho, sinon d'une véritable querelle des images, du moins de l'austérité prônée dans ce domaine par les Cisterciens, puis par les Ordres mendiants.

Qui bien s'acorderent encemble.
Moult est fox qu'en son cors se fie,
1796 Car la mors, qui le cors deffie,
Ne dort mie quant li cors veille,
Ainz li est toz jors a l'oreille.
N'est fors que prez li grans avoirs ;
1800 Tost va et biauteiz et savoirs.
Por ce est fox qui c'en orgueille,
Car il les pert, weille ou ne weille.
Folie et orgueil sunt parent,
1804 Sovent i est bien aparent.
Tout va, ce trovons en escrit,
Fors que l'amours de Jhesucrit.
Li foulz, li mauvais, li cuvers,
1808 Qui adés a les ieux ouvers
A regardeir la mauvaise huevre,
Qui nule fois sa bouche n'uevre
Por bien parleir ne por bien dire,
1812 Doit bien avoir le cuer plain d'ire
Quant dou siecle se doit partir.
De duel li doit li cuers partir
Quant il voit bien sanz sejorneir
1816 Que il n'en puet plus retorneir.
Perdre li estuet cors et arme,
Et perdre en pardurable flame.
Mais li boens qui a Dieu servi
1820 Et qui a le cors aservi
Au siecle por l'arme franchir,
Cil ne peut cheoir ne guanchir
Que s'arme n'ait inelepas *f. 40 v° 1*
1824 Paradix aprés le trespas.
Liement le passage passe
Qui toz maux en passant trespasse.
En la mort a felon passage,
1828 Passeir i estuet fol et sage.
Qui teil pas cuide trespasseir

---

* v. 1800. *A* Tout va et biauté et avoirs — v. 1807. *A* Li fel — v. 1818. *A* Et metre

dont les témoignages concordent parfaitement.
Il est bien fou, celui qui se fie en son corps,
1796 car la mort, qui défie le corps,
ne dort pas quand le corps veille,
mais est toujours sur ses talons.
La richesse n'est qu'un prêt ;
1800 tout passe, savoir et beauté.
C'est pourquoi il est fou, celui qui en tire orgueil,
car il les perd, qu'il le veuille ou non.
Folie et orgueil sont parents,
1804 c'est bien souvent manifeste.
Tout passe, nous dit l'Écriture,
sauf l'amour de Jésus-Christ.
Le fou, le méchant, l'homme vil,
1808 qui a toujours les yeux ouverts
à regarder le mal,
qui n'ouvre jamais la bouche
pour parler selon le bien,
1812 a bien sujet d'avoir le cœur chagrin
quand il doit quitter ce monde.
Son cœur doit se briser de douleur
quand il voit bien qu'à bref délai
1816 il ne peut plus y échapper.
Il lui faut perdre le corps et l'âme,
et les perdre dans les flammes éternelles.
Mais l'homme vertueux qui a servi Dieu
1820 et qui a asservi son corps
en ce monde pour affranchir son âme,
celui-là ne peut trébucher ni dévier :
son âme va au Paradis
1824 aussitôt après son trépas.
Il passe ce passage joyeusement,
celui qui laisse derrière lui en trépassant tous les maux.
La mort est un passage cruel,
1828 fous et sages doivent y passer.
Celui qui s'imagine dépasser ce passage

En foul cuidier se doit lasseir :
Tout li estuet laissier, tot laisse.
1832 La mors ne fait plus longue laisse
A ceste dame ci endroit.
Por ce vos wel dire orendroit
De sa Vie ce que j'en truis.
1836 Ne dites pas que je contruis,
Ainz sachiez bien en veritei,
C'est droiz escriz d'autoritei.
Ysabiaux dit : « Seigneur, g'estoie
1840 Leiz ma dame ou je me seoie
Quant ele ert au point de la mort.
Et lors oï, non gaires fort,
Une douce vois et serie :
1844 De son cors me vint cele oïe.
Tornee ert devers la paroi,
Et lors se torna devers moi ;
Si li dis lors tout erranment :
1848 « Chantei aveiz trop doucement,
Madamë. – As le tu oï ?
– Oïl, il m'a tout resjoï. »
Lors dit : « Uns oizelés chantoit
1852 Leiz moi, si qu'il m'atalentoit
De chanteir, si que je chantai.
Grant confort de son dolz chant ai. »
Et quant nos vit deleiz son lit,
1856 Si vos di, mout li abelit
Et dit : « Dites, que ferïez *f. 40 v° 2*
Se ci l'Anemi veïez ? »
Mout petit demorei i a
1860 Qu'a haute vois fort s'escria :
« Fui de ci, fui ! Fui de ci, fui ! »
Se oï je et a ce fui.
Puis dist aprés : « Or s'en va cil.
1864 Parlons de Dieu et de son Fil :

---

* v. 1844. *A* De son col — v. 1861. *C* F. de ci f. de ci f. de ci f.

doit bien s'épuiser en folle imagination :
il lui faut tout laisser, il laisse tout.
1832 Voici que la mort n'accorde plus de long délai
à cette dame.
C'est pourquoi je veux vous dire en cet endroit
ce que je trouve là-dessus dans sa Vie.
1836 Ne dites pas que j'invente,
mais sachez bien en vérité
que c'est un texte véridique qui fait autorité.
Ysabeau dit : « Seigneurs, j'étais
1840 assise au chevet de ma dame
quand elle était à l'article de la mort.
J'ai alors entendu, pas bien fort,
une voix très douce :
1844 c'est d'elle que venait ce que j'entendais.
Elle était tournée vers la paroi,
et alors elle se tourna vers moi ;
je lui dis aussitôt :
1848 « Vous avez chanté bien doucement,
Madame. – As-tu entendu ?
– Oui, cela m'a toute réjouie. »
Elle dit alors : « Un petit oiseau chantait
1852 près de moi, si bien que le désir m'a pris
de chanter, et que j'ai chanté.
Son doux chant m'est un grand réconfort. »
Et quand elle nous vit près de son lit,
1856 je vous le dis, elle en fut très heureuse
et dit : « Dites, que feriez-vous
si vous voyiez ici le Diable ? »
Tout de suite après
1860 elle s'est écriée d'une voix forte :
« Va-t'en d'ici, va-t'en ! Va-t'en d'ici, va-t'en ! »
Je l'ai entendu : j'y étais.
Ensuite elle a dit : « Maintenant il s'en va.
1864 Parlons de Dieu et de son Fils :

Li parlers pas ne vos anuit,
Car il est prés de mienuit
Et a teile hore fu il neiz,
1868 Li purs, li fins, li afineiz. »
Au parleir de Dieu deïssiez,
Se vos el vis la veïssiez,
Qu'ele n'avoit mal ne dolour,
1872 Qu'ele n'en perdi point colour.
Dire li oï de sa bouche
Ermenjart que li jors aprouche
Que Diex apelera les siens,
1876 Dont fu lie seur toute riens.
En cele houre qu'ele fina,
Cele qui si douce fin a
Fu tout ausi com endormie,
1880 Qu'au trespasseir n'est point fenie.
Quatre jors fu li cors sor terre
C'om ne le muet ne ne l'enterre :
Une odour si douce en issoit
1884 Qui de grant dousor ramplissoit
Touz ceulz qui entor li venoient,
Qui envis la biere laissoient.
Au cors covrir n'ot pas riote :
1888 Covers fu d'une grize cote ;
Le vis, d'un drap, c'om ne la voie :
N'i ot autre or ne autre soie.
Asseiz i vint grant aleüre *f. 41 r° 1*
1892 De gent copeir sa vesteüre ;
Des cheveux et dou mameron
Li copa hon lou soumeron ;
Doiz de piez et ongles de mains
1896 Li copa hon ; ce fu dou mainz :
Toute l'eüssent derompue
Qui ne lor eüst deffendue.
Povre gent et malade et sain
1900 Vindrent laianz trestout a plain.

---

* v. 1865. *A* ne nous a. — *A ajoute 6 v. après le v. 1868* — v. 1872. *A* Que lors ne perdist ja color — v. 1876. *A* Cel jor fu lie s. — v. 1880. *C* fremie

que ce propos ne vous pèse pas,
car il est près de minuit,
et c'est l'heure à laquelle il naquit,
1868 le pur, le tout parfait. »
Quand elle parlait de Dieu, vous auriez dit,
à voir son visage,
qu'elle n'était en proie ni à la maladie ni à la souffrance,
1872 car elle ne perdit aucunement ses couleurs.
Ermengarde l'a entendue dire de sa bouche
que le jour approche
où Dieu appellera les siens :
1876 elle en était heureuse au plus haut point.
Au moment où elle mourut,
celle qui connut une fin si douce
était comme endormie :
1880 en franchissant le pas elle n'est pas morte.
Le corps resta quatre jours hors de terre
avant qu'on le déplace et l'enterre :
pourtant une douce odeur en sortait
1884 qui remplissait de sa grande douceur
tous ceux qui venaient et entouraient le corps,
au point qu'ils s'éloignaient de la bière à contrecœur.
Pour vêtir le corps il n'y eut pas de querelle :
1888 il fut vêtu d'une cote grise,
le visage recouvert d'une étoffe, pour qu'on ne le voie pas :
c'est là tout ce qu'il y avait comme or et comme soie !
Beaucoup de gens vinrent très vite
1892 découper ses vêtements ;
on lui coupa le bout
des cheveux et du sein ;
on lui coupa les doigts de pieds et les ongles des mains ;
1896 c'était le minimum :
les gens l'auraient toute mise en pièces
si on ne les en avait empêchés.
Les pauvres gens, malades et en bonne santé,
1900 accoururent aussitôt.

Chacuns la pleure et la gaimente
Com c'ele lor fust mere ou tente.
Anuiz cembleroit a retraire,
1904 Qui vos conteroit tot l'afaire.
Par tout est bien choze seüe,
Ce seit la gent grant et menue,
Et par les tesmoins par couvent,
1908 Que Diex la reveilloit souvent
De ces secreiz, et nés li ange
N'estoient pas de li estrange.
Lui meïmes vit face a face
1912 Et mout d'anges .I. grant espace.
Et lors que ele estoit ravie,
C'om deïst qu'ele ert endormie,
Avoit mout trés clere la chiere :
1916 C'estoit avis qu'en boins leux iere.
De ce se tut, bien le cela,
Fors a gent ne le revela
D'Ordre, sage et religieuze,
1920 Qui n'estoit fole n'envieuze,
Car mout doutoit en son memoire
Qu'el ne cheïst en vainne gloire ;
Car el ne l'avoit pas apris,
1924 Ansois avoit le boen mors pris
D'estre piteuze dés s'anfance
Et a faire grief penitance. *f. 41 r° 2*
Asseiz vos puis ci raconteir
1928 Choze qu'a anui puet monteir,
Car je n'ai pas dit la moitié
De l'amor et de l'amistié
Que Dieu montroit et jor et nuit,
1932 Car je dout qu'il ne vos anuit.
Et nequedent, c'il vos grevoit
Et c'il anuier vos devoit,
Vos di lai ou ele habita
1936 .XVI. mors i resuscita.
Un aveugle raluma la

---

* v. 1914. *A* qu'ele estoit en vie, *C* qu'ele est endormie

Chacun la pleure et gémit sur sa mort
comme si elle avait été leur mère ou leur tante.
Si l'on vous racontait tout,
1904 cela vous semblerait ennuyeux à entendre.
La chose est bien connue partout.
Tout le monde sait, riches et pauvres,
et on sait par des témoignages sous serment,
1908 que Dieu la réveillait souvent
pour lui révéler ses secrets, et que les anges même
ne lui étaient pas étrangers.
Elle vit Dieu lui-même face à face
1912 et beaucoup d'anges, pendant un long moment.
Et lorsqu'elle était ravie en extase,
alors qu'on aurait dit qu'elle était endormie,
elle avait le visage très lumineux :
1916 on avait l'impression qu'elle était en un lieu agréable.
Elle n'en parlait pas, elle l'a bien caché,
elle ne l'a révélé qu'à des religieux,
personnes sages et pieuses
1920 qui n'étaient ni folles ni envieuses,
car elle redoutait beaucoup dans son esprit
de tomber dans la vaine gloire.
Elle n'avait pas été formée de la sorte,
1924 mais elle avait pris le bon pli
d'être pieuse dès l'enfance
en faisant durement pénitence.
Je peux vous raconter ici beaucoup de choses
1928 qui peuvent finir par ennuyer,
car je n'ai pas dit la moitié
de l'amour et de l'amitié
qu'elle montrait à Dieu jour et nuit :
1932 j'ai peur que cela vous ennuie.
Et cependant, au risque que cela vous pèse
et doive vous ennuyer,
je vous dis que là où elle habitait
1936 elle a ressuscité seize morts.
Elle rendit la vue à un aveugle

Qui devotement i ala,
Qui onques eul n'ot en la teste
1940 Ne cemblant ou il deüst estre,
Dont chacuns qui voit s'en merveille.
Mais Diex fait bien si grant merveille.
Puis qu'ele fu misse en la chasse
1944 De plon, vos di une granz masse
D'oile decouru goute a goute
Qui petit a petit degoute.
Et c'est bien a savoir certain,
1948 C'om le puet bien veoir a plain.
Goutes de rouzee resemble
Quant l'une goute a l'autre assemble,
Si com dou cors saint Nicholaz,
1952 Qu'ainz nuns d'auz deulz n'ot le col las
De faire euvre de charitei :
Ce seit chacuns de veritei.
Ceste dame saintime et sainte,
1956 Qu'ainz de Deu servir ne fu fainte,
Apertement et main a main
Trespassa tout droit l'andemain
Des octaves la saint Martin,
1960 En yver, si com je retin.
En l'opytal, en sa chapele *f. 41 v° 1*
Fu enterree coume cele
Qui de saint Nicholaiz la fist,
1964 Vers qui onques riens ne mefist.
Par la volentei Jhesucrit,
Si com nos trovons en escrit,
Vindrent abei et autre gent
1968 Qu'a l'enterreir furent sergent
Et li firent trés biau servise,
Teil com hon doit faire en eglize.
Teiz dame fu de touz endroiz,

---

* v. 1944. *A* De plors, *C* De pleurs ; *A* di a une m. — v. 1960. *A* je devin — *A ajoute 14 v. après le v. 1970*

---

1. Le latin place la mort de la sainte *tredecimo kalendas decem-*

qui y était allé dévotement
et dont le visage n'avait jamais eu d'yeux
1940 (rien ne montrait l'endroit où ils auraient dû être),
spectacle dont chacun s'étonnait.
Mais Dieu fait bien des choses aussi étonnantes.
Depuis le moment où elle fut mise dans la chasse
1944 de plomb, je vous le dis, une grande quantité
d'huile en coula goutte à goutte,
suintant petit à petit.
On le sait de façon certaine :
1948 on peut le voir clairement.
On dirait des gouttes de rosée
quand chaque goutte rejoint la précédente,
comme cela se produit pour le corps de saint Nicolas,
1952 car ni l'un ni l'autre n'a eu le col las
d'accomplir des œuvres de charité :
chacun le sait en vérité.
Cette dame sainte entre les saintes,
1956 qui n'a jamais fait semblant de servir Dieu,
au vu de tous trépassa
immédiatement au lendemain
de l'octave de la Saint-Martin
1960 d'hiver[1], comme je l'ai retenu.
Elle fut enterrée dans l'hôpital,
dans sa chapelle, elle
qui l'avait consacrée à saint Nicolas,
1964 envers qui elle ne s'était en rien mal conduite.
Par la volonté de Jésus-Christ,
comme nous le trouvons écrit,
des abbés et d'autres gens vinrent
1968 faire le nécessaire pour son enterrement
et lui firent un très beau service
tel qu'on doit le célébrer à l'église.
Une telle dame était disponible à tous,

bris (le 19 novembre). C'est la traduction en prose française qui déclare qu'elle « trespasse l'endemain des uitaves saint Martin en hiver » (le 13 décembre). En cette occurrence comme ailleurs, c'est elle que suit Rutebeuf.

1972 Qu'ele faisoit les contraiz droiz,
Les xours oïr, foux ravoier.
Onques ne la sot deproier
Qui de son mal n'eüst santei :
1976 Ne vos avroie hui tout contei.
Asseiz fist de miracles biaus
Ceste dame sainte Ysabiaus.
Bien la doivent enfant ameir,
1980 Qu'en li ne troverent ameir ;
Ne lor fu dure ne ameire,
Ansois lor fu sanz ameir meire,
Car de la mort esperiteil
1984 En gari maint ; et tout iteil
Fist ele de temporeil mort,
Qu'ele resuscita le mort.
Ameir la doivent povre et riche,
1988 C'onques au povre ne fu chiche,
Ainz lor donoit sanz retenir
Quanqu'a ces mains pooit tenir.
Ainsi fist la bien eüree
1992 (Bien dut s'arme estre asseüree)
Dont Rutebuez a fait la rime.
Se Rutebuez rudement rime
Et se rudesse en sa rime a,
1996 Preneiz garde qui la rima. *f. 41 v° 2*
Rutebuez, qui rudement euvre,
Qui rudement fait la rude euvre,
Qu'asseiz en sa rudesse ment,
2000 Rima la rime rudement.
Car por nule riens ne creroie
Que bués ne feïst rude roie,
Tant i meïst hon grant estude.
2004 Se Rutebuez fait rime rude,
Je n'i part plus, mais Rutebués
Est ausi rudes coume bués.

---

* v. 1976. *A* chanté — v. 1978. *A* Ma d. s. Elysabiaus — *A ajoute 2 v. après le v. 1982* — v. 2005. *A* n'i pt p., *C* n'i pert p.

1972 car elle redressait ceux qui étaient contrefaits,
faisait entendre les sourds, aux fous rendait la raison.
Personne ne l'a jamais priée
sans être guéri de son mal :
1976 il me faudrait jusqu'à demain pour tout vous raconter.
Cette dame, sainte Ysabeau,
fit beaucoup de beaux miracles.
Les enfants ont bien sujet de l'aimer,
1980 car ils ne trouvèrent en elle rien d'amer ;
elle ne leur fut ni dure ni amère,
mais elle leur fut une mère sans rien d'amer,
car elle en guérit beaucoup
1984 de la mort spirituelle ; et elle fit de même
pour la mort temporelle,
car elle ressuscita les morts.
Pauvres et riches doivent l'aimer,
1988 car elle ne fut jamais chiche envers les pauvres,
mais elle leur donnait sans rien garder
tout ce que ses mains pouvaient contenir.
C'est ainsi qu'a agi cette bienheureuse
1992 (son âme n'a pas dû être en danger),
sur laquelle Rutebeuf a rimé.
Si Rutebeuf rime avec rudesse
et s'il y a de la rudesse dans sa rime,
1996 prenez garde au nom de celui qui rima.
Rutebeuf, qui travaille avec rudesse,
qui fait avec rudesse une œuvre rude
(dans sa rudesse il déçoit beaucoup),
2000 rima la rime rudement.
Car rien ne me ferait croire
qu'un bœuf pût faire autre chose qu'un sillon rude,
quelque peine qu'on y mît.
2004 Si Rutebeuf fait des rimes rudes,
je ne discute plus : Rutebeuf
est aussi rude qu'un bœuf[1].

---

1. Cf. *Sacristain* 750-760. Et aussi *Hypocrisie* 45-6, *Mariage* 45, *Voie d'Humilité (Paradis)* 18-9, *Marie l'Égyptienne* 1301-2. Voir *Mariage*, n. 3, p. 271.

Mais une riens me reconforte :
2008 Que cil por cui la fis l'aporte
A la roÿnë Ysabel
De Navarre, cui mout ert bel
Que hon li lize et qu'ele l'oie,
2012 Et moult en avra el grant joie.
Messire Erars la me fist faire,
De Lezignes, et toute traire
De latin en rime fransoise,
2016 Car l'estoire est bele et cortoize.
L'estoire de la dame a fin,
Qu'a Dieu ot cuer loiaul et fin.
De fin cuer, loiaul finement :
2020 Ce l'estoire en la fin ne ment,
Bien dut sa vie defineir,
Car bien vot son tenz afineir
En servir de pencee fine
2024 Celui Seigneur qui sanz fin fine,
Or prions donques a celi
A cui tant bien faire abeli,
Que pour nos deprist a celui
2028 Dieu qui ne refuse nelui,
Et por sa proiere en proit cele
Qui fu et sa meire et s'ancele,
Que il nos otroit cele joie *f. 42 r° 1*
2032 Que il a ceste dame otroie.

Explicit. Diex en soit loeiz !
Dites *Amen* vos qui l'oeiz.

---

* v. 2012. *C* en avroit — v. 2021. *A* d. finement d. — *A* Explicit la Vie sainte Elysabel.

Mais une chose me réconforte :
2008 celui pour qui j'ai fait ce poème l'apporte
à la reine Isabelle
de Navarre, à qui il sera agréable
de l'entendre lire
2012 et qui en aura une grande joie.
Monseigneur Erart de Lezinnes
me l'a fait faire et traduire tout entier
du latin en vers français,
2016 car l'histoire est belle et courtoise.
Voici terminée l'histoire de la dame
qui voua à Dieu son cœur loyal et parfait.
À cœur parfait, fin parfaite :
2020 si l'histoire à la fin ne ment pas,
elle dut bien finir sa vie
car elle voulait en rendre le temps parfait
en servant d'une pensée parfaite
2024 le Seigneur qui récompense sans fin.
À présent prions donc celle
qui eut tant de joie à faire le bien
de prier pour nous
2028 le Dieu qui ne repousse personne,
et par sa prière d'en prier aussi celle
qui fut Sa mère et Sa servante :
qu'Il nous accorde la même joie
2032 qu'Il accorde à cette dame.

Explicit. Dieu en soit loué !
Dites *Amen* vous qui écoutez[1].

---

1. Les deux derniers vers doivent certainement être attribués à un scribe.

LA DAME QUI FIT TROIS FOIS LE TOUR DE L'ÉGLISE

Ce fabliau qui s'en prend au clergé sur le mode le plus traditionnel ne présente aucun élément permettant de le dater. On peut admettre avec Dufeil (1980, p. 290) qu'il n'a pas été composé dans une période de crise et qu'il ne paraît pas non plus l'œuvre d'un débutant, ce qui inviterait à le placer vers le milieu des années 1260.

Manuscrits : *A*, f. 305 v° ; *B*, f. 62 v° ; *C*, f. 14 v° ; *I*, f. 212 v°. *Texte et graphie de C.*

* Titre : *A* De la damme qui fist trois tours entour le moustier

CI ENCOUMANCE DE LA DAME QUI ALA .III. FOIS ENTOR LE MOUTIER

Qui fame vorroit desovoir,
Je li fais bien apersovoir
Qu'avant decevroit l'anemi,
4 Le dyable, a champ arami.
Cil qui fame wet justicier
Chacun jor la puet combrizier,
Et l'andemain rest toute sainne *f. 14 v° 2*
8 Por resouvoir autreteil painne.
Mais quant fame a fol debonaire
Et ele a riens de li afaire,
Ele li dist tant de bellues,
12 De truffes et de fanfellues,
Qu'ele li fait a force entendre
Que li cielz sera demain cendre.
Ainsi gaaigne la querele.
16 Jel dit por une damoizele,
Qui ert fame a .I. escuier,
Ne sai chartain ou berruier.
La damoizele, c'est la voire,
20 Estoit amie a .I. provoire.
Mult l'amoit cil et ele lui,
Et si ne laissast por nelui
Qu'ele ne feïst son voloir,
24 Cui qu'en deüst li cuers doloir.
Un jor, au partir de l'eglize,
Out li prestres fait son servize.
Ces vestimenz lait a pliier
28 Et si va la dame proier
Que le soir en .I. boschet veigne :
Parler li wet d'une bezoingne
Dont je cuit que pou conquerroie
32 Se la bezoingne vos nomoie.

---

* v. 4. *ACI* Au d., *B* Le able — v. 8. *ABI* Por resoufrir

LA DAME QUI FIT TROIS FOIS LE TOUR DE L'ÉGLISE

Celui qui voudrait berner une femme,
je vais lui faire bien voir
qu'il bernerait plutôt notre ennemi,
4 le diable, au cours d'un combat à outrance.
Si on veut régenter une femme,
on peut la mettre en pièces tous les jours :
le lendemain elle est en pleine forme
8 pour recevoir le même châtiment.
Mais quand une femme a pour mari un brave sot
et qu'elle veut tirer de lui quoi que ce soit,
elle lui dit tant de bourdes,
12 de blagues, de sottises
qu'elle finit par lui faire croire
que le ciel demain sera réduit en cendre.
Ainsi elle gagne la partie.
16 Je dis cela à cause d'une dame[1]
qui était la femme d'un écuyer
vers Chartres ou Bourges, je ne sais.
Cette dame, c'est la pure vérité,
20 était la maîtresse d'un prêtre.
Il l'aimait beaucoup et elle le lui rendait,
personne ne l'aurait fait renoncer
à satisfaire ses désirs,
24 quel que soit celui qui pût en souffrir.
Un jour, à la sortie de l'église –
le prêtre avait dit sa messe
et donné ses ornements à ranger –,
28 il alla demander à la dame
de venir ce soir-là dans un bosquet :
il voulait lui parler d'une affaire ;
je ne crois pas que je gagnerais beaucoup
32 à vous dire laquelle.

---

1. La femme d'un écuyer porte officiellement le titre de *damoiselle*, celui de *dame* étant en principe réservé à la femme d'un chevalier. Cf. *Sainte Elysabel* 1634 et n. 3, p. 729.

La dame respondi au prestre :
« Sire, veiz [me] ci toute preste,
Car il est et poinz et saisons :
36 Ausi n'est pas cil en maison. »
Or avoit en ceste aventure
Cens plus itant de mesprisure
Que les maisons n'estoient pas
40 L'une leiz l'autre a quatre pas :
Bien i avoit, dont moult lor poize,
Le tiers d'une leue fransoize. *f. 15 r° 1*
Chacune ert en un espinois,
44 Com ces maizons de Gastinois.
Mais li boschés que je vos nome
Estoit a ce vaillant preudome
Qui saint Arnoul doit la chandoile.
48 Le soir, qu'il ot ja mainte estoile
Parant el ciel, si com moi cemble,
Li prestres de sa maison s'amble
Et s'en vint au boschet seoir,
52 Que nuns ne le puisse veoir.
Mais a la dame mesavint,
Que sire Arnoulz ses mariz vint,
Touz moilliez et touz engeleiz,
56 Ne sai dont ou il ert aleiz.
Por ce remanoir la couvint.
De son provoire li souvint,
Si se haste d'apareillier :
60 Ne le vout pas faire veillier.
Por ce n'i ot .III. més ne quatre.
Aprés mangier, petit esbatre
Le laissa, bien le vos puis dire.
64 Souvent li a dit : « Biau dolz sire,
Alez gezir, si fereiz bien :
Veilliers grieve sor toute rien
A home quant il est lasseiz.

---

* v. 34. *C* me *mq.* — v. 36. *ABI* Ausi n'est pas cil, *C* Sire n'est mi cil

La dame répondit au prêtre :
« Seigneur, me voici toute prête,
car c'est vraiment le bon moment :
36 il n'est pas à la maison. »
Il n'y avait qu'un seul inconvénient
dans cette aventure,
c'est que les maisons n'étaient pas
40 à deux pas l'une de l'autre :
il y avait bien (quel ennui pour eux !)
le tiers d'une lieue française.
Chacune était close d'une haie d'épine,
44 comme ces maisons du Gâtinais.
Quant au bosquet dont je vous parle,
il appartenait à cet excellent homme
qui devait un cierge à saint Arnoul[1].
48 Le soir, alors qu'on voyait déjà mainte étoile
dans le ciel, à ce qu'il me semble,
le prêtre sortit de chez lui
et vint s'asseoir dans le bosquet,
52 de façon que nul ne puisse le voir.
Mais pour la dame les choses se passèrent mal,
car sire Arnoul, son mari, arriva,
tout mouillé et tout gelé ;
56 je ne sais où il était allé.
Cela l'obligea à rester chez elle.
Pensant à son prêtre,
elle prépara le repas en hâte :
60 elle ne voulait pas le faire veiller.
Il n'y eut donc pas trois ou quatre services !
Après dîner, elle ne le laissa pas longtemps
prendre ses aises, je peux vous le dire.
64 Elle ne cessait de lui dire : « Cher seigneur,
allez vous coucher, vous ferez bien :
veiller est on ne peut plus mauvais
quand on est fatigué :

---

1. Saint Arnoul était le patron des maris trompés. On verra plus bas (v. 54) que le poète donne plaisamment ce nom au mari. Cf. *Sacristain* 639 et n. 1, p. 625.

68 Vos aveiz chevauchié asseiz. »
L'aleir gezir tant li reprouche,
Par pou le morcel en la bouche
Ne fait celui aleir gesir,
72 Tant a d'eschapeir grant desir.
Li boens escuiers i ala
Qui sa damoizele apela,
Por ce que mult la prize et aimme.
76 « Sire, fait ele, il me faut traimme
A une toile que je fais, *f. 15 r° 2*
Et si m'en faut ancor granz fais,
Dont je ne me sai garde prendre,
80 Et je n'en truis nes point a vendre,
Par Dieu, si ne sai que j'en faisse.
– Au deable soit teiz fillace,
Dit li escuiers, con la vostre !
84 Foi que je doi saint Poul l'apostre,
Je vorroie qu'el fust en Seinne ! »
Atant se couche, si se seigne,
Et cele se part de la chambre.
88 Petit sejornerent si membre
Tant qu'el vint la ou cil l'atant.
Li uns les bras a l'autre tent :
Illuec furent a grant deduit
92 Tant qu'il fut prés de mienuit.
Du premier somme cil s'esvoille,
mais mout li vint a grant mervoille
Quant il ne sent leiz li sa fame.
96 « Chamberiere, ou est ta dame ?
– Ele est la fors en cele vile,
Chiez sa coumeire, ou ele file. »
Quant il oï que la fors iere,
100 Voirs est qu'il fist moult laide chiere.
Son seurquot vest, si se leva,
Sa damoizele querre va.
Chiez sa commeire la demande :

---

* v. 79. *ABI* soi — v. 83. *AI* Fet li vallés — v. 83-84. *I mq.* — v. 93. *ABI* Du premier s., *C* Au premier soume

68 vous avez beaucoup chevauché. »
Elle l'invite tant à aller se coucher
qu'il s'en faut de peu qu'elle l'envoie au lit
la bouche pleine,
72 si grand est son désir de s'échapper.
L'excellent écuyer va se coucher
et appelle sa femme,
parce qu'il l'aime beaucoup et en fait grand cas.
76 « Seigneur, dit-elle, je manque de fil
pour une toile que je tisse ;
j'en ai encore besoin de beaucoup.
Je n'y ai pas pris garde,
80 et je n'en trouve pas un bout à acheter.
Par Dieu, je ne sais que faire.
– Au diable votre filasse,
dit l'écuyer.
84 Par la foi que je dois à l'apôtre saint Paul,
je voudrais qu'elle fût au fond de la Seine ! »
Là-dessus il se couche, fait son signe de croix ;
quant à elle, elle sort de la chambre.
88 Elle ne s'est guère accordé de repos
jusqu'à ce qu'elle arrive là où l'autre l'attend.
Ils se tendent les bras l'un à l'autre :
ils goûtèrent le plaisir en ce lieu
92 jusqu'à près de minuit.
Le mari s'éveille de son premier somme
et s'étonne beaucoup
de ne pas sentir sa femme près de lui.
96 « Chambrière, où est ta maîtresse ?
– Elle est sortie pour aller à la ville
chez sa commère, où elle file. »
En entendant qu'elle était sortie,
100 à la vérité, il a fait la tête.
Il passe un vêtement[1], se lève
et va chercher sa femme.
Il la demande chez sa commère

---

1. Le *surcot* est un vêtement de dessus, qu'on porte sur la tunique (*cotte*).

104 Ne trueve qui raison l'en rende,
Qu'ele n'i avoit esté mie.
Eiz vos celui en frenesie.
  Par deleiz ceux qu'el boschet furent
108 Ala et vint. Cil ne se murent.
Et quant il fu outre passeiz :
« Sire, fait ele, or est asseiz,
Or covient il que je m'en aille.
112 – Vos orroiz ja noize et bataille, *f. 15 v° 1*
Fait li prestres. Ice me tue
Que vos sereiz ja trop batue.
– Onques de moi ne vos soveingne,
116 Dan prestres, de vos vos couveingne »,
Dit la damoizele en riant.
Que vos iroie controuvant ?
Chacuns s'en vint a son repaire.
120 Cil qui se jut ne se pout taire :
« Dame, orde vilz putainz provee,
Vos soiez or la mal trovee,
Dist li escuiers. Dont veneiz ?
124 Bien pert que por fol me teneiz. »
Cele se tut et cil s'esfroie :
« Voiz, por le sanc et por le foie,
Por la froissure et por la teste,
128 Ele vient d'enchiez notre prestre ! »
  Ensi dit voir, et si nel sot.
Cele se tut, si ne dit mot.
Quant cil oit qu'el ne ce deffent,
132 Par .I. petit d'ireur ne fent,
Qu'il cuide bien en aventure
Avoir dit la veritei pure.
Mautalenz l'argüe et atize.
136 Sa fame a par les treces prize,
Por le trenchier son coutel trait.
« Sire, fait el, por Dieu atrait,

---

* v. 121. *A* viex pute, *I* pute viex

---

1. Le v. 112 pourrait aussi être rattaché à la réplique précédente

104 sans trouver personne qui lui en donne des nouvelles,
car elle n'y avait pas été.
Le voilà fou furieux.
Il passa près de ceux qui étaient dans le bosquet
108 à l'aller et au retour. Ils ne bougèrent pas.
Et quand il fut passé :
« Seigneur, dit-elle, cela suffit,
il faut maintenant que je m'en aille.
112 – Vous allez entendre tapage et querelle[1],
fait le prêtre. Elle me tue,
la pensée que vous serez tellement battue.
– Ne vous occupez pas de moi,
116 monsieur le prêtre, prenez soin de vous-même »,
dit la dame en souriant.
Qu'irais-je inventer ?
Chacun rentra chez soi.
120 Le mari qui était couché ne put se taire :
« Madame, sale putain, et convaincue du fait,
ne soyez pas la bienvenue !
dit l'écuyer. D'où venez-vous ?
124 On voit bien que vous me prenez pour un idiot. »
Comme elle se tait, sa colère redouble :
« Ça alors ! par le sang et par le foie,
par les tripes et par la tête,
128 elle vient de chez notre curé ! »
Il dit ainsi la vérité sans le savoir.
Elle se taisait, ne disait pas un mot.
En voyant qu'elle ne se défend pas,
132 il est prêt de crever de fureur,
car il croit bien, en parlant au hasard,
avoir dit la vérité pure.
La colère le taraude et le brûle.
136 Il prend sa femme par les tresses
et tire son couteau pour les lui couper[2].
« Seigneur, dit-elle, au nom de Dieu,

---

et placé dans la bouche de la dame. **2.** Avoir les tresses coupées était infamant. Voir le fabliau *Les tresses* (*Fabliaux érotiques*, éd. L. Rossi et R. Straub, « Lettres gothiques », 1992, p. 165-183).

Or covient il que je vos die : »
140 – (Or orreiz ja trop grant voidie !) –
« J'amasse miex estre en la fosse.
Voirs est que je suis de vos grosse,
Si m'enseigna on a aleir
144 Entour le moutier sanz parleir
Trois tours, dire .III. pater notres
En l'onor Dieu et ces apostres ;
Une fosse au talon feïsse *f. 15 v° 2*
148 Et par trois jors i revenisse.
S'au tiers jor overt le trovoie,
S'estoit .I. filz qu'avoir dovoie,
Et c'il estoit cloz, c'estoit fille.
152 Or ne revaut tot une bille,
Dit la dame, quanque j'ai fait,
Mais, par saint Jaque, il iert refait,
Se vos tueir m'en deviiez. »
156 Atant c'est cil desavoiez
De la voie ou avoiez iere,
Si parla en autre meniere :
« Dame, dist il, je que savoie
160 Du voiage ne de la voie ?
Se je seüsse ceste choze
Dont je a tort vos blame et choze,
Je sui cil qui mot n'en deïsse,
164 Se je annuit de cet soir isse. »
Atant se turent, si font pais
Que cil n'en doit parleir jamais.
De choze que sa fame face,
168 N'en orrat noize ne menace.
Rutebués dist en cest flabel :
Quant fame at fol, s'a son avel.

Explicit.

---

* v. 148. *I* t. nuis — *AB* Explicit de la damoisele (*B* de la dame) qui fist les trois tors entor le moustier, *I* Explicit.

il faut bien à présent que je vous dise tout : »
140 – (Vous allez voir cette fourberie !)[1] –
« j'aimerais mieux être dans la tombe.
La vérité est que je suis enceinte de vous ;
on m'a dit d'aller faire le tour
144 de l'église trois fois
sans parler, de dire trois Pater
en l'honneur de Dieu et des apôtres,
de creuser un trou avec mon talon
148 et de revenir pendant trois jours :
si le troisième jour je le trouvais ouvert,
j'aurais un garçon,
s'il était refermé, ce serait une fille.
152 À présent tout ce que j'ai fait,
conclut la dame, ne vaut plus une guigne.
Mais, par saint Jacques, je recommencerai,
même si vous deviez me tuer. »
156 Le mari alors, faisant volte face,
a quitté la voie où il s'était engagé
et a changé de discours :
« Madame, dit-il, qu'est-ce que je savais, moi,
160 de votre expédition ?
Si j'avais su la vérité de l'affaire
que je vous reproche et dont je vous blâme à tort,
je n'en aurais pas dit un mot,
164 ou sinon que je meure avant ce soir ! »
Ils se taisent alors et font la paix :
le mari n'en parlera plus jamais.
Quoi que sa femme fasse,
168 elle n'entendra plus ni cris ni menaces.
Rutebeuf dit dans ce fabliau :
la femme d'un sot a tout ce qu'il lui faut.

---

1. On comprend avec L. Clédat que le v. 140 est une adresse du poète à ses auditeurs. F.-B. (II, 297) pense au contraire qu'il fait partie de la réplique de la dame et doit être entendu par antiphrase.

LE DIT DE L'HERBERIE

Le Dit de l'Herberie *est le pastiche du boniment d'un marchand ambulant d'herbes médicinales ou « herbier ». Cette pièce n'est pas unique en son genre. On connaît une autre* Herberie *en prose, plus longue que celle de Rutebeuf, dont elle s'inspire, et une pièce en vers à peu près de la même époque intitulée la* Goute en l'aîne, *qui reproduit le boniment d'un médecin. Ces deux textes ont été imprimés par Jubinal dans son édition des œuvres de Rutebeuf (t. III, p. 182 et 192), et le premier l'est aussi dans F.-B. (II, 268-271). Il existe aussi dans la même veine un* Dit du Mercier, *contenu comme la* Goute en l'aîne *dans les ms. B.N. fr. 837 (le ms.* A *de Rutebeuf), et édité par Philippe Ménard (*Mélanges... Jean Frappier, *Genève, Droz, 1970, t. II, p. 797-810). L'impudence des marchands de simples était si connue que l'expression « mensonge d'herbier » était passée en proverbe. Vers 1271 la Faculté de Médecine de Paris intervint pour réglementer le traitement des malades. La prescription des remèdes fut réservée aux médecins et interdite aux apothicaires tenant boutique (les « épiciers ») comme aux marchands ambulants (les « herbiers »).*

Pas plus que la précédente cette pièce ne se laisse dater. Comme la précédente elle paraît trop habile pour une œuvre de jeunesse et trop joyeuse pour une œuvre contemporaine d'une grande crise. Elle pourrait donc avoir été composée elle aussi autour de 1265, sans que l'on puisse trouver une confirmation de cette hypothèse dans la mention qui est faite de la Pouille, mention bien naturelle dans une énumération qui l'associe à la Calabre et à la Toscane et dans l'évocation d'un voyage à partir de Salerne.

Les minuscules en exposant dans le texte en prose signalent une variante.

Manuscrits : C, f. 80 r° ; *D*, f. 34 r°. *Texte de C. Les deux derniers alinéas de la partie en prose sont de notre fait.*

* Titre : *D* Ci commance lerberie Rustebuef

CI COUMENCE LI DIZ DE L'ERBERIE

Seigneur qui ci este venu,
Petit et grant, jone et chenu,
Il vos est trop bien avenu,
4 Sachiez de voir.
Je ne vos wel pas desovoir :
Bien le porreiz aparsouvoir
7 Ainz que m'en voize.
Aseeiz vos, ne faites noise,
Si escouteiz, c'il ne voz poize : *f. 80 v° 1*
10 Je suis uns mires,
Si ai estei en mainz empires.
Dou Caire m'a tenu li sires
13 Plus d'un estei ;
Lonc tanz ai avec li estei,
Grant avoir i ai conquestei.
16 Meir ai passee,
Si m'en reving par la Moree,
Ou j'ai fait mout grant demoree,
19 Et par Salerne,
Par Burienne et par Byterne.
En Puille, en Calabre, [en] Palerne
22 Ai herbes prises
Qui de granz vertuz sunt emprises :
Sus quel que mal qu'el soient mises,
25 Li maux c'en fuit.
Jusqu'a la riviere qui bruit
Dou flun des pierres jor et nuit
28 Fui pierres querre.
Prestres Jehans i a fait guerre ;
Je n'ozai entreir en la terre :
32 Je fui au port.

---

* v. 21. *C* en Calabre Palerne, *D* en C. en Luserne

---

1. La géographie du charlatan mêle les noms de lieux réels et imaginaires. Le nom de Salerne s'impose dans sa bouche, car cette ville était le siège de la plus célèbre école de médecine du monde

LE DIT DE L'HERBERIE

Seigneurs qui êtes venus ici,
petits et grands, jeunes et vieux,
vous avez de la chance,
4 sachez-le bien.
Je ne cherche pas à vous tromper :
vous vous en rendrez très bien compte
7 avant que je m'en aille.
Asseyez-vous, ne faites pas de bruit,
et écoutez, si cela ne vous ennuie pas :
10 je suis médecin,
j'ai été dans bien des pays.
Le seigneur du Caire m'a retenu
13 plus d'un été ;
je suis resté longtemps avec lui,
j'y ai gagné beaucoup d'argent.
16 J'ai passé la mer
et je suis revenu par la Morée,
où j'ai fait un long séjour,
19 et par Salerne,
par Burienne et par Biterne.
En Pouille, en Calabre, à Palerme[1]
22 j'ai recueilli des herbes
qui ont de grandes vertus :
quel que soit le mal sur lequel on les applique,
25 ce mal s'enfuit.
Je suis allé jusqu'à la rivière qui résonne
jour et nuit de la cascade des pierres
28 pour en chercher.
Le Prêtre Jean y faisait la guerre ;
je n'osai pas entrer dans le pays :
31 je m'enfuis jusqu'au port[2].

---

médiéval : il se réclamera plus loin d'une dame de Salerne. Burienne et Biterne appartiennent à la toponymie des chansons de geste, où Burienne appartient au monde sarrasin et où Biterne représente Viterbe. **2.** Les v. 26-31 se fondent sur la *Lettre du Prêtre Jean*, qui mentionnait une rivière de pierres précieuses. Le Prêtre Jean était un souverain chrétien légendaire dont on plaçait

Mout riches pierres en aport
Qui font resusciteir le mort :
34 Ce sunt ferrites,
Et dyamans et cresperites,
Rubiz, jagonces, marguarites,
37 Grenaz, stopaces,
Et tellagons et galofaces
(De mort ne doutera menaces
40 Cil qui les porte.
Foux est ce il ce desconforte :
N'a garde que lievres l'en porte
43 C'il ce tient bien ;
Si n'a garde d'aba de chien *f. 80 v° 2*
Ne de reching d'azne anciien
46 C'il n'est coars ;
Il n'a garde de toutes pars),
Carbonculus et garcelars,
49 Qui sunt tuit ynde,
Herbes aport des dezers d'Ynde
Et de la Terre Lincorinde,
52 Qui siet seur l'onde
Elz quatre parties dou monde
Si com il tient à la raonde,

---

le royaume en Afrique, au sud des pays musulmans. L'origine de cette figure est probablement liée à la connaissance vague de l'existence du royaume chrétien d'Éthiopie, dont le roi portait le titre de *Zan*. À partir de 1150 environ, la *Lettre du Prêtre Jean* à l'empereur byzantin Manuel Comnène – lettre bien entendu apocryphe – connut une large diffusion en Occident, en latin puis dans plusieurs traductions françaises. Elle décrivait ce royaume et ses merveilles. En 1171, le pape reçut un messager du « Prêtre Jean, roi des Indes » (on nommait Indes à la fois l'Afrique orientale et le sud-ouest de l'Asie).

---

* v. 35. *D mq.* — v. 48. *D* charbon ne los et garolas

---

1. Cinq des noms de pierres précieuses énumérés dans cette liste sont inconnus (*ferrites, cresperites, tellagons, galofaces et garcelars*).

J'en rapporte des pierres très précieuses
qui peuvent ressusciter un mort :
34 ce sont des ferrites,
des diamants, des cresperites,
des rubis, des hyacinthes, des perles,
37 des grenats, des topazes,
des tellagons, des galofaces
(il ne craindra pas les menaces de la mort,
40 celui qui les porte ;
il serait fou d'être inquiet :
il n'a pas à craindre qu'un lièvre l'emporte,
43 s'il reste ferme,
pas plus qu'il n'a à craindre les aboiements d'un chien
ni les braiements d'un vieil âne,
46 s'il n'est pas un couard ;
il n'a rien à craindre d'aucun côté),
et aussi des escarboucles et des garcelars
49 qui sont tout bleus[1].
J'apporte des herbes des déserts de l'Inde
et de la Terre Lincorinde,
52 qui flotte sur l'onde
dans les quatre parties du monde
aussi loin qu'il s'étend[2],

Voir F.-B. II, 273. **2.** Selon le sens que l'on donne au v. 52, on peut comprendre que la Terre Licorinde – dont on ne sait ni ce qu'elle est ni comment Rutebeuf en a eu connaissance – est située au bord de l'eau ou qu'elle flotte sur l'eau. On a préféré la seconde interprétation qui s'accorde mieux avec les deux vers suivants (elle est partout et dans le monde entier). Jeanne Baroin suppose que Rutebeuf a pu trouver dans les chansons de geste le nom de Lincorinde comme celui d'Abilent qui apparaît à la fin du texte. Dans *Simon de Pouille*, Lincorinde est la fille du roi de Perse Jonas, « dont le royaume s'étend jusqu'à la mer Rouge », et une partie importante de l'action se déroule dans la *tour* – ou *château* – *d'Abilent*. Ce rapprochement se heurte à la datation incertaine de *Simon de Pouille*, dont l'antériorité par rapport au *Dit de l'Herberie* n'est pas assurée. S'il est fondé, il faudrait traduire « Terre Lincorinde » par « Pays de Li(n)corinde », ce nom étant celui d'une personne. (Jeanne Baroin, « Rutebeuf et la *Terre Lincorinde* », dans *Romania* 95, 1974, p. 317-328).

55 Or m'en creeiz.
Vos ne saveiz cui vos veeiz ;
Taiziez vos et si vos seeiz :
58 Veiz m'erberie.
Je vos di par sainte Marie
Que ce n'est mie freperie
61 Mais granz noblesce.
J'ai l'erbe qui les veiz redresce
Et cele qui les cons estresce
64 A pou de painne.
De toute fievre sanz quartainne
Gariz en mainz d'une semainne,
67 Ce n'est pas faute ;
Et si gariz de goute flautre,
Ja tant n'en iert basse ne haute,
70 Toute l'abat.
Ce la vainne dou cul vos bat,
Je vos en garrai sanz debat,
73 Et de la dent
Gariz je trop apertement
Par .I. petitet d'oignement
76 Que vos dirai :
Oeiz coument jou confirai ;
Dou confire ne mentirai,
79 C'est cens riote. *f. 81 r° 1*
Preneiz dou saÿn de marmote,
De la merde de la linote
82 Au mardi main,
Et de la fuelle dou plantain,
Et de l'estront de la putain
85 Qui soit bien ville,
Et de la pourre de l'estrille,
Et dou ruÿl de la faucille,
88 Et de la lainne
Et de l'escorce de l'avainne

---

* v. 62-63. *caviardés dans D* — v. 71. *D* Se la vainne dou cul *caviardé* — v. 84. *D* putain *caviardé* — v. 85. *D* vielle — v. 89. *C* escore

55 vous pouvez m'en croire.
Vous ne savez pas qui vous avez en face de vous ;
taisez-vous et asseyez-vous :
58 voyez mon herberie.
Je vous le dis, par sainte Marie,
ce n'est pas le marché aux puces,
61 mais des produits de qualité.
J'ai l'herbe qui redresse les bittes
et celle qui rétrécit les cons
64 sans peine.
De toute fièvre, sauf la fièvre quarte,
je guéris en moins d'une semaine
67 à coup sûr ;
je guéris aussi de la fistule ;
si haute ou si basse qu'elle soit,
70 je la réduis complètement.
Si la veine du cul vous élance,
je vous en guérirai sans contestation,
73 et de la rage de dent
je guéris très habilement
avec un petit peu de l'onguent
76 que je vais vous dire :
écoutez comment je le préparerai ;
je vais vous décrire sa préparation sans mentir,
79 je ne plaisante pas.
Prenez de la graisse de marmote,
de la merde de linote
82 le mardi matin,
de la feuille de plantain,
de l'étron de putain,
85 bien ignoble,
de la poussière d'étrille,
de la rouille de faucille,
88 de la laine,
de la balle d'avoine

Pilei premier jor de semainne,
91 Si en fereiz
Un amplastre. Dou jus laveiz
La dent ; l'amplastre metereiz
94 Desus la joe ;
Dormeiz un pou, je le vos loe :
S'au leveir n'i a merde ou boe,
97 Diex vos destruie !
Escouteiz, c'il ne vos anuie :
Ce n'est pas jornee de truie
100 Cui poeiz faire.
Et vos cui la pierre fait braire,
Je vos en garrai sanz contraire
103 Ce g'i met cure.
De foie eschauffei, de routure
Gariz je tout a desmesure
106 A quel que tort.
Et ce vos saveiz home xort,
Faites le venir a ma cort ;
109 Ja iert touz sainz :
Onques mais nul jor n'oÿ mains,
Ce Diex me gari ces .II. mains,
112 Qu'il orra ja.

Or oeiz ce que m'encharja
Ma dame qui m'envoia sa. *f. 81 r° 2*

Bele gent, je ne sui pas de ces povres prescheurs, ne de ces povres herbiers qui vont par devant ces mostiers a ces povres chapes maucozues, qui portent boites et sachez, et si estendent un tapiz : car teiz vent poivre et

---

* v. 92. *D* .I. plastre et du jus laverez — v. 98. *D* si ; *C* anui, *le* e *a été ajouté par une main moderne.*

---

1. *Truie* pour *trive*, « trève » (cf. *Charlot et le Barbier* 21). *Jornee de truie*, sans doute journée où l'on ne travaille pas, jour

pilée le premier jour de la semaine,
91 et vous en ferez
un emplâtre. Avec le jus, lavez
la dent ; mettez l'emplâtre
94 sur la joue ;
dormez un peu, je vous le conseille :
si au lever il n'y a pas de la merde et de la boue,
97 Dieu vous confonde !
Écoutez, si vous voulez bien :
vous n'avez pas perdu votre journée[1]
100 quand vous pouvez faire cela à quelqu'un.
Et vous, que la maladie de la pierre fait hurler,
je vous en guérirai sans obstacle
103 si j'y mets mes soins.
De l'inflammation du foie, de la hernie
je guéris de façon extraordinaire
106 quoi qu'il arrive.
Et si vous connaissez un sourd,
faites-le venir chez moi ;
109 il repartira complètement guéri :
Dieu protège mes mains que voici,
il n'a jamais entendu moins
112 qu'il n'entendra alors[2].

Écoutez maintenant ce dont m'a chargé
ma maîtresse qui m'a envoyé ici.

Bonnes gens, je ne suis pas de ces pauvres prêcheurs ni de ces pauvres marchands de simples qui vont devant les églises avec leurs pauvres capes décousues en portant des boîtes et des sachets et qui étalent un tapis : il y a des marchands de

chômé. Mais la construction de la phrase et le sens du v. 100 ne sont pas clairs. **2.** Le charlatan dit le contraire de ce qu'il veut dire, et qui est que le sourd, après avoir suivi son traitement, entendra mieux qu'il ne l'a jamais fait, et non moins bien.

coumin[a] qui n'a pas autant de sachez com il ont. Sachiez que de ceulz ne sui je pas, ainz suis a une dame qui a non ma dame Trote[b] de Salerne, qui fait cuevrechié de ces oreilles, et li sorciz li pendent a chaainnes[c] d'argent par desus les espaules. Et sachiez que c'est la plus sage dame qui soit enz quatre parties dou monde. Ma dame si nos envoie en diverses terres et en divers païs : en Puille, en Calabre, en Tosquanne, en terre de Labour, en Alemaingne, en Soissonie, en Gascoingne, en Espaigne, en Brie, en Champaingne, en Borgoigne, en la forest d'Ardanne[d], por ocirre les bestes sauvages et por traire les oignemenz, por doneir medecines a ceux qui ont les maladies es cors. Ma dame si me dist et me commande que en queil que leu que je venisse, que je deïsse aucune choze, si que cil qui fussent entour moi i preïssent boen essample. Et por ce que le me fist jureir seur sainz quant je me departi de li, je vos apanrai a garir dou mal des vers, se vos le voleiz oïr. Voleiz oïr[e] ?

Aucune genz i a qui me demandent dont les vers viennent. Je vos fais a savoir qu'il viennent de diverses viandes reschauffees et de ces vins enfuteiz et boteiz, *(f. 81 v° 1)* si se congrient es cors par chaleur et par humeur : car si con dient li philosophe, toutes chozes en sunt criees. Et por ce si viennent li ver es cors, qui montent juqu'au cuer et font morir d'une maladie c'on apele mort sobitainne. Seigniez vos : Diex vos en gart touz et toutes !

Por la maladie des vers garir – a vos iex la veeiz, a vos

---

* *(Prose)* **a.** *D* c. et autres espices – **b.** *D* Crote – **c.** *D* a .II. c. – **d.** *D* en Espaigne... Ardanne *mq.* – **e.** *D* o. de par Dieu ; Voleiz oïr *mq.*

---

1. Le charlatan veut dire que ses concurrents, avec lesquels il ne veut pas être confondu, font autant d'embarras que s'ils vendaient des épices. Le poivre et le cumin étaient des denrées précieuses et le commerce des épices était plus prestigieux que la vente des simples. **2.** Trotula était une femme médecin de l'école de Salerne, qui vivait sans doute au XIe siècle. Elle est l'auteur d'un traité renommé pendant tout le Moyen Âge sur les mala-

poivre et de cumin[1] qui n'ont pas autant de sachets qu'eux. Sachez-le, je n'appartiens pas à cette catégorie, mais je suis au service d'une dame qui s'appelle Madame Trote de Salerne[2] : elle se fait un couvrechef de ses oreilles et ses sourcils lui pendent en chaînes d'argent sur les épaules. Sachez que c'est la dame la plus sage qui soit dans les quatre parties du monde. Ma maîtresse nous envoie dans diverses régions et dans divers pays : en Pouille, en Calabre, en Toscane, en Campanie, en Allemagne, en Saxe, en Gascogne, en Espagne, en Brie, en Champagne, en Bourgogne, dans la forêt d'Ardenne, pour tuer les bêtes sauvages, pour extraire les onguents, pour donner des remèdes à ceux dont le corps est en proie à la maladie. Ma maîtresse m'a bien ordonné de prononcer, en quelque lieu que je vienne, quelques paroles instructives pour ceux qui seraient autour de moi. Et comme elle me l'a fait jurer sur les reliques quand je l'ai quittée, je vais vous apprendre à guérir de la maladie des vers, si vous voulez le savoir. Voulez-vous le savoir ?

Il y a des gens qui me demandent d'où viennent les vers. Je vous informe qu'ils viennent de divers aliments réchauffés et des vins qui ont pris le goût de tonneau et qui ont la pousse, et ils se rassemblent dans le corps à cause de la chaleur et des humeurs : car, comme disent les philosophes, c'est à partir de là que sont créées toutes choses[3]. Et c'est pourquoi les vers viennent dans le corps, montent jusqu'au cœur et font mourir d'une maladie qu'on appelle mort subite. Signez-vous : que Dieu vous en protège tous et toutes !

Pour guérir de la maladie des vers, la meilleure herbe qui

---

dies des femmes. On a supposé (Émile Picot, dans *Romania* 16, 1887, p. 493) qu'un jeu de mots sur son nom entraînait la description physique qu'en fait le charlatan et qui s'appliquerait en réalité à une mule. Mais Philippe Ménard a fait aussi remarquer que les oreilles hypertrophiées et les longs sourcils sont considérés comme un signe de méchanceté par les traités de physiognomonie de l'époque (*Bulletin bibliographique de la Société internationale arthurienne* 1965-66, p. 103). En tout cas la variante du ms. *D (Crote)* oriente vers une autre plaisanterie. **3.** Allusion à la théorie médicale des humeurs et des quatre tempéraments (froid, chaud, sec et humide).

piez la marchiez – la meilleur herbe qui soit elz quatre parties dou monde ce est l'ermoize. Ces fames c'en ceignent le soir de la saint Jehan et en font chapiaux seur lor chiez, et dient que goute ne avertinz ne les puet panre n'en chief, n'en braz, n'en pié, n'en main. Mais je me merveil quant les testes ne lor brisent et que li cors ne rompent par mi, tant a l'erbe de vertu en soi. En cele Champeigne ou je fui neiz, l'apele hon marreborc, qui vaut autant com « la meire des herbes ». De cele herbe[f] panrroiz troiz racines, .V. fuelles de sauge, .IX. fuelles de plantaing. Bateiz ces chozes en .I. mortier de cuyvre a un peteil de fer. Desgeuneiz vos dou jus par .III. matins. Gariz sereiz de la maladie des vers.

Osteiz vos chaperons, tendeiz les oreilles, regardeiz mes herbes, que ma dame envoie en cest païs. Et por ce qu'ele wet que li povres i puist ausi bien avenir coume li riches, ele me dist que j'en feïsse danrree : car teiz a .I. denier en sa bor/ce (*f. 81 v° 2*) qui n'a pas .V. sols. Et me dist et me conmanda que je preïsse un denier de la monoie qui corroit el païs et en la contree ou je vanroie : a Paris .I. parisi, a Orliens .I. orlenois, au Mans .I. mansois, a Chartres .I. chartain, a Londres en Aingleterre un esterlin[g], por dou pain, por dou vin a moi, por dou fain, por de l'avainne a mon roncin : car ceil qui auteil sert d'auteil doit vivre.

Et je di que c'il estoit si povres, ou hom ou fame, qu'il n'eüst que doner, venist avant : je li presteroie l'une de mes mains por Dieu et l'autre por sa Meire, ne mais que d'ui en un an feïst chanteir une messe de Saint Esperit, je di noumeement por l'arme de ma dame qui cest mestier m'aprist, que je ne fasse ja trois pez que li quars ne soit

---

* **f.** *C* herbes – **g.** *Au lieu de* au Mans... esterlin, *D donne* : a Estampes .I. estampois, a Bar .I. barrois, a Viane .I. vianois, a Clermont .I. clermondois, a Dyjon .I. dijonnois, a Mascon .I. mascoins, a Tors .I. tornois, a Troies .I. treessien, a Rains .I. rencien, a Prouvins .I. provenoisien, a Miens .I. moucien, a Arras .I. artisien

---

1. Le traité de Trotula mentionne l'armoise. D'autres ouvrages

soit dans les quatre parties du monde – vous la voyez de vos yeux, vous la foulez de vos pieds –, c'est l'armoise[1]. Les femmes s'en ceignent la nuit de la Saint-Jean et s'en font des couronnes pour leur tête, et elles disent qu'ainsi ni la goutte ni les vertiges ne peuvent les prendre ni à la tête ni au bras ni au pied ni à la main. Mais je m'étonne que leur tête ne se brise pas et que leur corps ne se rompe pas par le milieu, tant cette herbe a en elle de puissance. En Champagne, où je suis né, on l'appelle marreborc, qui signifie « la mère des herbes »[2]. Vous prendrez trois racines de cette herbe, cinq feuilles de sauge, neuf feuilles de plantain. Pilez ces ingrédients dans un mortier de cuivre avec un pilon de fer. Buvez en le jus à jeun trois matins. Vous serez guéris de la maladie des vers.

Ôtez vos capuchons, tendez l'oreille, regardez mes herbes, que ma maîtresse envoie dans ce pays. Et comme elle veut que les pauvres y aient accès autant que les riches, elle m'a dit d'en faire des lots à un denier : car tel a un denier dans sa bourse qui n'a pas cinq sous[3]. Et elle m'a dit et ordonné de prendre un denier de la monnaie qui aurait cours dans le pays et dans la contrée où je passerais : à Paris un parisis, à Orléans un orléanais, au Mans un manceau, à Chartres un chartrain, à Londres en Angleterre un sterling ; ou bien de les donner contre du pain ou du vin pour moi, contre du foin ou de l'avoine pour mon cheval : car celui qui sert l'autel doit vivre de l'autel[4].

Et je le dis, s'il y avait ici quelqu'un, homme ou femme, de si pauvre qu'il n'ait rien à donner, qu'il approche : je lui prêterais l'une de mes mains pour l'amour de Dieu et l'autre pour l'amour de sa Mère, à condition que dans l'année qui vient il fasse chanter une messe du Saint-Esprit, expressément, je le précise, pour ma maîtresse, qui m'a enseigné ce métier, car je

---

du temps en font grand cas, en particulier comme remède pour les femmes. Elle est appelée parfois « herbe de saint Jean » et certaines traditions populaires invitent à la cueillir la nuit de la Saint-Jean et à la porter en ceinture ou en chapelet. Son étymologie même l'associe à la féminité, puisque *armoise* vient d'*artemisia*, « herbe d'Artémis ». **2.** *Marreborc* est la déformation de *mater herbarum*, nom que l'on donne en effet à l'armoise. **3.** Le sou valait douze deniers. **4.** Morawski 1779. C'était un précepte canonique.

por l'arme de son pere et de sa mere en remission de leur pechiez.

Ces herbes, vos ne les mangereiz pas : car il n'a si fort buef en cest païs ne si fort destrier que, c'il en avoit ausi groz com un pois sor la langue, qu'il ne morust de male mort, tant sont fors et ameires ; et ce qui est ameir a la bouche, si est boen au cuer. Vos les me metreiz .III. jors dormir en boen vin blanc. Se vos n'aveiz blanc, si preneiz vermeil ; se vos n'aveiz vermeil, preneiz[h] de la bele yaue clere : car teiz a un puis devant son huix qui n'a pas .I. tonel de vin en son celier. Si vos en desgeunereiz par .XIII. matins. Ce vos failleiz a un, preneiz autre[i] : car ce ne sont pas charaies. Et je vos di par la paission dont Diex maudist Corbitaz *(f° 82 r° 1)* le juif qui forja les .XXX. pieces d'argent en la tour d'Abilent, a .III. liues de Jherusalem, dont Diex fu venduz, que vos sereiz gariz de diverses maladies et de divers mahainz, de toutes fievres sanz quartainne, de toutes goutes sanz palazine, de l'enfleüre dou cors, de la vainne dou cul[j] c'ele vos debat. Car ce mes peres et ma mere estoient ou peril de la mort et il me demandoient la meilleur herbe que je lor peüsse doneir, je lor donroie ceste.

En teil meniere venz je mes herbes et mes oignemens. Qui vodra, si en preigne ; qui ne vodra, si les laist ![k]

* **h.** *D* vermoil prenez chastain, se vous n'avez chastain prenez – **i.** *D ajoute* : se vous i falliez le quart prenes le quint – **j.** *D* v. d. c. *caviardé* – **k.** *D* En teil... laist *mq.*

1. Inversion de la formule de saint Paul. **2.** L'histoire des trente deniers, du moment où ils furent forgés jusqu'à celui où ils

ne fais pas trois pets sans que le quatrième soit pour l'âme de son père et de sa mère en rémission de leurs péchés.

Ces herbes, vous ne les mangerez pas : car il n'y a bœuf si robuste dans ce pays ni si robuste cheval qui, s'il en avait gros comme un pois sur la langue, n'en meure de male mort, tant elles sont fortes et amères ; mais ce qui est amer pour la bouche est bon pour le cœur[1]. Vous me les mettrez trois jours à macérer dans du bon vin blanc. Si vous n'avez pas de vin blanc, prenez du rouge ; si vous n'avez pas de vin rouge, prenez de la belle eau claire : car tel a un puits devant sa porte qui n'a pas un tonneau de vin dans son cellier. Vous en prendrez à jeun pendant treize matins. Si vous oubliez un jour, prenez en le lendemain : ce n'est pas de la magie. Et je vous le dis par la Passion de Dieu qui maudit Corbitas le juif qui forgea les trente pièces d'argent contre lesquelles Dieu fut vendu dans la tour d'Abilent, à trois lieues de Jérusalem[2] : vous serez guéris de toutes sortes de maladies et d'infirmités, de toutes les fièvres, sauf la fièvre quarte, de toutes les formes de goutte, sauf celle qui empêche de marcher[3], des ballonnements, de la veine du cul si elle vous élance. Car si mon père et ma mère étaient en danger de mort et s'ils me demandaient la meilleure herbe que je puisse leur donner, c'est celle-là que je leur donnerais.

C'est comme cela que je vends mes herbes et mes onguents. Celui qui en voudra, qu'il en prenne ; celui qui n'en voudra pas, qu'il les laisse !

---

furent remis à Judas, apparaît pour la première fois en Occident dans la seconde moitié du XIIe siècle chez Geoffroy de Viterbe. Elle se trouve ensuite dans plusieurs textes. Ici, les noms cités par le charlatan appartiennent à l'onomastique des chansons de geste. Sur la tour d'Abilent, voir ci-dessus n. 2, p. 769. **3.** Cette restriction est évidemment un aveu que la cure est inefficace.

LA DISPUTAISON DE CHARLOT ET DU BARBIER DE MELUN

Ce poème appartient à la veine de ceux où l'on voit des jongleurs s'invectiver sous une forme dialoguée ou sous celle d'un monologue : De deux bourdeurs ribauds, Réponse de l'un des deux ribauds, *la* Contregengle *(A. de Montaiglon et G. Raynaud,* Recueil général des fabliaux, *t. I, 1872, p. 1 et 7 ; t. II, 1877, p. 257). On ne sait rien du Barbier de Melun. Quant à Charlot, c'est évidemment le même que le triste héros de* Charlot le Juif qui chia dans la peau du lièvre. *Son nom et certains des reproches que lui adresse le Barbier (v. 41 sq.) semblent le désigner comme un Juif converti. Comme l'a observé Dufeil, le seul élément de datation de cette pièce, où apparaît un Rutebeuf serein et apparemment libre de toute grave préoccupation, est le v. 58, dans lequel le Barbier attribue à Charlot la prétention d'être au service des enfants du roi : « Il faut... que les enfants du roi aient assez d'âge pour avoir une* mesnie *et pas trop, [pour] qu'elle leur soit commune ; qu'ils s'offrent [des] poètes enfin. Même si la prétention de Charlot est infondée il est nécessaire qu'elle soit possible. L'ensemble de ces réflexions hypothétiques, mais convergentes, [conduit à préférer] les années 1263-1266 environ » (1980, p. 290).*

Manuscrits : A, f. 323 r° ; *C*, f. 5 v° ; *D*, f. 35 v°. *Texte de C.*
* Titre : *A* La desputoison de Challot et du Barbier ; *D* Ci commance le dit de Charlot et du Barbier.

CI ENCOUMENCE LA DESPUTISONS DE CHARLOT ET DOU BARBIER DE MELEUN

I

L'autrier .I. jor joeir m'aloie
Devers l'Ausuerrois saint Germain
Plus matin que je ne soloie,
4 Qui ne lief pas volentiers main.
Si vis Challot enmi ma voie
Qui le Barbier tint par la main,
Et bien monstroient toute voie
8 Qu'il n'ierent pas couzin germain.

II

Il se disoient vilonie
Et se getoient gas de voir :
« Charlot, tu vas en compaignie
12 Por crestientei desouvoir. *f. 6 r° 1*
C'est traÿsons et felonie,
Ce puet chacuns aparsouvoir.
La toie lois soit la honie !
16 Tu n'en as point, au dire voir.

III

– Barbier, foi que doi la banlive
Ou vos aveiz votre repaire,
Vous aveiz une goute vive :
20 Jamais n'iert jors qu'il ne vous paire.
Sains Ladres at rompu la truie,

---

* v. 21. *AD* trive

---

1. C'est-à-dire que saint Lazare a frappé le Barbier de la lèpre – ce dont l'intéressé se défendra aux v. 73-74, mais pour laisser

LA DISPUTE ENTRE CHARLOT ET LE BARBIER DE MELUN

I

L'autre jour j'allais me promener
vers Saint-Germain l'Auxerrois
plus matin qu'à mon habitude,
4 car je n'aime pas me lever tôt.
Je vis sur mon chemin Charlot :
il tenait la main du Barbier,
et pourtant on voyait bien
8 qu'ils n'étaient pas cousins germains.

II

Ils se disaient des horreurs
et s'envoyaient des piques, qui n'étaient pas pour rire :
« Charlot, tu vas dans le monde
12 pour tromper les chrétiens :
c'est de la fausseté et de la fourberie,
chacun peut s'en rendre compte.
Maudite la loi que tu suis !
16 Mais à vrai dire tu n'en suis aucune.

III

– Barbier, par la banlieue
où tu as ton repaire,
tu as une éruption :
20 elle se verra toujours.
Saint Lazare[1] a rompu la trêve

---

alors soupçonner qu'il a contracté une maladie vénérienne. On identifiait en effet parfois le pauvre Lazare de la parabole (Lc. 16, 19-31), dont les chiens lèchent les ulcères, au frère de Marthe et de Marie ressuscité par le Christ (Jn. 11, 1-44), et on admettait que ce personnage était lépreux. Une grande léproserie aux portes de

Si vos at feru ou viaire.
Pour ce que ciz maux vous eschuie,
24 Ne requireiz mais saintuaire.

IV

– Challot, foi que doi sainte Jame,
Vos aveiz oan fame prise :
Est ce celonc la loi esclame
28 Que Caÿphas vos at aprise ?
Vos creez autant Notre Dame,
Ou virginitez n'est maumise,
Com je croi c'uns asnes ait arme.
32 Vous n'amez Dieu ne sainte Eglise.

V

– Barbier sens rasoir, cens cizailles,
Or ne seiz raoignier ne reire.
Tu n'as ne bacins ne toailles
36 Ne de quoi chauffeir yaue cleire.
Il n'est riens nee que tu vailles
Fors a dire parole ameire.
S'outre meir fuz, ancor i ailles,
40 Et fai proesce qu'il i peire.

Jérusalem était placée sous son invocation. C'est ainsi que son nom, aussi bien en latin (*Lazarus*) qu'en français (*Ladre*), en est venu par métonymie à signifier « lépreux ».

---

* v. 23. *AD* eschive — v. 33. *D* s. r. s. touaille — v. 35. *D* ne cisailles

---

1. L'expression « sainte Jame » (« sainte Gemme », « sainte Pierre-précieuse ») renvoie probablement à la Vierge. Dans la poésie édifiante de l'époque, le mot *jame, gemme*, la désigne souvent.

et t'a frappé au visage.
Pour t'en débarrasser
24 rien ne sert désormais de courir les sanctuaires.

IV

– Charlot, par la perle des saintes[1],
tu as pris femme cette année :
est-ce selon la mauvaise loi
28 que Caïphe[2] t'a enseignée ?
Tu crois autant en Notre-Dame,
dont la virginité est intacte,
que je crois qu'un âne a une âme.
32 Tu n'aimes ni Dieu ni la sainte Église.

V

– Barbier sans rasoir, sans ciseaux,
tu ne sais plus tailler la barbe ni raser.
Tu n'as ni cuvette ni serviette
36 ni rien pour faire chauffer l'eau claire.
Tu n'es bon à rien
qu'à tenir de méchants propos.
Si tu as été outre-mer, retournes-y
40 et distingue-toi par tes exploits[3].

Parfois il s'applique à une sainte : sainte Leocade est qualifiée de *sainte jame* (T.-L. 4, 233). Rutebeuf lui-même évoque *cele glorieuze jame/qui a non la joie celestre* (*Complainte du comte Eudes de Nevers* 21-22). **2.** Grand Prêtre l'année de la Passion du Christ, on le voit dans les Évangiles jouer un rôle décisif dans son arrestation et sa condamnation. **3.** Le Barbier était-il vraiment allé outre-mer ? Et dans ce cas était-ce comme croisé ou comme pèlerin volontaire, ou bien à la suite d'une condamnation, que Charlot rappellerait ainsi indirectement ? Charlot laisse-t-il seulement paraître dans ces vers son hostilité à la Croisade chrétienne ?

VI

– Charlot, tu as toutes tes lois :
Tu iez et juis et crestïens,
Tu iez chevaliers et borjois,
44 Et, quant tu veus, clers arciens.
Tu iez maqueriax chacun moi[s].
Ce dient bien li ancien,
Tu faiz sovent en ton gabois
48 Joindre .II. cus a .I. lien. *f. 6 r° 2*

VII

– Barbiers, or est li tanz venuz
De mauparleir et de maudire,
Et vo seroiz ansois chenuz
52 Que vos laissiez ceste matire.
Mais vos morreiz povres et nuz,
Quar vous devenez de l'empire.
Se sui por maqueriaux tenus,
56 L'en vous retient a va-li-dire.

VIII

– Charlot, Charlot, biaux dox amis,
Tu te faiz aux enfans le roi.

---

* v. 45. *C* moi — v. 47. *AD* par ton g. — v. 48. *AD* a un lien, *C* en .I. l. — v. 50. *A* mal parler ; *AD* mesdire. *Le texte de C est le seul à offrir un jeu de mots* — v. 54. *C* De ce ne poeiz douteir mie. *Le texte de C fait disparaître la plaisanterie et est de toute façon exclu par la rime*

---

1. Pour s'insinuer dans les bonnes grâces de ceux auxquels il a affaire, Charlot imite l'état et les façons de chacun, tel un Gaudissart médiéval (« Il savait entrer en administrateur chez le sous-préfet, en capitaliste chez le banquier..., en bourgeois chez le bour-

VI

– Charlot, tu revêts toutes les conditions :
tu es juif et chrétien,
tu es chevalier et bourgeois
44 et, quand tu veux, étudiant.
Maquereau, tu l'es toujours[1] :
comme disent les anciens,
tes beaux discours font souvent
48 assembler deux culs avec un seul clou.

VII

– Barbier, voici le moment
de diffamer et de médire :
tu auras les cheveux blancs
52 avant d'y avoir renoncé.
Mais tu mourras pauvre et nu,
car tu deviens sujet à l'empire[2].
Si on me tient pour un maquereau,
56 toi, on te tient pour un Monsieur Bons-offices[3].

VIII

– Charlot, Charlot, très cher ami,
tu prétends être au service des enfants du roi[4].

---

geois ; enfin il était partout ce qu'il devait être, laissait Gaudissart à la porte et le reprenait en sortant »). Sur un point cependant Charlot reste toujours fidèle à lui-même : il exerce de façon continue les activités d'entremetteur ou de souteneur. Pour une interprétation légèrement différente, voir F.-B. II, 262. **2.** Même calembour dans la *Paix Rutebeuf* 17. **3.** Même plaisanterie, deux siècles plus tard, dans le *Livre du Cuer d'Amour espris* du roi René d'Anjou : à Cœur qui lui demande le nom du poisson qu'elle vient de pêcher, et qu'il croit reconnaître, Amitié répond qu'il s'appelle Va-li-dire (« va lui dire »), mais qu'en français son nom est maquereau. **4.** Cf. F.-B. II, 263.

Se tu i iez, qui t'i a mis ?
60 Tu i iez autant comme a moi.
De sembler fol t'iez entremis,
Mais, par les iex dont je te voi,
Teiz t'a argent en paume mis
64 Qui est asseiz plus fox de toi.

IX

– Barbier, or vienent les grozeles :
Li grozelier sunt borjonei.
Et je vos raport les noveles
68 Qu'el front vos sunt li borjon nei.
Ne sai se se seront ceneles
Qui ce vis ont environnei.
El seront vermeilles et beles
72 Avant que on ait messonei.

X

– Ce n'est mie mezelerie,
Charlot, anseis est goute roze.
Foi que je doi sainte Marie,
76 Que vos n'ameiz de nule choze,
Vos creez miex en juierie,
Qui la verité dire en oze,
Qu'en Celui qui par seignorie
80 A la porte d'enfer descloze.

XI

Et nequedant, ce Rutebués,
Qui nos connoit passei .X. ans,

---

* v. 66. *A* sont boutoné — v. 71. *D* Ens seront

Si tu y es, qui t'a placé là ?
60 Tu n'es pas plus à leur service qu'au mien.
Tu te mêles de faire le fou,
mais, par mes yeux, ces yeux dont je te vois,
tel t'a mis de l'argent dans la main
64 qui est encore plus fou que toi.

IX

– Barbier, voici la saison des groseilles :
les groseilliers sont en boutons.
Et je t'annonce la nouvelle
68 que les boutons sont nés sur ton front.
Je ne sais s'ils donneront des baies,
ceux qui te couvrent le visage.
Elles seront vermeilles et belles
72 avant qu'on ait moissonné.

X

– Ce n'est pas la lèpre,
Charlot, mais la roséole.
Par la foi que je dois à la Vierge,
76 que vous n'aimez nullement,
vous croyez plus en votre juiverie,
à dire toute la vérité,
qu'en Celui qui par son pouvoir
80 ouvrit les portes de l'enfer.

XI

Pourtant, si Rutebeuf,
qui nous connaît depuis plus de dix ans,

Voloit dire .II. motez nuez,
84 Meis qu'au dire fust voirs disans, *f. 6 v° 1*
Ne contre toi ne a mon oez,
Mais par le voir ce fust mis ans,
Je le wel bien, ce tu le wes,
88 Que le milleur soit eslisans.

XII

– Seigneur, par la foi que vos doi,
Je ne sai le meillor eslire.
Le mains piour, si com je croi,
92 Vos eslirai je bien dou pire.
Charloz ne vaut ne ce ne quoi,
Qui la veritei en wet dire.
Il n'a ne creance ne foi
96 Nes c'uns chiens qui charoigne tire.

XIII

Li Barbiers connoit bone gent,
Et si les sert et les honeure
Et met en euz cors et argent,
100 Poinne de servir d'eure en heure.
Si seit son mestier bel et gent,
Se besoing li recorroit seure.
Et s'at en lui si bel sergent,
104 Que com plus vit et plus coleure. »

Explicit.

---

* v. 85. *D* t. ne amondes — v. 94. *A* Qui en veut la verité d. — v. 103. *A* molt biau sergent — *A* Explicit la desputison de Charlot et du Barbier, *D* Explicit Charlot et le Barbier

---

1. *Motet* est le diminutif de *mot*, mais son emploi dans ce sens litté-

voulait y aller de son couplet[1],
84 à condition qu'il dise la vérité,
sans être partial contre toi ou à mon profit,
et qu'il entre dans le débat loyalement,
je veux bien, si tu en es d'accord,
88 qu'il décide qui de nous deux est le meilleur.

XII

– Messieurs, par la foi que je vous dois,
je ne puis désigner le meilleur,
mais le moins mauvais à mes yeux :
92 je le distinguerai de celui qui est pire.
Charlot ne vaut rien du tout,
à dire la verité.
Il ne croit à rien,
96 pas plus qu'un chien qui tire sur une charogne.

XIII

Le Barbier connaît des gens bien,
il les sert, il les honore
et à tout instant se met au service
100 de leur personne et de leur argent.
D'autre part il sait très bien son métier,
s'il en avait à nouveau besoin.
Et il est très bel homme :
104 plus le temps passe, plus il prend des couleurs. »

---

ral est assez rare. Il désigne généralement une composition polyphonique dont chaque voix a pour support un texte différent. Ici, Rutebeuf paraît jouer sur les deux sens : l'expression « motez nuez », motets nouveaux, s'applique couramment aux motets poétiques et musicaux ; mais ce que le Barbier attend de Rutebeuf, c'est bien deux mots brefs, deux « motets ».

CHARLOT LE JUIF QUI CHIA DANS LA PEAU DU LIÈVRE

On retrouve ici Charlot, l'adversaire du Barbier de Melun, au rang des ménestrels, mais au dernier rang parmi eux (v. 69-70). Le poème, antérieur à la mort du comte de Poitiers en 1270, date d'une époque où Rutebeuf est, au moins relativement, en faveur (v. 54-7) et où l'interdiction des fêtes édictée en 1261 est rendue caduque par la croisade de Pouille, ce qui le place vraisemblablement vers 1264-1265.

Manuscrit C, f. 62 r°.

CI ENCOUMENCE DE CHARLOT LE JUIF QUI CHIA EN LA PEL DOU LIEVRE

Qui menestreil wet engignier
Mout en porroit mieulz bargignier ;
Car mout soventes fois avient
4 Que cil por engignié se tient
Qui menestreil engignier cuide,
Et s'en trueve sa bource vuide.
Ne voi nelui cui bien en chiee. *f. 62 v° 1*
8 Por ce devroit estre estanchiee
La vilonie c'om lor fait
Garson et escuier sorfait
Et teil qui ne valent deus ciennes.
12 Por ce le di qu'a Aviceinnes
Avint, n'a pas un an entier,
A Guillaumes le penetier.
Cil Guillaumes dont je vos conte,
16 Qui est a mon seigneur le conte
De Poitiers, chassoit l'autre jour
Un lievres qu'il ert a sejour.
Li lievres, qui les chiens douta,
20 Molt durement se desrouta,
Asseiz foï et longuement,
Et cil le chassa durement ;
Asseiz corrut, asseiz ala,
24 Asseiz guenchi et sa et la,
Mais en la fin vos di ge bien
Qu'a force le prirent li chien.
Pris fu sire Coars li lievres.
28 Mais li roncins en ot les fievres,
Et sachiez que mais ne les tremble :
Escorchiez en fu, ce me cemble.
Or pot cil son roncin ploreir
32 Et metre la pel essoreir.
La pel, se Diex me doint salu,

CHARLOT LE JUIF QUI CHIA DANS LA PEAU DU LIÈVRE

Celui qui veut duper un ménestrel
pourrait faire une meilleure affaire ;
car il arrive bien souvent
4 qu'il se retrouve dupé,
celui qui croyait duper le ménestrel,
et que sa bourse s'en trouve vidée.
Je ne vois personne à qui cela ait réussi.
8 C'est pourquoi il faudrait mettre un terme
à la façon ignoble dont les traitent
la valetaille, les écuyers arrogants
et d'autres de la même sorte qui ne valent pas un clou.
12 Je le dis à cause de ce qui est arrivé
à Vincennes, il y a moins d'un an,
à Guillaume le Panetier.
Ce Guillaume dont je vous parle,
16 qui est au service de Monseigneur le comte
de Poitiers, chassait il y a quelque temps
un lièvre : il en avait le loisir.
Le lièvre, par peur des chiens,
20 fit de grands détours,
s'enfuit longuement,
et lui le chassait avec énergie ;
il courut beaucoup, fit beaucoup de chemin,
24 fit beaucoup d'écarts d'un côté et de l'autre,
mais à la fin, je peux vous le dire,
les chiens le prirent de force.
Il fut pris, sire Couard le lièvre[1].
28 Mais le cheval y attrapa si bien la fièvre
qu'à présent il a pour jamais fini d'en frissonner,
sachez-le ; on l'a écorché, à ce qu'il me semble.
Guillaume peut maintenant pleurer son cheval
32 et mettre la peau du lièvre à sécher.
Cette peau – Dieu me sauve ! –

---

1. Couard est, on le sait, le nom du lièvre dans le *Roman de Renart*.

Couta plus qu'ele ne valu.
Or laisserons esteir la pel,
36 Qu'il la garda et bien et bel
Jusqu'a ce tens que vos orroiz,
Dont de l'oïr vos esjorroiz.
Par tout est bien choze commune,
40 Ce seit chacuns, ce seit chacune,
Quant un hom fait noces ou feste
Ou il a genz de bone geste, *f. 62 v° 2*
Li menestreil, quant il l'entendent,
44 Qui autre choze ne demandent,
Vont la, soit amont soit aval,
L'un a pié, l'autres a cheval.
Li couzins Guillaume en fit unes
48 Des noces, qui furent communes,
Ou asseiz ot de bele gent,
Dont mout li fu et bel et gent :
Se ne sai ge combien i furent.
52 Asseiz mangerent, asseiz burent,
Asseiz firent et feste et joie.
Je meïmes, qui i estoie,
Ne vi piesa si bele faire
56 Ne qui autant me peüst plaire,
Se Diex de ces biens me reparte.
N'est si grans cors qui ne departe :
La bone gent c'est departie.
60 Chacuns s'en va vers sa partie.
Li menestreil, trestuit huezei,
S'en vindrent droit a l'espouzei ;
Nuns n'i fut de parleir laniers :
64 « Doneiz nos maitres ou deniers,
Font il, qu'il est droiz et raisons,
S'ira chacuns en sa maison. »
Que vos iroie je dizant

---

1. Chacun des jongleurs qui se sont produits à la noce est recommandé à un parent ou à un ami qui se charge de le récompenser. Cet usage est attesté d'autre part : on trouve dans les *Artes dictaminis* (traités de correspondance) des modèles de lettres de recommandation

a coûté plus qu'elle ne valait.
À présent laissons la peau tranquille :
36 il la conserva soigneusement
jusqu'au moment dont vous allez entendre parler,
et cela vous amusera.
C'est partout une chose bien connue,
40 chacun et chacune le sait,
que quand quelqu'un célèbre des noces ou donne
où il y a des gens de la bonne société, [une fête
les ménestrels en l'apprenant
44 (ils ne demandent rien d'autre)
s'y rendent de toutes les directions,
qui à pied, qui à cheval.
Le cousin de Guillaume célébra ses noces
48 qui furent très courues
et où il y eut beaucoup de beau monde,
pour son plus grand plaisir :
je ne sais combien ils étaient.
52 On mangea et on but beaucoup,
on fit de grandes réjouissances.
Moi-même, qui y étais,
il y a longtemps que je n'avais vu une fête si belle
56 ni qui me plaise autant
– que Dieu m'accorde d'avoir part à ses bienfaits !
Il n'est si grande assemblée qui ne se sépare :
ces honnêtes gens se sont séparés.
60 chacun s'en va de son côté.
Les ménestrels, déjà tout bottés,
s'en vinrent tout droit trouver le marié ;
aucun n'avait peur de prendre la parole :
64 « Donnez-nous soit des patrons[1] soit de l'argent,
disent-ils, car c'est justice,
et chacun rentrera chez lui. »
Que vous dirais-je ?

---

pour cette circonstance, comme celle que le cousin envoie à Guillaume, et des modèles de la réponse que doit fournir la personne sollicitée (cf. F.-B. II, 258).

68 Ne mes paroles esloignant ?
Chacuns ot maitre, nes Challoz,
Qui n'estoit pas moult biauz valloz.
Challoz ot a maitre celui
72 Qui li lievres fist teil anui.
Ces lettres li furent escrites,
Bien saellees et bien dites ;
Ne cuidiez pas que je vos boiz.
76 Challoz en est venuz au bois :
A Guillaume ces lettres baille. *f. 63 r° 1*
Guillaumes les resut cens faille,
Guillaumes les commance a lire,
80 Guillaumes li a pris a dire :
« Challot, Charlot, biauz dolz amis,
Vos estes ci a moi tramis
Des noces mon couzin germain ;
84 Mais je croi bien par saint Germain
Que vos cuit teil choze doneir,
Que que en doie gronsonneir,
Qui m'a coutei plus de cent souz,
88 Se je soie de Dieu assouz ! »
Lors a apelei sa maignie
Qui fu sage et bien enseignie :
La pel dou lievre rova querre
92 Por cui il fist maint pas de terre.
Cil l'aportent grant aleüre,
Et Guillaumes de rechief jure :
« Charlot, se Diex me doint sa grace
96 Ne se Diex plus grant bien me face,
Tant me cousta com je te di. »
– Hom n'en avroit pas samedi,
Fait Charlos, autant au marchié,
100 Et s'en aveiz mainz pas marchié :
Or voi ge bien que marcheant

---

* v. 91. p. dun l.

---

1. Il s'agit en effet sans doute du bois de Vincennes. C'est à

68 Pourquoi allonger mon récit ?
Chacun eut un patron, même Charlot,
qui n'était pas bien beau garçon.
Charlot eut pour patron celui
72 à qui le lièvre avait causé tant d'ennuis.
On lui écrivit sa lettre,
bien tournée et bien scellée ;
ne croyez pas que je vous trompe.
76 Charlot est allé au bois de Vincennes[1] :
il remet sa lettre à Guillaume.
Guillaume la prend sans faire de difficulté,
Guillaume commence à la lire,
80 Guillaume se met à lui dire :
« Charlot, Charlot, mon cher ami,
vous m'êtes envoyé ici
à propos des noces de mon cousin germain ;
84 et je crois bien, par saint Germain,
que j'ai idée de vous donner
(que cela fasse grogner qui voudra)
une chose qui m'a coûté plus de cent sous[2],
88 Dieu me pardonne ! »
Il appela alors ses gens,
qui étaient sages et savaient les usages,
et leur ordonna d'aller chercher la peau du lièvre
92 qui l'avait fait tellement courir.
Ils l'apportent bien vite
et Guillaume jure à nouveau :
« Charlot, que Dieu me donne sa grâce
96 et me comble de ses bienfaits,
elle m'a coûté ce que je t'ai dit.
– On n'en tirerait pas autant au marché
samedi, fait Charlot,
100 et pourtant à cause d'elle vous avez beaucoup marché :
je vois donc que les marchands

Vincennes, mentionné d'ailleurs au v. 12, que le comte de Poitiers, au service de qui était Guillaume le Panetier, avait sa résidence.
2. Prix estimé – et d'ailleurs largement surestimé, semble-t-il – du cheval mort des suites de la chasse au lièvre.

Ne sont pas toz jors bien cheant. »
La pel prent que cil li tendi.
104 Onques graces ne l'en rendi,
Car bien saveiz n'i ot de quoi.
Pencis le veïssiez et quoi ;
Pencis s'en est issus la fuer,
108 Et si pence dedens son cuer,
Se il puet, qu'il li vodra vendre.
Et il li vendi bien au rendre !
Porpenceiz c'est que il fera
112 Et comment il li rendera. *f. 63 r° 2*
Por li rendre la felonie
Fist en la pel la vilonie,
(Vos saveiz bien ce que vuet dire).
116 Arier vint et li dist : « Biau sire,
Se ci a riens, si le preneiz.
– Or as tu dit que bien seneiz ?
– Oïl, foi que doi Notre Dame.
120 – Je cui c'est la coiffe ma fame
Ou sa toaille ou son chapel :
Je ne t'ai donei que la pel. »
Lors a boutei sa main dedens.
124 Eiz vos l'escuier qui ot gans
Qui furent punais et puerri
Et de l'ouvrage maitre Horri.
Ensi fu deus fois conchïez :
128 Dou menestreil fu espïez,
Et dou lievres fu mal bailliz,
Que ces chevauz l'en fu failliz.
Rutebuez dit, bien m'en sovient :
132 Qui barat quiert, baraz li vient.

Explicit.

---

1. Cf. *Sacristain* 18-23. **2.** Sur maître Orri ou Horri, qui semble avoir eu en adjudication la vidange des égouts de Paris, voir *Complainte Rutebeuf* 141 et n. 1, p. 327. **3.** Même idée dans le proverbe 2172 de Morawski : « Qui trecherie menne, trecherie

ne sont pas toujours bien chanceux[1]. »
Il prend la peau que l'autre lui tend.
104 Il ne l'en remercia pas
car, vous le savez bien, il n'y avait pas de quoi.
Vous auriez pu le voir pensif et silencieux ;
pensif il s'est retiré,
108 et il pense dans son cœur
que s'il le peut, il le lui fera payer.
Et il le lui fit bien payer en lui rendant son dû !
Il a réfléchi à ce qu'il fera
112 et à la façon dont il lui rendra son dû.
Pour lui rendre sa méchanceté,
il fit dans la peau la grosse saleté
(vous savez bien ce que cela veut dire).
116 Il revient sur ses pas et lui dit : « Cher seigneur,
s'il y a quelque chose dedans, prenez-le.
– Es-tu vraiment dans ton bon sens ?
– Oui, par la foi que je dois à Notre-Dame.
120 – Je suppose que c'est la coiffe de ma femme
ou son mouchoir ou sa guirlande :
je ne t'ai donné que la peau. »
Et alors il a mis la main dedans.
124 Voilà l'écuyer avec ses gants
puants et pourris :
du travail de vidangeur[2] !
Il fut ainsi emmerdé deux fois :
128 le ménestrel l'a attendu au tournant,
et le lièvre lui infligea du désagrément,
car à cause de lui il perdit son cheval.
Rutebeuf dit, il m'en souvient bien :
132 qui cherche à tromper récolte la tromperie[3].

---

lui vient ». Cf. « Barat de barat est portier » dans un isopet cité par T.-L. (I, 830) et, bien entendu, « Tel quide autre enguiner ki enguine sei meïmes » (Morawski 2338) avec sa variante « Tel cuide decevoir aultruy qui soy meïsme se conchie ».

UN DIT DE NOTRE DAME
L'AVE MARIA DE RUTEBEUF
C'EST DE NOTRE DAME

Toute l'œuvre de Rutebeuf témoigne d'une dévotion particulière à la Vierge, sans que ce trait en lui-même soit à son époque bien original. Les trois poèmes à la Vierge dont, à la différence des Neuf joies de Notre Dame, *ou* Propriétés de Notre Dame, *il n'y a aucune raison de lui refuser la paternité, ont quelque chance d'avoir été composés dans les années qui suivent sa conversion, à peu près en même temps que ses grandes pièces religieuses, soit un peu avant 1265 ou autour de cette date. On note que l'*Ave Maria *relate longuement l'histoire de Théophile (v. 37-72). Quant à la pièce* C'est de Notre Dame, *elle est très évidemment destinée à être chantée. Non seulement les premiers vers l'annoncent explicitement, mais encore la versification est typiquement lyrique.*

UN DIST DE NOSTRE DAME

De la tres glorieuse Dame
Qui est salus de cors et d'ame
Dirai, que tere ne m'en puis.
4 Més l'en porroit avant un puis
Espuisier c'on poïst retrere
Combien la Dame est debonaire.
Por ce si la devons requerre
8 Qu'avant qu'elle chaïst sor terre
Mist Diex en li humilité,
Pitié, dousor et charité,
Tant que ne sai ou je commance :
12 Besoignex sui par abondance.
L'abondance de sa loange
Remue mon corage et change
Si qu'esprover ne me porroie,
16 Tant parlasse [que] je voudroie.
Tant a en li de bien a dire *f. 74 r° 2*
Que trop est belle la matiere.
Se j'estoie bons escrivens,
20 Ains seroie d'escrire vains
Que je vous eüsse conté
La tierce part de sa bonté
Ne la quarte ne redeïsme :
24 Se set chacuns par lui meïsme.
Qui orroit comment elle proie
Celui qui de son cors fist proie
Por nous toz d'enfer despraer
28 C'onc ne vost le cors despraer,
Ainz fu por nos praez et pris,
Dou feu de charité espris !
Et tot ce li ramentoit elle
32 ....
....

Manuscrit : B, f. 74 r°.
* v. 10. Pitiez dousors et charitez — v. 13. loance — v. 16. T. p. je — v. 26. Celi — v. 28. C'onques (*F.-B., qui propose la correction de* onques *en* onc *pour rendre le vers juste, ne la retient pas*

UN DIT DE NOTRE DAME

Sur la très glorieuse Dame,
salut du corps et de l'âme,
je parlerai, car je ne puis me taire.
4 Mais on pourrait plus vite tarir
un puits que raconter
combien cette Dame est généreuse.
Nous devons l'implorer
8 car, avant même qu'elle naquît sur terre,
Dieu mit en elle humilité,
pitié, douceur et charité,
au point que je ne sais par où commencer :
12 je suis dans le besoin par excès de matière.
L'abondance de sa louange
émeut mon cœur et le change à tel point
que, j'aurais beau parler autant que je voudrais,
16 je ne saurais épuiser mes forces.
Il y a tant de bien à en dire
que c'est un sujet magnifique.
Même si j'étais bon copiste,
20 je serais fatigué d'écrire
avant de vous avoir raconté
le tiers de ses qualités,
et même le quart ou le centième[1] :
24 chacun le sait bien par lui-même.
Il faudrait l'entendre prier
Celui qui a offert son corps comme une proie
pour nous sauver tous de l'enfer,
28 sans vouloir sauver sa vie,
mais en étant pour nous la proie de ses ennemis,
tout épris qu'Il était du feu de charité !
Et tout cela, elle le lui rappelait
32 ....
....

---

car « ailleurs dans le même tour, Rutebeuf écrit toujours onques *») – Entre 31 et 34 lacune d'au moins deux vers*

---

1. Cf. *Sacristain* 97-101 et *Elysabel* 905-910.

La douce Vierge debonaire :
« Biaus filz, tu sivis fame et home,
36 Quant il orent mors en la pome,
Il furent mort par le pechié
Don Maufez est toz entachiez,
En enfer il dui descendirent
40 Et tuit cil qui d'enfer yssirent.
Biax chiers fis, il t'en prist pitiez
Et tant lor montras d'amistiez
Que pour aus decendis des ciaus.
44 Li dessandres fu bons et biax :
De ta fille feïs ta mere,
Tiex fu la volanté dou Pere.
De la creche te fit on co[u]che :
48 Sans orguel est qui la se couche.
Porter te covint en Egypte.
La demorance i fu petite,
Car aprés toi ne vesqui gaires
52 Tes anemis, li deputaires
Herodes, qui fist decoler
Les inocens et afoler
Et desmenbrer par chacun menbre,
56 Si com l'Escriture remenbre.
Aprés ce revenis arriere ;
Juï te firent belle chiere,
Car tu lor montroies ou Temple
60 Maint bel mot et maint bel example. *f. 74 v° 1*
Mout lor plot canques tu deïs
Juqu'a ce tens que tu feïs
Ladre venir de mort a vie.

---

* v. 34. La tres d. verge — v. 35. suis — v. 43. d. es c.

---

1. Le texte des v. 35-40 ne donne pas de sens parfaitement satisfaisant et est sans doute corrompu. On propose de corriger au v. 35 *suis* en *sivis* et de comprendre que le Christ, en descendant aux enfers entre sa mort et sa résurrection, y a « suivi » Adam et Ève, qui y étaient allés après leur mort, et les en a fait sortir ainsi que tous les hommes qui y attendaient la venue du Rédempteur. **2.** Allusion à l'épisode de

la douce Vierge généreuse :
« Tu suivis la femme et l'homme,
36 quand ils eurent mordu la pomme,
qu'ils moururent à cause du péché,
dont le Malin est chargé,
et qu'ils furent tous deux descendus aux enfers,
40 ainsi que tous ceux qui sortirent des enfers[1].
Très cher fils, tu en eus si grand-pitié
et tu leur montras un tel amour
que pour eux tu descendis des cieux.
44 Cette venue fut belle et bonne :
de ta fille tu as fait ta mère,
telle fut la volonté du Père.
De la crèche on te fit une couche :
48 il est sans orgueil, celui qui s'y couche.
Il fallut t'emmener en Égypte ;
tu y es resté peu de temps,
car il ne survécut guère à ta naissance,
52 ton ennemi, l'ignoble
Hérode, qui fit décapiter
les innocents, qui les a fait périr
et dépecer membre après membre,
56 comme l'Écriture le rappelle.
Ensuite, tu es revenu.
Les Juifs te faisaient bon visage,
car tu leur expliquais dans le Temple
60 mainte belle parole, maint bel exemple[2].
Tout ce que tu disais leur plaisait
Jusqu'au moment où
tu ramenas Lazare de la mort à la vie[3].

Jésus au milieu des docteurs (Lc. 2, 41-50). **3.** L'Évangile de Jean indique en effet qu'après la résurrection de Lazare (Jn. 11, 1-44), les grands prêtres et les pharisiens décident de faire périr Jésus (Jn. 11, 45-54) ; c'est à ce moment-là que l'un d'eux, prophétisant malgré lui, déclare qu'« il vaut mieux qu'un seul homme meure pour le peuple et que la nation ne périsse pas tout entière ». Toutefois, l'hostilité des Juifs contre Jésus est explicitement présentée par l'Évangéliste comme antérieure à ce miracle (Jn. 11, 8). Je ne sais quelle est la source de l'affirmation de Rutebeuf.

64 Lors orent il sor toi envie,
Lors fus d'aus huiez et haïz,
Lors fus enginiez et traïz
Par les tiens et a aus bailliez,
68 Lors fus penez et travillez
Et lors fus lïez a l'estache :
N'est nus qui ne le croie et sache.
La fus batuz et deplaiez,
72 La fus de la mort esmaiez,
La te covint porter la croiz
Ou tu crias a haute voiz
Au Juïs que tu soif avoies.
76 La soif estoit que tu savoies
Tes amis mors et a malaise
En la dolor d'enfer punaise.
L'ame dou cors fu en enfer
80 Et brisa la porte d'enfer.
Tes amis tressis de leans,
Ainc ne remest clerc ne lai anz.
Li cors remest en la croiz mis ;
84 Joseph, qui tant fu tes amis,
A Pilate te demanda :
Li demanders mout l'amanda.
Lors fu[s] ou sepucre posez ;
88 De ce fu hardiz et osez
Pilate qu'a toi garde mist,
Car de folie s'entremist.
Au tiers jor fu resucitez :
92 Lors fus et cors et deïtez
Ensamble sans corricion,
Lors montas a l'Ascension.
Au jor de Pentecouste droit,
96 Droit a celle hore et cel androit
Que li apostre erent assis
A la table, chacuns pencis,
Lors envoias tu a la table
100 La toe grace esperitable

---

* v. 87. fu — v. 96. et acel a

64 Alors ils éprouvèrent pour toi de l'envie,
alors ils te huèrent, te haïrent,
alors tu fus pris au piège et trahi
par les tiens, et livré à eux,
68 alors tu fus tourmenté, torturé,
alors tu fus lié au poteau :
il n'est personne qui ne le croie et ne le sache.
Là tu fus battu et blessé,
72 là tu connus le trouble de la mort,
là il te fallut porter la croix,
quand tu crias à voix haute
aux Juifs que tu avais soif.
76 Cette soif, c'était que tu savais
tes amis tués et torturés
dans la douleur puante de l'enfer.
Séparée du corps, ton âme est allée en enfer
80 et en brisa la porte.
Tu en fis sortir tes amis :
il n'y resta ni clerc ni laïc.
Ton corps était resté en croix ;
84 Joseph[1], qui t'aimait tant,
t'a réclamé à Pilate :
il eut à cette demande un grand mérite.
Alors ton corps fut déposé au sépulcre ;
88 Pilate fut téméraire
de placer des gardes autour de toi :
c'était une folie.
Tu es ressuscité le troisième jour :
92 alors tu fus chair et divinité
à la fois sans corruption,
alors tu es monté aux cieux à l'Ascension.
Au jour de la Pentecôte,
96 juste au moment
où les disciples étaient assis
à table, chacun pensif,
tu envoyas à leur table
100 ta grâce spirituelle

1. Joseph d'Arimathie.

Dou saint Esperit enflamee, *f. 74 v° 2*
Que tant fu joïe et amee.
Lors fu chacuns d'aus ci hardiz,
104 Et par paroles et par diz,
C'autant prisa mort comme vie :
N'orent fors de t'amor envie.
Biax chiers filz, por l'umain lignage
108 Jeter de honte et de domage
Feïs tote ceste bonté
Et plus assez que n'ai conté.
S'or laissoies si esgaré
112 Ce que si chier as comparé,
Ci avroit trop grant mesprison,
S'or les lessoies en prison
Entrer, don tu les as osté,
116 Car ci avroit trop mal hosté,
Trop grant duel et trop grant martire,
Biau filz, biau pere, biau doz sire. »
Ainsi recorde tote jor
120 La doce Dame, sans sejor.
Ja ne fine de recorder
Car bien nous voudroit racorder
A li, don nos nos descordons
124 De sa corde et de ses cordons.
Or nous acordons a l'acorde
La Dame de misericorde
Et li prions que nos acort
128 Par sa pitié au dine acort
Son chier Fil, le dine Cor Dé :
Lors si serons bien racordé.

Explicit de Notre Dame.

---

* v. 103. fus c. — v. 121. fina — v. 125. a. a sacorde

enflammée par le Saint-Esprit,
qu'ils goûtèrent et aimèrent tant.
Alors chacun d'eux devint si hardi,
104 en paroles et en discours,
qu'il estima la mort autant que la vie :
ils n'eurent plus envie que de ton amour.
Très cher fils, pour tirer la race humaine
108 de la honte et du malheur,
tu lui as fait tout ce bien,
et plus encore que je n'ai dit.
Si maintenant tu laissais se perdre
112 ce que tu as acheté si cher,
ce serait une grave erreur ;
c'en serait une de les laisser entrer
dans la prison dont tu les fis sortir,
116 car il y aurait là un logis trop cruel,
trop de douleur, trop de souffrance,
cher fils, cher père, cher seigneur. »
Voilà ce que toujours rappelle
120 la douce Dame, sans prendre de repos ;
elle ne cesse de le rappeler
car elle voudrait bien nous réconcilier
avec lui, alors que nous nous dégageons
124 de ses liens, cordes et cordons[1].
Acceptons à présent la réconciliation
de la Dame de miséricorde
et prions qu'elle nous concilie
128 par sa pitié une digne réconciliation
avec son cher Fils, le digne Corps de Dieu :
alors nous serons bien réconciliés.

---

1. Cf., pour ces jeux de mots autour d'*accorder*, que la traduction est incapable de rendre, le *Dit des Cordeliers* 17-19.

L'AVE MARIA [RUSTEBUEF] *f. 328 rº 1*

A toutes genz qui ont savoir
Fet Rustebués bien a savoir
3 Et les semont :
Cels qui ont les cuers purs et mont
Doivent tuit deguerpir le mont
6 Et debouter,
Quar trop covient a redouter
Les ordures a raconter
9 Que chascuns conte ;
C'est verité que je vous conte.
Chanoine, clerc et roi et conte
12 Sont trop aver ;
N'ont cure des ames sauver,
Més les cors baignier et laver
15 Et bien norrir ;
Quar il ne cuident pas morir
Ne dedenz la terre porrir,
18 Més si feront,
Que ja garde ne s'i prendront
Que tel morsel engloutiront
21 Qui leur nuira,
Que la lasse d'ame cuira
En enfer, ou ja nel lera
24 Estez n'yvers.
Trop par sont les morsiaus divers
Dont la char menjuent les vers
27 Et en pert l'ame.
Un salu de la douce Dame,
Por ce qu'ele nous gart de blasme,
30 Vueil commencier,
Quar en digne lieu et en chier
Doit chascuns metre sanz tencier
33 Cuer et penssee.
Ave, roïne coronee !

Manuscrits : A, f. 328 rº ; *G*, f. 184 rº. *Texte de A.*
* Titre : *A, partiellement effacé, G mq. —* *v.* 2. *G* F. uns

L'AVE MARIA DE RUTEBEUF

À tous ceux qui ont quelque sagesse
Rutebeuf fait bien savoir ceci,
3 il leur donne ce conseil :
ceux qui ont le cœur pur et net
doivent tous quitter le monde,
6 le repousser,
car il faut beaucoup redouter
les récits déshonnêtes
9 que chacun raconte ;
c'est la vérité que je vous conte.
Chanoines, clercs, et rois, et comtes
12 sont très avares ;
ils ne se soucient pas de sauver leur âme,
mais de baigner leur corps, de le laver,
15 de bien le nourrir,
car ils ne pensent pas mourir
ni pourrir dans la terre ;
18 pourtant ils le feront,
car ils ne prendront pas garde
que telle bouchée qu'ils avaleront
21 leur nuira,
si bien que leur pauvre âme cuira
en enfer, sans arrêt,
24 été comme hiver.
Dangereux, les bons morceaux
à cause desquels la chair est mangée par les vers
27 et l'âme perdue !
Je veux commencer
une salutation à la douce Dame,
30 pour qu'elle nous garde de tout blâme,
car en un lieu digne et précieux
chacun doit mettre sans protester
33 son cœur et sa pensée.
Ave, reine couronnée !

---

jolis clerc a s. — v. 22. *G* Qui leur lasses ames c. — v. 23. *G* ja nes l.

Com de bone eure tu fus nee,
36 Qui Dieu portas !
Theophilus reconfortas
Quant sa chartre li raportas
39 Que l'Anemis,
Qui de mal fere est entremis,
Cuida avoir lacié et mis
42 En sa prison.
Maria, si com nous lison,
Tu li envoias garison
45 De son malage,
Qui deguerpi Dieu et s'ymage
Et si fist au deable hommage *f. 328 r° 2*
48 Par sa folor ;
Et puis li fist, a sa dolor,
Du vermeil sanc de sa color
51 Tel chartre escrire
Qui devisa tout son martire ;
Et puis aprés li estuet dire
54 Par estavoir :
« Par cet escrit fet a savoir
Theophilus ot por avoir
57 Dieu renoié. »
Tant l'ot deables desvoié
Que il estoit toz marvoié
60 Par desperance ;
Et quant li vint en remembrance
De vous, Dame plesant et franche,
63 Sanz demorer
Devant vous s'en ala orer ;
Del cuer commença a plorer
66 Et larmoier ;
Vous l'en rendistes tel loier,
Quant de cuer l'oïstes proier,
69 Que vous alastes,
D'enfer sa chartre raportastes,
De l'Anemi le delivrastes
72 Et de sa route.
Gracia plena estes toute :
Qui ce ne croit, il ne voit goute

Heureuse ta naissance,
36 à toi qui portas Dieu !
Tu réconfortas Théophile
quand tu lui rapportas sa charte,
39 lui que le Malin,
qui se mêle toujours de faire le mal,
croyait avoir mis dans ses liens,
42 jeté dans sa prison.
Maria, ainsi que nous le lisons,
tu lui envoyas la guérison
45 de son mal :
il avait abandonné Dieu et son image
et fait hommage au diable
48 dans sa folie ;
et le diable lui fit, pour sa douleur,
de son sang vermeil
51 écrire cette charte
qui précisait tout son martyre ;
ensuite il lui fallut dire
54 sous la contrainte :
« Par cet écrit Théophile fait savoir
qu'il a, par intérêt,
57 renié Dieu. »
Le diable l'avait si bien mis hors de son sens
qu'il était tout éperdu
60 de désespoir ;
et quand il lui souvint
de vous, noble Dame charmante,
63 sans tarder
devant vous il s'en alla prier ;
du fond du cœur il se mit à pleurer,
66 à verser des larmes ;
et quand vous l'entendîtes pleurer du fond du cœur,
vous l'en avez récompensé au point
69 de vous mettre en chemin,
de rapporter sa charte de l'enfer,
de le délivrer du Malin
72 et de sa troupe.
Gratia plena vous êtes toute :
qui ne le croit pas, c'est qu'il n'y voit goutte,

75 Et le compere.
Dominus li sauveres Pere
Fist de vous sa fille et sa mere,
78 Tant vous ama ;
Dame des angles vous clama ;
En vous s'enclost, ainz n'entama
81 Vo dignité,
N'en perdistes virginité.
Tecum par sa digne pité
84 Vout toz jors estre
Lasus en la gloire celestre ;
Donez le nous ainsinques estre
87 Lez son costé.
Benedicta tu qui osté
Nous as del dolereus osté
90 Qui tant est ors
Qu'il n'est en cest siecle tresors
Qui nous peüst fere restors
93 De la grant perte
Par quoi Adam fist la deserte.
Prie a ton fil qu'i nous en terde
96 Et nous esleve
De l'ordure qu'aporta Eve *f. 328 v° 1*
Quant de la pomme osta la seve,
99 Par quoi tes fis,
Si com je sui certains et fis,
Souffri mort et fu crucefis
102 Au vendredi
(C'est veritez que je vous di)
Et au tiers jor, plus n'atendi,
105 Resuscita.
La Magdelene visita,
De toz ses pechiez la cuita
108 Et la fist saine.
De paradis es la fontaine,
In mulieribus et plaine

---

* v. 87. *G mq. (bas de la colonne coupé)* — v. 109. *A* est, *G* ies

75 et il le paie.
Dominus le Père sauveur
fit de vous sa fille et sa mère,
78 tant il vous aima ;
il vous proclama Dame des Anges ;
en vous il s'enferma, mais sans porter atteinte
81 à votre dignité
et sans vous faire perdre votre virginité.
Tecum, dans sa noble miséricorde,
84 il a voulu être toujours
là-haut dans la gloire céleste ;
accordez-nous d'être nous aussi
87 à côté de lui.
Benedicta, toi qui nous as ôtés
du douloureux séjour
90 si repoussant
qu'il n'est trésor en ce monde
capable de nous dédommager
93 de la grande perte
que nous a méritée la faute d'Adam.
Prie ton Fils de nous en purifier
96 et de nous tirer
de la boue qu'apporta Ève
en goûtant le jus de la pomme :
99 ce pourquoi ton Fils,
comme j'en suis sûr et certain,
souffrit la mort et fut crucifié
102 le vendredi
(c'est la vérité que je vous dis),
et le troisième jour, sans plus attendre,
105 ressuscita.
Il visita la Madeleine,
de tous ses péchés il la délivra
108 et la guérit.
Du paradis tu es la fontaine,
in mulieribus tu es pleine

111 De seignorie.
Fols est qui en toi ne se fie.
Tu hez orgueil et felonie
114 Seur toute chose ;
Tu es li lis ou Diex repose ;
Tu es rosiers qui porte rose
117 Blanche et vermeille ;
Tu as en ton saint chief l'oreille
Qui les desconseilliez conseille
120 Et met a voie ;
Tu as de solaz et de joie
Tant que raconter n'en porroie
123 La tierce part.
Fols est cil qui pensse autre part
Et plus est fols qui se depart
126 De votre acorde,
Quar honesté, misericorde
Et pacience a vous s'acorde
129 Et abandone.
Hé ! benoite soit la corone
De Jhesucrist, qui environe
132 Le vostre chief ;
Et benedictus de rechief
Fructus qui soufri grant meschief
135 Et grant mesaise
Por nous geter de la fornaise
D'enfer, qui tant par est pusnaise,
138 Laide et obscure.
Hé ! douce Virge nete et pure,
Toutes fames por ta figure
141 Doit l'en amer.
Douce te doit l'en bien clamer,
Quar en toi si n'a point d'amer
144 N'autre durté :

---

* v. 115-116. *intervertis dans G* — v. 131. *G mq. (bas de la colonne coupé)*

---

1. F.-B. (II, 243) propose, avec hésitation, de comprendre que

111 de noblesse.
Fou, celui qui ne met pas en toi sa confiance.
Tu hais l'orgueil et la cruauté
114 plus que tout ;
tu es le lis où Dieu repose ;
tu es le rosier qui porte la rose
117 blanche et vermeille ;
ta sainte tête a l'oreille[1]
qui écoute les égarés pour les conseiller
120 et les remettre dans le droit chemin ;
il y a en toi tant de bonheur et de joie
que je ne pourrais en raconter
123 le tiers.
Fou, celui qui pense autrement,
et plus fou encore qui renonce
126 à votre amitié,
car l'honnêteté, la miséricorde
et la patience se donnent à vous
129 sans restriction.
Ah ! bénie soit la couronne
de Jésus-Christ, qui ceint
132 votre tête ;
et benedictus encore une fois
fructus qui subit de grands maux,
135 de grandes souffrances
pour nous arracher à la fournaise
de l'enfer, qui est si puante,
138 laide et obscure.
Ah ! douce Vierge pure et immaculée,
à cause de toi toute femme
141 doit être aimée.
Il est bien juste de te proclamer douce,
car il n'est en toi rien d'amer,
144 rien de dur :

---

l'oreille désigne la pensée. Mais la citation de *Trubert* (v. 432) invoquée à l'appui de cette traduction relève d'un contexte trop différent pour être déterminante. La traduction proposée ici, avec autant d'hésitation, suppose un raccourci de l'expression : la Vierge prête l'oreille aux égarés, elle est ainsi attentive à les conseiller.

Chacié en as toute obscurté.
Par la grace, par la purté
147 *Ventris tui*, *f. 328 v° 2*
Tuit s'en sont deable fuï ;
N'osent parler, car amuï
150 Sont leur solas.
Quant tu tenis et acolas
Ton chier filz, tu les afolas
153 Et maumeïs.
Si com c'est voirs que tu deïs :
« Hé ! biaus Pere qui me feïs,
156 Je sui t'ancele »,
Toi depri je, Vierge pucele,
Prie a ton Fil qu'il nous apele
159 Au Jugement,
Quant il fera si aigrement
Tout le monde communement
162 Trambler come fueille,
Qu'a sa partie nous acueille !
Disons *Amen*, qu'ainsi le vueille !

Explicit l'*Ave Maria* Rustebuef.

tu as chassé loin de toi toute obscurité.
Par la grâce, par la pureté
147 *ventris tui,*
tous les diables se sont enfuis ;
ils n'osent parler, car leur joie
150 s'est évanouie.
Quand tu tenais et embrassais
ton cher Fils, tu les blessais
153 et les mettais à mal.
De même que c'est vrai, ce que tu as dit :
« Ah ! cher Père qui m'as créée,
156 je suis ta servante[1] »,
je t'implore, Vierge,
de prier ton Fils qu'il nous appelle
159 au jour du Jugement,
quand il fera si violemment
trembler tout le monde sans exception
162 comme une feuille,
et qu'il nous reçoive parmi les siens !
Disons *Amen* : qu'il le veuille ainsi !

Fin de l'*Ave Maria* de Rutebeuf.

---

1. 2 Lc. 1, 38 : *Ecce ancilla Domini* (« Je suis la servante du Seigneur »).

C'EST DE NOTRE DAME

I

Chanson m'estuet chanteir de la meilleur
Qui onques fust ne qui jamais sera.
Li siens douz chans garit toute douleur :
4 Bien iert gariz cui ele garira.
Mainte arme a garie ;
Huimais ne dot mie
Que n'aie boen jour,
Car sa grant dosour
9 N'est nuns qui vous die.

II

Mout a en li cortoizie et valour ;
Bien et bontei et charitei i a.
Con folz li cri merci de ma folour :
13 Foloié ai, s'onques nuns foloia.
Si pleur ma folie
Et ma fole vie ;
Et mon fol senz plour
Et ma fole errour
18 Ou trop m'entroblie.

III

Quant son doulz non reclainment picheour
Et il dient son *Ave Maria*,
N'ont puis doute dou Maufei tricheour
22 Qui mout doute le bien qu'en Marie a,

Manuscrits : *B*, f. 61 r° ; *C*, f. 82 r°. *Texte de C.*
* Titre : *B* Une chanson de Nostre Dame — v. 14. *B* p. et f.

SUR NOTRE-DAME

I

Il me faut chanter une chanson sur la meilleure
femme qui fut jamais et qui jamais sera.
Son doux chant guérit toute douleur :
4 il sera bien guéri celui qu'elle guérira.
Elle a guéri mainte âme.
Aujourd'hui je ne crains plus
qu'il m'arrive malheur,
car sa douceur est telle
9 que nul ne peut la dire.

II

Elle n'est que délicatesse et valeur ;
en elle le bien, la bonté, la charité.
Je lui crie, moi le fou, pitié pour ma folie :
13 si nul jamais agit en fou, ce fou, c'est moi.
Je pleure ma folie,
ma vie de folie ;
je pleure ma raison tournée en folie
et ma folle conduite
18 où je m'égare trop.

III

Dès lors que les pécheurs invoquent son doux nom
et lui récitent son *Ave Maria*,
ils ne craignent plus le Malin trompeur
22 qui craint tant le bien qui est en Marie,

Car qui se marie
En teile Marie,
Boen mariage a :
Marions nos la,
27 Si avrons s'aïe. *f. 82 r° 2*

IV

Mout l'ama cil qui, de si haute tour
Com li ciel sunt, descendi juque sa.
Mere et fille porta son creatour
31 Qui de noiant li et autres cria.
Qui de cuer s'escrie
Et merci li crie
Merci trovera :
Jamais n'i faudra
36 Qui de cuer la prie.

V

Si com hon voit le soloil toute jor
Qu'en la verrière entre et ist et s'en va,
Ne l'enpire tant i fiere a sejour,
40 Ausi vos di que onques n'empira
La Vierge Marie :
Vierge fu norrie,
Vierge Dieu porta,
Vierge l'aleta,
45 Vierge fu sa vie.

Explicit.

---

* *strophe IV B mq.* — v. 37. *B* envoit — *B* Explicit la chanson Nostre Dame.

car qui se marie
avec cette Marie
fait un bon mariage :
marions-nous avec elle,
27 nous aurons son aide.

IV

Il l'aima beaucoup, celui qui d'une tour si haute
que sont les cieux, descendit jusqu'ici.
Mère et fille, elle porta son Créateur
31 qui la créa du néant, elle et les autres.
Qui du fond du cœur pousse un cri
vers elle et lui crie merci
trouvera la merci :
elle ne manquera jamais
36 à qui la prie du fond du cœur.

V

Comme on voit le soleil tout le jour
traverser la verrière, en sortir, s'en aller,
sans la corrompre, si longtemps qu'il la frappe,
40 de même, je vous le dis, jamais ne fut corrompue
la Vierge Marie[1] :
vierge elle grandit,
vierge elle porta Dieu,
vierge elle l'allaita,
45 vierge elle fut toute sa vie.

---

1. Cf. *Théophile* 492-497. Voir aussi *Les neuf joies de Notre Dame* 173-176. Cette comparaison est extrêmement fréquente dans la littérature édifiante et théologique.

LA CHANSON DE POUILLE

Le pape Urbain IV a ordonné la prédication de la « croisade » de Sicile le 4 mai 1264. Clément IV y a mis fin en avril 1266. Le poème de Rutebeuf se situe entre ces deux dates, mais plus près de la première, car il ne fait aucune allusion aux difficultés rencontrées par Charles d'Anjou. C'est bien entendu une pièce de commande. Selon F.-B. (I, 432) elle pourrait avoir été écrite à la demande d'Erart de Lezinnes, qui avait déjà été le commanditaire de la Vie de sainte Elysabel. *Son oncle et protecteur, l'évêque d'Auxerre Guy de Mello, était en effet un partisan très actif de l'expédition de Charles d'Anjou.*

Manuscrit : C, f. 59 v°.

CI ENCOUMENCE LA CHANSON DE PUILLE

I

Qu'a l'arme vuet doner santei
Oie de Puille l'errement !
Diex a son regne abandonei :
4 Li sien le nos vont presentant
Qui de la Terre ont sarmonei.
Quanque nos avons meserrei
Nos iert a la croix pardonei :
8 Ne refusons pas teil present.

II

Jone gent, qu'aveiz enpencei ?
De quoi vos iroiz vos vantant
Quant vos sereiz en viel aei ?
12 Qu'ireiz vos a Dieu reprouvant
De ce que il vos a donei
Cuer et force et vie et santei ?
Vos li aveiz le cuer ostei :
16 C'est ce qu'il vuet, tant seulement.

III

Au siecle ne sons que prestei
Por veoir nostre efforcement.
Nos n'avons yver ne estei
20 Dont aions asseürement ;
S'i avons jai grant piece estei,
Et qu'i avons [nos] conquestei
Dont l'arme ait nule seürtei ?
24 Je n'i voi fors desperement.

---

* v. 18. vostre — v. 22. nos *mq.*

LA CHANSON DE POUILLE

I

Que celui qui désire la santé de son âme
écoute ce qui se passe en Pouille !
Dieu a fait don de son Royaume :
4 ses serviteurs ne cessent de nous l'offrir
en prêchant pour la Terre sainte.
Tout ce que nous avons fait de mal
nous sera pardonné si nous prenons la croix :
8 ne refusons pas un tel présent.

II

Jeunes gens, à quoi pensez-vous ?
De quoi irez-vous vous vanter
quand vous serez vieux ?
12 Qu'irez-vous reprocher à Dieu,
lui qui vous a donné
le courage et la force, la vie et la santé ?
Vous lui avez refusé votre cœur,
16 la seule chose qu'il demande.

III

Nous ne sommes que prêtés à ce monde,
afin que nos efforts puissent s'y manifester.
Pas un hiver, pas un été
20 que nous puissions être certains de voir.
Nous y avons déjà vécu longtemps,
et qu'y avons-nous gagné
qui apporte à l'âme quelque garantie ?
24 Je n'y vois que motif à désespoir.

IV

Or ne soions desesperei,
Crions merci hardiement,
Car Dieux est plains de charitei
28 Et piteuz juqu'au Jugement.
Mais lors avra il tost contei
Un conte plain de grant durtei :
« Veneiz, li boen, a ma citei !
32 Aleiz, li mal, a dampnement ! » *f. 59 v° 2*

V

Lors seront li fauz cuer dampnei
Qui en cest siecle font semblant
Qu'il soient plain d'umilitei
36 Et si boen qu'il n'i faut noiant,
Et il sont plain d'iniquitei ;
Mais le siecle ont si enchantei
C'om n'oze dire veritei
40 Ce c'on i voit apertement.

VI

Clerc et prelat qui aünei
Ont l'avoir et l'or et l'argent
L'ont il de lor loiaul chatei ?
44 Lor peres en ot il avant ?
Et lors que il sont trespassei,
L'avoir que il ont amassei
Et li ombres d'un viez fossei,
48 Ces deus chozes ont un semblant.

---

1. Cf. Matth. 25, 34 et 41. L'idée des v. 27-32 se retrouve dans la *Nouvelle complainte d'Outremer* 31-34. **2.** Cf. Pol Jonas,

IV

Ne soyons pas, pourtant, désespérés,
implorons pitié sans crainte,
car Dieu est plein de charité
28 et miséricordieux jusqu'au jour du Jugement.
Mais alors il aura vite fait de prononcer
de très dures paroles :
« Venez, les bons, dans ma cité !
32 Allez, les méchants, à la damnation ![1] »

V

Alors seront damnés les cœurs hypocrites
qui en ce monde affectent
d'être pleins d'humilité
36 et vertueux jusqu'à la perfection,
mais qui sont pleins d'iniquité.
Mais ils ont tant ensorcelé ce monde
qu'on n'ose appeler vérité
40 ce que l'on voit clairement.

VI

Clercs et prélats ont entassé
les richesses, l'or et l'argent ;
mais tout cela est-il bien à eux ?
44 Leur père le possédait-il avant eux ?
Et une fois qu'ils sont morts,
l'avoir qu'ils ont amassé
et l'ombre d'un talus que le temps a usé[2],
48 ces deux choses paraissent tout un.

« *Li ombres d'un viez fossei* : Rutebeuf, *La chanson de Pouille* (v. 47) », dans *Romania* 92, 1971, p. 74-87.

VII

Vasseur qui estes a l'ostei,
Et vos, li bacheleir errant,
N'aiez pas tant le siecle amei,
52 Ne soiez pas si nonsachant
Que vos perdeiz la grant clartei
Des cielz, qui est sans oscurtei.
Or varra hon vostre bontei :
56 Preneiz la croix, Diex vos atant !

VIII

Cuens de Blois, bien aveiz errei
Par desai au tornoiement.
Dieux vos a le pooir prestei,
60 Ne saveiz combien longuement.
Montreiz li se l'en saveiz grei,
Car trop est plainz de nicetei
Qui pour un pou de vanitei
64 Lairat la joie qui ne ment.

Explicit.

---

1. F.-B. (II, 431) fait observer que Jean de Châtillon, comte de Blois, avait reçu d'Urbain IV, le 6 juillet 1264, la disposition pendant trois ans de certains revenus à condition qu'il prît la croix. On

VII

Vavasseurs qui restez chez vous,
et vous, jeunes chevaliers errants,
n'ayez pas tant d'amour pour ce monde,
52 ne soyez pas insensés
au point de perdre la grande clarté
des cieux, où il n'y a aucune obscurité.
C'est maintenant que l'on verra votre valeur :
56 prenez la croix, Dieu vous attend.

VIII

Comte de Blois, vous avez bien couru
les tournois de ce côté de la mer.
Dieu vous a prêté le pouvoir,
60 vous ne savez pas pour combien de temps.
Montrez-lui que vous lui en savez gré,
car il est bien sot
celui qui pour un peu de vanité
64 renoncera à la joie qui ne déçoit pas[1].

---

verrait ainsi dans l'apostrophe de Rutebeuf un effort pour l'entraîner dans la croisade de Sicile.

LE DIT DE POUILLE

Le vers 9 montre que le poème est postérieur au 28 juin 1265, date à laquelle Charles d'Anjou reçoit l'investiture du royaume de Sicile, et antérieur à la victoire de Bénévent qui, le 26 février 1266, le met en possession de son royaume : il n'était dès lors plus nécessaire de prier pour que le roi puisse réussir son entreprise et entretenir son armée (v. 55-56). Les vers 45-52, qui célèbrent la générosité d'Alphonse de Poitiers à l'égard de son frère, paraissent renvoyer à l'automne 1265, moment où le pape Clément IV sollicite pour l'expédition l'aide financière du comte.

Manuscrit : *C*, f. 58 v°.

CI ENCOUMENCE LI DIZ DE PUILLE

I

Cil Damediex qui fist air, feu et terre et meir,
Et qui por notre mort senti le mors ameir,
Il doint saint paradix, qui tant fait a ameir,
4 A touz ceulz qui orront mon dit sans diffameir !

II

De Puille est la matyre que je wel coumancier
Et dou roi de Cezile, que Dieux puisse avancier !
Qui vodrat elz sainz cielz semance semancier
8 Voisse aidier au bon roi qui tant fait a prisier. *f. 58 v° 2*

III

Li boens rois estoit cuens d'Anjou et de Provance,
Et c'estoit filz de roi, freres au roi de France.
Bien pert qu'il ne vuet pas faire Dieu de sa pance
12 Quant por l'arme sauveir met le cors en balance.

IV

Or preneiz a ce garde, li groz et li menu,
Que, puis que nos sons nei et au siecle venu,
S'avons nos pou a vivre, s'ai je bien retenu.
16 Bien avons mains a vivre quant nos sommes chenu.

---

1. Paul, Philipp. 3, 19. Cf. *Voie d'Humilité (Paradis)* 732, *Complainte d'Outremer* 111, *Nouvelle complainte d'Outremer*

LE DIT DE POUILLE

I

Que le Dieu qui fit l'air, le feu, la terre, la mer,
et qui pour que nous vivions sentit de la mort la
[morsure amère,
donne le saint paradis, si digne d'être aimé,
4 à tous ceux qui entendront mon poème sans en dire
[de mal !

II

Le sujet que je veux aborder, c'est la Pouille
et le roi de Sicile, Dieu le rende prospère !
Qui au ciel veut semer la semence du salut
8 aille aider ce vaillant roi si digne d'estime.

III

Le vaillant roi était comte d'Anjou et de Provence,
et il est fils de roi, frère du roi de France.
C'est clair, il ne veut pas faire un dieu de sa panse[1],
12 lui qui expose son corps pour sauver son âme.

IV

Prenez-y garde, grands et petits :
une fois que nous sommes nés et venus au monde,
nous avons peu à vivre, je l'ai bien retenu ;
16 et encore bien moins quand nous avons blanchi[2].

---

282. **2.** Cf. *Voie de Tunis* 97-98.

V

Conquerons paradix quant le poons conquerre ;
N'atendons mie tant meslee soit la serre.
L'arme at tantost son droit que li cors est en terre ;
20 Quant sentance est donee, noians est de plus querre.

VI

Dieux done paradix a touz ces bienvoillans :
Qui aidier ne li wet bien doit estre dolans.
Trop at contre le roi d'Yaumons et d'Agoulans ;
24 Il at non li rois Charles, or li faut des Rollans.

VII

Saint Andreuz savoit bien que paradix valoit *f. 59 r° 1*
Quant por crucefier a son martyre aloit.
N'atendons mie tant que la mors nos aloit,
28 Car bien serions mort se teiz dons nos failloit.

VIII

Cilz siecles n'est pas siecles, ainz est chans de bataille,
Et nos nos combatons a vins et a vitaille ;
Ausi prenons le tens com par ci le me taille,
32 S'acreons seur noz armes et metons a la taille.

---

1. Le roi de Sicile porte le même nom que Charlemagne ; d'où les références à la matière épique. Le roi sarrasin Agolant et son fils Aumont sont des adversaires de Charlemagne dans la *Chanson d'Aspremont*. **2.** F.-B. (I, 437-8) suppose que saint André est mentionné ici parce qu'il était un des patrons des croisés. Selon l'Histoire anonyme de la première croisade, il est apparu à Pierre Barthélemy, lui a permis de découvrir la sainte Lance et lui a annoncé la victoire des chrétiens (la prise d'Antioche). **3.** Cf. *Disputaison du croisé et du décroisé* 217. Le sens figuré de l'expression *com par ci le me taille* (sans mettre la main à la pâte, sans se donner de mal, sans se fatiguer) est assuré par un passage célèbre d'un sermon de Nicolas de Biard : « Magistri caementa-

V

Gagnons le paradis quand nous pouvons le faire ;
n'attendons pas que la serrure en soit bloquée.
L'âme a ce qu'elle mérite sitôt le corps en terre ;
20 la sentence rendue, il n'y a plus rien à faire.

VI

Dieu donne le paradis à tous ceux qui l'aiment :
qui ne veut pas l'aider a de quoi s'affliger.
Il y a contre le roi trop d'Aumont, d'Agolant ;
24 le roi s'appelle Charles, mais lui manque un Roland[1].

VII

Saint André[2] savait la valeur du paradis
en marchant au martyre pour être crucifié.
N'attendons pas que la mort nous enchaîne :
28 nous serions vraiment morts si ce don nous manquait.

VIII

Ce monde n'est pas un monde, c'est un champ de bataille,
mais nous, avec des vins, des mets, nous nous battons ;
nous laissons passer le temps sans mettre la main à la pâte[3],
32 nous hypothéquons nos âmes, nous faisons des dettes[4].

---

riorum, virgam et cyrothecas in manu habentes, dicunt aliis *Par ci le me taille*, et nihil laborant et tamen majorem mercedem accipiunt » : « Les architectes (ou les contremaîtres, mot-à-mot les maîtres des maçons), tenant à la main une règle et les plans de l'édifice, disent aux autres *Taille-moi cette pierre à cet endroit* ; ils ne font rien et cependant ils touchent un salaire plus élevé ». Cf. F.-B. I, 438 ; Paul Meyer, dans *Romania* 6, 1877, p. 498 ; Gaston Paris, dans *Romania* 18, 1889, p. 288 ; Erwin Panofsky, *Architecture gothique et pensée scolastique*, Paris, 1974, p. 86. **4.** L'expression *mettre a la taille* signifie faire une encoche sur un bâton pour rappeler une dette.

IX

Quant vanra au paier, coument paiera l'arme,
Quant li cors selon Dieu ne moissone ne same ?
Se garans ne li est Dieux et la douce Dame,
36 Gezir l'escouvanra en parmenable flame.

X

Picheour vont a Roume querre confession
Et laissent tout encemble avoir et mansion,
Si n'ont fors penitance. Ci at confusion :
40 Voisent un pou avant, s'avront remission.

XI

Bien est foulz et mauvais qui teil voie n'emprent
Por eschueit le feu qui tout adés emprant ;
Povre est sa conciance quant de [rien] nou reprent ;
44 Pou prise paradix quant a ce ne se prent. [f. 59 r° 2

XII

Gentilz cuens de Poitiers, Dieux et sa douce Meire
Vous doint saint paradyx et la grant joie cleire !
Bien li aveiz montrei loiaul amour de frere ;
48 Ne vos a pas tenu Couvoitize l'aveire.

XIII

Bien i meteiz le votre, bien l'i aveiz ja mis ;
Bien moustreiz au besoing que vos iestes amis.

---

* v. 36. les couvanra — v. 43. rien *mq.*

IX

Quand il faudra payer, comment l'âme payera-t-elle,
puisque le corps ne moissonne ni ne sème au gré de Dieu ?
Si Dieu et la douce Dame ne sont pas ses garants,
36 il lui faudra rester dans les flammes éternelles.

X

Les pécheurs vont à Rome pour se confesser,
laissant tout à la fois leur avoir, leur maison,
et seulement pour une pénitence : mauvaise affaire !
40 Qu'ils aillent un peu plus loin, leurs péchés seront remis.

XI

Bien fou, bien mauvais qui n'entreprend ce voyage
pour échapper au feu qui brûle pour toujours ;
misérable sa conscience, de ne pas le reprendre ;
44 le Paradis lui est peu de chose, si cette affaire ne le
[touche pas.

XII

Noble comte de Poitiers, que Dieu et sa douce Mère
vous donnent le saint paradis et la grande joie claire !
Vous avez montré à Charles un loyal amour fraternel ;
48 vous n'êtes pas l'esclave de Convoitise l'avare.

XIII

Vous y dépensez votre argent, vous l'avez déjà fait ;
vous montrez bien dans le besoin que vous êtes son ami.

Se chacuns endroit soi c'en fust si entremis,
52 Ancor oan eüst Charles mains d'anemis.

XIV

Prions por le roi Charle : c'est por nos maintenir ;
Por Dieu et sainte Eglize c'est mis au couvenir.
Or prions Jhesucrit que il puist avenir
56 A ce qu'il a empris et son ost maintenir.

XV

Prelat, ne grouciez mie dou dizeime paier,
Mais priez Jhesucrit qu'il pance d'apaier ;
Car se ce n'a mestier, sachiez sanz delaier
60 Hom panrra a meïmes, si porroiz abaier.

Explicit.

---

* v. 52. moult d'anemis.

---

1. Le sens n'est pas clair, et la leçon *maintenir* est suspecte à cause de la rime du même au même avec le v. 56. **2.** Le 3 mars

Si chacun de son côté s'y était mis de la sorte,
52 Charles aurait aujourd'hui moins d'ennemis.

XIV

Prions pour le roi Charles : c'est pour notre salut[1] ;
pour Dieu et pour la sainte Église il s'est mis en
[situation hasardeuse.
Prions donc Jésus-Christ pour qu'il puisse réussir
56 ce qu'il a entrepris et entretenir son armée.

XV

Prélats, ne grognez pas pour payer le dixième,
mais priez Jésus-Christ qu'il pense à acquitter votre dette ;
car si votre prière est sans effet, bientôt, sachez-le,
60 on puisera dans vos biens propres, et vous pourrez
[toujours aboyer[2].

1264 le pape Urbain IV avait ordonné que pendant trois ans les dîmes dans le royaume de France fussent prélevées au profit de Charles d'Anjou. Cette mesure provoqua de la part du clergé de vives résistances, qui s'accrurent lorsque Clément IV succéda à Urbain.

LA COMPLAINTE D'OUTREMER

En avril 1266, le pape Clément IV fait cesser la prédication pour la Sicile et ordonne de reprendre celle pour la Terre sainte, dont il se préoccupait depuis l'été précédent. Le poème de Rutebeuf reflète ces nouvelles directives. D'inspiration plus proprement religieuse que satirique, avec des allusions scripturaires et des accents qui lui donnent l'allure d'un sermon en vers, il s'inspire peut-être dans l'exhortation des v. 12-38 de la lettre écrite par Clément IV en juillet 1265 aux Prêcheurs et aux Mineurs de France pour la prédication de la croisade (F.-B. I, 443). Il a donc été composé au plus tôt à la fin de 1265, mais plus probablement au printemps ou dans l'été 1266. Guère plus tard : certains passages (v. 39 sq., v. 73 sq.) montrent que saint Louis n'avait pas encore pris la croix, ce qu'il fit en mars 1267. Et le poème paraît bien être antérieur à la Complainte du comte Eudes de Nevers, *qui date à coup sûr de l'automne 1266, le comte étant mort à Acre le 7 août.*

Manuscrits : *A*, f. 302 v° ; *B*, f. 60 r° ; *C*, f. 8 v° ; *R*, f. 36 r°. *Texte de C.*

* Titre : *AB* La complainte d'outremer, *R mq.*

C'EST LA COMPLAINTE D'OUTREMER

Empereour et roi et conte
Et duc et prince, a cui hom conte
Romans divers por vous esbatre
4 De cex qui se suelent combatre
Sa en arrier por sainte Eglise,
Car me dites par queil servise
Vos cuidiez avoir paradix.
8 Cil le gaaignerent jadiz
Dont vos oeiz ces romans lire
Par la poinne, par le martyre
Que li cors soffrirent sus terre.
12 Veiz ci le tens, Diex vos vient querre,
Braz estanduz, de son sanc tainz,
Par quoi li fex vos iert estains
Et d'enfer et de purgatoire.
16 Reconmenciez novele estoire,
Serveiz Deu de fin cuer entier,
Car Dieux vous moustre le sentier
De son pays et de sa marche,
20 Que hom cens raison le sormarche.
Por ce si devriiez entendre
A revangier et a deffendre
La Terre de Promission
24 Qui est en tribulacion
Et perdue, ce Diex n'em pence,
Se prochainnement n'a deffence.
Soveigne vos de Dieu le Peire,

---

* v. 1. *R* E. et duc et — v. 2. *R* Et roy — v. 3. *ABR* por vous e., *C* por eux e. — v. 14. *ABR* Par qui ; *B* nos est — v. 20. *A* li sormarche ; *B* li demarche ; *R* li sousmarche — v. 21-38. *R mq.*

---

1. Cf. plus bas v. 57-9. **2.** Le mot épopée, que l'on doit à Jean Dufournet, est bien trouvé, puisque le mot « estoire » désigne, non les événements eux-mêmes, mais leur récit. En revanche, le jeu de mots qui fait le sel de ce vers est impossible à rendre. Il

LA COMPLAINTE D'OUTRE-MER

Empereurs, rois et comtes,
ducs et princes, à qui l'on conte,
pour vous divertir, des romans variés[1]
4 sur ceux qui combattaient
autrefois pour la sainte Église,
dites-moi donc pour quel service
vous pensez obtenir le paradis.
8 Ils le gagnèrent jadis,
ceux dont parlent les romans qu'on vous lit,
par les souffrances, par le martyre
qu'ils ont endurés sur la terre.
12 Voici le temps où Dieu vient vous chercher,
les bras étendus, teint de son sang
qui éteindra pour vous le feu
de l'enfer et du purgatoire.
16 En route pour une nouvelle épopée[2] !
Servez Dieu de tout votre cœur,
car Dieu vous montre le chemin
de son pays, de son domaine,
20 qu'on foule aux pieds injustement.
Voilà pourquoi vous devriez vous employer
à venger et à défendre
la Terre promise
24 qui est dans les tribulations,
et perdue, si Dieu n'y veille
et si elle ne reçoit pas bientôt du secours.
Souvenez-vous de Dieu le Père

---

existe en effet deux mots « estoire ». L'un (du lat. *historia*) signifie « histoire », l'autre (du grec *stolion*) « flotte », « escadre », « voyage par mer » ou parfois « troupe en marche pour une expédition militaire ». Le vers signifie donc à la fois « Recommencez une nouvelle page d'histoire » et « Recommencez une nouvelle expédition » (celles vers la Terre sainte empruntaient toujours la voie maritime depuis la seconde croisade). Rutebeuf était si fier de sa trouvaille qu'il a replacé ce vers dans la *Nouvelle complainte d'Outremer* (v. 341).

28 Qui por soffrir la mort ameire
Envoia en terre son fil.
Or est la terre en grant peril *f. 9 r° 1*
Lai ou il fut et mors et vis.
32 Je ne sai que plus vos devis.
Qui n'aidera a ceste empointe,
Qui si fera le mesacointe,
Pou priserai tout l'autre afaire,
36 Tant sache lou papelart faire,
Ains dirai mais et jor et nuit :
« N'est pas tout ors quanque reluit. »
Ha ! rois de France, rois de France,
40 La loiz, la foiz et la creance
Vat presque toute chancelant.
Que vos iroie plus celant ?
Secorez la, qu'or est mestiers,
44 Et vos et li cuens de Poitiers,
Et li autre baron encemble.
N'atendeiz pas tant que vos emble
La mort l'arme, por Deu, seigneur !
48 Mais qui vorra avoir honeur
En paradix, si la deserve,
Car je n'i voi nule autre verve.
Jhesucriz dist en l'Ewangile,
52 Qui n'est de truffe ne de guile :
« Ne doit pas paradix avoir
Qui fame et enfans et avoir
Ne lait por l'amour de celui
56 Qu'en la fin iert juges de lui. »
Asseiz de gens sunt mout dolant
De ce que hom trahi Rollant
Et pleurent de fauce pitié,

---

* v. 34. *C* la mesacointe — v. 35. *B* prisera — v. 50. *R* Gardons que nostre ame n'asierve — v. 52. *R* de barat ne — v. 53. *R* Que paradis ne doit a.

---

1. Morawski 1371. Cf. *Hypocrisie* (*Pharisien*) 92, *Sainte Elysabel* 654, *Sacristain* 428. Et aussi *Complainte de Guillaume* 21,

28 qui envoya son fils sur terre
pour y souffrir une mort cruelle.
Voici en grand péril la terre
où il vécut et mourut.
32 Je ne sais que vous dire de plus.
Qui n'aidera dans cette épreuve,
qui fera l'indifférent,
j'en ferai peu de cas pour le reste,
36 aussi dévot qu'il sache se feindre,
mais je répéterai jour et nuit :
« Tout ce qui brille n'est pas d'or[1]. »
Ah ! roi de France, roi de France,
40 la religion, la foi, la dévotion
chancellent complètement ou presque.
Pourquoi vous le cacher davantage ?
Secourez-les, car il en est besoin,
44 vous et le comte de Poitiers[2],
avec tous les autres barons.
N'attendez pas que la mort
prenne votre âme, par Dieu, seigneurs !
48 Mais celui qui voudra acquérir de l'honneur
en paradis, qu'il le mérite :
je ne vois rien à ajouter.
Jésus-Christ dit dans l'Évangile,
52 qui ne raconte pas d'histoires :
« Il ne doit pas obtenir le paradis,
celui qui ne laisse pas femme, enfants et biens
pour l'amour de Celui
56 qui, à la fin, le jugera[3]. »
Bien des gens sont tout tristes
de ce que Roland fut trahi
et pleurent de pitié factice,

Frère Denise 15. **2.** Frère de saint Louis. Voir *Complainte du comte de Poitiers* et *Complainte Rutebeuf* 158-165. **3.** Matth. 10, 37 (cf. Lc. 14, 26-27). Cf. *Voie de Tunis* 82-83 et *Nouvelle complainte d'Outremer* 98-102. Ce passage était volontiers exploité par les prédicateurs des croisades.

60 Et voi[en]t ax [i]eux l'amistié
Que Deux nos fist, qui nos cria,
Qui en la sainte Croix cria
Au[s] Juÿs que il moroit de soi.
64 Ce n'ert pas por boivre a guersoi,
Ainz avoit soi de nos raiembre. *f. 9 r° 2*
Celui doit hon douteir et criembre,
Por teil seigneur doit hom ploreir
68 Qu'ensi se laissat devoreir,
Qu'il ce fist percier le costei
Por nos osteir de mal hosteil.
Dou costei issi sancz et eigue,
72 Qui ces amis netoie et leive.
Rois de France, qui aveiz mis
Et vostre avoir et voz amis
Et le cors por Dieu en prison,
76 Ci aurat trop grant mesprison
Ce la sainte Terre failhez.
Or covient que vos i ailliez
Ou vos i envoiez des gent,
80 Cens apairgnier or et argent,
Dont li droiz Dieu soit chalangiez.
Diex ne wet faire plus lons giez
A ces amis ne longue longe,
84 Ansois i wet metre chalonge
Et wet cil le voisent veoir
Qu'a sa destre vauront seoir.
Haÿ ! prelat de saint Eglise,
88 Qui por gardeir les cors de byse
Ne voleiz leveir aux matines,
Messires Joffrois de Sergines
Vos demande dela la mer.

* v. 69. *R* Ki laissa p. sen c. — v. 71. *R* aighe et sans — v. 72. *B* a. essue et l. ; *R* Ki tient ses amis reluisans — v. 78-81. *R mq.* — v. 83. *BR* alonge — v. 87-104. *R place ces vers après les v. 109-121 et supprime les v. 105-108.* — v. 89. *A* aler aus m. — v. 91. *R* demanda

60 alors qu'ils voient de leurs yeux les marques d'amour
que Dieu nous a données, lui qui nous a créés,
lui qui sur la sainte Croix cria
aux Juifs qu'il mourait de soif.
64 Ce n'était pas pour boire tout à son aise :
il avait soif de nous racheter.
Voilà Celui que l'on doit redouter et craindre,
c'est sur un tel seigneur que l'on doit pleurer,
68 qui s'abandonna aux tourments
jusqu'à se laisser percer le flanc
pour nous arracher à la demeure du mal.
De son flanc il sortit du sang et de l'eau
72 qui nettoient et lavent ses amis[1].
Roi de France, qui avez mis
vos biens, vos amis,
votre personne en prison pour l'amour de Dieu[2],
76 ce sera une faute bien grave
si vous manquez à la Terre Sainte.
Il vous faut y aller maintenant
ou y envoyer du monde,
80 sans épargner l'or et l'argent,
pour reconquérir les droits de Dieu.
Dieu ne veut pas faire plus longtemps crédit
à ses amis ni leur laisser la bride sur le cou[3],
84 mais il veut lancer un défi :
il veut que viennent le voir
ceux qui voudront être assis à sa droite.
Hélas ! prélats de la sainte Église,
88 qui pour vous préserver de la bise
ne voulez vous lever pour aller à matines,
Monseigneur Geoffroy de Sergines[4]
vous réclame de par-delà la mer.

---

1. Jn. 19, 34. **2.** Lors de la croisade de 1248. **3.** Le jeu de mots des v. 83-84 ne peut être rendu par la traduction. *Giez* signifie à la fois « délai de paiement pour un impôt » et « courroie passée aux pieds des oiseaux de volerie et où la longe prenait attache » (F.-B. I, 447). **4.** Cf. *Complainte de Geoffroy de Sergines*, et aussi *Complainte de Constantinople* et *Nouvelle complainte d'Outremer*.

92 Mais je di : cil fait a blameir
Qui nule riens plus vos demande
Fors boens vins et boenne viande
Et que li poivres soit bien fors.
96 C'est votre guerre et votre effors,
C'est vostre Diex, c'est votre biens.
Votre Peires i trait le fiens.
Rutebués dit, qui riens ne soile,
100 Qu'assez aureiz d'un poi de toile, *f. 9 v° 1*
Se les pances ne sont trop graces.
Et que feront les armes lasses ?
Elz iront la ou dire n'oze.
104 Diex iert juges de ceste choze.
[Quar envoiez le redeïsme
A Jhesucrist du sien meïsme,
Se li fetes tant de bonté,
108 Puisqu'il vous a si haut monté !]
Haï ! grant clerc, grant provendier,
Qui tant estes grant vivendier,
Qui faites Dieu de votre pance,
112 Dites moi par queil acointance
Vos partireiz au Dieu roiaume,
Qui ne voleiz pas dire .I. siaume
Dou sautier, tant estes divers,
116 Fors celui ou n'a que .II. vers.
Celui dites aprés mangier.
Diex wet que vos l'aleiz vengier
Sanz controuver nule autre essoinne,
120 Ou vos laissiez le patrimoinne
Qui est dou sanc au Crecefi.
Mal le teneiz, jou vos afi.

---

* v. 95. *R* li povres s. biens noirs — v. 96. *R* Et fors c'est li vostre guerrois — v. 105-108. *CR mq.* — v. 107. *B* feroiz — v. 110. *AB* viandier ; *R* provanchier — v. 122. *B* Mar

---

1. Les v. 92-98 sont obscurs. À la lettre, les v. 92-95 signifient qu'il ne faut rien demander de plus aux prélats que du bon vin, etc. Toutefois, le sens général qu'il faut restituer ne fait guère de doute.

92 Mais moi je dis : il est blâmable,
celui qui vous demande autre chose
que de veiller à avoir de bons vins, une bonne table,
et à ce que le poivre soit assez fort :
96 voilà votre combat, voilà votre ambition,
voilà votre Dieu, voilà votre bien.
Votre Père du Ciel ? Il peut charrier le fumier[1] !
Rutebeuf, qui ne cache rien, le dit :
100 vous n'aurez bientôt besoin que d'un peu de toile,
sauf si vos panses sont très grasses[2].
Et que feront vos pauvres âmes ?
Elles iront là où je n'ose dire :
104 Dieu en sera juge.
Envoyez donc à Jésus-Christ
le centième[3] de ce qui lui appartient ;
faites-lui au moins cette faveur,
108 puisqu'il vous a élevés si haut.
Hélas ! grands clercs, grands prébendiers,
qui êtes de si bons vivants,
qui faites votre Dieu de votre ventre[4],
112 dites-moi de quelle manière
vous aurez part au royaume de Dieu,
vous qui ne voulez pas dire un seul psaume
du psautier, tant vous êtes mauvais,
116 sauf celui qui n'a que deux versets[5] :
celui-là vous le dites en sortant de table.
Dieu veut que vous alliez le venger,
sans plus vous inventer d'obstacles,
120 ou que vous renonciez au patrimoine
qui appartient au sang du Crucifié.
Vous le gardez mal, c'est moi qui vous le dis.

Quant au v. 98, il est énigmatique, et la traduction proposée n'en est qu'une interprétation hypothétique. **2.** Après leur mort, les riches prélats n'auront plus besoin que d'un peu de toile pour leur linceul... sauf si celui-ci est d'une taille inhabituelle à cause de leur corpulence. La traduction ajoute « bientôt » pour rendre le texte plus clair. **3.** *Redeïsme* : voir *Hypocrisie* 81 et *Vie de sainte Marie l'Égyptienne* 212. **4.** Paul, Philipp. 3, 19. Cf. *Voie d'Humilité* 730. **5.** Le Psaume 116.

Se vos serveiz Dieu a l'église,
124 Dieux vos resert en autre guise,
Qu'il vos paist en votre maison.
C'est quite a quite par raison.
Mais ce vos ameiz le repaire
128 Qui sanz fin est por joie faire,
Achateiz le, car Diex le vent.
Car il at mestier par couvent
D'acheteours, et cil s'engignent
132 Qui orendroit ne le bargignent,
Car teil fois le vorront avoir
C'om ne l'aurat pas por avoir.
Tornoieur, et vos que dirois
136 Qui au jor dou Juïse irois ?
Devant Dieu que porroiz respondre ?
Car lors ne se porront repondre
Ne genz clergies ne gens laies, *f. 9 v° 2*
140 Et Dieux vous monterra ces plaies.
Ce il vos demande la terre
Ou por vos vout la mort soffere,
Que direiz vos ? Je ne sai quoi.
144 Li plus hardi seront si quoi
C'om les porroit panrre a la main.
Et nos n'avons point de demain,
Car li termes vient et aprouche
148 Que la mors nos clourat la bouche.
Ha ! Antioche, Terre sainte,
Con ci at delireuze plainte
Quant tu n'as mais nuns Godefrois !

---

* v. 124. *B* r. d'autre servise — v. 127-134. *R mq.* — v. 131. *B* c. s'en soignent — v. 134. *B* Que ne l'avront — v. 135-136. *R* Prince baron plain de franchise / Quant venra au jour dou juise — v. 138. *B* Quant nous ne porromes respondre — v. 139. *B* Ne li clergié ne les gens l. — v. 140. *B* nous — v. 142. *B* Ou porroiz vous la ; *R* requerre — v. 143. *B* Que dites vous

---

1. V. 127-134 : cf. *Sacristain* 8-30. L'idée est fréquemment développée dans les sermons. **2.** Comme des animaux qui n'au-

Si vous servez Dieu à l'église,
124 Dieu de son côté vous sert d'une autre manière,
puisqu'il vous nourrit dans votre maison :
vous êtes quittes, en toute logique.
Mais si vous aimez la demeure
128 où l'on trouve la joie sans fin,
achetez-la, car Dieu la vend.
Il a besoin de façon sûre
d'acheteurs, et ils vont contre leur intérêt,
132 ceux qui ne font pas affaire tout de suite,
car ils voudront l'avoir à un moment
où on ne l'obtiendra pas pour de l'argent[1].
Et vous, tournoyeurs, que direz-vous
136 quand vous vous présenterez au jour du Jugement ?
Que pourrez-vous répondre devant Dieu ?
Car alors ne pourront se cacher
ni clercs ni laïcs,
140 et Dieu vous montrera ses plaies.
S'il vous réclame le pays
où pour vous il voulut souffrir la mort,
que direz-vous ? Je ne sais.
144 Les plus hardis resteront si cois
qu'on pourrait les attraper à la main[2].
Et demain n'existe pas pour nous,
car le terme vient, il approche,
148 où la mort nous clouera la bouche[3].
Hélas ! Antioche, Terre sainte,
comme ta plainte est douloureuse
de n'avoir désormais plus aucun Godefroy[4] !

---

raient même plus le ressort nécessaire pour se sauver. **3.** V. 135-148 : cf. *Chanson de Pouille* 9-32. **4.** Godefroy de Bouillon, héros de la première croisade, avoué du Saint-Sépulcre après avoir refusé le titre de roi de Jérusalem (1099-1100). Angelier (v. 158), un des pairs de Charlemagne dans les chansons de geste, n'a pas de rapport avec la croisade et n'est cité que pour les besoins de la rime. Il n'en va pas de même, au v. 159, du Normand Tancrède, neveu de Bohémond Ier, prince d'Antioche (1104-1112) et de Baudouin de Boulogne, comte d'Édesse, roi de Jérusalem à la mort de Godefroy de Bouillon (1100-1118). Cf. *Nouvelle complainte d'Outremer* 330-338.

152 Li feux de charitei est frois
En chacun cuer de crestiien,
Ne jone home ne ancien
N'ont por Dieu cure de combatre.
156 Asseiz se porroit ja debatre
Et Jacobins et Cordeliers
Qu'il trovassent nuns Angeliers,
Nuns Tangcreiz ne nuns Bauduÿns.
160 Ansois lairont aux Beduÿns
Maintenir la Terre absolue
Qui par defaut nos est tolue,
Et Dieux l'at ja d'une part arse.
164 D'autre part vienent cil de Tarse,
Et Coramin et Chenillier
Revanrront por tot escillier.
Ja ne serat qui la deffande.
168 Ce mes sires Joffrois demande
Secours, si quiere qui li fasse,
Car je n'i voi nulle autre trasce.
Car com plus en sarmoneroie,
172 Et plus l'afaire empirereoie.
Cils siecles faut : qui bien fera,
Aprés la mort le trovera. *f. 10 r° 1*

Explicit.

---

* v. 158. *R* Que t. mil Engelier — *Après le v. 162 R place les v. 25-26.*— *AB* Explicit la complainte d'outremer.

152 Le feu de la charité est froid
dans le cœur de tous les chrétiens :
ni jeunes ni vieux
ne se soucient de combattre pour Dieu.
156 Ils pourraient se donner bien du mal,
Jacobins et Cordeliers,
pour trouver un Angelier,
un Tancrède, un Baudouin.
160 Ils laisseront plutôt les Bédouins
maîtres de la Terre sainte
qui nous est enlevée par notre carence ;
Dieu la voit déjà incendiée d'un côté.
164 De l'autre arrivent ceux de Tarse ;
Charismiens et Chananéens[1]
à leur tour viendront tout détruire.
Il n'y aura plus personne pour la défendre
168 Si Monseigneur Geoffroy[2] demande
du secours, qu'il cherche qui peut lui en apporter :
pour moi, je ne vois pas d'autre solution.
Car plus je ferais de sermons,
172 plus les choses empireraient.
Ce monde va à sa fin : qui fera le bien,
après sa mort aura sa récompense.

---

1. Les Charismiens avaient profané les Lieux saints en 1244, après la seconde chute de Jérusalem. Les Chananéens (*Caneliens*) sont un peuple païen fréquemment mentionné par les chansons de geste. **2.** Geoffroy de Sergines.

LA COMPLAINTE DU COMTE EUDES DE NEVERS

Le comte Eudes de Nevers est mort à Acre le 7 août 1266. Le poème est postérieur à cette date de plusieurs semaines, voire de plusieurs mois, non seulement à cause du temps nécessaire pour que cette nouvelle parvienne en France, mais aussi parce que Rutebeuf sait, au moment où il écrit, que le cœur du comte a été déposé à Cîteaux. En revanche, il est antérieur à mars 1267, car les vers 121-126 ne se justifieraient pas si saint Louis avait déjà pris la croix. On peut donc le dater avec vraisemblance de la fin de l'année 1266.

Né en 1230, Eudes de Nevers était le fils aîné de Hugues IV, duc de Bourgogne. En 1258, il avait été convenu que sa fille Yolande épouserait le second fils de saint Louis, Jean Tristan, né en 1250 à Damiette. Le mariage devait être célébré en 1266. En 1265, Eudes passe en Terre sainte en même temps qu'Erart de Vallery, Erart de Nanteuil et une cinquantaine de chevaliers. En son absence, le jeune Jean Tristan prétendit gouverner seul le comté de Nevers et entra en conflit avec le roi son père. Eudes mourut l'année suivante, laissant une réputation de sainteté. Erart de Vallery, à qui Rutebeuf s'adresse dans les vers 109-120, était l'un de ses deux exécuteurs testamentaires. Ce Champenois, qui devait être un peu plus tard connétable de Champagne, a joué un rôle militaire et politique jusque sous le règne de Philippe le Hardi.

Manuscrit : *C*, f. 42 r°.
* Titre : complainte ou c.

CI ENCOUMENCE LA COMPLAINTE [D]OU CONTE HUEDE DE NEVERS

I

La mors, qui toz jors ceulz aproie
Qui plus sunt de bien faire en voie,
Me fait descovrir mon corage
Por l'un de ceulz que plus amoie
Et que mieux recembleir vodroie
6 C'oume qui soit de nul langage.
Huedes ot non, preudome et sage,
Cuens de Nevers au fier corage,
Que la mors a pris en sa proie.
C'estoit la fleurs de son lignage ;
De sa mort est plus granz damage
12 Que je dire ne vos porroie.

II

Mors est li cuens, Diex en ait l'ame !
Sainz Jorges et la douce Dame
Vuellent prier le sovrain maitre
Qu'en cele joie qui n'entame,
Senz redouteir l'infernal flame,
18 Mete le boen conte a sa destre !
Et il i doit par raison estre,
Qu'il laissa son leu et son estre
Por cele glorieuze jame
Qui a non la joie celestre.
Mieudres de li ne porra nestre,
24 Mien esciant, de cors de fame.

---

1. Saint Georges est invoqué ici comme protecteur des croisés, auxquels il était apparu en 1098. **2.** Cf. Matth. 13, 45-46 : « Iterum simile est regnum caelorum homini negotiatori, quaerenti bonas margaritas. Inventa aurem una pretiosa margarita, abiit et

LA COMPLAINTE DU COMTE EUDES DE NEVERS

I

La mort, qui toujours s'acharne
sur ceux qui suivent le mieux le chemin de la vertu,
me pousse à découvrir mes sentiments
à l'égard d'un des hommes que j'aimais le plus
et à qui je voudrais ressembler
6 plus que personne au monde.
Il s'appelait Eudes – un homme de bien, un sage –,
comte de Nevers au cœur indomptable :
la mort en a fait sa proie.
C'était la fleur de son lignage ;
Sa mort cause un plus grand dommage
12 que je ne saurais vous le dire.

II

Le comte est mort, Dieu ait son âme !
Que saint Georges[1] et la douce Dame
daignent prier le souverain maître
de placer le vaillant comte à sa droite
dans la joie que rien ne peut atteindre,
18 sans qu'il ait à craindre les flammes de l'enfer !
Il est bien juste qu'il y soit,
car il a laissé son pays, sa maison,
pour cette perle glorieuse
qui se nomme la joie céleste[2].
D'une femme jamais ne pourra naître,
24 à mon avis, homme meilleur que lui.

---

vendidit omnia quae habuit et emit eam. » (Le Royaume des Cieux est encore semblable à un marchand à la recherche de perles fines. S'il en trouve une de grand prix, il s'en va vendre tout ce qu'il possède et l'achète).

III

Li cuens fu tantost chevaliers
Com il en fu poinz et mestiers,
Qu'il pot les armes endureir ;
Puis ne fu voie ne sentiers
Ou il n'alast mout volentiers
30 Se on s'i pot aventureir. *f. 42 r° 2*
Si vos puis bien dire et jureir,
C'il peüst son droit tenz dureir,
C'onques ne fu mieudres terriers,
Tant se seüst amesureir
Au boenz, et les fauz forjureir :
36 Auz unz dolz et auz autres fiers.

IV

Ce pou qu'auz armes fu en vie,
Tuit li boen avoient envie
De lui resambleir de meniere.
Se Diex n'amast sa compaignie,
N'eüst pas Acre desgarnie
42 De si redoutee baniere.
La mors a mis l'afaire ariere
D'Acre, dont nuns mestiers n'en iere ;
La Terre en remaint esbahie.
Ci a mort delireuze et fiere
Que nuns hom n'en fait bele chiere,
48 Fors cele pute gent haïe.

V

Ha ! Terre plainne de noblesce,
De charitei et de largesce,
Tant aveiz fait vilainne perde !

---

* v. 49. La terre

III

Le comte fut armé chevalier
le moment venu,
dès qu'il fut en état de porter les armes ;
depuis lors il n'y eut ni chemin ni sentier
où il n'allât très volontiers
30 si l'on pouvait s'y aventurer.
Et je puis bien vous dire et vous jurer
que, s'il n'était pas mort prématurément,
nul mieux que lui n'eût rendu la justice,
tant il aurait su être modéré
pour les bons et impitoyable pour les méchants :
36 doux pour les uns, féroce pour les autres.

IV

Pendant le peu de temps qu'il vécut sous les armes,
tous les vaillants étaient envieux
de lui ressembler par leur conduite.
Si Dieu n'avait pas aimé sa compagnie,
il n'aurait pas désarmé Acre en la privant
42 d'une bannière si redoutée.
La mort a retiré cette défense
d'Acre, qui n'avait pas besoin de cela.
La Terre sainte en reste tout éperdue.
C'est là une mort douloureuse et cruelle
dont nul ne se réjouit,
48 sinon ce peuple ignoble et détestable[1].

V

Ah ! Terre pleine de noblesse,
de charité et de largesse,
quelle affreuse perte pour vous !

---

1. Les Sarrasins.

Ce morte ne fust Gentilesce
Et Vaselages et Proesce,
54 Vos ne fussiez pas si deserte.
Haï ! haï ! genz mal aperte,
La porte des cielz est overte :
Ne reculeiz pas por peresce.
En brief tanz l'a or Diex offerte
Au boen conte par sa deserte,
60 Qu'il l'a conquise en sa jonesce.

VI

Ne fist mie de sa croix pile,
Si com font souvent teil dis mile
Qui la prennent par grant faintize ;
Ainz a fait selonc l'Ewangile,
Qu'il a maint borc et mainte vile *f. 42 v° 1*
66 Laissié, por morir au servize
Celui Seigneur qui tot justize.
Et Diex li rent en bele guize
(Ne cuidiez pas que se soit guile),
Qu'il fait granz vertuz a devize :
Bien pert que Diex a s'arme prise
72 Por metre en son roial concile.

VII

Encor fist li cuens a sa mort
Qu'avec les plus povres s'amort :
Des plus povres vot estre el conte.
Quant la mors un teil home mort,

---

1. *Faire de croix pile*, mot-à-mot retourner une pièce de monnaie du côté face au côté pile, signifie « se dédire ». Mais il y a ici en outre un jeu de mots sur *croix*, qui désigne à la fois un côté d'une pièce de monnaie – celui que nous appelons « face » – et l'insigne des croisés. **2.** Cf. Matth. 19, 29 : « Omnis qui relique-

Si n'étaient pas mortes Grandeur d'âme,
Vaillance et Prouesse,
54 vous ne seriez pas ainsi à l'abandon.
Hélas ! hélas ! gens malhabiles,
la porte des cieux est ouverte :
ne reculez pas par paresse.
Dieu n'a pas mis bien longtemps à l'offrir
au valeureux comte pour ses mérites,
60 car il l'a conquise encore en sa jeunesse.

VI

Il n'a pas tourné la face de sa croix côté pile[1],
comme ne cessent de le faire par milliers
ceux qui feignent seulement de la prendre ;
mais il a agi selon l'Évangile[2]
en laissant maints bourgs, maintes villes,
66 pour mourir au service
du Seigneur qui a tout en son pouvoir.
Et Dieu le lui rend magnifiquement
(ne croyez pas que je vous trompe),
car il fait en abondance de grands miracles :
il est évident que Dieu a pris son âme
72 pour la mettre parmi son assemblée royale.

VII

Bien plus, le comte, à sa mort, fit en sorte
d'être confondu avec les plus pauvres :
au nombre des plus pauvres il voulut être compté.
Quand la mort mord un tel homme,

---

rit domum, vel fratres, aut sorores, aut patrem, aut matrem, aut uxorem, aut filios, aut agros propter nomen meum, centuplum accipiet et vitam aeternam possidebit. » (Quiconque aura quitté maison, frères, sœurs, père, mère, enfants ou champs à cause de mon nom, recevra le centuple et aura en partage la vie éternelle).

Que doit qu'ele ne ce remort
78 De mordre si tost un teil conte ?
Car, qui la veritei nos conte,
Je ne cuit pas que jamais monte
Sor nul cheval, feble ne fort,
Nuns hom qui tant ai doutei honte
Ne mieulz seüst que honeurs monte :
84 N'a ci doleur et desconfort ?

VIII

Li cuers le conte est a Citiaux,
Et l'arme la sus en sains ciaux,
Et li cors en gist outre meir.
Cist departirs est boens et biaux :
Ci a trois precieulz joiaux
90 Que tuit li boen doivent ameir.
La sus elz cielz fait boen semeir :
N'estuet pas la terre femeir
Ne ne c'i puet repaitre oiziaux.
Quant por Dieu se fist entameir,
Que porra Diex sor li clameir
96 Quant il jugera boens et maux ?

IX

Ha ! cuens Jehan, biau tres dolz sire,
De vos puisse hon tant de bien dire
Com hon puet dou conte Huede faire !
Qu'en lui a si bele matyre *f. 42 v° 2*
Que Diex c'en puet joer et rire
102 Et sainz paradix s'en resclaire.
A iteil fin fait il bon traire,
Que hon n'en puet nul mal retraire ;
Teil vie fait il boen eslire.

comment peut-elle n'avoir pas de remords
78 de mordre si tôt un tel comte ?
Car, s'il faut conter la vérité,
je ne crois pas que jamais plus
un cheval, faible ou fort, ne portera
d'homme craignant autant le déshonneur
et sachant mieux ce qu'est l'honneur :
84 n'y a-t-il pas là matière à chagrin et à peine ?

VIII

Le cœur du comte est à Cîteaux,
son âme là-haut dans les cieux,
et son corps repose outre-mer.
Ce partage est bel et bon,
car ce sont trois précieux joyaux
90 que tous les hommes de bien doivent aimer.
Il fait bon semer là-haut dans les cieux :
on n'a pas besoin de fumer la terre
et les oiseaux ne peuvent y manger les graines.
Puisqu'il accepta pour Dieu que son corps fût abîmé,
que pourra lui reprocher Dieu
96 quand il jugera les bons et les mauvais ?

IX

Ah ! comte Jean[1], très cher seigneur,
puisse-t-on dire de vous autant de bien
qu'on le peut du comte Eudes !
Car il y fournit si bien matière
que Dieu y trouve son plaisir et sa joie
102 et que le saint paradis en est éclairé.
Il fait bon s'acheminer vers une telle fin,
car on ne peut en retirer aucun mal ;
il fait bon choisir une telle vie.

---

1. Jean Tristan. Voir introduction au poème.

Doulz et pitouz et debonaire
Le trovoit hon en tot afaire :
108 Sages est qu'en ses faiz ce mire.

X

Messire Erart, Diex vos maintiegne
Et en bone vie vos tiegne,
Qu'il est bien mestiers en la Terre :
Que, c'il avient que tost vos preigne,
Je dout li païs ne remeigne
114 En grant doleur et en grant guerre.
Com li cuers el ventre vos serre
Quant Diex a mis si tost en serre
Lou conte a la doutee enseigne !
Ou porroiz teil compaignon querre ?
En France ne en Aingleterre
120 Ne cuit pas c'om le vos enseingne.

XI

Ha ! rois de France, rois de France,
Acre est toute jor en balance :
Secoreiz la, qu'il est mestiers.
Serveiz Dieu de vostre sustance,
Ne faites plus ci remenance,
126 Ne vos ne li cuens de Poitiers.
Diex vos i verra volentiers,
Car toz est herbuz li santiers
C'on suet batre por penitance.
Qu'a Dieu sera amis entiers
Voit destorbeir ces charpentiers
132 Qui destorbent notre creance !

---

* v. 107. toz afaires

---

1. Erart de Vallery. Voir introduction au poème. **2.** Alphonse,

Doux, compatissant, généreux :
tel le trouvait-on en toute chose.
108 Il est sage, celui qui le prend pour modèle.

X

Monseigneur Erart[1], Dieu vous garde
et vous maintienne bien en vie,
car la Terre sainte en a grand besoin :
s'il vous rappelle bientôt à lui,
je crains que le pays ne soit en proie
114 à une grande douleur et à une grande guerre.
Comme votre cœur se serre
de voir que Dieu a si tôt mis près de lui
le comte à la bannière redoutée !
Où pourrez-vous chercher un tel compagnon ?
Je ne crois pas qu'en France ni en Angleterre
120 on puisse vous en indiquer un.

XI

Ah ! roi de France, roi de France,
Acre est chaque jour en danger :
secourez-la, il en est besoin.
Servez Dieu de toutes vos forces,
ne restez pas plus longtemps ici,
126 ni vous ni le comte de Poitiers[2].
Dieu vous y verra volontiers,
car l'herbe a envahi le sentier
qu'on foulait pour faire pénitence[3].
Celui qui sera le vrai ami de Dieu,
qu'il aille jeter le trouble chez ces bouchers
132 qui jettent le trouble sur notre foi !

---

comte de Poitiers et de Toulouse, frère de saint Louis et protecteur de Rutebeuf (cf. *Complainte Rutebeuf* 158-165). Voir *Complainte du comte de Poitiers*. **3.** Cf. *Complainte de Constantinople* 67-68 et n. 1, p. 409.

XII

Chevalier, que faites vos ci ?
Cuens de Blois, sire de Couci,
Cuens de Saint Pol, fils au boen Hue, *f. 43 r° 1*
Bien aveiz avant les cors ci ;
Coument querreiz a Dieu merci
138 Se la mors en voz liz vos tue ?
Vos veeiz la Terre absolue
Qui a voz tenz nos ert tolue,
Dont j'ai le cuer triste et marri.
La mors ne fait nule atendue,
Ainz fiert a massue estandue.
144 Tost fait nuit de jor esclarci.

XIII

Tornoiëur, vos qu'atendeiz,
Qui la Terre ne deffendeiz
Qui est a votre Creatour ?
Vos aveiz bien les yex bandeiz
Quant ver Dieu ne vos desfendeiz
150 N'en vos ne meteiz nul atour.
Pou douteiz la parfonde tour
Dont li prison n'ont nul retour,
Ou par peresce descendeiz.
Ci n'a plus ne guanche ne tour
Quant la mors vos va si entour :
156 A Dieu cors et arme rendeiz.

---

* v. 142. nule estandue

---

1. Les personnages nommés dans ces vers sont les deux fils de

XII

Chevaliers, que faites-vous ici ?
Comte de Blois, seigneur de Coucy,
comte de Saint-Pol, fils du vaillant Hugues[1],
vous prolongez ici votre présence ;
comment demanderez-vous grâce à Dieu,
138 si la mort vous tue dans vos lits ?
Vous voyez que la Terre sainte
va nous être prise de votre vivant,
ce dont mon cœur s'attriste et se désole.
La mort n'attend pas :
elle lève sa massue et frappe.
144 Elle a vite fait de changer le jour clair en nuit.

XIII

Tournoyeurs, qu'attendez-vous,
vous qui ne défendez pas la Terre
qui appartient à votre Créateur ?
Il faut que vous ayez un bandeau sur les yeux
pour ne pas vous garder de la colère de Dieu
150 et pour ne chercher aucune protection.
Vous redoutez peu la tour profonde
d'où les prisonniers ne sortent jamais
et où vous descendez par paresse.
Plus d'échappatoire, plus de volte-face
quand la mort est sur vos talons :
156 vous rendez à Dieu corps et âme.

Hugues de Châtillon, Jean de Châtillon, comte de Blois, déjà interpellé dans la *Chanson de Pouille*, et son frère, Guy de Châtillon, comte de Saint-Pol, ainsi qu'Enguerrand IV de Coucy.

XIV

Quant la teste est bien avinee,
Au feu, deleiz la cheminee,
Si nos croizonz de plain eslaiz.
Et quant vient a la matinee,
Si est ceste voie finee :
162 Teil coutume a et clers et lais.
Et quant il muert et fait son lais,
Si lait sales, maisons, palais,
A doleur, a fort destinee ;
Lai s'en va ou n'a nul relais.
De l'avoir rest il bone pais
168 Quant gist mors desus l'echinee !

XV

Or prions au Roi glorieux,
Qui par son sanc esprecieulz *f. 43 r° 2*
Nos osta de destrucion,
Qu'en son regne delicieuz,
Qui tant est doulz et gracieuz,
174 Faciens la nostre mansion
Et que par grant devocion
Ailliens en cele region
Ou Diex soffri la mort crueulz.
Qui lait en teil confusion
La Terre de promission
180 Pou est de s'arme curieulz.

Explicit.

XIV

Quand le vin nous est bien monté à la tête,
au coin du feu, près de la cheminée,
nous prenons la croix avec enthousiasme.
Le lendemain matin,
le voyage est déjà terminé[1] :
162 c'est ce que font clercs et laïcs.
Et quand on meurt, qu'on fait son testament,
on laisse chambres, maisons et palais
douloureusement, à contrecœur.
On s'en va là où il n'est pas de rémission.
Les biens, on ne s'en soucie plus
168 quand on est étendu mort sur le dos !

XV

Prions donc le Roi glorieux,
qui par son sang précieux
nous arracha à l'anéantissement,
que nous puissions faire notre demeure
dans son royaume délicieux,
174 qui est si doux et plein de grâces,
et que très pieusement
nous puissions aller dans le pays
où Dieu souffrit la mort cruelle.
Celui qui laisse la Terre promise
dans un tel état
180 se soucie peu de son âme.

---

1. Cf. *Nouvelle complainte d'Outremer* 251-264.

LA VOIE DE TUNIS

Saint Louis et ses fils se sont croisés le 25 mars 1267, et le roi de Navarre, son gendre, le 5 juin. Le poème a été écrit après cette date et avant le départ de la croisade en mars 1270. Il est très probable que sa composition remonte à l'année 1267 même, au moment où l'événement était encore dans sa nouveauté et où le faste de la journée du 5 juin, au cours de laquelle le roi de Navarre avait pris la croix et son fils aîné avait été armé chevalier, n'avait pas fini de frapper les esprits. Au v. 61, Rutebeuf oublie curieusement le troisième fils du roi, Pierre, futur comte d'Alençon, qui avait pourtant pris la croix en même temps que son père et ses frères. Ce qu'il n'oublie pas, en revanche, c'est de se rappeler au bon souvenir des princes, dont il estime les générosités à son endroit insuffisantes (v. 65-66).

Manuscrit : C, f. 56 v°.

CI ENCOUMENCE LI DIZ DE LA VOIE DE TUNES

I

De corrouz et d'anui, de pleur et de pitié
Est toute la matiere dont je tras mon ditié.
Qui n'a pitié en soi bien at Dieu fors getié :
4 Ver Dieu ne doit trouveir amour ne amistié.

II

Ewangelistre, apostre, / martyr et confesseur *f. 56 v° 2*
Por Jhesucrit soffrirent de la mort le presseur ;
Or vos i gardeiz bien, qui estes successeur,
8 C'on n'at pas paradyx cens martyre pluseur.

III

Onques en paradix n'entra nuns fors par poinne ;
Por c'est il foulz cheitis qui por l'arme ne poinne.
Cuidiez que Jhesucris en paradyx nos mainne
12 Por norrir en delices la char qui n'est pas sainne ?

IV

Sainne n'est ele pas, de ce ne dout je point :
Or est chaude, or est froide ; or est soeiz, or point ;
Ja n'iert en un estat ne en un certain point.
16 Qui sert Dieu de teil char mainne il bien s'arme a point ?

---

* v. 1. de p. et d'amistié *(la correction* de pitié *est reprise de F.-B.)*

LE DIT DE LA CROISADE DE TUNIS

I

Colère, tourments, pleurs et pitié :
voilà tout le sujet de mon poème.
Qui n'éprouve pas de pitié a bien rejeté Dieu :
4 il ne doit trouver en Dieu amour ni amitié.

II

Évangélistes, apôtres, martyrs et confesseurs
souffrirent pour Jésus-Christ le pressoir de la mort ;
prenez donc bien garde, vous leurs successeurs,
8 qu'on n'obtient pas le paradis sans de nombreux
[tourments.

III

Nul n'entra jamais au paradis sinon par la souffrance ;
c'est donc un pauvre fou que celui qui pour son âme
[ne souffre pas.
Pensez-vous que Jésus-Christ nous mènera en paradis
12 pour avoir nourri dans les délices la chair malsaine ?

IV

Malsaine, elle l'est, de cela je ne doute pas :
tantôt chaude, tantôt froide ; tantôt plaisante, tantôt
jamais elle ne sera stable ni en repos. [douloureuse ;
16 Qui sert Dieu avec cette chair, guide-t-il bien son âme ?

V

A point la moinne il bien a cele grant fornaize
Qui est dou puis d'enfer, ou ja nuns n'avra aise.
Bien se gart qui i vat, bien se gart qui i plaise,
20 Que Dieux ne morra plus por nule arme mauvaise.

VI

Dieux dist en l'Ewangile : « Se li preudons seüst
A queil heure li lerres son suel chaveir deüst,
Il veillast por la criente / que dou larron eüst, *f. 57 r° 1*
24 Si bien qu'a son pooir de rien ne li neüst. »

VII

Ausi ne savons nos quant Dieuz dira : « Veneiz ! »
Qui lors ert mal garniz moult iert mal aseneiz,
Car Dieux li sera lors com lions forseneiz.
28 Vos ne vos preneiz garde, qui les respis preneiz.

VIII

Li rois ne les prent pas, cui douce France est toute,
Qui tant par ainme l'arme que la mort n'en redoute,
Ainz va par meir requerre cele chiennalle gloute.
32 Jhesucriz, par sa grace, si gart lui et sa route !

---

* v. 29. la prent

---

1. Cf. *Nouvelle complainte d'Outremer* 27-29. L'idée, fréquemment développée dans la littérature édifiante du temps, est que la Passion du Christ, source de la Rédemption, n'a eu lieu qu'une fois (Hébreux 9, 24-28) et ne se reproduira pas. Le Christ ne retournera

V

Il la guide tout droit dans la grande fournaise
du puits d'enfer, où nul n'aura jamais ses aises.
Qu'il prenne garde, celui qui y va ou s'y complaît :
20 Dieu ne mourra plus pour aucune âme mauvaise[1].

VI

Dieu dit dans l'Évangile : « Si le maître avait su
à quelle heure le voleur devait creuser son seuil,
il aurait veillé par crainte du voleur,
24 qui n'aurait pu ainsi lui faire aucun dommage[2]. »

VII

De même nous ignorons quand Dieu dira : « Venez ! »
Qui sera mal préparé sera mal loti,
car Dieu sera pour lui comme un lion furieux.
28 Vous n'êtes pas sur vos gardes, vous qui vous attardez.

VIII

Il ne s'attarde pas, le roi qui règne sur toute la douce France.
Il aime tant son âme qu'il ne craint pas la mort,
mais il passe la mer pour attaquer ces sales chiens.
32 Que Jésus-Christ, par sa grâce, le garde lui et ses
[troupes !

---

pas délivrer les âmes prisonnières des enfers comme il l'a fait entre sa mort et sa résurrection. **2.** Matth. 24, 43 : *Si sciret pater familias qua hora fur venturus esset, vigilaret utique et non sineret perfodi domum suum* : (« Si le maître de maison avait su à quelle heure le voleur devait venir, il aurait veillé et n'aurait pas permis qu'on perçât les murs de sa demeure. »)

IX

Prince, prelat, baron, por Dieu preneiz ci garde.
France est si grace terre, n'estuet pas c'om la larde :
Or la wet cil laissier qui la maintient et garde,
36 Por l'amor de Celui qui tout a en sa garde.

X

Des or mais se deüst li preudons sejourneir
Et toute s'atendue a sejour atourneir :
Or wet de douce France et partir et torneir.
40 Dieux le doint / a Paris a joie retorneir. *f. 57 r° 2*

XI

Et li cuens de Poitiers, qui un pueple souztient,
Et qui en douce France si bien le sien leu tient
Que quinze jors vaut miex li leux par ou il vient,
44 Il s'en va outre meir, que riens ne le detient.

XII

Plus ainme Dieu que home qui emprent teil voiage
Qui est li souverains de tout pelerinage :
Le cors mettre a essil et meir passeir a nage
48 Por amor de Celui qui le fist a s'ymage.

---

1. Jeu de mots amené par l'épithète « grasse » : une viande qui est grasse par elle-même n'a pas besoin d'être lardée ; mais « larder » signifie aussi de façon figurée « faire du mal ». **2.** Al-

IX

Princes, prélats, barons, pour Dieu, prenez-y garde :
la France est une terre si grasse qu'il ne faut pas qu'on
[la larde[1].
Voici qu'il veut la laisser, celui qui la protège et la garde,
36 pour l'amour de Celui qui a tout sous sa garde.

X

Désormais ce bon roi devrait se reposer
et ne se soucier que de son repos :
et voici qu'il veut quitter la douce France.
40 Que Dieu lui accorde de revenir à Paris dans la joie !

XI

Quant au comte de Poitiers[2], qui veille sur tout un peuple,
et qui en douce France tient si bien sa place
que le lieu où il passe en vaut mieux pour quinze jours,
44 il s'en va outre-mer : rien ne peut le retenir.

XII

Il aime Dieu plus que les hommes, celui qui
[entreprend un tel voyage,
qui est le pèlerinage suprême :
c'est exposer son corps, c'est naviguer sur la mer
48 pour l'amour de Celui qui nous fit à son image.

---

phonse, comte de Poitiers et de Toulouse, frère de saint Louis, qui mourra au retour de la croisade de Tunis. Voir *Complainte du comte de Poitiers*.

XIII

Et messires Phelipes et li boens cuens d'Artois
Et li cuens de Nevers, qui sunt preu et cortois,
Refont en lor venue a Dieu biau serventois ;
52 Chevalier qui ne[s] suit ne pris pas un nantois.

XIV

Li boens rois de Navarre, qui lait si bele terre
Que ne sai ou plus bele puisse on troveir ne querre
(Mais hon doit tout laissier por l'amor Dieu conquerre :
56 Ciz voiages est cleis qui paradix desserre),

XV

Ne prent pas garde a choze qu'il ait eü a faire ;
S'a il asseiz eü et anui et contraire, *f. 57 v° 1*
Mais si con Dieux trouva saint Andreu debonaire,
60 Trueve il le roi Thiebaut doulz et de boen afaire.

XVI

Et li dui fil le roi et lor couzins germains,
Ce est li cuens d'Artois, qui n'est mie dou mains,
Revont bien enz dezers laboreir de lor mains
64 Quant par meir vont requerre Sarrazins et Coumains.

---

* v. 52. ne suit — v. 53. boons

---

1. Les deux fils aînés du roi, Philippe – le futur roi Philippe III le Hardi – et Jean Tristan, comte de Nevers, qui mourra comme son père devant Tunis. Sur Jean Tristan, voir *Complainte du comte Eudes de Nevers* 97-99 et n. 1, p. 867. Leur cousin, le comte Robert II d'Artois était le fils de Robert d'Artois, frère de saint Louis, mort à Mansourah lors de la croisade précédente. **2.** Un *serventois* est un poème religieux. Le mot, amené ici par la rime, joue probablement sur l'idée de « service ». **3.** Le comte Thibaud V de Champagne, roi de Navarre,

XIII

Monseigneur Philippe, le vaillant comte d'Artois
et le comte de Nevers[1], qui sont preux et courtois,
offrent eux aussi à Dieu leurs services comme un chant[2] ;
52 le chevalier qui ne les suit pas, je ne l'estime pas un sou.

XIV

Le vaillant roi de Navarre[3], qui laisse une si belle terre
que je ne sais où on pourrait en chercher une plus belle
(mais on doit tout laisser pour conquérir l'amour de Dieu :
56 ce voyage est la clé qui ouvre le paradis),

XV

ne se soucie pas de ce qu'il pouvait avoir à faire ;
pourtant tourments et contrariétés ne lui ont pas manqué,
mais de même que Dieu trouva saint André généreux[4],
60 il trouve le roi Thibaud doux et excellent.

XVI

Et les deux fils de roi et leur cousin germain,
le comte d'Artois, qui n'est pas inférieur,
vont aussi dans les déserts payer de leur personne
64 puisqu'ils vont par la mer attaquer Sarrasins et Comans[5].

---

gendre de saint Louis, qui mourra au retour de la croisade de Tunis. Voir *Complainte du roi de Navarre*. **4.** Comme Simon Pierre son frère, André quitta tout sans hésitation et sur l'heure pour suivre Jésus à l'invitation de celui-ci dès le début de sa vie publique (Matth. 4, 18-19). Sur la protection apportée par saint André aux croisés, voir *Dit de Pouille* 25 et n. 2, p. 839. **5.** Les Comans ou Coumans, d'origine turque et installés dans les steppes de la Russie méridionale, avaient parfois servi d'auxiliaires aux empereurs de Byzance. Les Occidentaux avaient été frappés lors de la quatrième croisade par leurs mœurs jugées étranges et barbares. Mais il est probable que Rutebeuf désigne ici sous ce nom les Tartares.

XVII

Tot soit qu'a moi bien faire soient tardif et lant,
Si ai je de pitié por eulz le cueur dolant :
Mais ce me reconforte (qu'iroie je celant ?)
68 Qu'en lor venues vont en paradix volant.

XVIII

Saint Jehans eschuia compaignie de gent,
En sa venue fist de sa char son serjant,
Plus ama les desers que or fin ne argent,
72 Qu'Orgueulz ne li alast sa vie damagent.

XIX

Bien doit ameir le cors qui en puet Dieu servir,
Qu'il en puet paradix et honeur deservir :
Trop par ainme son aise / qui lait l'arme aservir, *f. 57 v° 2*
76 Qu'en enfer sera serve par son fol messervir.

XX

Veiz ci moult biau sarmon : li rois va outre meir
Pour celui Roi servir ou il n'a point d'ameir.
Qui ces deus rois vodra et servir et ameir
80 Croize soi, voit aprés : mieulz ne peut il semeir.

---

* v. 65. soie tardiz et lans

XVII

Bien qu'ils tardent et traînent à me faire du bien,
j'ai, de pitié pour eux, pourtant, le cœur dolent :
ce qui me réconforte (pourquoi le cacher ?),
68 c'est que par ce voyage ils s'envolent vers le paradis.

XVIII

Saint Jean a fui la compagnie des hommes[1],
il a fait de sa chair son serviteur,
il a plus aimé les déserts que l'or fin et l'argent,
72 pour éviter qu'Orgueil s'en prenne à sa vie.

XIX

Il doit bien aimer son corps, celui qui peut avec lui
[servir Dieu,
de manière à mériter l'honneur et le paradis :
il aime trop ses aises, celui qui laisse asservir son âme,
76 car elle sera serve en enfer pour avoir, dans sa folie,
[mal servi.

XX

Voici un beau sermon : le roi va outre-mer
pour servir ce Roi en qui rien n'est amer ;
qui voudra ces deux rois et servir et aimer,
80 qu'il se croise et les suive : il ne peut semer mieux.

---

1. Il s'agit, bien entendu, de saint Jean-Baptiste, lorsqu'il est allé vivre dans le désert de Judée (Matth. 3, 1-4).

XXI

Ce dit cil qui por nos out asseiz honte et lait :
« N'est pas dignes de moi qui por moi tot ne lait ;
Qu'aprés moi vuet venir croize soi, ne delait ! »
84 Qui aprés Dieu n'ira mal fu norriz de lait.

XXII

Vauvaseur, bacheleir plain de grant nonsavoir,
Cuidiez vos par desa pris ne honeur avoir ?
Vous vous laireiz morir, et porrir votre avoir ;
88 Et ce vos vos moreiz, Diex nou quiert ja savoir.

XXIII

Dites, aveiz vos pleges de vivre longuement ?
Je voi aucun riche home faire maisonnement :
Quant il a assouvi trestout entierement,
92 Se li fait hon un autre, de petit coustement.

XXIV

Ja coars n'enterra en paradyx celestre, *f. 58 r° 1*
Si n'est nuns si coars qui bien n'i vouxist estre ;
Mais tant doutent mesaize et a guerpir lor estre
96 Qu'il en adossent Dieu et metent a senestre.

---

1. Matth. 10, 38 : *Qui non accipit crucem suam et sequitur me non est me dignus* (« Qui ne prend pas sa croix et ne vient pas à ma suite n'est pas digne de moi »). Les prédicateurs de la croisade

XXI

Il dit, Celui qui pour nous subit honte et outrages :
« Il n'est pas digne de moi, celui qui ne laisse pas
[tout pour moi ;
celui qui veut me suivre, qu'il se croise sans délai[1] ! »
84 Qui ne suivra pas Dieu a sucé le lait du malheur.

XXII

Vavasseurs, jeunes chevaliers, pleins d'ignorance,
pensez-vous acquérir estime et honneur de ce côté de
[la mer ?
Vous vous laisserez mourir, et pourrir votre avoir ;
88 si vous êtes cause de votre mort, Dieu n'en veut rien
[savoir.

XXIII

Dites, avez-vous l'assurance de vivre longtemps ?
Je vois des hommes riches se bâtir des maisons :
quand tout est bien fini,
92 on leur en fait une autre qui ne coûte pas cher.

XXIV

Jamais couard n'entrera au paradis céleste,
pourtant nul n'est si couard qu'il ne voudrait bien y être ;
mais ils craignent tant de souffrir et de sortir de chez eux
96 qu'ils tournent le dos à Dieu et le laissent de côté.

---

tiraient le texte à eux en entendant l'expression « prendre sa croix » au sens de « prendre la croix », « se croiser », « partir pour la croisade ».

XXV

Dés lors que li hons nait, a il petit a vivre ;
Quant il a quarante ans, or en a mains ou livre.
Quant il doit servir Dieu, si s'aboivre et enyvre ;
100 Ja ne se prendra garde tant que mors le delivre.

XXVI

Or est mors : qu'a il fait, qu'au siecle a tant estei ?
Il a destruiz les biens que Dieux li a prestei ;
De Dieu ne li souvint ne yver ne estei.
104 Il avra paradix ce il l'a conquestei !

XXVII

Foulz est qui contre mort cuide troveir deffence :
Des biaux, des fors, des sages fait la mort sa despance ;
La mors mort Absalon et Salemon et Sance ;
108 De legier despit tout qu'adés a morir pance.

XXVIII

Et vos, a quoi penceiz, qui n'aveiz nul demain
Et qui a nul bien faire / ne voleiz metre main ? *f. 58 r° 2*
Se hom va au moustier, vos dites : « Je remain » ;
112 A Dieu servir dou votre iestes vos droit Romain.

---

1. Cf. *Dit de Pouille* 13-16. **2.** Le calembour risqué de la traduction se substitue à celui du texte original. Les Romains étaient réputés pour leur avarice (cf. *Voie d'Humilité* 714 et n. 1, p. 389) ; d'où la remarque de Rutebeuf : « Quant il s'agit de mettre

XXV

Dès sa naissance l'homme a peu de temps à vivre ;
quand il a quarante ans, il lui en reste encore moins
[sur le livre[1].
Au lieu de servir Dieu, il s'abreuve et s'enivre
100 sans prendre garde à rien, jusqu'à ce que la mort le
[délivre.

XXVI

Le voilà mort : qu'a-t-il fait, lui qui a tant vécu ?
Il a détruit les biens que Dieu lui avait prêtés ;
il ne s'est souvenu de Dieu ni l'hiver ni l'été.
104 Il aura le paradis, s'il a su le conquérir !

XXVII

Fou qui contre la mort croit trouver une défense :
les beaux, les forts, les sages, la mort s'en nourrit ;
la mort mord Absalon, Salomon et Samson ;
108 Il n'a pas de peine à tout mépriser, celui qui sans
[cesse pense à la mort.

XXVIII

Et vous, à quoi pensez-vous, qui n'avez pas de lendemain
et qui ne voulez prendre peine à faire aucun bien ?
Si on va à l'église, vous dites : « Je reste » ;
112 pour servir Dieu de votre écot, vous êtes Écossais[2].

---

votre argent au service de Dieu, vous êtes de vrais Romains ». Mais le poète joue en outre de l'expression *droit Romain*, qui signifie à la fois « de vrais Romains » et « le droit romain ».

XXIX

Se hom va au moustier, la n'aveiz vos que faire :
N'est pas touz d'une piece, tost vos porroit maufaire.
A ceux qui y vont dites qu'ailleurs aveiz afaire :
116 « Sans oïr messe sunt maint biau serf em Biaire. »

XXX

Vous vous moqueiz de Dieu tant que vient a la mort,
Si li crieiz mercei lors que li mors vos mort
Et une consciance vos reprent et remort ;
120 Si n'en souvient nelui tant que la mors le mort.

XXXI

Gardeiz dont vos venistes et ou vous revandroiz.
Diex ne fait nelui tort, n'est nuns juges si droiz ;
Il est sires de loiz et c'est maitres de droiz :
124 Touz jors le trovereiz droit juge en toz endroiz.

XXXII

Li besoins est venuz qu'il a mestiers d'amis ;
Il ne quiert que le cuer, de quanque en vos a mis.
Qui le cuer li aura et donei et promis
128 De resouvoir son reigne c'iert moult bien entremis.

[f. 58 v° 1

•

---

1. L'église « n'est pas construite tout d'une pièce » ; elle pourrait donc, en s'écroulant, causer la mort des fidèles qui s'y trouvent : telle est l'excuse du chrétien négligent pour ne pas y aller.
2. La Bierre est l'ancien nom de la forêt de Fontainebleau, réputée pour ses cerfs. Le propos est placé dans la bouche d'un chasseur invétéré – l'un des *vavasseurs* ou des *bacheliers* qu'interpelle Rute-

XXIX

Si on va à l'église, vous n'y avez que faire :
elle n'est pas solide, elle aurait tôt fait de vous tuer[1].
À ceux qui y vont vous dites que vous avez affaire ailleurs :
116 « Pourquoi suivre la messe ? Il y a maint beau cerf en [forêt de Fontainebleau[2]. »

XXX

Vous vous moquez de Dieu jusqu'à l'heure de la mort,
et vous lui criez grâce quand sa morsure vous mord,
que dans votre conscience sont reproches et remords ;
120 Nul n'y pense jusqu'au moment où la mort le mord.

XXXI

Regardez d'où vous êtes venus et où vous retournerez[3].
Dieu ne fait tort à personne, nul juge n'est aussi juste ;
il est maître des lois, il est maître du droit :
124 Toujours et partout vous le trouverez juge droit.

XXXII

Voici le moment où il a besoin d'amis ;
de tout ce qu'il vous a donné, il ne demande que le cœur.
Qui lui aura promis et donné son cœur.
128 aura fait ce qu'il faut pour recevoir son Royaume.

---

beuf au v. 85. F.-B. (I, 467-8), invoquant le reproche souvent fait aux vilains d'ignorer ou de négliger les choses de la religion, ce qui suppose qu'il peut y avoir un jeu de mots entre *cerf* et *serf* ; la phrase pourrait dans ce cas signifier aussi : « Il y a beaucoup de beaux serfs en Bierre qui ne vont pas à la messe ». **3.** Cf. Genèse 3, 19 et Ecclésiaste 3, 20.

XXXIII

Li mauvais demorront, nes couvient pas eslire ;
Et c'il sunt hui mauvais, il seront demain pire ;
De jor en jor iront de roiaume en empire :
132 Se nos nes retrouvons, si n'en ferons que rire.

XXXIV

Li Rois qui les trois rois en Belleem conduit
Conduie touz croiziez qui a mouvoir sunt duit,
Qu'osteir au soudant puissent et joië et deduit,
136 Si que bonnes en soient et notes et conduit !

Explicit.

XXXIII

Les mauvais resteront, il ne faut pas les choisir ;
et s'ils sont mauvais aujourd'hui, demain ils seront pires ;
de jour en jour ils feront de royaume empire[1] :
132 si nous ne les retrouvons pas, nous ne ferons qu'en rire.

XXXIV

Que le Roi qui conduisit les trois rois à Bethléem
conduise tous les croisés qui sont prêts au départ,
si bien qu'ils puissent ôter au sultan joie et plaisir,
136 et qu'ainsi leur succès soit matière à chansons !

---

1. Jeu de mots sur *empire* et le verbe *empirer* : cf. *Renart le Bestourné* 53, *Charlot et le Barbier* 54, *Paix de Rutebeuf* 17.

LA DISPUTAISON DU CROISÉ ET DU DÉCROISÉ

Comme le précédent, ce poème a été composé entre le 25 mars 1267, jour où saint Louis et ses fils prirent la croix, et le départ de la croisade en mars 1270. Comme le précédent, il faut le placer plus près de la première date que de la seconde, au moment où l'on s'occupait de lever des troupes et de voir l'exemple royal se propager. Les premiers vers, dans lesquels Rutebeuf souligne qu'à Acre les ennemis sont à portée de traits (v. 7-8), pourraient alors faire allusion à l'attaque lancée contre la ville par le sultan Baïbars le 2 mai 1267. S'il faut prendre à la lettre le premier vers, selon lequel la conversation surprise par le poète se serait tenue vers la Saint-Remi (1er octobre), le poème pourrait donc être d'octobre 1267.

Manuscrits : *C*, f. 10 r° ; *R*, f. 25 r° ; *T*, f. 365 r°. *Texte de C.*
* Titre : *R* Se commenche li dis dou croisier et dou descroisier, *T mq.*

CI ENCOUMENCE LA DESPUTIZONS DOU CROISIE ET DOU DESCROISIE

I

L'autrier entour la Saint Remei
Chevauchoie por mon afaire,
Pencix, car trop sunt agrami
4 La gent dont Diex at plus a faire,
Cil d'Acre, qui n'ont nul ami
(Ce puet on bien por voir retraire),
Et sont si prés lor anemi
8 Qu'a eux pueent lancier et traire.

II

Tant fui pancis a ceste choze
Que je desvoiai de ma voie,
Com cil qu'a li meïsmes choze,
12 Por le penceir que g'i avoie.
Une maison fort et bien cloze
Trouvai, dont je riens ne savoie,
Et c'estoit la dedens encloze
16 Une gent que je demandoie.

III

Chevaliers i avoit teiz quatre
Qui bien seivent parleir fransois.
Soupei orent, si vont esbatre
20 En un vergier deleiz le bois.
Ge ne me voulz sor eux embatre,
Que ce me dist uns hom cortois :

---

* v. 7. *RT* Si pries sont ja — v. 10. *T* desvoie — v. 18. *R* sorent — v. 20-21. *T mq.*

LE DÉBAT DU CROISÉ
ET DU DÉCROISÉ

I

L'autre jour, vers la Saint-Remi,
je chevauchais, allant à mes affaires,
préoccupé à cause de la détresse
4 de ceux dont Dieu a le plus besoin :
les défenseurs d'Acre, qui n'ont aucun ami
(on peut bien le dire en toute vérité),
et qui sont si près de leurs ennemis
8 que leurs traits peuvent les atteindre.

II

Cela me préoccupait tant
que je m'égarai,
plongé que j'étais dans mes pensées
12 en homme qui dispute avec lui-même.
Je trouvai une maison forte, bien fermée,
que je ne connaissais pas ;
à l'intérieur se trouvaient
16 des gens tels que je désirais en voir.

III

Il y avait là quatre chevaliers
qui n'avaient pas leur langue dans leur poche.
Ils avaient dîné, et allèrent se distraire
20 dans un verger près du bois.
Je ne voulus pas leur tomber dessus sans façon,
car un homme bien élevé m'a appris

« Teiz cuide compaignie esbatre
24 Qui la toust », c'est or sans gabois.

IV

Li dui laissent parleir les deux,
Et je les pris a escouteir,
Qui leiz la haie fui touz seux.
28 Si descent por moi acouteir.
Si distrent, entre gas et geux,
Teiz moz con vos m'orreiz conter. *f. 10 r° 2*
Siecles i fut nomeiz et Deus.
32 De ce pristrent a desputeir.

V

Li uns d'eux avoit la croix prise,
Li autres ne la voloit prendre.
Or estoit de ce lor emprise,
36 Que li croiziez voloit aprendre
A celui qui pas ne desprise –
La croix ne la main n'i vuet tendre
Qu'il la preïst par sa maitrize,
40 Ce ces sans ce puet tant estendre.

VI

Dit li croisiez premierement :
« Enten a moi, biaux dolz amis.
Tu seiz moult bien entierement
44 Que Diex en toi le san a mis

---

* v. 28. *R* Descendi p. m. esconser — v. 40. *R* se peuïst e., *T* i powist e.

---

1. Cf. Morawski 2345. Traduction empruntée à Jean Dufournet.

que « tel fait fuir la compagnie
24 en croyant la divertir[1] », et, sans rire, c'est vrai.

IV

Deux d'entre eux laissaient parler les deux autres,
et je me mis à les écouter,
tout seul près de la haie,
28 descendant de cheval pour me rapprocher.
Au milieu de propos légers, il dirent
ce que vous allez m'entendre vous rapporter.
Il y fut question du monde et de Dieu :
32 c'était là-dessus qu'ils discutaient.

V

L'un d'eux avait pris la croix,
l'autre ne voulait pas.
Voici l'objet de leur débat :
36 le croisé voulait persuader l'autre –
qui, sans mépriser la croix,
ne voulait pas la prendre –
de le faire sous son influence,
40 s'il était assez habile pour l'obtenir[2].

VI

Le croisé parla le premier :
« Écoute-moi, très cher ami.
Tu sais parfaitement
44 que Dieu t'a doué de raison,

---

2. *Ces sans* peut s'appliquer au croisé et à sa capacité de persuader ou au décroisé et à sa capacité de comprendre. On a choisi la première interprétation, mais les deux sont possibles.

Dont tu connois apertement
Bien de mal, amis d'anemis.
Se tu en euvres sagement,
48 Tes loiers t'en est [ja] promis.

VII

Tu voiz et parsois et entens
Le meschief de la Sainte Terre.
Por qu'est de proesse vantans
52 Qui le leu Dieu lait en teil guerre ?
S'uns hom pooit vivre cent ans,
Ne puet il tant d'oneur conquerre
Com, se il est bien repentans,
56 D'aleir le Sepulchre requerre. »

VIII

Dit li autres : « J'entens moult bien
Por quoi vos dites teiz paroles.
Vos me sermoneiz que le mien
60 Doingne au coc et puis si m'en vole.
Mes enfans garderont li chien,
Qui demorront en la pailliole.
Hon dit : "Ce que tu tiens, si tien !"
64 Ci at boen mot de bone escole.

IX

Cuidiez vos or que la croix preingne *f. 10 v° 1*
Et que je m'en voize outre meir,
Et que les .C. soudees deingne
68 Por .XL. sols reclameir ?

---

* v. 48. *C* ja *mq.* — v. 49. *RT* et counois et — v. 53. *RT* mil ans — v. 60. *RT* Giete — v. 62. *C* parole, *R* pailloile, *T* pignole (*F.-B.* pailliole) — v. 68. *C* .XL. cens r.

grâce à quoi tu peux distinguer
le bien du mal, les amis des ennemis.
Si tu en uses avec sagesse,
48 la récompense t'en est déjà promise.

VII

Tu vois, tu saisis, tu comprends
les malheurs de la Terre sainte.
Comment peut-on se vanter de sa vaillance
52 et laisser le pays de Dieu subir telle guerre ?
Même si un homme vivait cent ans,
il ne pourrait gagner autant de gloire
qu'en allant, plein de repentir,
56 reconquérir le Sépulcre. »

VIII

L'autre répondit : « Je comprends très bien
pourquoi vous me dites cela.
Vous me faites la leçon pour que je donne
60 mon bien aux cochons et que je m'éclipse.
Les chiens garderont mes enfants,
qui resteront sur la paille.
On dit : "Ce que tu tiens, tiens-le bien[1] !"
64 C'est une belle parole, qui est de bon conseil.

IX

Pensez-vous que je vais prendre la croix,
m'en aller outre-mer,
et demander quarante sous
68 d'une terre qui en rapporte cent ?

---

1. Cf. Morawski 2161. C'est un proverbe assez répandu. Sa traduction est, là encore, empruntée à Jean Dufournet.

Je ne cuit pas que Deux enseingne
Que hom le doie ainsi semeir.
Qui ainsi senme, pou i veigne,
72 Car hom le devroit asomeir.

X

– Tu naquiz de ta mere nuz,
Dit li croisiez, c'est choze aperte.
Or iez juqu'a cet tens venuz
76 Que ta chars est bien recoverte.
Qu'est Dieus ne qu'est lors devenuz
Qu'a cent dobles rent la deserte ?
Bien iert por mescheanz tenuz
80 Qui ferat si vilainne perte.

XI

Hom puet or paradix avoir
Ligierement, Diex en ait loux !
Asseiz plus, ce poeiz savoir,
84 L'acheta sainz Piere et sainz Poulz,
Qui de si precieux avoir
Com furent la teste et li coux
L'aquistrent, ce teneiz a voir.
88 Icist dui firent deus biaux coux. »

---

* v. 72. *C* les devroit asemeir, *R* assoumer, *T* assumer (*F.-B.* asomeir) — v. 77. *C* Diex nes que lors — v. 80. *CT* perde — v. 86. *R* Conme les tiestes et les c., *T* Conme les costes et les c. — v. 88. *T* Ichil dui furent dui bial c.

---

1. La logique de cette strophe n'est pas impeccable, ce qui explique peut-être les contresens qu'elle a provoqués. Le croisé considère – sans ironie – que la croisade offre une occasion unique de gagner facilement le paradis. Il oppose à cette facilité les souffrances du martyre qu'ont dû subir saint Pierre et saint Paul pour parvenir au même but (c'est un lieu commun des prédicateurs de l'époque). Mais il n'en conclut pas que les

Je ne crois pas que Dieu enseigne
qu'on doive faire de telles semailles.
Celui qui sème ainsi, qu'il aille se cacher :
72 il mériterait qu'on l'assomme.

X

– Tu es sorti nu du ventre de ta mère,
dit le croisé : c'est incontestable.
À présent tu en es au point
76 que ton corps est bien vêtu.
Que fais-tu donc de Dieu
qui rend les mérites au centuple ?
Qui obtiendra moins (perte honteuse !),
80 on le tiendra pour un misérable.

XI

On peut actuellement gagner le paradis
facilement, grâce à Dieu !
Saint Pierre et saint Paul, sachez-le,
84 l'achetèrent beaucoup plus cher :
ils le payèrent, croyez-le,
d'un bien aussi précieux
que leur tête et leur cou.
88 Tous deux ont réussi un joli coup[1] ! »

---

deux saints ont été trompés, se sont fait avoir. Comprendre le vers *Icist dui firent deus biaux cous* comme signifiant « ces deux-là firent deux beaux cocus » est insoutenable. Insoutenable à cause de la grossièreté et du manque d'à-propos d'un tel jugement appliqué à saint Pierre et à saint Paul. Insoutenable, parce que ce sens est contredit plus bas par les vers 110-112. Insoutenable surtout parce que *faire deus biaux cous* ne peut signifier « faire deux beaux cocus ». F.-B. ne l'a pas du tout entendu de cette façon, et s'il traduit « faire deux beaux exploits » (I, 473), ce n'est nullement par antiphrase, mais parce qu'il a parfaitement compris, comme le montre son glossaire sous *coux*, qu'il s'agit d'une métaphore empruntée au jeu de dés et qu'on a affaire ici au mot « coup » et non au mot « cocu ».

XII

Dit cil qui de croizier n'a cure :
« Je voi merveilles d'une gent
Qui asseiz sueffrent poinne dure
92 En amasseir un pou d'argent,
Puis vont a Roume ou en Esture,
Ou vont autre voie enchergent.
Tant vont cerchant bone aventure
96 Qu'il n'ont baesse ne sergent.

XIII

Hom puet moult bien en cet paÿx
Gaiaignier Dieu cens grant damage.
Vos ireiz outre meir laÿs,
100 Qu'a folie aveiz fait homage. *f. 10 v° 2*
Je di que cil est foux naÿx
Qui se mest en autrui servage,
Quant Dieu puet gaaignier saÿx
104 Et vivre de son heritage.

XIV

– Tu dis si grant abusion
Que nus ne la porroit descrire,
Qui wés sans tribulacion
108 Gaaignier Dieu por ton biau rire.
Dont orent fole entencion
Li saint qui soffrirent martyre
Por venir a redempcion ?
112 Tu diz ce que nuns ne doit dire.

---

* v. 108. *R* par t. b. dire

XII

Celui qui n'entendait pas se croiser répond :
« Je m'étonne de voir des gens
se donner beaucoup de mal
92 pour amasser un peu d'argent,
puis s'en aller à Rome, dans les Asturies[1]
ou sur d'autres routes encore.
Ils tentent si bien leur chance
96 qu'ils n'ont plus ni serviteur ni servante.

XIII

On peut très bien en restant ici
gagner le ciel sans grandes souffrances.
Si vous, vous allez là-bas, outre-mer,
100 c'est que vous avez prêté hommage à la folie.
Je dis que c'est un fou complet,
celui qui se fait l'esclave d'autrui,
quand il peut gagner le ciel sur place
104 en vivant de son héritage.

XIV

– Ce que tu dis est tellement faux
que c'est inqualifiable,
toi qui veux sans tribulations
108 gagner le ciel sur ta bonne mine.
Avaient-ils donc un projet fou,
les saints qui ont souffert le martyre
pour obtenir la rédemption ?
112 Tu dis ce que nul n'est en droit de dire.

---

1. C'est-à-dire à Saint-Jacques-de-Compostelle.

XV

Ancor n'est pas digne la poinne
Que nuns hom puisse soutenir
A ce qu'a la joie sovrainne
116 Puisse ne ne doie venir.
Por ce se rendent tuit cil moinne
Qu'a teil joie puissent venir.
Hom ne doit pas douteir essoinne
120 C'on ait pour Dieu jusqu'au fenir.

XVI

– Sire, qui des croix sermoneiz,
Resoffreiz moi que je deslas.
Sermoneiz ces hauz coroneiz,
124 Ces grans doiens et ces prelaz
Cui Diex est toz abandoneiz
Et dou siecle toz li solaz.
Ciz geux est trop mal ordeneiz,
128 Que toz jors nos meteiz es laz.

XVII

Clerc et prelat doivent vengier
La honte Dieu, qu'il ont ces rentes.
Il ont a boivre et a mangier,
132 Si ne lor chaut c'il pluet ou vente.
Siecles est touz en lor dangier.
C'il vont a Dieu par teile sente,
Fol sunt c'il la welent changier, *f. 11 r° 1*
136 Car c'est de toutes la plus gente.

---

* v. 113. *C* pingne — v. 116. *R* Peuïst ; *T* P. nus hons parvenir — v. 119. *T* p. bouter e. — v. 120. *RT* de D. ; *T* fuir — v. 122. *R* je le las — v. 127. *R* C. tens — v. 130. *RT* Sa honte qu'il en ont la r. (*T* car ilh on la r.) — v. 133. *RT* Le siecle ont trop

XV

Les souffrances qu'un homme peut endurer
ne sont même pas suffisantes
pour lui mériter de parvenir
116 à la joie souveraine[1].
Si tous les moines entrent en religion,
c'est pour parvenir à cette joie.
On ne doit redouter aucune peine
120 que l'on ait à subir pour Dieu, jusqu'à la mort.

XVI

– Seigneur, qui prêchez la croisade,
souffrez que moi, je me récuse.
Prêchez les princes de l'Église,
124 les grands doyens, les prélats,
à qui Dieu n'a rien à refuser
et qui ont tous les plaisirs de ce monde.
Ce jeu est bien mal organisé :
128 c'est toujours nous qui sommes pris.

XVII

C'est aux clercs et aux prélats de venger
la honte de Dieu, puisqu'ils jouissent de ses rentes.
Ils ont à boire et à manger,
132 et peu leur chaut qu'il pleuve ou vente.
Le monde entier est à leur disposition.
Si cette route les conduit à Dieu,
ils sont fous s'ils veulent en changer,
136 car c'est la plus agréable de toutes.

---

1. Cf. *Des Règles* 61-64. Les deux passages paraphrasent saint Paul (Rom. 8, 18).

XVIII

– Laisse clers et prelaz esteir
Et te pren garde au roi de France,
Qui por paradix conquesteir
140 Vuet metre le cors en balance
Et ces enfans a Dieu presteir :
Li prés n'est pas en aesmance !
Tu voiz qu'il se vuet apresteir
144 Et faire ce dont a toi tance.

XIX

Moult a or meillor demoreir
Li rois el roiaume que nos,
Qui de son cors wet honoreir
148 Celui que por seignor tenons,
Qu'en crois se laissa devoreir.
Ce de lui servir ne penons,
Helas ! trop avrons a ploreir,
152 Que trop fole vie menons.

XX

– Je wel entre mes voisins estre
Et moi deduire et solacier.
Vos ireiz outre la meir peistre,
156 Qui poeiz grant fais embracier.
Dites le soudant vostre meistre
Que je pri pou son menacier.
C'il vient desa, mal me vit neistre,
160 Mais lai ne l'irai pas chacier.

---

* v. 142. *C* Li pres n'est pas en esmaiance, *R* Ne point n'en est en esmaiance, *T* Ses pros (*abrégé*) n'est pas en aesmance — v. 146. *RT* Li rois vraiement que n'avons — v. 149. *T* Ki en c. se l. pener — v. 151. *RT* avons — *RT intervertissent les strophes XX et XXI* — v. 159. *RT* Se decha vient mar

XVIII

– Laisse les clercs et les prélats tranquilles
et regarde le roi de France
qui pour conquérir le Paradis
140 veut risquer sa vie
et confier ses enfants à Dieu :
un prêt inestimable !
Tu vois qu'il veut se préparer
144 et faire ce dont je discute avec toi.

XIX

Le roi a de bien meilleures raisons
de rester dans le royaume que nous[1].
Pourtant il veut honorer de sa personne
148 celui que nous tenons pour notre Seigneur
et qui en croix se laissa mettre en pièces.
Si nous ne nous donnons pas de mal pour le servir,
hélas ! nous aurons beaucoup à pleurer,
152 car la vie que nous menons est folle.

XX

– Je veux vivre au milieu de mes voisins,
me divertir, prendre du bon temps.
Vous irez brouter outre-mer,
156 vous qui ne craignez pas les lourds fardeaux.
Dites au sultan votre maître
que je fais peu de cas de ses menaces.
S'il vient ici, il regrettera de m'avoir vu,
160 mais je n'irai pas le relancer là-bas.

— v. 160. *RT* Mais de la ne le quier toukier

1. Malgré la rime imparfaite, il serait dommage de corriger le texte de *C*.

XXI

Je ne faz nul tort a nul home,
Nuns hom ne fait de moi clamour.
Je cuiche tost et tien soume,
164 Et tieng mes voisins a amour.
Si croi, par saint Pierre de Roume,
Qu'il me vaut miex que je demour
Que de l'autrui porter grant soume,
168 Dont je seroie en grant cremour.

XXII

– Desai bees a aise vivre :
Seiz tu se tu vivras asseiz ? *f. 11 r° 2*
Di moi ce tu ceiz en queil livre
172 Certains vivres soit compasseiz.
Manjue et boif, et si t'enyvre,
Que mauvais est de pou lasseiz.
Tuit sont un, saches a delivre,
176 Et vie d'oume et oez quasseiz.

XXIII

Laz ! ti dolant, la mors te chace,
Qui tost t'avra lassei et pris.
Desus ta teste tient sa mace.
180 Viex et jones prent a un pris.
Tantost at fait de pié eschace,
Et tu as tant vers Dieu mespris !
Au moins enxui un pou la trace
184 Par quoi li boen ont loz et pris.

---

* v. 169. *RT* bees tous jours a v. — v. 171. *T* quel lune — v. 174. *RT* Cuers faillis est d'un p. — v. 175-176. *RT* Hui ou demain ne serons mie (*T* ne sera) / Uns hom est tantos trespassés — v. 178. *RT* Elle t'avra erraument pris (*T* tot errant)

XXI

Je ne fais de tort à personne,
personne ne se plaint de moi.
Je me couche tôt, je dors longtemps,
164 je suis en bons termes avec mes voisins.
Je crois, par saint Pierre de Rome,
qu'il vaut mieux que je reste
plutôt que de prendre gros à autrui[1]
168 au prix de grandes craintes.

XXII

– Tu désires vivre ici à ton aise :
sais-tu si tu vivras longtemps ?
Dis-moi si tu connais un livre qui mesure
172 la longueur d'une vie de façon certaine.
Mange, bois, enivre-toi :
le lâche en a vite plus que son compte.
Sache-le bien : pas de différence
176 entre la vie d'un homme et des œufs cassés.

XXIII

Hélas ! malheureux, la mort te poursuit,
elle t'aura bientôt pris dans ses filets.
Au-dessus de ta tête elle tient sa massue.
180 Elle prend également les vieux et les jeunes.
Elle a vite fait d'un pied une jambe de bois[2] !
Et toi, tu as tant péché contre Dieu !
Suis au moins un peu la trace
184 de ce qui fait la gloire des meilleurs.

---

1. En faisant du butin. **2.** Même expression dans la *Complainte de Constantinople* 80, où on l'a traduite moins littéralement, mais où elle est mieux en situation.

XXIV

– Sire croiziez, merveilles voi :
Moult vont outre meir gent menue,
Sage, large, de grant aroi,
188 De bien metable convenue,
Et bien i font, si com je croi,
Dont l'arme est por meilleur tenue.
Si ne valent ne ce ne quoi
192 Quant ce vient a la revenue.

XXV

Se Diex est nule part el monde,
Il est en France, c'e[s]t sens doute.
Ne cuidiez pas qu'il se reponde
196 Entre gent qui ne l'ainment goute,
J'aing mieux fontainne qui soronde
Que cele qu'en estei s'esgoute,
Et vostre meir est si parfonde
200 Qu'il est bien droiz que la redoute.

XXVI

– Tu ne redoutes pas la mort,
Si seiz que morir te couvient,
Et tu diz que la mers t'amort !
204 Si faite folie dont vient ?
La mauvaistiez qu'en toi s'amort *f. 11 v° 1*
Te tient a l'ostel, se devient.
Que feras se la mors te mort,
208 Que ne ceiz que li tenz devient ?

---

* v. 188. *R* J'ai b. — v. 190. *R* pour le cors t., *T* por leur retenue — v. 194. *C* e. *F*. cet s. — v. 196. *RT* qui ne voient g. — *C place les v. 197-198 après les v. 199-200* — v. 206. *RT* se t'avient

XXIV

– Seigneur croisé, ce que je vois m'étonne :
de petites gens vont en nombre outre-mer,
sages, généreux, pleins de bonnes dispositions,
188 bien convenables ;
là-bas, ils se conduisent bien, je crois,
pour le plus grand bien, pense-t-on, de leur âme.
Pourtant, ils ne valent plus rien du tout
192 au moment de leur retour.

XXV

Si Dieu est quelque part au monde,
il est en France, sans aucun doute.
Ne croyez pas qu'il se cache
196 parmi des gens qui ne l'aiment pas.
Je préfère une fontaine qui déborde
à une fontaine tarie en été[1],
et votre mer est si profonde
200 que je la redoute à bon droit.

XXVI

– Tu ne redoutes pas la mort,
tu sais qu'il te faut mourir,
et tu dis que la mer te retient et te mord !
204 D'où vient une telle folie ?
La lâcheté qui t'agrippe et te mord
te fait peut-être rester à la maison.
Que feras-tu si la mort te mord,
208 puisque tu n'en connais pas le moment ?

---

1. Allusion à la sécheresse de l'Orient, et peut-être aussi, de façon métaphorique et en rapport avec les vers précédents, à la rareté de la présence chrétienne, par opposition à la chrétienté occidentale.

XXVII

Li mauvais desa demorront,
Que ja nuns boens n'i demorra.
Com vaches en lor liz morront :
212 Buer iert neiz qui delai morra.
Jamais recovreir ne porront,
Fasse chacuns mieux qu'il porrat.
Lor peresce en la fin plorront
216 Et s'il muerent, nuns nes plorra.

XXVIII

Ausi com par ci le me taille
Cuides foïr d'enfer la flame,
Et acroire et metre a la taille,
220 Et faire de la char ta dame.
A moi ne chaut, coument qu'il aille,
Mais que li cors puist sauver l'ame,
Ne de prison, ne de bataille,
224 Ne de laissier enfans ne fame.

XXIX

– Biaux sire chiers, que que dit aie,
Vos m'aveiz vaincu et matei.
A vos m'acort, a vos m'apaie,
228 Que vos ne m'aveiz pas flatei.
La croix preing sans nule delaie,
Si doing a Dieu cors et chatei,
Car qui faudra a cele paie,
232 Mauvaisement avra gratei.

---

* v. 216. *R* S'il lor mesciet — v. 218. *RT* Quidiés dou fu d'infier la f. — v. 219. *RT* Acroire et toudis m. en t. — v. 221. *T* Amor mechant c. — v. 225. *RT* B. chevaliers — v. 230. *R* J'offre tout cuer et cors a Dé

XXVII

Les lâches resteront de ce côté-ci :
aucun vaillant n'i restera.
Ils mourront dans leur lit comme des veaux :
212 heureux celui qui outre-mer mourra !
Ils auront beau faire chacun de son mieux,
ils ne s'en remettront jamais.
Ils finiront par pleurer leur paresse :
216 s'ils meurent, nul ne les pleurera.

XXVIII

Sans mettre la main à la pâte[1]
tu penses échapper aux flammes de l'enfer,
en empruntant, en vivant à crédit[2],
220 en faisant de la chair ta maîtresse.
Pour moi, pourvu que mon corps puisse sauver mon âme,
peu m'importe ce qui peut arriver,
prison, bataille,
224 ni de laisser femme et enfants.

XXIX

– Cher seigneur, quoi que j'aie pu dire,
vous m'avez vaincu et mis échec et mat.
Je me réconcilie et fais la paix avec vous,
228 car vous n'avez pas essayé de me flatter.
Je prends la croix sans nul délai,
je donne à Dieu ma personne et mes biens,
car qui se dérobera à ce tribut
232 aura épargné[3] à mauvais escient.

---

1. Cf. *Dit de Pouille* 31-32 et n. 3 et 4, p. 839. **2.** Mener une vie douillette, c'est vivre à crédit, puisqu'il faudra la payer après la mort. **3.** On comprend « gratter » au sens familier et moderne de « faire une économie mesquine » – ici, celle qui consiste à ne pas payer à Dieu ce qu'il demande. Mais ce sens n'est nullement assuré.

XXX

En non dou haut Roi glorieux
Qui de sa fille fist sa meire,
Qui par son sanc esprecieux
236 Nos osta de la mort ameire,
Sui de moi croizier curieux
Por venir a la joie cleire.
Car qui a s'ame est oblieux,
240 Bien est raisons qu'il le compeire. »

Explicit.

---

* *R* Explicit dou croisiet et dou descroisiet, *T explicit mq.*

XXX

Au nom du grand Roi glorieux
qui de sa fille fit sa mère,
qui par son sang précieux
236 nous arracha à la mort amère,
je désire vivement me croiser
pour parvenir à la joie lumineuse.
Car qui est oublieux de son âme,
240 il est bien juste qu'il le paye. »

LE DIT DE L'UNIVERSITÉ DE PARIS

Rutebeuf s'en prend dans ce poème aux écoliers dont les parents se ruinent pour les faire instruire à Paris et qui y sombrent dans la débauche, alors que rien n'est si méritoire que la vie d'un étudiant studieux. Le prétexte de cette diatribe est un conflit accompagné de violences qui a éclaté à la Faculté des Arts. Il faut sans doute placer ce poème à l'automne 1268, où la querelle entre séculiers et Mendiants éclate à nouveau : le 11 janvier 1269, l'Official de Paris prend une ordonnance contre les clercs et les écoliers qui se livrent à des violences armées, troublant ainsi l'ordre public et la paix des études. Cette datation, suggérée par F.-B. (I, 372-3), qui produit une lettre de Clément IV, malheureusement non datée, décrivant et stigmatisant ces violences étudiantes, est confirmée par Dufeil (1972, 148 et 1980, 292).

Manuscrit : C, f. 82 v°.

CI ENCOUMENCE LI DIZ
DE L'UNIVERSITEI DE PARIS

Rimeir me couvient d'un contens *f. 82 v° 2*
Ou l'on a mainz deniers contens
Despendu et despendera :
4 Ja siecles n'en amendera.
Li clerc de Paris la citei
(Je di de l'Universitei,
Noumeement li Arcien,
8 Non pas li preudome ancien)
On empris .I. contans encemble :
Ja biens n'en vanrra, ce me cemble,
Ainz en vanrra mauz et anuiz,
12 Et vient ja de jors et de nuiz.
Est or ce bien choze faisant ?
Li filz d'un povre païsant
Vanrra a Paris por apanre ;
16 Quanque ces peres porra panrre
En un arpant ou .II. de terre
Por pris et por honeur conquerre
Baillera trestout a son fil,
20 Et il en remaint a escil.
Quant il est a Paris venuz
Por faire a quoi il est tenuz
Et por mener honeste vie,
24 Si bestorne la prophecie :
Gaaig de soc et d'areüre
Nos convertit en armeüre.
Par chacune rue regarde
28 Ou voie la bele musarde ;
Partout regarde, partout muze ;
Ces argenz faut et sa robe uze :

---

* v. 1. c. doou c. — v. 2. diu's c. — v. 8. preudoms

---

1. La Faculté des Arts était toujours plus turbulente que les autres,

LE DIT DE L'UNIVERSITÉ DE PARIS

Il me faut rimer sur un conflit
qui a fait et qui fera
dépenser beaucoup d'argent :
4 les choses en ce monde n'en iront pas mieux.
Les clercs de Paris
(je parle de ceux de l'Université,
en particulier de la Faculté des Arts[1],
8 non pas des hommes d'âge pleins de vertu)
sont entrés en conflit les uns avec les autres :
rien de bon n'en sortira, je crois ;
il n'en sortira que des maux et des tourments,
12 c'est ce qui arrive déjà jour et nuit.
Est-ce bien une chose à faire ?
Le fils d'un pauvre paysan
viendra étudier à Paris ;
16 tout ce que son père pourra gratter
sur un arpent ou deux de terre,
il le donnera tout entier à son fils,
pour qu'il se fasse honneur, qu'il se fasse estimer[2],
20 et lui, il en reste ruiné.
Une fois le jeune homme arrivé à Paris
pour faire ce à quoi il s'est obligé
et pour mener une vie honorable,
24 il inverse la prophétie d'Isaïe[3] :
ce qui fut gagné par le soc et la charrue,
il le convertit en équipement militaire.
Il regarde dans toutes les rues
28 où il peut voir une jolie traînée ;
il regarde partout, partout il traîne ;
son argent fuit, ses habits s'usent :

---

comme on l'a vu à propos du conflit entre les séculiers et les Mendiants.
2. Même vers dans *Plaies du Monde* 92. **3.** Cf. Isaïe 2, 4 : *Et conflabunt gladios suos in vomere et lanceas suas in falces* (« Avec leurs épées ils forgeront des socs, avec leurs lances des faux »).

Or est tout au recoumancier.
32 Ne fait or boen ci semancier.
En Quaresme, que hon doit faire
Choze qui a Dieu doie plaire,
En leu de haires haubers vestent
36 Et boivent tant que il s'entestent ; *f. 83 r° 1*
Si font bien li troi ou li quatre
Quatre cens escoliers combatre
Et cesseir l'Universitei :
40 N'a ci trop grant aversitei ?
Diex ! ja n'est il si bone vie,
Qui de bien faire auroit envie,
Com ele est de droit escolier !
44 Il ont plus poinne que colier
Por que il wellent bien aprendre ;
Il ne puent pas bien entendre
A seoir aseiz a la table :
48 Lor vie est ausi bien metable
Com de nule religion.
Por quoi lait hon sa region
Et va en estrange païs,
52 Et puis si devient foulz naïz
Quant il i doit aprendre sens,
Si pert son avoir et son tens
Et c'en fait a ces amis honte ?
65 Mais il ne seivent qu'oneurs monte.

Explicit.

tout est à recommencer.
32 De telles semailles ne sont guère fécondes.
En Carême, quand on doit agir
de façon à plaire à Dieu,
ils revêtent un haubert à la place d'une haire
36 et boivent jusqu'à en être assommés ;
à trois ou quatre
ils font se battre quatre cents étudiants
et arrêter les cours de l'Université :
40 n'est-ce pas là un grand malheur ?
Dieu ! il n'est pas pourtant de vie si honorable,
pour qui aurait envie de bien se conduire,
que celle du véritable étudiant !
44 Ils endurent plus qu'un portefaix,
dès lors qu'ils veulent étudier sérieusement ;
ils ne peuvent pas songer
à s'attarder longtemps à table :
48 leur vie est aussi méritoire
que celle de n'importe quel moine[1].
Pourquoi partir loin de chez soi,
s'en aller dans un pays étranger,
52 si c'est pour y devenir un fou parfait
alors qu'on doit apprendre la sagesse,
pour y perdre son argent et son temps
et pour faire honte à ses amis ?
56 Mais le mauvais étudiant ne sait ce qu'est l'honneur.

---

1. *Cf. Plaies du Monde* 89-104.

LA COMPLAINTE DU ROI DE NAVARRE

Le comte Thibaud V de Champagne, roi de Navarre, gendre de saint Louis, est mort le 4 décembre 1270 à Trapani, en Sicile, alors qu'il revenait de la malheureuse croisade de Tunis. Son corps fut inhumé dans le Couvent des Cordelières de Provins, son cœur déposé dans l'église des Frères Prêcheurs de la même ville. Son successeur, le comte Henri III de Champagne, fut élu roi de Navarre le 1er mars 1271. Le poème de Rutebeuf, qui lui donne le titre de roi (v. 109), est donc postérieur à cette date, mais sans doute de peu, car une déploration sur le roi Thibaud ne pouvait avoir de sens que peu de temps après sa disparition. On peut le dater avec certitude de la fin de l'hiver ou du printemps 1271.

Manuscrit : C, f. 64 v°.

C'EST LA COMPLAINTE DOU ROI DE NAVARRE

Pitiez a compleindre m'enseigne
D'un home qui avoit seur Seinne
Et sor Marne maintes maisons ;
4 Mais a teil bien ne vint mais hons
Com il venist, ne fust la mors
Qui en sa venue l'a mors :
C'est li rois Thiebauz de Navarre.
8 Bien a sa mort mis en auvarre
Tout son roiaume et sa contei
Por les biens c'on en a contei.
Quant li rois Thiebaus vint a terre,
12 Il fut asseiz qui li mut guerre
Et qui mout li livra entente,
Si que il n'ot oncle ne tente
Qui le cuer n'en eüst plain d'ire.
16 Mais je vos puis jureir et dire
Que, c'il fust son eage en vie,
De li cembleir eüst envie *f. 65 r° 1*
Li mieudres qui orendroit vive,
20 Que vie si nete et si vive
Ne mena nuns qui soit ou monde.
Large, cortois et net et monde
Et boens au chans et a l'ostei :
24 Teil le nos a la mors ostei.
Ne croi que mieudres crestiens,
Ne jones hom ne anciens,
Remainsist la jornee en l'ost ;
28 Si ne croi mie que Dieux l'ost
D'avec les sainz, ainz l'i a mis,
Qu'il at toz jors estei amis
A sainte Eglize et a gent d'Ordre.
32 Mout en fait la mors a remordre

---

* v. 6. mort

Boens en consoil et bien meürs,
68 Auz armes vistes et seürs
Si qu'en tout l'ost n'avoit son pei
Douz fois le jor faisoit trampeir
Por repaistre les familleuz.
72 Qui deïst qu'il fust orguilleuz
Et il le veïst au mangier,
Il se tenist por mensongier.
Sa bataille estoit bone et fors,
76 Car ces semblanz et ces effors
Donoit aux autres hardiesse.
Onques home de sa jonesse
Ne vit nuns contenir si bel
80 En guait, en estour, en cembel.
Qui l'ot en Champaigne veü
En Tunes l'ot desconneü,
Qu'au besoig connoit hon preudome ;
4 Et vos saveiz, ce est la soume,
Qui en pais est en son païs
Tenuz seroit por foux naÿx
C'il s'aloit auz paroiz combatre.
Par ceste raison vuel abatre
Vilonie, s'on l'en a dite,
Que sa vaillance l'en aquite.
Quant l'aguait faisoit a son tour,
Tout ausi com en une tour
Estoit chacuns asseüreiz,
Car touz li oz estoit mureiz.
Lors estoit chacuns a seür,
Car li siens gaiz valoit un mur.
Quant il estoient retornei,
i trovoit hon tot atornei :
ables et blanches napes mises.
ant avoit laians de reprises
onees si cortoisement,
roi de teil contenement,

98. atornoi

f. 65

LA COMPLAINTE DU ROI DE NAVARRE

Pitié m'enseigne une complainte
sur un homme qui avait au bord de la Seine
et de la Marne maintes maisons.
4 Nul n'est jamais venu à la perfection
où il serait parvenu, sans la mort
qui, quand il est revenu, l'a mordu :
c'est le roi Thibaud de Navarre.
8 Sa mort a bien jeté le trouble
sur tout son royaume et tout son comté
à cause des vertus que de lui on contait.
Quand le roi Thibaud vint dans sa terre,
12 ils furent nombreux à lui faire la guerre
et à multiplier contre lui les attaques,
si bien qu'il n'avait pas de proche
qui n'en fût affligé.
16 Mais, je puis vous l'affirmer sous serment,
s'il n'était pas mort prématurément,
le meilleur de nos contemporains
aurait souhaité lui ressembler,
20 car personne au monde
ne mena une vie aussi pure et aussi remplie.
Généreux, distingué, sans nulle tache,
plein de valeur à la guerre comme au repos :
24 tel était celui que la mort nous a ôté.
Je ne crois pas qu'un meilleur chrétien,
jeune ou vieux,
soit resté après ce jour dans l'armée.
28 Et je crois que Dieu ne l'a pas exclu
d'entre les saints, mais qu'il l'y a mis au contraire,
car il a toujours été l'ami
de l'Église et des religieux.
32 Combien la mort mérite de reproches

Qui si gentil morsel a mors :
Piesa ne mordi plus haut mors.
Jamais n'iert jors que ne s'en plaigne
36 Navarre et Brië et Champaingne.
Troie, Provins et li dui Bar,
Perdu aveiz votre tabar,
C'est a dire votre secours.
40 Bien fustes fondei en decours
Quant teil seigneur aveiz perdu.
Bien en deveiz estre esperdu.
Mors desloauz, qui rienz n'entanz,
44 Se le laissasses soissante anz
Ancor vivre par droit aage,
Lors s'en preïsses le paage,
Si n'en peüst pas tant chaloir.
48 Or estoit venuz a valoir :
N'as tu fait grant descouvenue
Quant tu l'as mort en sa venue ?
Mors desloiaux, mors deputaire,
52 De toi blameir ne me puis taire
Quant il me sovient des bienz faiz *f. 65 r° 2*
Que il a devant Tunes faiz,
Ou il a mis avoir et cors.
56 Li premiers issuz estoit fors
Et retornoit li darreniers.
Ne prenoit pas garde au deniers
N'auz garnizons qu'il despandoit ;
60 Mais saveiz a qu'il entendoit ?
A viseteir les bones genz.
Au mangier estoit droiz serjens ;
Aprés mangier estoit compains
64 De toutes bones teches plains,
Pers auz barons, auz povres peires,
Et auz moiens compains et freres,

pour avoir mordu un si noble morceau[1] !
…s longtemps elle n'avait mordu homme si émine
…e se passera plus de jour que ne s'en plaignent
…Navarre, la Brie, la Champagne.
Troyes, Provins et les deux Bar[2],
vous avez perdu votre manteau,
c'est-à-dire votre protection.
40 Vous avez entamé votre déclin,
puisque vous avez perdu un tel seigneur.
Vous avez bien sujet d'en être tout éperdus.
Mort déloyale, qui ne veux rien entendre,
44 si tu l'avais laissé vivre soixante ans
(la durée légitime de sa vie)
et qu'alors tu avais prélevé ton tribut,
l'effet aurait pu être moindre.
48 Mais sa valeur venait de se manifester :
n'as-tu pas causé un grand malheur
en le faisant mourir à son retour ?
Mort déloyale, mort ignoble,
52 je ne puis m'empêcher de te blâmer
quand je me souviens de ses hauts faits
devant Tunis,
où il a exposé ses biens et sa personne.
56 Il était le premier à sortir pour l'attaque,
le dernier à rentrer.
Il ne prenait garde à ses dépenses
ni en argent ni en vivres et en équipeme
60 Savez-vous ce qui occupait sa pensée ?
De rendre visite aux gens de mérite.
Il se comportait à table en vrai servite
au sortir de table, c'était un compagn
64 plein de toutes les qualités,
un égal pour les barons, un père pou
pour ceux de moyen état, un compa

---

1. Cf. *De Monseigneur Ancel de L'Isle* …
… et Bar-sur-Seine.

sagace et réfléchi au conseil,
68 rapide et sûr aux armes,
si bien que dans toute l'armée il n'avait son égal.
Deux fois par jour il faisait tremper la soupe
pour rassasier les affamés.
72 Celui qui l'aurait dit orgueilleux
et l'aurait vu ensuite à table
se serait tenu pour menteur.
Sa troupe était vaillante et forte
76 car son aspect et ses efforts
donnaient aux autres du courage.
Jamais on n'a vu un homme aussi jeune
se comporter si bien
80 au guet, dans une mêlée, dans une embuscade.

Celui qui l'avait vu en Champagne
ne le reconnaissait pas à Tunis,
car c'est dans le besoin qu'on connaît l'homme de valeur ;
84 vous le savez, en fin de compte :
celui qui vit en paix chez lui,
on le tiendrait pour un fou complet
d'aller se battre contre les murs.
88 J'entends ainsi réduire à néant
les méchants propos, si on en a tenu,
car sa vaillance en fait justice.
Quand c'était son tour de faire le guet,
92 chacun était aussi en sécurité
que dans une tour,
car toute l'armée était comme ceinturée de murs.
Chacun était alors en sécurité,
96 car son guet valait une muraille.

Quand ses hommes rentraient,
ils trouvaient tout préparé :
tables dressées, nappes blanches mises.
100 Là, le bon exemple était donné
avec tant d'élégance,
le roi se comportait de telle façon,

Qu'a aise sui quant le recorde,
104 Por ce que [nuns ne] c'en descorde
Et que chacuns le me tesmoingne
De ceulz qui virent la besoigne,
Que n'en truis contraire nelui
108 Que tout ce ne soit voirs de lui.
Rois Hanrris, freres au bon roi,
Dieux mete en vos si bon aroi
Com en roi Thiebaut votre frere :
112 Ja fustes vos de si boen peire.
Que vos iroie delaiant
Ne mes paroles porloignant ?
A Dieu et au siecle plaisoit
116 Quanque li rois Thiebauz faisoit.
Fontainne estoit de cortoisie ;
Toz biens i ert sanz vilonie.
Si com j'ai oï et apris
120 De maitre Jehan de Paris,
Qui l'amoit de si bone amour
Com preudons puet ameir seignor,
Vos ai la matiere descrite *f. 65 v° 2*
124 Qu'em troiz jors ne seroit pas dite.
Messire Erars de Valeri,
A cui onques ne s'aferi
Nuns chevaliers de loiautei,
128 Diex par vos si l'avoit fait teil,
Et mieudres n'i est demoreiz
Qui au loig fust tant honoreiz.
Prions au Peire glorieuz
132 Et a son chier Fil precieus
Et le saint Esperit encemble,

---

* v. 104. que chacuns c'en descorde *(correction de F.-B.)* — v. 129. Qui m. — v. 130. Et au

---

1. Henri III, comte de Champagne, successeur de Thibaud V, élu roi de Navarre le 1er mars 1271. **2.** On ne sait rien de ce personnage, que son titre désigne comme un clerc et qui appartenait sans doute à l'entourage du roi de Navarre, puisque c'est auprès de

que je suis heureux de le rappeler,
104 parce que nul ne le conteste
et que tous ceux qui le virent à l'œuvre
m'en donnent le témoignage,
sans que j'en trouve un seul pour soutenir
108 que ce qu'on dit de lui n'est pas vrai.
Roi Henri[1], frère du vaillant roi,
que Dieu vous inspire des dispositions aussi bonnes
qu'au roi Thibaud votre frère :
112 vous êtes déjà le fils d'un si excellent père.
Pourquoi vous retarder
en prolongeant mes propos ?
Tout ce que le roi Thibaud faisait
116 plaisait à Dieu et au monde.
Fontaine de courtoisie,
il avait toutes les vertus sans nulle faiblesse.
Ce que j'ai entendu et appris
120 de maître Jean de Paris[2],
qui l'aimait aussi profondément
qu'un homme de bien peut aimer son seigneur,
m'a permis de traiter mon sujet ;
124 mais trois jours ne suffiraient pas à l'épuiser.
Messire Erart de Vallery[3],
à qui jamais chevalier
ne fut comparable en loyauté,
128 Dieu, grâce à vous, l'avait fait tel qu'il était :
il n'en est pas resté de meilleur que lui
ni qui puisse être si honoré au loin.
Prions le Père glorieux
132 et son cher et précieux Fils,
ainsi que le Saint-Esprit,

---

lui que Rutebeuf dit avoir puisé ses informations. Faut-il l'identifier avec le notaire de la chancellerie du roi Thibaud qui apparaît sous le nom de Jean, et une fois de Jean d'Asnières, dans onze documents échelonnés de 1263 à 1270 ? **3.** Sur ce personnage, dont le v. 128 suggère qu'il jouait auprès du roi Thibaud le rôle d'un conseiller ou d'un mentor, voir la *Complainte du comte Eudes de Nevers* 109-120, et l'introduction à ce poème p. 859.

En cui tout bonteiz s'asemble,
Et la douce Vierge pucele,
136 Qui de Dieu fu mere et ancele,
Qu'avec les sainz martirs li face
En paradix et lou et place.

Explicit.

source de toute qualité,
et la douce Vierge
136 qui fut la mère et la servante de Dieu,
de lui accorder une place
au paradis avec les saints martyrs[1].

---

1. Les v. 88-89 et le démenti que Rutebeuf apporte aux méchants bruits qui ont couru suggèrent que le courage ou au moins le zèle guerrier du roi de Navarre avaient été mis en doute. En le jugeant digne d'être placé au nombre des martyrs, le poète souligne que, même s'il n'est pas mort au combat, il a sacrifié sa vie pour la cause de Dieu.

LA COMPLAINTE DU COMTE DE POITIERS

Alphonse, comte de Poitiers et de Toulouse, frère de saint Louis, est mort le 21 août 1271 à Savone, au retour de la croisade de Tunis. Le poème a été composé à un moment où de nombreux services funèbres avaient déjà été célébrés pour le repos du comte dans de nombreuses églises et chapelles (v. 133-134), c'est-à-dire très certainement dans le courant de l'automne 1271. Alphonse de Poitiers semble avoir été le protecteur le plus fidèle et le plus généreux de Rutebeuf. C'est vers lui que le poète se tourne à la fin de la Complainte de Rutebeuf sur son œil. *Lui-même souffrait d'ophtalmie et d'une paralysie partielle depuis 1251 : c'est à ces épreuves que font allusion les v. 101-108. Comme dans la* Complainte du roi de Navarre, *le poète s'adresse pour finir à l'héritier et au successeur du défunt, en l'occurrence au neveu du comte, le nouveau roi de France Philippe III le Hardi. L'éloge qu'il lui décerne aux v. 137-140 manque singulièrement d'enthousiasme. C'est que Philippe était moins généreux que son oncle à l'égard de Rutebeuf, qui s'en plaignait dès avant son accession au trône dans la* Voie de Tunis *(v. 65) et n'aura, semble-t-il, guère à s'en louer par la suite.*

Manuscrit : C, f. 16 r°.

CI ENCOUMENCE LA COMPLAINTE DOU CONTE DE POITIERS

Qui ainme Dieu et sert et doute
Volentiers sa parole escoute.
Ne crient maladie ne mort
4 Qu'a lui de cuer ameir s'amort.
Temptacions li cemble vent,
Qu'il at boen escu par devant :
C'est le costei son Criatour,
8 Qui por nos entra en l'estour
De toute tribulation
Sans douteir persecution.
De son costei fait il son hiaume,
12 Qu'il desirre lou Dieu roiaume,
Et c'en fait escut et ventaille
Et blanc haubert a double maille,
Et si met le cors en present
16 Por Celui qui le fais pesent
Vout soffrir de la mort ameire.
De legier laisse peire et meire
Et fame et enfans et sa terre,
20 Et met por Dieu le cors en guerre *f. 16 v° 1*
Tant que Dieux de cest siecle l'oste.
Lors puet savoir qu'il a boen hoste
Et lors resoit il son merite,
24 Que Dieux et il sunt quite et quite.
Ainsi fut li cuens de Poitiers
Qui toz jors fu boens et entiers,
Chevaucha cest siecle terrestre
28 Et mena Paradix en destre.
Veü aveiz com longuement
At tenu bel et noblement

---

* v. 13. escuit

---

1. Le flanc du Christ, percé par la lance (Jn. 19, 34). **2.** Pour voyager, on chevauchait un palefroi, voire un cheval de charge (roncin) et on n'enfourchait le destrier que pour la bataille ou pour

LA COMPLAINTE DU COMTE DE POITIERS

Qui aime Dieu, le sert et le redoute
écoute volontiers sa parole.
Il ne craint ni la maladie ni la mort,
4 celui qui s'attache à l'aimer de tout son cœur.
La tentation ne lui semble qu'un souffle,
car il a devant lui un bon bouclier :
c'est le flanc de son Créateur[1]
8 qui pour nous engagea la bataille,
affrontant toutes les tribulations
sans redouter les persécutions.
De ce flanc il se fait un heaume,
12 car il désire le royaume de Dieu,
il s'en fait un bouclier, une visière,
un blanc haubert à double rang de mailles,
et il fait don de sa personne
16 pour Celui qui voulut subir
le fardeau pesant de la mort amère.
D'un cœur léger il laisse père et mère,
femme et enfants, sa terre,
20 et s'expose pour Dieu à la guerre
jusqu'à ce que Dieu l'enlève de ce monde.
Alors il peut savoir combien bon est son hôte,
alors il reçoit sa récompense :
24 Dieu et lui sont quittes.
Tel fut le comte de Poitiers,
qui a toujours été vaillant et loyal ;
il chevaucha ce monde terrestre
28 en menant par la bride le destrier Paradis[2].
Vous l'avez vu, pendant longtemps
le comte a su gouverner noblement

---

les grandes occasions. Pendant le trajet, un écuyer le tenait par la bride de la main droite (d'où son nom). Cette vie qui n'est qu'un voyage, un trajet, un passage ; le comte de Poitiers a su la considérer comme un cheval de charge, purement utilitaire, sans valeur, et garder intact le beau destrier Paradis, gagnant ainsi le droit de le chevaucher après sa mort.

Li cuens la contei de Tholeuze,
32 Que chacuns resembleir goleuze, –
Par son sanz et par sa largesse,
Par sa vigueur, par sa proesse,
C'onques n'i ot contens ne guerre,
36 Ainz a tenu en pais sa terre.
Por ce qu'il me fist tant de biens,
Vo wel retraire .I. pou des siens.
Vos saveiz et deveiz savoir :
40 Li commencemens de savoir
Si est c'om doit avoir paour
De correcier son Saveour
Et li de tout son cuer ameir,
44 Qu'en s'amitié n'a point d'ameir,
En s'amitié n'a fin ne fons.
Tant l'ama li boens cuens Aufons
Que ne croi c'onques en sa vie
48 Pensast un rain de vilonie.
Se por ameir Dieu de cuer fin
Dou bersuel jusques en la fin,
Et por sainte Eglize enoreir,
52 Et por Jhesucrist aoureir
En toutes les temptacions,
Et por ameir religions
Et chevaliers et povre gent, *f. 16 v° 2*
56 Ou il a mis or et argent
C'onques ne fina en sa vie,
Ce por c'est arme en cielz ravie,
Dont i est ja l'arme le conte
60 Ou plus ot bien que ne vos conte.
Se que je vi puis je bien dire :
Onques ne le vi si plain d'ire
C'onques li issist de sa bouche
64 Choze qui tornast a reprouche,
Mais biaux moz, boenz enseignemens.
Li plus grans de ces sairemens

le comté de Toulouse –
32 ce comte auquel chacun aspire à ressembler ;
grâce à sa sagesse, à sa générosité,
à sa vigueur, à son courage,
il n'y eut ni conflit ni guerre :
36 il a tenu sa terre en paix.
Il m'a comblé de tant de biens
que je veux dire un peu ceux qui étaient en lui.
Vous le savez, vous devez le savoir :
40 le commencement de la sagesse,
c'est d'avoir peur
de courroucer son Sauveur[1]
et de l'aimer de tout son cœur,
44 car en son amour il n'y a rien d'amer,
son amour est sans fin et sans fond.
Le vaillant comte Alphonse l'aimait tant
que je ne crois pas qu'une seule fois en sa vie
48 il ait eu l'ombre d'une pensée basse.
Si en aimant Dieu parfaitement
du berceau à la tombe,
en honorant la sainte Église,
52 en adorant Jésus-Christ
dans toutes les tentations,
en aimant les Ordres religieux,
les chevaliers, les pauvres
56 (il dépensa pour eux de l'or et de l'argent
pendant toute sa vie),
si grâce à tout cela l'âme est ravie aux cieux,
alors elle y est déjà, l'âme du comte,
60 qui valait mieux encore que ce que je vous conte.
Je peux bien dire ce que j'ai vu :
je ne l'ai jamais vu en colère
au point que lui sortît de la bouche
64 des mots qu'on pût lui reprocher,
mais seulement de belles paroles édifiantes.
Son plus gros juron

---

1. Ps. 110, 10, *Initium sapientiae timor Domini* (« La crainte de Dieu est le début de la sagesse »).

Si estoit : « Par sainte Garie ! »
68 Miraours de chevalerie
Fu il tant com il a vescu.
Moult orent en li boen escu
Li povre preudome de pris.
72 Sire Dieux, ou estoit ce pris
Qu'il lor donoit sens demandeir ?
N'escouvenoit pas truandeir
Ne faire parleir a nelui :
76 Ce qu'il faisoit faisoit de lui,
Et donoit si cortoisement
Selonc chacun contenement
Que nuns ne l'en pooit reprandre.
80 Hom nos at parlei d'Alixandre,
De sa largesce, de son sans
Et de se qu'il fist a son tans :
S'en pot chacuns, c'il vot, mentir,
84 Ne nos ne l'osons desmentir
Car nos n'estions pas adonc.
Mais ce por bontei ne por don
A preudons le regne celestre,
88 Li cuens Aufons i doit bien estre.
Tant ot en son cuer de pitié,
De charitei et d'amistié, *f. 17 r° 1*
Que nuns nel vos porroit retraire.
92 Qui porroit toutes ces mours traire
El cuer a .I. riche jone home,
Hon en feroit bien .I. preudome.
Boens fu au boens et boens confors,
96 Maus au mauvais et terriés fors,
Qu'il lor rendoit cens demorance
Lonc le pechié la penitance.
Et il le connurent si bien
100 C'onques ne li meffirent rien.
Dieux le tanta par maintes fois
Por connoistre queiz est sa foi,

---

* v. 84. Nei

était : « Par sainte Garie[1] ! »
68 Il fut, aussi longtemps qu'il vécut,
un miroir de chevalerie.
Les hommes de qualité, mais pauvres,
avaient en lui un bon bouclier.
72 Seigneur Dieu, d'où venait
qu'il leur donnait sans qu'ils aient à demander ?
Inutile de quémander
ni de se faire recommander :
76 ce qu'il faisait, il le faisait de lui-même,
et il donnait avec tant de délicatesse,
selon le comportement de chacun,
que nul ne pouvait lui faire de reproches[2].
80 On nous a parlé d'Alexandre,
de sa générosité, de sa sagesse,
de ce qu'il a fait en son temps :
chacun peut là-dessus, s'il veut, mentir
84 sans que nous osions le démentir,
car nous n'y étions pas.
Mais si ses qualités et ses largesses
valent à un homme de bien le royaume des cieux,
88 le comte Alphonse doit y être.
Il avait dans son cœur tant de pitié,
de charité et d'amour
que nul ne pourrait vous le dire.
92 Si l'on pouvait faire passer ses qualités
dans le cœur d'un jeune homme riche,
on en ferait vraiment un homme de bien.
Bon avec les bons, et leur bon réconfort,
96 méchant pour les méchants, et justicier sévère,
car il leur infligeait sans retard
une pénitence conforme à leur faute :
et ils le connaissaient si bien
100 que jamais ils ne s'en prirent à lui.
Dieu le tenta bien des fois
pour mesurer sa foi ;

---

1. Diminutif de Margarie. Ce juron figure aussi dans les *Miracles* de Gautier de Coincy. **2.** Cf. *Dit d'Aristote* 61-66.

Si connoist il et cuer et cors
104 Et par dedens et par defors :
Job le trouva en paciance
Et saint Abraham en fiance.
Ainz n'ot fors maladie ou painne,
108 S'en dut estre s'arme plus sainne.
Outre meir fu en sa venue,
Ou moult fist bien sa convenue
Avoec son boen frere le roi.
112 Plus bel hosteil, plus bel aroi
Ne tint princes emprés son frere.
Ne fist pas honte a son boen pere,
Ainz montra bien que preudons iere
116 De foi, de semblant, de meniere.
Or l'a pris Diex en son voiage,
Ou plus haut point de son aage,
Que, s'on en ceste region
120 Feïst roi par election
Et roi orendroit i fausist,
Ne sai prince qui le vausist.
Li vilains dist : « Tost vont noveles. »
124 Voire, les bones et les beles.
Mais qui male novele porte *f. 17 r° 2*
Tout a tantz vient il a la porte,
Et si i vient il toute voie.
128 Tost fu seü que en la voie
De Tunes, en son revenir,
Vout Dieux le conte detenir.
Tost fu seü et sa et la,
132 Par tout la renomee ala,
Par tout en fu faiz li servizes
En chapeles et en esglizes.
Partiz est li cuens de cest siecle,
136 Qui tant maintint des boens la riegle.
Je di por voir, non pas devin,

il connaît donc bien et son cœur et son corps,
104 l'intérieur et l'extérieur :
il l'a trouvé semblable à Job par la patience
et à saint Abraham par la foi.
Il n'eut que maladies et souffrances,
108 mais la santé de son âme en fut affermie.
Il alla outre-mer
où il fit très bien son devoir[1]
avec son vaillant frère le roi.
112 Aucun prince ne tint auprès de son frère
plus grand train, plus bel équipage guerrier.
Il ne faisait pas honte à son noble père,
mais il faisait paraître qu'il était homme de bien
116 par sa foi, son allure, ses manières.
Voici que Dieu l'a pris pendant son voyage,
dans la force de l'âge,
en sorte que si dans cette région
120 on devenait roi par élection,
et que le roi vînt à manquer,
je ne connais pas de prince qui le vaudrait.
Comme dit le paysan : « Les nouvelles vont vite. »
124 C'est vrai pour les bonnes, les belles nouvelles.
Mais qui en apporte une mauvaise,
il arrive bien assez vite à la porte,
et pourtant il finit toujours par arriver.
128 On sut bientôt que dans l'expédition
de Tunis, au retour,
Dieu avait voulu garder avec lui le comte.
Cela se sut bien vite ici et là,
132 la nouvelle circula partout,
partout on célébra des services
dans les chapelles, dans les églises.
Le comte a quitté ce monde,
136 lui qui suivit toujours la règle de la vertu.
Je dis en vérité, et non par conjecture[2],

---

1. Interprétation d'Albert Henry, selon F.-B. **2.** Vers très fréquent chez Rutebeuf. Cf. par exemple *Voie d'Humilité (Paradis)* 13 et les autres occurrences citées en note.

Que Tolozain et Poitevin
N'avront jamais meilleur seigneur :
140 Aussi boen l'ont il et greigneur.
Tant fist li cuens en cestui monde
Qu'avec li l'a Diex net et monde.
Ne croi que priier en conveigne :
144 Prions li de nos li soveigne !

Explicit.

que Toulousains et Poitevins
n'auront jamais de meilleur seigneur :
140 pourtant ils en ont un aussi bon et plus puissant[1].
Le comte a tant fait en ce monde
que Dieu l'a avec lui, pur et non pas immonde.
Je ne crois pas qu'il faille prier pour lui :
144 mais prions-le qu'il lui souvienne de nous.

---

1. Le roi de France Philippe III le Hardi.

DE BRICHEMER

Il est difficile de dater cette épigramme. Il est impossible d'identifier ce personnage qui n'a pas tenu sa promesse de se montrer généreux envers le poète et que celui-ci désigne sous le nom de Brichemer *(le cerf dans le* Roman de Renart*) parce qu'il joue à la briche avec lui (voir n. 1). Le plus vraisemblable est que le poème date d'une période où Rutebeuf fréquente encore la cour, s'y exprime encore avec une vivacité allègre, mais commence à ressentir la disparition de ses protecteurs les plus fidèles. Cela le placerait un peu après 1270. Mais, bien entendu, il peut aussi avoir été composé plus tôt.*

Manuscrit : *A*, f. 315 v° ; *B*, f. 73 r° ; *C*, f. 83 r°. *Texte de C.*
* Titre : *AB* De Brichemer

C'EST DE BRICHEMEIR

I

Rimer m'estuet de Brichemer
Qui de moi se joe a la briche.
Endroit de moi jou doi ameir,
4 Je nou truis a eschars n'a chiche ;
N'a si large jusqu'outre mer,
Car de promesses m'a fait riche :
Au fromant qu'il fera semeir
8 Me fera ancouan flamiche.

II

Brichemers est de bel afaire,
N'est pas .I. hom plainz de desroi :
Douz et cortois et debonaire
12 Le trueve hon, et de grant aroi.
Je n'en puis fors promesse traire, *f. 83 r° 2*
Je n'i voi mais autre conroi :
Auteil atente m'estuet faire
16 Com li Breton font de lor roi.

---

* v. 2. *A* Qui joue de moi, *B* Qui de moi joe — v. 4. *A* Je nel truis a e., *B* Je ne le tr. e. — v. 6. *B* Qui ; *AB* promesse — v. 11. *A* Cortois et douz — v. 12. *A* de bel a. — v. 13. *A* Mais n'en puis f. p. atrere — v. 14. *A* Ne je n'i voi autre

---

1. E. Faral décrit ainsi le jeu de la briche : « Au milieu des joueurs rangés en cercle, un meneur de jeu, tenant à la main un bâtonnet, va de l'un à l'autre à mesure qu'on l'appelle et qu'on lui demande son bâtonnet, la briche. Il finit par le remettre à celui-ci ou à celle-là, mais sans qu'on puisse savoir à qui, si l'on n'a pas vu de ses yeux. Un autre joueur, celui qui est sur la sellette, et qui

SUR BRICHEMER

I

Il me faut rimer sur Brichemer
qui avec moi joue à cache-tampon[1].
Pour moi, j'ai bien sujet de l'aimer,
4 il n'est avec moi ni avare ni chiche ;
pas de plus généreux d'ici aux antipodes,
car il m'a enrichi de promesses :
avec le blé qui est encore à semer
8 il me fera dès cette année une galette.

II

Brichemer est quelqu'un de très bien,
pas du genre à vous chercher noise :
doux, bien élevé, généreux,
12 tel il apparaît, et menant grand train.
Je ne puis en tirer que des promesses,
ni ne le vois disposé à faire plus :
il me faut attendre de la même manière
16 que les Bretons attendent le retour de leur roi[2].

---

a été tenu à l'écart, est alors appelé et il doit découvrir le détenteur de la briche. Le rôle du meneur de jeu est de l'égarer par ses discours. » (*La Vie quotidienne au temps de saint Louis*, p. 207-208). L'équivalent proposé par la traduction est loin d'être exact : au jeu de la briche, le porteur du bâtonnet « l'offre à tous sans le donner à aucun », comme le dit une description de ce jeu. C'est ce que fait *Brichemer* en payant le poète de promesses. En outre, le personnage est désigné sous le nom de Brichemer précisément parce qu'il joue à la briche avec le poète. La traduction fait disparaître ce calembour. **2.** Les Bretons croyaient que le roi Arthur n'était pas mort et ils attendaient son retour. Les Français se moquaient de cette croyance et l'évoquaient volontiers pour parler d'une chose qui ne se produira jamais.

III

Ha ! Brichemers, biau tres dolz sire,
Paié m'aveiz cortoizement,
Que votre borce n'en empire,
20 Ce voit chacuns apertement.
Un pou de choze vos wel dire
Qui n'est pas de grant coustement :
Ma promesse faites escrire,
24 Si soit en vostre testament.

Explicit.

---

* v. 21. *A* Mais une chose — v. 23. *A* fete — *AB* Explicit de Brichemer

III

Ah ! Brichemer, très cher seigneur,
vous m'avez payé avec élégance,
car votre bourse ne s'en trouve pas plus mal,
20 chacun le voit clairement.
Je vais vous suggérer une petite chose
qui ne coûte pas bien cher :
faites écrire la promesse que vous m'avez faite
24 et placez-la dans votre testament.

LE DIT D'ARISTOTE

Ces conseils à un prince, qui se disent traduits des enseignements d'Aristote à Alexandre, sont une adaptation d'un passage célèbre de l'*Alexandréide *de Gautier de Châtillon. Ils s'adressent certainement au jeune roi Philippe III le Hardi : on voit mal Rutebeuf user de ce ton protecteur à l'égard de Louis IX, qu'il a connu souverain d'âge mûr et expérimenté, tandis que les « Enseignements » de saint Louis à son fils ont pu au contraire lui donner l'idée de mettre son grain de sel dans l'éducation du nouveau roi. L'essentiel à ses yeux paraît être l'éloge de la générosité qui occupe la fin du poème (v. 61-66 et 79-86) : on sait qu'il n'avait guère à se louer de Philippe sur ce chapitre (*Voie de Tunis, *v. 65). On peut dater ce poème comme* Brichemer, *mais avec une probabilité beaucoup plus grande, des débuts du règne de Philippe III.*

Manuscrits : C, f. 3 r° ; *H*, f. 92. *Texte de C.*
* Titre : *mq. dans H*

C'EST LE DIT D'ARISTOTLE

Aristotles a Alixandre
Enseigne et si li fait entendre
En son livre versefié,
4 Enz el premier quaier lié,
Comment il doit el siecle vivre.
Et Rutebués l'a trait dou livre.
« De tes barons croi le consoil,
8 Ce te loz je bien et consoil.
Ja serf de deus langues n'ameir,
Qu'il porte le miel et l'ameir. *f. 3 r° 2*
N'essaucier home que ne doies,
12 Et par cest example le voies
C'uns ruissiaux acreüz de pluie
Sort plus de roit et torne en fuie
Que ne fait l'iaue qui decourt :
16 Ausi fel essauciez en court
Est plus crueuz et plus vilains
Que n'est ne cuens ne chatelains
Qui sont riche d'anceserie.
20 Si te prie por sainte Marie,
Se tu voiz home qui le vaille,
Garde qu'a ton bienfait ne faille.
N'i prent ja garde a parentei,
24 C'om voit de teux a grant plantei
Qui sont de bone gent estrait
Dont on asseiz de mal retrait.
Jadiz ot en Egypte un roi
28 Sage, large, de grant arroi,
Liez et joians, haitiez et baux,
Et ces fils fu povres ribaux ;

---

* v. 2. *H* E. son tens a despendre — v. 3. *C* versie — v. 4. *C* li lie — v. 5. *H* C. len doit — v. 6. *H* Et .I. clerc si la — v. 7. *H* De amis tiens c. — v. 10. *H* Qui p. — v. 13. *H* C' *mq.* — v. 14. *H* Cuert plus — v. 15. *H* ne set lyaue quades cort — v. 19. *H* Qui est r. — v. 22. *H* a tout b. — v. 23. *H* Ne pren pas g. — v. 24. *H* Lan voit

LE DIT D'ARISTOTE

Aristote enseigne à Alexandre
et lui fait comprendre
dans le premier cahier
4 de son livre en vers[1]
comment il doit se conduire dans ce monde.
Rutebeuf a extrait du livre ce passage.
« Suis les conseils de tes vassaux,
8 je t'y engage et je te le conseille.
Garde-toi d'aimer le serf à la langue fourchue,
car il apporte le miel et l'amer.
N'élève personne sans de bonnes raisons,
12 cet exemple te fait voir pourquoi :
un ruisseau gonflé par les pluies
déborde et se sauve avec plus de violence
que la rivière qui suit son cours ;
16 de même un méchant devenu puissant à la cour
est plus cruel et plus vil
qu'un comte ou un châtelain
dont la puissance remonte à leurs ancêtres.
20 Mais je t'en prie, par sainte Marie,
si tu vois un homme qui le mérite,
n'épargne pas tes bienfaits envers lui,
sans tenir compte de sa famille,
24 car on en voit beaucoup
qui sont de bonne naissance
et dont on ne rapporte que du mal.
Il y avait jadis en Égypte un roi
28 sage, généreux, menant grand train,
plein de joie et de santé,
dont le fils fut un moins que rien ;

---

de cex a — v. 25. *H* Qui de bone gent sont e. — v. 28. *C* effroi, *H* aroy — v. 29. *H* Preuz et

---

1. Ce livre est l'*Alexandréide* de Gautier de Châtillon. Rutebeuf paraphrase les v. 85-104 et 150-161 du livre I.

Et conquist asseiz anemis.
32 Puis que Nature en l'ome a mis
Sens et valour et cortoisie,
Il est quites de vilonie.
Tex est li hons com il se fait.
36 Uns homs son lignage refait,
Et uns autres lou sien depiece.
Ja ne porroie croire a piece
Que cil ne fust droiz gentiz hom
40 Qui fausetei et traïson
Heit et eschue, et honeur ainme,
Ou je ne sai pas qui s'en clainme
Jentil ne vilain autrement.
44 Or n'i a plus, je te demant
En don que tu ainmes preudoume,
Car de tout bien est ce la some. *f. 3 v° 1*
Hon puet bien regneir une piece
48 Par faucetei avant c'om chiece,
Et plus qui plus seit de barat.
Mais il covient qu'il se barat
Li meïsmes, que qu'il i mete,
52 Ne jamais nuns ne s'entremete
De bareteir, que il ne sache
Que baraz li rendra la vache.
Se tu iez de querele juges,
56 Garde que tu si a droit juges
Que tu n'en faces a reprandre.
Juge le droit sans l'autrui prandre :
Juges qui prent n'est pas jugerres,

---

* v. 36. *H* h. .I. lignage — v. 42. *H* qui je cl. — v. 46. *H* Que de ton bien ce est la s. — v. 47-54. *rejetés plus loin dans H* (v. 47. Lan — v. 51. m. qui qui i — v. 54. li vandroit sa v.)

---

1. On ignore l'origine de cet exemple. Le v. 31 surprend. Le sujet de *conquist* semble ne pouvoir être que le roi d'Égypte, car, si c'était son fils, le sens serait en contradiction avec celui du vers

pourtant il avait vaincu beaucoup d'ennemis[1].
32 Dès lors que Nature a mis en l'homme
intelligence, valeur et délicatesse,
le voilà quitte de toute bassesse.
L'homme est ce qu'il se fait.
36 L'un illustre son lignage,
l'autre ruine le renom du sien.
Je ne pourrai jamais croire
que ne soit pas vraiment noble
40 celui qui hait et fuit
mensonge et trahison, et qui aime l'honneur,
ou je ne vois pas qui autrement
peut se proclamer noble ou vilain.
44 Il n'y a rien à ajouter : je te demande
comme une faveur d'aimer l'homme de bien,
car c'est ce qu'il y a de mieux.
On peut régner quelque temps
48 grâce au mensonge, avant la chute,
et d'autant plus longtemps qu'on est meilleur trompeur.
Mais on finit, quoi qu'on fasse,
par se tromper soi-même :
52 que jamais nul ne se mêle
de tromper sans savoir
que la tromperie le lui revaudra[2].
Si tu juges un différend,
56 veille à le faire de façon si juste
qu'on ne puisse rien te reprocher.
Rends la justice sans prendre le bien d'autrui[3] :
un juge qui prend n'est pas un juge

---

précédent et avec la leçon de l'anecdote. La traduction de Jean Dufournet – « (le fils) se fit beaucoup d'ennemis » – ne paraît pas possible. **2.** Mot à mot : « tromperie lui rendra la vache ». Il y a sans doute là une allusion à un conte. On connaît le fabliau dans lequel trois voleurs, dont l'un se nomme Barat, se trompent l'un l'autre, mais l'enjeu est un jambon, non une vache. On pourrait penser plutôt à une version de l'*exemplum* 1300 de Tubach (la vache rendue à la veuve), mais il n'élucide pas vraiment non plus l'allusion. **3.** C'est-à-dire sans accepter d'épices.

60 Ainz est jugiez a estre lerres.
Et se il te covient doneir,
Je ne t'i vuel plus sarmoneir :
Au doneir done en teil meniere
64 Que miex vaille la bele chiere
Que feras, au doneir le don,
Que li dons, car ce fait preudom.
Qui at les bones mours el cuer,
68 Les euvres moustrent par defuer.
Seule noblesce franche et sage
Emplit de tout bien le corage
Dou preudoume loiaul et fin.
72 Ses biens le moinne a boenne fin.
Au mauvais pert sa mauvistiez :
Tout adés fait le deshaitiez
Quant il voit preudoume venir.
76 Et ce si nos fait retenir
C'on doit connoistre boens et maus
Et desevreir les boens des faus.
Murs ne arme ne puet deffendre
80 Rois qu'a doneir ne vuet entendre.
Rois n'a mestier de forteresce
Qui a le cuer plain de largesse. *f. 3 v° 2*
Hauz hom ne puet avoir nul vice
84 Qui tant li griet conme avarice.
A Dieu te coumant qui te gart.
Prent bien a ces choses regart. »

Explicit.

---

* v. 60. *H ajoute* : Quant il le prent sanz achoison / Je di qu'il va contre raison, *puis il donne à la suite les v.* 47-54, *et ajoute enfin ces deux vers* : Se sevent justes et pecheors / Baras conchie le tricheor — v. 68. *H* mostre — v. 70. *H* Ramplist — v. 72. *C* biens li m. ; *H* Son bien lamaine — v. 76. *H* Et ceci vous f. souvenir — v. 77. *H* on puet c. — v. 79. *H* Nus

60 mais doit être jugé un voleur.
Si tu dois faire des largesses,
je ne te dis que ceci, sans plus :
quand tu donnes, fais-le de telle façon
64 que l'air aimable dont tu donnes
vaille mieux que le don[1] :
c'est ainsi qu'agit l'homme de bien.
Les qualités du cœur,
68 les œuvres les manifestent au-dehors.
À elle seule la noblesse, élevée et sage,
emplit de tout bien le cœur
de l'homme de bien loyal et parfait.
72 Sa vertu le conduit à une bonne fin.
Le méchant laisse paraître sa méchanceté :
toujours il fait grise mine
en voyant venir un homme de bien.
76 Cela nous rappelle
qu'on doit reconnaître les bons des méchants
et séparer les bons des hypocrites.
Ni armes ni remparts ne peuvent protéger
80 un roi qui se refuse à être généreux.
Mais il n'a pas besoin de forteresse,
le roi au cœur plein de largesse.
Un puissant ne peut avoir de vice
84 qui lui fasse plus de tort que l'avarice.
Je te recommande à Dieu : qu'il te garde !
Tiens bien compte de ces conseils. »

---

ne armes — v. 80. *H* Hons qui doner — v. 81. *H* Si na — v. 83-84. *manquent dans H*

---

1. Cf. *Complainte de Geoffroy de Sergines* 79-82. L'idée est très fréquemment exprimée (voir par exemple Morawski 1629).

LA PAIX DE RUTEBEUF

Rutebeuf forme des vœux dans ce poème pour qu'un ami de condition moyenne n'atteigne pas un état trop élevé, car il a déjà souffert des effets d'une telle ascension : le nouveau grand seigneur oublie son ancien ami et prête l'oreille aux flatteurs et aux médisants. C'est ainsi qu'il a perdu un « bon ami en France » à cause d'un flatteur auquel il souhaite d'être affligé du même mal que lui, une quasi-cécité. Se fondant sur le vers 17, F.-B. suppose (I, 565) que ce « bon ami » aurait accédé à la royauté et qu'il pourrait s'agir de Philippe III ou de son oncle Charles d'Anjou. Cette hypothèse n'est pas satisfaisante. D'abord parce que le calembour « royaume empire » est cher à Rutebeuf (cf. n. 1, p. 965) et qu'on ne peut rien inférer du fait qu'il l'exploite une fois de plus. Ensuite parce que les allusions à « l'état moyen » qui est celui de l'ami avant son élévation excluent que le personnage dont la conduite provoque le vœu initial du poète ait été de naissance royale. Il faut donc renoncer à identifier ce mécène perdu. Mais le ton à la fois badin et mélancolique invite à situer ce poème comme les précédents à une période où Rutebeuf est encore à la cour mais n'est plus en cour, c'est-à-dire dans les années qui suivent la croisade de Tunis.

Manuscrits : *C*, f. 82 r° ; *B*, f. 104 v°. *Texte de C.*
* Titre : *B* La priere Rutebuef

C'EST LA PAIZ DE RUTEBUEF

I

Mon boen ami, Dieus le mainteingne !
Mais raisons me montre et enseingne
Qu'a Dieu fasse une teil priere :
C'il est moiens, que Dieus l'i tiengne !
Que, puis qu'en seignorie veingne,
6 G'i per honeur et biele chiere.
Moiens est de bele meniere
Et s'amors est ferme et entiere,
Et ceit bon grei qui le compeingne ;
Car com plus basse est la lumiere,
Mieus voit hon avant et arriere,
12 Et com plus hauce, plus esloigne.

II

Quant li moiens devient granz sires,
Lors vient flaters et nait mesdires :
Qui plus en seit, plus a sa grace.
Lors est perduz joers et rires,
Ces roiaumes devient empires
18 Et tuit ensuient une trace.
Li povre ami est en espace ;
C'il vient a cort, chacuns l'en chace *f. 82 v° 1*
Par groz moz ou par vitupires.
Li flateres de pute estrace
Fait cui il vuet vuidier la place :
24 C'il vuet, li mieudres est li pires.

---

* v. 1. *B* Mi b. a. D. les m. — v. 9. *B* qui la c. — v. 12. *B* h. et esl. — v. 17. *B* Li r.

LA PAIX DE RUTEBEUF

I

Celui qui est mon ami, que Dieu le protège !
Mais la raison m'invite et m'apprend
à faire à Dieu cette prière :
s'il est de condition moyenne, que Dieu l'y laisse !
Car, s'il lui arrive de s'élever,
6 j'y perds l'honneur et le bon accueil qu'il me faisait.
L'homme de condition moyenne est agréable,
son amitié solide et sincère,
et il vous sait gré de le fréquenter ;
car plus la lumière est basse,
mieux elle éclaire de tous côtés,
12 mais plus elle est haute, plus elle s'éloigne.

II

L'homme de moyen état devient-il grand seigneur ?
Alors vient la flatterie et naît la médisance :
plus on s'y entend, plus on a sa faveur.
Finis les jeux et les rires :
son royaume... empire[1] ;
18 tous suivent le même chemin.
L'ami pauvre est tenu à l'écart ;
s'il vient à la cour, chacun l'en chasse
par des paroles grossières et des injures.
Le flatteur ignoble
fait vider la place à qui il entend :
24 s'il le veut, le meilleur devient le pire.

---

1. Cf. *Renart le Bestourné* 53-54, *Charlot et le Barbier* 54, *Voie de Tunis* 131.

III

Riches hom qui flateour croit
Fait de legier plus tort que droit,
Et de legier faut a droiture
Quant de legier croit et mescroit :
Fos est qui sor s'amour acroit,
30 Et sages qui entour li dure.
Jamais jor ne metrai ma cure
En faire raison ne mesure,
Ce n'est por Celui qui tot voit,
Car s'amours est ferme et seüre ;
Sages est qu'en li s'aseüre :
36 Tui li autre sunt d'un endroit.

IV

J'avoie un boen ami en France,
Or l'ai perdu par mescheance.
De totes pars Dieus me guerroie,
De totes pars pers je chevance :
Dieus le m'atort a penitance
42 Que par tanz cuit que pou i voie !
De sa veüe rait il joie
Ausi grant com je de la moie
Qui m'a meü teil mesestance !
Mais bien le sache et si le croie :
J'avrai asseiz ou que je soie,
48 Qui qu'en ait anui et pezance.

Explicit.

* v. 25. *B* qui de ligier c. — v. 28-30. *B Un trou dans le ms. rend le texte lacunaire* — v. 34-35. *Intervertis dans B* — v. 38. *B mq.* — v. 42. *B* t. croi que — v. 47. *B* aura — v. 48. *B* ait corrouz ne p. — *B* Explicit la priere Rutebuef,

III

Le puissant qui croit les flatteurs
est plus facilement injuste que juste
et manque facilement à la justice
puisque facilement il fait confiance ou non :
fou, qui lui fait crédit sur ses bons sentiments,
30 et sage, qui reste auprès de lui sans cesse.
Jamais je ne mettrai mes soins
à faire bon poids en servant qui que ce soit,
si ce n'est Celui qui voit tout,
car son amour est ferme et solide ;
sage, celui qui se fonde sur lui :
36 les autres sont tous les mêmes.

IV

J'avais un bon ami en France,
le malheur me l'a fait perdre.
De toute part Dieu me fait la guerre,
de toute part je perds ma subsistance :
que Dieu me compte comme pénitence
42 le fait que bientôt, je crois, je serai presque aveugle[1] !
Qu'avec sa vue il ait autant de joie
que moi avec la mienne,
celui qui m'a causé cette affliction[2] !
Mais qu'il se persuade bien de ceci :
j'aurai toujours assez, où que je sois,
48 quelque dépit qu'on en éprouve.

C Explicit *répété deux fois*

---

1. Cf. *Complainte de Rutebeuf* 23-28. **2.** C'est-à-dire celui qui lui a nui dans l'esprit de son ami.

LA PAUVRETÉ DE RUTEBEUF

Le roi de France que Rutebeuf supplie de l'aider dans sa misère est Philippe III le Hardi. Les deux « voyages » dont il parle aux vers 20-21 et qui se sont ajoutés au « lointain pélerinage » de Tunis sont certainement l'expédition de 1272 contre le comte Roger Bernard de Foix, qui s'est terminée par la prise de cette ville, et celle, moins heureuse, contre le roi Alphonse X de Castille en Béarn à la fin de l'année 1276. Le poème daterait donc probablement de 1277.

Manuscrit : *C*, f. 44 v°.

C'EST DE LA POVRETEI RUTEBUEF

I

Je ne sai par ou je coumance, *f. 45 r° 1*
Tant ai de matyere abondance
Por parleir de ma povretei.
Por Dieu vos pri, frans rois de France,
Que me doneiz queilque chevance,
6 Si fereiz trop grant charitei.
J'ai vescu de l'autrui chatei
Que hon m'a creü et prestei :
Or me faut chacuns de creance,
C'om me seit povre et endetei.
Vos raveiz hors dou reigne estei,
12 Ou toute avoie m'atendance.

II

Entre chier tens et ma mainie,
Qui n'est malade ne fainie,
Ne m'ont laissié deniers ne gages.
Gent truis d'escondire arainie
Et de doneir mal enseignie :
18 Dou sien gardeir est chacuns sages.
Mors me ra fait de granz damages ;
Et vos, boens rois, en deus voiages
M'aveiz bone gent esloignie,
Et li lontainz pelerinages
De Tunes, qui est leuz sauvages,
24 Et la male gent renoïe.

---

* v. 15. gage

---

1. On traduit ici en conformité avec l'hypothèse d'Antoine Thomas, qui voyait dans la forme *fainie* le participe passé de *faisnier*

LA PAUVRETÉ DE RUTEBEUF

I

Je ne sais par où commencer,
tant la matière est abondante,
pour parler de ma pauvreté.
Pour Dieu, je vous prie, noble roi de France,
de me donner quelques subsides :
6 vous feriez un grand acte de charité.
J'ai vécu du bien d'autrui
que l'on me prêtait à crédit :
à présent personne ne me fait plus d'avance
car on me sait pauvre et endetté.
Quant à vous, vous étiez hors du royaume,
12 vous en qui j'avais toute mon espérance.

II

La vie chère et ma famille,
qui n'est pas à la diète et ne perd pas le nord[1],
ne m'ont laissé ni argent ni ressources.
Je rencontre des gens habiles à s'esquiver
et peu entraînés à donner :
18 chacun s'entend à garder ce qu'il a.
La mort de son côté m'a fait grand tort[2],
vous aussi, vaillant roi (en deux voyages
vous avez éloigné de moi les gens de bien),
et aussi le lointain pèlerinage
de Tunis, qui est un lieu sauvage,
24 et la maudite race des infidèles.

(« ensorceler », « tromper », « égarer ») et avec la suggestion de F.-B. selon laquelle le participe passé signifierait ici « qui a l'esprit égaré ». « Le sens du vers serait "qui est saine de corps et d'esprit", "bien portante", et par conséquent (sous-entendu) "de bon appétit". » (F.-B. I, 571). **2.** Il s'agit probablement de la mort de protecteurs du poète.

III

Granz rois, c'il avient qu'a vos faille,
A touz ai ge failli sans faille.
Vivres me faut et est failliz ;
Nuns ne me tent, nuns ne me baille.
Je touz de froit, de fain baaille,
30 Dont je suis mors et maubailliz.
Je suis sanz coutes et sanz liz,
N'a si povre juqu'a Sanliz.
Sire, si ne sai quel part aille.
Mes costeiz connoit le pailliz,
Et liz de paille n'est pas liz,
36 Et en mon lit n'a fors la paille. *f. 45 r° 2*

IV

Sire, je vos fais a savoir,
Je n'ai de quoi do pain avoir.
A Paris sui entre touz biens,
Et n'i a nul qui i soit miens.
Pou i voi et si i preig pou ;
42 Il m'i souvient plus de saint Pou
Qu'il ne fait de nul autre apotre.
Bien sai *Pater*, ne sai qu'est *notre*,
Que li chiers tenz m'a tot ostei,
Qu'il m'a si vuidié mon hostei
Que li *credo* m'est deveeiz,
48 Et je n'ai plus que vos veeiz.

Explicit.

---

1. Cf. *Complainte Rutebeuf* 23-28 et *Paix de Rutebeuf* 41-44. On comprend mal pourquoi F.-B. juge impossible ici une nouvelle allusion du poète à sa mauvaise vue et croit indispensable de corriger *Pou* en *Prou*. **2.** Jeu de mots sur *pou* (« peu ») et *saint Pou*

III

Grand roi, si vous me faites défaut,
alors tous m'auront fait défaut, sans exception.
La subsistance me fait défaut,
nul ne m'offre rien, nul ne me donne rien.
Je tousse de froid, je bâille de faim,
30 je suis dans la détresse, à la mort.
Je n'ai ni couverture ni lit,
il n'est plus pauvre que moi d'ici à Senlis.
Sire, je ne sais où aller.
Mes côtes se frottent au paillis,
et lit de paille n'est pas lit,
36 et mon lit n'est fait que de paille.

IV

Sire, je vous le dis,
je n'ai pas de quoi acheter du pain.
À Paris, je suis au milieu de toutes les richesses,
et il n'y a rien de tout cela qui soit à moi.
J'y vois peu[1] et je reçois peu :
42 je me souviens plus de saint Paul[2]
que d'aucun autre apôtre.
Je connais mon *Pater*, mais pas ce qu'est *noster*[3],
car la vie chère m'a tout ôté :
elle a si bien vidé ma maison
que le *credo*[4] m'est refusé.
48 Je n'ai que ce que vous voyez sur moi.

(« saint Paul »). Cf. *Plaies du monde* 96 et *Hypocrisie et Humilité* 218. **3.** Parce que rien n'est à lui. Jeu sur le début du *Pater : Pater noster*, ou, sous une forme à demi francisée, *Pater nostre*. **4.** Jeu de mots sur *credo* et *crédit*.

LA NOUVELLE COMPLAINTE D'OUTREMER

Ce poème est un sermon en vers d'exhortation au départ pour la croisade dans le style de la Complainte d'outremer, *de celle de* Constantinople, *de celle du* Comte Eudes de Nevers, *de la* Voie de Tunis. *Le projet d'une nouvelle croisade avait été arrêté en 1274. Parmi les personnages auxquels Rutebeuf s'adresse dans son poème, le roi de France, le duc de Bourgogne, le comte de Flandres et peut-être le comte de Nevers avaient pris la croix le même jour, le 24 juin 1275. F.-B. (I, 595-6) suppose qu'il a pu mentionner en outre le roi d'Angleterre et le roi de Sicile eu égard à l'action menée auprès d'eux par le grand maître du Temple Guillaume de Beaujeu auquel Rutebeuf s'adresse à la fin du poème (v. 327-331). Au moment où Rutebeuf écrit, les croisés tardent à partir, certains ne paraissent plus songer à le faire. L'impatience du poète ne se justifie que si un certain temps s'est écoulé depuis les prises de croix. Le poème est donc probablement du début de 1277, l'année même où l'on était convenu de partir, puisque le roi de France et les hauts barons devaient s'embarquer à la Saint-Jean d'été. La mise en garde des vers 91-92 (la Terre sainte sera perdue avant un an si elle n'est pas secourue cette année même) serait ainsi à prendre à la lettre.*

Manuscrits : C, f. 54 r° ; *R* ; f. 34 r°. *Texte de C.*
* Titre : *R* Se commenche li complainte d'Accre

CI ENCOUMENCE LA NOUVELE COMPLAINTE D'OUTREMER

Pour l'anui et por le damage
Que je voi en l'umain linage
M'estuet mon pencei descovrir.
4 En sospirant m'estuet ovrir
La bouche por mon vouloir dire,
Com hom corrouciez et plains d'ire.
Quant je pens a la sainte Terre
8 Que picheour doient requerre
Ainz qu'il aient pascei jonesce,
Et jes voi entreir en viellesce
Et puis aleir de vie a mort,
12 Et pou en voi qui s'en amort
A empanrre la sainte voie
Ne faire par quoi Diex les voie,
S'en sui iriez par charitei ;
16 Car sains Poulz dist par veritei :
« Tuit sons uns cors en Jhesucrit »,
Dont je vos monstre par l'Escrit
Que li uns est membres de l'autre ;
20 Et nos sons ausi com li viautre
Qui se combatent por un os !
Plus en deïsse, mais je n'oz.
Vos qui aveiz sans et savoir,
24 Entendre vos fais et savoir
Que de Dieu sunt bien averies
Les paroles des prophecies :
En crois morut por noz meffais
28 Que nos et autres avons fais ;
Ne morra plus, ce est la voire : *f. 54 r° 2*
Or poons sor noz piauz acroire.
Voirs est que David nos recorde :

---

* v. 1. *R* l'envie — v. 14. *R* f. tant ke je le v. — v. 20. *R* Dont n. sommes si ke li v.

---

1. Rom. 12, 5 : *Multi unum corpus sumus in Christo, singuli*

LA NOUVELLE COMPLAINTE D'OUTRE-MER

Les tourments et les maux
dont je vois souffrir la race humaine
me forcent à découvrir ma pensée.
4 En soupirant il me faut ouvrir
la bouche pour dire ce que j'ai à dire,
en homme courroucé et chagrin.
Quand je pense à la Terre sainte
8 que les pécheurs doivent aller reprendre
tant qu'ils sont encore jeunes,
et que je les vois vieillir
et puis passer de la vie à la mort,
12 et que j'en vois peu se soucier
d'entreprendre le saint voyage
et d'attirer sur eux le regard de Dieu,
l'esprit de charité me remplit de colère ;
16 car saint Paul dit en vérité :
« Nous sommes tous un seul corps dans le Christ » ;
je vous montre ainsi en me fondant sur l'Écriture
que chacun pour sa part est un membre des autres[1].
20 Et nous, nous sommes comme les chiens
qui se battent pour un os !
J'en dirais plus, si je l'osais.
Vous qui avez la sagesse et la science,
24 je vous le fais comprendre et vous le fais savoir,
Dieu a bien réalisé
les paroles des prophètes :
Il est mort en croix pour nos méfaits,
28 les nôtres et ceux des autres ;
la vérité est qu'Il ne mourra pas deux fois[2] :
c'est notre peau maintenant que nous hypothéquons[3].
C'est vrai, ce que David nous rappelle :

---

autem alter alterius membra (« Nous, à plusieurs, nous ne formons qu'un seul corps dans le Christ, étant, chacun pour sa part, membres les uns des autres »). **2.** Cf. *Voie de Tunis* 20. **3.** Cf. *Dit de Pouille* 32.

32 Diex est plains de misericorde,
Mais veiz ci trop grant restrainture :
Il est juges plains de droiture.
Il est juges fors et poissans
36 Et sages et bien connoissans :
Juges que on ne puet plaissier
Ne hom ne puet sa cort laissier ;
Fors, si fors fox est qui c'esforce
40 A ce que il vainque sa force ;
Poissans, que riens ne li eschape :
Por quoi ? Qu'il at tot soz sa chape ;
Sages, c'on nou puet desovoir,
44 Se puet chacuns aparsovoir ;
Connoissans, qu'il connoist la choze
Avant que li hons la propoze.
Qui doit aleir devant teil juge
48 Sens troveir recet ne refuge,
C'il at tort, paour doit avoir
C'il a en lui sans ne savoir.
Prince, baron, tournoi[e]our
52 Et vos autre sejorneour
Qui teneiz a aise le cors,
Quant l'arme serat mise fors
Queil [part] porra ele osteil prendre ?
56 Savriiez le me vos aprendre ?
Je ne le sai pas ; Diex le sache !
Mais trop me plaing de votre outrage
Quant vos ne penceiz a la fin
60 Et au pelerinage fin
Qui l'arme pecherresse afine
Si qu'a Dieu la rent pure et fine.
[P]rince, premier, qui ne saveiz
64 Combien de terme vos aveiz *f. 54 v° 1*

---

* v. 51. *C* tournoiour, *R* b. et tournoiour — v. 55. *C* part *mq.* — v. 63. *C Le* P *majuscule mq.*

---

1. Cf. Ps. 111, 4 et Gautier de Coincy, *Théophile*, 966-68, dont

32 Dieu est plein de miséricorde ;
mais voici une importante restriction :
c'est un juge plein de droiture[1].
C'est un juge fort et puissant,
36 sage et à la connaissance profonde :
un juge qu'on ne peut circonvenir,
au tribunal duquel on ne peut se soustraire.
Il est fort : si fort qu'est fou celui qui s'efforce
40 de vaincre sa force.
Il est puissant, car rien ne lui échappe :
pourquoi ? Parce qu'il tient tout sous son manteau.
Il est sage, car on ne peut le tromper,
44 chacun peut s'en rendre compte.
Il est savant, car il sait le projet
de l'homme avant qu'il le conçoive.
Celui qui doit se présenter devant un tel juge
48 sans trouver de cachette ni de refuge,
s'il a tort, il a bien sujet d'avoir peur,
pour peu qu'il ait du bon sens.
   Princes, barons, amateurs de tournois
52 et vous autres, les paresseux,
qui veillez au confort de votre corps,
quand votre âme en sera séparée,
où pourra-t-elle trouver une demeure ?
56 Pourriez-vous me l'apprendre ?
Je ne le sais pas : que Dieu le sache !
Mais je me plains de votre présomption,
à vous qui ne pensez pas à votre fin
60 ni au beau pèlerinage
qui embellit l'âme pécheresse
au point de la rendre à Dieu pure et belle.
   Princes, d'abord, vous qui ne savez pas
64 combien de temps vous avez

Rutebeuf paraît se souvenir ici :

Voirs est qu'il est misericors,
Mais justes est si durement
Que quanqu'il fait fait justement. (Kœnig, t. I, p. 109)

[C'est vrai que Dieu est miséricordieux, mais il est si terriblement juste que tout ce qu'il fait, il le fait selon la justice].

A vivre en ceste morteil vie,
Que n'aveiz vos de l'autre envie,
Qui cens fin est por joie faire ?
68 Que n'entendeiz a votre afaire
Tant com de vie aveiz espace ?
N'atendeiz pas que la mors face
De l'arme et dou cors desevrance ;
72 Ci avroit trop dure atendance,
Car li termes vient durement
Que Dieux tanrra son jugement.
Quant li plus juste d'Adam nei
76 Avront paour d'estre dampnei,
Ange et archange trembleront,
Les laces armes que feront ?
Queil part ce porront elz repondre
80 Qu'a Dieu nes estuisse respondre
Quant il at le monde en sa main
Et nos n'avons point de demain ?
Rois de France, rois d'Aingleterre,
84 Qu'en jonesce deveiz conquerre
L'oneur dou cors, le preu de l'ame
Ains que li cors soit soz la lame,
Sans espairgnier cors et avoir,
88 S'or voleiz paradix avoir,
Si secoreiz la Terre sainte
Qui est perdue a seste empainte,
Qui n'a pas un an de recours
92 S'en l'an meïmes n'a secours.
Et c'ele est a voz tens perdue,
A cui tens ert ele rendue ?
Rois de Sezile, par la grace
96 De Dieu qui nos dona espace
De conquerre Puille et Cezille,
Remembre vos de l'Ewangile

---

* v. 71. *C* deservrance — v. 72. *R* a. douteuse a. — v. 76. *C* paoour — v. 80. *R* nes conviegne — v. 84. *R* rekerre

à vivre de cette vie mortelle,
que n'avez-vous envie de l'autre,
dans la joie sans fin ?
68 Que n'avez-vous soin de vous-même
tant que vous avez du temps à vivre ?
N'attendez pas que la mort
sépare votre âme de votre corps ;
72 attendre ainsi serait terrible,
car le moment vient, terrible,
où Dieu rendra son jugement.
Quand les plus justes des fils d'Adam
76 auront peur d'être damnés,
quand les anges et les archanges trembleront,
que feront-elles, ces malheureuses âmes[1] ?
Où pourront-elles se cacher
80 pour n'avoir pas à rendre compte à Dieu,
alors qu'il tient le monde en sa main
et que nous n'avons pas de lendemain ?
Roi de France, roi d'Angleterre[2],
84 qui devez conquérir durant votre jeunesse
l'honneur de votre corps, le profit de votre âme,
avant que votre corps ne gise sous la lame,
sans épargner votre personne et votre avoir,
88 si vous voulez gagner le paradis,
secourez donc la Terre sainte
qui est frappée à mort,
qui n'a plus un an devant elle
92 si cette année même elle n'est pas secourue.
Et si elle est perdue de votre temps,
quand viendra le temps où elle sera reprise ?
Roi de Sicile[3], par la grâce de Dieu
96 qui vous donna loisir
de conquérir les Pouilles et la Sicile,
rappelez-vous l'Évangile

---

1. Pour le traitement de ce thème fréquent, présent par exemple dans le *Dies irae*, Rutebeuf peut s'être là encore inspiré du *Théophile* de Gautier de Coincy, v. 780-86. **2.** Philippe III le Hardi, qui avait pris la croix le 24 juin 1275, et Édouard Ier. **3.** Charles Ier, qui avait pris la croix le 13 octobre 1275.

Qui dist qui ne lait peire et meire, *f. 54 v° 2*
100 Fame et enfans et suer et freire,
Possessions et manandie,
Qu'il n'a pas avec li partie.
Baron, qu'aveiz vos enpancei ?
104 Seront ja mais par vos tensei
Cil d'Acre qui sunt en balance
Et de secorre en esperance ?
Cuens de Flandres, dus de Bergoingne,
108 Cuens de Nevers, con grant vergoingne
De perdre la Terre absolue
Qui a voz tens nos iert tolue !
Et vos autre baron encemble,
112 Qu'en dites vos que il vos cemble.
Saveiz vos honte si aperte
Com de soffrir si laide perde ?
Tournoiëur, vos qui aleiz
116 En yver, et vos enjaleiz,
Querre places a tournoier,
Vos ne poeiz mieux foloier.
Vos despandeiz, et sens raison,
120 Votre tens et votre saison
Et le votre et l'autrui en tasche.
Le noiel laissiez por l'escrache,
Et paradix por vainne gloire.
124 Avoir deüssiez en memoire
Monseigneur Joffroi de Sergines,
Qui fu tant boens et fu tant dignes
Qu'en paradix est coroneiz
128 Com sages et bien ordeneiz,

---

* v. 100. *C* suers et freires — v. 101. *C* manandies — v. 106. *R* souscours en desperance — v. 107. *C* F. ou de B. ; *R* Coens de Nevers dus de B. — v. 108. *R* Coens de Flandres — v. 110. *R* vo t. vous est t. — v. 122. *C* escraffe — v. 127-128. *R* intervertis

---

1. Cf. Matth. 10, 37 et 19, 29. **2.** Gui de Dampierre, comte de

qui dit que celui qui ne laisse père et mère,
100 femme et enfants, et sœur, et frère,
possessions et domaines,
n'a pas sa place avec le Christ[1].
Barons, à quoi pensez-vous donc ?
104 Irez-vous un jour défendre
ceux d'Acre, qui sont en danger
et espèrent du secours ?
Comte de Flandres, duc de Bourgogne,
108 comte de Nevers[2], quelle honte
de perdre la Terre sainte
qui nous sera prise de votre vivant !
Et vous, tous les autres barons,
112 qu'en dites-vous ?
Connaissez-vous une honte aussi manifeste
que de souffrir une perte si horrible ?
Amateurs de tournois, vous qui allez
116 l'hiver (et vous vous gelez !)
chercher des endroits où jouter,
vous ne pouvez commettre de plus grande folie.
Vous dépensez, et sans raison,
120 votre temps, votre vie,
votre argent et celui d'autrui tout ensemble.
Vous laissez l'amande pour la coquille[3]
et le paradis pour la vaine gloire.
124 Vous devriez vous souvenir
de Monseigneur Geoffroy de Sergines[4],
qui était si vaillant et si méritant
qu'il a reçu en paradis la couronne
128 des sages et des hommes de devoir,

Flandres depuis 1278, Robert II, duc de Bourgogne depuis 1272, et Robert de Béthune, devenu comte de Nevers en 1272 par son mariage avec Yolande, fille d'Eudes de Nevers et veuve de Jean Tristan, fils de saint Louis (cf. *Complainte du comte Eudes de Nevers*). **3.** Sur le mot *escrache* (ou *escraffe* dans C), voir F.-B. I, 501, et A. Henry, 1964 (1977). **4.** Voir la *Complainte de Monseigneur Geoffroy de Sergines*, et aussi la *Complainte de Constantinople* 169 et la *Complainte d'Outre-mer* 90 et 168.

Et le conte Huede de Nevers,
Dont hom ne puet chanson ne vers
Dire se boen non, et loiaul
132 Et bien loei en court roiaul.
A ceux deüssiez panrre essample
Et Acres secorre et le Temple. *f. 55 r° 1*
Jone escuier au poil volage,
136 Trop me plaing de votre folage,
Qu'a nul bien faire n'entendeiz
Ne de rien ne vous amendeiz ;
Si fustes filz a mains preudoume
140 (Teiz com jes vi je les vos nome)
Et vos estes muzart et nice,
Que n'entendeiz a votre office.
De veoir preudoume aveiz honte.
144 Vostre esprevier sunt trop plus donte
Que vos n'iestes, c'est veriteiz ;
Car teil i a, quant le geteiz,
Seur le poing aporte l'aloe.
148 Honiz soit qui de vos se loe :
Se n'est Diex ne vostre paÿs.
Li plus sages est foux naÿx.
Quant vos deveiz aucun bien faire
152 Qu'a aucun bien vos doie traire,
Si le faites tout autrement,
Car vos toleiz vilainnement
Povres puceles lor honeurs.
156 Quant ne pueent avoir seigneurs,
Lors si deviennent dou grant nombre :
C'est uns pechiez qui vos encombre.
Voz povres voizins sozmarchiez :
160 Ausi bien aleiz as marchiez
Vendre voz bleiz et votre aumaille
Com cele autre povre pietaille.
Toute gentilesce effaciez.
164 Il ne vous chaut que vous faciez
Tant que viellesce vos efface,

---

* v. 129. *C* Hue, *R* Oede de Neviers — v. 130. *R* p. conte ne v. ; *C* ver — v. 148. *C* de lui — v. 152. *R* N'a a. b. devés atraire — v. 160. *C* b. at leans m.

et du comte Eudes de Nevers[1],
dont on ne peut rien dire en chansons et en vers
sinon du bien : un homme loyal
132 et estimé à la cour royale.
Sur eux vous devriez prendre exemple
et secourir Acre et le Temple.
Jeunes écuyers au poil follet,
136 je me plains beaucoup de votre folie,
car vous ne vous souciez de faire aucun bien
et vous ne vous amendez en rien ;
pourtant vous êtes les fils d'hommes de bien
140 (tels je les ai vus et tels je les nomme),
mais vous, vous êtes des étourdis et des sots,
car vous ne vous souciez pas de faire votre devoir.
Vous avez honte de voir un homme de bien.
144 Vos éperviers sont mieux dressés
que vous, c'est la vérité ;
car il y en a qui, lorsque vous les lâchez,
vous rapportent l'alouette sur votre poing.
148 Honni soit celui qui se loue de vous :
ni Dieu ni votre pays ne le font !
Le plus sage de vous est un vrai fou.
Alors que vous devriez faire quelque bien
152 qui puisse vous être profitable,
vous faites tout le contraire,
car vous enlevez ignoblement
leur honneur à de pauvres jeunes filles.
156 Ne pouvant plus trouver de mari,
elles deviennent des filles perdues :
c'est un péché qui pèse sur vous.
Vous écrasez vos voisins pauvres :
160 vous allez au marché
vendre votre blé et votre bétail
comme ces pauvres hères.
Vous détruisez toute noblesse.
164 Vos actes vous importent peu
jusqu'au moment où la vieillesse vous détruit,

---

1. Voir la *Complainte du comte Eudes de Nevers*.

Que ridee vos est la face,
Que vos iestes viel et chenu.
168 Por ce qu'il vos seroit tenu
A Gilemeir dou parentei, *f. 55 r° 2*
Non pas par vostre volentei,
S'estes chevalier leiz la couche
172 Que vous douteiz un poi reproche ;
Mais se vous amissiez honeur
Et doutissiez la deshoneur
Et amissiez votre lignage,
176 Vous fussiez et proudome et sage.
Quant vostre tenz aveiz vescu
Qu'ainz paiens ne vit votre escu,
Que deveiz demandeir Celui
180 Qui sacrefice fist de lui ?
Je ne sais quoi, se Diex me voie,
Quant vos ne teneiz droite voie.
 Prelat, clerc, chevalier, borjois,
184 Qui trois semainnes por un mois
Laissiez aleir a votre guise
Sens servir Dieu et sainte Eglise,
Dites, saveiz vos en queil livre
188 Hom trueve combien hon doit vivre ?
Je ne sai, je nou puis troveir.
Mais je vos puis par droit proveir
Que, quant li hons commence a nestre,
192 En cest siecle a il pou a estre
Ne ne seit quant partir en doit.
La riens qui plus certainne soit
Si est que mors nos corra seure.
196 La mains certainne si est l'eure.
 Prelat auz palefrois norrois,
Qui bien saveiz ke li vos Rois,

* v. 168. *R* ce que vos series — v. 186. *R* D. en s. — v. 198. *C* s. par queil norrois

1. Sur ce passage difficile, voir F.-B, I, 503. Le Gilemeir que mentionne le texte original au v. 169 est sans doute Guinemer,

où votre visage est ridé
et où vous êtes vieux et chenus.
168 Parce que sinon on vous tiendrait
pour des menteurs touchant votre lignage,
mais nullement par un effet de votre bonne volonté,
vous êtes bien des chevaliers par la naissance
172 en ce que vous avez quelque crainte du blâme[1] ;
mais si vous aimiez l'honneur,
si vous redoutiez le déshonneur
et si vous aimiez votre lignage,
176 vous seriez des hommes de bien pleins de sagesse.
Après avoir passé votre vie
sans que jamais un païen ait vu votre écu,
que pouvez-vous demander à Celui
180 qui s'est offert en sacrifice ?
Je ne sais (Dieu veuille tourner vers moi les yeux !),
puisque vous ne suivez pas le droit chemin.
Prélats, clercs, chevaliers, bourgeois,
184 qui laissez passer trois semaines sur un mois
selon votre plaisir[2]
sans servir Dieu ni la sainte Église,
dites, savez-vous dans quel livre
188 on peut trouver combien de temps on a à vivre ?
Moi, je ne sais pas, et je ne peux le trouver.
Mais ce que je peux vous démontrer,
c'est que l'homme en naissant
192 a peu de temps à passer en ce monde
et qu'il ne sait pas quand il devra le quitter.
La chose la plus certaine
est que la mort nous prendra ;
196 la plus incertaine est le moment[3].
Prélats aux palefrois norvégiens,
vous qui savez bien que votre Roi,

---

oncle de Ganelon dans la *Chanson de Roland*, dont le nom aura été déformé par contamination avec *guile* ou *gile*, qui signifie la ruse, la tromperie. **2.** Cf. *Voie d'Humilité (Paradis)* 432. **3.** Cf. *Voie de Tunis* 89-100 et *Disputaison du croisé et du décroisé* 169-184.

Li Filz Dieu, fu en la crois mis
200 Por confondre ces anemis,
Vos sermoneiz aus gens menues
Et aus povres vielles chenues
Qu'elz soient plainnes d'astinence :
204 Maugrei eulz font eles penance, *f. 55 v° 1*
Qu'eles ont sanz pain assé painne
Et si n'ont pas la pance plainne.
N'aiez paour : je ne di pas
208 Que vous meveiz ineslepas
Por la Sainte Terre deffendre ;
Mais vos poeiz entor vos prendre
Asseiz de povres gentilz homes
212 Qui ne mainnent soumiers ne soumes,
Qui doient et n'ont de qu'il paient
Et lor enfant de fain s'esmaient :
A cex doneiz de votre avoir,
216 Dont par tenz porreiz pou avoir,
Ces envoiez outre la meir
Et vos faites a Dieu ameir.
Montreiz par bouche et par example
220 Que vous ameiz Dieu et le Temple.
Clerc aaise et bien sejournei,
Bien vestu et bien conraei
Dou patrimoinne au Crucefi,
224 Je vos promet et vos afi,
Se voz failliez Dieu orendroit,
Qu'il vos faudra au fort endroit.
Vos sereiz forjugié en court,
228 Ou la riegle faut qui or court :
« Por ce te fais que tu me faces,
Non pas por ce que tu me haces. »
Diex vos fait bien ; faites li dont
232 De cors, de cuer et d'arme don,
Si fereiz que preu et que sage.

---

* v. 203. *C* p. de droiture — v. 209. *R* t. conquerre — v. 210. *R* entre v. querre — v. 222. *C* v. et bien sejornei — v. 232. *C* De quoi de cuer et d'a.

le Fils de Dieu, fut mis en croix
200 pour confondre ses ennemis,
vous prêchez aux petites gens
et aux pauvres vieilles décrépites
une abstinence complète :
204 ils font pourtant pénitence malgré eux,
car ils n'ont pas de pain, mais ils ont bien des peines
et ils n'ont pas la panse pleine.
N'ayez pas peur : je ne vous dis pas
208 de partir sur-le-champ
défendre la Terre sainte ;
mais vous pouvez trouver autour de vous
beaucoup de pauvres gentilshommes
212 qui n'ont ni bêtes de charge ni de quoi les charger,
qui ont des dettes et n'ont pas de quoi les payer,
dont les enfants défaillent de faim :
à ceux-là, donnez de votre argent,
216 dont peut-être à la longue il vous restera peu,
et envoyez-les outre-mer :
faites-vous ainsi aimer de Dieu ;
montrez par la parole et par l'exemple
220 que vous aimez Dieu et le Temple.
Clercs vivant dans le confort et le repos,
bien vêtus et bien pourvus
par le patrimoine du Crucifié[1],
224 je vous le promets et je vous l'affirme,
si vous faites défaut à Dieu maintenant,
il vous fera défaut au moment suprême.
Vous serez condamnés devant son tribunal,
228 ou alors ne vaut plus la règle qui a cours :
« Je te fais du bien pour que tu me le rendes,
non pas pour que tu me haïsses[2]. »
Dieu vous fait du bien ; faites-lui donc
232 de votre corps, de votre cœur, de votre âme le don,
vous agirez bien et sagement.

---

1. Cf. *Dit de sainte Église* 63. **2.** Morawski 1668.

Or me dites queil aventage
Vos puet faire votres trezors
236 Quant l'arme iert partie dou cors ?
Li executeur le retiennent
Juqu'a tant qu'a lor fin reviennent,
Chacuns son eage a son tour : *f. 55 v° 2*
240 C'est maniere d'executour.
Ou il avient par macheance
Qu'il en donent por reparlance
Vint paire de solers ou trente :
244 Or est sauve l'arme dolante !
Chevaliers de plaiz et d'axises
Qui par vos faites vos justices,
Sens jugement aucunes fois,
248 Tot i soit sairemens ou foiz,
Cuidiez vos toz jors einsi faire ?
A un chief vos covient il traire.
Quant la teste est bien avinee,
252 Au feu deleiz la cheminee,
Si vos croiziez sens sermoneir ;
Donc verriez granz coulz doneir
Seur le sozdant et seur sa gent :
256 Forment les aleiz damagent.
Quant vos vos leveiz au matin
S'aveiz changié votre latin,
Que gari sunt tuit li blecié
260 Et li abatu redrecié.
Li un vont au lievres chacier,
Et li autre vont porchacier
C'il panront un mallart ou deux,
264 Car de combatre n'est pas geux.
Par vos faites voz jugemens,
Qui sera votres dampnemens
Se li jugemens n'est loiaus,
268 Boens et honestes et feaus.

---

* v. 239. *R* C. s'en deduist — v. 242. *R* p. repentance — v. 255. *R* S. toute la gent au soudant — v. 256. *R* Souvent

Dites-moi donc quel avantage
pourra vous procurer votre trésor
236 quand votre âme aura quitté votre corps.
Les exécuteurs testamentaires le gardent
chacun à son tour pendant toute sa vie,
jusqu'à ce qu'ils meurent eux-mêmes :
240 tels sont les procédés des exécuteurs testamentaires.
Ou alors il arrive par accident
qu'ils donnent sur l'héritage, pour qu'on en parle,
vingt ou trente paires de souliers :
244 avec cela, la pauvre âme est sauvée[1] !
Chevaliers qui siégez aux tribunaux,
qui rendez la justice selon votre plaisir,
et parfois sans jugement,
248 sans tenir compte des serments et de la foi jurée,
croyez-vous toujours agir ainsi ?
Il vous faudra finir comme tout le monde.
Quand le vin vous est monté à la tête,
252 au coin du feu, près de la cheminée,
vous prenez la croix sans qu'on ait à vous prêcher ;
il faut vous voir alors donner de grands coups
sur le sultan et les siens :
256 vous leur infligez de lourdes pertes.
Mais quand vous vous levez le lendemain matin,
vous tenez un autre langage :
tous les blessés sont guéris
260 et les morts se sont relevés.
Les uns vont chasser le lièvre,
les autres vont essayer
de prendre un canard ou deux,
264 car combattre n'est pas un jeu[2].
Vous rendez selon votre plaisir
un jugement qui sera votre condamnation
s'il n'est pas loyal,
268 régulier, honnête, équitable.

---

1. Cf. *Plaies du Monde* 65-74. **2.** Cf. *Complainte du comte Eudes de Nevers* 157-161.

Qui plus vos done, si at droit.
Ce faites que Diex ne voudroit.
Ainsi defineiz votre vie,
272 Et lors que li cors se devie,
Si trueve l'arme tant a faire
Que je ne porroie retraire. *f. 56 r° 1*
Car Diex vos rent la faucetei
276 Par jugement ; car achatei
Aveiz enfer et vos l'aveiz.
Car ceste choze bien saveiz :
Diex rent de tout le guerredon,
280 Soit biens, soit maux : il en a don.
Riche borjois d'autrui sustance,
Qui faites Dieu de votre pance,
Li povre Dieu chiez vos s'aünent,
284 Qui de fain muerent et geünent,
Por atendre votre gragan
Dont il n'ont pas a grant lagan ;
Et vos entendeiz au mestier
288 Qui aux armes n'eüst mestier.
Vos saveiz que morir couvient,
Mais je ne sai c'il vos souvient
Que l'uevre ensuit l'ome et la fame.
292 C'il at bien fait, bien en a l'arme,
Et nos trovons bien en Escrit :
« Tout va, fors l'amour Jhesucrit. »
Mais de ce n'aveiz vos que faire ;
296 Vos entendeiz a autre afaire :
Je sai toute votre atendue.
Dou bleif ameiz la grant vendue,
Et chier vendre de si au tans

---

* v. 275. *R* li rent — v. 279. *R* r. a tous — v. 297. *R* t. le vostre entente — v. 298. *R* Vous amés dou blet la grant vente

---

1. Paul, *2* Cor. 5, 10 : *Omnes enim nos manifestari oportet ante tribunal Christi, ut referat unusquisque propria corporis, prout gessit, sive bonum, sive malum* (« Il faut que nous soyons tous mis à découvert devant le tribunal du Christ, pour que chacun retrouve

Qui vous donne le plus, c'est lui qui a raison ;
vous faites ce qui déplaît à Dieu.
C'est ainsi que vous terminez votre vie,
272 et lorsque le corps meurt,
l'âme a tant à faire
que je ne saurais le raconter.
Car Dieu vous paie de votre iniquité
276 par son jugement : vous avez acheté
l'enfer, vous l'avez.
Vous le savez bien :
tout reçoit de Dieu son salaire,
280 le bien comme le mal. Dieu en a le pouvoir[1].
Bourgeois riches du bien d'autrui,
qui faites un dieu de votre ventre[2],
les pauvres de Dieu s'assemblent chez vous,
284 mourant de faim et jeûnant,
dans l'attente de vos miettes
qui ne sont guère abondantes ;
et vous vous souciez d'affaires
288 qui ne sont pas profitables aux âmes.
Vous savez qu'il vous faut mourir,
mais je ne sais s'il vous souvient
que les actions suivent l'homme et la femme[3].
292 Si l'on a bien agi, cela est bon pour l'âme,
et nous trouvons dans l'Écriture :
« Tout passe, sauf l'amour de Jésus-Christ[4] ».
Mais de cela vous n'avez que faire ;
296 vous vous souciez d'autres affaires :
je sais très bien quels sont vos soucis.
Vous aimez vendre beaucoup de blé,
et le vendre cher à terme

---

ce qu'il aura fait pendant qu'il était dans son corps, soit en bien, soit en mal »). **2.** Paul, Philip. 3, 19, Cf. *Voie d'Humilité (Paradis)* 730, *Complainte d'Outremer* 111. **3.** Apocalypse 14, 13 : *Beati mortui qui in Domino moriuntur... Opera enim illorum sequuntur illos* (« Heureux les morts qui meurent dans le Seigneur... Car leurs œuvres les accompagnent »). **4.** Cf. *Voie d'Humilité (Paradis)* 700-701.

300 Seur lettre ou seur plege ou seur nans,
Vil acheteir et vendre chier
Et uzereir et gent trichier
Et faire d'un deable deus,
304 Por ce que enfers est trop seux.
Juqu'a la mort ne faut la guerre.
Et quant li cors est mis en terre
Et hon est a l'osteil venuz,
308 Ja puis n'en iert contes tenuz.
Quant li enfant sunt lor seigneur, *f. 56 r° 2*
Veiz ci conquest a grant honeur :
Au bordel ou en la taverne
312 Qui plus tost puet plus c'i governe.
Cil qui lor doit si lor demande ;
Paier covient ce c'om commande.
Teiz marchiez font com vous eüstes
316 Quant en votre autoritei fustes.
Chacuns en prent, chacuns en oste ;
Enz osteiz pluet, s'en vont li oste ;
Les terres demeurent en friche,
320 S'en sunt li home estrange riche.
Cil qui lor doit paier nes daingne,
Ansois couvient que hon en daingne
L'une moitié por l'autre avoir.
324 Veiz ci la fin de votre avoir.
La fin de l'arme est tote aperte :
Bien est qui li rant sa deserte.
Maistre d'outre meir et de France
328 Dou Temple par la Dieu poissance,
Frere Guillaume de Biaugeu,
Or poeiz veioir le biau geu
De quoi li siecles seit servir.
332 Il n'ont cure de Dieu servir
Por conquerre saint paradis,
Com li preudome de jadiz,

---

* v. 300. *R* S. plaige ou sor lettres pendans — v. 314. *R* covient s'estuet c'on vende — v. 332. R c. d'eaus asservir

300 en vous protégeant par une lettre, une garantie, un
acheter à bas prix et vendre cher, [nantissement,
pratiquer l'usure et tromper les gens,
et faire d'un diable deux
304 parce que l'enfer est trop dépeuplé[1].
C'est un combat qui dure jusqu'à la mort.
Et quand le corps est mis en terre
et qu'on est revenu à la maison,
308 il ne sera plus question du défunt.
Une fois que les enfants sont leurs propres maîtres,
l'argent gagné est à l'honneur :
c'est à qui ira le plus vite
312 au bordel ou à la taverne.
Ce sont leurs débiteurs qui leur réclament de l'argent ;
il faut payer ce qu'on commande.
Ils vendent dans les conditions où vous avez acheté
316 quand vous exerciez votre autorité.
Chacun en prend, chacun en ôte un morceau ;
il pleut dans la maison, les hôtes s'en vont ;
les terres demeurent en friche,
320 l'héritage enrichit des étrangers.
Leur débiteur ne daigne pas les payer,
il faut renoncer à la moitié de la créance
pour avoir l'autre.
324 Telle est la fin de votre fortune.
Quant à la fin de votre âme, elle est manifeste :
il y a quelqu'un pour lui donner ce qu'elle mérite.
Maître d'Outre-mer et de France,
328 maître du Temple par la puissance de Dieu,
Frère Guillaume de Beaujeu[2],
vous pouvez voir le beau jeu
auquel s'adonne le monde.
332 Ils ne se soucient pas de servir Dieu
pour conquérir le saint paradis,
comme les hommes de bien de jadis,

---

1. Cf. *État du monde* 130-134. **2.** Grand-maître de l'Ordre du Temple depuis le 13 mai 1273.

Godefroiz, Buemons et Tancreiz.
336 Ja n'iert lor ancres aencreiz
En meir por lor neis rafreschir :
De ce ce welent il franchir.
Ha ! bone gent, Diex vos sequeure,
340 Que de la mort ne saveiz l'eure !
Recoumanciez novele estoire,
Car Jhesucriz, li Rois de gloire,
Vos wet avoir, et maugré votre.
344 Sovaingne vos que li apostre *f. 56 v° 1*
N'orent pas paradix por pou.
Or vos remembre de saint Pou
Qui por Dieu ot copei la teste :
348 Por noiant n'en fait hon pas feste.
Et si saveiz bien que sainz Peires
Et sainz Andreuz, qui fu ces freres,
Furent por Dieu en la croix mis.
352 Por ce fu Dieux lor boens amis,
Et li autre saint ausiment.
Que vos iroie plus rimant ?
Nuns n'a en paradix c'il n'a painne :
356 Por c'est cil sages qui s'an painne.
Or prions au Roi glorieux
Et a son chier Fil precieux
Et au saint Esperit ensemble,
360 En cui toute bonteiz s'asemble,
Et a la precieuze Dame
Qui est saluz de cors et d'arme,
A touz sainz et a toutes saintes
364 Qui por Dieu orent painnes maintes,
Qu'il nos otroit sa joie fine !
Rutebués son sarmon define.

Explicit.

---

* v. 340. *R mq.* — v. 354. *R* i. jou contant — v. 366. *R* Rustebués sa complainte fine.

---

1. Trois héros de la première croisade : Godefroy de Bouillon,

Godefroy, Bohémond et Tancrède[1].
336 Jamais ils ne jetteront l'ancre
en mer pour ravitailler leur navire :
de cela ils veulent s'affranchir.
Ah ! gens de bien, que Dieu vous vienne en aide,
340 car vous ne savez pas l'heure de votre mort !
En route pour une nouvelle épopée[2],
car Jésus-Christ, le Roi de gloire,
vous veut avec Lui, malgré vous.
344 Souvenez-vous que les apôtres
n'eurent pas le paradis pour rien.
Qu'il vous souvienne de saint Paul[3]
qui, pour Dieu, eut la tête tranchée :
348 ce n'est pas sans raison qu'on le fête.
Et vous savez bien que saint Pierre
et saint André, son frère,
furent, pour Dieu, mis en croix.
352 Aussi Dieu fut leur vrai ami,
de même que celui des autres saints.
Qu'irais-je rimant davantage ?
Nul n'a le paradis sans peine.
356 Il est donc sage, celui qui y prend peine.
Prions maintenant le Roi glorieux
et son cher et précieux Fils,
ainsi que le Saint-Esprit,
360 source de toute qualité,
et la précieuse Dame,
salut du corps et de l'âme,
et tous les saints et les saintes
364 qui pour Dieu souffrirent maintes peines,
de nous octroyer sa joie parfaite !
Rutebeuf termine son sermon.

Bohémond, prince d'Antioche, et son neveu Tancrède, petit-fils du duc normand de Sicile Robert Guiscard. **2.** Cf. *Complainte d'Outremer* 16 et n. 2, p. 847. **3.** Cf. *Plaies du monde* 96, *Hypocrisie et Humilité* 218, *Pauvreté de Rutebeuf* 42.

POÈMES D'ATTRIBUTION DOUTEUSE

LA COMPLAINTE DE SAINTE ÉGLISE

La seule raison d'attribuer à Rutebeuf ce poème, intitulé la Vie du monde *dans les manuscrits* D, E *et* F, *est qu'il figure entre la* Pauvreté Rutebeuf *et le* Mariage Rutebeuf *dans le manuscrit* C. *Pour le reste, on n'y reconnaît ni sa main ni son esprit. Les rimes masculines de Rutebeuf sont généralement riches, et le sont toujours dans ses alexandrins : ce n'est pas le cas ici. Par ailleurs, dans ce poème qui s'en prend à tous les ordres religieux, les Cordeliers et les Jacobins font seuls l'objet d'une strophe élogieuse (str. XXV) ; mais la suivante leur adresse un reproche traditionnel. Tout cela n'est guère dans l'esprit de Rutebeuf. Il faut dire que la tradition manuscrite du poème est complexe. Il existe une version brève, certainement la plus ancienne, contenue dans les manuscrits C et G, et une version longue contenue dans les manuscrits* D, E, F. *De l'une à l'autre, et même à l'intérieur de chaque famille, non seulement le nombre, mais encore l'ordre des strophes varient fortement, sans que l'on puisse décider lequel est le meilleur. Compte tenu de l'attribution plus que douteuse de ce poème, on s'est contenté de donner ici la version qui se lit dans* C, *manuscrit de base de cette édition. On trouvera dans F.-B. la version longue ainsi qu'une comparaison entre l'une et l'autre (I, 389-407).*

Les vers 39-40 font allusion aux échecs de Philippe III le Hardi face au roi Pierre III d'Aragon dans sa politique sicilienne et à sa défaite finale en Aragon même, où il mena une campagne malheureuse dans l'été 1285. Il mourut lui-même à Perpignan au retour de l'expédition, le 4 octobre 1285. Le poème est postérieur à cette date et a donc été composé, au plus tôt, près de neuf ans après la Nouvelle complainte d'Outremer, *la plus récente des pièces dont la datation est possible. Ce fait n'est pas suffisant en lui-même pour interdire une attribution à Rutebeuf, mais il ne lui est pas non plus particulièrement favorable.*

Manuscrits : *Version brève* : *C*, f. 45 v° ; *G*, f. 137 v°. *Version longue* : *D*, f. 102 r° ; *E*, f. 14 v° ; *F*, f. 524 v°. *Texte de C. On ne signale ici que les leçons de ce manuscrit qui ont donné lieu à des corrections.*

C'EST LA COMPLAINTE DE SAINTE EGLIZE

I

Sainte Eglize se plaint, ce n'est mie merveille :
Chacuns de guerroier contre li s'apareille.
Sui fil sunt endormi, n'est nuns qui por li veille.
4 Ele est en grant peril se Diex ne la conceille.

II

Puis que Jostice cloche et Droiz pant et encline
Et Loiauteiz chancele et Veriteiz decline
Et Chariteiz refroide et Foiz faut et define,
8 Je di qu'il n'at ou monde fondement ne racine.

III

Sainte Eglize la noble, qui est fille de roi,
Espouze Jhesucrit, escole de la loi,
Cil qui l'on aservie ont fait mout grant desroi,
12 Ce a fait couvoitize et defaute de foi.

IV

Couvoitize, qui vaut pis c'uns serpans volans,
A tout honi lou monde, dont je sui mout dolanz.
Ce Charles fust en France ou ce i fust Rollanz,
16 Ne peüssent contre aux ne Yaumons n'Agolans.

LA COMPLAINTE DE LA SAINTE ÉGLISE

I

La sainte Église se plaint, ce n'est pas étonnant :
chacun s'apprête à lui faire la guerre.
Ses fils sont endormis, aucun ne veille pour elle.
4 Elle est en grand péril si Dieu ne prend soin d'elle.

II

Puisque Justice boîte, que Droit penche et vacille,
que Loyauté chancelle, que Vérité disparaît,
que Charité se refroidit, que Foi défaille et meurt,
8 je dis que le monde n'a plus fondations ni racines.

III

La noble et sainte Église, qui est fille de Roi,
épouse de Jésus-Christ, école de la loi,
ceux qui l'ont asservie ont commis un grand crime.
12 C'est l'œuvre de convoitise et du manque de foi.

IV

Convoitise, qui est pire qu'un dragon ailé,
a déshonoré le monde, et c'est ce qui m'afflige.
Si Charles ou Roland vivaient encore en France,
16 Aumont ni Agoland[1] ne pourraient rien contre eux.

---

1. Dans la *Chanson d'Aspremont*, Agolant est un roi sarrasin. Son fils Aumon est vaincu par Roland. Cf. *Dit de Pouille* 23.

V

Roume, qui deüst estre de notre foi la fonde,
Symonie, Avarice / et touz maux y abonde. *f. 45 v° 2*
Cil sunt plus conchié qui doivent estre monde
20 Et par mauvais essample honissent tout le monde.

VI

Qui argent porte a Roume asseiz tost prouvende a :
Hon ne la done mie si com Diex coumanda.
Hon seit bien dire a Roume : « Si voilles impetrar, [da] ;
24 Et si ne voilles dare, endas la voie, endas ! »

VII

France, qui de franchise est dite par droit non,
At perdu de franchise le loz et le renon.
Il n'i a mais nul franc, ne prelat ne baron,
28 En citei ne en vile ne en religion.

VIII

Au tans que li Fransois vivoient en franchise,
Fut par aux mainte terre gaaingnie et conquise,
Si faisoient li roi dou tout a lor devise,
32 Car hom prioit por aux de cuer en sainte Eglize.

---

* v. 23. da *mq.* — v. 30. conquesteie et gaingnie

---

1. Le poète fait parler les Romains de la cour pontificale dans

V

Rome, qui devrait être le fondement de notre foi,
est envahie par Simonie, Avarice et tous les maux.
Les plus souillés sont ceux qui devraient être les plus purs
20 et par leur mauvais exemple ils déshonorent le monde
[entier.

VI

Celui qui apporte de l'argent à Rome a bien vite une
[prébende :
on ne la donne pas comme Dieu l'a ordonné.
On sait bien dire à Rome : « Si toi vouloir impétrer,
24 si pas vouloir donare, à la rue, à la rue ! »[1] [donne ;

VII

France, qui à juste titre tire son nom de franchise[2],
a perdu son renom de franchise.
Nul n'y est plus franc, ni prélat ni baron,
28 dans les cités, les villes ou les monastères.

VIII

Au temps où les Français vivaient dans la franchise,
ils ont gagné et conquis maint pays,
les rois étaient tout entiers à leur service,
32 car on priait pour eux de tout cœur dans la sainte Église.

---

un sabir italien coloré de latin. **2.** *Franchise*, on le sait, signifie noblesse et *franc*, noble. Il est nécessaire de conserver ces mots dans la traduction pour que le rapport avec le nom de la France apparaisse.

IX

Ainz, puis que nostre Sires forma le premier houme
Ne puis que notre peires Adam manja la poume,
Ne fu mainz Diex douteiz / desouz la loi de Roume.
36 De la vient touz li maux qui les vertuz asoume. [*f. 46 r° 1*

X

Ainz, puis que li dizimes fut pris en sainte Eglize,
Ne fit li rois de France riens qu'il eüst emprise :
Damiete ne Tunes ne Puille n'en fut prise,
40 Ne n'en prist Aragon li rois de Saint Denize.

XI

Por quoi ne prent la pape dizime en Alemaigne,
En Gascoigne, en Baviere, en Frise ou en Sardaigne ?
Il n'i a chardenaul, tant haut l'espee saigne,
44 Qui l'alast querre la por estre rois d'Espaigne.

XII

Des prelaz vos dirons, mais qu'il ne vos anuit.
Diex lor a coumandei vellier et jor et nuit

---

* v. 39. ne Puille ne Tunes

---

1. En 1283, le pape avait autorisé une nouvelle fois le roi de France, en vue de la guerre de Sicile, à prélever sa dîme sur celles perçues par l'Église. **2.** Le roi de France, dont on sait les liens avec l'abbaye de Saint-Denis et qui était accompagné au combat

IX

Jamais, depuis que Notre-Seigneur forma le premier
homme
et depuis que notre père Adam mangea la pomme,
Dieu ne fut moins redouté sous la loi de Rome.
36 De là vient tout le mal qui abat les vertus.

X

Jamais, depuis qu'il préleva sa dîme sur celle de
[l'Église[1],
le roi de France n'a réussi ce qu'il a entrepris :
cela n'a permis de prendre ni Damiette ni Tunis ni les
[Pouilles ni la Sicile,
40 et le roi de Saint-Denis[2] n'a pas davantage pris l'Aragon[3].

XI

Pourquoi le pape ne prélève-t-il pas la dîme en Allemagne,
en Gascogne, en Bavière, en Frise ou en Sardaigne ?
Il n'y a pas de cardinal, tout armé de pied en cap qu'il soit,
44 pour aller la chercher, même si le trône d'Espagne
[était à la clé[4].

XII

Nous vous parlerons des prélats, si cela ne vous
[ennuie pas.
Dieu leur a commandé de veiller jour et nuit,

---

de l'oriflamme de saint Denis. **3.** Allusion à l'échec de Philippe III le Hardi dans son effort pour reprendre au roi Pierre III d'Aragon la Sicile et les Pouilles, d'où avait été chassé son oncle le roi Charles Ier. La mention de Damiette et de Tunis fait évidemment référence aux deux croisades menées par saint Louis. **4.** Allusion à l'attitude belliqueuse dans l'affaire de Sicile du légat du pape, le cardinal Cholet.

Et restraindre lor rains et porteir fuelle et fruit
48 Et lumierë ardant. Mais ne sunt pas teil tuit.

XIII

J'ai grant piece pancei a ces doyens ruraux,
Car je cuidai trouveir aucun preudome en aux.
Mais il n'a si preudoume juques en Roncevaux,
52 C'il devenoit doiens, qu'il ne devenist maux.

XIV

Chenoine seculeir mainnent trop bone vie : *f. 46 r° 2*
Chacuns a son hosteil, son leu et sa mainie,
Et s'en i a de teiz qui ont grant seignorie,
56 Qui pou font por amis et asseiz por amie.

XV

Cil qui doivent les vices blameir et laidengier,
Qui sunt prestre curei, i sueffrent moult dongier,
Et s'en i at de teiz qui par sont si legier
60 Que l'evesques puet dire : « Je fas do lou bergier. »

XVI

Covoitize, qui fait les avocas mentir
Et les droiz bestorneir et les tors consentir,
Bien les tient en prison, ne les lait repentir
64 Devant qu'ele lor face le feu d'enfer sentir.

---

* v. 49. d. curaux

---

1. Condensé de plusieurs citations de l'Écriture : Matth. 24, 42-

de ceindre leurs reins, de porter du fruit
48 et une lumière qui brille[1]. Tous ne sont pas ainsi.

XIII

J'ai longtemps pensé aux doyens ruraux[2],
croyant trouver parmi eux des hommes vertueux.
Mais il n'y a homme vertueux d'ici à Roncevaux
52 qui ne deviendrait mauvais en devenant doyen.

XIV

Les chanoines séculiers vivent très bien ;
chacun a sa maison, sa place, ses domestiques ;
certains parmi eux, qui sont très opulents,
56 font peu pour leurs amis, beaucoup pour leur amie.

XV

Ceux qui doivent blâmer et reprendre les vices,
les curés, se heurtent à une forte résistance,
et il en est parmi eux qui sont si légers
60 que l'évêque peut dire : « Je fais du loup le berger. »

XVI

Convoitise, qui fait mentir les avocats,
leur fait tourner le droit, consentir à l'injustice,
les tient dans ses liens et ne les laisse pas se repentir
64 jusqu'à ce qu'elle leur fasse sentir le feu de l'enfer.

---

43 (cf. Lc. 12, 39-40) ; Isaïe 11, 5 ; Matth. 7, 17 ; Matth. 5, 14-15 (cf. Marc 4, 21, Lc. 8, 16 et 11, 33). **2.** Les doyens ruraux étaient chargés de l'inspection des curés de campagne.

XVII

Nos avons .II. prevoz, qui font toz laiz de cors,
Car il traient a causes et les droiz et les tors.
Se droiz fust soutenuz et li tors estoit tors,
68 Teiz chevauche a lorain qui troteroit en cors.

XVIII

Des biens de sainte Eglise ce complaint Jhesucriz
Que hon met en joiaux et en vairs et en gris,
S'en traïnent les coes et Margoz et Biatrix,
72 Et li membre Dieu sunt povre, nu et despris.

XIX

Molt volentiers queïsse une religion
Ou je m'arme sauvasse par bone entencion.
Mais tant voi en pluseurs envie, elacion,
76 Qu'i ne tiennent de l'ordre fors l'abit et le non.

XX

Qui en religion wet sauvement venir,
.III. chozes li covient et voeir et tenir :
C'est cha[s]tei, povretei et de cuer obeïr.
80 Mais hom voit en trestous le contraire avenir. *f. 46 v° 1*

XXI

En l'ordre des noirs moinnes sunt a ce atournei :
Il soloient Dieu querre, mais il sunt retournei,

* v. 70. vars — v. 72. li maitre D. — v. 77. sainnement — v. 79. chatei — v. 81. s. asseiz aceiz a.

XVII

Nous avons deux prévôts, qui font tout le mal à la cour,
car ils citent en justice innocents et coupables.
Si l'innocence était soutenue, la culpabilité dénoncée,
68 tel chevauche à grandes guides qui trotterait sans selle[1].

XVIII

Jésus-Christ se plaint au sujet des biens de la sainte Église
qu'on transforme en joyaux, en vair, en petit-gris ;
Margot et Béatrice s'en font des traînes,
72 et les membres de Dieu sont pauvres, nus, misérables.

XIX

Je chercherais volontiers un Ordre religieux
où je pourrais sauver mon âme dans une intention pure.
Mais je vois chez beaucoup tant d'envie et d'orgueil
76 qu'ils n'ont de religieux que l'habit et le nom.

XX

Qui veut faire son salut en religion
doit prononcer trois vœux et y être fidèle :
chasteté, pauvreté, obéissance du cœur.
80 Mais dans tous les Ordres on voit le contraire.

XXI

Dans l'Ordre des moines noirs, voici ce qu'ils sont devenus :
ils avaient coutume de chercher Dieu, mais ils en sont
[revenus,

---

1. Voir F.-B. I, 406. Dans le texte de *D, E, F*, il ne s'agit pas de deux « prévôts », mais de deux « pronoms », *meum* et *tuum*.

Ne Diex n'en trueve nuns, car il sunt destournei
84 En l'ordre saint Benoit c'on dit le Bestournei.

XXII

De ciaux de Preimoutrei me couvient dire voir :
Bien sunt par dehors blanc, et par dedens sunt noir.
Orgueulz et Couvoitize les seit bien desouvoir.
88 C'il fussent par tout blanc, il feïssent savoir.

XXIII

L'ordre de Citiaux taing a boenne et bien seant
Et si croi que il soient preudome et bien creant.
Mais de tant me desplaisent que il sunt marcheant
92 Et de charitei faire deviennent recreant.

XXIV

En l'ordre des chanoines c'om dit saint Augustin
Il vivent en plantei sens noise et sens hustin.
De Jhesu lor souvaingne au soir et au matin :
96 La chars soeif norrie trait a l'arme venin.

XXV

Cordelier, Jacobin sont gent de bon afaire.
Il deïssent asseiz, mais il les covient taire, *f. 46 v° 2*

---

* v. 93. Et en l'ordre des moinnes

---

1. Les moines noirs sont les Bénédictins. Le fait qu'ils aient, selon le poète, tourné à l'envers la règle de saint Benoît entraîne la plaisanterie

et Dieu n'en trouve aucun, car ils ont dévié
84 vers l'Ordre de saint Benoît qu'on appelle le Bétourné[1].

XXII

Sur ceux de Prémontré[2] il me faut dire la vérité :
par-dehors ils sont blancs, mais dedans ils sont noirs.
Orgueil et Convoitise savent bien les enjôler.
88 S'ils étaient blancs partout, ils agiraient sagement.

XXIII

L'Ordre de Cîteaux, je le tiens pour bon et convenable,
et je crois que ce sont des hommes de bien, pleins de foi.
Mais il me déplaît qu'ils soient de vrais marchands
92 et qu'ils renoncent à pratiquer la charité[3].

XXIV

Dans l'Ordre des chanoines de saint Augustin, comme
[on les appelle
ils vivent dans l'abondance sans bruit et sans éclat.
Que soir et matin ils se souviennent de Jésus :
96 la chair bien nourrie empoisonne l'âme.

XXV

Cordeliers et Jacobins sont des gens très bien.
Ils auraient beaucoup à dire, mais il leur faut se taire :

---

du v. 84 : il y avait à Paris une église consacrée à saint Benoît que l'on appelait Saint-Benoît-le-Bétourné (l'inversé) parce que le chœur était orienté vers l'Ouest et la façade vers l'Est, contrairement à la règle. **2.** L'Ordre de Prémontré était un ordre de chanoines réguliers fondé par saint Norbert au début du XIIe siècle. **3.** Allusion à la richesse des Cisterciens, née du succès de leurs exploitations rurales.

Car li prelat ne welent qu'il dient nul contraire
100 A ce que il ont fait n'a ce qu'il welent faire.

XXVI

Cordelier, Jacobin font granz afflictions
Si dient car il sueffrent mout tribulacions.
Mais il ont des riche houmes les executions,
104 Dont il sunt bien fondei et en font granz maisons.

XXVII

Les blanches et les noires et les grizes nonnains
Sunt souvent pelerines a saintes et a sains.
Ce Diex lor en seit grei, je n'en sui pas certains :
108 C'eles fuissent bien sages, eles alassent mains.

XXVIII

Quant ces nonnains s'en vont par le païs esbatre,
Les unes a Paris, les autres a Monmartre,
Teiz fois en moinne hom deulz c'on en ramainne quatre,
112 Car s'on en perdoit une, il les couvanroit batre.

XXIX

Or priz je en la fin au Seigneur qui ne ment
Qu'il consaut touz preudoumes et touz picheurs amant
Et nos doint en cest siecle vivre si saintement
116 Qu'aienz boenne sentance pour nous au Jugement.

Amen. Explicit.

les prélats ne veulent pas qu'ils disent quoi que ce soit
100 contre ce qu'ils ont fait ni contre ce qu'ils veulent faire.

XXVI

Cordeliers et Jacobins se mortifient beaucoup
et disent qu'ils souffrent bien des tribulations.
Mais ils sont les exécuteurs testamentaires des riches :
104 à eux les fondations et les grandes maisons.

XXVII

Les nonnes blanches, noires et grises
font de fréquents pélerinages aux sanctuaires des
[saintes et des saints.
Je ne suis pas certain que Dieu leur en sache gré :
108 si elles étaient vraiment sages, elles voyageraient moins.

XXVIII

Quand ces nonnes vont s'ébattre à travers le pays,
les unes à Paris, les autres à Montmartre,
parfois elles partent à deux et reviennent à quatre,
112 car s'il s'en perdait une, elles seraient battues.

XXIX

Je prie pour finir le Seigneur qui ne ment pas
de conseiller tous les hommes de bien, de corriger
[tous les pécheurs,
et de nous accorder de vivre en ce monde assez saintement
116 pour obtenir une sentence favorable au jour du
[Jugement.

DIT DES PROPRIÉTÉS DE NOTRE DAME

Ce beau poème, généralement désigné sous le titre Les neuf joies de Notre Dame*, n'est certainement pas de Rutebeuf. Certes, comme la* Vie du monde (Complainte de sainte Église)*, il figure au milieu des siens dans le manuscrit* C. *Mais pour le reste, tout se conjugue pour interdire de l'attribuer à notre poète. C'est une pièce qui a connu un succès considérable, dépassant très largement celui de l'œuvre de Rutebeuf, puisqu'elle nous est connue par dix-huit manuscrits. Son auteur possède une culture scripturaire et exégétique très supérieure à celle de Rutebeuf. Il est capable de rassembler dans ses litanies de louange à la Vierge tous les principaux passages de l'Écriture qui fondent la théologie mariale, sous une forme allusive qui montre sa familiarité avec eux. Sans répugner tout à fait au jeu de l'*annominatio, *il n'en fait pas, comme Rutebeuf dans des cas semblables, le fondement de sa rhétorique et de sa poétique. Du point de vue de la forme métrique, si Rutebeuf a plusieurs fois utilisé le huitain d'octosyllabes de schéma* abababab, *il change toujours de rimes à chaque strophe, alors qu'ici les mêmes rimes sont utilisées sur deux strophes* (coblas doblas).

Il existe de ce poème une édition critique d'après tous les manuscrits, accompagnée d'un commentaire très riche : Tauno F. Mustanoja, Les neuf joies Nostre Dame, a poem attributed to Rutebeuf, *Helsinki, 1952. On trouvera ici, à peine retouché, le texte de C, que Mustanoja a d'ailleurs choisi comme manuscrit de base.*

Ce poème figure, avec des variantes sensibles, dans 18 manuscrits. On donne ici le texte de C, f. 43 r°, *en signalant seulement les leçons qui ont été rejetées ou corrigées à partir d'autres manuscrits.*

CI ENCOUMENCE LI DIZ DES PROPRIETEIZ NOTRE DAME

I

Roïne de pitié, Marie,
En cui deïtteiz pure et clere
A mortaliteiz se marie,
4 Tu iez et vierge et fille et mere :
Vierge enfantaz le fruit de vie,
Fille ton fil, mere ton peire.
Mout az de nons en prophecie,
8 Si n'i a non qui n'ait mistere.

II

Tu iez suers, espouze et amie
Au roi qui toz jors fu et ere ;
Tu iez verge seche et florie,
12 Doulz remedes de mort amere ;
Tu iez Hester qui s'umelie,
Tu iez Judit qui biau se pere,
Admon en pert sa seignerie,
16 Et Olofernes le compere.

III

Tu iez et cielz et terre et onde
Par diverse senefiance :
Cielz qui done lumiere au monde,
20 Terre qui done soutenance,
Onde qui les ordures monde. *f. 43 v° 1*
Tu iez pors de notre esperance,

---

* v. 18. diverses signifiances

LE DIT DES PROPRIÉTÉS DE NOTRE-DAME

I

Reine de pitié, Marie,
en qui la divinité pure et claire
se marie à ce qui est mortel,
4 tu es vierge, fille et mère :
vierge tu enfantas le fruit de vie,
fille de ton fils, mère de ton père.
Tu as beaucoup de noms dans les prophéties :
8 pas un de ces noms qui n'ait son mystère.

II

Tu es la sœur, l'épouse et l'amie
du roi qui toujours fut et sera ;
tu es le rameau stérile et fleuri[1],
12 doux remède à la mort amère ;
tu es Esther qui s'humilie,
tu es Judith qui se pare, se fait belle :
Aman en perd sa seigneurie
16 et Holopherne est châtié.

III

Tu es le ciel, la terre et l'onde
dans la diversité des significations :
le ciel qui donne la lumière au monde,
20 la terre qui donne la subsistance,
l'onde qui purifie ce qui est souillé.
Tu es le port de notre espérance,

---

1. La Vierge est le rameau bourgeonnant d'Aaron (Nombres 17, 16-26).

Matiere de notre faconde,
24 Argumens de notre creance.

IV

De toi, pucele pure et monde,
Porte cloze, arche d'aliance,
Qui n'as premiere ne seconde,
28 Deigna naitre par sa poissance
Cil qui noz anemis vergonde,
Li jaians de double sustance.
Il fu la pierre et tu la fonde
32 Qui de Golie prist venjance.

V

Dame de sens enluminee,
Tu as le traÿteur traÿ,
Tu as souz tes plantes triblee
36 La teste dou serpent haÿ.
Tu iez com eschiele ordenee,
Qui le pooir as envaÿ
De la beste desfiguree
40 Par cui li nostre dechaÿ.

VI

Tu yez Rachel la desirree,
Tu iez la droite Sarraÿ,
Tu iez la toison arouzee,
Tu yez li bouchons Synaÿ.

---

* v. 27. n'es

---

1. Application au Christ du Psaume 18, 6 (version d'après celle des Septante) : *Exultavit ut gigans ad currendam viam* (« Il se

la matière de notre éloquence,
24 la raison de notre foi.

IV

De toi, vierge pure et sans tache,
porte close, arche d'alliance,
toi qui n'as ni première avant toi ni seconde,
28 daigna naître par sa puissance
Celui qui couvre de honte nos ennemis,
le géant à la double nature[1].
Il fut la pierre et toi la fronde
32 qui tira vengeance de Goliath.

V

Dame que la sagesse illumine,
tu as trahi le traître,
tu as foulé aux pieds
36 la tête du serpent détesté.
Tu es comme l'armée rangée en bataille
toi qui as attaqué le pouvoir
de la bête monstrueuse qui avait causé
40 la chute de notre propre pouvoir.

VI

Tu es Rachel la désirée,
tu es Sara la juste,
tu es la toison humide de rosée[2],
tu es le buisson du Sinaï.

---

réjouit, comme un géant qu'il est, de courir sa carrière »). La double nature est, évidemment, la nature divine et la nature humaine, réunies dans le Christ. **2.** La toison de Gédéon (Juges 6, 36-40), symbole traditionnel de la virginité de Marie, d'après une interprétation étayée par Ps. 71, 6 et Isaïe 45, 8.

44 Dou saint Espir fuz enseintee :
En toi vint il et ombra y
Tant que tu fuz chambre clamee
48 Au roi de gloire Adonaÿ.

VII

De toi sanz ta char entameir
Nasqui li bers de haut parage
Por le mal serpent enframeir
52 Qui nos tenoit en grief servage,
Qui venoit les armes tenteir,
Et n'en voloit panre autre gage
Por les chetives affameir
56 En sa chartre antive et ombrage.

VIII

Dame, toi doit reclameir *f. 43 v° 2*
En tempeste et en grant orage :
Tu iez estoile de la meir,
60 Tu iez a nos neiz et rivage.
Toi doit hon servir et ameir.
Tu iez flors de l'umain linage,
Tu iez li colons senz ameir
64 Qui porte as cheitiz lor message.

IX

Seule, sanz peir, a cui s'ancline
Li noblois dou haut consistoire
(Bien se tient a ferme racine),

---

* v. 60. *On a conservé la leçon de C, bien que* a nos *soit peut-être le résultat d'une mauvaise lecture du mot* ancre, *qui figure dans d'autres manuscrits*

44

Le Saint-Esprit t'a rendue enceinte :
en toi il vint reposer en secret,
si bien que tu fus proclamée la chambre
48 du Roi de gloire, Adonaÿ.

VII

De toi, sans rompre ta chair,
naquit le vaillant, le noble, le Très-Haut,
pour rendre captif le serpent mauvais
52 qui nous tenait en douloureuse servitude,
qui venait tenter les âmes
et ne voulait rien d'autre
qu'affamer ces misérables
56 dans son antique et sombre prison.

VIII

Dame, c'est toi que l'on doit invoquer
dans la tempête et les grands orages :
tu es l'étoile de la mer,
60 tu es pour nous la nef et le rivage.
C'est toi que l'on doit servir et aimer.
Tu es la fleur du genre humain,
tu es la douce colombe
64 qui porte aux captifs leur message.

IX

Toi la seule, sans égale, devant qui s'incline
la noblesse du consistoire suprême,
(elle trouve en toi un ferme appui),

68 Jamais ne charra ta memoire.
Tu iez finz de nostre ruÿne,
Que mort estions, c'est la voire,
Solaux qui le monde enlumine,
72 Lune sanz lueur transitoire.

X

Tu iez sale, chambre et cortine,
Liz et trones au Roi de gloire,
Thrones de jame pure et fine,
76 D'or esmerei, de blanc yvoire,
Recovriers de notre saisine,
Maisons de pais, tors d'ajutoire,
Plantains, olive, fleurs d'espine,
80 Cyprés et palme de victoire.

XI

Tu iez la verge de fumee,
D'aromat remis en ardure,
Qui par le desert iez montee
84 El ciel seur toute creature,
Vigne de noble fruit chargee
Sanz humainne cultiveüre,
Violete non violee,
88 Cortilz touz enceinz a closture.

---

* v. 80. de justoire

---

1. Mustanoja corrige *Plantains* en *Platans* (Platane), en considérant que le texte s'inspire d'*Ecclésiastique* 24, 19 : *Quasi oliva speciosa in campis et quasi platanus exaltata sum juxta aquam in plateis* (« J'ai été exaltée [c'est la sagesse qui parle] comme un olivier superbe dans les champs, comme un platane près de l'eau

68 jamais ton souvenir ne disparaîtra.
Tu es la fin de notre ruine,
car nous étions morts, c'est la vérité,
soleil qui illumine le monde,
72 lune dont la clarté ne varie pas.

X

Tu es la salle, la chambre, la tenture,
le lis et le trône du Roi de gloire,
trône de gemme pure et fine,
76 d'or fin, d'ivoire blanc,
celle qui nous a rendus à nous-mêmes,
maison de paix, tour auxiliatrice,
herbe salutaire[1], olive, fleur d'épine,
80 cyprès et palme de victoire.

XI

Tu es la colonne de fumée,
d'aromate embrasé[2],
qui es montée du désert
84 dans le ciel au-dessus de toute créature,
vigne chargée d'un noble fruit
sans que l'homme l'ait cultivée,
violette non violée,
88 jardin enclos de tous côtés[3].

---

sur les places »). Son hypothèse a toute chance d'être juste, mais *Plantain* donne en soi un sens satisfaisant, puisque le plantain était utilisé comme plante médicinale et que le mot se trouve employé dans ce sens. **2.** Cf. Cant. 3, 8. **3.** Le *hortus conclusus* de Cant. 4, 12, repris par l'antienne de la nativité de la Vierge (*Hortus conclusus est Dei genitrix, fons signatus* « La mère de Dieu est un jardin fermé, une fontaine scellée »).

XII

A saint Jehan fu demoutree
L'encellance de ta figure
De .XII. estoiles coronee ;
92 Li soleux est ta couverture, *f. 44 r° 1*
La lune souz tes peiz pozee.
Se nos senefie a droiture
Que sor nos serez essaucee,
96 Et seur fortune et seur nature.

XIII

Tu iez chatiaux, roche hautainne,
Qui ne crienz ost ne sorvenue.
Tu iez li puis et la fontainne
100 Dont notre vie est soutenue,
Li firmamenz de cui alainne
Verdure est en terre espandue,
Aube qui le jor nos amainne,
104 Turtre qui ses amors ne mue.

XIV

Tu iez roïne souverainne
De diverses coleurs vestue,
Tu iez estoile promerainne,
108 La meilleurs, la plus chier tenue,
En cui la deïteiz souvrainne,
Por nos sauveir, a recondue
Sa lumiere et son rai demainne
112 Si com li solaux en la nue.

XII

À saint Jean fut montrée
la perfection de ta personne,
couronnée de douze étoiles ;
92 le soleil est ton vêtement,
la lune est placée sous tes pieds[1].
Cela signifie justement
que vous serez élevée au-dessus de nous,
96 au-dessus du destin et de la nature.

XIII

Tu es le château, la roche escarpée,
toi qui ne crains ni ennemi ni attaque soudaine.
Tu es le puits et la fontaine
100 qui soutiennent notre vie,
le firmament dont l'haleine
répand la verdure sur la terre,
l'aube qui nous amène le jour,
104 la tourterelle fidèle à ses amours.

XIV

Tu es la reine souveraine
au vêtement de couleurs variées,
tu es la première des étoiles,
108 la meilleure, la préférée,
en qui la Divinité souveraine,
pour nous sauver, a caché
sa lumière, son éclat unique,
112 comme le soleil dans la nue.

---

1. On reconnaît la Femme de l'Apocalypse 12, 1.

XV

Citeiz cloze a tours mac[e]ïzes,
Li maulz qui les maulz acravente ;
Qui receüz est en tes lices,
116 Pou li chaut c'il pluet ou c'il vente.
Tu iez la raansons des vices,
Li repoz aprés la tormente,
Li purgatoires des malices,
120 Li confors de l'arme dolente.

XVI

Tu as des vertuz les promisces,
C'est tes droiz, c'est ta propre rente.
Tu iez l'aigles et li fenisces
124 Qui dou soleil reprent jovente,
Larriz de fleurs, celle d'espices,
Baumes, kanele, encens et mente,
Notre paradix de delices, *f. 44 r° 2*
128 Notre esperance et notre atente.

XVII

Dame de la haute citei,
A cui tuit portent reverance,
Tuit estïenz deseritei
132 Par une general sentance ;
Tu en as le mont aquitei,
Tu iez saluz de notre essence,
Balaiz de notre vanitei,
136 Cribles de notre concience.

---

* v. 113. macizes

XV

Cité close aux tours massives,
maillet qui écrase les maux ;
à qui est reçu dans ton enceinte
116 il importe peu qu'il pleuve ou qu'il vente.
Tu es la rançon des vices,
le repos après la tourmente,
le purgatoire de ce qui est mauvais,
120 le réconfort de l'âme souffrante.

XVI

À toi les prémices de toutes les vertus :
c'est ton droit, c'est ton revenu propre.
Tu es l'aigle et le phénix
124 qui dans le soleil retrouve sa jeunesse,
côteau fleuri, cellier d'épices,
baume, canelle, encens et menthe,
notre paradis de délices,
128 notre espérance et notre attente.

XVII

Dame de la cité d'en-haut,
toi que tout le monde révère,
nous étions tous déshérités
132 par une condamnation générale ;
tu en as libéré le monde,
tu es le salut de notre être,
le balai de notre vanité,
136 le crible de notre conscience.

XVIII

Temples de sainte Trinitei,
Terre empreignie sanz semance,
Et lumiere de veritei
140 Et aumaires de sapience
Et ysopes d'umilitei
Et li cedres de providence
Et li lyx de virginitei
144 Et la roze de paciance.

XIX

Maudite fu fame et blamee
Qui n'ot fruit anciennement ;
Mais ainz n'en fuz espoantee,
148 Ainz voas a Dieu qui ne ment
Que ta virgineteiz gardee
Li seroi[t] pardurablement.
Ce fu la premiere voee ;
152 Mout te vint de grant hardement.

XX

Tantost te fu grace donee
De gardeir ton veu purement.
Ton cuer, ton cors et ta pencee
156 Saisit Diex a soi proprement.
En ce que tu fus saluee
Vout Diex moutrer apertement
Tu iez Eva la bestornee
160 Et de voiz et d'entendement.

XXI

Ne porroie en nule meniere
De tes nons, conbien qu'i pensasse, *f. 44 v° 1*
Tant dire que plus n'i affiere,

---

* v. 142. de sapience — v. 156. purement

XVIII

Temple de la Sainte Trinité,
terre fécondée sans semence,
lumière de vérité,
140 coffre de sagesse,
hysope d'humilité,
cèdre de prévoyance,
lis de virginité,
144 rose de patience.

XIX

Jadis, maudite et blâmée la femme
qui ne portait pas de fruit ;
mais jamais tu n'en fus épouvantée,
148 tu vouas au contraire à Dieu qui ne ment pas
ta virginité, pour la lui garder
à jamais.
Ce fut le premier vœu,
152 c'était de ta part une très grande audace.

XX

Aussitôt te fut donnée la grâce
de garder ton vœu dans sa pureté.
Ton cœur, ton corps et ta pensée,
156 Dieu s'en empara.
Par la salutation que tu reçus,
Dieu a voulu montrer ouvertement
que tu es l'Ève inverse
160 par la parole et par l'intelligence.

XXI

J'aurais beau y réfléchir,
je ne pourrais en aucune manière,
en parlant des noms qui te reviennent, épuiser le sujet,

164 Se toute ma vie i usasse.
Mais de tes joies, dame chiere,
Ne lairoie que ne contasse.
Li saluz, ce fu la premiere,
168 Dame, lors t'apelas baasse.

XXII

Ne fus orguilleuze ne fiere,
Ainz t'umelias tot a masse.
Por ce vint la haute lumiere
172 En toi qu'ele te vit si basse.
Lors fus ausi com la verriere
Par ou li raiz dou soloil passe :
El n'est pas por ce mainz entiere,
176 Qu'il ne la perce ne ne quasse.

XXIII

La premiere fu de tes joies
Quant ton creatour conceüz.
La seconde fu totes voies
180 Quant par Elyzabeth seüs
Que le fil Dieu enfanteroies.
La tierce, quant enfant eüz ;
Sens pechié conceü l'avoies
184 Et cens doleur de li geüz.

XXIV

A la quarte te mervilloies
Quant tu veïz et tu seüs
Que li troi roi si longues voies
188 Li vindrent offrir lor treüz.
Au temple, quant ton fil offroies,
Ta quinte joie receüz

---

1. Lc. 1, 38 : *Ecce ancilla Domini, fiat mihi secundum verbum tuum* (« Je suis la servante du Seigneur : qu'il me soit fait selon ta

164 même si j'y passais ma vie.
Mais de tes joies, dame aimée,
je ne renoncerai pas à parler.
La salutation, ce fut la première,
168 Dame : alors tu te nommas servante[1].

XXII

Tu ne fus ni orgueilleuse ni fière,
mais tu t'es humiliée profondément.
C'est pourquoi la lumière d'en haut
172 vint en toi : parce qu'elle te vit si humble.
Alors tu fus comme le vitrail
que traverse le rayon du soleil :
il n'en est pas pour cela moins entier,
176 car le rayon ne le perce ni ne le casse[2].

XXIII

La première de tes joies fut
lorsque tu conçus ton Créateur.
La seconde, ce fut
180 lorsque tu appris d'Élisabeth
que tu enfanterais le fils de Dieu.
La troisième, quand tu eus ton enfant ;
tu l'avais conçu sans péché
184 et mis au monde sans douleur.

XXIV

À la quatrième, tu t'émerveillas
quand tu vis et quand tu appris
que les trois rois, après une si longue route,
188 venaient lui offrir leurs tributs.
Au temple, quand tu présentas ton fils,
tu reçus la cinquième joie

---

volonté »). **2.** Cf. *Théophile* 492-497 et *C'est de Notre Dame* 37-41.

Quant par saint Symeon savoies
192 Que tes filz ert *homo Deus*.

XXV

La seite puis que fuz assise
O l'Aignel par compassion,
Qui por nos avoit s'arme mise,
196 Quant revesqui comme lyons,
Et tu o lui en iteil guise. *f. 44 v° 2*
La septime, l'Ascension,
Quant la chars qu'il ot en toi prize
200 Fit el trone devision.

XXVI

L'eutime par iteil devise,
Quant par sa sainte anoncion
Dou saint Esperit fus emprise.
204 La nuevime, t'Asompsion,
Quant en arme et en cors assise
Fus sor toute creacion.
....
208 ....

XXVII

Dame, cui toz li mondes prise,
Par tes .IX. joies te prions :
Aïde nos par ta franchise
212 Et par ta sainte Noncion,
Qu'au darreain jor dou Juïse
O les .IX. ordres mansion
Nos doint en cele haute Eglyze,
216 Dame, par ta devocion.

Amen. Explicit.

---

* v. 204. t'asompsions

en apprenant par saint Syméon
192 que ton fils était *homo Deus*.

XXV

La sixième, quand, dans ta compassion,
tu fus assise à côté de l'Agneau
qui pour nous avait donné sa vie,
196 quand il ressuscita comme un lion,
et toi avec lui de la même manière.
La septième, l'Ascension,
quand la chair qu'il avait prise en toi
200 partagea avec Dieu le trône.

XXVI

La huitième, de la même façon,
quand, selon sa sainte prédiction,
tu fus remplie du Saint-Esprit.
204 La neuvième, ton Assomption,
quand tu fus placée, corps et âme,
au-dessus de toute la création.
....
208 ....

XXVII

Dame, que le monde entier estime,
par ces neuf joies nous te prions :
aide-nous dans ta générosité
212 et par ta sainte Annonciation,
afin qu'au dernier jour, au jour du Jugement,
Dieu nous donne une place dans l'Église d'en haut
parmi les neuf ordres des anges,
216 Dame, par la dévotion que nous avons pour toi.

LE MIRACLE DE THÉOPHILE (p. 531)

Variantes

CI ENCOUMENCE LA REPENTANCE THEOPHILUS

I

(384) Ha ! laz, chetiz, dolanz, que porrai devenir ?
Terre, coument me puez porteir ne soutenir,
Quant j'ai Dieu renoié, et celui vox tenir
4 A seigneur et a maitre qui tant mal fait venir ?

II

(388) Or ai Dieu renoié, ne puet estre teü.
Si ai laissié le baume, pris me sui au seü,
De moi a pris la chartre et le brief receü
8 Mauffeiz, si li rendrai de m'arme le treü.

III

(392) Hé ! Diex, que feras tu de cest chetif dolant
De cui l'arme en ira en enfer le buillant
Et li maufei l'iront a lor piez defolant ? *f. 83 v° 1*
12 Haï ! terre, car huevre, si me vai engoulant !

IV

(396) Sire Diex, que fera ciz dolenz esbahiz
Qui de Dieu et dou monde est hueiz et haïz

Et des maufeiz d'enfer engigniez et traïz ?
16 Dont sui ge de trestouz chaciez et envaïz ?

V

(400) Ha ! las, com j'ai estei plains de grant nonsavoir
Quant j'ai Dieu renoié por un petit d'avoir !
Les richesces dou monde que je voloie avoir
20 M'ont getei en tel leu dont ne me puis ravoir.

VI

(404) Sathan, plus de .VII. anz ai senti ton sentier,
Mauz chanz m'ont fait chanteir li vin de mon chantier,
Mout felonesse rente m'en rendront mi rentier,
24 Ma char charpenteront li felon charpentier.

VII

(408) Arme doit hon ameir : m'arme n'iert pas amee.
N'oz demandeir la Dame qu'ele ne soit dampnee.
Trop a male semance en sa maison semee
28 De cui l'arme sera / en enfer seursemee. *f. 83 v° 2*

VIII

(412) Ha ! laz, con fou bailli et com fole baillie !
Or sui ge mau bailliz et m'arme mau baillie !
S'or m'ozoie baillier a la douce baillie,
32 G'i seroie bailliez et m'arme ja baillie.

IX

(416) Ors sui, et ordeneiz doit aleir en ordure.
Ordement ai ovrei, ce seit cil qui or dure
Et qui toz jors durra : c'en avrai la mort dure.
36 Maufeiz, com m'aveiz mort de mauvaise morsure !

X

(420) Or n'ai je remenance ne en ciel ne en terre.
Ha ! laz, ou est li leuz qui me puisse sofferre ?

Enfers ne me plait pas ou je me volz offerre,
40 Paradix n'est pas miens, car j'ai au Seigneur guerre.

XI

(424) Je n'oz Dieu reclameir ne ces sains ne ces saintes,
Laz, que j'ai fait homage au deable mains jointes.
Li maufeiz en a lettres de mon annel empraintes.
44 Richesce, mar te vi : j'en avrai doleurs maintes.

XII

(428) Je n'oz Dieu ne ces saintes ne ces sainz reclameir,
Ne la tres douce Dame que chacuns doit ameir. *f. 84 r° 1*
Mais por ce qu'en li n'a felonie n'ameir,
48 Ce ge li cri merci, nuns ne m'en doit blameir.
Explicit.

C'EST LA PRIERE THEOPHILUS

I

(432) Sainte Marie bele,
Glorieuze pucele,
Dame de grace plainne,
Par cui toz bienz revele,
Qu'au besoig vos apele
6 Delivres est de painne ;
(438) Qu'a vos son cuer amainne
En pardurable rainne
Avra joie novele.
Arousable fontainne
Et delitable et sainne,
12 A ton Fil me rapele !

II

(444) [En vo]tre doulz servise
[Fu j]a m'entente mise,
Ma[is tr]op tost fui tenteiz.

Par celui qui atize
Le mal, et le bien brize,
18 Sui trop fort enchanteiz.
(450) Car me desenchanteiz,
Que votre volenteiz
Est plainne de franchize,
Ou de granz orfenteiz
Sera mes cors renteiz
24 Devant la fort justise.

III

(456) Dame sainte Marie,
Mon corage varie
Ainsi que il te serve,
Ou jamais n'iert tarie *f. 84 r° 2°*
Ma doleurs ne garie,
30 Ainz sera m'arme serve.
(462) Ci avra dure verve,
S'ainz que la mors m'enerve
En vous ne ce marie
M'arme qui vos enterve.
Soffreiz li cors deserve
36 Qu'ele ne soit perie.

IV

(468) Dame de charitei,
Qui par humilitei
Portas notre salu,
Qui toz nos as getei
D'enfer et de vitei
42 Et d'enferne palu,
(474) Dame, je te salu.
Tes saluz m'a valu,
Jou sai de veritei.
Gart qu'avec Tentalu
En enfer le jalu
48 Ne preigne m'eritei.

V

(480) En enfer ert offerte,
Dont la porte est overte,
M'arme par mon outrage.
Ci avra dure perte
Et grant folie aperte
54 Se la prent habertage.
(486) Dame, or te fas homage :
Torne ton dolz visage.
Por ma dure deserte,
Envers ton Fil lou sage,
Ne soffrir que mi gage
60 Voisent en tel poverte.

VI

(492) Si come en la verriere
Entre et reva arriere
Li solaux que n'entanme, *f. 84 v° 1*
Ausi fus vierge entiere
Quant Diex, qui en cielz iere,
66 Fit de toi mere et dam[e].
(498) Ha ! resplandissans jame,
Tanrre et piteuze fame,
Car entent ma proiere,
Que mon vil cors et m'ame
De pardurable flame
72 Fai retorneir ariere.

VII

(504) Roïne debonaire,
Les yex dou cuer m'esclaire
Et l'ocurtei efface,
Si qu'a toi puisse plaire
Et ta volentei faire :
78 Car m'en done la grace.
(510) Trop ai eü espace
D'estre en ocure trace.
Ancor m'i cuident traire

Li serf de pute estrace :
Dame, ja toi ne place
84 Qu'il fassent teil contraire !

VIII

(516) En viltei, en ordure,
En vie trop oscure
Ai estei lonc termine :
Roïne nete et pure,
Car me pren en ta cure
90 Et si me medicine.
(522) Par ta vertu devine
Qu'adés est enterine,
Fai dedens mon cuer luire
Ta clartei pure et fine
Et les iex m'enlumine,
96 Que ne me voi conduire.

IX

(528) Li proierres qui proie
M'a ja pris en sa proie : *f. 84 v° 2*
Pris serai et preeiz.
Trop asprement m'asproie.
Dame, ton chier fil proie
102 Que soie despreeiz.
(534) Dame, car lor veeiz,
Qui mes meffaiz veeiz,
Que n'avoie a lor voie.
Vos qui lasus seeiz,
M'arme lor deveeiz,
108 Que nuns d'eulz ne la voie.

Explicit.

BIBLIOGRAPHIE SOMMAIRE

I. ÉDITIONS

Julia BASTIN et Edmond FARAL, *Onze poèmes de Rutebeuf concernant la croisade*, Paris, 1946 (*Doc. relatifs à l'hist. des Croisades publ. par l'Acad. des Inscriptions*, I).

Edmond FARAL et Julia BASTIN, *Œuvres complètes de Rutebeuf*, 2 vol., Paris, A. et J. Picard, 1959-1960 (Fondation Singer-Polignac).

Grace FRANK, *Le Miracle de Théophile*, Paris, Champion, Classiques Français du Moyen Âge, 2e édit. 1949.

Albert HENRY, *Chrestomathie de la littérature en ancien français*, 4e édit., Berne, Francke, 1967 (*La griesche d'hiver* n° 135, *La complainte de Constantinople* n° 136, extraits du *Miracle de Théophile* n° 146, *Dit de l'herberie* n° 149).

Alberto LIMENTANI, *Rutebeuf. I Fabliaux*, Venise, Corbo e Fiore, 1976.

II. TRADUCTIONS

Jean DUFOURNET, *Rutebeuf. Poésies traduites en français moderne*, Paris, Champion, 1977 (18 poèmes).

Jean DUFOURNET, *Rutebeuf. Poèmes de l'infortune et poèmes de la Croisade*, Paris, Champion, Traductions des Classiques Français du Moyen Âge, 1979 (23 poèmes dont 14 déjà publiés en 1977).

Jean DUFOURNET, *Rutebeuf. Poèmes de l'infortune et autres poèmes*, Paris, Gallimard, « Poésie », 1986 (26 poèmes donnés dans le texte de F.-B. avec une traduction, déjà publiée en 1979 pour 15 d'entre eux).

Jean DUFOURNET, *Le Miracle de Théophile*, Paris, Garnier-Flammarion, 1987 (avec texte original en regard).

Roger DUBUIS, *Le Miracle de Théophile*, Paris, Champion, Traductions des Classiques Français du Moyen Âge, 1978.

Robert GUIETTE, *Le Mariage Rutebeuf et autres poèmes*, Paris, G.L.M., 1950.

Gilbert ROUGER, *Le Testament de l'âne* et *Frère Denise*, traduits dans *Fabliaux*, Paris, Gallimard, « Folio », 1978.

Serge WELLENS, *Rutebeuf. Poésies* (extraits), avec un avant-propos de Jean-Claude BRIALY, Paris, « Poésie I », Librairie Saint-Germain-des-Prés, 1969.

III. Études critiques

Jean Batany, *Français médiéval*, Paris, Bordas, 1972, p. 195-206.

Jean-Pierre Bordier, « L'Antéchrist au quartier latin selon Rutebeuf », dans *Milieux universitaires et mentalité urbaine au Moyen Âge*. Textes réunis par D. Poirion, Paris, Presses de l'Université de Paris-Sorbonne, 1987, p. 9-21.

Jean-Pierre Bordier, « Réflexion sur le *Voir Dire* de Rutebeuf », dans *Hommage à Jean-Charles Payen. Farai chansoneta novele. Essais sur la liberté créatrice au Moyen Âge*, Caen, 1989, p. 77-86.

Keith Busby, « The Respectable *fabliau* : Jean Bodel, Rutebeuf and Jean de Condé », dans *Reinardus*, 9, 1996, p. 15-31.

Léon Cledat, *Rutebeuf*, Paris, Hachette, 1891, 4e édit. 1934.

Anne-Lise Cohen, « Exploration of Sounds in Rutebeuf 's Poetry », dans *French Review* 40, 1966-67, p. 658-667.

Gustave Cohen, « Rutebeuf, l'ancêtre des poètes maudits », dans *Études classiques* 31, 1953, p. 1-18.

Roger Dragonetti, « Rutebeuf. Les poèmes de la 'griesche' » dans *Présent à Henri Maldiney*, Lausanne, L'Âge d'Homme, 1973, p. 83-110.

Roger Dubuis, « Le jeu narratif dans le *Miracle de Théophile* de Rutebeuf », dans *Hommage à Jean-Charles Payen. Farai chansoneta novele. Essais sur la liberté créatrice au Moyen Âge*, Caen, 1989, p. 151-160.

Michel-Marie Dufeil, *Guillaume de Saint-Amour et la polémique universitaire parisienne, 1250-1259*, Paris, A. et J. Picard, 1972.

Michel-Marie Dufeil, « L'œuvre d'une vie rythmée : Chronographie de Rutebeuf », dans *Musique, littérature et société au Moyen Âge*. Actes du Colloque d'Amiens (24-29 mars 1980) publiés par Danielle Buschinger et André Crepin, Paris, Champion, 1981, p. 279-294.

Michel-Marie Dufeil, « Rutebeuf pris au mot : l'univers du marché en son vocabulaire », dans *Le Marchand au Moyen Âge*, Université de Reims Champagne-Ardenne, 1992.

Jean Dufournet, « Rutebeuf et le *Roman de Renart* », dans *L'Information littéraire* 30, 1978, p. 7-15.

Jean Dufournet, « À la recherche de Rutebeuf : 1. Un sobriquet ambigu ; 2. Rutebeuf et la poésie de l'eau », dans *Mélanges Charles Foulon*, Rennes, 1980, t. I, p. 105-114.

Jean Dufournet, « Sur trois poèmes de Rutebeuf : *La Complainte Rutebeuf, Renart le Bestourné* et *La Pauvreté Rutebeuf* », dans *Hommage à Gérard Moignet. Travaux de Linguistique et de Littérature* 18, 1, 1980, p. 413-28.

Jean DUFOURNET, « *La Repentance Rutebeuf* ou le mot de la fin », dans *Mélanges Jacques Stiennon*, Liège, 1982, p. 175-187.

Jean DUFOURNET, « Deux poètes du Moyen Âge en face de la mort : Rutebeuf et Villon », dans id., *Villon : ambiguïté et carnaval*, Paris, Champion, 1992, p. 135-159.

Jean DUFOURNET, « Rutebeuf et les moines mendiants », dans *Neuphilologische Mitteildungen* 85, 1984, p. 152-168.

Jean DUFOURNET, « Rutebeuf et le *Miracle de Théophile* », dans *Mélanges Alice Planche*, Nice, 1984, p. 185-197.

Jean DUFOURNET, et François de la BRETEQUE, « L'univers poétique et moral de Rutebeuf », dans *Revue des Langues Romanes* 87, 1984, p. 39-78.

Jean DUFOURNET, « Rutebeuf et la Vierge », dans *Bien dire et bien aprandre* 5 1987, p. 7-25.

Jean DUFOURNET, *Du* Roman de Renart *à Rutebeuf*, préface de Roger Dragonetti, Caen, Paradigme, 1993.

Jean DUFOURNET, « Les poèmes de Rutebeuf », dans *Comprendre le XIIIe siècle. Études offertes à Marie-Thérèse Lorcin*, sous la dir. de Pierre Guichard et Danièle Alexandre-Bidon, Presses Universitaires de Lyon, 1995, p. 173-184.

Edmond FARAL *La Vie quotidienne au temps de saint Louis*, Paris, Hachette, 1942.

John FLINN, *Le Roman de Renart dans la littérature française et dans les littératures étrangères du Moyen Âge*, Paris, 1963, p. 174-200.

Jean FRAPRIER, « Rutebeuf, poète du jeu, du guignon et de la misère », dans *Du Moyen Âge à la Renaissance. Études d'histoire et de critique littéraire*, Paris, Champion, 1976, p. 123-132.

Michèle GÉRARD, *Les Cris de la Sainte. Corps et écriture dans la tradition latine et romane des Vies de saintes*, Paris, Champion, 1999.

Stéphane GOMPERTZ, « Du dialogue perdu au dialogue retrouvé. Salvation et détour dans le *Miracle de Théophile* de Rutebeuf », dans *Romania* 100, 1979, p. 519-528.

Gérard GROS, « La *semblance* de la *verrine*. Description et interprétation d'une image mariale », dans *Le Moyen Âge*, XCVII, 1991, p. 217-257.

Saverio GUIDA, « La Paix Rutebeuf », dans *Messana*, n.s. 6, 1991, p. 109-133.

Edward Billings HAM « Rutebeuf Pauper and Polemist », dans *Romance Philology*, 11, 1957-8, p. 226-39.

Edward Billings HAM, *Rutebeuf and Louis IX*, Chapel Hill, 1962.

Albert HENRY, « Rutebeuf et Troyes en Champagne », dans *Tra-*

vaux de Linguistique et de Littérature II, 1, 1964, p. 205-6, repris dans *Automne. Études de philologie, de linguistique et de stylistique*, Paris-Gembloux, Duculot, 1977, p. 105-7.

Albert HENRY, « Un passage difficile de Rutebeuf », dans *Festschrift W. von Wartburg zum 80. Geburtstag*, herausgegeben von Kurt Baldinger, Tübingen, Max Niemeyer Verlag, 1968, p. 381-390, repris dans *Automne*, p. 95-105.

Omer JODOGNE, « L'anticléricalisme de Rutebeuf », dans *Lettres Romanes* 23, 1969, p. 219-244.

Albert JUNKER, « Ueber dem Gebrauch des Stilmittels der "Annominatio" bei Rutebeuf », dans *Zeitschrift für Romanische Philologie*, 11, 1957-58, p. 226-39.

Denis LALANDE, « De la "Chartre" de Théophile à la "Lettre commune" de Satan. Le *Miracle de Théophile* de Rutebeuf », dans *Romania*, 108, 1987, p. 548-558.

Germaine LAFEUILLE, *Rutebeuf*, Paris, Seghers, 1966.

Félix LECOY, « Sur un passage difficile de Rutebeuf (*Chanson des Ordres*, vv. 49-50) », dans *Romania*, 85, 1964, p. 368-372.

Jacques LE GOFF, *Saint Louis*, Paris, Gallimard, 1996.

Pierre MARTEL. « À propos de la datation d'un poème de Rutebeuf » *(Le Sacristain et la femme au Chevalier)*, dans *Études de linguistique appliquée*, 6, avril-juin 1972, p. 17-127.

Suzanne NASH, « Rutebeuf's Contribution to the Saint Mary the Egyptian Legend », dans *French Review*, 44, 1970-1971, p. 695-705.

Jean-Charles PAYEN, « Le *je* de Rutebeuf ou les fausses confidences d'un auteur en quête de personnage », dans *Mélanges Erich Köhler*, Heidelberg, 1984, p. 229-240.

L.G. PESCE, « Le portrait de Rutebeuf. Sa personnalité morale », dans *Revue de l'Université d'Ottawa*, 28, 1958, p. 55-118.

Miha PINTARIC, « Rutebeuf entre le temps de l'Église et le temps du marchand », dans *Acta neophilologica*, 27, 1994, p. 17-22.

Nancy Freemann REGALADO, *Poetic Patterns in Rutebeuf. A Study in Noncourtly Poetic Modes of the XIIIth Century*, New Haven – Londres, Yale University Press, 1970.

Jacques RIBARD, « Rutebeuf et Théophile : du jeu métaphorique au jeu métaphysique », dans *Bien dire et bien aprandre*, 5, 1987, p. 89-100.

Bernard RIBEMONT, « La légende de Théophile : une question de pouvoir », dans *Europäische Literaturen im Mittelalter. Mélanges en l'honneur de Wolfgang Spiewok*, éd. D. Buschinger, Greiswald, Reineke, 1994, p. 333-349.

Gilles ROQUES, Compte rendu à *Rutebeuf, Œuvres complètes, éd. de Michel Zink*, 2 vol., Paris, Classiques Garnier, 1989 et

1991, dans *Zeitschrift für romanische Philologie*, 108, 1992, p. 210-211, et 107, 1991, p. 793-794 (de nombreuses suggestions de ces comptes rendus ont été prises en compte dans cette nouvelle édition).

Michel ROUSSE, « Le Mariage Rutebeuf et la fête des fous », dans *Le Moyen Âge* 88, 1982, p. 435-449.

Arie SERPER, *Rutebeuf, poète satirique*, Paris, Klincksieck, 1969.

K.V. SINCLAIR, « On a French Manuscript Collection of Prayers in the John Rylands Library [French 3 (Crawford 5) : Baudouin de Condé, Rutebeuf] », dans *Litterae textuales*, Texts and Manuscripts. Essays presented to G.I. LIEFTINCK, Amsterdam, Van Gendt, 1972, p. 96-105.

Richard SPENSER, « Sin and Retribution, and the Hope of Salvation in Rutebeuf's Lyrical Works », dans *Rewards and Punishments in the Arthurian Romances and Lyric Poetry of Medieval France. Essays presented to Kenneth Varty on the Occasion of his sixtieth Birthday*, eds. P.V. Davis et A.J. Kennedy, Bury St. Edmunds, Brewer, 1987, p. 149-164.

Wolf-Dieter STEMPEL, « Bewegung nach innen. Neue Ansätze poetischer Sprache bei Rutebeuf », dans *Musique naturele. Interpretationen zur französischen Lyrik des Spätmittelalters*, München, Fink, 1995, p. 41-73.

Leo ULRICH, « Rutebeuf. Persönlicher Ausdruck und Wirklichkeit », dans *Saggi e ricerche in memoria di Ettore Gotti*, t. 2, Palerme, 1962, p. 126-162.

Maria WANDRUSZKA, « Rutebeuf's 'gesprochene Sprache' », dans *Romanisches Mittelalter. Festschrift zum 60. Geburtstag von Rudolf Baehr*, herausgegeben von Dieter Messner und Wolfgang Pöckl unter Mitarbeit von Angela Birner, Göppingen, Kümmerle, 1981, p. 373-384.

Alicia YELLERA, « Los orígenes del monólogo dramatico. El *Dit de l'Herberie* de Rutebeuf », dans *Epos*, VII, 1991, p. 395-407.

Michel ZINK, *La subjectivité littéraire. Autour du siècle de saint Louis*, Paris, P.U.F., 1985.

Michel ZINK, « De la *Repentance Rutebeuf* à la *Repentance Théophile* », dans *Littératures*, 15, automne 1986, p. 19-24.

Michel ZINK, « Bonheurs de l'inconséquence dans le texte de Rutebeuf », dans *L'esprit créateur*, 27, 1, printemps 1987, *The Poetics of Textual Criticism : the Old French Example*, p. 79-89.

Michel ZINK, « Rutebeuf et le cours du poème », dans *Romania*, 107, 1986 (publ. févr. 1989), p. 546-551.

Michel ZINK, « Rythmes de la conscience. Le noué et le lâche des strophes médiévales », dans *Poésie et rhétorique. La conscience de soi de la poésie*. Colloque de la Fondation Hugot du Collège de France réuni par Yves Bonnefoy, Actes rassemblés par Odile Bombarde, Paris, Lachenal & Ritter, 1997 (« Collection Pleine Marge »), p. 55-68.

Jan M. Ziolkowski, « The erotic Paternoster », dans *Neuphilologische Mitteilungen*, LXXXVIII, 1987, p. 31-34.

Paul Zumthor, « Roman et gothique : deux aspects de la poésie médiévale », dans *Studi in onore di Italo Siciliano*, Florence, 1965, t. 2, p. 1223-1234, repris avec des modifications sous le titre « Le *je* de la chanson et le *moi* du poète », dans *Langue, texte, énigme*, Paris, Le Seuil, 1975, p. 181-196.

Paul Zumthor, *Essai de poétique médiévale*, Paris, Le Seuil, 1972.

Paul Zumthor, *La lettre et la voix. De la « littérature » médiévale*, Paris, Le Seuil, 1987.

IV. Autres ouvrages cités sous forme abrégée dans la présente édition

Antti Arne, *The Types of the Folktale. A Classification and Bibliography*, translated and enlarged by Stith Thompson, 2e édit., Helsingfors, 1961.

Charles Du Cange, *Glossarium mediae et infimae latinitatis*... cum supplementis integris D.P. Carpenterii et additamentis... digessit G.A.L. Henschel, 7 vol., Paris, Firmin Didot, 1840-1850.

Frédéric Godefroy, *Dictionnaire de l'ancienne langue française et de tous ses dialectes du* IXe *au* XVe *siècle*, 10 vol., Paris, Champion, 1880-1902.

Frederic V. Koenig, *Les Miracles de Notre Dame* par Gautier de Coincy, 4 vol., Genève, Droz, 1966-1970.

Félix Lecoy, *Guillaume de Lorris et Jean de Meun. Le Roman de la Rose*, 3 vol., Paris, Champion, Classiques Français du Moyen Âge, 1966-1970.

Joseph Morawski, *Proverbes français antérieurs au* XVe *siècle*, Paris, Champion, Classiques Français du Moyen Âge, 1925.

Willem Noomen et Nico Van den Boogaard, *Nouveau Recueil complet des fabliaux*, 10 vol. Assen, 1983-1998.

Pierre Ruelle, *Les Dits du Clerc de Vaudoy*, Bruxelles, 1969.

Auguste Scheler, *Dits et contes de Baudouin de Condé et de son fils Jean*, 2 vol., Bruxelles, 1866.

Tobler-Lommatzsch, *Altfranzösisches Wörterbuch*, 10 vol. parus (91 fascicules), de *a* à vongement, Wiesbaden, 1955 (1re édit. du 1er vol. 1925)-... (T.-L.).

Frederic C. Tubach, *Index Exemplorum. A Handbook of Medieval Religious Tales*, FF Communications no 204, Helsinki, 1969.

INDEX DES NOMS PROPRES

Les noms relevés dans cet index sont ceux qui figurent dans l'œuvre de Rutebeuf, à l'exception des personnifications. Les chiffres renvoient à la page du texte original.

Table

Composition réalisée par NORD COMPO
Imprimé en France sur Presse Offset par

BRODARD & TAUPIN
GROUPE CPI

La Flèche (Sarthe).
N° d'imprimeur : 7677 – Dépôt légal Édit. 12380-05/2001
LIBRAIRIE GÉNÉRALE FRANÇAISE - 43, quai de Grenelle - 75015 Paris.

ISBN : 2 - 253 - 06673 - 7 30/4560/6